Gent 1431: Der Maler Jan van Eyck braucht für seine Arbeit am Genter Altar das Pigment Ultramarin. Mit dem kostbaren Blau will er den Mantel der Maria gestalten. Die Farbe ist jedoch in ganz Flandern nicht zu bekommen, da es nahezu unerschwinglich ist. Seine Auftraggeber, der Patrizier Jodocus Vijd, weigert sich, die Farbe, die in Gent nicht vorrätig ist, zu besorgen. Nur dessen Neffe Adrian Borluut, ein verkrachter Medizinstudent, sieht im Handel mit Ultramarin eine Chance, sich etwas aufzubauen. Er begreift, welche Möglichkeiten sich durch den Import des neuen Farbstoffs im kunstliebenden Flandern ergeben. Begierig, sein Leben wieder auf die Reihe zu bekommen, reist er dem kostbaren Farbstoff entgegen in Richtung Venedig. Auf dem Weg dorthin lernt er den Esslinger Apotheker Christoph Appenteker kennen, der sein Geschäftspartner wird. Als dieser mitsamt dem Geld spurlos verschwindet, macht Adrian sich mit dessen Tochter Catharina auf eine gefahrvolle Suche, nach der nichts in ihrem Leben mehr so sein wird wie zuvor.

Pia Rosenberger wurde 1963 in der Nähe von Osnabrück geboren. Nach dem Abitur studierte sie Kunstgeschichte, Literatur und Pädagogik. Heute lebt sie mit Mann und zwei Kindern in Esslingen und arbeitet als freie Journalistin, Stadtführerin und Museumspädagogin. Ihr erster historischer Roman ›Die Himmelsmalerin‹ ist ebenfalls bei FISCHER erschienen.

Weitere Informationen, auch zu E-Book-Ausgaben, finden Sie bei www.fischerverlage.de

PIA ROSENBERGER

Die Spur des Ultramarins

HISTORISCHER ROMAN

FISCHER Taschenbuch

Für meine Mutter Lucia Weber

MIX
Papier aus verantwortungsvollen Quellen
FSC® C083411
FSC
www.fsc.org

Originalausgabe
Erschienen bei FISCHER Taschenbuch
Frankfurt am Main, August 2015

Satz: Fotosatz Amann, Memmingen
Druck und Bindung: CPI books GmbH, Leck
Printed in Germany
ISBN 978-3-596-03189-4

Prolog

Das Abwasser prasselte durch ein Rohr in den Fluss und stank zum Gotterbarmen. Neben dem Auslass stand ein Mann. Er schob sich den Mantel vor die Nase und versuchte, durch den Mund zu atmen, um dem unerträglichen Geruch nach Exkrementen zu entgehen. Weiter unten, wo sich das Wasser braun und schwer durch sein Bett wälzte, verdünnte sich die Brühe langsam, und der Geruch lag nur noch als fauler Dunst in der Luft, an den man sich fast gewöhnen konnte. Aber hier … Wie hatte der Fremde ihn nur an diesen Treffpunkt locken können? Es war, als hätte er ihn jetzt schon über den Tisch gezogen und ihm seine Bedingungen aufgezwungen.

Er versuchte, nicht zu genau hinzusehen, was da aus dem Fallrohr mit der braunen Brühe in den Fluss geschossen kam. Und doch konnte er nicht anders. Kohlreste, Knochen, eine Lederbörse, die sicher ein Beutelschneider einem Zecher abgenommen hatte, alles fand sein letztes Ruhebett im Fluss. *Ich gehe jetzt*, dachte der Mann. Lange genug hatte er sich die Beine in den Bauch gestanden. Und Fisch, der aus diesem Fluss stammte, würde er sicher niemals wieder essen. Auch sein Plan war sinnlos, denn sein Opfer hatte sieben Leben wie eine Katze. Am Ufer warteten die billigen Wirtshäuser auf ihn und vielleicht die eine oder andere Hure, mit der er einen Teil des Goldes verprassen konnte, das eigentlich für den gedungenen Mörder bestimmt gewesen war.

In diesem Augenblick manifestierte sich aus dem Nebel eine unheimliche Erscheinung, die direkt aus der Hölle zu kommen schien. Die Gestalt war so groß, dass er zurückschreckte.

»Woher kommt Ihr so plötzlich?«

»Berufsehre!«, sagte der Fremde. Sein Gesicht lag im Schatten seiner Kapuze.

Ihm lief es eiskalt den Rücken hinunter. Unwillkürlich kreuzte er die Finger gegen den bösen Blick.

»Ich komme und gehe mit dem Wind.« Der Verhüllte lachte heiser. »Habt Ihr das Gold mitgebracht?«

»Natürlich.« Er nestelte den Beutel unter seinem Mantel hervor, in dem es leise klimperte. Sein Inhalt war das Lockmittel, aber bevor er ihn übergab, mussten die Bedingungen geklärt werden, diesmal nach seinen Regeln.

»Die Sache ist heikel«, sagte er.

»Das sind solche Dinge immer«, gab der Fremde gelassen zurück.

Er zuckte die Schultern. Angeekelt stellte er fest, dass er in etwas Schmierigem stand. Er würde seine Stiefel putzen lassen müssen.

»Es darf niemand merken …«

»Dass Ihr damit zu tun habt.« Der Fremde amüsierte sich köstlich.

»Worüber lacht Ihr?«

»Alle glauben immer, dass sie die Ersten sind, die einen andern vom Leben in den Tod befördern wollen. Aber glaubt mir, Ihr seid einer von vielen. Sogar Herzog Johann Ohnefurcht hat seinen Rivalen Louis von Orléans ermorden lassen.«

Der Mann schaute sich unruhig um. »Seid leise!«

»Warum? Hier ist das Territorium der Diebe, Halsabschneider und Huren.«

»Ich sage noch einmal: Es muss heimlich geschehen, damit keine Spuren zurückbleiben. Und dafür müsst Ihr ihn beobachten.«

»Nichts leichter als das«, sagte der Mörder.

»Und noch etwas. Er darf nicht hier sterben. Nicht der Schatten eines Verdachts soll auf mich fallen. Er ist ein Zugvogel, bleibt nie lang an einem Ort, so dass sich schon eine Möglichkeit für Euch auftun wird.«

»Dann folge ich ihm, wenn er die Stadt verlässt«, sagte der Mörder gleichmütig.

Er war sehr groß, und als er seinen Kopf neigte, drang neben dem Gestank nach Unrat und Exkrementen noch ein anderer in die Nase des Auftraggebers, ein fremder Geruch, den dieser nicht einordnen konnte und der ihm einen kalten Schauer über den Rücken trieb. Er riss sich zusammen und berichtete, was es über das Opfer zu sagen gab, wo es wohnte, womit es sich beschäftigte, was seine Vorlieben waren. Zuletzt legte er ihm den Beutel in die Hand. Der Mörder lockerte den Verschluss und holte eine Münze heraus, die im Abendlicht trübe glänzte.

»Den anderen Teil bekomme ich nach der Tat«, sagte er. »Wenn sie zu Eurer Zufriedenheit ausgeführt ist.«

»Sagt mir Euren Namen!«, verlangte er mit klopfendem Herzen und wunderte sich selbst über seinen Mut.

»Ihr habt Schneid.« Der Fremde lachte. »Man nennt mich den Namenlosen.« Damit war alles gesagt. Mit dem nächsten Windhauch löste er sich in Luft auf.

Aus dem Rohr platschte etwas in den Fluss. Etwas Großes, das den Auftraggeber, als es auf die Wasseroberfläche traf, mit einem Regen stinkender Tropfen bespritzte. War es ein Katzenkadaver gewesen, erstarrt in der Kälte des Todes? Er nahm es als gutes Zeichen.

1

Das Blau hatte die Farbe der Dämmerung kurz nach Sonnenuntergang. Jan van Eyck tauchte den Pinsel in die Farbpfütze auf seiner Palette und betrachtete die Spitze, die im Licht des Nachmittags feucht schimmerte. Im Atelier roch es nach dem Nussöl, mit dem er seine Farben anrieb. Der blaue Pinsel näherte sich der Holztafel mit der Eva, die auf der Staffelei stand, so nackt, wie Gott sie geschaffen hatte. Adrian Borluut, sein Bruder Cornelis und sein Onkel Josse Vijd standen hinter dem Maler und schauten ihm über die Schulter. Die Mutter der Menschheit sah so lebensecht aus, als hätte sie der Künstler direkt aus dem Paradies auf sein Bild gebannt.

Adrian hielt den Atem an. Seine Augen glitten über Evas lange Beine, den birnenförmigen Bauch, die kleinen Brüste. Sie war so kunstvoll gemalt, als könne sie, wenn ihr danach war, aus dem Bild heraustreten und sich lächelnd zu ihnen gesellen. »Ultramarin«, sagte er.

»Ich will keine Nackigen auf meinem Altar.« Onkel Josse ließ sich schwer atmend auf den Schemel neben dem groben Holztisch fallen. »Und schon gar keine blauen.«

Ein Lächeln trat in van Eycks Augen. »Keine Angst. Ich verwende die Farbe nur für einen zarten Schimmer auf der Oberfläche. Aber für andere Aufgaben werde ich mehr davon brauchen. Das hier ist leider der Rest.« Er deutete auf den blauen Farbklecks auf seiner Palette

Cornelis sog scharf die Luft ein. »Ihr wisst, dass Ultramarin in hochreiner Form in Gent schlecht zu bekommen ist«, sagte er. »Und dass es in Gold aufgewogen wird.«

Jan van Eyck ließ sich Zeit mit einer Antwort. »Ultramarin ist die Farbe Gottes. Und genau dieses Pigment brauche ich. Wenn Ihr denn einen Altar haben wollt.«

Sein Pinsel aus weichem Dachshaar glitt sanft über die Fläche und vertiefte einige Schatten auf dem zarten Körper der Frau. Dann tauschte er ihn aus und malte ihr eine täuschend echt aussehende schwarzbraune Haarsträhne. Fast so naturgetreu, als hätte sie unter der Oberfläche darauf gewartet, freigelegt zu werden, oder als habe er sie abgeschnitten und aufs Bild geklebt. »Ich brauche Ultramarin«, wiederholte der Künstler.

Adrian wusste, dass sie als Auftraggeber für die Beschaffung der Farbstoffe zuständig waren, die Jan van Eyck benötigte. An der Wand lehnten die fertigen Tafeln. Doch der riesige Altar, den sein Onkel bestellt hatte, war noch lange nicht vollendet. Und das würde er auch nicht werden, solange der Künstler nicht das Pigment bekam.

Er konnte seine Augen nicht von der Gestalt der Eva wenden. *Sie hat uns allen die Erbsünde eingebrockt*, dachte er. Und doch sieht sie so unschuldig aus wie ein Lamm. Das helle Licht des Nachmittags fiel in das Atelier des Künstlers und ließ die kalkweißen Wände aufleuchten. Im Hintergrund mörserte der Lehrling ein grünes Pigment, bis sich eine Staubwolke über seiner Schale zusammenballte. Aber van Eyck wollte Blau. Ultramarinblau! Mit seinem Bruder Hubert hätten sie diesen Ärger nicht gehabt.

Doch der war vor der Staffelei tot zusammengebrochen, und so hatten sie bei Jan angefragt, der als Kammerherr am Hof des Herzogs von Burgund diente, um das Werk zu vollenden, den prächtigen Altar, den Onkel Josse und Tante Elisabeth für ihre Kapelle in der Johanneskirche stiften wollten. Es hatte einige Jahre gedauert, bis Jan van Eyck zwischen den

Aufträgen Herzog Philipps die Zeit gefunden hatte, sich dem begonnenen Altar zu widmen. Sie hatten nicht erwartet, dass er Hubert das Wasser reichen konnte, doch jetzt bewies er ihnen das Gegenteil. Er war mehr als der Höfling, für den sie ihn gehalten hatten, mehr als der glatte Diplomat, der in Portugal als Teil einer Delegation die herzogliche Heirat mit der Infantin Isabella eingefädelt hatte. Er war ein wirklicher Maler. Evas Haare flossen aus seinem Pinsel, und sie sahen echter aus als seine eigenen.

Jetzt jedoch hob er seine Augen und ließ sie prüfend über die Runde seiner Auftraggeber wandern. Sie blieben an Adrian hängen, der widerwillig spürte, wie er errötete.

»*Ihr* müsstet das doch verstehen, Adrian Borluut. Seid Ihr nicht der Gelehrte in der Familie?«

»Ähm, nein« sagte er und überhörte den Anflug von Spott in der Stimme van Eycks. Er war nichts weiter als ein verkrachter Medizinstudent, der sein Studium abgebrochen hatte.

»Ultramarin kommt aus Outremer«, wandte er ein, und seine Verwandten stimmten ihm zu. »Man kann in Gent alles kaufen. Malachitgrün …« Er schaute in Richtung des Lehrlings, der sich die grünen Finger an seinem Wams abputzte und ihr Gespräch fasziniert verfolgte, »Zinnober, Bleiweiß, Beinschwarz, Krapplack für ein prächtiges Rot und sogar Azurit, wenn man einen Blauton benötigt und das nötige Kleingeld hat. Aber mit Ultramarin wird es schwierig.«

»*Noch* ist es hier nicht gebräuchlich.« Der Maler schaute sie alle der Reihe nach an. Aus welchem Grund auch immer schien er diese Auseinandersetzung zu genießen. »Ehrenwerte Herren – wollt Ihr gar nicht wissen, wofür ich das Ultramarin zu verwenden gedenke?«

»Nun rückt schon damit raus!«, sagte der Onkel bärbeißig.

»Bei Adam und Eva nur für die Vertiefung der Schatten«, sagte van Eyck geduldig, als würde er einer Horde Kindern die Welt erklären. »Ansonsten besteht ihre Leibfarbe aus Ocker, Bleiweiß und Schwarz. Aber die neue Eva, Maria, die Himmelskönigin, sie soll ein Gewand bekommen, wie man es noch nicht gesehen hat. Tiefblau wie das Himmelszelt an einem sonnigen Tag, blau wie die Dämmerung, bevor die Sonne aufgeht, oder nachdem sie untergegangen ist. Verheißung. Sehnsucht. Gottesnähe. Nicht umsonst lautet ihr Name Meeresstern.«

Adrian nickte widerwillig, von sich selbst überrascht. Früher hatte man für ein schönes Blau einfach den Grundstoff Lapislazuli gerieben und die daraus entstehende Farbe auf den Malgrund aufgetragen. Das Ergebnis war wegen der Kalkeinlagerungen im Blau insgesamt unbefriedigend ausgefallen. Dann jedoch wurde im Osten ein Verfahren entwickelt, mit dem man alle Unreinheiten und alles Katzengold aus dem Halbedelstein entfernen konnte. In Italien verwendete man den Farbstoff Ultramarin in hochreiner Konzentration schon länger. War da nicht einer gewesen, der den Mauerputz *al fresco* in diesem Blau gestaltet hatte, gleichsam, als wolle er die Wand durchlässig für den Himmel machen? Ja, natürlich – sein Name war Giotto gewesen, Giotto di Bondone. Und auch die Brüder Limburg hatten ihr Stundenbuch damit hinterlegt. Wenn hochreines Ultramarin nur nicht so teuer wäre!

»Ich brauche nicht allzu viel«, fuhr der Maler nun bescheiden fort.

»Ob Ihr eine Unze braucht oder eine ganze Wagenladung«, sagte Cornelis ungehalten. »Das ändert nichts daran, dass wir kein Ultramarin besorgen können. In ganz Gent gibt es nicht einen Fingerhut voll davon.« Er griff nach dem Pokal mit

Wein, der unter dem Fenster stand, und trank einen großen Schluck.

»Nein?«

Hatte Adrian sich verhört, oder schlich sich in das Wort nicht doch ein spöttischer Ton? Van Eyck hatte nichts dagegen, den Pfeffersäcken, die für sein Ultramarin ihre fetten Ärsche in Bewegung setzen mussten, eins auszuwischen. Im Hintergrund hörten sie die rhythmischen Geräusche des Mörsers. Der Lehrjunge hatte seine Arbeit wieder aufgenommen und rieb geduldig den grünen Farbstoff mit dem Bindemittel an. »Euch schert also nicht, dass wir das Pigment wer weiß wo besorgen müssen?«, fragte Onkel Josse bedrohlich leise. Adrian sah förmlich, wie die Zornesader auf seiner Stirn anschwoll.

»Und gleichfalls ist es Euch egal, wie viel wir dafür hinblättern müssen?«, fügte Cornelis hinzu.

Ein schiefes Lächeln stahl sich in Jan van Eycks Mundwinkel. »Habt Ihr nicht eine Bank und ein gutgehendes Handelskontor?«, fragte er. »Und Bedienstete, die für Euch reisen können?«

Er strich sich eine braune Haarsträhne hinter die Ohren, in die sich einige Fäden Grau gemischt hatten. »Und wenn Ihr selbst nach Outremer fahren müsst und im Wüstensand grabt – ich brauche es«, sagte er schlicht. »Und auch der Herzog wird sicherlich befürworten, dass an dem Altar nicht gespart wird.«

»Und was tut Ihr, wenn wir es nicht besorgen können?« Der Onkel schnappte nach Luft und lockerte seinen Halsausschnitt.

Adrian runzelte die Stirn. Onkel Josses Kurzatmigkeit bereitete ihm Sorgen.

Jan van Eyck zuckte mit den Schultern. »Ihr wollt einen

Altar, wie ihn die Welt noch nicht gesehen hat. Einen Altar, der selbst Herzog Philipp den Zwist vergessen lässt, den Eure Familie mit der seinen hatte, und ich male ihn Euch. Vorausgesetzt, Ihr stellt mir das Material dafür zur Verfügung.«

Ohne ein Wort erhob sich der alte Mann und verließ am Arm seines Neffen Cornelis den Raum. Adrian fand sich plötzlich allein an der Seite des Malers wieder, der in aller Ruhe seinen Pinsel in die Farbe tauchte und eine weitere feine Haarsträhne auf das Bild zauberte.

»Ihr seid kein Künstler?« Van Eyck wandte ihm seinen Blick zu.

»Nein«, sagte Adrian.

»Dann ist Euch das Gefühl nicht vertraut, und das ist vielleicht auch besser so.«

»Welches Gefühl?«

»Das Gefühl, dass alles richtig ist«, sagte Jan van Eyck, und Adrian fühlte sich plötzlich so nackt wie Eva auf der Staffelei.

»Und wie nennt Ihr es? Dieses Gefühl?«

Van Eycks graue Augen waren sehr kühl. »Vollkommenheit«, sagte er.

Adrian verließ den Raum und schloss die Tür hinter sich.

Der Künstler zog sich von der Staffelei mit dem Bildnis der Eva zurück, ging zum Tisch und reinigte sorgfältig die Dachshaarpinsel – eine Arbeit, die er nur ungern seinen Gehilfen überließ. Dieser Adrian Borluut – er interessierte sich für ihn und das nicht nur, weil er ein ideales Modell für einen der Ritter auf dem Seitenflügel des Altars abgeben würde. Adrian Borluut war anders als sein geiziger Onkel und unterschied sich auch von diesem Bullen von Bruder, der in die Fußstapfen des alten Pfeffersacks treten würde.

Trotz seiner hellbraunen Locken und der blaugrünen Augen

sah man ihm an, dass er kein Flame war. Er hatte eine dunklere Hautfarbe und ein Gesicht, das auf eine Herkunft jenseits der Alpen hindeutete. Wie man munkelte, strömte das Blut seiner italienischen Mutter heißer durch seine Adern, als es sollte. Er machte mit seinen Freunden bei Nacht die Straßen unsicher. Einmal hatte ihn sein Bruder gegen Geld aus dem Kerker im Grafensteen holen müssen, weil er seine ganze Barschaft verspielt hatte. Auch gegenüber den Reizen der Frauen war er nicht unempfindlich. Hatte ihn nicht sein Onkel in Köln rauspauken müssen, weil er eine Ratsherrentochter verführt und damit für einen handfesten Skandal gesorgt hatte?

Jan van Eyck schüttelte den Kopf. Die Familie Vijd-Borluut hatte ihn, ohne es zu ahnen, mit dem Auftrag für diesen Altar an die Grenzen seiner Schaffenskraft geführt. Sie hatte ihn mit Visionen aus Licht und Schatten über sich selbst hinaus in die Weiten des Himmels geschleudert. Sie hatte ihn um den Schlaf und um seinen Frieden gebracht, und niemand, nicht der alte Vijd oder seine Frau, und auch nicht die Neffen, konnte die Größe des Werkes erahnen. Er würde Gott ein Gesicht geben. Sie durchschauten nicht, was er hier tat. Dass die Kraft des Altars mit dem Wasser des Lebensbrunnens aus dem Bild in die Welt hinausrinnen würde, langsam und stetig wie eine Quelle, die nie versiegte. Wie vermessen, wie unglaublich hochmütig, wie vollkommen würde sein Werk sein? Nur dieser Adrian hatte ansatzweise die Fähigkeit dazu, das zu verstehen. Weil er ebenso wie der Maler auf der Suche war.

2

Aus der Küche roch es nach Braten und frisch gebackenem Brot, das die Köchin zusammen mit den Backäpfeln in den Ofen geschoben hatte.

Das Haus der Familie Vijd hatte eine imposante Steinfassade zur Gouvernementstraat hin und war um einen Innenhof herum angelegt. Von den zierlichen Galerien im ersten und zweiten Stock konnte man Hof und Einfahrt überblicken. Adrian stand unter der Arkade im ersten Stock, als sich das Tor für eine Fuhre Tuche öffnete. Die Bediensteten liefen herbei, um die Ladung sicher in ihren Kellern zu verstauen. Neben den Bankgeschäften seines Onkels war es der Handel, der die Familie reich gemacht hatte: Wein vom Rhein, aus Frankreich und aus dem Burgund, mit dem sie die Genter Patrizier belieferten, erstklassige Wollstoffe aus Flandern, die sie nach Osten schickten. Außerdem war sein Onkel Herr über die Ortschaft Pamele und Ratsmitglied in Gent.

Adrian bemerkte nicht wirklich, was sich unten im Hof abspielte. Seine Gedanken waren bei dem Maler Jan van Eyck und seinen Ansprüchen. Vollkommenheit! Jeder Pfaffe würde auf sein Streben mit Entsetzen reagieren und die Inquisition benachrichtigen. Gott allein käme dieser Zustand zu, würden sie sagen, und vielleicht noch der Mutter Kirche, in die Onkel Josse so viel Geld investierte, um seiner Seele Eintritt in den Himmel zu verschaffen. Vollkommenheit. Allein das Wort zu *denken* war vermessen. Dennoch konnte Adrian den Maler verstehen. Und das erstaunte ihn mehr als alles, was in den letzten Wochen passiert war. Vollkommenheit … Es gab kaum etwas, das weniger zu seinem Leben passte. Er hatte es geschafft, sein Studium in den Sand zu setzen, hatte sich selbst und sein Ziel, Arzt zu werden, irgendwo in Köln verloren, zwischen Hörsälen, Wirtshäusern und den Schenkeln einer süßen und willigen Patriziertochter, die darauf spekuliert hatte, dass er sie heiraten würde.

Um den Zwist mit ihrer Familie wieder zu bereinigen, war eine Menge von Onkel Josses Geld den Bach heruntergegangen, oder sollte man besser sagen, den Rhein hinaufgeflossen? Vor drei Wochen hatte ihn der Onkel persönlich aus Köln abgeholt und unter die Aufsicht seines älteren Bruders Cornelis gestellt, dessen Benehmen stets vorbildlich war. Adrian stieß zornig mit der Fußspitze gegen die Mauer. Er hasste es, Cornelis mit seinen Büchern zur Hand zu gehen. Sie waren sehr wohlhabend, und doch fühlte er sich gefangen zwischen den düsteren Wänden des Kontors und den Ansprüchen der Familie Vijd, die nicht die seinen waren. Und jetzt hatte er noch einen Besuch zu machen, der ihm Magenschmerzen bereitete.

Als er die Klinke zum Zimmer seiner Tante herunterdrückte, sah er, dass ihm schon jemand zuvorgekommen war. Cornelis saß auf der Kante des hohen Betts und hielt ihre Hand. Adrian schob sich schweigend in den Raum und wusste nicht, wohin mit seinem Blick. Elisabeth Borluut litt unter Gichtanfällen, die sie immer wieder ans Bett fesselten. Adrian wusste, dass sie Schmerzen hatte und den Mohnsaft dankbar einnahm, den er ihr in der Apotheke besorgte. Mehr konnte er nicht tun. Wann die Besserung eintreten würde, konnte niemand sagen, nur, dass die Tante meistens viel zu früh ihr eisernes Regiment im Haus wieder aufnahm.

»Mein Adrian, komm her! Und du, Cornelis, setz dich auf den Stuhl am Fenster!«

Als Cornelis aufstand, sah er aus, als hätte er in einen sauren

Apfel gebissen. Die Tante saß aufrecht in ihrem hohen Bett, eine Nachtmütze aus feinster Spitze umrahmte ihr schmales Gesicht. Adrian wusste nicht, wo sie die Flamme hernahm, die sie am Leben hielt. Und doch war sie nicht zu schwach, um sich von ihrem Krankenzimmer aus den Überblick über das Geschäft und die Familie zu bewahren. Er setzte sich und spürte als Nächstes ihre vogelzarten Finger in seinen wirren Locken.

»Cornelis hat gesagt, der van Eyck braucht Ultramarin«, sagte sie.

Irritiert schaute er zu seinem Bruder hinüber, der mit gerunzelter Stirn am Fenster saß und nickte. Warum hatte er das brühwarm der Tante erzählen müssen?

»Das stimmt«, erklärte er zögernd.

»Hochreines Ultramarin ist in Gent nicht zu kriegen«, fügte sein Bruder überflüssigerweise hinzu.

»Nein!«, sagte die Tante, die bestens über Waren und Preise Bescheid wusste. »Und wahrscheinlich in ganz Flandern nicht.«

»Irgendwo zwischen hier und Venedig würde man es schon finden.« Cornelis schüttelte den Kopf und lachte leise. »Ich sage nicht, dass es unmöglich ist, aber es ist umständlich und zeitaufwändig.«

»Und was hat euer Onkel dazu gesagt?«

»Nichts«, sagte Cornelis. »Er ist ziemlich sauer abgezogen.«

Die Tante nickte langsam, als hätte sie nichts anderes erwartet. »Er ist geizig und eigensinnig, und der Maler will ihm seinen Willen aufzwingen. Das kann er überhaupt nicht leiden.« Sie schützte Onkel Josse, stellte sich trotz seiner Bärbeißigkeit und seinem Jähzorn vor ihn wie eine Löwin, die ihr Junges verteidigte. »Aber schon heute Abend wird es ihm leidtun.«

»Das glaube ich nicht«, widersprach Adrian. »Sein Nein war klar und deutlich.«

Die Tante schüttelte den Kopf wieder und wieder wie eine Taube, die sich nach Futter drehte. »Ihr versteht ihn nicht. Das ist einer der Vorzüge des Alters, dass man die Dinge plötzlich sieht, wie sie wirklich sind. Für euch ist Onkel Josse nur der strenge Bankier und Patrizier, der sein Geld zusammenhält.«

»Hat er uns je eine andere Seite gezeigt?«, warf Cornelis bitter ein.

»Dieser Altar bedeutet ihm viel.«

Adrian nickte. Wenn van Eyck konsequent blieb, würde es keinen Altar geben.

»Wir stehen beide am Ende unseres Lebens, er und ich«, fuhr die Tante fort. »Der Altar mit der Anbetung des Lammes ist nicht nur ein Weg, der ihn in den Himmel führen wird, und er ist auch mehr als nur die Möglichkeit, die Aussöhnung zwischen uns und Herzog Philipp voranzutreiben. Er ist das Einzige, was von ihm bleiben wird, wenn der stolze Josse Vijd einmal gegangen ist.«

Langsam lichtete sich das Dunkel in Adrian. Onkel und Tante hatten keine Kinder. Sie hatten zwar ihre beiden Neffen bei sich aufgenommen, als deren Eltern gestorben waren. Aber sie waren keine leiblichen Nachkommen für den Onkel, kein Fleisch von seinem Fleisch. Was zählte da schon, dass er reich war und sich als Ratsmitglied in Gent einen Namen gemacht hatte?

»Er will etwas, das ihn überdauert«, folgerte er düster. »Und jetzt ärgert er sich wahnsinnig, dass ihm der Maler seine Bedingungen aufzwingen will.«

Und heute Abend kriegt er wieder einen roten Kopf, dachte er, *und ich kann sehen, dass ich ihm schnell sein Herzmittel besorge, weil er das Fläschchen sicher wieder verlegt hat.* Cornelis stand auf und begann, im Zimmer auf und ab zu gehen. »Was willst du damit sagen, Tante Elisabeth?«

»Nun.« Ihre Augen schauten schlau von einem zum anderen. »Es ist nicht unmöglich, das Pigment zu besorgen. Das habt ihr eben selbst gesagt.«

»Du meinst doch wohl nicht, dass wir uns von diesem dahergelaufenen Maler erpressen lassen sollten?« Cornelis ließ sich schwer auf seinen Stuhl fallen und schüttelte den Kopf.

Und plötzlich wusste Adrian, was er zu tun hatte. Es stand so sonnenklar vor ihm, als hätte es jemand auf die grünlichen Butzenscheiben des Fensters geschrieben. Es war nicht unmöglich, das Pigment zu besorgen – nicht, wenn man ihm geduldig entgegenreiste, immer nach Süden, wenn es sein musste sogar bis nach Venedig. Seit vor drei Wochen die Tür des Kontors zum ersten Mal hinter ihm ins Schloss gefallen war, hatte er von hier fortgewollt.

»Ich mache es«, sagte er und fühlte sich plötzlich wie befreit.

»Du bist verrückt!«, rief sein Bruder. »Willst du nach der Pfeife dieses Malers tanzen wie ein dressierter Bär?«

»Ich will, dass es einen Altar gibt«, sagte er nachdenklich. »Einen Altar, wie ihn die Welt noch nicht gesehen hat.«

Seine Schritte führten ihn noch einmal in Jan van Eycks Atelier. Der Maler schaute auf und senkte dann die Augen wieder auf seine Palette, auf der er einen Rotton mischte, der intensiv nach Nussöl roch. *Krapplack*, dachte Adrian.

»Ich gehe«, sagte er. »Ich mache das.«

Van Eyck vertiefte sich weiter in die Herstellung seiner Farbe. »Auch andere Maler werden bald Ultramarin benötigen, da bin ich mir sicher. Flandern ist voll von Künstlern, die nach der neuen Schule malen, lebensechte Bilder. Kein anderes Blau ist so lichtecht und gibt den Glanz des Himmels so klar wieder.«

Und plötzlich entstand da eine Idee in Adrian, winzig klein wie ein Samenkorn, das keimte und sich zu verzweigen begann. Er starrte Eva an, die gelassen und, ohne von ihm Notiz zu nehmen, seitlich aus dem Bild herausschaute. Trotzdem war er sich später sicher, dass seine Eingebung nicht ohne sie zustande gekommen wäre.

»Man könnte richtig viel Geld damit verdienen. Wir wären die ersten Händler, die es in Gent vertreiben würden. Also brauchen wir nicht nur einen Fingerhut voll davon.«

Van Eyck schaute auf. In seinen grauen Augen stand ein triumphierendes Funkeln. »Nein?«

»Wir brauchen einen Handelszug.«

3

Es war der Tag vor Allerheiligen. Die Reichsstraße spannte sich wie ein Bogen von der äußeren bis zur inneren Esslinger Brücke und war wie immer gedrängt voller Menschen. Der Herbstwind hob ihre Mäntel und Umhänge, spielte mit den Bändern der Hauben der Frauen und wirbelte einen Haufen rotbraune Herbstblätter in die Luft. Die Fernhändler mit ihren Wagen voller kostbarer Gewürze und Stoffe, die Bauern mit ihren Karren voller schrumpliger Äpfel, die Bürgerinnen und kostbar gekleideten Ratsherren, sie alle schoben sich im Gedränge langsam voran.

Catharina Appenteker war mitten unter ihnen und spürte, dass sie jemand verfolgte. Sie konnte seine Gestalt in der Menge nicht ausmachen. Und doch war er da. Seine Gegenwart war wie eine Insel der Stille mitten im Getriebe und Lärm der Menschen. Es war nicht weit bis zur Apotheke in der Webergasse. Erst hatte sie nicht glauben können, dass das Gefühl der Bedrohung ihr galt. Doch dann war sie sich plötzlich sicher gewesen. Sie fragte sich nur, weshalb. Hatte es jemand auf den Inhalt ihres Korbes abgesehen, aus dem es bittersüß nach Kräutern duftete? Über Mittag hatte sie, natürlich nicht ohne kunstgerecht zu feilschen, den Sammelweibern auf der anderen Seite des Neckars ihre Ware abgekauft. Sie brauchten die Zutaten für ihre Arzneien, doch Menschen, die nicht kräuterkundig waren, würden nicht viel damit anfangen können.

Das Gefühl, verfolgt zu werden, hatte schon nach dem Torhaus begonnen, als die Brücke auf der Höhe der Bäckermühle in die Straße überging, und wurde immer stärker, je näher sie der Stadtkirche mit ihren beiden Türmen kam. Es war, als ob der Fremde sie in die Dunkelheit ziehen wollte, in der der Tod auf sie lauerte.

Catharina durchschritt das Finstere Tor, in dem ihre Schritte widerhallten, und fürchtete sich. Zurück im Tageslicht drückte sie entschlossen den Korb fester an sich, zog ihre Kapuze zurecht und trat in den Windschatten einiger flandrischer Fuhrleute, die ihre Karren mit kostbaren Stoffen beladen hatten. Rücksichtslos bahnten sie sich ihren Weg mit der Peitsche durch die Menge, schwangen sie nach links und rechts gegen das Bettelvolk, das sie bedrängte, und machten sich so den Weg frei. Sie ging weiter, Schritt für Schritt folgte sie den quietschenden Rädern und spürte dabei noch immer den Blick des Fremden in ihrem Rücken. Eisige Kälte kroch ihr den Rücken hinauf, und sie wusste nicht, ob sie sich mehr vor ihrer Vorahnung fürchtete oder mehr vor dem, was der Fremde ihr antun konnte. Vielleicht wurde sie ja zu allem Überfluss noch verrückt. *Nimm dich zusammen!*

Die Flamen fluchten, weil es auf der Handelsstraße so langsam voranging. Der Ochse, der vorn in der Deichsel des Wagens hing, kotete auf die Straße, Mistgeruch kroch in ihre Nase, und sie machte einen großen Satz, um nicht in den warmen Haufen zu treten. Einen Moment lenkte der Vorfall sie ab, aber dann spürte sie ihn wieder, ihren Verfolger, dessen böse Absichten ihr die Haut verbrannten wie eine Kerzenflamme. Angst schnürte ihr die Kehle zu. Sie versuchte, den Karren zu überholen und schneller zu gehen, doch plötzlich war der Fremde an ihrer Seite wie ein Schatten, riesig, gehüllt in einen dunklen Umhang, unter dem sie nichts wahrnahm als die Ahnung eines Schwertes, das schwer an seiner Seite hing. Er hob den Arm, und sie sah, wie sich sein Kopf in ihre Richtung wandte. Sein Gesicht konnte sie unter der Kapuze nicht erkennen. So musste der Tod aussehen, bevor er seine Sense schwang.

Catharina schnappte nach Luft und taumelte gegen die Brust eines fuchsfarbenen Pferdes, das hinter ihr im Schritt ging. Es wieherte panisch, stieg hoch, so dass sein Reiter es kaum bändigen konnte, tänzelte zur Seite und krachte mitten in einen Marktstand hinein. Die Händlerin, die heiße Honigkrapfen an die Reisenden verkaufte, kreischte laut auf, als ihre Ware im Dreck der Gasse landete. Catharina sah nicht mehr, wie die Straßenkinder sich auf die willkommene Beute stürzten. Die Welt drehte sich, ihre Knie knickten unter ihr weg, und sie fand sich plötzlich am Boden wieder.

»Geht es Euch gut?«, fragte eine Stimme neben ihr. Der Reiter war abgestiegen und kniete neben ihr in einer Pfütze, ohne darauf zu achten, dass sich sein brauner Reisemantel voll Wasser sog. Sein Fuchs stand quer und versperrte den Weg für den Durchgangsverkehr, der sich unaufhaltsam um ihn herum seinen Weg bahnte, wie Wasser, das einen Felsen umrundete.

»Könnt Ihr aufstehen?«

Als sie nickte, zog er sie am Arm hoch und angelte umständlich nach ihrem Korb, der mit seiner Unterseite voran auf den Boden gefallen und zum Glück nicht ausgekippt war. Sie schaute hinein. Es war alles noch da. Sonnenhut, Thymian, Engelwurz und Beinwell. Sogar die getrocknete Schafgarbe lag noch obenauf. *Welch ein Segen!*

»Danke!« Sie seufzte erleichtert. »Ihr habt sogar meine Kräuter gerettet.«

Der Reiter war noch jung, nicht viel älter als sie. Blaugrüne Augen blickten sie forschend an. Über seinem freundlichen Gesicht stand ein Wust goldbrauner Locken. Versuchsweise probierte sie, ihren Arm aus dem festen Griff zu lösen, mit dem er sie noch immer hielt.

»Ihr seid ganz dreckig und nass obendrein, und außerdem könnt Ihr mich jetzt loslassen.«

»Wann ich Euch loslassen will, entscheide ich allein.« Der Reiter lachte sorglos, führte sie an den Straßenrand und schnalzte mit der Zunge, bis der Fuchs ihm folgte. »Aber warum fallt Ihr am helllichten Tag meinem Pferd vor die Füße? Vielleicht habt Ihr ja zu wenig gegessen. Davon wird Mädchen manchmal schwarz vor Augen. Ihr solltet einen Arzt aufsuchen.«

Catharina biss sich auf die Lippen. »Nein«, sagte sie dann. »Da war ein Mann.« Sie schüttelte den Kopf und schaffte es nicht, ihm von ihrer Angst zu erzählen. Sie schaute sich nach dem Fremden im schwarzen Mantel um, der in der Menge untergetaucht war. »Ich gehe jetzt besser«, sagte sie.

»Seid Ihr dazu denn in der Lage?« Der junge Mann hatte

seine Hand auf die Nüstern des Pferdes gelegt, dessen Atem weiß in die kühle Luft stieg. »Schhh, Träumer«, sagte er beruhigend.

»Aber ja. Außerdem bin ich gleich daheim.« Sie winkte ihm zum Abschied und ging davon, etwas wacklig, aber ihre Beine trugen sie Schritt für Schritt. Auf der Höhe der Türme von St. Dionys, die mächtig bis zum Himmel aufragten, fiel ihr ein, dass sie ihren Helfer gar nicht nach seinem Namen gefragt hatte.

4

Der Herbststurm pfiff durch Esslingens Gassen, wehte die Blätter von den Bäumen und rüttelte an der Tür der Stadtapotheke. Drinnen hatte die Dämmerung Einzug gehalten, die an den Tagen rund um Allerheiligen bereits kurz nach Mittag einbrach. Tapfer leuchtete das Öllämpchen auf dem Verkaufstisch gegen die Dunkelheit an.

Catharina klappte den dicken Folianten zu, in dem sie gelesen hatte, warf ihren braunen Zopf über die Schulter und rieb sich die Augen. Den Vorfall von heute morgen hatte sie über der Lektüre der alten Schrift schon beinahe vergessen. Doch jetzt brannten ihr die Augen, auch wenn das Buch über die Heilkunde noch so kostbar war. Die heilige Hildegard selbst hatte es geschrieben. Es war ihr Werk über die Heilkunde, die »Causae et Curae«, und sie war neben der »Physica« schon länger als hundert Jahre im Besitz der Familie. Catharina konnte die Ausführungen der Äbtissin vom Disibodenberg mit Leichtigkeit verstehen, denn ihr Vater hatte sie Lesen, Schreiben, Latein und die freien Künste gelehrt, seit sie acht Jahre alt war. Im hinteren Teil des Ladens war der Lehrjunge Jacob damit beschäftigt, die Kräuter von jenseits der Mauer in Tongefäße umzufüllen, und pustete sich grauen Thymianstaub von den Fingern. Sein bitterer Duft vermischte sich mit den süßen Dünsten aus der Küche, wo ihre Köchin Mira gerade Apfelringe dörrte. Catharina legte das dicke Buch auf dem Verkaufstisch ab.

»Jacob. Du kannst mir helfen, unsere Vorräte an Farbstoffen zu überprüfen!«

Der blonde Junge putzte sich missmutig die Hände an seinem Kittel ab. »Was soll ich tun?«

»Einfach achtgeben, was ich sage.« Catharina reichte ihm einen festverschlossenen Behälter aus Ton. Er drehte verbissen am Deckel, der sich verkantet hatte.

»Vorsicht!«, warnte sie. »Das ist Auripigmentum.«

»Klingt kostbar.« Er lauschte dem Klang des Wortes nach. Jetzt ließ sich der Deckel öffnen. Im Innern des Behälters befanden sich einige gelbgrüne Brocken, die er zweifelnd anstarrte. »Welche Farbe soll das geben?«, fragte er misstrauisch.

Catharina lachte leise. »Es färbt gelb und ist giftiger als jedes andere Pigment, das wir verkaufen. Mach es gleich wieder zu, hörst du! Und wenn du das Behältnis das nächste Mal öffnest, ziehst du dir ein Tuch vor die Nase, damit du die Dünste nicht einatmest!«

Das würde er im Ernstfall sicher vergessen. Mit dem Sortieren der Kräuter und dem Studium der Schriften Hildegards hatten sie den Nachmittag verbracht, denn Kundschaft kam fast keine. Nur Marie, die kleine Tochter des Schusters, hatte eine von Catharina frisch angemischte Salbe gegen Warzen geholt. Wenn die nicht half, hatte sie gesagt, würde ihre Mutter sie zum Warzenbesprechen zur alten Margrete schicken.

Außer dem kleinen Mädchen zogen es alle anderen Esslinger Bürger bei dem Herbststurm vor, sich zu Hause hinterm Ofen zu verkriechen. *Keine Sorge*, dachte sie. Die nächste Erkältungswelle rollte so sicher heran wie das Amen in der Kirche, und dann würde die Kundschaft schon wieder herbeiströmen und ihre Heiltränke gegen Triefnasen, Husten und Verschleimung kaufen.

Sie schaute sich um. Auf den Regalen standen die Gefäße mit den Kräuterauszügen und Tinkturen eng an eng bis zur Decke gestapelt. Doch eine ganze Wand war den Pigmenten vorbehalten, die vor allem die Mönche aus den Schreibstuben der Klöster für ihre prächtig illuminierten Codices kauften. Sie seufzte. Es war beinahe zu dunkel, um zu erkennen, welcher Farbstoff in welchem Behältnis war. Wenn sie vorankommen wollten, würde sie ein weiteres Licht anzünden müssen. Blinzelnd hob sie den Beutel mit dem roten Ocker an und stellte am Gewicht fest, dass sie das Erdpigment dringend nachbestellen musste. »Fehlt!«, murmelte sie.

»Und wo steckt der Meister mal wieder?« Jacob kratzte sich am Kopf. »Dein Vater lässt sich gar nicht mehr blicken.«

»Keine Ahnung.« Catharina seufzte. Als Stadtapotheker sollte sein Platz eigentlich im Laden sein. Er und nicht sie hatte die Pflicht, seinem jungen Lehrling das Handwerk beizubringen.

Sie seufzte noch einmal, als sie über die unterste Regalreihe putzte und eine Staubwolke aufwirbelte. Jacob hatte natürlich recht, aber auch das änderte nichts daran, dass ihr Vater sich lieber in der Stadt herumtrieb, als hinter dem Ladentisch zu stehen. Noch schlimmer war es, dass er gar nicht so sehr dem Wein, sondern seinen Träumen nachhing, die ihn in ein Land jenseits des Sonnenaufgangs entführten, das Catharina nie gesehen hatte. Zum Glück konnte er wenigstens nachts nicht mehr in seiner brodelnden Alchemistenküche voller stinkender Dämpfe und wabernder Flüssigkeiten verschwinden, denn die war ihm vor gut einem Jahr über dem Kopf wegexplodiert. Dennoch suchte der Vater überall nach irgendetwas, von dem nicht einmal er selber wusste, was es war. Niemand ahnte, wohin das noch führen sollte.

»Ich werde dich heiraten«, sagte Jacob tiefernst.

Catharina lachte und stieg vom Stuhl. »Wenn du endlich deine eigene Apotheke hast, bin ich eine alte Schachtel ohne Zähne«, sagte sie und verwuschelte sein helles Haar. Er schüttelte den Kopf und schaute sie aus seinen blauen Augen an, die ein einziges Versprechen waren. »Du wirst immer wunderschön sein, Cathie. Das schönste Mädchen in der Stadt und die beste Lehrerin.«

»Sogar, wenn ich keine Zähne mehr habe?« Hinter dem Scherz verbarg sich eine Menge Ratlosigkeit.

Bis vor einem Jahr hatte die Großmutter noch gelebt, die Catharina ab ihrem zwölften Lebensjahr in das Wissen und den Erfahrungsschatz der Apotheker eingeweiht hatte. Jetzt war sie siebzehn und eine ausgebildete Apothekerin. Auch wenn es ihr als Frau nicht gestattet war, selbständig das Geschäft zu führen, würde ihr das Heilwissen, das sie auf diese Weise gewonnen hatte, niemand streitig machen. Und immer häufiger ertappte sie sich dabei, wie sie ihre Kenntnisse an den Lehrjungen weitergab.

In diesem Moment sprang die Tür auf. Mit einem Schwall kalter Luft drängte sich eine Gruppe Männer in den Raum. Bevor sie die Tür schließen konnten, blies der Wind ihnen einen Haufen rotbunter Ahornblätter hinterher. Das Öllicht auf dem Verkaufstisch flackerte und verlöschte im Wind.

»Kalt da draußen.« Christoph Appenteker griff nach dem Leuchter mit den teuren Wachskerzen, holte einen Kienspan aus dem Ofen in der Küche und zündete eine nach der anderen an, bis ihr heller Schein auch die finstersten Ecken erleuchtete.

»Vater«, sagte Catharina hilflos und ärgerte sich über die Verschwendung und den Weindunst, der ihn und seine Kumpane umgab. Hoffentlich hatte ihr Vater nicht so viel getrunken. Er wusste doch, dass er das nicht vertrug.

»Da wären wir also.« Der Apotheker rieb sich unternehmungslustig die Hände, während die anderen beiden sich neugierig umsahen. »Das hier ist mein hoffnungsvoller Lehrling Jacob.« Er deutete auf den Jungen, der puterrot wurde und sich am liebsten in Luft aufgelöst hätte. »Und das da meine zauberhafte Tochter.« Er zog sie vor seine Brust. »Catharina.«

»Hast du den Hustensirup schon angesetzt, Cathie?«, fuhr er dann fort und hielt sich schwankend am Ladentisch fest. »Thymian, Salbei, Honig. Er verkauft sich sicher gut.«

»Das werde ich morgen tun«, sagte sie und taxierte die Ankömmlinge.

Der eine war Eckhard Weckmann, der die zweite Esslinger Apotheke in der Apothekergasse führte. Der andere – Catharinas Herz begann zu klopfen – war ihr Retter von der Handelsstraße, und er hatte das unternehmungslustige Funkeln in den Augen, das man sich besser verkniff, wenn man gefahrlos mit ihrem Vater verkehren wollte. Christoph machte eine großspurige Bewegung, die beide Gäste mit einschloss.

»Meister Eckhard kennst du ja.« Sein Weindunst flutete Catharina ins Gesicht, und sie rümpfte die Nase.

Und ob sie Weckmann kannte. Der blonde Hüne, fassbreit und bärtig, begrüßte sie mit einer spöttischen Neigung seines Kopfes und näherte sich dann ungefragt dem Verkaufstisch, wo die Schrift der heiligen Hildegard lag. Sie erinnerte sich daran, wie er ihr Rezept für eine Arznei gegen Leibdrücken kurzerhand kopiert und den Kräutersud dann günstiger verkauft hatte, kratzte die Reste ihrer Höflichkeit zusammen und nickte zurück.

»Ich wusste gar nicht, dass du mit der Konkurrenz verkehrst«, flüsterte sie so leise, dass es ihr Vater vielleicht gar nicht gehört hatte. Weckmann öffnete das Buch, und Catharina ärgerte sich. *Nimm deine schmutzigen Pfoten weg!*, dachte sie.

Der Einband knallte, als er ihn zuklappte.

»Gelehrte Weibsbilder«, sagte er verächtlich. »Frauen, die lesen, und Hühnern, die krähn, sollt man beizeiten die Hälse umdrehn.«

Zornig stemmte sie ihre Hände in die Hüften und öffnete den Mund für eine schlagkräftige Entgegnung, doch ihr Vater kam ihr zuvor.

»Und das hier ist Adrian Borluut aus Gent«, sagte er und drehte sie zur Seite, so dass sie dem fremden jungen Mann ins Gesicht schauen musste.

»Wir kennen uns schon«, sagte dieser jetzt.

Da war er nun also. Catharina holte nach, was sie heute Mittag versäumt hatte, und betrachtete ihn genauer. Unter dem warmen Reisemantel war seine teure Kleidung verborgen geblieben. Er trug einen knielangen Wappenrock aus schwarzem Samt von erster Qualität. Darunter schaute allerfeinstes, gefälteltes Leinen hervor. Seine Beine steckten in roten Beinlingen, und die Stiefel aus weichem Leder hatten sicher ein Vermögen gekostet. Sie löste sich aus dem Griff ihres Vaters und trat einen Schritt zur Seite.

»Meister Borluut ist auf der Suche nach einem Pigment«, sagte ihr Vater. »Ultramarinblau.«

Es wurde so still, dass sie den Wind vor der Tür pfeifen hören konnten. Das Wort stand als gestaltgewordene Verheißung zwischen ihnen, als könne man nach ihm greifen.

»Oh«, sagte Jacob.

»Wir haben kein Ultramarin.« Catharina machte eine umfassende Geste, die den ganzen Laden einschloss. »Wir waren gerade dabei, unsere Bestände zu überprüfen. Wir führen Blauholz und Azurit. Und Ihr?« Unwillig wandte sie sich Weckmann zu, der die Schultern hochzog.

»Nein«, gab er nach kurzem Zögern zu. »Kleine Mengen für die Buchmalerei besorge ich in Ulm. Niemand hier kann sich Ultramarin in größerem Umfang leisten.«

»Nein, denn es wird mit Gold aufgewogen! Manchmal auch mit seinem Wert hoch drei.« Christoph Appenteker lachte ihnen siegessicher zu und verschwand in seinem Alchemistenkeller.

Catharinas dunkle Vorahnungen verstärkten sich. Das alles sah nach einem neuen Heldenstück aus, einer Reise oder einer irrwitzigen Idee, wie man zu Geld kommen konnte. Beim letzten Mal hatte er versucht, einem magyarischen Händler das Rezept für den Theriak der Pharaonen abzujagen, und war dem Mann bis nach Wien gefolgt, wo sich herausstellte, dass sein Allheilmittel keineswegs Schlangenextrakt enthielt, sondern lediglich aus Alraune und Kräuterauszügen hergestellt war. Bei dieser Gelegenheit hatte er wenigstens einen Betrüger entlarvt, doch normalerweise scheiterte ihr Vater mit solchen Vorhaben grandios. Ultramarin – das Pigment war eine Nummer zu teuer für das kleine Esslingen.

Doch egal, wohin sie ihn führen würde, die Idee hatte von ihm Besitz ergriffen, und die Flügel seiner Begeisterung trugen ihn in Windeseile in den Keller und zurück. In seiner

Hand hielt er ein kostbar aussehendes Kästchen aus goldfarbenem Metall. Deckel und Seitenwände waren mit fein ziselierten Ornamenten und fremdartigen Blütenmustern geschmückt, deren Machart Catharina noch nie gesehen hatte.

»Dieses Schatzkästchen kommt weit aus dem Osten, genau wie sein Inhalt«, sagte er stolz und öffnete es im Kerzenschein. Unwillkürlich traten Catharina, Weckmann und Jacob heran und lenkten ihren Blick hinein. Sieben Arme hatte der teure Silberleuchter; in jedem steckte eine duftende Wachskerze, und ihr Licht brachte das unglaublichste Blau zum Leuchten, das sie je gesehen hatte. Nicht einmal der Sommerhimmel strahlte in einer solchen Farbe. Der Fremde aus Gent stand derweil lässig an den Tresen gelehnt da, sein rechtes Bein locker aufgestellt. Das Licht der Kerzen spiegelte sich in seinem klaren Blick, der sich ohne Scham und Anstand mit dem ihren traf. So konnte sich nur jemand gebärden, dem Reichtum und Sorglosigkeit in die Wiege gelegt worden waren. Missbilligend zog sie ihre Brauen zusammen.

Christoph sah erwartungsvoll in die Runde. »Dieses Ultramarin kommt von einem Ort weit im Osten. Badakshan am Ursprung der Seidenstraße. Dort sind die großen Lapislazuliminen, die einzigen in der bekannten Welt.«

»Bist du schon einmal dort gewesen?«, fragte Catharina.

»Oh ja! Ich stand am Fuße dieser Berge und habe in die Dome aus blauem Stein geschaut«, antwortete ihr Vater und war in Gedanken schon weit weg.

5

Als alle gegangen waren, blieb Jacob allein in der Apotheke zurück und spürte der plötzlichen Stille nach.

Nachdenklich machte er sich daran, die Säcke mit den Pigmenten zu verschließen und wieder an ihren Platz im Regal zurückzuräumen. Es war so leise im Laden, dass er eine Maus unter den Schrank in der Ecke huschen hörte. In ihrer Begeisterung über das Schatzkästchen hatte Catharina sich nicht mehr für ihn interessiert; er war unsichtbar für sie geworden, und das, wo er ihr doch heute gesagt hatte, was er für sie fühlte. Es tat weh, so jung zu sein, dass man übersehen wurde. Zornig trat er mit dem Fuß gegen den Ladentisch und stieß sich übel den Zeh.

»Au, verdammt!«

Mit dem rechten Fuß in der Hand hüpfte er auf einem Bein im Laden herum, bis der Schmerz nachließ. Es war nicht einfach, dreizehn zu sein, ein Junge, dessen Stimme kiekste und der jeden Tag etwas mehr aus seinem alten Kittel herauswuchs, bis die Ärmel knapp unterhalb der Ellbogen endeten. Aber das Schlimmste war, dass er Catharina nicht helfen konnte, obwohl er nichts anderes sein wollte als ihr Ritter.

Und dabei hatte sein Leben durch die Lehre bei dem Apotheker eine so gute Wendung genommen. Seit er acht Jahre alt war, hatte er mit seiner verwitweten Mutter und seiner kleinen Schwester im Spital gelebt.

Sie waren zu viert aus dem fernen Straßburg gekommen, der fahrende Scholar Jacques Berthier, seine junge Frau Marie und die Kinder Jacques und Adeline, die damals noch in den Windeln gelegen hatte. Ihr Vater war einer der wenigen Gelehrten gewesen, die sich nicht für den geistlichen Stand, sondern für eine Heirat entschieden hatten, und war fortan mit ihnen und dem Esel von einer Anstellung zur nächsten gezogen. In Esslingen hatte er sein Amt als Lehrer an der Lateinschule angetreten, woraufhin sich ihr Leben zum Guten gewendet hatte. Doch dann war er an dem gefährlichen Darmfluss gestorben, der damals in der Stadt grassierte, und Marie hatte bitter lernen müssen, dass eine Witwe ohne Familie und Zunft in der Reichsstadt ihrem Schicksal schutzlos ausgeliefert war. Schließlich hatten sie sich ins Armenhaus des Spitals gerettet und waren im großen Saal zwischen den Bettlern untergekommen, die keinerlei Habe besaßen. Jacob und Lina hatten sich dort wegen der Läuse fast zu Tode gekratzt. Und dann wäre Lina im ersten Winter beinahe am Lungenfieber gestorben. Dank der Hilfe der Priorin und der guten Pflege ihrer Mutter hatte die Kleine überlebt. Und so erkannten die Schwestern vom heiligen Augustinus, was sie an der fleißigen Marie hatten, und steckten sie zu den Herrenpfründnern, wo sie die Wäsche wechselte, Nachttöpfe leerte und Essen an die Alten verteilte, die sich oft nicht einmal mehr an ihren Namen erinnern konnten.

Zu dritt waren sie kurz darauf in eine winzige Stube im Spital gezogen, und Jacob hatte seinen Schulunterricht an der Lateinschule fortgesetzt, den die Schwestern der Mutter als Gegenleistung für ihre Arbeit bezahlten. Dort war er vor allem durch seine Streiche aufgefallen. Eines Tages – er hatte zum Spaß im Unterricht ein Frettchen laufen lassen, und der Schulmeister hatte ihn dafür zuerst verprügelt und dann vor die Tür gestellt –, war Christoph Appenteker, der gerade eine Lieferung ins Spital brachte, zufällig auf ihn aufmerksam geworden.

»Wie heißt du?«, hatte der Mann mit den dunklen Haaren

gefragt und verwundert auf seine rotgeschwollenen Hände gestarrt, auf die eben hundert Streiche niedergeprasselt waren. »Jacob Berthier«, hatte er gesagt.

»Berthier?«, war als Frage zurückgekommen. »Ich habe auch hier gestanden, meine halbe Schulzeit lang. Und meine Hände konnte ich kaum je gebrauchen.«

Er hatte ihm auf die Schulter geklopft und danach lange mit dem Schulmeister gesprochen. Noch an diesem Tag hatte er ihn als Lehrling in sein Haus geholt, ohne dass seine Mutter für ihn Lehrgeld entrichten musste. Später erzählte ihm Marie, dass Christoph Appenteker gemeinsam mit seinem Vater den Geheimnissen der Alchemie nachgegangen war und den »roten Drachen« gesucht hatte, was auch immer das sein sollte. Jedenfalls waren sie gute Freunde gewesen.

Christoph Appenteker tat oft seltsame Dinge. Manchmal verschwand er wochenlang. Und wenn er da war, schloss er sich nachts in seinem Alchemistenkeller ein, aus dem es furchterregend qualmte und nach Schwefel stank, als hätte der Apotheker ein Loch zur Hölle gegraben. Eines Tages hatte es eine Explosion gegeben, die das Haus bis in die Grundfesten erschüttert und einige der Glasphiolen in den Regalen zum Platzen gebracht hatte. Mira, Catharina und Jacob waren durch den dichten Rauch nach unten gestürzt und hatten Christoph Appenteker bewusstlos und rußgeschwärzt vor seinem zerstörten Alembic, dem alchemistischen Destilliergefäß, gefunden.

»Der hetzt uns allen noch die Inquisition auf den Hals«, hatte Mira geklagt, bevor sie ihn mit vereinten Kräften in sein Schlafzimmer getragen und alle Fenster zum Hof und zur Stadtmauer hin aufgestoßen hatten.

Wenn Christoph sich aber die Zeit dazu nahm, war er ein kundiger Apotheker, kannte seine Rezepte auswendig und bildete seine Tochter und seinen Lehrling geduldig aus. Catharina war ebenso wie Jacob im Alter von zwölf Jahren in die Lehre gekommen und ihm in der Ausbildung weit voraus. Wenn der Apotheker nicht da war, hatte seine betagte Mutter diese Aufgabe mit Sorgfalt übernommen. Bis sie vor einem Jahr gestorben war. Da hatten die Schwierigkeiten begonnen. Der Meister ließ sich immer seltener zu Hause blicken, und Catharina musste die Apotheke alleine führen, auch wenn ihnen die Zunftmeister mit essigsaurer Miene aufs Dach stiegen. Und dann hatten Jacobs Gefühle begonnen, verrückt zu spielen. Bewusst geworden war es ihm ausgerechnet, als sie süße Latwerge einkochte und ihre Wangen vom Dampf gerötet waren. Natürlich hatte er schon immer gewusst, wie hübsch sie war, aber plötzlich klopfte ihm sein Herz bis in den Hals, wenn er nur neben ihr stand und ihren Duft einatmete. Wie anmutig die Linie ihres Nackens in ihren Haaransatz überging! Wie ausdrucksvoll ihre blauen Augen waren! Er liebte sie mit der ganzen Leidenschaft seiner dreizehn Jahre.

Seufzend schob er den Sack mit dem Grünspan unters Regal und schreckte damit die Maus auf, die panisch über den Steinboden flitzte. Mira, die im Hause Appenteker Köchin und Mädchen für alles war, würde eine Falle aufstellen müssen.

6

»Gelehrte Frauen sind gefährlich.« Eckhard Weckmann streckte seine langen Beine genüsslich unter dem Wirtshaustisch aus. »Sie widersprechen dem Hausherrn und vernachlässigen ihre Pflichten, weil sie ihre Nase in Bücher stecken und vor der Zeit kurzsichtig werden.« Sein dicker Bauch stieß an die Tischkante. »Was meint Ihr dazu, Mijnheer Borluut?«

»Mich stört es nicht, wenn ich mich mit einer Frau über andere Dinge unterhalten kann als über das Wetter und ihre Kleidung«, sagte Adrian. »Und was ist Eure Meinung, Meister Appenteker?«

»Klugheit ist in meiner Familie keine Schande. Auch bei Frauen nicht.« Appenteker musterte sein Gegenüber aufmerksam. »Daran solltet Ihr Euch beizeiten gewöhnen, Meister Eckhard. Meine Tochter ist nicht umsonst nach der klügsten Frau der Christenheit benannt worden, der heiligen Catharina von Alexandria.«

Warum beizeiten gewöhnen? Beunruhigt fragte sich Adrian, welche Pläne die beiden Männer mit der schönen Catharina verfolgten.

Weckmann beugte sich vor. »Sagt, Appenteker. Teilt Ihr alle Geheimnisse mit Eurer Tochter?«

Christoph faltete seine Hände auf dem Tisch. »Catharina ist in mein ganzes Wissen eingeweiht und wahrscheinlich eine bessere Apothekerin als ich.«

Sie hatten sich in der besten Schenke Esslingens niedergelassen. Die Wände des Goldenen Löwen waren frisch geweißelt. Über dem Feuer köchelte ein verlockend duftender Eintopf, und die Köchin beugte sich schwitzend über einen Spieß mit brutzelnden Fleischstücken. Der Wirt und die drei Schankmädchen hatten alle Hände voll zu tun, um die Gäste zu bedienen, die den Raum bis auf den letzten Platz füllten. Eine Gruppe Ratsherren und Patrizier drängte sich um ihren Stammtisch und prostete sich angeheitert zu. In einer Ecke hockten zwei hochgestellte Benediktinermönche, die wohl Gäste eines der Pfleghöfe in der Stadt waren, nagten hungrig an ihren Schweinshaxen und ließen sich nicht lumpen. »Brot, bitte«, rief einer von ihnen mit vollem Mund in Richtung der Bedienung. »Und einen Krug vom besten Wein!«

Am Tisch neben ihnen saß ein einzelner Mann und widmete sich ganz dem Inhalt seines Bechers. Einen Moment lang wunderte sich Adrian, warum er seine Kapuze nicht zurückgeschlagen hatte.

Das Schankmädchen kam und setzte einen Krug mit heißem Würzwein vor sie auf den Tisch. Weckmann nutzte die Zeit, um der jungen Frau auf den Po zu klatschen. »Unsere brave Rieke hier verschwendet ihre Zeit sicher nicht mit Büchern.«

»Finger weg!« Kopfschüttelnd verließ sie ihren Tisch, nicht ohne Adrian verschwörerisch zuzublinzeln, der seine Wirkung auf Frauen zur Genüge kannte.

»Bildung ist an das weibliche Geschlecht verschwendet«, fuhr Weckmann fort. »Passt nur auf, Christoph, dass Eure Tochter sich damit nicht ihre Chancen auf dem Heiratsmarkt verdirbt.«

»Wer die Hand meiner Tochter will, muss sich ihrer erst würdig erweisen«, sagte dieser nachdenklich. »Catharina ist etwas ganz Besonderes. Doch jetzt sollten wir andere Dinge besprechen.«

In seinen Augen glomm ein dunkles Feuer. Die Sache mit dem Azurstein hatte ihn gepackt. *Endlich*, dachte Adrian. *Endlich ein Verbündeter, endlich ein gangbarer Weg.*

Auf der Spur des Ultramarins war er mit einem Handelszug voller feinster flandrischer Wollstoffe auf der Handelsstraße über Speyer und Vaihingen an der Enz immer weiter nach Südosten gereist. In jeder Stadt hatte er nach Kontakten gesucht, die es ihm ermöglichen würden, eine größere Menge des kostbaren Pigments zu beschaffen, doch nirgendwo war er fündig geworden, nicht am Rhein und auch nicht am unteren Neckar. Die Stoffe hatte er in Esslingen verkauft, kurz nachdem ihm Catharina im Trubel der Reichsstraße buchstäblich vor die Füße gefallen war. Nach diesem Geschäft hatte er auf dem Kornmarkt die beiden Apotheker getroffen und war mit ihnen ins Gespräch gekommen. Und dann hatte sich herausgestellt, dass der eine der Vater des Mädchens war, dessen Augen blauer leuchteten als jedes Ultramarin.

»Wofür benötigt Ihr das Pigment?« Appenteker beugte sich neugierig vor.

»Für einen Altar, den mein Onkel in Auftrag gegeben hat. Christus, Maria, Adam und Eva und jede Menge Heilige. Jan van Eyck, der Hofmaler Herzog Philipps, malt ihn für unsere Familie. Aber das ist nicht alles.«

Die beiden Apotheker hörten ihm aufmerksam zu. Sogar die Augen von diesem großen Schnösel, diesem Weckmann, leuchteten bei seiner Schilderung.

»Was wollt Ihr denn noch?«, fragte Appenteker neugierig.

»Ich will das Pigment in großem Stil in Flandern einführen.«

»Ultramarin ist nicht gleich Ultramarin«, begann der Apotheker langsam. »Auf dem Markt gibt es jede Menge ungereinigten Farbstoff, der voller Kalk und Katzengold ist. Wenn man die beste Qualität haben will, muss man seinen Gegenwert in Gold aufwiegen.«

Adrian nickte unwillig, und Appenteker sprach weiter. »Soweit ich weiß, sind die Perser als Einzige mit dem aufwändigen Prozess der Reinigung vertraut. Und das nutzen sie aus, indem sie die Preise diktieren.«

Adrian lehnte sich vor, stützte seine Ellbogen auf die Tischkante und lauschte aufmerksam. Und dann sprach Christoph weiter. »Was wäre, wenn wir den Prozess der Herstellung auf diese Seite der Alpen verlagern würden? Nach Gent, oder vielleicht auch nach Esslingen?«

»Dann«, begann Weckmann, »hätten wir den Esel gefunden, der Gold scheißt.«

»Aber müsste man dazu nicht Unmengen von Azurstein besorgen?«, fragte Adrian.

»Und ob man das müsste«, antwortete Christoph. »Und man braucht Kapital, um irgendwo zwischen Badakshan und Venedig genügend Rohstoff aufzukaufen. Den Transport könnte man vor Ort organisieren.« Er lehnte sich zurück und betrachtete sie nachdenklich. »Ich reise nach Venedig, wo ich einen Geschäftspartner habe, der sich auskennt.«

Adrian spürte die Blicke der beiden Männer an sich kleben wie Bienen an einem Honigglas, denn eine wichtige Frage stand noch offen. »Geld ist kein Problem«, sagte er leise und überschlug, wie viel er aus dem Erbe seiner Mutter lockermachen konnte. Genug. Über den Tisch hinweg schüttelten sie sich die Hände und besiegelten so ihren Vertrag.

Die Schankmagd kam erneut und stellte eine große Platte voller Schweinefleisch mit Brot vor ihnen ab. Christoph Appenteker verteilte die verlockend duftenden Portionen auf die Teller seiner neuen Geschäftspartner. Adrian griff herzhaft zu und biss in das Fleisch, das die Wirtin aufs Köstlichste mit Rosmarin gewürzt hatte.

In diesem Moment öffnete sich die Tür, und die Stimmen im Raum erstarben. Eine Frau stand auf der Schwelle und zog alle Blicke auf sich. Selbst die Mönche an ihrem Tisch verstummten. Sie war von so großer Schönheit, dass die Kerzen auf den Tischen neben ihr verblassten, während sie den Raum durchschritt. Appenteker stand auf und rückte ihr einen Stuhl zurecht. Elegant raffte sie ihr goldfarbenes Seidenkleid und setzte sich. »Guten Abend, die Herren – Christoph, Meister Weckmann«, sagte sie mit einem Lächeln in der Stimme, von dem Adrian wärmer wurde als vom heißesten Würzwein. »Und wer seid Ihr?«

»Adrian Borluut.« Fast wäre er ins Flämische gefallen, so sehr brachte ihn ihr Anblick aus der Fassung. Sie war groß und trug eine hauchzarte Haube, die ihr lockiges, dunkelblondes Haar nur unzureichend bedeckte. Das Kleid ließ ihren Brustansatz frei und entblößte die milchig weiße Haut ihres Halses. Die Frau lächelte, als sie sah, dass Adrians Blick sich kaum von ihr lösen konnte. Natürlich, sie musste eine Kurtisane sein! Es war ihr Beruf, ihm schönzutun. Er ärgerte sich über seine Dummheit und errötete unwillkürlich, was Weckmann, der sich gerade ein Stück Fleisch abschnitt, mit einem belustigten Grinsen registrierte. »Und, wie gehen die Geschäfte?«

»So, wie sie gehen sollten«, sagte die Dame unverfroren.

Adrian, der sich unwillkürlich den Kopf über ihren Preis zerbrach, spürte, wie sich seine knallrote Gesichtsfarbe vertiefte. Er war aus Köln einiges gewohnt, aber nicht, dass die Huren mit den Herren zu Tisch saßen und sich mit ihnen über ihr Einkommen unterhielten.

»Was führt dich zu uns?«, fragte Appenteker.

»Mir war ein wenig einsam ums Herz«, sagte sie vorsichtig. »Ich habe dich gesucht.« Sie griff nach einem Kanten Brot, tunkte den kräuterduftenden Bratensaft vom Teller des Apothekers damit auf und begann zu essen. »Sonst finde ich dich eher im Schwarzen Eber als hier.«

»Christoph, nun stellt die Dame unserem Gast aus Flandern doch schon vor!«, sagte Weckmann.

Der Apotheker räusperte sich verlegen. »Nun, lieber Herr

Adrian. Das ist meine Schwägerin Antonia Truhlieb, die Schwester meiner verstorbenen Frau.«

Adrian starrte sie neugierig an. Dass die hochanständige Familie Appenteker mit einem übel beleumdeten Weibsbild verwandtschaftliche Beziehungen pflegte, wollte ihm nicht recht in den Kopf. Aber vielleicht pflegten sie ja mit dieser Schwägerin keinen allzu intensiven Umgang. War der Apotheker nicht sogar ein Stück von ihr weggerückt? Am Feuer begann ein Spielmann, trunken auf einer verstimmten Laute zu klimpern. »Aus Flandern kommt Ihr, Meister Borluut?«, fragte die Dame. »Gerade heute habe ich eine Ladung allerfeinste flandrische Tuche aufgekauft.«

Adrian verschluckte sich, und sie schien geneigt, ihm auf den Rücken zu klopfen, wartete dann aber zum Glück ab, bis er sich mit Hilfe eines großen Schlucks Wein selbst geholfen hatte.

»Ich habe sie einem Cannstatter Händler abgejagt, für teures Geld. Fast meine ganze Schatulle ist leer.« Sie seufzte, doch das Lächeln, das auf ihrem Gesicht erschien, sprach Bände. »Aber es hat sich gelohnt.«

Er hatte sich geirrt. Sie war keine Kurtisane. »Ihr seid Tuchhändlerin?«

Sie nickte zufrieden. Auch wenn sie nicht ehrbar aussah, so hatte sie doch einen anständigen Broterwerb. Lag es am Wein oder an seiner Verlegenheit, die Luft war auf einmal so dick, dass er den Kragen seines Übergewands lockern musste. »Hatte Euer Geschäftspartner sie gerade heute erworben?«

Sie nickte noch einmal und sah so zufrieden aus wie eine Katze, die ein Schälchen Sahne bekommen hatte. »Frisch aus Gent eingetroffene Ware.«

»So«, sagte Adrian.

»Ihr dürft das nicht missverstehen.« Sie setzte sich auf ihrem Stuhl zurecht und schlug die Beine übereinander. »Seit dem Tode meines Mannes beschäftige ich mich zwar mehr mit seinen Geschäften. Aber ich führe unser Handelshaus nicht. Das tut der Verwalter. Nur bei den edlen flandrischen Wolltuchen konnte ich nicht widerstehen. Vielleicht lasse ich sie sogar in Esslingen verarbeiten. Einen kleinen Teil könnte man hier walken lassen, für erstklassige Wintermäntel.«

»Ihr habt einen guten Blick«, gab Adrian zu.

Weckmann beugte sich über den Tisch, und der Schalk stand in seinen Augen. »Nur keine falsche Bescheidenheit, meine Dame! Ihr habt einen Ruf zu verlieren.«

»Und was für einen.« Sie lachte, und ihre Augen funkelten.

»Auch wir sind dabei, ein Geschäft abzuschließen, liebe Antonia«, sagte Appenteker geheimnisvoll. »Und dafür werde ich nach Venedig reisen müssen und vielleicht sogar noch weiter.«

»Was für ein Geschäft?« Sie klang misstrauisch.

Appenteker schaute von einem zum andern und schüttelte dann den Kopf. »Das ist noch nicht spruchreif.«

Zwischen Antonias Augenbrauen erschien eine steile Falte. »Und was ist mit deiner Tochter?«

»Catharina ist fast erwachsen, und Meister Weckmann hier wird sicher ein Auge auf sie haben«, sagte der Apotheker bedachtsam.

Die Frau zog vielsagend die Augenbrauen hoch. Weckmann nickte, und Adrian spürte einen Stich bitterster Eifersucht. Mühsam rief er sich zur Ordnung. Die Leute in der Brückenstadt gingen ihn nichts an. Er sollte sich aus ihren Belangen heraushalten, sogar, wenn Appenteker seine lesehungrige Tochter an einen Mann verheiraten würde, der gebildete Frauen nicht ausstehen konnte. Schade um die schöne und eigenwillige Catharina! Adrian war froh, als Platten und Krüge leer waren und sie aufbrechen konnten.

Gefolgt von einer Gruppe reich gekleideter Patriziersöhne, die sich angeheitert von ihren amourösen Abenteuern erzählten, drängten sie auf die Gasse hinaus. Hier war es dunkel. Es roch nach dem Rauch unzähliger erloschener Herdfeuer. Nebel waberte zwischen den Häusern und kroch ihnen kalt den Rücken hinauf. Plötzlich erinnerte Adrian sich daran, dass seine Amme früher behauptet hatte, in den Nächten um Allerheiligen und Allerseelen kehrten die Toten zurück. Er schauderte und war schlagartig nüchtern. Plötzlich sehnte er sich nach dem warmen Bett in seinem Herbergszimmer. Er wollte sich gerade verabschieden, doch seine neuen Geschäftspartner standen noch immer in der Menschentraube vor der Wirtshaustür herum, redeten weinselig miteinander und konnten sich nicht lösen. Nur die Tuchhändlerin schien mit ihm einig zu sein. Sie hakte sich bei ihrem Schwager unter und versuchte, ihn fortzuziehen.

»Mir wird kalt!« Sie stampfte ungeduldig auf, doch Appenteker ließ sich nicht stören.

Währenddessen prahlten die Herrensöhnchen immer wilder. »Meine Schwester ist keine Hure«, schrie ein blonder Schönling, und seine Hand wanderte an sein Kurzschwert. »Wenn du ihr noch einmal in den Ausschnitt greifst …«

»Was dann?«, fragte sein Kumpan kampflustig, und schon flogen die Fäuste. Vier oder fünf gingen aufeinander los, als hätten sie nur auf diese Gelegenheit gewartet. *Nur weg hier*, dachte Adrian, duckte sich geistesgegenwärtig und wand sich aus dem Getümmel. Als ihn ein Faustschlag traf, holte er unwillkürlich aus und schlug zurück. Ein harter rechter Schwinger gehörte zu den Dingen, die er in Köln besser studiert hatte als die Anatomie des Menschen. Sein Gegenüber sackte seinem Kumpan in die Arme, der sich blitzschnell neu orientierte.

»Hey, du flandrische Pestbeule«, schrie er. »Ich werd dafür sorgen, dass du beizeiten aus der Stadt verschwindest.« Er legte den Bewusstlosen ab und baute sich fäusteschwingend vor Adrian auf.

»Beruhig dich, Mann!« Lässig trat Adrian seinem Kontrahenten gegen die Spitze seines Schnabelschuhs, brachte ihn damit zu Fall und drängte sich aus der Menge heraus.

»Ihr seid ja ein rechter Raufbold.« Weckmann zwinkerte ihm zu, hielt an jeder Hand einen der Burschen am Kragen und ließ ihre Köpfe beiläufig zusammenstoßen. »Ich dachte schon, ich müsste Euch rauspauken.«

»Kein Bedarf«, sagte Adrian. An der nebenstehenden Hauswand stand Appenteker schützend vor seiner Schwägerin.

»Schnell weg hier!«, sagte er und griff nach ihrer Hand, während sich die Herrensöhnchen weiter blutige Nasen einfingen. Sie hasteten einige Schritte die Gasse hinunter, weg von der Prügelei.

Später wusste Adrian nicht, was ihn dazu getrieben hatte, sich umzuschauen. Aber er tat es, und was er sah, ließ ihm das Blut in den Adern gefrieren. Der Fremde, der in der Gaststube allein an seinem Tisch gesessen hatte, stand wie ein Geist zwischen ihnen und der Horde prügelnder Rotzlöffel. Gevatter Tod mit der Sense kam ihm in den Sinn. Er trug noch immer seine Kapuze. Adrian wusste plötzlich, dass er sein Gesicht nicht sehen wollte, niemals. Vielleicht hatte er gar keines. Ein Messer blitzte auf; der Fremde wog es liebevoll in seiner Hand und dann, einen Moment später, hob er den Arm und holte aus. Adrian stand neben Christoph Appenteker und sah die

Flugbahn des Messers voraus. Einem Impuls folgend, warf er sich über ihn und riss ihn mit sich zu Boden. Der spitze Schrei der Frau erhob sich über das Kampfgetümmel vor dem Wirtshaus. Gleichzeitig nahm ihm ein unerträglicher Schmerz in seiner Schulter den Atem. Das Messer hatte ein neues Ziel gefunden.

7

Das hätte auch schiefgehen können«, sagte Catharina düster.

»Ich weiß.« Adrian hielt die Luft an, als sie ihm einen Verband aus sauberen Leinenstreifen straff um Brust und Schultern zog. Vorher hatte sie fachgerecht die Wunde gereinigt und mit einem Kräuterumschlag versehen. Die Schmerzen waren so stark, dass ihm immer wieder schwarz vor Augen wurde. *Nur keine Schwäche zeigen*, dachte er verbissen und konzentrierte sich auf den Gräserduft ihrer Haare, die wie ein dunkler Vorhang über ihr Gesicht fielen.

»Ihr hättet sterben können!«

Klang in der Feststellung nicht ein Quäntchen Angst durch? Vielleicht machte sie sich ja doch etwas aus ihm. »Aber zum Glück ist das Messer schräg abgerutscht und hat keine wichtigen Organe verletzt.«

»Ich weiß. Zum Glück schlägt mein Herz …« Er versuchte ein schiefes Lächeln, »… schlägt mein Herz auf der anderen Seite.« Für dich, hatte er sagen wollen, aber die Worte, die ihm sonst so leicht über die Lippen kamen, steckten in seiner Kehle fest.

Christoph Appenteker hatte den Verletzten in die Wohnung

über der Apotheke geführt und in Catharinas Schlafkammer einquartiert, deren Tür weit offenstand, um die aufsteigende Ofenwärme aus dem Erdgeschoss hereinzulassen. Jetzt saß Adrian aufrecht in ihrem Bett unter der dicken Decke. Auf dem Tisch am Fenster lagen ein aufgeschlagener Psalter und einige der kostbaren Abschriften, mit deren Lektüre sie ihre Zeit verbrachte. Die Kerze flackerte im Luftzug.

Sie hatten ihm das blutige Übergewand und das zerrissene Hemd ausgezogen, so dass sein Oberkörper bis auf den Verband nackt war. Er spürte ihre Augen auf sich ruhen. Was hätte er darum gegeben zu erraten, was sie dachte. Wahrscheinlich, dass er wie ein Bauer aussah. Adrian hatte die olivfarbene Haut seiner italienischen Mutter geerbt, seine Muskeln waren vom Reiten gestählt, und sicher standen seine Haare noch mehr zu Berge als sonst. Vergeblich versuchte er, seinen wilden Haarschopf mit der gesunden Hand zu bändigen. Aber selbst diese kleine Bewegung trieb ihm den Schweiß auf die Stirn.

»Es wird wehtun«, sagte sie.

»Danke, dass Ihr mich daran erinnert«, gab er spöttisch zurück. »Sagen wir es einmal so: Ich kann gar keine Schmerzen mehr kriegen …« Er sog scharf die Luft ein, »weil ich sie schon habe.«

»Seid nicht dumm! Sie werden über Nacht noch zunehmen. Und möglicherweise bekommt Ihr Fieber.« Sie schüttelte ungeduldig den Kopf. »Für solche Fälle habe ich einen Mohnsaft, von dem Ihr ein paar Tropfen einnehmen könnt, wenn Euch danach ist. Ich hole ihn gleich.«

»Ich nehme keinen Mohnsaft. Der vernebelt mir nur die Sinne«, rief er ihr nach, als sie schon die Treppe hinabgelaufen war und ihn sowieso nicht mehr hören konnte. Die Wunde in seiner Schulter pochte, aber mit der kühlenden Berührung ihrer Hände hatte es sich aushalten lassen. Es war, als ob sie die Schmerzen zeitweise in sich einsaugten. Vielleicht konnte er sie ja davon überzeugen, heute Nacht bei ihm zu bleiben? Ihr seidenweiches Haar, dessen Berührung sich anfühlte, als sei man in einen Sommerregen gekommen … Ihre anmutige Gestalt … Sie war wunderschön und wusste es nicht. Adrian gestand sich ein, dass er von ihr fasziniert war. Und er fand es gar nicht schade, dass sie ihre zierliche Nase am liebsten in Bücher steckte und ihren Verstand messerscharf gebrauchen konnte. Welch ein Verlust, wenn sie den Apotheker heiratete, der sie in Küche und Kinderzimmer sperren würde.

Catharina war schneller zurück, als er gedacht hatte. »Den Saft hat mein Vater nach einem wirksamen Rezept aus dem Osten zusammengebraut«, erklärte sie und stellte zwei Fläschchen auf dem Tisch ab. »Und das da ist Weidenrindenauszug und hilft gegen Fieber und Schmerzen.«

»Ich will das nicht«, sagte er störrisch.

»Ihr habt die Wahl«, gestand sie ihm großzügig zu. »Schmerzen oder seliges Vergessen.«

Ganz kurz legte sie ihre Hand auf seine Wange. Etwas floss zwischen ihnen hin und her wie ein warmer Strom und brachte sie dazu, ihre Hand ganz schnell wieder zurückzuziehen. *Schade*, dachte Adrian.

»Ich danke Euch!«, sagte sie befangen. »Ihr habt meinem Vater das Leben gerettet.«

Als er die verletzte Schulter hob, zuckte er vor Schmerz zusammen. »Möglicherweise«, sagte er. »Aber wer sollte ihm danach trachten?«

»Ich weiß es nicht«, wisperte sie. »Vater hat keine Feinde in der Stadt.«

Er schaute sie skeptisch an und dachte an seinen Onkel Josse

Vijd, der sich vor Feinden und Neidern kaum retten konnte. Da gab es Leute, die ihm nicht gönnten, dass er Ratsmitglied war, und andere, denen er geschäftlich übel an den Karren gefahren war. Außerdem hatte es zwischen dem Herzog und der Familie Vijd vor einigen Jahren einen ziemlich üblen Streit gegeben. Eigentlich ein Wunder, dass er oder die Genter noch keinen gedungenen Mörder auf ihn angesetzt hatten.

»Jeder hat Feinde. Und wenn sie nicht von hier kommen, dann aus den Ländern, die er bereist hat.«

Darauf wusste Catharina keine Antwort. Und den Messerwerfer konnte man nicht mehr fragen, denn der hatte sich in Luft aufgelöst, als seine Gefährten damit beschäftigt waren, Adrian aufzuhelfen.

»Er wird es wieder versuchen«, sagte sie düster.

»Euer Vater will nach Venedig reisen.«

Sie nickte schicksalsergeben. »Er ist wie ein Zugvogel. Da kann man nichts machen.«

»Er wird für mich und Meister Weckmann … Geschäfte tätigen. Vielleicht haben dann Eure Geldsorgen ein Ende.«

Volltreffer. Sie schaute ihn so entgeistert an, dass er nur richtig geraten haben konnte. Für ihre Antwort musste sie ihre Worte mühsam zusammensuchen. »Wenn er sich beeilt, kann er dann noch vor Ostern zurück sein?«

Adrian nickte, obwohl er sich das kaum vorstellen konnte. Wer würde auf Catharina aufpassen, wenn ihr Vater viel länger unterwegs war? Als sie an der Tür stand, konnte sie die Verzweiflung in ihren Augen nicht verbergen.

8

Catharina zog die Tür hinter sich ins Schloss und stieg nachdenklich die Treppe hinab. Sein Blick brannte in ihrem Herzen, und doch hatte sie anderes zu bedenken als die Gefühle, die er in ihr auslöste. Sie war sicher, dass sie dem Messerwerfer heute Mittag auf der Handelsstraße begegnet war. Manchmal konnte sie die Absichten der Menschen erspüren wie Steine in ihrem Schuh. Die Bedrohung war so greifbar gewesen, als hätte er sie in einen Raum aus Dunkelheit gezerrt. Nur hatte der Anschlag nicht ihr, sondern ihrem Vater gegolten.

Aus der Tür zur Apotheke schob sich Jacobs blasses Gesicht. Er gähnte leise und ließ sich widerwillig von Catharina zurück ins Bett schicken. Mira, die Hausmagd, stand in Hemd und Schultertuch in der Küchentür.

»Ich habe deinem Vater Kräutersud, Brot, Käse und Butter in die Stube gebracht.« Sie gähnte, warf ihr schweres Haar zurück und zog das Tuch enger um ihre Schultern. »Und du solltest auch etwas essen und trinken.«

»Danke. Geh ruhig wieder schlafen!«, sagte Catharina und zog die Tür auf. Christoph saß am schweren Eichentisch und trank einen Schluck vom dampfenden Gebräu, das sie aus Pfefferminze und Kamille herstellten.

»Setz dich zu mir, mein Augenstern!« Die Platte mit der nächtlichen Brotzeit war unberührt. »Iss!«, sagte er, doch sie schüttelte den Kopf.

»Wir müssen reden!«

Er nickte wieder und wieder. »Wie geht es deinem Patienten?«

»Wenn sich die Wunde nicht entzündet, wird er wieder.«

Er nickte. »Er hat mir wahrscheinlich das Leben gerettet.«

Sie griff über den Tisch nach seiner Hand. »Schau mich an!« Seine dunklen Augen waren blutunterlaufen. »Ich bin müde«, wich er aus.

»Wer will dich umbringen?« Da waren so viele Dinge, die sie nicht von ihm wusste. Seine Reisen, die ihn in Länder geführt hatten, die sie nicht einmal dem Namen nach kannte. Fremde, die plötzlich in der Apotheke auftauchten und am nächsten Tag wieder verschwanden. Die Alchemie, der er seine ganze Leidenschaft widmete. Er entzog sich allen Fragen wie eine glitschige Forelle, die einem Angler aus der Hand zurück in den Fluss sprang. Aber diesmal würde er nicht ohne Erklärung davonkommen. Entrüstet bemerkte sie, wie er zu lachen begann, lauter und lauter, bis seine Schultern bebten.

»Ich bin klug«, sagte er. »Ich habe viel gesehen, fast die ganze bekannte Welt. Aber ...« Er bekam einen Schluckauf, dem er mit einem großen Schluck Kräutersud zu Leibe rückte. »Ich habe keine Ahnung, wer mir ans Leder will. Nein, wirklich nicht.«

»Aber du musst es doch wissen! Irgendeine Spur ...« Sie erzählte ihm nichts von ihrem Erlebnis auf der Reichsstraße. Schließlich handelte es sich dabei um reine Mutmaßungen und Phantastereien.

Er zuckte die Schultern. »Ich bin Alchemist«, sagte er, als würde das alles erklären. »Vielleicht gibt es Neider in meiner Zunft. Nur wüsste ich nicht, was sie mir neiden sollten, denn erfolgloser als ich kann wohl niemand sein.«

»Und wann willst du aufbrechen?«

»Hab keine Angst!« Er hatte die Besorgnis in ihrer Stimme

gehört und legte sehr sanft seine Hand auf ihre Wange. »Bald. Sonst wird der Alpenübergang zu schwierig. Der junge Mann, Borluut, er wird mir Zugriff auf sein Vermögen gewähren, so dass ich mich in Ruhe um den Import von Azurstein kümmern kann. Wenn wir den in Esslingen reinigen lassen, können wir damit das ganze Gebiet zwischen dem Bodensee, Köln und den Niederlanden beliefern, und unsere Geldsorgen haben endgültig ein Ende.«

Adrian Borluut. Gestern hatte Catharina ihn noch nicht einmal gekannt. Und heute hatte er sich mit seinem Geld und seiner mutigen Rettungsaktion in ihr Leben gedrängt und machte sich in ihrem Bett und ihrem Herzen breit. Nichts war mehr so, wie es gewesen war.

»Du wirst nicht alleine sein«, sagte ihr Vater eindringlich.

»Wenn du Antonia meinst …?«

»Nicht nur.« Plötzlich wurden seine Augen klar.

»Wer dann?«, fragte sie misstrauisch.

Er zögerte die Antwort einen Moment zu lang hinaus. »Eckhard Weckmann. Er hat sich noch nicht eindeutig erklärt, aber …«

Catharina war einen Moment sprachlos. »Weckmann ist unser Konkurrent«, brachte sie dann heraus.

»Er ist jung, ansehnlich und ein anerkannter Apotheker der Zunft. Da liegt es auf der Hand, dass man schaut, ob man sich nicht zusammentun kann.«

Catharina goss sich von dem Kräutersud ein, trank einen Schluck und verbrannte sich die Zunge daran. »Jung nennst du das? Er ist mindestens fünfunddreißig.« Das war kein Argument. Mädchen wurden nicht nach ihrem Willen gefragt, sondern nach Gutdünken mit Männern verheiratet, die ihr Großvater sein konnten. Sie wusste selbst nicht, warum der

Apotheker ihr solchen Widerwillen einflößte. Wahrscheinlich, weil sie ihm nicht über den Weg traute.

»Er ist nicht rechtschaffen«, sagte sie leise.

»Aber das wissen wir doch gar nicht«, nahm ihr Vater ihn in Schutz.

Catharina stellte ihren Becher so heftig auf die Tischplatte, dass er überschwappte. »Ganz genau. Wir wissen gar nichts über ihn! Er ist in die Stadt gekommen, hat die Zunftmeister eingewickelt und jetzt dich.«

Christoph legte beschwichtigend seine Hand auf die seiner Tochter. »Zugegeben. Er ist neu in der Stadt, und wir entstammen dem alten Geschlecht der Stadtapotheker. Aber er kann mir fachlich durchaus das Wasser reichen.«

»Er kupfert ab, sonst nichts«, sagte sie kalt und dachte an ihre Arznei gegen Leibschmerzen.

»Wenn du erst mit ihm verheiratet bist, gehören alle Rezepte unseren beiden Apotheken gemeinsam. Und ich suche dringend einen Nachfolger, damit ich mich meinen Studien widmen kann.«

»Du bist selbst kaum älter als er«, sagte sie eisig. »Und du hast mir versprochen, dass du mich nicht gegen meinen Willen verheiraten wirst.« Er schaute sie einen Moment lang an und hob dann beschwichtigend die Hände. »Also gut. Einen Aufschub kann ich dir gewähren. Wenn ich zurück bin, entscheiden wir gemeinsam.«

Catharina stand schweigend auf und verließ den Raum. Sie ging in die Gesindestube und legte sich neben Mira ins Bett, die sich auf die Seite drehte und sie in ihre üppigen Arme schloss.

»Was ist los, Cathie?«, murmelte die Hausmagd verschlafen, die seit Jahren ihre Freundin war.

»Nichts«, sagte Catharina, drückte sich an ihren ausladenden Busen und weinte sich in den Schlaf, bis die Tränen ihr Hemd durchnässten.

»Sei nicht traurig, Cathie!«, murmelte Mira verschlafen. »Du bist nicht allein.«

9

Antonia Truhlieb stand am Fenster und schaute in die Nacht hinaus. Der Vollmond übergoss ihren Körper mit seinem Licht wie frische Milch. Unten lag ihr Kräutergarten mit den ordentlich gestutzten Pflanzenbüschen. Salbei, Beifuß, Eisenhut, Tollkirsche, Lavendel. Ihren großen Rosmarinbusch hatte sie über den Winter in einen Topf gepflanzt und in den Gang gestellt. Im Mondlicht sah alles so grau und scharfkantig aus wie die Schriftzeichen in den Folianten ihrer Nichte. In der Ferne erhob sich die Burg mit dem Seilergang. Dazwischen schoben sich die mächtigen Türme von St. Dionys in den Himmel. Die Stadt war ein Ort, an dem ihre Seele nicht atmen konnte.

»Komm ins Bett!«, sagte Christoph träge. Er saß aufrecht in ihrem Himmelbett mit den grünen Brokatvorhängen und strich sich die dunklen glatten Haare aus dem Gesicht. »Du erkältest dich sonst.«

Sie lachte leise. »Wenn der Mond scheint, fühle ich mich lebendig.« Sie ließ das feinseidene Tuch, mit dem sie ihre Blöße bedeckt hatte, über Schultern und Brüste gleiten.

»Du bist so wunderschön.«

»Und doch willst du mich verlassen.«

Seine Hand legte sich sanft um ihre Brust, glitt langsam tiefer, und entfachte in ihrem Schoß das vertraute Feuer. Wie lange liebte sie ihn schon? *Zu lange*, sagte eine Stimme in ihr, die sie ignorierte. Sie hatte ihn schon geliebt, bevor er sich für ihre jüngere Schwester entschieden hatte, die im Kindbett gestorben war. Viele Jahre, von denen er die meisten frei gewesen wäre, sich mit ihr zu vermählen. »Komm ins Bett!«, wiederholte er.

Auch wenn er sie mit seinen Blicken streichelte und ihr mit den Händen schöntat, ganz so leicht wollte sie sich heute nicht einfangen lassen.

»Wer trachtet dir nach dem Leben?«, fragte sie ohne Umschweife.

Er verdrehte die Augen. »Ich habe keinen blassen Schimmer. Meine Tochter ist mir auch schon zu Leibe gerückt. Und dieser junge Mann – mein Lebensretter – ist ein Glücksfall.« Schon wieder wich er ihr aus.

»Zweifellos«, sagte sie kalt. »War da nicht dieser Theriakhändler, den du als Betrüger entlarvt hast? Und der alte Magister Hasenfuß, der Alchemist, dem du einen Fehler in seinen Ausführungen nachweisen wolltest?«

Christoph schüttelte den Kopf. »Der dürfte mittlerweile das Zeitliche gesegnet haben.«

»Wenn du nicht weißt, wer dir ans Leben will, hast du den Überblick verloren. Noch mehr, als ich dachte.« Sie drehte sich um. »Und alleinlassen willst du uns auch noch!«

Er kreuzte die Arme hinter seinem Kopf und lehnte sich an die hölzerne Bettstatt. »Ich verlasse euch doch nicht für immer. Ich reise nur nach Venedig.«

»Eine Reise im Winter steckt voller Gefahren, und du …« Läufst vor dir selbst davon, hatte sie sagen wollen, hielt sich aber zurück. Es gab Grenzen, die sie nicht überschritt, niemals.

»Es ist nicht so gefährlich.« Er hob beschwichtigend die Hände. »Ich reise über Augsburg und den Brennerpass. Der ist nicht so hoch gelegen und in den meisten Wintern passierbar. Du wirst sehen, an Weihnachten bin ich wieder zu Hause.«

»Du liebst die Ferne mehr als mich«, sagte sie leise, und das Schweigen lastete zwischen ihnen wie ein dunkler Schatten.

»Ich kann doch sicher sein, dass du auf Catharina ein Auge hast?«

»Wenn sie mich lässt.« Auch wenn das Mädchen sie wie Luft behandelte, sollte sie doch nicht für den Leichtsinn ihres Vaters büßen müssen.

»Komm!«, sagte er und streckte die Hände nach Antonia aus. Große, braune Hände, die Schultern, Bauch und Rücken streichelten, sich den Weg zwischen ihre Beine bahnten und dort den Ort fanden, der ihr Lust bereitete. Sie stieg ins Bett, setzte sich über ihn, umfasste sein Glied mit der Hand und schob es in sich hinein.

Langsam begann sie, sich auf ihm zu bewegen, und er stöhnte leise. Sie wurde schneller, küsste ihn, leckte an seinen Brustwarzen, bis er sich vergaß und sich in sie hinein ergoss. Sie machte sich nichts vor. Das allein waren die Momente, in denen sie Macht über ihn hatte.

10

Sechs Monate später.

Laue Sommerluft überdeckte den modrigen Geruch der Stadt. Catharina stand am Wolfstor und schaute auf die Obertorstraße, wo sich die Reisenden in beiden Richtungen drängten. Im Rücken spürte sie den mächtigen Turmkörper mit seinen Buckelquadern. Weit oben wachten die beiden stolzen Löwen über Esslingen, die das Zeichen der längst vergangenen Königsmacht der Staufer waren. Jeden Tag stand Catharina hier, jede freie Minute, die sie nicht in der Apotheke verbrachte, bis Rücken und Knie schmerzten und ihre Fußsohlen brannten. Die Stadtwächter duldeten das schweigende Mädchen kopfschüttelnd, und ihr Hauptmann Johannes Hartung gab unauffällig auf sie acht.

Catharina wartete. Ihr Vater war nicht zurückgekommen, nicht zu Weihnachten und auch nicht zu Ostern. Den ganzen harten Winter lang hatte sie sich mehr schlecht als recht allein um die Apotheke und ihren Hausstand gekümmert. Jetzt näherte sich Pfingsten; die ersten Rosen blühten, die Kirschen reiften auf ihrer Baumwiese in Rüdern, und noch immer gab es keine Spur von ihm. Sie versuchte, das Bild des gedungenen Mörders zu vergessen, das sich immer wieder in ihr Bewusstsein drängte. Ihr Vater hatte die Stadt unerkannt als Teil einer Pilgergruppe verlassen und ihn damit sicherlich abgeschüttelt. Trotzig hob sie den Kopf und schluckte die aufsteigenden Tränen hinunter. Wenn er tot wäre, hätte sie es gespürt. Vielleicht würde er heute aus Ulm kommen, sie unter den Achseln packen und lachend im Kreis herumschwenken, wie er es getan hatte, als sie noch ein kleines Mädchen war.

Sie zog ihr Schultertuch enger und beobachtete die Handelskarawanen, die sich in beide Richtungen über die holprige Straße schoben. Die aus Speyer kamen, hatten die Reichsstadt durchschritten und versanken jetzt in den staubigen Gassen des elenden Vororts Mühlbronnen, wo die Häuser immer kleiner und die Leute immer abgerissener wurden. Eine Frau kam aus einer der windschiefen Katen und goss eine Schale Waschwasser in den Rinnstein. An ihren Rock klammerte sich ein mageres Kleinkind. Ein Säugling lag in einer Tuchschlinge vor ihrer Brust. Als sie grüßend die Hand hob, winkte Catharina zurück und lächelte. Erst gestern hatte sie ihr einen Aufguss zur Milchbildung gegeben und dafür nichts weiter bekommen als ein dankbares »Vergeltsgott.«

Vielleicht hatte sie in den Wochen, in denen sie schon hier stand, zu viel Armut gesehen, vielleicht war sie auch nur leichtsinnig. Jedenfalls häuften sich die Gelegenheiten, bei denen arme Schlucker in die Apotheke kamen, die keinen roten Heller für ihre Arzneien ausgeben konnten. Sie biss sich auf die Lippen und nahm sich vor, das zu ändern. Wenn sie so weitermachte, konnte sie die Sammelweiber nicht bezahlen, die ihre Vorräte an Sommerkräutern auffüllen sollten. Und schlimmer noch: Wenn es weiter bergab ging, würde sie ihre Tante Antonia oder diesen unsäglichen Eckhard Weckmann um Hilfe bitten müssen, der sich seit dem Spätherbst zum Glück zurückgehalten und sie nicht weiter belästigt hatte. Der Stadtwächter Johannes Hartung kam auf sie zu und stemmte seine Hellebarde in den Boden.

»Magscht nicht heimgehen, Apothekermädle?«, fragte er und schob sich den Helm zurecht. Catharina konnte das Mitleid in seinen Augen kaum ertragen. »Ich schließ gleich das Tor. Der Vater kommt heut sicher nicht mehr.« Über seinem Bartgestrüpp blickten sie graue Augen nachdenklich an.

Sie hatte Glück gehabt, dass es Hartung war, der als Hauptmann der raubeinigen Stadtwächterbande vorstand. Vor einigen Jahren hatte ihr Vater eine brandige Wunde an seinem Unterschenkel mit einer Salbe aus Käseschimmel und Honig zum Heilen gebracht, und seitdem wachte er über die ganze Familie, einschließlich Jacob, den er schon mehr als einmal nach seinen Streichen an den Ohren heimgezerrt hatte.

Sie drehte sich um und wollte gerade gehen, als sie erneut seine Stimme hörte. »Wie lange wartest du hier schon?«, fragte er, und sie zuckte die Schultern. »Zu lange«, sagte sie.

»Und was ist, wenn er nicht mehr heimkommt?«

Er sollte sie nicht weinen sehen. Darum wandte sie sich schweigend ab und huschte über die belebte Küferstraße davon, wo die Müßiggänger den warmen Sommerabend genossen. Was, wenn der Mörder Christoph doch eingeholt hatte? Oder wenn er auf dem weiten Weg Banditen zum Opfer gefallen war? Vielleicht litt er auch an einer gefährlichen Krankheit und konnte sich allein nicht helfen? Irgendeinen Grund musste es doch dafür geben, dass er sich nicht gemeldet hatte.

Als Catharina in die Webergasse zurückkam, lehnte Eckhard Weckmann mit dem Rücken an ihrer Ladentür und pfiff vor sich hin. Ausgerechnet heute, wo sie zum ersten Mal der Mut verlassen hatte.

»Gott zum Gruße, Jungfer Catharina!«

Sie kratzte die Reste ihrer Höflichkeit zusammen, nickte ihm zu und wollte sich an ihm vorbei zur Tür drängen, die er mit seiner breiten Statur versperrte.

»Einen Moment!« Er schenkte ihr ein spöttisches Lächeln. »Ich habe Euch etwas Wichtiges mitzuteilen.«

Sie biss die Zähne zusammen, öffnete die Tür und ließ ihm den Vortritt. »Tretet ein!« Er war so groß, dass er sich den Kopf am Türsturz anschlug und einen Fluch gerade so unterdrücken konnte. Drinnen roch es erstickend nach Kräutern und Tinkturen, aber in der engen Gasse war die Luft auch nicht besser, so dass sie den Eingang lieber geschlossen hielt. Catharina stellte sich hinter die Verkaufstheke, stützte die Hände darauf und blickte ihm in die Augen. »Was kann ich für Euch tun? Ich habe frische Warzensalbe angerührt. Vielleicht wäre die ja was für Euch?«

»So spröde.« Er lachte. »Nein, danke. Aber ich komme darauf zurück, wenn ich Bedarf habe.«

»Ihr seid sicher, dass Ihr keine Probe wollt, damit Ihr das Rezept nachmachen könnt?« Nie und nimmer würde sie ihm freiwillig ihr Rezept verraten, das gemeines Schöllkraut enthielt.

»Ich wusste gar nicht, wie gut man sich mit Euch streiten kann.« Er lachte lauter und beugte sich über den Verkaufstisch, bis sie die blonden Haare in seinem Bart zählen konnte. »Bei den vielen Büchern, die Ihr gelesen habt, musstet Ihr ja aufmüpfig werden. Nicht, dass mir das missfallen würde. Eine süße Widerspenstige, die man erst zähmen muss, hat durchaus etwas für sich. Sagt mir, hat die heilige Hildegard auch ein Rezept, das verlassenen Töchtern den Vater zurückbringt?«

Catharinas Mund blieb offen stehen. Er hatte sie mitten ins Herz getroffen. »Verlasst sofort mein Geschäft!«

»Nicht ganz so eilig. Lasst uns über die Sache reden, die Euer Vater und ich damals angedacht haben.«

Sie stemmte die Hände in die Hüften. »Das mit der Heirat könnt Ihr vergessen.«

»So?«

Wenn er doch nur einen Moment lang aufhören würde, sich über sie lustig zu machen! Aber als er endlich ohne Spott in der Stimme sprach, wurde es auch nicht besser.

»Ich rede hier gar nicht von einer Heirat, sondern von dem Ultramarin, das Euer Vater in großem Stil besorgen wollte. Auch *mein* gesamtes Vermögen steckt in diesem Geschäft. Und denkt an den jungen Mann, der damals hier mit der Messerwunde lag. Er hat Eurem Vater das Recht eingeräumt, in Venedig über sein Erbe zu verfügen.«

Sie biss sich auf die Lippen. Jeden Tag hatte sie an Adrian Borluut gedacht, der nur eine Woche nach dem Angriff zurück nach Gent gereist war, seine verletzte Schulter in einer Schlinge sicher verpackt. Sein Geld hatte in ihren Träumen allerdings keine wesentliche Rolle gespielt.

»Und was wollt Ihr damit sagen?«, fragte sie verunsichert. Was, wenn die Geschäftspartner ihres Vaters sie für den erlittenen Verlust verantwortlich machten?

Weckmann schaute sie nachdenklich an. »Als er ging, hat mir Euer Vater die Verantwortung für Euch und die Apotheke übertragen«, sagte er. »Im Falle seines Todes fällt sein Geschäft als Gegenleistung für meinen Anteil an mich.«

»Was?« Catharinas Herz schlug gegen ihre Rippen wie ein gefangener Vogel.

»Genauso wie die Hand seiner Tochter …«, fügte er hinzu und legte seine Pranke auf ihre Hand, die darunter verschwand, als würde es sie gar nicht geben, »… die damit versorgt sein wird. Über dieses Abkommen gibt es ein gesiegeltes Dokument.«

»Er wird zurückkommen«, wisperte sie.

»Davon gehen wir aus. Ich teile Euch das nur mit, um Euch darauf vorzubereiten, was geschieht, wenn nicht.«

»Ihr wollt Stadtapotheker werden«, sagte sie leise und sah an seinem Blick, dass sie den Nagel auf den Kopf getroffen hatte. Das Amt hatte sich seit über hundert Jahren in ihrer Familie vererbt, wobei es in Esslingen die unausgesprochene Vereinbarung gab, dass eine einzige Stadtapotheke genügte.

»Ich will noch viel mehr«, sagte er.

Im Hintergrund öffnete sich die Tür. Mira trat mit Jacob in den Raum, der einen Käfig mit einem Zeisig trug und auf dem Verkaufstisch abstellte. »Schau mal, Cathie, den habe ich …« Verdattert blickte der Junge von ihr zu Weckmann, »… gewonnen«, vollendete er seinen Satz. Mira hatte die Lage sofort erfasst, stellte sich neben Catharina und stemmte ihre Hände in ihre ausladenden Hüften. Weckmann zog die Augenbrauen hoch, als er die geballte Bastion weiblicher Kampfkraft sah, und wandte sich dann Jacob zu, der dem gefangenen Zeisig etwas vorflötete.

»Und da ist noch etwas, das Ihr bedenken solltet, Jungfer Catharina. Wer wacht über Euren nichtsnutzigen Lehrjungen und bildet ihn aus, wenn Euer Vater nicht mehr da ist? Ihr sicher nicht. Die Zunft hat ein Auge auf Euch. Am besten, Ihr schickt ihn mir morgen. Er kann mit meinem Gehilfen Peer mein Warenlager aufräumen.«

Vor Schreck blieb Jacob der Mund offen stehen. »Ich, nein. Ich muss doch hier arbeiten!«, rief er und schlug sich an die Brust. Vor Schreck wischte er dabei den offenen Sack Zinnober vom Tisch, den Catharina aus Versehen dort stehen gelassen hatte, als sie am frühen Nachmittag rotes Farbpigment an einen Pater vom Kloster der Augustinereremiten verkauft hatte. Das rote Pulver verwandelte sich in eine staubige Farbwolke, die sie alle in blutigen Dunst hüllte. »Ein Nichtsnutz, hab ich es mir doch gedacht«, brummte Weckmann und klopfte sich den Kragen sauber.

Nachdem sich der Staub gelegt hatte, konzentrierte er sich wieder auf Catharina, die hartnäckig die Tischkante betrachtete. Wenn er nur nicht die falschen Fragen stellte! Doch Weckmann schien eine Nase für offene Wunden zu haben.

»Was geschieht eigentlich, wenn die von Eurem Vater hinterlassenen Arzneimittelvorräte zur Neige gehen?«, fragte er beiläufig, und sie spürte, wie Hitze ihre Wangen übergoss. Sie schwieg einen Moment zu lange, bis die Erkenntnis in ihn eingesickert war.

»Was?«, fragte er ungläubig. »Ihr wollt mir doch wohl nicht sagen, dass *Ihr* in den letzten Monaten die Vorräte selbst ergänzt, Electuarien, Lohocs und Sirup eingekocht und gemischt habt. Wie viele Esslinger habt Ihr auf diese Weise vergiftet?«

»Niemanden«, sagte Catharina leise. Jedes Rezept aus der Sammlung ihrer Großmutter hatte sie nur einmal lesen müssen, um seine Zubereitung zu verstehen und sich selbst im Schlaf daran zu erinnern. Ihre ersten Pillen hatte sie im Alter von acht Jahren gedreht. »Wir Frauen der Familie Appenteker arbeiten seit Generationen in der Apotheke mit.« Genauer gesagt, seit den Zeiten ihrer klugen Ururgroßmutter Renata.

Weckmann ließ sich nicht beirren. »Und Ihr wart es auch, die den Alembic in Gang gesetzt hat, um …«

Trotzig hob sie den Kopf. »Jawohl, das habe ich. Ich weiß, wie man ihn betreibt und wie man es schafft, die Apotheke nicht gleichzeitig in Brand zu stecken.«

Vielleicht würde ihn dieses Geständnis ja endlich zum Schweigen bringen.

»Habt Ihr Euch nicht die Hände verbrannt?«, fragte er und zauberte damit sogar ein kleines spöttisches Lächeln in ihr Gesicht.

»Oh, nein«, sagte sie mit hocherhobenem Kopf. »Ich bin richtig gut. Um die *Aquae vitae compositae* nicht zwei Wochen lang zur Verflüchtigung des Rauchs in die Sonne stellen zu müssen, habe ich sie im doppelten Gefäß, also im *Balneum mariae*, destilliert.«

Weckmann pfiff durch die Zähne. »Ich schwöre Euch, wenn Ihr erst die Frau des neuen Stadtapothekers seid, wird das Einzige, das Ihr für mich herstellt, Konfekt aus gezuckerten Kirschen sein. Meine Verehrung, die Damen.«

Er wandte sich zur Tür, drehte sich spöttisch grüßend noch

einmal um und verließ den Laden. Sprachlos blieben sie zurück.

»Was wollte der denn?«, fragte Jacob, der als Erstes die Stimme wiederfand.

Der Zeisig sprang auf seinen Käfigstangen hin und her und schmetterte unbekümmert sein Lied in die Welt, während Catharina mühsam versuchte, die Scherben ihres Lebens zusammenzukratzen. »Er will mich heiraten und den Laden übernehmen«, sagte sie tonlos. »Wenn Vater nicht zurückkommt, ist er der einzige Stadtapotheker.«

Jacobs Augen wurden groß. »Aber das kann er doch nicht …«

»Ich fürchte doch«, sagte Catharina. »Und er schickt mir die Zunft auf den Hals.«

Neben ihr holte Mira pfeifend Luft. »Nur über meine Leiche. In der Stadt erzählt man sich Dinge über den Saukerl, Dinge, sag ich dir. Ich werde mich mal umhören.« Mira pflegte intensive Beziehungen zu den anderen Mägden, die sie zweimal täglich am Brunnen traf, und erfuhr immer den neuesten Klatsch.

»Tu das!«, sagte Catharina müde. Als sie langsam, Stufe um Stufe die Treppe hinaufstieg, spürte sie eine bleierne Schwere in der Brust. Jetzt rächte sich, dass ihr Vater und ihre Großmutter sie wie einen Jungen unterrichtet hatten. Sie war eine vollwertig ausgebildete Apothekerin, die auf den Wissensschatz von hundert Jahren zurückgreifen konnte. Doch Weckmann würde ihrer Arbeit ein Ende setzen, noch bevor sie richtig begonnen hatte.

11

Früh am nächsten Morgen erwachte Jacob, weil jemand wie verrückt an die Tür polterte. Mira schlurfte zum Eingang und fluchte dabei wie ein Kesselflicker.

»He?«, hörte er nur von ihr, und seine Besorgnis wuchs, denn die Worte gingen ihr sonst nie aus.

»Ich soll den Nichtsnutz abholen, den Lehrling«, rief der Fremde. Verdammt! Jacob zog sich die Decke über den Kopf und versuchte, sich in Luft aufzulösen. Doch einen Moment später stand der Mann über seinem Strohsack im Warenlager, packte ihn und riss ihn auf die Füße. Mira stand in der Tür und brachte noch immer kein Wort heraus.

»Taugenichts!« Der Fremde war mindestens zwanzig, einen ganzen Kopf größer als Jacob, rothaarig, hatte abstehende Ohren und roch faulig aus dem Mund.

»Wo ist dein Kittel?« Er bückte sich, fand Jacobs blaues Leinenhemd als wildes Knäuel auf dem Boden und drückte es ihm in den Arm.

»Halt!« Mira baute sich zu ihrer ganzen Größe auf und versperrte den Ausgang. »Du kannst doch nicht einfach den Jungen …«

»Und ob ich das kann.« Der Fremde lachte, und Jacob sah, dass sein Mundgeruch von einer Reihe fauler Zahnstümpfe herrührte. »Wenn der Meister sagt, ich soll ihn holen, dann mach ich das auch.« Er zog Jacob, der sich inzwischen seinen Kittel übergestreift hatte, zur Tür. Entsetzen packte ihn. Der Apotheker hatte seine Drohung wahr gemacht.

»Er hat doch noch gar nichts gegessen.« Mira rang hilflos die Hände und ließ sich an die Seite schieben.

Wieder lachte der Fremde. »Der kriegt schon was. Wenn er es sich verdient hat.«

Auf der Straße verpasste ihm Weckmanns Gehilfe als Erstes eine Kopfnuss, die ihn zur Seite taumeln ließ, bis er beinahe das Gleichgewicht verloren hätte. Dann stieß er ihn vorwärts in Richtung Marktplatz.

Es war so früh, dass es noch nicht einmal von St. Dionys her geläutet hatte. Zum Glück waren wenigstens seine Freunde um diese Zeit noch nicht auf der Straße und bekamen nicht mit, wie ihn dieser Scheißkerl durch die Gegend schubste. Kurz dachte er an seinen Zeisig, den er gestern nach einer Wette von einem Vogelhändler gewonnen hatte. Hoffentlich würde ihn Catharina nicht vergessen. Was fraßen Zeisige eigentlich?

Es war nicht weit; sie mussten von der Webergasse aus am Kornmarkt nur zweimal um die Ecke biegen. Die Apotheke lag in einer kleinen Nebengasse nahe des brandneuen Kauf- und Steuerhauses. Fast hatte er es geschafft, ohne endgültig das Gesicht zu verlieren. Da sah er an einer Hauswand seine kleine Schwester Adelina stehen, die gerade für die Schwestern des Spitals beim Brunnen gewesen war. Vor Schreck schlug sie die Hand vor den Mund und ließ den Eimer fallen, der seinen Inhalt über das Pflaster ergoss. So schnell sie konnte, rannte sie auf ihren nackten Füßen davon.

Als sie durch die Tür der Apotheke traten, musste Jacob mühsam die Tränen zurückhalten. Sie durchquerten den Verkaufsraum, der sich kaum von ihrem unterschied. Dann öffnete der Fremde die Tür zum Warenlager. »Viel Spaß«, sagte er und stieß ihn über die Schwelle.

Jacob brauchte einen Moment, bis er sich an das Halbdunkel gewöhnt hatte, dann packte ihn Verzweiflung. Der große

Raum hatte einen Steinfußboden, seine Decke wurde durch Träger aus Eichenholz abgestützt, und es gab keinen Fleck, an dem nicht heilloses Durcheinander herrschte. Von dem Geruch – süß, schimmelig und vergoren – begann er zu würgen. Bis fast zur Decke stapelten sich wacklige Kästen und Töpfe voller getrockneter Kräuter. Einige waren umgefallen und hatten ihren Inhalt auf dem Boden verstreut. Tinkturen waren ausgelaufen, auf denen Schimmel wuchs wie grüner Rasen. An der rückwärtigen Wand war ein Regal umgekippt und hatte seinen gesamten Inhalt unter sich begraben.

Was hatte der Apotheker gesagt? Dass er seinem Gehilfen beim Aufräumen des Lagers helfen sollte. Jacob lief zur Tür und versuchte, sie aufzustoßen, aber der Gehilfe hatte ihn eingeschlossen. Vergeblich rief er nach ihm, schrie seine Verzweiflung heraus, bis er beinahe heiser war, aber niemand kam, um ihn zu befreien. Was geschah, wenn er nicht Herr der Lage wurde, konnte er sich vorstellen. Entweder der Gehilfe oder Weckmann selbst würde ihn totprügeln.

Grimmig machte er sich an die Arbeit, stapelte Müll und Unrat auf einem Haufen und rettete, was zu retten war. Und das war nicht viel. Danach fegte er die Reste zusammen und wischte die schmutzigen Ecken mit einem feuchten Lappen aus. Bei Appentekers hatte sich zwar der Meister in Luft aufgelöst, aber das Warenlager war immer peinlich sauber und aufgeräumt, und Catharina reinigte ihre Arbeitsgeräte immer sorgfältig.

Es musste schon weit nach Mittag sein, bis er sich zu der Ecke vorgearbeitet hatte, in der das Regal umgefallen war. Er schob die Bretter und Trümmer beiseite und schaute sich die Bescherung darunter an. Säcke mit Pigmenten hatten ihren Inhalt auf dem Boden verstreut. Etwas blaues Azurit vermischte sich mit Brocken gelbgrünen Auripigments, vor dessen Giftigkeit ihn Catharina im letzten November gewarnt hatte, zu einem malerischen grünblauen Gemenge. Vorsichtig wischte er die Farbpampe mit einem Tuch beiseite und versuchte, dabei möglichst nicht zu atmen. Gläser waren auf dem Boden zerschellt und hatten ihren Inhalt verteilt, den er sich lieber nicht so genau anschauen wollte. Mit klopfendem Herzen legte er eine zauberkräftige Alraune auf den Tisch, die wie ein Mensch mit Armen und Beinen aussah. Wie er wusste, wuchsen die Wurzeln am Richtplatz unter dem Galgen und nährten sich vom Samen der Gehenkten.

Und dann sah er es. Sein Herz setzte vor Schreck einen Schlag lang aus. Zwischen den Glasscherben lag ein winziges Menschlein mit einem zu großen Kopf und kleinen, irgendwie abgespreizten Armen und Beinen. Seine Haut war grau und verschrumpelt, denn die Flüssigkeit, in der es gelegen hatte, war auf dem Boden zu einer gelblichen Lache eingetrocknet. In diesem Moment spürte Jacob nur Trauer, weil das Ungeborene niemals gelebt hatte. Dann fragte er sich, was die Kirche zu solchen Präparaten sagen würde. In der Stadt erzählte man sich, dass Weckmann krumme Dinger drehte, aber beweisen konnte niemand etwas von den Gerüchten. Was wäre, wenn er mit seinem Wissen zum Rat oder ins Dominikanerkloster ging, dessen Prior immer gegen Hexerei und Ketzertum wetterte? Jacob hatte zu viel Angst vor Weckmann, um den Gedanken zu Ende zu denken. Stattdessen wickelte er das winzige Etwas in ein Tuch, legte es auf den Tisch und sprach ein Gebet für seine kleine verirrte Seele, der, wie man wusste, ohne Taufe das Paradies nicht offen stand.

Er arbeitete, bis der lange Junitag in die Dämmerung überging und ihm vor Durst die Zunge am Gaumen klebte. Als durch die halbrunden Lunettenfenster kein Licht mehr drang, war er sich sicher, dass sie ihn hier vergessen hatten.

Doch irgendwann öffnete sich die Tür, und eine zahnlose Alte bedeutete ihm, ihr zu folgen. In der Küche standen eine dünne Graupensuppe, etwas Brot und ein Becher verdünnter Wein bereit. Zuerst trank Jacob mit großen Schlucken den Wein, der wie Essig schmeckte. Dann machte er sich über die Mahlzeit her, bis jeder Tropfen Suppe und jeder Krümel Brot aufgegessen waren. »Jetzt kannst heimgehen«, nuschelte die Alte und verließ den Raum. Jacob stand auf und wollte schon die Beine in die Hand nehmen und auf Nimmerwiedersehen verschwinden, als er im Flur Stimmen hörte. Bloß nicht Weckmann oder seinem Gehilfen über den Weg laufen! Als sich die Tür öffnete, schaffte er es gerade noch, sich in einer kleinen Speisekammer zu verstecken. Stühle wurden gerückt, und die beiden Männer setzten sich an den Tisch.

»Ist der Junge fort?«

»Den hält es hier keinen Moment länger, als er muss«, sagte der Gehilfe, und Jacob ballte seine Fäuste vor Zorn.

»Ich hoffe, du hast ihm mit dem Regal geholfen, wie wir es vereinbart hatten.«

»Natürlich, Herr«, versicherte der Gehilfe eilig.

»Dann komm!«

Die beiden verließen den Raum. Jacob blieb noch einen Moment in der Speisekammer und lauschte seinem klopfenden Herzen. Dann schlich er aus dem Haus und lief, bis er an die Ecke zur Webergasse kam. Überrascht bemerkte er, dass Weckmann und sein Gehilfe noch immer am Spitalsplatz standen, als würden sie auf jemanden warten. Und dann kam Hans Nothelf, der Henker von Esslingen, und begrüßte sie mit Handschlag. Erst das winzige ungeborene Kind und jetzt

Hänschen Messermann, der die Leute geschickt und präzise einen Kopf kürzer machte. Niemand, der etwas auf sich hielt, machte Geschäfte mit einem Unehrlichen wie ihm, der neben seiner Arbeit als Scharfrichter auch als Abdecker tätig war. Jacob bekreuzigte sich schnell. Als er sah, wie die drei Männer sich davonstahlen, huschte er ihnen flink wie ein Schatten hinterher. Trotzdem hatte er sie, als er am Dominikanerkloster stand, aus den Augen verloren. Streng dich an, Jacob, denk nach! Natürlich. Er schlug sich mit der Hand vor die Stirn. Sie wollten sich neben dem Frauentor aus der Stadt schmuggeln, das jetzt, am späten Abend, schon geschlossen war.

Jacob kannte die kleine Pforte, durch die man abseits des großen Tores auch im Dunkeln durch die Stadtmauer in die Weinberge entkommen konnte. Tatsächlich. Sie war nur angelehnt, und das Brennesselgestrüpp rundherum war frisch niedergetrampelt. Er schlüpfte hindurch und fand sich im Weinberg unweit der Baustelle der Frauenkirche wieder. Wohin sollte er sich wenden? *Zum Haus des Henkers, wohin sonst?*, dachte er und stieg steil bergauf. Am Hang lagen die Häuser der Weingärtner, von denen viele in den Weinbergen der Pfleghöfe und reichen Händler schufteten. Es war eine ärmliche Gegend, an der Nordseite von einem Stück Stadtmauer begrenzt. Außerhalb der Mauer drückten sich die Häuser der Unehrlichen an den Hang, mit denen die Stadtbürger keinen Umgang pflegten. Die Totengräber wohnten hier, die Winkelfeger, die die Latrinen in ganz Esslingen reinigten, ein paar Huren und der Henker Nothelf, dem niemand traute und auf den sie trotzdem nicht verzichten konnten.

Jacob schlich zwischen den windschiefen Häusern umher. Als er ein Licht in einem der Fenster sah, näherte er sich vorsichtig. Drinnen beugten sich drei Männer über den Tisch, auf dem eine Leiche lag. Weckmann, Peer und Nothelf. Jacobs Magen machte einen Satz.

»Ranulf«, flüsterte er. Noch vor drei Wochen war er quicklebendig gewesen und hatte als übler Galgenvogel die Stadt unsicher gemacht. Vor vier Tagen hatte man ihn wegen Raubmords drangekriegt und gehängt, und jetzt lag er da mit aufgetriebenem Leib und komischen grauen Flecken auf den Armen. Als er näher an die offene Fensterluke herankam, konnte er verstehen, was die Männer redeten.

»Die Leiche ist frisch, sagst du?«, hörte er Weckmann fragen.

»Oh ja, Herr, wie der junge Morgen. Nur vier Tage alt. Ich hab ihm vor dem Hängen den Halswirbel gebrochen.«

»Sehr gut. Ich will die Öffnung am üblichen Platz durchführen. Kannst du ihn mir dorthin schaffen? Und wenn demnächst wieder ein Gehenkter wartet, werde ich dir Haut, Hirnschale und was sonst noch anfällt, zu einem guten Preis abkaufen.«

Jacobs Puls dröhnte in seinen Ohren, sein Magen drehte sich, und er rannte zurück in den Weinberg, wo er die bei Weckmann eingenommene Mahlzeit ins Gras spuckte. Danach wischte er sich über den Mund und schluckte an dem bitteren Geschmack, der sich nicht vertreiben ließ. Es war eine allgemein bekannte Wahrheit, dass Hänschen, der als geübter Knochenflicker galt, Leichenteile zu Arzneimitteln und Talismanen verarbeitete. Die Hirnschale, die Daumen, die Haut … Bei Catharina gab es solchen Dreck nicht, sie verarbeitete auch keine geriebenen Mäusekadaver und keinen Froschlaich oder Eselskot, die so mancher Arzt verordnete. Wie es schien, hatte Weckmann hier einen lohnenden Markt mit einer abergläubischen Kundschaft entdeckt. Doch diese andere Sache, die mit Ranulf, der sich nicht mehr wehren konnte, die hatte die Kirche bei Strafe verboten. Mit Schaudern dachte er an das ungeborene Kind. Jacob wusste nur eins. Diesen Mann durfte Catharina auf keinen Fall heiraten.

12

Gent

Adrian Borluut saß im Kontor seines Onkels und langweilte sich. Vor ihm lagen in unübersichtlichen Stapeln die Abrechnungen des Stoffhandels der letzten Wochen, die er ordentlich in ein Rechnungsbuch übertragen sollte. Brokat aus Lucca, Wollstoffe aus Flandern, die man aus Rohwolle von englischen Schafzüchtern hergestellt hatte, gemusterte Seiden, die einer Königin würdig waren und prompt in der Truhe der Herzogin Isabella gelandet waren. Während sich draußen ein lauer Sommerabend über die Zinnen und Türme der Stadt am Zusammenfluss von Schelde und Leie senkte, tauchte er resigniert die Feder in sein Tintenfass und begann zu schreiben. Prompt stahl sich ein Klecks zwischen die Zahlenkolonnen.

Heute wäre ein Tag, an dem man sein Pferd auf den Uferwiesen ein bisschen traben lassen konnte, ein Tag, an dem es sich mit willigen Mädchen bei Wein und Käse schäkern ließe. Ein Tag, an dem auf eine Mahlzeit im Grünen vielleicht sogar ein Schäferstündchen im Schilf folgen würde. Die Mädchen flogen auf Adrians blaugrüne Augen und sein schneidiges Lachen. Es boten sich Möglichkeiten, zu denen eindeutig nicht das Ausfüllen von Rechnungsbüchern gehörte.

Getändelt hatte er, wenn er ehrlich war, seit Monaten nicht mehr. Die dickköpfige kleine Apothekerin hatte sich in sein

Herz geschlichen, so dass er keine andere mehr anschauen konnte.

Augen zu und durch, dachte er und schrieb weiter. Er hatte noch nicht die Hälfte seiner Aufgabe bewältigt, als die Tür aufsprang und Cornelis mit hochrotem Kopf hereinstürmte.

»Wie konntest du nur!« Sein Bruder knallte ein Schreiben auf den Tisch, dessen gebrochenes Siegel aussah wie ein getrockneter Blutfleck. »Ich kam gerade aus der Tuchhalle, als mir ein Bote dieses Schreiben in die Hand drückte. Es ist von der Niederlassung unserer Hausbank in Venedig.«

»Und an mich gerichtet.« Adrian nahm das Blatt an sich. Wie kam sein Bruder dazu, seine Briefe zu öffnen?

Cornelis stellte sich ans Fenster, dessen grünliche Butzenscheiben das Licht der Dämmerung dämpften. »Ich wusste doch, dass etwas nicht stimmt. Deine misslungene Reise. Diese sinnlose Suche nach dem Ultramarin ... Und jetzt verprasst du unser Erbe.«

»Mein Erbe«, sagte Adrian tonlos. Cornelis war sechs Jahre älter als er und ein waschechter Flame mit Stiernacken, rotblonden Haaren und einem Gesicht, das sich bei der kleinsten Aufregung rötete wie ein Hummer, den man in kochendes Wasser geworfen hatte. Als seine Mutter gestorben war, hatte sein Vater Klaas Borluut eine Italienerin aus einer der besten Florentiner Familien geheiratet, die schöne Claudia Tommasini. Aus dieser Ehe ging Adrian hervor, der einzige leibliche Sohn Claudias, dem sie das Geld aus ihrer Mitgift vererbt hatte. Und dann war auch ihr Vater gestorben, und Onkel Josse und Tante Elisabeth hatten sie als ihre Neffen zu sich genommen. Die beiden waren so reich, dass Adrians Erbe von Seiten seiner Mutter nie eine Rolle gespielt hatte. Aber jetzt fand er es an der Zeit, darauf zu pochen, dass er nichts verprasste, was ihm nicht gehörte.

»Du wirst eines Tages das Handelshaus erben«, sagte er. »Und ich werde dich dann mit dem Ultramarin beliefern, das ich aus meinem Vermögen bezahlt habe, dich, weitere Händler und alle flämischen Maler.«

Vor dem Fenster sah Adrian seinen Bruder wie einen dunklen Schattenriss.

»Ich habe gedacht, wir könnten das Geld der Tommasinis gemeinsam investieren«, sagte Cornelis heiser. Es war, als hätte jemand seinem Bruder die freundliche Maske vom Gesicht gezogen. Die Wahrheit dahinter war ein Abgrund aus Gier und Verzweiflung, vor dem Adrian am liebsten seine Augen verschlossen hätte. »Es hätte uns unabhängig gemacht vom Wohlwollen der Vijds.«

Adrian wunderte sich. »Seit wann willst du dich von den beiden lösen? Wir sind die Söhne, die sie nie hatten.«

Cornelis trat auf ihn zu. Seine Lippen waren fest zusammengepresst. Plötzlich erinnerte er Adrian an seinen Onkel, den der Arzt heute Morgen wegen seiner Kurzatmigkeit zur Ader gelassen hatte. Als er zu sprechen begann, war sein Gesicht hochrot. »Du kriegst nicht mit, wie es hier zugeht. Erst gehst du studieren, dann schmeißt du dein Studium hin und reist in der Weltgeschichte herum. Unabhängig und frei. Ich aber bin immer für die beiden da und halte ihre Launen aus. Den ganzen Tag heißt es, Cornelis, tu dies, Cornelis, tu das! Cornelis, hast du an jenes gedacht? Bringst du mir meine Herztropfen und meinen Umhang! Wo ist mein Hut? Ich mache gute Miene zum bösen Spiel und lasse mich herumschicken, Tag für Tag, Jahr für Jahr. Stütze ihn, wenn ihn sein Rücken plagt. Halte seine Gemeinheiten aus.«

»Wie ein guter Sohn«, sagte Adrian.

»Ja, wie ein guter Sohn«, sagte Cornelis bitter. »Nur, dass ich nicht sein Sohn bin. Nicht einmal blutsverwandt sind wir mit ihm. Wir, du und ich, hätten uns von dem Geld etwas Eigenes aufbauen können, ein eigenes Kontor. Aber jetzt ...« Er verließ den Raum, ohne sich umzudrehen.

Adrian saß nachdenklich über seinem Rechnungsbuch. Cornelis war immer der Gehorsame gewesen, der tat, was Onkel und Tante verlangten, ohne je etwas für sich selbst zu fordern. Dafür würde er das Handelshaus erben. Er selbst hatte sich schon in frühester Jugend als Taugenichts hervorgetan, den der Onkel grün und blau schlug, als er im Kontor aus Leichtsinn Feuer gelegt hatte.

Plötzlich erinnerte er sich an den Tag, an dem er mit gerade einmal neun Jahren blutend von einer Gassenrauferei heimgekehrt war. Die Tante hatte ihm seine aufgeschlagenen Knie verbunden, den Bluterguss im Gesicht gekühlt und ihm dann ein Stück Latwerge in den Mund geschoben, deren Süße ihm noch in der Erinnerung war. Cornelis, der damals ein hochaufgeschossener Fünfzehnjähriger gewesen war, hatte in der Tür gestanden, zugesehen und war dann schweigend hinausgegangen. Adrian hatte die Wucht seiner Gefühle gespürt, sich umgedreht und die Latwerge in seine Handfläche gespuckt.

Auch wenn er den Vorfall fast vergessen hatte, wusste er, dass sie ihm, Adrian, alles nachgesehen hatten, sogar, dass er sein Studium in den Wind geschrieben und ihr Geld verprasst hatte. Er spürte einen Anflug von Schuld in sich aufkommen, den er sofort wieder vergaß, als er das Schreiben auffaltete, das Cornelis vor ihm auf den Tisch geknallt hatte, und seinen Inhalt las. Danach hob er den Kopf und saß eine Weile schweigend da. Zwischen seinen Augen grub sich eine Falte ein, die dort nicht hingehörte. Draußen begannen die Glocken der

Kirche St. Johannes zu läuten, in der einmal der prächtigste Altar der Welt stehen sollte. Der Apotheker hatte sich in Venedig das Geld auszahlen lassen und war damit verschwunden.

13

»Helft mir mal!«, sagte Jan van Eyck und deutete auf den Tisch in der Mitte des Ateliers.

Adrian hörte die Anspannung in der Stimme des Malers, der sonst durch nichts aus der Ruhe zu bringen war. Er fasste ein schmales Ende der Tischplatte, van Eyck das andere, und gemeinsam schleppten sie den schweren Eichentisch an die gegenüberliegende Wand. Wenn ihm in den letzten Wochen die Arbeit im Kontor zu anstrengend geworden war, hatte Adrian sich hierher geflüchtet, den Geruch von Nussöl und Pigmenten eingeatmet und den Frieden genossen, den er hier fand. Hier war er allein mit dem konzentriert arbeitenden Maler, der kaum je den Blick hob, und mit seinen Gedanken, die er in aller Ruhe auf Reisen gehen lassen konnte. Heute aber spürte er, wie aufgeregt van Eyck war.

Sie waren nicht allein im Atelier. An zwei Staffeleien standen Gehilfen van Eycks und arbeiteten kleine Bildtafeln für die Werktagsseite aus. Der jüngste Lehrling, Barthelmy, hatte wie so oft Farben angerieben und schnäuzte sich die Nase in seinen fleckigen Kittel. Neben dem Fenster saß der Kanonikus van Impe und bediente sich aus einer Schale mit Nusskonfekt. Adrian wusste, dass der alte Kirchenmann noch zu Lebzeiten Hubert van Eycks das Bildprogramm für den ganzen Altar geschaffen hatte und mit Spannung auf den Anblick wartete, der sich ihm gleich bieten würde.

»Lasst Euch nur Zeit!« Der alte Mann biss vorsichtig in eine kandierte Nuss.

»Es ist gleich soweit.« Van Eyck putzte seine Hände an seinem Wams ab und wandte sich der Wand zu, an der einige mit sauberen Leintüchern verhängte Tafeln lehnten. »Barthelmy. Wo ist das Lamm?« Der kleine Lehrling sprang herbei und schaute zwischen den Bildtafeln nach, die sorgfältig verhüllt an der Wand aufgereiht waren.

»Hier, Meister!«

Gemeinsam hoben sie das schwere Bild an, setzten es auf den großen Tisch, lehnten es vorsichtig an die rückwärtige Wand und zogen das Leintuch ab.

»Das zentrale Bild der Sonntagsseite«, erklärte van Eyck. »Das Herz des Altars.« Adrian hielt die Luft an und richtete seine Augen auf die Komposition.

Der Kanonikus erhob sich. Er verschluckte sich an einem Stück Nuss und begann, fürchterlich zu husten. Jan van Eyck klopfte ihm den Rücken.

»Trinkt einen Schluck!«, empfahl ihm Adrian.

Der alte Mann trank einen großen Schluck Wein aus seinem gläsernen Pokal und schlurfte an ihre Seite. »Dass ich das noch zu sehen kriege, hätte ich fast nicht mehr geglaubt! Was erkennst du, Adrian?«

Er schluckte, als er spürte, dass sowohl der Maler als auch der Kanonikus gespannt auf sein Urteil warteten.

Adrian trat einen Schritt zurück, um die Komposition besser überblicken zu können. Auf einem Altar im Zentrum des Bildes stand das Lamm, aus dessen Seite Blut in einen Kelch floss. Darunter war auf derselben Achse der Lebensbrunnen dargestellt, von dem aus sich ein Strom Wasser über die untere Bildkante zu ergießen schien. »Das Wasser des Lebens.«

»Sehr gut.« Der Kanonikus nickte aufgeregt. »Und was hat das zu bedeuten?« Adrian fehlten die theologischen Kenntnisse, aber die Auslegung, die sie von ihm erwarteten, gehörte zum Grundwissen jedes halbwegs gebildeten Christen.

»Das Opferlamm symbolisiert den Opfertod Jesu Christi. Erlösung. Daneben steht der Kelch, und das Blut des Lammes fließt in ihn hinein. Es geht um …« Er zögerte einen Moment. »Eucharistie.«

»Gut! Sehr gut!« Der Theologe klatschte aufgeregt in die Hände. »Und was noch?«

Adrian schaute genauer hin. Es war unübersehbar, dass die Tafel die Allerheiligenliturgie darstellte. Große Gruppen von Märtyrern, Aposteln und Propheten näherten sich von verschiedenen Seiten dem Gotteslamm.

Der Kanonikus begann, aus dem Gedächtnis eine theologische Schrift zu zitieren. »Es sind die, die aus großen Drangsalen kamen und ihre Kleider im Blute des Lammes weißgewaschen haben. Das Lamm, das in der Mitte des Thrones ist, soll sie zu den lebendigen Wasserquellen führen.«

»Wie kann man sein Gewand in Blut weiß waschen?«, fragte der kleine Barthelmy verständnislos, der sich unbemerkt zwischen sie gestellt hatte. »Da wird es doch ganz dreckig von.«

»Gute Frage«, sagte Adrian und fuhr ihm über den flachshaarigen Kopf. »Das ist nur symbolisch gemeint.«

»Symbolisch.« Der Kanonikus schüttelte den Kopf. »Es ist viel mehr«, sagte er. »Buße, Erlösung. Die Erwartung des Himmlischen Jerusalem, das im Hintergrund dargestellt ist. Es betrifft unser Leben zutiefst.«

Adrian zuckte die Schultern.

Er konzentrierte sich auf das Bild van Eycks, der noch immer gespannt neben ihm stand und auf seine Meinung wartete.

Die Darstellung steckte voller Details, die man erst auf den zweiten Blick erkannte. Pflanzen, klein wie Daumennägel, Architekturmotive, Bücher in den Händen der Bischöfe, Attribute der Märtyrerinnen, jede Kleinigkeit war meisterlich und mit einem fast unheimlichen Realismus gemalt.

»Tautropfen glitzern auf dem Gras«, sagte er leise. »Das sieht besser aus als in Wirklichkeit.«

Der Maler nickte, als wüsste er um die Qualität seiner Arbeit, die alle anderen immer wieder in Frage stellten.

»Und wo bleibt mein Ultramarin?«, fragte er.

Adrian wusste später nicht mehr, wann genau er die Entscheidung gefällt hatte, aber es schien ihm irgendwann, es sei in diesem Moment gewesen. »Jemand hat sich mit meinem Geld abgesetzt«, sagte er. »Ich werde ihm folgen.«

14

»Du darfst Weckmann nicht heiraten!«, sagte Jacob und hielt die kleine Waage an, die einfach nicht zu pendeln aufhören wollte. »Du darfst nicht!«

»Ja glaubst du, das weiß ich nicht?« Sanft, aber bestimmt schob Catharina seine Hand zur Seite. »Es muss noch etwas mehr Gold drauf«, sagte sie und maß die Menge perfekt ab. »Warum machst eigentlich du dir darum Gedanken?«

»Nur so«, sagte er und verließ die Werkstatt. In den letzten Tagen war nicht viel mit Jacob anzufangen gewesen. Obwohl sie es wieder und wieder versucht hatte, kam sie nicht an ihn heran. Es war wie verhext. Kopfschüttelnd starrte sie ihm hinterher.

Sie musste der bitteren Wahrheit ins Auge sehen, dass sie

Hilfe brauchte. Den ganzen Tag über hatte Catharina, während sie Arzneien mischte, Kräuter abwog und verkaufte, fieberhaft nach einer Lösung gesucht und keine gefunden. Schließlich gestand sie sich ein, dass es Zeit war, alte Feindschaften zu begraben und sich Verbündete zu suchen. Sie würde einen Besuch machen, den sie noch gestern am liebsten vermieden hätte.

Zum Angelusläuten schloss sie die Apotheke, straffte entschlossen die Schultern und machte sich auf zu ihrer Tante Antonia Truhlieb, die in der Nähe des Rossmarkts wohnte. Auf dem Weg dorthin überquerte Catharina den Hauptmarkt, wo die Händler gerade ihre Stände zur Nacht mit gewachsten Planen verschlossen. Die Fleischverkäufer im Kauf- und Steuerhaus schwemmten den Dreck des Tages aus der Verkaufshalle mit vielen Eimern Wasser hinaus. Catharina umrundete die Lache auf den Trippen, die sie sich extra unter ihre guten Lederschuhe geschnallt hatte, und raffte ihr Kleid, um über einen Haufen Unrat zu steigen.

»Wohin des Weges, Jungfer Apothekerin?«, rief die Bäckerin Schneidle, der sie gestern eine Arznei gegen ihr Gliederreißen verkauft hatte. »So fein gemacht heute.«

Die Bäckerin war ein übles Klatschweib und würde in der ganzen Stadt herumtragen, dass Catharina Appenteker im Sonntagsstaat zu ihrer Tante ging. Darum winkte Catharina ihr nur höflich zu und hoffte, dass man ihr nicht ansah, wie aufgeregt sie wirklich war. Mira hatte ihr die vorderen Haarsträhnen zu zwei Zöpfen geflochten und am Hinterkopf über ihrer offenen Haarflut zu zwei Schnecken gedreht. Zu der aufwändigen Frisur trug sie das Kleid aus geschorenem, hellgrünem Samtstoff, das ihr Vater ihr zum Abschied geschenkt hatte, obwohl es seine Finanzen bei weitem überstieg. Vorsichtig überquerte sie auf dem Agnessteg den Neckarkanal, der wie immer nach faulen Eiern roch.

Antonias Anwesen grenzte direkt an das Handwerkerviertel, wo die Gerber, die Schmiede und die Färber ihre Werkstätten hatten. Ihr verstorbener Gemahl Johann Truhlieb war Zunftmeister der Wollweber gewesen, bevor er sich im Fernhandel versucht und damit Erfolg gehabt hatte. Mancher mochte über die Lage seines Anwesens die Nase rümpfen. Sie hatte sich jedoch als Vorteil herausgestellt, denn in Richtung der Neckarwiesen konnte er auf genügend Platz für die ausgedehnten Lager und Kontore zurückgreifen, in denen er seine Tuche aus Venedig, Flandern und Lucca aufbewahrte.

Catharina nahm ihren Mut zusammen und klopfte an das breite Eichenportal des Fachwerkbaus. Ein Bewaffneter, jung, dunkelhaarig und scheinbar kaum der deutschen Sprache mächtig, öffnete und führte sie durchs ganze Haus bis ins Kontor. Während sie ihm durch die vertäfelten Gänge folgte, dachte sie mit Herzklopfen an den Besuch, der vor ihr lag. Sie hatte einige Jahre nicht mit ihrer Tante gesprochen. Nicht, dass Antonia Truhlieb auf ihre Freundschaft angewiesen war. Ihr verstorbener Gatte hatte ihr schon zu Lebzeiten Einblick in seine Geschäfte gewährt. Jetzt, fast zehn Jahre nach seinem plötzlichen Tod, beschäftigte sie zwar einen Verwalter, der offiziell das Handelshaus Truhlieb leitete, kümmerte sich aber selbst um die wichtigsten Entscheidungen und machte damit gute Gewinne. Antonia war unabhängig und so reich, dass sie auf alle Bürger pfeifen konnte, die ihr einen liederlichen Lebenswandel vorwarfen, ihre eigensinnige Nichte eingeschlossen.

Der Bewaffnete klopfte an die Tür des Kontors. Von drinnen rief es: »Herein!«

Ihre Tante saß an einem Tisch unter dem Fenster, vor sich ein aufgeschlagenes Buch voller akkurat geschriebener Zahlenreihen und eine Feder mit Tintenfass.

»Du?« Sie stand auf und schloss Catharina in die Arme, die sich verlegen steif machte. »Dass du mich besuchst, hätte ich kaum mehr zu hoffen gewagt.«

Sie hielt das Mädchen auf Armlänge von sich, und ihre Augen glänzten vor Freude. »Gut siehst du aus. Nur etwas kräftiger könntest du sein. Aber ich verstehe, warum du nicht essen magst. Die letzten Monate waren sicher nicht leicht für dich.«

Ihre Tante war wie immer teuer gekleidet. Ihr Tageskleid bestand aus tiefblauer Seide, hatte weite, gelb unterfütterte Ärmel und wurde unter der Brust von einem Gürtel zusammengehalten, auf dem eine Brosche aus durchsichtigen grünen Edelsteinen prangte. Catharina sah genauer hin. Waren das wirklich Smaragde, mit denen sich Antonia am helllichten Alltag schmückte? Ihre Haube lag wie eine neckische Kleinigkeit auf ihrer Flechtfrisur.

»Für dich sicher auch nicht«, brachte sie mühsam heraus.

»Ich bin das Kämpfen gewohnt«, sagte die Tante leichthin und trat auf die Tür zu. »Komm! Wir lassen uns eine Kleinigkeit in den Garten bringen. Der Abend ist viel zu schön, als dass man ihn im Haus vergeuden sollte.«

Als sie die Tür ins Freie öffnete, war die Luft windstill und warm und duftete nach Rosen und Lavendel. Das Haus war um einen Innenhof mit einem Kräutergarten und einer Rabatte voll verschwenderisch blühender Blumen gebaut, die im Licht der letzten Sonnenstrahlen aufzuglühen schienen. Antonia setzte sich auf eine Bank unter einer roten Kletterrose und rief eine Magd herbei, die gerade Wäsche abgenommen hatte.

Catharinas Tante beschäftigte einen ganzen Hausstand voller Zofen, Hausknechte, Putzhilfen und Söldner, von denen einige ihre Handelszüge nach Italien begleiteten.

Nachdem sie das Nachtmahl in den Garten geordert hatte, legte sie ihre Hand auf Catharinas. »Jetzt erzähl! Du bist doch sicher nicht ohne Grund zu mir gekommen.« Ein spöttischer Unterton lag in ihrer Stimme. Catharina räusperte sich verlegen und schwieg. Die Rosen hingen an duftenden Dolden auf ihre Schultern hinab. Antonia brach einen Stängel und steckte ihrer Nichte beiläufig die Blüte ins Haar.

»Wie schön du bist«, sagte sie. »Du solltest öfter sorglos und jung sein.« Catharina suchte gerade nach den passenden Worten, als die Magd frischen Holundernektar, weißes Brot, Butter, Schinken und einen ganzen Berg süße Honigkrapfen aufzutragen begann.

»Ich …«, stammelte sie.

»Du und ich, wir warten beide auf deinen Vater«, unterbrach Antonia sie. »Da wird uns die Zeit lang. Aber du solltest eigentlich wissen, dass er sehr weit reisen muss, um den Azurstein zu besorgen. Weiter als bis nach Venedig. Das war mir schon klar, als er davon phantasierte, zu Weihnachten wieder daheim zu sein.«

»Davon hat er mir nichts gesagt.«

Antonia lachte bitter. »Mir auch nicht. Aber ich kann zwei und zwei zusammenzählen und weiß, dass Christoph gerne gen Sonnenaufgang zieht. Und jetzt ganz besonders, wo doch sein Ziel die blaue Verheißung von jenseits des Meeres ist. Die Farbe der Sehnsucht. Er braucht seine Freiheit.«

Plötzlich schmeckte der prickelnde Nektar in Catharinas Mund wie Essig. Zornig spuckte sie ihrer Tante vor die Füße.

»Hoppla«, sagte diese mit leiser Missbilligung in der Stimme und zog ihre Füße mit den bestickten Lederschühchen unter den Saum ihres Kleides.

»Er hat mich allein gelassen.«

Antonia schaute sie prüfend an. »Du scheinst ganz gut zurechtzukommen.«

»Nun ja, es geht.« Nachdem Catharina sich in der letzten Zeit von jedem Kunden konsequent hatte bezahlen lassen, war die finanzielle Lage der Apotheke etwas solider geworden. »Der Laden läuft so einigermaßen, aber jetzt will dieser Weckmann mich heiraten.«

»Was?« Antonia war ehrlich überrascht.

Catharina spürte, wie sich die Tränen in ihrer Kehle zu einem dicken Klumpen ballten – Tränen, die sie viel zu lange zurückgehalten hatte.

»Und das, obwohl mein Vater gesagt hat, ich müsste mich nicht entscheiden, bevor er zurückkommt.«

»Dich heiraten und die Apotheke einsacken will der Schlauberger also.« Antonia hob den Kopf und richtete den Blick auf die Mauer, die ihren Garten von den Neckarwiesen trennte. »Ich weiß, dass er sich im Rat um Einfluss bemüht, und hatte mich schon gefragt, was er damit bezwecken will.«

Catharina zog die Nase hoch und ließ sich von ihrer Tante mit einem fein gewebten Taschentuch aushelfen, in das sie sich kräftig schnäuzte. »Er will zum Stadtapotheker bestellt werden und meint, Vater und er hätten ein Dokument gesiegelt, das ihm im Falle seines Todes unsere Apotheke verspricht. Und meine Hand dazu.«

Die Tante nickte. Zwischen ihren sorgfältig gezupften Augenbrauen bildete sich eine senkrechte Falte. »Keine Angst, Catharina«, sagte sie. »Ich kann mir nicht vorstellen, dass Christoph so etwas Dummes tun würde. Er ist klug, vergiss das nicht. Vielleicht stellt sich das alles als Betrugsversuch heraus. Und außerdem ist überhaupt nicht erwiesen, dass Christoph tot ist.«

»Vater ist aber auch leichtsinnig und auf seinen Vorteil bedacht.«

Antonia lachte bitter. »Wer wüsste das besser als ich. Ich werde mich umhören, und wenn das stimmt, werde ich eine Lösung finden.«

Catharina war erleichtert. Endlich konnte sie ein wenig von der Verantwortung abgeben, die auf ihr lastete. Und das ausgerechnet an eine Frau, mit der sie das letzte Mal vor fünf Jahren geredet hatte, kurz bevor sie sie im Bett ihres Vaters erwischte. Endlich konnte sie die Mahlzeit genießen. Wie gut das feine Weizenbrot mit dem salzigen Schinken schmeckte und wie lecker die frisch gebackenen Honigkrapfen waren!

Nach der Mahlzeit lehnte sich Antonia zurück und strich ihr Kleid glatt, dessen Seidenstoff das Abendlicht zurückgab. »Ich wüsste einen besseren Ehekandidaten für dich als diesen Weckmann.«

Catharina verschluckte sich an ihrem letzten süßen Krapfen und musste husten. »Ich will überhaupt niemanden heiraten«, sagte sie, als sie sich wieder beruhigt hatte. Die Tante grinste spitzbübisch. »Auch nicht, wenn der Auserwählte Adrian Borluut heißt?«

Catharinas Wangen wurden heiß, und die Gefühle, die sie seit einem halben Jahr in ihr Herz eingeschlossen hatte, brachen sich mit Macht Bahn. Adrian Borluut! Allein der Name setzte ihr Herz in Brand.

»Glaub mir!«, fuhr Antonia fort und füllte ihren Becher mit Holundernektar. »Er wäre eine lohnende Partie. Ich habe Erkundigungen über ihn eingeholt. Er ist zwar nur der jüngere

Neffe des alten Josse Vijd, der zum Genter Stadtrat gehört, aber der ist so märchenhaft reich, dass auch für ihn noch genügend da sein wird.«

»Ich heirate doch keinen Geldsack!«, rief Catharina entrüstet.

»Nein, aber vielleicht einen gutaussehenden jungen Mann.«

»Nie und nimmer«, sagte Catharina düster, und die Tante schwieg. Nachdem sie den Krug mit dem Nektar geleert hatten, brachte Antonia sie noch zur Gartentür.

Dabei kamen sie an dem sorgfältig gepflegten Kräutergarten vorbei, in dem der Sommerflieder noch im Abendlicht Schmetterlinge und Bienen anzog. Antonia hatte die Beete kreuzförmig wie einen alten Klostergarten angelegt, in die Mitte einen Olivenbaum gepflanzt und alles mit Lavendel und Salbei eingefasst. Kurzerhand raffte sie ihre Röcke, stieg über die Buchsbaumhecke hinweg, brach einen Zweig Rosmarin und reichte ihn ihr. »Vielleicht freut sich Mira, wenn sie morgen das Fleisch mit einem frischen Stängel würzen kann. Übrigens, du solltest nicht vergessen, dass du von Adel bist. Dein Großvater von Bellingen war zwar nur Weinhändler in Esslingen, nichtsdestotrotz bist du über ihn mit dem Geschlecht der Herzöge von Bayern-Landshut verwandt, einer Seitenlinie der Wittelsbacher. Und somit wärst du auch für den jungen Mann aus Gent eine gute Partie.«

»Ich hoffe nur, du weißt, was du mit denen da tust.« Catharina deutete auf einige Giftpflanzen, die an der Hauswand wuchsen – Eisenhut, Seidelbast und Tollkirsche –, die bei richtiger Anwendung absolut tödlich wirkten.

»Mein Steckenpferd«, sagte die Tante mit einem leisen Lachen.

»Mit diesen Pflanzen kann man Schlimmes anrichten«, sagte Catharina düster, doch Antonia lächelte nur unergründlich.

»Manchmal hat man Feinde. Und ich kann ja meine Nichte fragen, wenn ich nicht weiß, was am besten wirkt.« Sie zwinkerte, und Catharina schluckte ihre Besorgnis hinunter.

Für den Heimweg gab Antonia ihrer Nichte den Bewaffneten an die Seite, der sie eingelassen hatte. Er hieß Enrico, kam aus der Lombardei, sprach kaum zwei Worte Deutsch und folgte ihr wie ein Schatten durch die abendliche Stadt.

Als sie die Webergasse erreichten, lag über den Häusern blaues Zwielicht. Vor der Apotheke stand ein Fremder, der sein Pferd am Zügel führte. Der junge Mann drehte sich mit einer schnellen Bewegung um und schaute sie an. Catharinas Herz begann zu klopfen, und sie schnappte hörbar nach Luft. Das Pferd schrak zusammen, begann unruhig zu tänzeln, und der Fremde legte ihm die Hand auf die Nüstern.

»Schhh, Träumer!«

Tagsüber hatte sie ihn sich aus dem Kopf geschlagen, doch jede Nacht hatte sie von ihm geträumt, von seinen sanften Händen, dem losen Mundwerk und Augen, die die gleiche Farbe wie Antonias Brosche hatten. Wie konnte sie nur! Er war so leichtsinnig wie ihr Vater und außerdem viel zu reich und verwöhnt für sie. Adrian Borluut zog seinen Hut und sank in eine höfische Verbeugung. *»Goeden avond, Juffrouw Catharina.«*

15

Eine halbe Stunde später saß er in der Küche am Tisch und wartete auf das späte Abendessen, das Mira in der Küche so aufwändig vorbereitete, als sei ihr Besuch von königlichem Geblüt. Um sich die Zeit zu vertreiben, unterhielt

Adrian sich mit dem Söldner in einem Italienisch, das er so sicher beherrschte wie seine Muttersprache. Catharina stand neben dem Tellerregal, konnte die Augen nicht von ihm wenden und versuchte vergeblich, die Sprache wiederzufinden, die es ihr verschlagen hatte. Dass Adrian Borluut zurückgekommen war, hing sicher nicht mit ihr zusammen, sondern mit der großen Summe Geld, die ihr Vater ihm schuldete. Und damit, dass die blaue Verheißung mit Christoph in einer unbekannten Ferne verschwunden war. Schließlich deckte Mira den Tisch mit einem Korb voll weißem Brot, einem kalten gebratenen Hühnchen, einem ganzen Käse, der verlockend duftete, und den letzten überreifen Erdbeeren, die sie mit geschlagenem Rahm servierte. Nach einem vielsagenden Blick in Catharinas Richtung verließ sie den Raum mit dem Söldner im Schlepptau, der seine Augen genussvoll über ihr ausladendes Hinterteil gleiten ließ.

Catharina war mit dem Flamen allein. Während er sich den Teller füllte, setzte sie sich auf den Stuhl ihm gegenüber.

»Vielleicht sollte ich gar nicht im Wirtshaus wohnen.« Er grinste sie herausfordernd an und biss hungrig in ein Hühnerbein. »Mira kocht so gut. Ich frage mich nur, wie man dabei so dünn sein kann wie Ihr.«

»Es ist besser, wenn Ihr nicht hier übernachtet«, sagte sie spröde. »Sonst könnte es noch Gerede geben.«

Sein Grinsen wurde unverschämt. »Eure Ehre, natürlich! Wir werden sie schon nicht beflecken.«

Ihre durcheinanderwirbelnden Gefühle verwandelten sich in Zorn. »Ihr steckt nicht in meiner Situation und solltet schon deshalb nicht über mich spotten«, zischte sie. »Ihr könnt überhaupt nicht mitreden.«

»Und – wie ist sie, Eure Situation?«

»Mein Vater …«

»Er ist nicht zurückgekommen, ich weiß. Jedenfalls bisher nicht. Aber das betrifft mich ja wohl genauso wie Euch.« In aller Seelenruhe häufte er einen Berg überreife Erdbeeren auf ihren Teller und packte einen Klecks Schlagrahm obendrauf. »Schließlich ist er mit *meinem* Erbe auf und davon. Ihr solltet mehr essen.« Er schob ihr den Teller vor die Nase.

Catharina begann, lustlos darin herumzustochern, und beobachtete Adrian, der sich jetzt hungrig über das Brot und den Käse hermachte.

»Den Appetit hat es Euch ja noch nicht verschlagen«, sagte sie schnippisch. Er legte das Messer hin, griff nach ihrem Löffel, füllte ihn mit der Erdbeerspeise und wedelte vor ihrem Mund auf und ab.

»Ich werde ihn suchen gehen«, sagte Adrian leise.

Vor Schreck ließ sich Catharina mit einem ganzen Löffel Erdbeerrahm füttern. »Was?«, fragte sie mit vollem Mund.

»Ihr habt ganz richtig gehört.«

»Meine Tante hat gesagt, er könnte überall sein. Auf der anderen Seite der Welt, im Land des Sonnenaufgangs. Outremer. Wo die Muselmanen leben und die Berge bis an den Himmel stoßen.«

»Nun«, sagte er gelassen. »Ich habe mich auf das Wagnis mit dem Ultramarin eingelassen und werde nicht auf halber Strecke aufgeben. Ich habe ziemlich viele Dinge in meinem Leben abgebrochen. Das hier werde ich zu Ende führen, und wenn ich die Welt von Nord nach Süd und von Ost nach West durchstreifen muss.«

Catharina schob den Teller mit dem Erdbeergemisch zurück. »Eines muss ich klarstellen. Ich glaube nicht, dass mein Vater Euer Geld absichtlich veruntreut hat. Er ist sicher ein

Draufgänger und zu schnell mit seinen Entscheidungen. Aber ein Dieb und Betrüger? Nein, das ist er nicht.«

»So«, sagte Adrian Borluut langsam. »Aber Euch kann das alles ja egal sein. Ich belange Euch nicht für seine Schulden. Und darum könnt Ihr in aller Ruhe diesen, wie heißt er gleich, Weckmann heiraten. Dann seid Ihr versorgt.«

Catharina blieb vor Entrüstung der Mund offen stehen. »Ihr wisst davon?«

»Wovon?«, fragte er und biss krachend in eine knusprige Scheibe Weißbrot mit gesalzener Butter.

»Dass mein Vater mich verkauft hat.«

Jetzt war es an ihm, sie verwundert anzustarren. »Er hat was?«

»Er hat dem Weckmann, falls er nicht zurückkommen sollte, die Apotheke und meine Hand als Pfand versprochen.«

Adrian begann zu lachen. »Im Herbst war das nicht mehr als eine Art unbestimmte Vereinbarung. Aber wenn es stimmt …«, sagte er. »Die Stadtapotheke und Ihr, das ist kein schlechtes Geschäft für Weckmann. Sicher besser als ein bisschen Ultramarin. Und seid Ihr Euch sicher, dass Euer Vater nicht vielleicht doch – ein Betrüger ist?«

Catharina war so entrüstet, dass sie ihm beinahe die Schale mit dem Schlagrahm über den Kopf gekippt hätte. Sie stand auf und begann, die Teller und Speisebretter abzutragen. Am Waschtrog drehte sie sich noch einmal um, und was sie dann sagte, überraschte sie selbst am allermeisten. »Aber Weckmann kriegt mich nicht.«

»Und warum seid Ihr Euch da so sicher?«

Sie biss sich auf die Lippe, und der Entschluss, der eben noch als nebelumwobenes Gebilde vor ihr gestanden hatte, nahm Konturen an. »Weil ich Euch begleiten werde. Wenn nötig bis hinter den Sonnenaufgang.«

16

Sie hatte ihren Willen durchgesetzt wie ein eigenwilliges Kind, das nur mit dem Fuß aufstampfte, um zu bekommen, was es wollte. Es war ein heller Frühsommertag, knapp nach der Mittagsstunde, und die Hitze trieb Adrian Borluut Schweißperlen auf die Stirn. Heute, am zweiten Tag ihrer Reise, hatten sie Göppingen und Salach hinter sich gelassen und würden sich bei Geislingen an den Albaufstieg wagen. Adrian drehte sich um und schaute zurück auf den sich stauenden Verkehr. Auf der Reichsstraße befanden sich in Richtung Ulm jede Menge Reisende und Fuhrwerke. Am Horizont ragten die Dreikaiserberge aus der goldgrünen Ebene wie Kegel. Langsam veränderte sich die Landschaft. Bewaldete Hügel reichten bis an die Straße heran und verengten das Tal. Die Pferde gingen im Schritt, was ihn dazu verleitete, Träumers Zügel zu lockern und seinen Gedanken nachzuhängen. Catharina saß aufrecht auf der kleinen Stute, die ihre Tante ihr gekauft hatte, und ihre blauen Augen spiegelten voll trügerischer Unschuld den Sommerhimmel wider. Ihr folgten mit stoischem Gesicht vier lombardische Söldner, angeführt von Enrico, der keine Fragen stellte. Sie sollten die Passage in Richtung Venedig sichern, die in den Zeiten von Kaiser Sigismunds Krieg gegen die Serenissima ausgerechnet durch kaiserliche Truppen unsicher gemacht wurde. Dahinter reihten sich die drei Wagen voller Esslinger Stoffe und Weinfässer ein, die Antonia ihnen anvertraut hatte, und holperten über die ausgefahrene Straße. In ganz passablem Italienisch hatte die Tante dem Lombarden den Schwur abgenommen, keinen Schritt von der Seite ihrer Nichte zu weichen und sie bei seinem Leben zu beschützen. Natürlich würde Enrico sich daran halten, und das sollte er auch, denn Adrian selbst hatte vor, sich spätestens in Ulm abzusetzen und zu verschwinden.

Wenn er das Band zwischen ihnen kappte, konnte Enrico das Mädchen heimbringen zu diesem Weckmann, wo es weit besser aufgehoben war als auf einer Reise ohne Ziel. Widerwillig ertappte er sich dabei, dass ihm der Gedanke, Catharina könne wie eine reife Frucht in das Bett des Apothekers fallen, nun doch nicht gefiel. Sie sah hübsch aus in ihrem grauen Reisemantel. Ihr Gesicht mit der kleinen, etwas aufwärts gewandten Nase und dem vollen Mund, der zum Küssen einlud, war ihm seit dem letzten Herbst nicht mehr aus dem Kopf gegangen. Mit jeder anderen hätte er eine süße Tändelei begonnen und geschaut, wie weit er bei ihr gehen konnte, nur nicht mit Catharina, hinter deren hübscher Fassade sich ein Sturkopf verbarg. Obwohl er am Abend seiner Ankunft die besseren Argumente vorgebracht hatte, war sie bei ihrem Entschluss, ihn zu begleiten, geblieben. Schließlich hatten sie sich laut gestritten. Am nächsten Tag war sie zu ihrer Tante gelaufen, der die Gelegenheit, die Nichte so weit wie möglich von Weckmann zu entfernen, sofort gefallen hatte. Ganze fünf Tage dauerte es, dann hatte Antonia Truhlieb, wie immer auf ihren Vorteil bedacht, eine Handelsfuhre für Venedig zusammengestellt. Adrian, der vorgehabt hatte, allein und mit leichtem Gepäck zu reisen, fühlte sich über den Tisch gezogen.

Er wurde aus seinen düsteren Gedanken aufgeschreckt, als eine Handvoll berittener Zisterziensermönche aus dem Kloster Kaisheim sich an dem Esslinger Handelszug vorbeidrängte. Träumer tänzelte unruhig, und er zog den Zügel straffer.

»Gott mit Euch«, rief ihm einer der Mönche über die Schulter zu. »Wir haben Order, zur Vesper in unserem Pfleghof in Geislingen zu sein.«

Er hob die Hand an die Stirn und grüßte die Kaisheimer Mönche schweigend, die kurz darauf in Richtung der geschäftigen Stadt in der engen Talaue abbogen. Sie folgten ihnen gemächlich und standen eine Viertelstunde später an der Zollstation am Fuße der Steige. Weit oben auf dem Felsen erhob sich die mächtige Stammburg des Grafengeschlechts der Helfensteiner, dem der Kaiser das Privileg zugesichert hatte, auf der Reichsstraße Wegezoll für den Albaufstieg kassieren zu dürfen. Neben dem Zollhaus warteten Träger und Treiber zusätzlicher Fuhrwerke darauf, dass Handelszüge und Reisende Unterstützung brauchten. Adrian legte den Kopf in den Nacken und schaute sich die engen Kurven an, die steil den Hang hinaufführten. Für Träumer und ihn wäre der Aufstieg kein Problem, aber mit den Wagen würde es ein hartes Stück Arbeit werden.

»Hoh.« Ein Zöllner des Helfensteiners stellte sich ihm in den Weg. Er hob den Arm, um die nachfolgenden Wagen anzuhalten. Der Vorderste krachte prompt in die Deichsel. »Herrgottssackel!«, brüllte der Fuhrmann und hielt seine Frau fest, die fast vom Kutschbock gefallen wäre. Catharina glitt aus dem Sattel, führte ihr Pferd heran und wurde vom Zöllner zunächst einmal übersehen.

»Leitet Ihr den Handelszug da?«, wandte dieser sich an Adrian.

»Wir leiten den Zug gemeinsam«, erklärte Catharina schnell. »Stoffe für Venedig, Wein für Ulm. Für das Handelshaus Truhlieb aus Esslingen«, fuhr sie hochnäsig fort. Der Zöllner nannte einen Preis, bei dem sich Adrian die Haare im Nacken aufstellten.

»Moment mal!«, warf er ein. Nach zähen Verhandlungen

gelang es ihm, den Wegezoll auf gut die Hälfte herunterzuhandeln und für den Rest der Summe einige zwielichtige Burschen mit mehreren Ochsengespannen einzustellen, die ihnen helfen sollten, die schwerbeladenen Wagen den Berg hinaufzuziehen. Es waren zerlumpte, bärtige Gesellen, die ihre Tiere in misstrauischem Schweigen heranführten. Allein und im Dunkeln hätte er ihnen nicht über den Weg getraut.

»Das sind nicht Eure Waren«, zischte ihm Catharina aufgebracht zu, als er gemeinsam mit den Treibern, den Fahrern und Enrico die Pferde ausschirrte und je zwei Ochsen vor die Wagen spannte.

»Eure aber auch nicht.« Fluchend wich er einen Schritt zurück, weil ihm einer der Ochsen beinahe auf den Fuß getreten wäre. »Als Frau werdet Ihr bei solchen Verhandlungen leicht übervorteilt. Sie nehmen Euch nicht ernst. Oder habt Ihr den genauen Überblick über die Wegezölle, die man Euch auf dem Weg zwischen Esslingen und Venedig abknöpfen darf?«

»Pah«, sagte sie zornig, wandte sich ab und führte ihre Stute den Berg hinauf.

Zwei Stunden später war der Esslinger Handelszug auf der Albhochfläche angekommen. Adrian war verschwitzt und völlig erschöpft, aber obwohl sie auf der Hälfte der Strecke ein Rad verloren hatten, das sie mit Hilfe der beiden schnauzbärtigen Älbler wieder anbringen mussten, hatten sie es geschafft.

Auch sein Pferd brauchte Wasser und einen Hafersack, und so war er heilfroh, dass sie auf der Hochebene ein Gasthaus fanden, in dem sie rasten konnten. Er brachte Träumer im Stall unter, rieb ihn ab und versorgte ihn. Dann steckte er selbst seinen Kopf in den Pferdetrog und kühlte sich das erhitzte Gesicht, Hals und Brust. In der Gaststube saß Enrico mit den anderen Söldnern und den Fuhrleuten an einem Tisch und winkte ihn herbei.

In dem überfüllten Raum gab es keine Spur von Catharina. Hungrig machte Adrian sich über die Suppe her, von der die Wirtin eine ganze Schüssel voll aufgetragen hatte, und wischte den Teller mit grobem Brot aus. Danach gab es eine Hammelkeule, deren tranigen Geschmack der Koch mit so viel Salz überdeckt hatte, dass seine Zunge brannte. Unwillkürlich dachte er an Mira und ihre Rosmarinzweige.

»Wo steckt sie?«, fragte er und fiel dabei unvermittelt in die Sprache seiner Mutter, die er genauso gut beherrschte wie das Flämische, das Deutsche, das Französische und einige Brocken Englisch. Diese hatte er im Umgang mit den englischen Wollkaufleuten aufgeschnappt, die ihren Rohstoff im Wollwebereiland Flandern an den Mann bringen wollten. *»Non lo so.«* Enrico putzte sich mit dem Ärmel das Fett aus seinem Schnauzbart und trank einen Schluck Wein. »*Madre Mia!* Vielleicht lässt sie sich von Margriet ein Bad richten.«

Margriet war die Frau eines Fuhrmanns, der Antonia Truhlieb gestattet hatte mitzureisen, weil sie Catharina unterwegs als Zofe dienen konnte.

»Es wäre besser, du würdest sie nach Esslingen zurückbringen«, sagte Adrian düster. »Das hier ist nichts für eine Frau von Stand.«

»Damit sie dem Apotheker in die Hände fällt? *Il mostro.* Catharina ist ein gutes Mädchen.«

»Antonia Truhlieb bezahlt dich ebenfalls gut für deine Dienste. Und das bedeutet, du bringst sie nach Venedig, koste es, was es wolle, auch, wenn es für das Mädchen gar nicht das Richtige ist?«

Damit hatte er Enrico, den er eigentlich mochte, zum

Schweigen gebracht. Den Rest der Mahlzeit hing Adrian seinen düsteren Gedanken nach, die sich vorwiegend darum drehten, wie er sich am besten aus dem Staub machen konnte.

Nach dem Essen trat er auf den Vorplatz hinaus, ging bis zum Ende des umzäunten Geländes, schaute über die karstige Hochebene und atmete die frische kühle Luft ein. Blaue Dämmerung lag über der Weite, in der sich vereinzelte Baumgruppen erhoben. Irgendwo am Horizont dehnte sich der Waldrand aus wie ein dunkler Schatten.

»Hier wird kein Lavendel wachsen«, sagte plötzlich eine Stimme rechts von ihm im Gemüsegarten. »Dafür ist das Wetter auf der Alb zu rau. Aber versuchen kannst du es ja, wenn du ihn im Winter in einem Topf ins Haus stellst.«

Zwei Mädchen streiften zwischen den Beeten voller Kohl und Karotten umher. Er war kaum überrascht, als er in der Älteren Catharina erkannte, die hier wohl der Tochter der Wirtsleute Unterricht in Kräuterkunde gab. Das kleine Mädchen zog sie jetzt an der Hand in Richtung Stall. »Unsere Katze hat Junge bekommen. Ich zeig sie dir, wenn du willst.«

Vielleicht war es reine Neugierde, vielleicht aber auch ein irgendwie in ihm erwachter Beschützerinstinkt, der Adrian dazu brachte, ihnen zu folgen. Später fragte er sich oft, was aus seinem Leben geworden wäre, wenn er es nicht getan hätte. Während die Kleine eifrig auf Catharina einplapperte, überquerten die Mädchen den Hof, öffneten die Tür zum Pferdestall und schlüpften hinein. Er stellte sich an eine der Fensterluken und spähte in den dämmrigen Raum, in dem die Pferde mit den Hufen scharrten und leise schnaubten.

»Hier sind sie«, sagte die Wirtstochter und kniete sich ins Heu. »Es sind sieben. Sind sie nicht süß?«

Aus der Dunkelheit des Stalls löste sich ein Schatten. Catharina stieß einen erstickten Schrei aus und wich einige Schritte zurück. Der Mann, voll bewaffnet und gerüstet, näherte sich von vorn und griff nach ihr. Adrian kam durch die geöffnete Tür in den Stall gestürmt, doch er war zu spät. Der Angreifer warf sich das verzweifelt strampelnde Mädchen wie einen Sack Mehl über die Schulter und stürmte mit ihr zur rückwärtigen Tür hinaus. Adrian sah gerade noch, wie er auf seinem Pferd aufsaß, Catharina vor sich in den Sattel zog, eine Mauer im Sprung nahm und davonpreschte.

In Windeseile band er Träumer los und legte ihm seinen Sattel über. Er führte den Hengst auf den Vorplatz hinaus und galoppierte dem Fremden nach, den er dank der Weite der Landschaft als Schattenriss am Horizont ausmachen konnte. Träumer war erschöpft nach dem langen Tag. Trotzdem zeigte sich jetzt sein edles Blut, das ihn zu einem Läufer ohnegleichen machte. Obwohl der Fremde seinem Pferd die Sporen gab, holte er unermüdlich auf. »Guter Junge«, rief Adrian berauscht. Während Träumers Hufe donnernd auf die Erde prasselten und Grassoden in alle Richtungen spritzten, hing er tief über dem Hals des Pferdes, und der Wind sang in seinen Ohren. Fast hätte ihm der Gewaltritt Spaß gemacht, wenn da nicht eine leise Stimme in ihm gewesen wäre, die ihm riet, Catharina ziehen zu lassen. Ihre Entführung war doch sicher Weckmanns Idee, der sich seine versprochene Braut gewaltsam zurückholen wollte.

Als sein Vorsprung fast ganz zusammengeschmolzen war, hielt der Fremde an einer baufälligen Scheune, riss das Mädchen vom Pferd und stieß es durch die Tür. Fast noch im vollen Lauf sprang Adrian von Träumers Rücken, lief dem Entführer nach und warf sich gegen die marode Tür, die sofort nachgab, als hätte sie der Fremde gar nicht verriegelt. Er taumelte in die

Dunkelheit, stolperte über festgestampften Lehmboden, schleifte durch die Reste von Hafer- und Roggenstreu und fand sich schließlich mit Händen und Füßen auf dem Boden wieder. »Catharina?«, rief er.

»Na, Junge?«, sagte eine Männerstimme. »Auch endlich da.«

Langsam gewöhnte sich Adrian an die Lichtverhältnisse. Es war nicht vollständig dunkel in der leeren Scheune. An einem Balken hing eine Stalllaterne, in deren Licht er aufgestapelte Heuballen sehen konnte. Durch die Ritzen des Bretterbaus schien der Mond und beleuchtete die linke hintere Ecke, in der der Fremde stand und Catharina festhielt. Das Mondlicht spiegelte sich in dem Messer, das an ihrer Kehle lag, und in ihren entsetzt aufgerissenen Augen.

»Die Entscheidung liegt bei dir«, fuhr der Fremde fort. »Entweder du trollst dich und überlässt die Kleine mir. Oder sie stirbt jetzt und hier.« Adrian dachte fieberhaft nach. Gegen den Fremden hatte er so gut wie keine Chance. An der Innenseite seines Stiefels hatte er als Waffe für Notfälle das Messer befestigt, das ihn im letzten Herbst in Esslingen getroffen hatte. Doch wenn er es warf, würde er Catharina gefährden, die starr vor Angst in den Armen des Fremden hing. »Am besten, du verschwindest, Kleiner, und lässt mich meinen Auftrag erfüllen.«

In diesem Moment wusste Adrian, dass er sie nicht gehen lassen konnte, nicht zu diesem Weckmann, dem es nur darum ging, die Stadtapotheke und die dazugehörige Tochter einzukassieren. Nicht, ohne um sie zu kämpfen. Er hechtete los, riss die Stalllaterne von ihrem Haken und schleuderte sie ins Stroh, das sofort Feuer fing. Der Fremde war einen Moment lang abgelenkt und wandte sein Gesicht den Flammen zu, die sich in Windeseile durch die Heuballen fraßen und sie bis zur Decke hoch auflodern ließen. Catharina schrie auf, als er sie in Richtung des Feuers stieß. Dieser Augenblick genügte Adrian. Geistesgegenwärtig zog er sein Messer und richtete sich auf. Er musste den Fremden nur mitten ins Herz treffen. Zu irgendetwas mussten seine Anatomiestunden doch nützlich gewesen sein.

»Lauf!«, schrie er Catharina zu, die verwirrt von einem zum anderen blickte. »Lauf, so schnell du kannst!«

Jetzt wandte sich der Fremde ihm zu, und Adrian erschrak vor der Mordlust in seinen Augen. Er war mindestens einen Kopf größer als er, schnauzbärtig, kampferprobt und gut gerüstet. Alles in allem sah er nicht so aus, als ob er sich durch ein Messer außer Gefecht setzen lassen würde. Mit einem sirrenden Geräusch zog er sein Schwert aus der Scheide, hob seinen Arm und tat einen Schritt auf ihn zu. Adrian schluckte.

»Nun, Jüngelchen. Du bist wohl auf einen guten Kampf aus. Den sollst du haben, auch wenn es dein letzter sein wird.«

Das Schwert sauste mit Macht auf Adrians Kopf nieder. Durch einen gezielten Sprung konnte er sich gerade noch in Sicherheit bringen. Im Hintergrund fraßen die Flammen die Heuhaufen auf und loderten die Wände hoch ins knochentrockene Dachgebälk. Der Raum füllte sich mit dem Lärm des prasselnden Feuers und dem Rauch, der ihm in der Lunge brannte. Es wurde heiß, und er fragte sich, wer von ihnen länger durchhalten würde. Der Fremde senkte sein Schwert und zerschnitt damit die Luft, als sei es Erntezeit und er der Schnitter. Mit den nächsten Schwerthieben trieb er Adrian vor sich her.

»Hör gut zu, Junge!«, keuchte der Jäger. »Du hattest sie doch schon. Jetzt kriegt der Apotheker gebrauchte Ware zurück und macht sogar noch ein ehrenwertes Hausweib aus ihr. So haben alle ihren Spaß.«

Er sprang vor, ließ sein Schwert tanzen und zwang Adrian

mit seinen Streichen immer weiter zurück. Einen Moment später spürte dieser die Wand im Rücken und sah sein Ende kommen. Der andere hob das Schwert, um zum letzten Mal zuzuschlagen. Verzweifelt versuchte Adrian, seinen Kopf zu schützen, wobei ihm das Messer aus der Hand fiel. Doch da geschah etwas, völlig lautlos im Kreischen der Flammen. Der Fremde ließ das Schwert sinken und hielt sich die Brust. Adrian betrachtete ihn ungläubig. Der Mann taumelte und sank in die Knie. Aus seinem Rücken ragte der Bolzen einer Armbrust. Blut lief ihm in einem Schwall aus dem Mund; er sank zu Boden und rührte sich nicht mehr.

»Adriaaan«, schrie Catharina. »Nein!«

Schwer atmend drehte er sich um, wollte sie beruhigen, doch etwas traf ihn am Hinterkopf. Er sah ein gleißendes Licht, dann wurde alles schwarz, und er fühlte nichts mehr.

17

Und du bist dir sicher?« Antonia Truhlieb stand im Obergeschoss ihres Hauses am Fenster und schaute auf die Apfelgärten. Davor lag der Bleichwasen, wo die Wäsche der Esslingerinnen knochenweiß in der Sonne trocknete. Erst heute Morgen war ein zerknirschter Enrico mit dem Handelszug und der Nachricht zurückgekommen, dass Adrian und Catharina auf der Albhochfläche spurlos verschwunden waren. Sie verging fast vor Sorge, und jetzt stand da dieser Junge, drehte seine Mütze in den Händen und bestätigte ihre schlimmsten Vermutungen. Weckmann war zu allem fähig.

»Ich hätt's Cathie sagen sollen, aber ich hab mich nicht getraut«, sagte Jacob schuldbewusst.

Der Lehrling war lang aufgeschossen, blond, und aus seinen blauen Augen sprach Ergebenheit. *Liebe*, dachte sie. *Catharina, du hast eine Eroberung gemacht, aber das sicher mal wieder nicht mitgekriegt.*

»Schon gut«, sagte sie laut. »Weißt du, dass Catharina auf der Alb verschwunden ist?« Der Junge blickte sie verzweifelt an. Plötzlich tat er ihr leid. »Fang noch einmal ganz von vorne an!«

Jacob begann mit dem Morgen, als Meister Weckmanns Gehilfe ihn holen ließ und er den ganzen Tag sein Warenlager aufräumen und putzen musste. Gelangweilt drehte sich Antonia wieder zum Fenster. Klar war das eine harte Behandlung, aber Lehrlinge wurden nun einmal schikaniert und ausgenutzt. Und diesem Jacob konnte etwas Strenge nicht schaden. So manches Mal hatte sie Christoph geraten, ihn zu züchtigen, wenn er mit seinen Streichen den Laden in Verruf brachte. Doch dann erzählte der Junge weiter, und was er sagte, war so ungeheuerlich, dass es ihr die Sprache verschlug. Weckmann hatte tatsächlich ein Ungeborenes in einem Glas aufbewahrt? Und das war noch nicht alles. Während er berichtete, stockte dem Jungen die Stimme. Als sie ihm zuhörte, packte sie ein heiliger Zorn.

»Da lag die Leiche vom Ranulf auf Hans Nothelfs Tisch.« Er hob den Kopf und schielte zwischen den blonden Haarsträhnen hindurch, die ihm ins Gesicht hingen. »Und der Weckmann hat sie begutachtet, um, ich weiß auch nicht was, mit ihr zu machen. Ich glaub, er wollte sie aufschneiden.« Der Junge senkte den Blick auf den Boden und drehte unermüdlich seine Mütze zwischen den Händen. Antonia schlug ihm leicht mit ihrem Handschuh auf die Wange. »Kopf hoch!«, sagte sie. »Und lass dir von meiner Haushälterin einen Heller geben! Du hast mir heute einen großen Gefallen erwiesen.«

Der Junge drehte sich auf dem Absatz um und rannte davon.

»Leichenfledderei«, sagte Antonia nachdenklich.

In ihrem Kräutergarten stand der Lavendel wie eine violette Wolke, daneben blühte himmelblau der Rittersporn. Bald würde ihm der nachtblaue Eisenhut folgen, unscheinbarer als die beiden anderen Pflanzen und viel gefährlicher … *aconitum napellus*. Wenn herauskam, dass Weckmann eine Leiche für eine verbotene Obduktion missbrauchte, war seine Laufbahn in Esslingen zu Ende. Wenigstens eine gute Nachricht an diesem schrecklichen Tag.

Es wurde Zeit, dass sie Weckmann zur Rede stellte. Nachdem Catharina ihr berichtet hatte, dass er sich auf ein gesiegeltes Dokument berief, hatte Antonia ihn gebeten, ihr Einsicht in dieses zu gewähren. Mit der Begründung, sie sei nur eine Frau und nicht rechtsfähig, hatte er ihr Ansinnen abgelehnt. Die Ereignisse hatten sich überschlagen, bevor sie dazu gekommen war, sich einen Rechtsbeistand zu suchen. *Mit dir bin ich noch nicht fertig, Weckmann!* Antonia drehte sich energisch um, ließ sich ihren Umhang bringen, rief nach Enrico und drängte sich mit ihm durchs Marktgetümmel des hellen Nachmittags. Sie sah aus wie eine Rachegöttin. So mancher Blick folgte ihrer hohen Gestalt, bewundernd die einen, neidisch die anderen. Antonia war daran gewöhnt und bemerkte gleichgültig, dass eine alte Frau ihr gegenüber die Finger kreuzte, um sich vor dem bösen Blick zu schützen.

»Truhliebsche, du Hex'«, sagte die Alte leise.

Vielleicht hast du recht, dachte Antonia trotzig, und dass ihre Stiftungen und Schenkungen an die Kirche ihr im Ernstfall nichts nutzen würden. Sie ließ sich von der Welle ihres Zorns weitertragen, bis sie vor Weckmanns Haus stand. Enrico klopfte gegen die Ladentür, die genauso verschlossen war wie die

Stadtapotheke. Arme Esslinger. Sie wollte gerade gehen, als sich die Tür für eine zahnlose Alte öffnete, die eine Schüssel Schmutzwasser in die Gosse kippte.

»Grüß Gott«, sagte Antonia.

»Hä?«, gab die Alte zurück. Antonia verdrehte die Augen. Taub war sie auch noch. »Wo ist der Meister Weckmann?«, fragte sie überdeutlich und erwartete gar keine verständliche Antwort. Ein krummer Zeigefinger bog sich und winkte sie bis vor den zahnlosen Mund. »Ist nicht da«, murmelte die Alte. »Ist mit dem Peer weg, vorgestern.«

Antonia konnte sich vorstellen, wohin er gereist war. Sie drehte sich auf dem Absatz um und eilte nach Hause. Dumm war, dass sie nicht wusste, was genau auf der Alb vorgefallen war. Der Söldner hatte die Gegend zwei Tage nach den beiden abgesucht, aber keine Spur von ihnen entdeckt. Hatte Weckmann Catharina entführt, um sie zu seiner Frau zu machen? Dann würde er sie spätestens morgen zurück nach Esslingen bringen und vor die Kirchentür zerren. Oder hielt er sie auf der Alb gefangen? Und was hatte er mit Adrian Borluut gemacht, dem Jungen, für den sie ebenfalls Verantwortung trug? *Wenn Blut geflossen ist, wirst du es mir büßen, Weckmann.* Unschlüssig stand Antonia am Fenster und überlegte, was sie tun sollte. Abwarten. Der Apotheker hatte sich als würdiger Gegner erwiesen, aber noch hatte der Kampf nicht richtig begonnen. Antonia gedachte, seine Regeln selbst zu bestimmen.

18

3 Tage später

Adrian trieb fort in die Dunkelheit und blieb dort eine lange Zeit. Doch irgendwann lichteten sich die Schichten von Grau. Ihm war, als befinde er sich in einem Boot ohne Ruder und Steuermann auf einem blauen Meer, das auf ein fernes Ufer zutrieb. Hier wartete ein Licht auf ihn, das so sanft wie eine Kerze leuchtete, und eine Stimme rief ihn. *Vieni!* Adrian hielt den Rand des Bootes umklammert, fixierte das Ufer und wartete ab. Er konnte nichts tun. Was geschehen sollte, würde geschehen. Doch dann wendete sich sein Schicksal, und sein Bewusstsein kämpfte sich zurück in die Wirklichkeit.

Er wurde das erste Mal wach, als der Mond am Himmel stand und sein bleiches Licht über die Erde ausgoss. Die Helligkeit stach ihm in den Augen, und ihm war schrecklich schwindlig.

»Adrian«, sagte Catharina leise.

Er hörte die Freude in ihrer Stimme und dachte, dass es sich lohne zurückzukehren. Sie benetzte seine Lippen mit ein paar Tropfen Wasser, von denen er einige schlucken konnte. Dann sank er zurück in einen traumlosen Schlaf.

Das nächste Mal erwachte er am hellen Tag. Licht fiel durch die Ritzen des Stalls und zeichnete weiße Streifen auf die Pferdedecke, mit der man ihn zugedeckt hatte. Seine Finger lagen darauf. Als er es schaffte, sie einen nach dem anderen zu bewegen, war das fast schon ein Triumph. Lautlos trat Catharina in die Scheune.

»Du bist wach!« Ihr Gesicht leuchtete vor Freude. »Das habe ich mir so gewünscht.«

»Catharina.« Der Versuch, seinen Kopf zu heben, ließ eine Funkengarbe hinter seinen Augenlidern zerplatzen.

»Nicht!« Sie kniete sich neben ihn auf den Boden und legte ihre Hand auf seine. Er spürte, wie Tränen darauf tropften, eine nach der anderen. Langsam beruhigte sich der Schmerz, und er glitt zurück in die Dunkelheit.

Am nächsten Morgen öffnete er die Augen und fühlte sich viel besser. Catharina saß an seinem Lager und strich ihm mit der Hand federleicht über die Stirn. »Hallo«, sagte sie. »Beweg dich nicht und versuch auch nicht, viel zu reden! Das Gebälk ist eingestürzt. Du hast einen schlimmen Schlag auf den Kopf bekommen.« Nach und nach kamen die Erinnerungen zurück. Da war der Kampf gewesen, der Brand in der Scheune, ein Armbrustbolzen, der den Schwertkämpfer aus dem Nichts getroffen hatte. Catharina verließ den Stall und kam nach einer Weile mit einer Schale Suppe zurück, von der er einige Löffel essen konnte. »Gut«, sagte sie.

»Wie lange war ich weg?«

»Drei Tage. Kannst du mich erkennen?«

Er nickte, und sie seufzte erleichtert. »Probier mal, deine Finger und deine Zehen zu bewegen. Und dann heb vorsichtig deine Beine, nur ein wenig.« Beides ging. »Sehr gut«, sagte sie zufrieden. »Wir haben schon gedacht, du würdest nie wieder aufwachen.«

»Hmm.« Er war viel zu erschöpft, um sie zu fragen, wen sie mit »wir« meinte.

»Du musst ausreichend trinken und weiterhin viel liegen.«

Adrian wollte auch gar nichts anderes und verschlief den warmen Sommertag und die halbe Nacht. Er erwachte in der

Dämmerung und fühlte sich schon fast wieder wie ein Mensch. Irgendwo draußen schmetterten die Vögel ihren Morgengesang in die Welt. Es war empfindlich kühl, die Decke klamm vor Feuchtigkeit. Er lag in dem Stall, unter sich eine dicke Schicht Stroh und ein Fell, das nicht nur nach Schaf, sondern auch nach Krankheit und Urin roch. *Er* roch so. Das musste sich ändern. Er richtete sich auf, probierte, ob er sitzen konnte. Nachdem er den Schwindel niedergekämpft hatte, ging es. Vorsichtig setzte er seinen Fuß auf den Boden aus gestampftem Lehm. Mit der nächsten Willensanstrengung gelang es ihm, den zweiten hinterherzuziehen, ihn neben den anderen zu setzen und sich auf die Beine zu stellen. Er schwankte, suchte sein Gleichgewicht und taumelte zur offenen Tür, die als blaues Viereck gegen die Dunkelheit stand. Plötzlich füllte ein Schatten die Türöffnung aus, riesig und rabenschwarz. Adrian wurde schwindlig, und er fiel dem Schatten geradewegs in seine dunklen Arme.

Er erwachte sehr viel später im hellen Sonnenlicht. Sie hatten ihn auf einen Leiterwagen gelegt und seinen Oberkörper in eine schräge Lage gebettet, so dass er sich umschauen konnte. Adrian blinzelte in den hellen Sommerhimmel. Er lag in einem verwilderten Garten. Im hohen Gras blühte gelb der Hahnenfuß. Da waren Holzapfelbäume, die Zweige von Flechten bewachsen. Eine hellrosa Heckenrose wucherte neben dem Wagen und duftete verschwenderisch. Als er den Kopf hob, geschah das beinahe ohne Schmerz. Catharina näherte sich vom Vorplatz des Stalls her; ihr Gesicht leuchtete auf, als sie sah, dass er wach war. Ein Mann folgte ihr, der sie um mehr als einen Kopf überragte.

»Das ist Rüssel Sonnom«, sagte sie und winkte den Fremden heran.

Der Hüne trat vor und beugte grüßend den Nacken. »Rousel Sans Nom.«

Rousel, der Rothaarige, und dazu Sans Nom – ohne Namen. Adrian verstand den französischen Wortlaut ohne weiteres. Unwillkürlich fragte er sich, warum der Mann seinen Namen verschwieg. Sein ehemals rötliches Haar war von grauen Strähnen durchzogen, schulterlang, die Mähne eines Fuchses. Das Gesicht, schmal, wettergegerbt und von Pockennarben entstellt, wirkte alles andere als vertrauenswürdig. Wer war er? Ein fahrender Söldner, nahm Adrian an. Einer, der sich für Geld als Kriegsmann verdingte. Vielleicht adlig geboren, jetzt aber darauf angewiesen, sein Schwert so teuer wie möglich zu verkaufen.

»Ihr habt den Bolzen abgeschossen?«

Sans Nom nickte.

»Ich danke Euch. Damit habt Ihr mein Leben gerettet.«

»Es ist gut, dass es Euch bessergeht«, sagte der Fremde mit ausgeprägtem französischen Akzent. ›*La Rose*‹ hat sich Tag und Nacht um Euch gekümmert.«

»Du warst bewusstlos.« Catharinas Gesicht überzog sich mit Röte. »Meine Großmutter hat gesagt, dass man Kopfverletzungen ruhig lagern und abwarten muss.«

Abwarten, bis der Verletzte genas oder starb, dachte er. *La Rose*. Der Name passte zu Catharina. Eine Rose voller Dornen.

»Und wo sind wir hier?«

Sie lächelte. »Das Grundstück gehört Fritz, dem Schäfer. Der zieht mit seiner Herde über die Alb, aber er hat uns erlaubt, hier zu bleiben, bis es dir bessergeht. Sans Nom hat ihm Geld gegeben. Und wir haben auch die Bauern bezahlt, denen die Scheune gehört hat.«

Adrian dachte an das Sommerheu, das die Bauern durch seine Schuld verloren hatten, und an die zehn Florentiner Gulden, die seine Tante Elisabeth eigenhändig in die Wattierung seines Wamses eingenäht hatte. Das mit dem Geld konnte er wiedergutmachen. Der Gedanke an die verkohlte Leiche des Angreifers streifte ihn nur flüchtig.

In der nächsten Zeit erholte sich Adrian mehr und mehr. Bereits am nächsten Tag gelang es ihm, aufzustehen und das Grundstück des Schäfers zu erkunden. Langsam, als würde sein Körper ihm nicht gehören, arbeitete er sich von vorne nach hinten durch das Gelände. Es gab kein Haus, nur den Stall mit der angeschlossenen Koppel für die Schafherde und den Garten. Fritz selbst war mit dem Schäferkarren, zwei Hunden und hundert Schafen auf der Alb unterwegs. Vom Geld des Franzosen hatten sie die Felle gekauft, auf denen sie lagen, und die Vorräte – Räucherwurst, Brot, Frischfleisch, und ein paar Zwiebeln –, die ihr Überleben sicherten. Catharina ergänzte die magere Kost durch frische Kräuter und die ersten Himbeeren, die sie in den Hecken am Wegrand pflückte. Erleichtert bemerkte Adrian, dass auch Träumer noch da war. Er weidete einträchtig neben dem gewaltigen Ross des französischen Söldners und dem klapprig dürren Grauschimmel des Entführers, mit dem er sich das harte Rennen geliefert hatte. Das Wetter hier oben war anders als am Neckar. Tagsüber wärmte sie die Sonne, doch in der Nacht spürten sie die schneidende Kälte wie einen Vorboten des Herbstes.

Am dritten Tag seiner Genesung traf Adrian den Söldner Sans Nom am Zaun neben der Scheune. Er schnitzte aus einem Stück Holz einen Löffel und benutzte dazu ein Messer, das Adrian als dasjenige erkannte, das Catharina nach dem Überfall aus seiner Schulter geholt hatte. »Ihr macht Euch nützlich, Sans Nom«, sagte er auf Französisch und lehnte sich an den Zaun. »Aber könnte es sein, dass das mein Messer ist?«

Sans Nom verzog sein Gesicht zu einem wölfischen Grinsen. »Gut möglich. Mein und dein, was heißt das schon, wenn es ums nackte Überleben geht?«

»Catharina hat gesagt, Ihr hättet für unseren Lebensunterhalt bezahlt. Da überlasse ich Euch das Messer gern als Gegenleistung.«

»Vielleicht braucht Ihr es noch.«

Der Fremde legte das Stück Holz beiseite, packte das Messer bei seinem Knauf, tarierte sein Gewicht aus und schleuderte es blitzschnell gegen die Wand des Stalls, wo es waagerecht steckenblieb. Adrian schluckte; der Wurf erinnerte ihn an seine verletzte Schulter.

»Es ist ein perfektes Wurfmesser«, sagte der Söldner. »Schade, dass Ihr nicht damit umzugehen wisst.«

»Ich kann mit dem Schwert kämpfen«, gab er leise zurück. »Mein Onkel hat uns Waffenunterricht geben lassen.«

Sans Nom sah ihn spöttisch an. Geduldig hatte Catharina in der Morgenfrühe die Legeplätze der Hühner aufgestöbert, die Eier wie Trophäen eingesammelt und ihnen Spiegeleier gebraten. In seinem Bart klebten Eireste davon, und auf seinen Haaren lag ein eisgrauer Schimmer, der das Feuer ihrer ursprünglichen Farbe verdeckte. Doch mit seinem pockennarbigen Gesicht sah er noch immer furchteinflößend aus. »Euer Onkel hat Euch also in der Kampfkunst ebenso unterrichten lassen wie in den Schrittfolgen der höfischen Tänze. Genau wie es Eurem Stand entspricht. Was seid Ihr? Ein reicher Kaufmannsspross, der bei den Bällen am Hof von Herzog Philipp den Damen schöntut und das Tanzbein schwingt?« Er stand auf und näherte sich der Stallwand. Jede seiner Bewegungen war sparsam, schnell und zielgerichtet.

»Nun, Euer Onkel hat wohl auch nicht damit gerechnet,

dass einer kommt und Euch den Schädel spalten will.« Adrian errötete. Der Söldner hatte den Nagel auf den Kopf getroffen.

Sans Nom zog das Messer aus der Wand, kehrte zurück zu seinem Platz und schnitzte in aller Seelenruhe weiter. »Ich könnte Euch unterrichten«, fuhr er fort. »Euch zeigen, wie man richtig kämpft. Wie man sich mit einem Schwert zur Wehr setzt und ein Messer so benutzt, dass es sein Ziel nicht verfehlt. Nicht immer ehrenhaft, aber so, dass man überlebt.«

Über dem Garten lag die träge Stille des Nachmittags. Bienen summten über gelben Kleeblüten. Der Söldner hackte auf das Stück Holz ein und ließ weiße Späne ins Gras fliegen.

»Wem dient Ihr, Sans Nom? Seid Ihr ein *Armagnac*?«, fragte Adrian und benutzte das Wort, das in Flandern für die Anhänger des verhassten französischen Königs gebraucht wurde. »Wo ist Euer weißes Band?«

Das zerfurchte Gesicht des Fremden war eine Landschaft voller Krater, die Augen so undurchsichtig wie graue Flusskiesel. »Ich diene dem, der am besten bezahlt. Und das war durchaus schon einmal Euer Herzog Johann Ohnefurcht.« Adrian nickte verbissen. Es stimmte also. Der Söldner hing seine Fahne nach dem Wind.

»Besser, Ihr wisst nicht, wessen Blut an meinem Schwert klebt«, sagte der.

»Warum habt Ihr mich nicht getötet? Ihr hättet mit Catharinas Entführer gemeinsame Sache machen können.«

Sein Gegenüber musterte ihn kühl. Als er antwortete, war seine Stimme unerwartet sanft. »Es hat mir gefallen, Euch am Leben zu lassen. Für den Moment.«

19

Mira saß am Tisch und heulte. »Ich hätt sie niemals ziehen lassen dürfen.« Sie rieb sich mit der Hand über ihre verquollenen Augen. »Jetzt ist sie vielleicht schon tot, oder der Weckmann hat sie zu seiner Frau gemacht, was aufs Gleiche rauskommt. Wäre sie doch nie mitgereist.« Jacob legte seine Hand auf ihre Rechte, die weich wie ein Kissen war. »Du hättest nichts daran ändern können. Sie tut ohnehin nur, was sie sich in den Kopf gesetzt hat.«

»Schon gut, Jacöble!«, sagte sie und schnäuzte sich geräuschvoll in ihren Ärmel. »Als wenn ich das nicht wüsste.«

Auf dem Wandbord stand der Käfig mit dem Zeisig, der unbesorgt sein Lied in die Welt schmetterte. Fast zwei Wochen hatten sie jetzt schon vergeblich auf Nachricht von Catharina gewartet. In der Apotheke herrschte gespenstische Stille. Weil die zweite Esslinger Apotheke ebenfalls geschlossen war, ging so mancher Esslinger mit seinen Zipperlein jetzt zu den Kräuterweibern. *Immer noch besser als Weckmanns Dreckskram*, dachte Jacob grimmig.

»Es fragt sich nur, was wir jetzt tun sollen.«

Sie hatten das Lager aufgeräumt, verderbliche Ware weggeworfen und getrocknete Arzneien und Pulver sicher eingelagert. Jetzt gab es nichts mehr zu tun, wenn man von der Marillenmarmelade absah, die auf dem Herd blubberte und in Gläser abgefüllt werden musste. Einige blauschwarze Fliegen kreisten schon darüber. Mira zog noch einmal die Nase hoch und schaute ihn dann mit wilder Entschlossenheit an. »Ich hab mich entschieden, Antonias Angebot anzunehmen und bei ihr Köchin zu werden.«

Er nickte. Es war klar, dass Mira nicht länger bleiben konnte, nicht ohne Dienstherrin und Einkommen.

»Aber was wird aus dir?«

Jacob zuckte die Schultern. Er war ein Apothekerlehrling ohne Apotheke. »So wie mir scheint, kann ich nicht einmal mehr zu Weckmann, denn der ist ebenfalls dort, wo der Pfeffer wächst«, sagte er spöttisch. Er hatte nur einen Spaß machen wollen, aber Mira schlug die Hände über dem Kopf zusammen. »Um Gottes willen! Das hast du doch wohl nicht ernstlich in Betracht gezogen?«

Als Jacob grinste, stemmte sie entrüstet ihre Hände in die Hüften. »Pass auf, was du sagst! Du kommst mit. Wir fragen jetzt auf der Stelle die Truhliebsche, ob sie dich in ihr Kontor aufnimmt. Als Lehrling, als Gehilfe, oder was weiß ich.«

Sie zog den Marmeladentopf vom Feuer und bugsierte Jacob zur Tür. »He, lass mich! Ich geh schon freiwillig«, wehrte er sich gegen diese unwürdige Behandlung und folgte ihr durch die Esslinger Gassen.

Eine Viertelstunde später standen sie im Kontor von Antonia Truhlieb. »Mira, Jacob, da seid ihr ja!« Sie kam mit einem Lächeln im Gesicht auf sie zu und streckte ihnen die Hände entgegen. »Ich hab den Burschen mitgebracht«, sagte Mira mürrisch und ließ ihre Augen, wie Jacob fand, etwas zu lange auf dem hübschen Gesicht des Lombarden ruhen, der sie zu seiner Dienstherrin geführt hatte und jetzt unverschämt zurückgrinste. »Ob Ihr ihn wohl unterbringen könntet?«

Antonia musterte sie stirnrunzelnd. »Ich werde euch natürlich nicht im Stich lassen. Mira, du könntest meine Küche übernehmen und der Junge …«

Er spürte, wie er unter ihrem nachdenklichen Blick errötete. »Ich komme schon klar«, brummte er.

»Darüber habe immer noch ich zu entscheiden«, entgegnete sie scharf. »Schließlich bist du der Lehrling meines Schwagers, und der hat mir mitgeteilt, dass du nicht allzu dumm bist. Du kannst meinem Verwalter im Kontor helfen.«

Jacobs Augen brannten, als ihm bewusst wurde, dass hier über sein Schicksal entschieden wurde, als sei er eine Stoffpuppe, die jemand beliebig hin und her warf. Und plötzlich wusste er, was er tun wollte. Es stand so klar vor ihm wie der blaue Sommertag über den Esslinger Weinbergen. »Ich danke Euch«, brachte er heraus, drehte sich auf dem Absatz um und rannte zum Spital hinauf, um seine Mutter und seine kleine Schwester zu besuchen, die nicht einmal ahnten, dass er für längere Zeit Abschied nahm. Danach schlich er sich zum Haus in der Webergasse zurück, ging über den Hintereingang direkt in die Küche und hob den Käfig mit dem Zeisig vom Wandregal. Er trug ihn in den kleinen Hinterhof mit dem Holderstrauch, der zur Stadtmauer und zum Burgweinberg hin lag, öffnete die Tür und griff nach dem heftig mit den Flügeln schlagenden Vogel. Als er ihn gefangen hatte, schlug sein winziges Herz wie wild gegen seine Finger. »Ganz ruhig!«, sagte er, nahm ihn aus dem Käfig und öffnete vorsichtig die Hand. Das Vöglein saß einen Moment lang da, als wüsste es nicht, was es tun sollte. Dann breitete es seine Flügel aus und flatterte in den blauen Himmel über dem Burgweinberg hinein.

Kaum eine Stunde später saß Jacob auf dem Kutschbock eines böhmischen Kesselflickers, der seinen Eselskarren gen Göppingen lenkte, den Jungen an seiner Seite mit Geschichten aus seinem Leben unterhielt und seine Räucherwurst mit ihm teilte. *Catharina, ich komme*, dachte Jacob.

20

Adrian und Sans Nom hatten sich die Zeit nach Sonnenaufgang zum Üben ausgesucht. Schlag auf Schlag, Hieb auf Hieb, Stich auf Stich klangen die Schwerter aneinander und übertönten das Morgenlied der Vögel. Die Kämpfenden nahmen fast den ganzen Vorplatz in Beschlag, sprangen hierhin, hieben dorthin, und Catharina musste sich beim Vorbeigehen an den Zaun der Koppel drücken. Einige Hühner flatterten gackernd auf die Holzplanken, und eine der mageren Stallkatzen schlich mit aufgestelltem Schwanz um die Ecke

»Parade!« Adrian machte einen Ausfallschritt, den Sans Nom mit Leichtigkeit parierte.

»Plus vite!« Der Söldner brüllte seine Befehle auf Französisch. Seine Haare wehten wie eine Fahne, als er vorsprang und Adrian die Waffe aus der Hand schlug. Sie landete mit Schwung im Gras. Er hob sie mit leicht verwundertem Gesichtsausdruck auf, dehnte seine Muskeln im nebelverhangenen Sonnenschein und stellte sich wieder in Position. *»Je sais que vous savez vous battre!«*, rief er seinem Partner zu. Sans Nom stellte sich ihm gegenüber und hob das Schwert drohend über den Kopf.

»Passt bloß auf!«, rief Catharina, als sie es mit ihrem Eierkorb bis zur Stalltür geschafft hatte. »Ich flicke euch nicht wieder zusammen. Und lasst die Köpfe dran!«

Jeden Morgen übten sie verbissen, bis sie ins taufrische Gras fielen. Adrian hatte keine Chance gegen den Söldner, der viel stärker war und eine größere Reichweite hatte. Und trotzdem gab er nicht auf, griff wieder und wieder an und versuchte sein Glück. Auch auf den französischen Söldner hatten die Übungsstunden eine Wirkung. Der bittere Zug um seinen Mund verschwand, sobald er nach der Waffe griff. Er war in seinem Element, wie ein Fisch, den ein Angler zurück in den Fluss geworfen hatte. Klong, schon wieder hatte er Adrian entwaffnet, der nach seinem Schwert griff und sich drohend vor dem Söldner aufbaute. »Irgendwann besiege ich Euch.«

»Dieser Tag kommt nicht vor dem Jüngsten Gericht. Jedenfalls nicht, solange Ihr nach ritterlichen Regeln kämpft.«

Die Männer klatschten sich lachend ab, und der Söldner zauste die zerrauften Haare des Jüngeren. Mit roten Köpfen und hochzufrieden näherten sie sich Catharina, die schweigend auf die Pumpe deutete, unter deren Wasserstrahl sie prustend und schnaufend verschwanden.

Sie schüttelte den Kopf. Eigentlich hatte sie gedacht, dass Männer sich nur so lange wie junge Hunde benahmen, wie sie in Jacobs Alter waren. Aber wenn sie das brauchten, sollten sie nur machen. Hauptsache, diese Zeit, die ihr wie ein unerwartetes Geschenk in den Schoß gefallen war, dauerte noch etwas an. Catharina war auf der Alb so glücklich wie schon lange nicht mehr. Endlich konnte sie das dauernde Gefühl von Überforderung ablegen, das sie seit Jahren begleitet hatte, und einfach sie selbst sein. Daheim hatte sie seit dem Tod der Großmutter die Verantwortung für die Apotheke, den Lehrling und die Eskapaden ihres Vaters getragen. Wie schwer das war, hatte sie im letzten halben Jahr zu spüren bekommen. Hier dagegen war sie frei und konnte auf der Suche nach Kräutern und Beeren unter dem weiten Himmel umherstreifen, solange sie wollte.

Obwohl sie wenig miteinander sprachen, hatte sich zwischen Adrian und ihr etwas verändert. Die Luft zwischen ihnen knisterte. Versonnen schaute sie zu, wie er sich neben der Pumpe abtrocknete und seine hellbraunen Locken mit seinem Hemd abrieb. Er war muskulös und braun wie ein Bauer. Manchmal schien es ihr, als würden sie einander wie zwei Katzen umschleichen. Sie schafften es einfach nicht, gewisse Dinge auszusprechen. Adrian hatte sein Leben für sie riskiert, als der Entführer ihres bedrohte, und das, obwohl er gegen ihn keinerlei Chance gehabt hatte. Jetzt blickte er auf, funkenhell, geradewegs in ihre Augen.

Errötend wandte sie sich ab und bereitete das Frühstück auf dem Leiterwagen im Garten zu, Schafskäse, Ziegenmilch und Brot, das sie von den Dörflern umsonst bekamen, weil sie die abgebrannte Scheune mit Adrians viel zu wertvoller Münze bezahlt hatten. Sie lächelte, als sie sich daran erinnerte, wie die abgerissenen Gestalten mit den mageren Kindern gestaunt hatten, als der Flame ihnen den Florentiner Gulden in die Hand drückte. Die Älbler lebten nicht mehr allein von der Landwirtschaft, sondern arbeiteten auch für die Ulmer Händler. In ihren dunklen, feuchten Bauernkaten webten sie Barchent, ein Mischgewebe aus Leinen und Baumwolle, das im ganzen oberdeutschen Raum verkauft wurde.

Catharina schaute auf, als die beiden Männer näher kamen, vorneweg Adrian, gefolgt von Sans Nom, der etwas gebeugt ging, als würde er damit rechnen, sich den Kopf an den Wolken zu stoßen.

»Wir müssen reden!«, sagte Adrian.

Catharina nickte mit leisem Bedauern. Sie hatte gewusst, dass diese Zeit zwischen Himmel und Erde einmal zu Ende gehen würde wie ein Traum, aus dem man nicht erwachen wollte. Adrian griff nach einer Scheibe grobem Brot, säbelte ein Stück vom Käse ab, legte es darauf und biss hinein. Sans Nom holte sich ebenfalls etwas zu essen.

»Wie soll es für dich weitergehen, Catharina?«, fragte Adrian mit vollem Mund.

Sie schielte zu Sans Nom, der sich scheinbar unbeteiligt seinem Frühstück widmete. Adrian schluckte und sprach weiter. »Du könntest nach Esslingen zurückreisen, im Haus deiner Tante ein Verfahren gegen Weckmann anstrengen und ihn zwingen, den Vertrag offenzulegen, den er mit deinem Vater geschlossen haben will.«

Sie spürte, wie ihr die Tränen kamen. »Ich kann nicht zurück. Wenn ich jemanden wegen dieses Vertrages zur Rede stellen muss, dann ist das mein Vater.«

Adrians grüne Augen blitzten. »Also immer noch Venedig.« Sie konnte kaum glauben, dass er nicht sofort widersprach. Stattdessen setzte sich ein Lächeln in seine Augen. Wilde Freude erfüllte ihr Herz. »Was meint Ihr, Sans Nom?«

Der Söldner grinste spöttisch und deutete eine Verbeugung an. »Der Wunsch der Dame ist mir Befehl! Aber was wollt Ihr dort eigentlich? Der Weg zur Serenissima ist für deutsche Fernhändler immer noch nicht sicher.«

Catharina antwortete für beide. »Wir suchen meinen Vater.«

»Halt!«, sagte Adrian. »Erst einmal suchen wir mein Ultramarin. Und Händler sind wir im Moment zum Glück nicht.«

Der Söldner legte seine schwieligen Hände auf die Knie. »Ultramarin also. Blaues Gold.«

Catharina konnte den Blick nicht deuten, mit dem er sie ansah. »Viel Ultramarin«, sagte Adrian. »In Form von Azurstein, mit dem ihr Vater auf und davon ist.«

Entrüstet öffnete sie den Mund und schloss ihn wieder. Vielleicht war sie nicht einmal im Recht, wenn sie Christoph verteidigen wollte. »Und Ihr, Sans Nom?«, fragte sie stattdessen. »Was wollt Ihr tun?«

»Ich reise mal hierhin, mal dorthin«, sagte er unbestimmt. »Jetzt bin ich in die Lombardei unterwegs. Eigentlich nach Milano, um in den Dienst der Visconti zu treten.«

Catharina wurde ganz aufgeregt. »Ihr könntet uns begleiten. Zumindest bis über die Alpen.«

Der Franzose zuckte die Schultern. »Wenn etwas für mich dabei herausspringt.«

Adrian gab sich einen Ruck. »Also gut«, sagte er. »Ich entlohne Euch, wenn Ihr uns nach Venedig begleitet. Dort gibt es eine Filiale der Hausbank meiner Familie.«

Sans Nom nickte langsam. »Ich werde es mir überlegen.« Dann sprach er weiter. »Der Klepper ist kein Pferd für *La Rose.* Sie braucht einen wohlerzogenen Zelter und keinen verrückten Kriegsgaul.«

Der Klepper war der große Grauschimmel, der dem Entführer gehört hatte. Bisher hatte er sich vor allem durch seine Biestigkeit hervorgetan, ausgeschlagen, wenn man sich ihm nur näherte, und jeden von ihnen schon einmal in die Hand gebissen. Nein, mit dem würde sie niemals fertig werden.

»Also gut, dann tauschen wir ihn in Ulm gegen ein kleineres Pferd ein«, sagte Adrian. Es gab nicht mehr viel zu sagen. Den Rest des Vormittags widmeten sie den Vorbereitungen für ihre Reise.

Als die Sonne am höchsten stand, verließen sie die Hochebene und ritten in Richtung Ulm. Nach etwa zwei Meilen erreichten sie den Albtrauf, zu dessen Füßen sich bis zum Horizont die Ebene ausdehnte. Darüber erhob sich wie aus dem Nichts die Alpenkette, die mehrere Tagesritte entfernt sein musste. Zartblau, Weiß, Rosa, Hellgelb. Tausend Gipfel schwebten über dem Horizont und standen in den Farben von Engelsflügeln zwischen ihnen und der Ferne.

21

Jacob schlenderte zwischen den Buden und Ständen des Ulmer Marktes umher und staunte. Er hatte Esslingen immer für die größte und schönste Stadt auf der ganzen Welt gehalten, jetzt sah er, dass er sich geirrt hatte. Ulm war nicht unbedingt schöner, aber es gab, auch wenn sie noch nicht fertig war, eine beeindruckend große Kirche. Und es hatte den größeren Markt. Der war so riesig, dass man sich ohne Probleme verlaufen konnte. Allein in dieser Reihe gab es zwei Besenbinder, zwei Töpfer, einen Stoffhändler, der die prächtigsten Seiden aus dem Orient und bunte Bänder zum Annesteln von Ärmeln feilbot, und einen Schmied. Und der hatte den Inbegriff aller Begehrlichkeiten geschaffen. Das Licht des Nachmittags fing sich in der polierten Klinge.

»Ein Messer aus feinstem Eisen, junger Herr?« Der Schmied hob die Waffe und hielt sie dann vor die Augen des jungen Patriziers im blauen Wams, der vor seinem Stand stehen geblieben war. Klar, dass er nicht Jacob meinte, dessen löchriges Hemd seine Armut kundtat. Neidisch starrte er auf das Messer und schluckte. Aber wenn er ehrlich war, brauchte er viel dringender etwas zu essen als eine Waffe. Der Hunger grollte wie ein wütender Wolf in seinem Bauch, und in seinem Rucksack herrschte gähnende Leere.

Und so machte er sich auf den Weg zu den Ständen, an denen es Lebensmittel gab. Das war gefährlich, viel zu leicht konnte einem dort allein vom Geruch nach Gesottenem und Gebratenem schwindlig werden. Aber es musste sein, denn wenn es etwas abzustauben gab, dann dort.

Ein Metzger köpfte gerade ein Huhn und reichte es einer

Frau mit einem kleinen Mädchen auf dem Arm, die es in ihrem Korb verstaute. Jacob blieb stehen und schaute zu, wie eine Bäckerin fettgebackene Krapfen aus dem Schmalztopf fischte, auf ein Gitter zum Abkühlen legte und sie dann mit flüssigem Honig überzog. Sein Magen knurrte, und er streckte unwillkürlich die Hand aus. Vielleicht würde ja einer in den Staub fallen. »Fort mit dir, du Hungerleider!«, geiferte die Alte. Ein Spuckeregen aus ihrem fast zahnlosen Mund traf ihn, und er machte, dass er davonkam. An den anderen Ständen wurde es nicht besser. Da gab es Schinken zu kaufen, der in dicken Scheiben auf frischem Landbrot serviert wurde. Nebenan lag fangfrischer Fisch aus der Donau auf dem Tisch, einen Schritt weiter hingen goldbraun geräucherte Aale, von denen das Fett auf den Boden tropfte. Jacob lief das Wasser im Mund zusammen.

Was wäre, wenn er eine Börse klaute? Nur dieses eine Mal, beschwichtigte er sein Gewissen und drückte den Gedanken an Ranulf, der tot auf dem Tisch des Henkers lag, entschlossen beiseite. Er schaute sich um. Noch immer schob sich eine dichte Menschenmenge durch die Marktstraßen. Gut so, das machte es auch für die Büttel schwerer, den Überblick zu behalten.

Und schon bald hatte er ein Opfer gefunden. Es war die junge Mutter mit dem Huhn, deren Kleinkind, ein Mädchen mit schönen blonden Locken, jetzt so laut brüllte, dass sein Gesicht nur aus einem riesigen aufgerissenen Mund zu bestehen schien. »Schon gut, Mariele«, sagte die Mutter hilflos, tätschelte die kräftigen Oberschenkel der Kleinen und küsste sie auf die tränennasse Wange. So abgelenkt schaute sie nicht nach ihrem Korb, in dem der Beutel unbeaufsichtigt auf Huhn, Karotten und Sellerie lag. Jacob konnte sein Glück kaum fassen. Er hielt sich hinter ihr, passte sich dem Rhythmus der Menge an, die sich durch die enge Gasse drückte, und griff zu. Dann ließ er sich langsam und unauffällig zurückfallen. An der nächsten Ecke steckte er den Beutel in seinen Rucksack. Er war reich. Triumph erfüllte ihn, fast wäre er vor Übermut auf- und abgesprungen.

Und dann sah er sie. Catharina, die in Begleitung eines riesigen, rothaarigen Mannes in Richtung des Pferdemarkts ging. Ihr langes Haar hing offen über ihren Rücken, und sie sah so braungebrannt und gesund aus wie ein Bauernweib. Jacob war zwar auf der Suche nach ihr nach Ulm gekommen, hatte aber nicht wirklich damit gerechnet, sie hier zu treffen. Sein Herz begann wie wild zu klopfen, und er schluckte trocken. Was tat sie hier? Der Fremde verschaffte sich rücksichtslos Platz in der Menge und dirigierte Catharina an den Schultern hindurch. Er trug einen ledernen Brustharnisch wie ein Söldner und hatte einen Schwertgurt umgeschnallt. Gefahr ging von ihm aus, wie von einem Raubtier, das in jede Richtung witterte. War er der Entführer, den Weckmann ihr auf den Hals geschickt hatte?

»Catharina«, rief er und wollte ihr nachrennen.

»Langsam, Junge!«, sagte eine leise Stimme hinter ihm, und eine große Hand legte sich auf seinen Mund. »Wir wollen doch nicht, dass die Kleine uns bemerkt.«

Das ist unmöglich, dachte er panisch. *Das kann nicht Weckmann sein.* Und doch war er es. Jacob hätte die Stimme immer und überall wiedererkannt. Das war mehr, als er auf einmal ertragen konnte. Er begann zu zittern. Weckmann packte ihn am Kragen, zerrte ihn aus der Menge heraus an eine Hausecke und wirbelte ihn herum, bis er ihm von Angesicht zu Angesicht gegenüberstand. Noch nie war er ihm so riesig erschienen. Sein Wams spannte sich über der mächtigen Brust und den muskulösen Armen, und seine grauen Augen flackerten vor Zorn.

»Und – was tut sie hier?«

»Wer?«, fragte Jacob begriffsstutzig.

»Deine Dienstherrin natürlich.« Weckmann verzog das Gesicht und verpasste Jacob eine Maulschelle, die ihn gegen die Hauswand prallen ließ. Neben ihm stand sein Gehilfe Peer und feixte. Jacob rappelte sich auf und schluckte schwer an seinem Hass.

»Er weiß nichts, Herr«, drängte der junge Mann. »Geht ihr lieber nach, sonst verschwindet sie noch in der Menge!«

Weckmann zog Jacob zurück in die Marktstraße und folgte dem rothaarigen Krieger, der die Menschenmenge um mehr als einen Kopf überragte. Der Junge duckte sich, wollte sich aus dem festen Griff herauswinden wie eine Schlange, aber der Apotheker packte ihn brutal am Kragen und schob ihn vor sich her. »Du tust besser, was man dir sagt, Bürschchen!«, drohte er. »Wenn nicht, übergebe ich dich der Stadtwache. Das mit der Börse habe ich genau gesehen. Du willst doch deine Hand behalten, oder?«

Sie ließen das dichte Marktgetümmel hinter sich und betraten den Viehmarkt, auf dem sich nicht ganz so viele Leute herumtrieben. Eine Herde Schafe stand blökend in einer Koppel und rieb die frisch geschorenen Körper am Gatter. Braune Rindviecher schlugen mit dem Schwanz nach den allgegenwärtigen Fliegen. Überall blieben Bauern und Händler stehen und feilschten um den besten Preis. Weit vorn zwischen den Kauflustigen erkannte Jacob den fremden Ritter und Catharina. Sie blieben am Zaun einer Pferdekoppel stehen, wo Catharina eine kleine braune Stute heranlockte und ihr sanft über die Nüstern strich. »Die kaufen wir«, rief sie. Natürlich, sie wollte noch immer nach Venedig reisen und brauchte ein Reitpferd. Dann musste der Riese ein Freund von ihr sein. Vor Erleichterung wurde Jacob schwindlig, und er vergaß fast, in wessen Hand er sich befand. Währenddessen machte sich ihr Beschützer auf und suchte den Pferdehändler.

Weckmann nutzte die Gelegenheit und trat auf Catharina zu, die sich umwandte und vor Schreck zusammenzuckte.

»Jungfer Catharina.«

Sie riss ihre Augen auf und wurde leichenblass. »Jacob? Meister Weckmann?«

Der Apotheker stieß Jacob beiseite, griff nach Catharinas Arm und zog sie an sich. »Wie viele Sorgen ich mir um Euch, meine Braut, gemacht habe, könnt Ihr Euch gar nicht vorstellen. Und jetzt treffe ich Euch auf dem Ulmer Pferdemarkt an, als sei nichts geschehen.«

»Ich bin nicht Eure Braut«, protestierte sie hilflos.

Weckmann schüttelte den Kopf und tat verwundert. »Ihr habt noch immer nicht begriffen, dass Euch diese Entscheidung gar nicht zusteht. Euer Vater und ich haben diese Vereinbarung nach gutem Brauch getroffen.«

Der Gehilfe Peer stand im Hintergrund, zeigte beim Grinsen seine Zahnstummel und beobachtete die Lage. Niemand hielt Jacob mehr fest, und dennoch schaffte er es nicht, das einzig Vernünftige zu tun und die Beine in die Hand zu nehmen – nicht, solange sich Catharina in Weckmanns Gewalt befand.

»Ihr werdet auf der Stelle mit mir zurück nach Esslingen reiten«, sagte der Apotheker leise. »Um dort am Sonntag in aller Ehre meine angetraute Ehefrau zu werden.«

»Tu es nicht!«, schrie Jacob. »Er hält sich tote Säuglinge im Glas und handelt mit Leichenteilen.«

Einige Marktbesucher blieben stehen und betrachteten sie neugierig.

Catharina starrte ihn an wie einen Geist. »Ich komme nicht mit zurück«, sagte sie dann langsam, als würde sie noch immer nicht glauben, was sie hier erlebte.

»Gehorsame Töchter halten sich an ihre Verlobung«, gab Weckmann zurück und warf sie mit dem Rücken an das Gatter der Koppel. Jacob nutzte die Gelegenheit und trat den Hünen vors Schienbein, woraufhin Peer vorschnellte wie eine Schlange und ihm den Arm auf den Rücken drehte. »Halt dich zurück, Kleiner!«, sagte er. In diesem Moment kam der rothaarige Riese in Begleitung des Pferdehändlers zurück, durchschaute die Lage auf einen Blick und zog mit einem sirrenden Geräusch sein Schwert aus der Scheide.

»Stadtwache!«, schrie der Pferdehändler und rang die Hände. Eine Frau kreischte laut auf. Rund um sie her versammelten sich neugierige Gaffer. Während Peers verschwitzter Arm ihm die Luft abdrückte, starrte Jacob auf die Gegenspieler, die sich schweigend belauerten. Er hatte Weckmann immer für einen der größten Männer gehalten, die er kannte. Doch der Rote überragte ihn noch und sah aus wie einer, der sich nahm, was er wollte. Sein Schwert war so lang, dass es Jacob bis zur Schulter reichte, und wirkte dennoch in seiner Hand wie ein Spielzeug. Als Weckmann nach seiner eigenen Waffe greifen wollte, setzte der Fremde es auf seine breite Brust und schlitzte sein Wams ein wenig an. Ein Blutstropfen lief seine breite Brust herunter.

»Ihr werdet die Dame jetzt gehen lassen.« Der Rote maß den Apotheker mit einem Blick, dem man sich besser nicht widersetzen sollte.

»Ja, lass sie gehen!«, johlten die Umstehenden, die dem Streit atemlos gelauscht hatten.

»Catharina ist meine Braut!«, wehrte sich Weckmann.

»Sie behauptet etwas anderes.« Der Fremde zog Catharina an seine Seite und senkte das Schwert.

»Beim nächsten Mal töte ich Euch«, raunte der Riese dem Apotheker zu und ging mit Catharina, die an seiner Seite wie ein kleines Mädchen wirkte, über den Markt davon. Jacob blieb in Peers Gewalt zurück, der ihm den Arm auf den Rücken drehte und seine schmutzige Hand auf seinen Mund drückte.

»Verhalt dich ruhig, Schmeißfliege! Sonst lernst du mich kennen!«

Jacob unterdrückte seinen Ekel und versuchte, ihn in den Finger zu beißen. Dafür schlug ihm der Apothekergehilfe auf den Mund. »Was machen wir mit ihm?«, fragte er seinen Dienstherrn. Zu dritt standen sie mitten im Marktgetümmel, die beiden Männer und der Junge, den sie in ihrer Gewalt hatten, doch niemand interessierte sich mehr für sie. Es war, als existierte er schon nicht mehr. Er zappelte und versuchte, sich aus Peers Griff zu befreien, doch der trat ihm gelassen die Beine weg, so dass er im Dreck landete. Jacob musste niesen und bekam gerade so mit, wie Weckmann seinem Gehilfen antwortete. »Ertränken.«

22

Adrian saß im Gasthaus vor einem Becher Wein und wartete. Lustlos stocherte er in seinem Eintopf mit Mangold und Speck herum und brachte nichts herunter. Er kam fast um vor Sorge, denn Catharina und Sans Nom waren schon viel zu lange ausgeblieben. Hoffnungsvoll schaute er auf, als sich die Tür öffnete, doch es kam nur eine Runde gut gelaunter Ratsherren herein, augenscheinlich auf dem Heimweg von ihrer Sitzung. Gestern Abend hatten Adrian, Sans Nom und Catharina die geschäftige Stadt Ulm erreicht, die ihnen nach der Ruhe auf der Alb viel zu quirlig erschien. Gleich morgen früh wollten sie weiterreiten, vorausgesetzt, es gelang Sans Nom, ein passendes Pferd für Catharina aufzutreiben und den Klepper zu verkaufen, der im Stall angebunden war und missgelaunt nach den anderen Pferden schnappte. Adrian war von Mief und Weindunst umgeben; am Nachbartisch hatten einige verschwitzte Tischlergesellen ihre Würfel herausgeholt und prosteten sich nach jedem Sechser zu. Auf dem Spieß über dem Kamin drehten sich zwei Spanferkel mit schwarzer Schwarte, deren Fett stinkend ins Feuer tropfte. Es herrschte reges Kommen und Gehen, trotzdem hob er jedes Mal den Kopf, wenn die Tür aufsprang. Und endlich hatte er Glück.

Doch als Sans Nom Catharina in den Raum schob, sah er sofort, dass etwas nicht stimmte. Unaufmerksam stolperte sie über das vorgestreckte Bein eines der Ratsherren am Stammtisch, der sich fluchend beschwerte, woraufhin Sans Nom knallrot anlief, *»Zut alors«* schrie und sein Schwert zog. Trotz des Tumults achtete Adrian nur auf Catharina, deren blaue Augen wie dunkle Teiche in ihrem blassen Gesicht standen. Er drängte sich zwischen den vollbesetzten Tischen hindurch und nahm sie in die Arme. Wie gut sie roch, und wie wunderbar sie sich anfühlte, ihre wasserfallglatten Haare und ihr schlanker, bebender Körper.

Sans Nom beendete den Moment, in dem Adrian ein Stück Ewigkeit geschmeckt hatte. »Das ist ungehörig. Schluss jetzt, bevor der ganze Gastraum sich nach euch umsieht.« Beiläufig steckte er sein Schwert zurück in die Scheide, dirigierte sie zu

Adrians Tisch in der Ecke und drückte Catharina auf die Bank. Adrian schenkte ihr einen Becher Wein ein, den sie durstig austrank. Anschließend war sie nicht mehr ganz so blass um den Mund und konnte reden. »Was ist geschehen?«, fragte er.

»Da war Weckmann«, sagte sie leise. »Und er hatte Jacob. Er wollte mich mitnehmen wie eine verlorene Tasche oder einen entlaufenen Hund.«

Bittere Tränen tropften in den Wein, und Adrian legte ungeschickt seine Hand auf ihre. Im Trösten hatte er keine Erfahrung. Seine Beziehungen zu Frauen beschränkten sich sonst meist auf die erfreulichen Dinge, die man miteinander im Bett tun konnte. Und als es mit der Ratsherrentochter aus Köln ernster zu werden drohte, hatte ihn sein Onkel rausgepaukt.

»Er kriegt dich nicht«, sagte er, obwohl er sich dessen überhaupt nicht sicher war. »Und wie hast du, ihr, ihn besiegt?«

Sie deutete auf Sans Nom, und er verstand. Gegen den Söldner hatte Weckmann trotz seiner Größe und offensichtlichen Kampferfahrung nicht den Hauch einer Chance gehabt.

»Danke«, sagte sie schlicht, und der Rote nickte achselzuckend.

»Aber wie konnte er dich finden?«, fragte Adrian.

»Zufall«, vermutete Sans Nom. »Sie war zur falschen Zeit am falschen Ort.«

»Aber was tat Jacob dort?« Catharina wandte sich an Adrian. »Weckmanns Gehilfe hat ihn festgehalten, und er rief so komische Sachen. Der war ganz sicher nicht freiwillig da.«

»Manchmal geht es mit dem Teufel zu.« Sans Nom bekreuzigte sich und leerte seinen Becher in einem Zug. Als das bestellte Schweinefleisch kam, haute er ordentlich rein und spülte es mit noch mehr Wein. Und so fuhr er in den nächsten Stunden fort. Während der Tag in den Abend überging, feierte der Söldner seinen Sieg über den Esslinger Apotheker mit dem Inhalt eines halben Weinfasses, sang aus vollem Hals zotige Soldatenlieder mit einer Gruppe welscher Händler und lag schließlich mit dem Kopf auf dem Tisch. Schnarchend.

»Der säuft ja wie ein Loch.« Adrian fluchte und versuchte, ihn hochzuziehen und in das Gemeinschaftsbett im Hinterzimmer des Wirtshauses zu transportieren, wo sie sich einen Schlafplatz eingerichtet hatten. Doch Sans Nom war zu groß und zu schwer.

»Lass ihn!« Catharina zog ihn sanft am Ärmel. »Ich muss Jacob suchen gehen«, sagte sie. »Er ist irgendwo da draußen, bei Weckmann.«

Adrian ließ Sans Nom, wo er war, und folgte ihr vor die Tür in den dämmrig kühlen Abend.

»Wenn Weckmann den Jungen in seiner Gewalt hat, wirst du ihm nicht helfen können«, sagte er eindringlich. »Im Gegenteil, vielleicht wartet er nur auf dich.«

»Trotzdem. Ich muss es wenigstens versuchen.« Sie drehte sich so schnell um, dass der Wind ihren langen Mantel blähte, und eilte davon. Adrian fluchte und folgte ihr.

Sie durchquerten die dämmrigen Straßen der stolzen Reichsstadt Ulm, umrundeten die Baustelle der prachtvollsten Kirche, die er jemals außerhalb Flanderns gesehen hatte, und schauten in jeden Winkel. Noch war die Nacht nicht hereingebrochen, so dass sie im Dämmerlicht Umrisse und Schatten ausmachen konnten. Doch die Zeit, in der die ehrbaren Bürger auf den Gassen zu tun hatten, war vorbei. In den Winkeln neben den Häusern stöberten sie nichts anderes auf als ein paar Schweine, die grunzend ihren Schlafplatz verteidigten.

»Hier findest du ihn nicht«, sagte Adrian auf dem Münsterplatz, wo die Handwerker gerade ihre Werkzeuge einschlossen.

»Ich muss aber!« Eigensinnig strebte sie ihm voran in die stillen Gassen nahe der Donau. »Wart mal!«, rief er. »Wer was auf sich hält, sitzt um diese Zeit beim Abendessen. Und wer sich noch draußen rumtreibt, muss …«

Schon war sie wieder fort, lief behände in Richtung der Stadtmauer. »… zum zwielichtigen Gesindel gehören«, hatte er sagen wollen und behielt recht mit der Vermutung. »Da!«, rief sie und steuerte zielbewusst auf eine Bewegung zu, die sie unter einem Mauervorsprung wahrgenommen hatte. Es waren drei zerlumpte Gassenkinder, die sich eilig ihre geklauten Honigkrapfen in den Mund stopften, bevor sie die Beine in die Hand nahmen und davonrannten. Sie schreckten noch einen lahmen Bettler auf, der ihnen bitterböse mit seiner Krücke drohte und landeten schließlich völlig außer Atem in der Nähe des Gänsetores. Hier hörten sie ein verstohlenes Flüstern und Stöhnen aus einer Mauernische.

»Catharina!«

»Lass mich!« Unbeirrt lief sie auf die Quelle des Geräusches zu. Nach kurzem Zögern folgte er ihr, und rannte, als sie urplötzlich stehenblieb, kurzerhand in sie hinein. »Ohh!« Catharina schlug die Hand vor den Mund. Als sie beiseitetrat, riskierte er einen kurzen Blick auf das Geschehen und konnte sich ein Grinsen nicht verkneifen. Eine Hure kniete vor ihrem Freier und machte es ihm mit dem Mund. So etwas hatte die behütete Catharina sicher nicht im Traum erwartet. Der Mann keuchte, stieß noch einmal zu und war dann plötzlich still. Die Hure spuckte mit geschäftsmäßiger Routine aus.

»Zieht Leine!«, schrie sie. »Oder willst du auch mal? Die Kleine kann gerne zuschauen.« Catharina hielt es nicht länger an diesem Ort. Sie drehte auf dem Absatz um und rannte zum Münsterplatz zurück.

»Warte doch auf mich!«, rief Adrian und holte sie erst ein, als sie das Fischerviertel erreicht hatten, wo die Fundamente der Häuser im Wasser standen. Schmale Brücken zogen sich halsbrecherisch über die Kanäle. Sie saß auf den Stufen neben einem Fachwerkhaus, aus dessen Butzenscheiben mattgelbes Licht tropfte, und weinte. Darunter strömte schwarz und stetig der Fluss. Adrian setzte sich neben sie und legte seine Arme um sie. Einfach hier zu sitzen und ihre Wärme zu spüren war Glück genug.

»Ich hätte ihn nicht dem Weckmann überlassen dürfen«, sagte sie. »Aber ich konnte ihm nicht helfen. Ich hatte zu viel Angst.«

»Es hat keinen Sinn, hier herumzusuchen«, entgegnete er ruhig. »Und das weißt du, auch wenn du es dir nicht eingestehen willst. Wenn der Junge wirklich Weckmanns Gefangener ist, hat er ihn irgendwo festgesetzt.«

»Das ist eine gute Idee.« Sie stand auf und klopfte sich den Staub vom Mantel. Ihr Blick hatte etwas Wildes. »Wir könnten die Wirtshäuser abklappern.«

Auch Adrian erhob sich. Vor ihm öffnete sich der Blick auf die ganze Länge des Flusses Blau, der die Häuser umspülte. Einige Meter weiter nahm das Wasser Fahrt auf und kam in den Sog eines mächtigen Mühlrads. Rechts neben dem Rad setzte eine Mauer an, an der etwas hing, das wie ein Bündel Lumpen aussah. Adrians Herz begann zu klopfen. Hoffentlich irrte er sich.

»Warte hier!« So schnell er konnte, überquerte er den Steg und drückte sich halsbrecherisch auf dem schmalen Sims an der Hauswand entlang, um das Mühlrad zu erreichen, dessen

Schaufeln sich unermüdlich in das strömende Wasser gruben. Das Kleiderbündel war ein Mensch, der mit dem Gesicht im seichten Wasser lag, seine langen Haare wie Wasserpflanzen darauf ausgebreitet. Adrian sog die Luft ein. Sie hatten den Jungen gefunden.

23

Er ist tot!«, schrie Catharina und ballte die Fäuste. »Weckmann hat ihn umgebracht.«

»Warte!« Adrian hatte es geschafft, Jacob aus dem Fluss zu ziehen und ihn über die Brücke auf die andere Seite zu schleppen. Keuchend legte er ihn vor Catharina auf die Stufe, die sich verzweifelt über ihn beugte.

»Er bewegt sich nicht.« Sie rang die Hände.

Adrian stützte sich auf seinen Oberschenkeln ab und schnappte nach Luft, denn er sah nur noch Sterne. Der Junge war knochig und groß, und seine vollgesogenen Kleider hatten ihn nicht gerade leichter gemacht. Dazu kam, dass man ihm Hände und Füße gebunden hatte, so dass er ihn wie ein verschnürtes Paket hatte tragen müssen. Hastig machte sich Catharina an den Fesseln zu schaffen und löste die Knoten einen nach dem anderen. »Wenn ich den Weckmann erwische, erwürge ich ihn«, stieß sie hervor.

»Lass mich mal!« Sanft drückte Adrian sie beiseite und kniete sich neben Jacob, dessen Gesicht eisig kalt und starr war. Er beugte sich hinab und versuchte, seinen Atemhauch zu spüren, aber da war nichts. Die Wimpern über seinen geschlossenen Augen hingen voller Wassertropfen, die wie Tränen aussahen. Einen Puls hatte er nicht, oder doch? Vielleicht war da ein schwaches Klopfen in seiner Halsbeuge, aber vielleicht bildete er sich das auch nur ein.

»Er ist tot, oder?«, fragte Catharina erstickt. »Das verzeihe ich mir nie.«

»Warte!« Er hatte einmal gesehen, wie ein Fischer in seiner Heimatstadt ein Kind gerettet hatte, das ins Eis eingebrochen war. Menschen, die im Wasser gelegen hatten, waren nicht immer verloren. Es kam darauf an, wie lange sie bewusstlos gewesen waren. Und plötzlich wusste er, was er zu tun hatte. Er überdehnte den Hals des Jungen, bis sein Mund sich öffnete, und blies ihm seinen Atem in die Lunge, einmal, zweimal, zehnmal. Dann drückte er auf seinem Brustkorb herum, ziellos, aber besser als gar nichts. »Komm schon! Komm!«, drängte er und klopfte Jacob auf die Wangen. Irgendwann, nach einer halben Ewigkeit, regte sich der Junge, hob den Kopf, erbrach fauliges Flusswasser und rang rasselnd nach Luft.

»Jacob!« Catharina nahm seine Hand. Seine Zähne klapperten so stark, dass von ihm in nächster Zeit keine Antwort zu erwarten war.

»Er muss ins Warme.«

Mit vereinten Kräften zogen sie den Jungen auf die Füße und schleiften ihn mehr recht als schlecht ins Wirtshaus, wo die Gaststube noch immer voller Leute war und die Wirtin entsetzt ihre Hände über dem Kopf zusammenschlug. Dann aber schürte sie das Feuer unter der Herdstelle und setzte ihre Suppe wieder aufs Feuer, die sie Jacob löffelweise einflößten.

Sans Nom war zu den Lebenden zurückgekehrt und musterte sie aus blutunterlaufenen Augen. *»C'est vrai? C'est le pauvre bête?«*

Während sich die anderen Gäste um sie versammelten, gesellte sich Adrian zu ihm und berichtete, was geschehen war. Sans Nom ballte die Fäuste. »Ich hätte diesen *conard* mit dem Schwert halbieren sollen. Ohne mit der Wimper zu zucken.«

Jacob schlief zwölf Stunden am Stück auf der Ofenbank, wo Catharina ihn eifersüchtig bewachte. Am nächsten Morgen war er noch etwas wacklig auf den Beinen. Trotzdem entschlossen sie sich, so schnell wie möglich in Richtung der Alpen aufzubrechen. Zu viert und ohne ein anderes Pferd für Catharina. Zähneknirschend sattelte Adrian den Klepper, der nach einer reichlichen Haferration etwas gnädiger erschien, und hob den Jungen vor sich in den Sattel. Als die Sonne über die Mauer gestiegen war, verließen sie Ulm.

24

Es ist fast nichts mehr da.« Der Bankier Niccolo Arnolfini stand auf und strich seine braune Samtrobe glatt. »Nur noch zwanzig Goldflorin, der Rest von ehemals fast zehntausend.«

»Das dachte ich mir«, sagte Adrian gelassen. Sie saßen im Kontor der venezianischen Filiale der Hausbank der Familie Vijd-Borluut am Canale Grande und sprachen über seine Finanzen. Catharina konnte dem Gespräch folgen, weil der Bankier ihr zuliebe Deutsch sprach, mit Akzent, aber durchaus verständlich. Es war so heiß, dass sie sich den salzigen Schweiß von der Oberlippe leckte und einem kitzelnden Tropfen nachspürte, der ihr den Rücken hinabrann. Gierig holte sie Luft, als ein Windhauch vom offenen Meer durch das offene, mit einer Mittelsäule verzierte Fenster drang, der den üblen Gestank der Kanäle vertrieb.

»Ein Jammer«, fuhr der Bankier fort. »Euch ist von der Seite Eurer Mutter ein beachtliches Vermögen zugefallen, Mijnheer Borluut. Vielleicht sollte ich Euch kurz erklären, wie es zustande gekommen ist.«

»Gern«, sagte Adrian. Catharina saß neben ihm und wunderte sich, wie er angesichts seiner Misere so sorglos sein konnte. Vielleicht war diese Art, unbekümmert mit Verlusten umzugehen, das Vorrecht der wirklich Reichen, die immer noch ein finanzielles Polster hatten, das sie im Notfall auffangen würde.

»Nun, der Grundbetrag bestand aus der Mitgift Eurer Mutter, die Euer leiblicher Vater nicht angerührt und stattdessen investiert hat. Hier in der Serenissima, dem Zentrum der Welt.« Arnolfini machte eine kurze Pause, als wolle er um Zustimmung zu dieser gewagten Bemerkung bitten. Sie nickten gehorsam. »Einiges Kapital ist in den Import von Zimt aus Asien und von Tee, Jade und Seide aus China geflossen. Es wurde dazu verwendet, Karawanen und Schiffe auszustatten und zu finanzieren. Aus dem Verkauf der Luxuswaren wurde die Einlage mit Gewinn zurückgezahlt.«

»Und das alles, ohne dass ich davon wusste.« Adrian nippte an seinem Pokal aus venezianischem Glas, den der Bankier mit bestem Rotwein gefüllt hatte.

»So ist es. Euer Onkel hat das Geld auf diese Weise weiter gewinnbringend für Euch angelegt. Doch dann kam der Herr Christoforo und hat sich reichlich bedient.« Catharina spürte ärgerlich, dass sie unter seinem strafenden Blick errötete.

Der Bankier setzte sich wieder, zog seine Robe zurecht und streckte seine langen Beine unter dem Tisch aus. »Auch Eure Großmutter Cecilia Tommasini aus Florenz hat das Geld nicht angetastet.«

»Meine Großmutter?«, fragte Adrian überrascht. »Ich hatte ja keine Ahnung, dass noch jemand von der Familie lebt.«

»Sie ist die letzte«, entgegnete der Bankier düster, und Adrian schwieg nachdenklich.

»Und was hat mein Vater gesagt?«, fragte Catharina und hob mit trotzigem Stolz den Blick. Die Verbindung zu dem windigen Christoforo konnte sie nicht leugnen, so peinlich sie auch sein mochte. »Was genau wollte er mit dem Geld tun? Und wer waren seine Partner?«

»Nun, Euer Vater …« Die Stimme des Bankiers triefte vor Missbilligung. »Er hat weder von seinem Vorhaben noch von seinen Partnern erzählt. Das einzige Wort, das fiel, war Azurstein. Und ich muss zugeben … der Farbstoff Ultramarin, der sich daraus gewinnen lässt, ist lukrativ, besonders, wenn man seine Herstellung in unsere Lande verlegen würde.«

Er faltete seine Hände auf dem Tisch und sah sie nacheinander an. »Nein, was ihn angeht, kann ich Euch wirklich nicht weiterhelfen.«

Sie verabschiedeten sich und standen kurze Zeit später im hellen Mittagslicht auf den Stufen zum Palazzo der Bank der Arnolfini, die ihre Zentrale in Lucca und Dependancen in Gent und Venedig hatte. Das Wasser spiegelte den blauen Himmel und die Fronten der gegenüberliegenden Häuser wider und glitzerte so stark, dass Catharina blinzeln musste. Vor ihnen dümpelten eine ganze Reihe Barken und Gondeln am Kanalufer vor sich hin.

»Komm!« Adrian ging ihr voraus zur Anlegestelle, von der aus die Boote in die Lagune aufbrachen. Dort setzten sie sich auf die Stufen zum Wasser. Catharina ließ ihre Hand in die Fluten gleiten und genoss die Kühle. In der Sonne war es kaum auszuhalten. Um diese Zeit waren die Straßen nicht so voll wie sonst, denn die Leute machten der Hitze wegen Pause und ließen sich erst wieder am späten Nachmittag in der Stadt blicken. »Macht es dir gar nichts aus?«

»Was? Dass mein Geld weg ist. Das wusste ich schon.«

»Es tut mir leid«, sagte sie und meinte es so. Er schüttelte den Kopf und lachte. »Du musst dich nicht für deinen Vater entschuldigen. Schließlich bist nicht du mit meinem Vermögen verschwunden. Nur zwei Dinge überraschen mich.«

»Was?«, fragte sie und strich sich eine verschwitzte Haarsträhne aus der Stirn.

»Zum einen, dass mein Onkel Josse versucht hat, dieses Vermögen, das ihm nicht unmittelbar nutzt, für mich zu vergrößern.«

»Das hättest du ihm nicht zugetraut?«

Er schüttelte den Kopf. »Er ist jähzornig und unberechenbar und immer auf seinen Vorteil bedacht. Aber hier – nun, da scheint er über sich hinausgewachsen zu sein. Und zum andern, dass meine Großmutter noch lebt.«

»Schön«, sagte sie und schaute ihn von der Seite an. Unter dem wirren bronzefarbenen Haarschopf schimmerten seine Augen im gleichen Blaugrünton wie der Kanal.

»Aber wo ist mein Vater?«, fragte sie düster.

Eine ganze Woche lang hatten sie die Serenissima jetzt schon nach Christoph Appenteker abgesucht. Vergeblich. Es war, als hätte er Venedig nie betreten. Adrian verständigte sich in der Sprache seiner Mutter mit den gutbetuchten Kaufleuten, die es hier wie Sand am Meer zu geben schien. Von gleich zu gleich, was in diesem Fall gleichbedeutend war mit von reich zu reich. Nur Catharina verlor sich in der Stadt, die wie eine Erscheinung zwischen Wasser und Himmel hing, grauweiß und verwirrend mit ihren kuppelförmigen Kirchen und prächtigen Palazzi. Manchmal träumte sie, dass sie von hier aus über das offene Meer in Richtung Unendlichkeit trieb. Es schien, als hätte ihre Kraft gerade noch gereicht, um Jacob zu retten, der Sans Nom so unermüdlich folgte wie ein kleiner Hund seinem Herrn. Und jetzt war sie viel zu müde, um diese wundervolle Stadt wirklich kennenzulernen.

Von ihrem Vater fehlte jede Spur. Sie waren im *Fondaco dei Tedeschi* gewesen und hatten die deutschen Handelsherren nach Christoph gefragt, doch die Kaufleute konnten sich nicht erinnern, ob er im Spätherbst hier gewesen war. Sie hatten in den venezianischen Handelshäusern nachgefragt und schließlich alle Unterkünfte, Spelunken und Spitäler abgesucht. Niemand hatte Christoph gesehen oder gar Geschäftskontrakte mit ihm abgeschlossen. Der Bankier Arnolfini war der einzige gewesen, der ihnen bestätigt hatte, dass ihr Vater überhaupt hier gewesen war und den Geldbetrag zum Kauf von Lapislazuli bei ihm abgerufen hatte. Aber das hatten sie ja schon vorher gewusst. Bis hierher und nicht weiter. Er war wie vom Erdboden verschluckt. An die Schlussfolgerungen aus ihrer vergeblichen Suche wagte Catharina nicht zu denken. Was, wenn Christoph nicht mehr lebte? Was, wenn er mit dem Geld auf Nimmerwiedersehen verschwunden war?

Adrian schaute sie von der Seite an. »Du siehst müde aus.« Er hob seine Hand, um sie auf die ihre zu legen, zog sie dann aber wieder zurück. Ihr Umgang miteinander bestand aus mehr oder weniger scherzhaften Sticheleien und Streitereien. Doch mit Berührungen, selbst mit den vorsichtigsten, zufälligsten mussten sie vorsichtig sein. Jede einzelne entfachte ein Feuer in ihnen, in dem sie lichterloh verbrennen konnten. Wie ein süßer, dunkler Strom würde es sie mitreißen und forttragen, bis sie in ihm ertranken. Auch Catharina rückte ein kleines Stück zur Seite, damit ihre Schenkel nicht aneinanderstießen.

»Ich weiß nicht mehr, wo ich suchen soll«, sagte sie.

»Ich schon«, gab er zurück. »Wir fangen gerade erst an.« Er wies auf die Gondeln, die am Anleger vertäut waren und mit den Wellen des Canale auf- und abschwappten. Sie waren anmutig gebogen und mündeten an ihrer Spitze in den Ferro, den wie eine Fischermütze geformten Beschlag.

»Du solltest die Stadt genießen. Sie ist ganz und gar besonders.«

Catharina schüttelte unwillig den Kopf. »Sie ist mir egal«, sagte sie.

Als er weitersprach, war seine Stimme sehr leise. »Das klingt ja fast, als würdest du aufgeben, bevor du richtig angefangen hast. Und dabei hat Venedig so viel Neues und Schönes zu bieten, das kaum ein anderes Mädchen aus einer oberdeutschen Stadt je zu sehen kriegt.«

Sie rang sich ein leichtes Lächeln ab. »Wasser?« Von dem war wirklich reichlich vorhanden.

»Zum Beispiel. Aber auch Heilmittel aus aller Welt. Kampfer, Ingwer, Zimt und Kurkuma aus dem Orient. Theriak.«

Catharina biss sich auf die Lippen. Theriak. Die Serenissima hatte das Monopol auf die Herstellung des Allheilmittels, in dem neben Angelikawurzel, Opium und Viperngift noch viele weitere Zutaten verarbeitet waren. Und sie hatte noch nicht einmal versucht, so viel wie möglich über seine Zusammensetzung herauszufinden.

»Ich habe Angst«, gab sie schließlich zu. »Es ist etwas anderes, wütend auf meinen Vater zu sein oder festzustellen, dass sich jede Spur von ihm verloren hat. Vielleicht hat er das Geld ja doch veruntreut.«

»Es geht nicht mehr nur darum.« Adrian schüttelte den Kopf. »Ich muss wissen, was geschehen ist.«

Ein Obstverkäufer kam vorbei, der seinen Kopf der heißen Sonne wegen mit einem weißen Tuch umwickelt hatte. Catharina ließ sich von Adrian mit Pfirsichen versorgen. Als sie in die dunkelgelbe Frucht biss, lief ihr der süße, klebrige Saft über das Kinn und schmeckte nach dem Süden. Auch das war etwas, um das sie andere Mädchen aus Esslingen beneiden würden, die allenfalls Kirschen und Apfelschnitze knabberten.

Noch immer gab es auf dem Kanal in der Mittagshitze kaum Schiffsverkehr. Catharina blinzelte träge in das gleißende Sonnenlicht, das sich auf den Wellen brach, als sich plötzlich eine reich geschnitzte Barke in ihr Blickfeld schob. In ihrer Mitte erhob sich ein schwarzer Baldachin, dessen golddurchwirkte Vorhänge zugezogen waren. Sie hob die Augen und bemerkte, wie der Gondoliere, ein Mohr mit weißem Turban, das Boot sorgfältig an der Landestelle vertäute. Danach näherte er sich dem Aufbau und zog den Vorhang zur Seite. Zwei Damen kletterten heraus und hielten in dem schaukelnden Boot mühsam das Gleichgewicht. Beide waren schwarz verschleiert. *Muselmaninnen*, dachte Catharina und war wider Willen von der Ferne verzaubert, die sich in ihnen verkörperte. Unter ihrem dunklen Übergewand blitzten bunte Seidenkleider hervor. Eine sprang mutig an Land, reichte ihrer Begleiterin die Hand und half ihr vorsichtig, die unterste Stufe der Treppe zu betreten. Catharina beobachtete fasziniert, wie ein rotbestickter Seidenschuh unter dem Schleiergewand hervorkam und kaum eine Armlänge von ihr entfernt auf die Stufe trat. Darüber erschien der Bund einer leuchtendblauen Pumphose. Und dazwischen rankte sich ein silbernes Bändchen mit lauter Türkisen um den zarten Knöchel. An der Hand ihrer Freundin betrat die zweite

Frau mit einem großen Schritt festes Land. Ein süßer Duft nach Jasmin und Moschus umhüllte sie und überdeckte den brackigen Geruch des Lagunenwassers. Leichtfüßig stiegen beide hinter ihrem Begleiter zum Kai hinauf und folgten ihm in die engen Gassen der Serenissima. Die Begegnung war so schnell vorüber, wie eine Schar bunter Vögel aufflog.

Wenn Venedig etwas so reichlich besaß wie Wasser, dann waren es Menschen aus aller Herren Länder. Einmal war Catharina beinahe in einen schlitzäugigen Mongolen mit Pelzmütze und Krummsäbel hineingelaufen, der etwas Unverständliches gemurmelt und sie völlig verschüchtert zurückgelassen hatte. Selbst die Huren, die sich in goldglänzenden Gewändern spätnachmittags in der Stadt breitmachten, ließen sich von dunkelhäutigen Pagen aus Outremer begleiten, die ihnen mit Palmwedeln Luft zufächelten.

»Schau mal! Sie hat etwas verloren«, rief Adrian. Er griff nach dem Fußkettchen, das sich gelöst hatte und auf der obersten Stufe liegengeblieben war. Die Sonnenstrahlen brachen sich im Silber und ließen die hellblauen Türkise aufleuchten, die sie an die dunklere Verheißung des Ultramarins erinnerten.

»Dann sollten wir es ihr wiedergeben.« Kurzentschlossen griff Catharina nach dem Kettchen, kletterte auf den Kai und schaute sich suchend um.

Adrian folgte ihr. »Das kannst du gleich bleiben lassen. In diesem Straßengewirr findest du eher eine Nadel im Heuhaufen als zwei verschleierte Frauen und ihren Begleiter.«

Catharina blitzte ihn an. »Wenn ich schon meinen Vater nicht finden kann …« Sie trat in eine schattige Gasse, in der es sofort kühler wurde und der Geruch eines schlammigen Seitenkanals ihr in die Nase stieg. Zwischen den hohen Häusern war es stickig und menschenleer, darüber spannte sich ein mattblauer Himmel. Von den drei Orientalen fehlte jede Spur. Nur eine schwarzweiß gefleckte Katze saß auf einer Mauer und leckte sich die Pfote.

»Hauptsache, ich muss die beiden Muselmaninnen nicht halbtot aus dem Wasser fischen und wiederbeleben.« Adrian trat hinter sie. »Denn wenn ich das täte, würde mich ihr Beschützer ruckzuck einen Kopf kürzer machen. Mit ihren Frauen sind die Muslime nämlich eigen.«

Catharina prustete los. »Dann rette ich diesmal dich.«

Sie waren in einem Handwerkerviertel gelandet, in dem einfache Leute lebten. Aus einem Fenster, unter dem eine Wäscheleine voller frisch gewaschener und gebleichter Hemden hing, roch es nach gebratenem Lammfleisch mit Knoblauch. Das Lachen einer Frau verklang in der Luft wie eine Verheißung. Catharina und Adrian ließen sich tiefer in das verwinkelte Gewirr der Gassen hineinziehen. Von Zeit zu Zeit huschte ihnen ein altes Mütterchen entgegen. Eine Gruppe Maurer stärkte sich mit einem Trunk aus einer korbummantelten Weinflasche, bevor sie mit hochgekrempelten Beinen in den Kanal stiegen, um unter Wasser eine Mauer auszubessern. Doch die drei Orientalen blieben verschwunden. Langsam kamen die beiden ins Schwitzen und hielten völlig außer Atem inne. Catharina hob ihr schweres Haar, wartete vergeblich darauf, dass ihr eine Brise den Nacken kühlte, und pustete sich schließlich resigniert eine Strähne aus der Stirn.

»Hier planlos herumzusuchen führt uns nicht weiter«, sagte Adrian.

»Hast du eine andere Idee?«

Sie überquerten eine gewölbte Brücke, unter der ein Händler sein *Sandolo* voller Körbe mit Gemüse und Fisch gelassen zum Anleger eines Palazzos steuerte. Auf der anderen Seite öffnete sich der Blick auf eine weitere Häuserfront.

»Puh«, sagte Catharina entmutigt.

Venedig war viel größer als Esslingen und sogar größer als Ulm. Die Stadt ähnelte dem sagenumwobenen Labyrinth des Minotaurus auf dieser Insel, die sie aus den Erzählungen ihrer Kindertage kannte.

»Also gut«, sagte Adrian. »Wir gehen noch genau zwei Straßen ab, dann geben wir die Suche auf und behalten das Kettchen zur Erinnerung. Sans Nom und der Lausebengel warten sicher schon auf uns.«

Catharina ließ die Arme sinken und wusste, dass sie ihn diesmal nicht umstimmen konnte. Und er hatte ja auch recht. Die Orientalin war reich gekleidet gewesen und konnte sich sicher jede Menge Geschmeide leisten. Wahrscheinlich würde sie den Verlust des Kettchens gar nicht bemerken.

Verschwitzt und erschöpft kamen sie schließlich auf einer verwunschenen Piazza an, die von einigen hellgrauen Palazzi umgeben waren. Plötzlich sah Catharina die beiden Frauen wie zwei dunkle Vögel auf der Treppe zu einer zierlichen Galerie stehen. Was für ein Glück!

»Madonna«, rief sie und stürmte los, rannte mit gerafftem Saum über die Piazza und polterte die Treppe hinauf.

Erschrocken drehten die Orientalinnen sich um. Sie schrien leise auf, während ihr Begleiter sirrend seinen Säbel aus der Scheide zog, sich breitbeinig aufstellte und sie bedrohlich anfunkelte. Siedend heiß fiel Catharina ein, dass sie kaum ein Wort Italienisch beherrschte. Was, wenn das Schwert des Mohren tatsächlich schneller als ihre Erklärungsversuche war? Da stand sie nun, hob unsicher das Kettchen und versuchte ein freundliches Lächeln, das sicher schief ausfiel.

»Scusi, Signore«, sagte Adrian, der hinter ihr gelassen die Treppe hinaufgestiegen war. Erleichtert hörte sie, wie er mit einem italienischen Wortschwall versuchte, die Situation zu retten. Und plötzlich bewegte sich das Mädchen, das vor ihr stand, und streifte den dichten Schleier zurück. Darunter erschien ein Gesicht wie eine Rosenblüte mit einem spitzen Haaransatz, einer kleinen Nase und vollen Lippen. Dunkle Augen schauten sie spitzbübisch an.

»Mille grazie«, sagte die Orientalin und streckte ihr eine zartgliedrige Hand entgegen.

»Bitte schön.« Catharina legte das Kettchen vorsichtig hinein und wollte sich gerade umdrehen, als die zweite Orientalin sie mit einem Winken einlud, ihr zu folgen. Der Mohr steckte den Säbel zurück in sein Futteral und nickte. Unsicher schaute Catharina zu Adrian, der sich mit den Damen in der Landessprache unterhielt.

»In Ordnung«, sagte er schließlich. »Sie laden uns auf einen Minzetee ein und haben sogar zugesagt, einen Boten zum Haus von Christina zu schicken.«

Zu viert waren sie bei der verwitweten Gattin eines Geschäftspartners der Familie Borluut untergekommen, die mit der Zimmervermietung ihre Einkünfte aufbesserte. Die jüngere der beiden Frauen winkte ihnen noch einmal zu und ging ihnen dann voran ins Haus. Sie folgten ihr, durchquerten einen verdunkelten Torraum und blickten dann in einen grün bewachsenen Innenhof hinunter, in dem ein Brunnen plätscherte und Wassertropfen in der Luft verteilte, die in der Sonne regenbogenfarbig aufleuchteten.

25

»Sag mir, Jacques Berthier.« Sans Nom beugte sich zu ihm, und Jacob roch den süßen Muskateller in seinem Atem. »Warum läufst du mir nach wie ein treues Hündchen?« Der Krieger saß auf einer Mauer im sonnendurchglühten Garten der Witwe Grimaldi, Jacob zu seinen Füßen im hohen Gras. Er wusste zwar, dass Adrian ihm das Leben gerettet hatte, dennoch fühlte er sich nur in Sans Noms Gegenwart sicher. Er ließ ihn vergessen, dass er einem Gespenst aus der Hölle begegnet war, das ihn gefesselt hatte, um ihn hilflos ins Wasser zu werfen. Und außerdem entdeckte er mit ihm Wort für Wort die Sprache seiner Kindheit wieder, die er fast vergessen hatte. Französisch.

Ärgerlich spürte er, dass er errötete. »Ich will ein Krieger werden, so wie Ihr«, gab er trotzig zurück. »Damit mir niemand mehr etwas tun kann.«

»Ist das so? Aber du bist doch schon ein Pillendreher, den *La Rose* und ihr nichtsnutziger Vater unterrichtet haben.«

»Trotzdem.«

Die beiden Töchter der Witwe, die achtjährige Micaela und die vierzehnjährige Chiara, vertrieben sich die Zeit mit Ballspielen, wobei die Ältere darauf achtete, dass ihr hellbraunes Haar so viele Sonnenstrahlen wie möglich abbekam. Auf diese Weise bleichten sich die venezianischen Frauen die Haare. Wenn er erst einmal ein Ritter mit Schwert und Pferd wäre wie Sans Nom, würde sie ihn nicht mehr wie Luft behandeln.

Sans Nom nickte langsam. »Du willst also ein Krieger werden, ganz anders als unser kleiner Adrian, der halb ersoffenen Jungs das Leben rettet und vielleicht doch noch auf Quacksalber studiert. Wenn er nicht vorher erbt und ein reicher Geldsack wird. Oder stirbt.«

Die Hitze auf Jacobs Wangen vertiefte sich. Sans Nom schaute ihn nicht an, als er leichthin weitersprach. »Du willst also einer werden, der für Geld in den Krieg zieht und tötet.«

Er hustete und rotzte dicken Schleim ins Gras.

»Du willst also dein Schwert in anderer Leute Bauch stecken und ihnen das Herz aus dem Leib schneiden, bis das Blut dir von den Händen tropft. Vielleicht willst du sogar ein Meuchelmörder sein, der einem Herzog in einer finsteren Gasse auflauert, ihm die Hand abschlägt und sein Gehirn auf dem Boden verspritzt, nachdem er seinem Knappen das Lebenslicht ausgepustet hat. So einem reißt der Rat der Stadt die Gedärme heraus, wenn er ihn fängt, während die Gelehrten dem Pair, der sein Auftraggeber war, eine Rechtfertigung basteln, die ihn als Tyrannenmörder davonkommen lässt. Und irgendwann liegst du unbeweint und ohne die Segnungen der Kirche auf dem Schlachtfeld, und die Raben hacken dir die Augen aus. Hast du dir das wirklich gut überlegt?«

Jacob war bei dem Gerede ein bisschen schlecht geworden, aber jetzt nickte er nur, um nicht auch noch den Rest seiner Würde zu verlieren. »Ihr sollt mich unterrichten!«, stieß er heiser hervor.

»So wie Adrian?«

Noch immer übte der junge Flame jeden Morgen mit Sans Nom im Garten den Schwertkampf und war schon viel besser geworden, auch wenn er nie eine Chance gegen den Riesen haben würde.

»Ich habe eine Idee.« Sans Nom zog das Messer aus dem Gürtel, das er irgendwann einmal Adrian abgenommen hatte. Er stand auf, hob die Waffe, maß die Entfernung zum Stamm des Granatapfelbaums mit den Augen und schleuderte sie, bis sie waagerecht in der Borke steckenblieb. »Wenn du mir das nachtun kannst, darfst du mit Adrian üben.«

Jacobs Stunde war gekommen. Er stand auf, zog das Messer aus dem Stamm, stellte sich wieder neben Sans Nom, der ihn um mehr als Haupteslänge überragte, und taxierte den Baum.

»Mut hast du, das muss man dir lassen«, sagte Sans Nom anerkennend.

Jacobs Herz pochte bis hoch in den Hals. Er wog die Waffe in der Hand. Ob das Messer die Stelle treffen würde, die er sich ausgesucht hatte? Der Stamm war ziemlich schmal. Dann warf er das Messer, das in hohem Bogen durch die Luft flog, die Rinde des Baumes seitlich anritzte und ein gutes Stück dahinter im Gras landete, wo es den Schwanz einer Eidechse aufspießte und in den Boden nagelte. In Panik entledigte sich das Tier seines überflüssigen Körperteils und flitzte davon.

»Für das erste Mal war das doch schon gar nicht so schlecht«, hörte er sich mit zittriger Stimme sagen.

Sans Nom grunzte, lachte und lachte und hörte nicht mehr auf damit. Er schnappte kieksend nach Luft, lachte und schlug sich im Takt dazu auf die Schenkel. Jacob hatte sich noch nie so dumm gefühlt.

»Tatsächlich!«, stieß der Söldner schließlich hervor. »Ich hätte es wissen müssen. Wenn du etwas willst, tust du alles dafür. Eidechsen abstechen!«

Jacob zog das Messer aus dem Eidechsenschwanz, wischte das Blut ab, legte es neben den Krieger auf den Stein und wich dabei sorgfältig seinem Blick aus. Sans Nom sollte nicht sehen, dass sein Gesicht vor Scham glühte. Der Söldner betrachtete ihn nachdenklich. »Du bist mutig, Kleiner. Und hartnäckig. Komm morgen früh, wenn ich mit dem Flamen übe! Schaden kann es nicht, auch wenn ich nicht weiß, ob es dir je etwas nutzen wird. Und behalte das Messer, Eidechsentöter!« Er legte es in Jacobs Hand, der sein Glück kaum fassen konnte.

»Merci«, sagte er, sonst nichts.

Sein Herz vibrierte vor Freude. Er setzte den Fuß auf den Vorsprung, stieg dann auf die Mauerkrone und ließ sich mit einem lässigen Sprung in die Gasse fallen, die auf den Kanal zuging. Die stille Zeit über Mittag, in der die Venezianer ruhten, neigte sich ihrem Ende zu. Handwerker, Händler, Frauen, die Einkäufe zu erledigen hatten, gutgekleidete Flaneure, sie begannen wieder, ihre Stadt zu bevölkern. Pfeifend hielt sich Jacob in Richtung des kleinen Platzes, auf dem Obst, Gemüse und Fisch aus der Lagune feilgeboten wurden. Er erinnerte sich, wie sehnsüchtig er sich auf dem Ulmer Markt ein Messer gewünscht hatte. Jetzt besaß er eins, hatte es sich sogar ein Stück weit selbst erkämpft. Sein Stolz hatte über seine Armut gesiegt. Mit den paar Münzen, die ihm Adrian zugesteckt hatte, kaufte er sich eine Handvoll Aprikosen und schlenderte bis zum Canale Grande weiter. Menschen aus aller Herren Ländern drängten sich jetzt in den Gassen rund um den Markusplatz. Er tauchte im Gedränge unter und sah sich vor seinem inneren Auge schon als Ritter in einer Rüstung, der für eine der toskanischen Städte in den Krieg zog, groß, stark und unbesiegbar. Er würde ein Schwert haben und ein Pferd, eines, wie das Schlachtross Sans Noms, dem niemand zu nahe kommen durfte. Und dann würde ihn Catharina endlich nicht mehr übersehen, genauso wenig wie die hochmütige Chiara, die ihn immer wie Luft behandelte.

Plötzlich wurde er aus seiner Traumwelt in die Wirklichkeit zurückkatapultiert. Vor dem Markusdom flog ein Schwarm Tauben auf und legte sich über den Himmel wie ein graues

Tuch. Auf dem Platz darunter bewegten sich unzählige Köpfe und unter ihnen, zwischen Hüten und Schleiern, braunen und blonden Locken, leuchtete plötzlich ein feuriges Rot auf wie eine Flamme. Sans Nom war es nicht, denn seine Haare wirkten durch die vielen grauen Strähnen wie mit Eis überzogen. Der Anblick erinnerte Jacob an den einzigen Menschen, den er unbedingt vergessen wollte. Peer. Unauffällig folgte er dem Mann, der immer wieder in der Menge untertauchte und bald darauf neu erschien, wie eine Gondel in den Wellen der Lagune. *Ich will mich nur davon überzeugen, dass ich mich irre*, dachte Jacob und hoffte, dass dieser Albtraum ein Ende finden würde. Auch in Venedig gab es Rothaarige, denn hier trafen sich Menschen aus aller Welt, darunter sogar Kaufleute der Hanse aus den Nordländern und Iren von der grünen Insel, bei denen diese Haarfarbe häufig vorkam. Es war unmöglich, konnte nicht sein. Doch dann bog der Fremde in eine Seitenstraße ein, und Jacob sah ihn im Profil. Eis floss durch seine Adern. Es war tatsächlich Peer, und er streifte durch Venedig. Das konnte nur mit dem Teufel zugehen.

Der Schreck fühlte sich an wie ein Schlag ins Gesicht. Er lehnte sich an eine Hauswand und schnappte nach Luft. *Jacob, denk nach!* Langsam ordneten sich seine Gedanken. Peer war sicher in Venedig, um nach Catharina Ausschau zu halten, und rechnete nicht damit, dass er, Jacob, noch lebte. Das konnte ein Vorteil sein. Trotzdem, wenn er an Catharina dachte, erstarrte er vor Angst. Sie mussten Venedig so schnell wie möglich verlassen.

26

Antonia erhitzte das Wachs über einer Kerze, ließ es auf das Dokument tropfen und drückte das Siegel ihres Mannes hinein. Dann schob sie nachdenklich ihren Stuhl zurück und stand auf. Christoph, der sie für seine Suche nach dem ewigen Blau im Stich gelassen hatte, drängte sich nur selten in ihre Gedanken. Aber um Catharina machte sie sich Sorgen. Seit der Rückkehr ihres Handelszugs hatte sie nichts von ihr und dem jungen Adrian Borluut gehört. *Ihnen wird nichts geschehen sein. Das würde ich spüren.* Sie strich ihr rotes Kleid aus feinster, krappgefärbter Wolle glatt und ging zum Fenster. Wenn ihre Ängste sie quälten, half nur Ablenkung.

Über dem Garten stand ein blitzblauer Himmel voller weißer Wolken, ein prächtiger Spätsommertag, der schon nach dem nahenden Herbst roch. Manchmal, wenn der Nachtwind in ihr Zimmer blies, bedauerte sie, dass sie alleine schlafen musste. Klar konnte sie sich jeden jungen Mann ins Bett holen, der ihr die Decke wärmte. Oder fast jeden. Bei diesem lombardischen Söldner Enrico würde es ihr wohl nicht gelingen, denn der machte unentwegt ihrer Köchin Mira den Hof. Jetzt standen die beiden auf der Wiese und falteten die Laken zusammen, die Mira auf dem Bleichwasen in die Sonne gelegt hatte. Sie unterdrückte ein Grinsen. Schade! Enrico war gut gewachsen und hatte glutvolle Augen. Die Liebe machte aus dem stolzesten Helden einen Narren, der rundlichen Mägden in der Wäschekammer zu Diensten war. Nur Christoph, der sie verlassen hatte, band sich niemals fest an eine Frau. Mistkerl!

Seufzend ging sie zu ihrem Eichentisch zurück, auf dem

sich die Papiere türmten. Abrechnungen der Fuhrleute für ihre Handelszüge und Bestellungen von Farbstoffen wie Krapp und Waid, den sie an die Blaufärber weitergab. Eigentlich wäre das die Aufgabe ihres Verwalters gewesen, aber Antonia kümmerte sich am liebsten selbst um ihre Geschäfte. Sie setzte sich und griff nach dem Pokal mit bestem Neckarwein, der auf dem Tisch stand.

In diesem Moment öffnete sich fast lautlos die Tür. »Ich grüße Euch, Gevatterin Truhlieb«, sagte eine tiefe Stimme. Sie fuhr herum, schnappte nach Luft und verschüttete einen Schwall Wein auf ihrem Kleid. »Weckmann! Wer hat Euch hereingelassen?«

Er war so groß und breitschultrig, dass er den Türrahmen ausfüllte und einen langen Schatten in den Raum warf. Antonia wurde es einen Moment lang schwarz vor Augen.

»Verzeiht bitte! Ich wollte Euch nicht erschrecken.« Er hob beschwichtigend die Hände. Als er eintrat, wurde ihr der Raum zu eng. »Ich bin vor einigen Tagen zurückgekehrt und dachte, ich statte Euch einen Besuch ab. Über den Garten.« Nach dem Schrecken erfasste sie der Zorn über den Eindringling, und sie stemmte die Hände in die Hüften.

»Wo ist meine Nichte?«

»Nun.« Er drehte sich um. »Die Kleine ist mir, sagen wir, entkommen. Mit Hilfe eines riesenhaften und zu allem entschlossenen Kriegsmanns.«

»Ach, tatsächlich?« Ein Lächeln stahl sich auf ihr Gesicht. Gut gemacht, Catharina! »Und, habt Ihr die Suche aufgegeben?«

»Mitnichten.« Weckmann trat auf sie zu. Er war ein stattlicher Mann, mindestens doppelt so alt wie Catharina, mit wässrig grauen Augen, blondem Bart und ebensolchem Haupthaar.

»Sie wird eines Tages zurückkommen und sehen, dass ihr Platz an meiner Seite ist.«

Antonia zuckte die Schultern. »Ihr habt keinerlei Rechte auf meine Nichte«, sagte sie.

»Oh, doch«, gab er zurück.

»Dann zeigt mir den Vertrag, der das bestätigt!«, verlangte sie. Was auch immer man über Christoph sagen mochte: Nie und nimmer hatte er seine Tochter verschachert, um an Geld für seine Reisen zu kommen. Der Mann musste ein Betrüger sein.

»Aber gerne«, sagte Weckmann leise und zog aus der Falte seines Mantels ein Dokument, das er auf dem Tisch ausbreitete. Antonia beugte sich darüber und begann zu lesen. Die Buchstaben verschwammen vor ihren Augen, während sie erfasste, was da stand. Ein Advokat aus Ulm hatte das Dokument bestätigt, in dem Christoph die Rechte an seiner Apotheke und an seiner Tochter im Falle seines Todes an Weckmann weitergab. Unter dem Schriftsatz befand sich seine Unterschrift. »Das kann nicht sein«, sagte sie dann.

»Das kann es wohl«, sagte er mit Nachdruck. »Appentekers Reise war für mich ein todsicheres Geschäft. Entweder ich verdopple mein Vermögen durch den Gewinn aus dem Ultramarin oder ich heirate die Tochter und übernehme die Apotheke.«

Hitze stieg in Antonias Gesicht.

»Ich lasse mich zum Stadtapotheker bestellen«, sagte Weckmann. »Bei der nächsten Ratssitzung wird das beschlossene Sache sein. Esslingen braucht eine Apotheke.« Jetzt lächelte er gewinnend. »Ihr könntet mir ruhig auch in der Öffentlichkeit Euer Wohlwollen schenken. Schließlich werde ich in absehbarer Zeit Euer angeheirateter Neffe sein.«

»Oh, ich denke, Ihr kommt ganz gut ohne meine Fürsprache aus«, gab sie spöttisch zurück. »Was also wollt Ihr wirklich von mir?«

»Nun«, begann er. »Ihr könntet mir zunächst einmal den Schlüssel für die Apotheke überlassen. Sie wird ja doch in mein Eigentum übergehen, wenn ich Eure Nichte heirate oder wenn Ihr mir als Erbin der Familie mein Vermögen ersetzen müsst.«

So war das also. Er spekulierte noch obendrein auf Christophs Besitz. Antonia runzelte die Stirn und dachte nach. Um in dieser Rechtssache durchzublicken, musste sie so schnell wie möglich einen Advokaten beauftragen, egal, was es kosten würde. Aber das würde sie Weckmann nicht auf die Nase binden. Vorerst galt es, ihn mit seinen eigenen Waffen der Lüge und der Täuschung zu schlagen.

»Natürlich werde ich das, sofern Ihr mir Eure Rechte glaubhaft versichert.« Sie lächelte ihr süßestes Lächeln, von dem sie wusste, dass es seine Wirkung auf Männer nicht verfehlte. »Sagen wir – übermorgen?«

Mit einer höflichen Neigung des Kopfes verließ Weckmann den Raum und ließ Antonia zornig und verwirrt zurück. Sie musste nachdenken, ihre Gedanken ordnen, denn irgendetwas war an dieser Sache faul. Zum Glück fehlte eine der Voraussetzungen für den Vertrag. Es gab keinen Nachweis, dass Christoph tot war. Antonia dachte an das, was dieser Lehrjunge Jacob ihr über Weckmann erzählt hatte, und schauderte. Das Öffnen von Leichen war verboten, wenn es nicht im strengen Rahmen einer Universität stattfand. *Damit habe ich dich in der Hand, Weckmann. Die Dominikaner mit ihren guten Kontakten zur Inquisition werden sich freuen, wenn ich ihnen von dir erzähle.* Doch warum gierte der Mann nach dem Haus in der Webergasse, wo er doch selbst ein so schönes und brandneues Geschäft besaß?

Sie ließ sich ihren Mantel bringen und machte sich auf, das Geheimnis zu ergründen.

Majestätisch wie eine Königin schritt sie am Spital vorbei in Richtung der Apotheke und ignorierte die missbilligenden Blicke, mit denen man sie bedachte. Seit Christoph fort war, zeigten die Leute offener, was sie über sie dachten. Nur der Henker Hans Nothelf neigte grüßend den Kopf. Den schlechten Leumund hatte sie sich selbst zuzuschreiben und war bereit, seine Folgen auf sich zu nehmen. Eigentlich trug ihr Vater, der adelig geborene Hans von Bellingen, die Schuld an Antonias Eigensinn. Er hatte dafür gesorgt, dass seine Töchter im Lesen, Rechnen und Schreiben unterwiesen wurden. Marie war so lieb und freundlich geblieben wie zuvor. In Antonia jedoch weckten diese Fähigkeiten den Widerspruchsgeist. Seit damals pfiff sie auf weibliche Sittsamkeit und die Pflicht, den Kopf in der Öffentlichkeit gesenkt zu halten. Kein Wunder, dass der einzige, der sich traute, ihr offen in die Augen zu schauen, Hans Nothelf war, der als Unehrlicher vor den Mauern wohnte und sich in der Stadt eine Speckseite besorgt hatte. Ein jeder erntete, was er gesät hatte.

Der Marktplatz leuchtete in der tiefstehenden Abendsonne. Über den Buden der Händler ragte majestätisch die Fachwerkfront des Kauf- und Steuerhauses auf. In der Webergasse wölbte sich der Himmel wie ein heller Korridor über den Häusern, die beinahe schon im Finstern standen.

Antonia folgte der Straße bis zur Apotheke und schickte einen spöttischen Gruß in Richtung der Patrizierin Autenrieth, die nebenan abrupt das Fenster schloss, als sie sie erkannte. Dann öffnete sie die Tür mit dem Schlüssel, den Catharina ihr anvertraut hatte. Sie betrat den Ladenraum und atmete tief ein. Stille umfing sie.

Auf den Regalen standen fein säuberlich angeordnet die Glasbehälter und Tongefäße, in denen Christoph und Catharina ihre Kräuter, Heilmittel und Pigmente aufbewahrten. Es war sauber und aufgeräumt, nur ein Sack mit rotem Ocker war angefressen worden und hatte seine Fracht wie getrocknetes Blut auf dem Boden verteilt. Sie nahm sich vor, ihren Kater, der ein emsiger Rattenjäger war, für eine Nacht hier auszusetzen.

Was nur interessierte Weckmann an diesem Haus, das der Familie Appenteker seit über hundert Jahren gehörte? Nach und nach schaute Antonia in jeden Raum hinein, inspizierte die Küche mit der peinlich geschrubbten Herdstelle und der Wasserzuleitung, die Christophs ganzer Stolz gewesen war, und durchsuchte die gute Stube mit der Büchertruhe. Nachdenklich nahm sie die Bücher eins nach dem anderen in die Hand. War eins davon so kostbar, dass es Weckmanns Interesse rechtfertigte? Ihr Latein reichte nicht aus, um das einzuschätzen. Sie seufzte und stieg die Treppe hinauf. Oben lag die Schlafkammer, in der sie sich nie getroffen hatten, weil sie auf Catharina Rücksicht nehmen wollten. Die Leinenlaken auf dem Bett fühlten sich ein bisschen klamm an, und der Strohsack müffelte. Antonia nahm sich vor, Mira hier vorbeizuschicken, um alles neu beziehen zu lassen. Den Gedanken, dass Christoph niemals zurückkehren könnte, erlaubte sie sich nicht.

Ihre Schwester Marie hatte in diesem Bett geschlafen, hier ihre Tochter geboren und war darin gestorben. Trauer schnürte Antonias Herz zu, wenn sie daran dachte. Sie hatte Christoph, den klügsten Jungen weit und breit, seit ihren Kindertagen geliebt. Umso schlimmer war es, dass er sich ihre brave jüngere Schwester als Braut an seine Seite geholt hatte. Er hatte sich für

Marie entschieden, die ihn grenzenlos bewunderte und an seinen Lippen hing, anstatt ihn immerzu in Frage zu stellen, wie es Antonia tat. Auch nach der Hochzeit blieb er rastlos, immer wieder zog es ihn in die blaue Ferne. Antonia war ihm gram gewesen, doch dann hatte das Schicksal seinen Lauf genommen. Sie hatte ihren Wollhändler geheiratet, der bereitwillig nach ihrer Pfeife tanzte, und Marie war bei der Geburt ihres ersten Kindes gestorben.

»Es tut mir leid«, sagte sie und wusste nicht genau, was sie meinte. In diesem Schlafzimmer hatte sie den Säugling Catharina zum ersten Mal an sich gedrückt und spürte noch heute das Gewicht des kleinen Köpfchens an ihrer Schulter. Sie selbst hatte die Amme ausgesucht und sich in den ersten Jahren um das mutterlose Mädchen gekümmert, bis sie immer mehr von Christophs Mutter aus dem Haus gedrängt wurde. Danach hatte sich das Verhältnis zu ihm geändert. Sie war seine Geliebte geworden, war wie ein reifer Apfel in sein Bett gefallen, doch nie, niemals hatte er versucht, ihre Beziehung auf das sichere Fundament einer Ehe zu stellen.

Genug der Demütigung, dachte sie und stieg in den Keller hinunter, ein Gang, den sie eigentlich hatte vermeiden wollen. Nur einmal zuvor hatte sie Christophs Alchemistenkeller betreten, den Ort, der ihn ihr mehr als jeder andere entfremdete. Er war durch den Unfall verwüstet, bei dem er fast sein Leben verloren hatte, der Alembic zerbrochen und die Retorten von Ruß geschwärzt. Christoph ging in seiner Suche weiter als viele andere Anwärter, deren Ziel das Opus magnum, also die Herstellung von Gold war. In dem Prozess der Transmutation unedler Stoffe in edle spiegele sich die Reinigung und Heiligung der Seele wider, hatte er geschwärmt.

Auf dem Boden verteilt, lagen in einem wilden Durcheinander seine Zeichentabellen und Bücher. Antonia hob ein Pergament auf und strich es glatt. Sieben Elementsymbole standen darauf, von denen sie wusste, dass das dritte, ein Kreis mit einem Punkt in der Mitte, Gold bedeutete, und das fünfte, der Venusspiegel, für Quecksilber stand. Alles sah vernachlässigt aus und roch nach kaltem Rauch. *Nein*, dachte sie. Wenn es Weckmann um Christophs Entdeckungen ging, würde er hier nicht fündig werden. Fest zog sie die Tür hinter sich ins Schloss und fand sich plötzlich untätig und mit hängenden Schultern im Kellerflur wieder. Was blieb jetzt noch zu tun? Wo hatte sie noch nicht gesucht?

Sie durchquerte den Gang, betrat einen Raum und stand plötzlich vor Miras leergeräumten Obstregalen. Ein Apfel vom letzten Jahr fristete in der hinteren Ecke ein einsames Dasein und faulte langsam vor sich hin.

Jetzt gab es nur noch einen Raum, den sie sich noch nicht genauer angesehen hatte. Den Tiefkeller, den die Vorfahren Christophs als Weinkeller und Verlies genutzt hatten. Sie wusste, dass sich der Zugang hier im Vorratsraum befinden musste, schaute sich um, entdeckte ihn aber nirgends. Seltsam. Er musste doch da sein. Sie sah genauer hin, blinzelte und erkannte den Umriss einer zugemauerten Tür in der sorgsam geweißelten Wand. Vorsichtig trat sie näher und fuhr die Rundung des Türbogens mit der Hand nach. Die Wand wies keine Spuren von Ruß auf, also hatte man sie nach Christophs Unfall neu gestrichen.

Als sie Kinder waren, hatte Christoph beide Schwestern einmal eingeladen, ihm in die Tiefe zu folgen. Marie hatte sich nicht in die Finsternis getraut, nur Antonia hatte genug Mut besessen, den dunklen Keller zu betreten. Nichts war dort unten gewesen, nichts, außer morschen Weinfässern, feuchten

Ziegelwänden und einem Stapel alter Säcke. Kein Wunder, dass die Familie den Zugang zugemauert hatte. Doch warum war der Türrahmen so geschickt in der Wand verborgen worden? Was versteckte Christoph dahinter? Am nächsten Tag, das nahm sich Antonia fest vor, würde sie mit Enrico wiederkommen und die Tür aufbrechen.

27

»Ich heißen Melika«, sagte das Mädchen, riss ein Stück honigtriefendes Gebäck ab und steckte es sich in den Mund. »Und das ist Aziza.« Sie deutete auf ihre etwas ältere Begleiterin und lächelte strahlend. Ein Orangenbaum blühte neben dem Sitzplatz und verströmte seinen sanften Duft.

Sie saßen auf bestickten Kissen im Innenhof des Hauses und genossen den frischen Wassernebel, den die Fontäne in der Luft verwirbelte. Dabei tranken sie süßen Minzetee und bedienten sich immer wieder in der Gebäckschale bei den Kuchen, die Aziza aufgetragen hatte. Von Zeit zu Zeit musterte Catharina Melika, deren Gewänder von äußerster Kostbarkeit waren, die Tunika aus rotgefärbter Seide und golddurchwirkt. Ihr Fußkettchen klimperte wieder an ihrem Knöchel.

Ein Umstand hatte Catharina besonders überrascht. Melika war schwanger, mindestens im siebten Monat, obwohl sie sicher kaum fünfzehn Jahre zählte. Die Tunika spannte sich über ihrem ausladenden Bauch, wenn sie auf den Fersen saß. Catharina spürte einen Anflug von Mitleid. Hoffentlich überstand die junge Frau, die so zart und schmal gebaut war, ihre erste Entbindung unbeschadet.

Melika, die ein paar Brocken Deutsch sprach, versuchte

etwas zu sagen und hob dann bedauernd die Hände. Sie grinste entschuldigend und redete auf Italienisch auf Adrian ein. »Das Mädchen sagt, dass du Himmelsaugen hast«, übersetzte er. *»Nei tuoi occhi e cielo.«* Er lachte laut auf, als die Kleine einen weiteren Satz hinzufügte. »Und ich hätte Augen wie der Canale Grande an einem klaren Tag, kurz bevor der Sturm aufkommt.« Melikas Kichern mischte sich silberhell in Catharinas. So wohl hatte sie sich schon lange nicht mehr gefühlt. Und am besten daran war, dass Weckmann sie in diesem ummauerten Palazzo niemals finden würde.

In diesem Moment öffnete sich eine Tür zum Erdgeschoss. Ein Mann in einem langen Gewand trat über die Schwelle. *»Il mio padre«*, murmelte Melika und schob sich schwerfällig auf die Füße. Catharina sprang auf und stützte sie geistesgegenwärtig, ahnend, dass es Adrian nicht erlaubt war, der jungen Muselmanin aufzuhelfen. Der Hausherr kam auf sie zu. Seine Haut war dunkel wie Leder, das Haar fiel glatt und schwarz auf seine Schultern, der gepflegte Bart war in allen Grautönen gestreift. Er näherte sich gemessenen Schrittes und musterte die Gäste dabei mit undurchdringlichem Blick. Durch die oberhalb der Nasenwurzel zusammengewachsenen Augenbrauen wirkte sein Gesicht noch finsterer. Melika erklärte ihm, wer sie waren, und er antwortete in fließendem, etwas gutturalem Deutsch.

»Friede sei mit Euch, Catharina Appenteker und Adriano.«

»Borluut«, ergänzte Adrian und verbeugte sich knapp.

»Friede sei mit Euch.« Der Muselmane kreuzte die Hände über der Brust und senkte grüßend den Kopf. »Das Schicksal hat Euch endlich zu mir geführt. Ihr ahnt nicht, welch große Freude Ihr mir und meiner Tochter macht, indem Ihr uns mit Eurem Besuch beehrt.«

Catharina und Adrian wechselten einen verwirrten Blick und wussten nicht, was sie antworten sollten.

Mit einer Handbewegung lud er sie in sein Haus ein und ging voran. Wie selbstverständlich hakte sich Melika bei Catharina ein und zog sie mit sich. Adrian folgte ihnen.

Im Innern des Palazzo war es dunkel und still, weil die Bewohner die Fensterläden der Hitze wegen geschlossen hielten. Der Muselmane öffnete eine Tür, und sie betraten einen Raum, der ein Kontor sein konnte. Eine Öllampe leuchtete auf einem Eichentisch und warf flackernde Schatten auf Melikas spitzbübisches Lächeln und Adrians ratlose Augen.

»Mein Name ist Khalid Abd al-Qadir«, begann der Fremde. »Ich bin Händler. Wie gut, dass Ihr endlich meiner Einladung gefolgt seid, nachdem ich bereits im Spätherbst einen Boten ausgesandt hatte.«

Catharinas Mund klappte auf, doch fand sie keine Worte. Stattdessen sprach Adrian. »Ich verstehe nicht«, tastete er sich vor. »Wir sind aus eigenem Antrieb hier.«

Schweigen stellte sich wie eine Mauer zwischen sie. Melika ging zum Fenster, stieß die Läden auf und ließ einen kühlenden Luftzug in den Raum.

»Bei uns ist kein Bote angekommen«, sagte Catharina. »Dass wir hier sind, liegt allein an dem verlorenen Fußkettchen, das ich Melika zurückgebracht habe.«

»Saids Geschenk?« Khalids Augenbrauen zogen sich noch finsterer zusammen. Seine Tochter nickte eifrig und lächelte.

»Es ist reiner Zufall«, warf Adrian ein.

»Ich glaube nicht an den Zufall.« Khalid legte seine Fingerspitzen aneinander. »Was auch immer mit meinem Boten geschehen sein mag – ich danke Allah, dass er Euch endlich hergeführt hat, denn ich habe Neuigkeiten für Euch.«

»Wisst Ihr etwas von meinem Vater?« Catharinas Stimme zitterte.

Aziza schob sich durch die Tür und deckte den Tisch mit Erfrischungen, einer Karaffe voll gelbrotem Saft und mehreren Schalen mit köstlich duftenden Speisen, von denen Catharina keine einzige vertraut war. In Khalids dunkle Augen trat ein Lächeln, und er sagte einige Worte zu Melika, nicht auf Italienisch, sondern in einer gutturalen Sprache, die Catharina an Weite und Wüste denken ließ. Melika lachte laut auf und klatschte über ihrem ausladenden Bauch in die Hände.

»Catharina Appenteker«, sagte Khalid feierlich. »Ihr habt schon auf meinen Knien gesessen, als Ihr noch nicht sprechen konntet, in dieser kleinen Stadt jenseits der Alpen, deren Name mir immer entfällt.«

»Esslingen«, sagte sie leise und wunderte sich.

»Ihr seid der Geschäftskontakt, von dem Appenteker sprach«, warf Adrian ein.

»In der Tat.« Khalid stand auf und schenkte ihnen mit eigener Hand Saft in die Gläser ein. »Christoforo Appenteker ist einer meiner ältesten Freunde.«

Catharina nippte an dem Getränk. Ein Geschmack, den sie nicht kannte, legte sich dickflüssig und süß auf ihre Zunge. Melika bewirtete sie mit Lammfleisch, Gemüse aus grünen Okraschoten und Fladenbrot. Es roch verführerisch, und ihr Magen knurrte, doch Catharina konnte nichts herunterbringen, nicht, bevor sie wusste, was mit ihrem Vater geschehen war.

Khalid setzte sich zurück und ließ seinen dunklen Blick lange auf ihr ruhen. »Christoforo kam im letzten Herbst nach Venedig, auf der Suche nach einer großen Menge Azurstein, dessen Verarbeitung er selbst übernehmen wollte. Die Geschäftsidee war lukrativer, als ich es von ihm gewöhnt war.«

»Er handelte in meinem Auftrag«, gab Adrian kurz zurück. »Aber wo steckt er jetzt?«

»Das weiß ich nicht«, antwortete der Muselmane würdevoll, und Catharina schluckte schwer an ihrer Enttäuschung. »Ich konnte ihm zunächst weiterhelfen. Ich bin im Handel auf der Seidenstraße tätig und habe den edlen Stein schon nach Venedig eingeführt. Allerdings ist das in der letzten Zeit schwierig geworden, weil die Perser die Handelswege blockieren und ein Monopol auf Ultramarin errichten wollen. Es gab also in Venedig im Herbst nicht die großen Mengen, die Christoforo brauchte. Und so kaufte er mir eine Handelskarawane ab, die ich bereits in Damaskus wusste, kurz vor der Reise über das Meer. Doch ihre Abreise verzögerte sich.«

Er sprach eine Weile auf Melika ein, deren Augen sich mit Tränen gefüllt hatten, und legte ihr schließlich tröstend die Hand auf den Arm. »Melika ist mein Augenstern, die Freude meiner späten Tage ... Christoforo ist über das Meer gereist, um nach dem Rechten zu sehen und die Überfahrt des Handelszugs zu organisieren. Melikas Mann Said hat ihn begleitet. Von beiden haben wir jetzt mehr als vier Monate lang nichts gehört. Wir wissen nicht, was aus dem Schiff geworden ist, ob es überhaupt abgelegt hat. Die Aussagen der Hafenbehörde sind unklar.«

»Aber wo können sie sein?«, fragte Catharina.

»Das weiß Gott allein«, gab der Muselmane traurig zurück.

Danach blieb es lange still in dem Kontor, das wie eine leuchtende Insel in der blauen Dämmerung lag. Catharina fühlte sich völlig leer. Sie hatte gewusst, dass etwas nicht stimmte, und das Schlimmste befürchtet. Jetzt aber versickerte ihre Hoffnung mit dem letzten Tageslicht, das sich in der Nacht verlor. Vielleicht lag Christoph schon lange mit dem

Schiff voller blauer Steine auf dem Boden des Meeres. Vielleicht hatte sich seine Spur aber auch in der Weite der Seidenstraße verloren. In der Unendlichkeit der Welt erschienen ihr die Menschen und ihre Schicksale plötzlich nicht größer als Staubkörner. Tränen schossen ihr in die Augen.

In diesem Moment stand Adrian auf, trat auf sie zu und nahm ihre Hand. »Ich lasse dich nicht im Stich«, sagte er.

Khalid sprach weiter. »Vielleicht bedeutet das alles nur, dass sie bis nach Badakshan weitergereist sind, zu den Minen des Lapis, in denen der Stein in einem blauen Felsendom abgebaut wird.«

»Said ist fort«, sagte Melika und fügte einige Sätze auf Italienisch hinzu.

»Sie meint«, übersetzte Adrian, »dass ihr Mann Said niemals ohne einen triftigen Grund die Geburt des Kindes verpassen würde.«

Mitfühlend griff Catharina nach der Hand des Mädchens und drückte sie.

»Mijnherr Borluut«, fuhr der Sarazene fort. »Ich werde Euch natürlich Eure Auslagen vollständig ersetzen. Das Geld, das mir Christoforo gegeben hat, gehört euch.«

»Das ist im Moment nicht mein dringlichstes Problem«, sagte Adrian. »Wir hatten damit gerechnet, Catharinas Vater in Venedig zu finden. Jetzt wird unsere schlimmste Befürchtung bestätigt.«

»Wir müssen sie suchen«, drängte Catharina.

»Heute ist nicht die Zeit, alle Probleme auf einmal zu lösen.« Khalid schenkte ihnen von dem süßen Saft nach. »Esst und trinkt und schöpft Kraft, und dann entscheidet morgen oder übermorgen mit Bedacht, welche Pläne Ihr schmieden wollt.«

28

Als sie auf den kleinen Platz hinaustraten, stand der Mond schon hoch am Himmel und spiegelte sich wie eine Träne in der glatten Wasserfläche des Kanals. Die Straßen Venedigs lagen still in seinem milchigen Licht.

»Glaubt Ihr wirklich, dass Ihr ohne Begleitung gehen könnt?«, fragte Khalid zweifelnd. »Ich biete Euch meine Gastfreundschaft an, so lange Ihr wollt.« Adrian tastete nach dem Kurzschwert an seiner Seite und schüttelte den Kopf. »Unsere Freunde sorgen sich sicher schon um uns. Und außerdem weiß ich mich zu wehren.«

»Insch' Allah«, sagte der Muselmane. »Dann geht mit Gott!«

Bei Nacht lag das Viertel, das sie am Nachmittag durchschritten hatten, wie ausgestorben da. Adrian und Catharina gingen Seite an Seite, ihre Schritte einander angepasst. Und plötzlich traute er sich, legte seinen Arm um ihren Nacken und drückte sie an die nächste Hauswand, so dass sie Körper an Körper standen. Hitze durchströmte ihn wie Lavaglut. Sie atmete abrupt ein und legte ihre Hand an seine Wange. »Adrian«, flüsterte sie. Einen Moment lang schauten sie sich nur an, und er bemerkte verzaubert, wie lang und schwarz die Wimpern waren, die ihre blauen Augen umrahmten. Doch dann schob ihn Catharina sanft von sich.

»Lass uns weitergehen!«, sagte er rau, nahm ihre Hand und zog sie fast ein bisschen unsanft mit sich fort. Sie passierten die engen Straßen, überschritten Brücken über plätschernden Kanälen und näherten sich dem Canale Grande, dem Ausgangspunkt ihrer Entdeckungsreise. Unruhig musterte Adrian die stillen Fassaden der Häuser mit ihren geschlossenen Läden.

Die Zeit der Nachtschwärmer war vorbei. Es war verdammt einsam hier.

Der Überfall kam aus dem Hinterhalt. Plötzlich waren sie von Kämpfern umringt, die sich ihnen von vier Seiten aus näherten. Adrian konnte nicht sagen, wie groß die Gruppe der Angreifer war. *Zu viele*, dachte er. Acht bis zehn schwerbewaffnete Männer, die sie in die Zange nahmen und den Kreis immer enger schlossen. Catharina schrie auf, als sie in ihre Gesichter blickte, und schlug die Hand vor den Mund, denn sie trugen spitze Vogelmasken, Wolfsmasken oder waren als Dämonen verkleidet, denen Teufelshörner aus dem Kopf zu wachsen schienen. In den Augenschlitzen funkelte es tückisch. Trotzdem schob er Catharina hinter sich und zog sein Schwert. Er hörte leises Lachen und spöttische Bemerkungen, die sie zum Glück nicht verstand.

»Wollt ihr Geld?« Er holte seinen Beutel aus dem Mantel und ließ einen Regen kleiner Münzen auf die Angreifer niedergehen, die sich davon nicht ablenken ließen, sondern ihn weiter verstohlen musterten und das Geld in den Gassendreck fallen ließen. Keine Strauchdiebe also, sondern gedungene Mörder, die für ihre Tat weit mehr als seine magere Barschaft erwarten konnten.

»Prende la piccola puttana!«, rief einer. »Holt sie euch!«, hörte er erstaunlicherweise auf Flämisch. Als er begriff, was sie mit ihr tun würden, wenn sie in ihre Hände fiel, loderte Zorn in ihm auf. »Bleib hinter mir!«, rief er Catharina zu, machte einen Ausfallschritt und hieb mit dem Schwert nach dem, den er für den Anführer hielt. Vergeblich, der Mann sprang behände zur Seite und lachte. Mit schnellen Schwerthieben drängte er sie zurück, so dass die Männer außer Reichweite sprangen. *»Madre Mia!«*, rief einer.

Adrian nutzte den Moment der Überraschung und hieb schnell und entschlossen zu. An dem Schwert, das er einem der Angreifer aus der Hand geschlagen hatte, klebte dessen Hand wie eine Klaue. Verdutzt schaute der Mann auf den Stumpf, aus dem eine Blutfontäne schoss, die sie wie warmer Regen bespritzte, und ging dann zu Boden wie ein Stück Schlachtvieh. »Wer will als nächstes?«, fragte Adrian.

»Andiamo!«, schrie der Anführer außer sich vor Wut. Jetzt drängte sie die Bande entschlossen zum Ufer, hinter dem der Kanal mit tückischer Harmlosigkeit dahinplätscherte.

»Bleib in meiner Nähe!« Adrian zog Catharina an seine Seite. Er spürte die Kante, hinter der es steil zum Kanal abfiel, unter seiner Schuhsohle. Noch einen Schritt weiter, und sie würden beide ins Wasser fallen. Die Angreifer waren jetzt so nahe, dass er ihren heißen Knoblauchatem riechen konnte. Ihre Lage war verzweifelt, doch er gab nicht auf, ließ Stahl auf Stahl klingen, hieb und stach um sich und wehrte alle Versuche ab, ihn zu entwaffnen. Es waren zu viele, und dennoch durfte er nicht erlahmen, um Catharinas willen nicht.

Er keuchte auf, als das Schwert des Anführers seine Deckung durchbrach, eine blutige Furche in seine Brust ritzte und der Mann ihm die Waffe aus der Hand schlug. Mit letzter Kraft hielt er das Gleichgewicht und kippte nicht über die Kante. Jetzt schlossen sie den Ring um sie beide und lachten höhnisch.

»Macht ein Ende!«, rief der Anführer. Eine Haarsträhne leuchtete brandrot in dem Spalt zwischen der Maske und seiner Mütze auf. »*Finito*, versteht ihr.« Er zog sich die Hand quer über den Hals.

Der Dämon neben Adrian zog ein Messer und lachte erwartungsvoll auf. Er schluckte trocken und stellte sich vor Catharina. *Nicht so*, dachte er. *Und nicht jetzt, verdammt nochmal!*

In diesem Moment hörte er jemanden schreien, nicht aus Angst, sondern blind vor Zorn. *Sans Nom,* dachte er verwundert. Und schon sprengte der riesige Krieger den Kreis, sprang mit einem Satz mitten zwischen die Angreifer, der sein langes Haar wie ein Banner flattern ließ, und hielt blutige Ernte unter ihnen.

»Lauf, Catharina!« Während der Franzose unter den Feinden wie ein Berserker wütete, nutzte Adrian die Chance. Er griff nach seinem Schwert, das auf dem Boden lag, und hieb wahllos auf die Männer ein, die Sans Nom entkommen waren. Zwei lagen danach tot am Boden, die anderen verschwanden in den Gassen, als hätte es sie nie gegeben. Catharina gesellte sich zu Jacob, der totenblass an einer Ecke stand. Als der Junge die abgeschlagene Hand sah, die sich noch immer um den Knauf des Schwertes schloss, hielt er sich die Hand vor den Mund und erbrach sich in den Kanal.

»Wer wollte dir an den Kragen?« Sans Nom drehte einen der Toten mit dem Fuß auf den Rücken.

»Ich weiß es nicht.« Adrian rieb sich Schweiß und Blut aus dem Gesicht. Seine Augen waren verklebt, und der Schnitt auf seiner Brust brannte.

»Du hast sie eine ganze Weile in Schach gehalten und La Rose geschützt. Es war also nicht umsonst, dass ich dich jeden Morgen verprügelt habe«, sagte der Franzose anerkennend und zog einem der Männer die Maske herunter. Adrian zuckte die Schultern. Er hatte das bleiche, bärtige Gesicht noch nie gesehen. Catharina kniete sich neben den Toten und schloss ihm die Augen.

»Da war einer, der sprach Deutsch«, sagte sie. »Seltsam, oder?«

»Von wegen.« In Jacobs bleichem Gesicht leuchteten seine

blauen Augen gespenstisch. »Einer von denen war Peer, Weckmanns Gehilfe.«

»Was?« Sie fuhr herum, und in ihren Augen stand nackte Angst. Adrian schwor sich, dass Weckmann allein dafür eines Tages bezahlen würde.

»Ich habe ihn heute Nachmittag gesehen«, sagte Jacob aufgeregt. »Er muss die Bande bestochen haben. Und jetzt ist er mit dem Rest geflohen.«

»Merde«, sagte Sans Nom nachdenklich. »Dann galt der Angriff La Rose. Und unser junger Flame hier sollte ausgeschaltet werden, weil er die Braut des Apothekers für sich beansprucht.« Er stand auf, wischte sein Schwert an einem Grasbüschel sauber und steckte es wieder in die Scheide. »Dann ist unser Aufenthalt bei der Witwe nicht mehr sicher. Aber wo können wir sonst unterkriechen?«

Adrian schaute Catharina von der Seite an, die unmerklich nickte. »Es gibt da eine Möglichkeit«, sagte er leise. Noch in derselben Nacht zogen sie zu viert bei Khalid ein, der sie mit großer Gastfreundschaft aufnahm. Adrian jedoch stand bis zum Morgengrauen am Fenster des komfortablen Raums, den der Muselmane ihm zugewiesen hatte, und grübelte darüber nach, warum einer der Männer weder Deutsch noch Italienisch, sondern Flämisch gesprochen hatte. Der Kratzer auf seiner Brust brannte höllisch, trotz des Verbands, den ihm Catharina mit ihren zarten Händen angelegt hatte. Wer trachtete ihm, dem verkrachten Studenten Adrian Borluut, nach dem Leben? Er hatte bisher kaum etwas auf dem Kerbholz, wenn man davon absah, dass er eine Kölner Ratsherrentochter verführt hatte, deren Ehre er nicht einmal mehr hatte rauben können, weil das schon einer vor ihm getan hatte.

29

»Du musst essen, Melika, für dich selbst und dein Kind.« Catharina berührte den schmalen Rücken des Mädchens, das sich zur Wand gedreht hatte und keinen Laut von sich gab. In der Hand hielt sie eine Schale mit süßem Hirsebrei, doch Melika lehnte alles Essbare ab. Aziza stand neben ihr, rang die Hände und schüttelte den Kopf.

Eine ganze Woche lebten sie jetzt schon in Khalids Haus. In den ersten Tagen war Melika in Catharinas Anwesenheit aufgeblüht, hatte gelacht und gesungen und fremdartige Saiteninstrumente gespielt. Doch vorgestern hatte sie viel zu früh Wehen bekommen und sich erschöpft ins Bett gelegt. Von Khalid hatte Catharina erfahren, dass Melika im siebten Monat schwanger war. Das Kind hatte also, wenn es in den nächsten Tagen auf die Welt kommen sollte, nur eine winzige Überlebenschance. Und was war mit seiner Mutter, deren Lebenswillen von Tag zu Tag schwächer wurde? Sie dachte den Gedanken lieber nicht zu Ende. Natürlich sehnte sich Melika mit jeder Faser ihres Herzens nach Said, der noch immer verschollen war. Und sie hatte berechtigte Angst vor der Geburt, die sie, schwach wie sie war, kaum heil überstehen würde. Frauen starben bei Geburten, und ihrer aller Leben lag in Gottes Hand. Und trotzdem. Catharina war nicht bereit, dem Schicksal seinen Lauf zu lassen.

Sie stellte die Schale mit dem Brei auf dem geschnitzten Tisch neben dem Diwan ab, setzte sich und goss der Schwangeren eine Tasse von dem Sud aus Melissenblättern, Kamille, Johanniskraut und Baldrian ein, den sie gebraut hatte. Johanniskraut erhellte mit seinem goldenen Licht verdunkelte Seelen, das wusste nördlich der Alpen jedes Kräuterweib.

»Kämpfe, Melika!«, sagte sie. »Said soll sich freuen, wenn er heimkommt und euch beide wohlauf findet.«

Nach einer Weile drehte sich Melika um, griff nach Catharinas Hand und legte sie auf ihren Bauch. Sie hielt den Atem an, als eine Wehe über Melikas Leib hinwegflutete. Alle Muskeln spannten sich mit einer Kraft an, die sie in diesem zarten Körper gar nicht vermutet hatte. Melika keuchte auf. Ebenso plötzlich, wie ihr Bauch hart geworden war, entspannte er sich wieder. *Wie die Gezeiten*, dachte Catharina fasziniert, *wie Ebbe und Flut*. Melika ließ nicht zu, dass sie ihre Hand fortnahm. Es dauerte einen Moment, dann spürte Catharina unter ihrer Bauchdecke nahe der Rippen den Tritt einer winzigen Ferse. Wenigstens lag das Kleine richtig herum. *Ich kämpfe für euch*, dachte sie, während Tränen in ihre Augen traten. *Für euch beide.*

»Dein Kind ist gesund und munter«, sagte sie laut und half Melika, sich aufzurichten und einen Schluck von ihrem Kräutersud zu trinken. Einige Minuten später schaffte sie es, ein paar Löffel gesüßte Grütze zu essen. Zuletzt stahl sich ein zögerndes Lächeln auf Melikas Gesicht, das alle Sorgen fortzuspülen schien. Für den Moment schien der Sturm, der in ihr tobte, ein wenig nachgelassen zu haben. Aziza nickte ihr erleichtert zu, half Melika aufzustehen, den Nachtstuhl aufzusuchen und sich zu waschen.

Catharina schloss die Schwangere noch einmal in die Arme und verließ dann den Raum. Draußen auf der hölzernen Galerie erfasste sie ein leichter Luftzug, der sie in ihrem verschwitzten Kleid schaudern ließ. Die Muslime achteten sehr auf die Sauberkeit des Körpers, gerade so wie ihr Vater Christoph, der mit eigenen Händen ein Badstüblein ins Apothekerhaus eingebaut hatte. Plötzlich freute sie sich unbändig auf die Schüssel mit parfümiertem Wasser, die die Dienerinnen immer wieder erneuerten. Sie hatte gerade ihr Zimmer betreten und sich aus dem Kleid geschält, als es an die Tür klopfte. »Einen Augenblick«, rief sie, streifte sich eine von Melikas roten Seidentuniken über und ging zur Tür. Draußen stand Aziza und rang die Hände. »Ich komme.« Catharina spritzte sich eilig eine Handvoll Wasser ins Gesicht und folgte ihr zurück zu Melikas Gemächern.

30

Als sie eintrat, seufzte die Schwangere unter einer weiteren Wehe und öffnete die Augen. Konzentriert atmete sie ein und aus, bis der Druck nachließ.

»Catharina.« Ein leises Lächeln stahl sich in ihre Augen. »Da bist du ja.« Sie blickte sie flehentlich an. *»Aiuta me, per favore!«*

Catharina half Melika vorsichtig auf die Bettkante, angelte nach ihren Pantöffelchen und zog sie dann sanft am Arm hoch. Gemeinsam steuerten sie durch den weitläufigen Raum auf den Nachtstuhl zu, der hinter einem Vorhang verborgen lag. Auf halber Strecke zuckte Melika unter einer weiteren Wehe zusammen, die sie keuchen ließ und zum Stehenbleiben zwang. Als der Schmerz nachließ, durchnässte sich ihr Nachtgewand mit einem Schwall Wasser, und auf dem Mosaikfußboden bildete sich eine Lache. Melikas schöne Augen weiteten sich. Entsetzt schlug sie die Hand vor den Mund. »Ich habe …«

»Du hast dich nicht nassgemacht.« Catharina legte ihr tröstend den Arm um die Schultern, während sich ihr Blick mit dem Azizas traf, die mit grimmigem Gesicht nickte. Das Fruchtwasser war abgegangen. Die Geburt würde sich nicht länger aufhalten lassen.

Sie blieb bei der Schwangeren, während Aziza die Hebamme rief. Keine halbe Stunde später kam sie in Begleitung zweier verschleierter Nachbarinnen und einer uralten muselmanischen Hebamme mit weißen Haaren und blassblauen Augen. Sie streiften ihre Schleier zurück und erfüllten den Raum mit eifrigem Geschnatter und hoffnungsvoller Zuversicht. Mitgebracht hatten sie den Gebärstuhl mit seinen Fußstützen und den Armlehnen, die von den klammernden Händen so vieler Frauen schon ganz abgegriffen waren. Melika schauderte bei seinem Anblick.

Zunächst wollten die Frauen Catharina fortschicken, weil sie selbst noch kein Kind geboren hatte. Aber Melika klammerte sich an ihre Hand und weinte verzweifelt, bis sie dann doch bleiben durfte. Die nächsten Stunden zogen sich quälend lang hin. Melika biss sich die Lippen blutig, veratmete die Wehen, so gut sie konnte, und hielt den Schmerzen tapfer stand. Catharina drückte währenddessen ihre Hand, kühlte ihr die Stirn mit einem feuchten Tuch und murmelte ihr tröstende Worte ins Ohr. Eine Zeitlang liefen sie Arm in Arm im Raum herum, Melika arbeitete tapfer mit, doch dann gingen ihre Kräfte zur Neige. Sie legte sich erschöpft auf ihre Lagerstatt und schrie und wimmerte vor Schmerzen. Catharina, die an ihrer Seite saß, spürte, wie ihr junges Leben wie Wasser im Sand verrann. Die Hebamme näherte sich, beugte sich über die Schwangere und tastete zwischen ihren Beinen nach dem Fortgang der Geburt, während Melika die Untersuchung keuchend über sich ergehen ließ. Danach richtete sich die Alte mit grimmigem Gesicht auf, schüttelte den Kopf und wies die anderen Frauen tuschelnd auf die Blutlache hin, in der die Gebärende lag.

Etwas lief hier grundlegend schief. Auch wenn Catharina

noch nie bei einer Geburt zugegen gewesen war, konnte es nicht in Ordnung sein, dass unaufhörlich Blut aus Melikas Scheide rann und die Lache, in der sie lag, sich von Minute zu Minute vergrößerte. Die Frauen halfen dem benommen wirkenden Mädchen aufzustehen, wuschen es und sorgten für frische Laken, während Catharina grübelnd an der Fensternische stand. Sie musste etwas tun. Aber was? Die Nacht verging, Melika war inzwischen so schwach, dass sie nicht einmal mehr stöhnen konnte. Sie atmete flach und fiel immer wieder in einen kurzen Schlaf.

Catharina zerbrach sich weiter den Kopf, und dann war die Antwort plötzlich da. *Keine Wehen*, dachte sie. Statt noch stärker zu werden, hatten die Krämpfe nachgelassen und die junge Frau am Rande der Bewusstlosigkeit zurückgelassen. Und sie begriff, dass, wenn niemand etwas unternahm, Mutter und Kind unmerklich über die Grenze gleiten würden, die Leben und Tod voneinander trennte. Sie strich Melika über die schweißnasse Stirn. »Ich lasse dich nicht sterben«, sagte sie dann laut. Der Satz war für den Engel des Todes bestimmt, der sich an der Bettstatt niederlassen wollte. Als Kampfansage. Jetzt wusste sie, was zu tun war.

Als sie aufstand, schwindelte ihr. Das Mittel würde diesen Zustand des Stillstands beenden. Aber wenn sie mit der Dosierung daneben lag, würde es so sicher den Tod bringen, wie der Herbst den Sommer ablöste. Sie, Catharina Appenteker, trug die Verantwortung für Melika und ihr ungeborenes Kind. Und dennoch, wenn sie es nicht versuchte, würden die beiden mit Sicherheit sterben.

Als sie auf den Arkadengang hinaustrat, graute der Morgen. Gierig atmete sie nach der stickigen Hitze des Geburtszimmers die frische kühle Luft ein, lief dann eiligen Schrittes zu Adrians

Zimmer und klopfte. Fast auf der Stelle ertönte das »Herein.« Sie öffnete und fuhr zurück, als sie Sans Nom und Adrian erkannte, die am Tisch saßen, eine Batterie leerer Weinflaschen zwischen sich. Khalid saß allein an einem Tisch am Fenster. Als Adrian sie sah, stand er schweigend auf und nahm sie in die Arme. Auf seinen Wangen lag ein hellbrauner Bartschatten, und seine Augen waren gerötet. »Bon jour, Rose«, sagte Sans Nom und rülpste leise. Auf dem Bett, sie traute ihren Augen kaum, schlief ihr Lehrjunge schnarchend seinen Rausch aus. Sie hatten ihn abgefüllt.

Sie stemmte schon ihre Hände in die Hüften, um sich lautstark zu beschweren. Doch als sie den Abgrund aus Schmerz und Verzweiflung in Khalids Augen sah, schluckte sie ihren Ärger herunter. Er, der als gläubiger Muslim keinen Alkohol trank, hatte seiner Angst die ganze Nacht über vor einem Glas Wasser die Stirn geboten.

»Wie steht es?«, fragte er mit heiserer Stimme.

»Nicht gut«, sagte sie zögernd. »Die Wehen haben aufgehört. Ich will versuchen, ein Medikament zu besorgen. Es ist … gefährlich.«

»Handle, wie du es für richtig hältst!« Khalid schaute sie aus trüben Augen an. »Wenn meine Tochter stirbt, habe ich alle verloren, die ich liebe.«

Unter der Last der Verantwortung wurde Catharina schwindlig. »Kommst du?«, fragte sie Adrian. Schweigend verließen sie den Raum.

Als sie auf die Piazza hinaustraten, stießen die Bediensteten in den Nachbarhäusern gerade die Fensterläden auf. Der Platz lag im hellen Morgenlicht, als würde nicht im Palazzo nebenan ein schwangeres Mädchen im Sterben liegen. Ein Fischer pries lautstark seine fangfrische Ware an, und eine Marktfrau keifte mit ihm, weil einige seiner glitschigen Sardinen in ihrem Korb mit Pfirsichen gelandet waren. Catharina wandte sich um. »Wir haben keine Zeit zu verlieren. Ich suche eine Apotheke. So schnell wie möglich.« Adrian nickte und ließ sich von der Händlerin mit den Pfirsichen wortreich den Weg weisen. Catharina folgte ihm durch die engen Gassen der Stadt in einen finsteren, vermüllten Hinterhof, in dem es durchdringend nach Latrine roch. »Bist du dir sicher?« Sie rümpfte die Nase.

»Den Erklärungen der Frau nach wohnt Messer Girolamo hier. Die Apotheke ist noch nicht geöffnet.« Adrian hob einen Türklopfer mit Löwenkopf und pochte an die Hintertür. Einmal, zweimal. Es dauerte. Catharina trat ungeduldig von einem Fuß auf den anderen, bis sie im Hausflur ein leises Schlurfen hörte.

»Pronto?« Ein alter Mann öffnete und blickte sie misstrauisch aus wässrig blauen Augen über dicken Tränensäcken an. Sie hatten ihn wohl aus dem Bett geholt. Sein langes Hemd war durchlöchert, seine nackten Füße voller Schwielen, und aus dem Mund roch er nach faulen Zähnen und Magengrimmen. Alles in allem erinnerte er sie an eine verschlafene, schlecht gelaunte Kröte.

»Frag ihn nach Mutterkorn!«, sagte Catharina leise.

»Aber das ist ein tödliches Gift.« Adrian schaute sie an, als hätte sie den Verstand verloren. Mit Recht. Immer wieder löste das schwarze Korn, das die Körner des Roggens befiel, in den Städten Epidemien von Antoniusfeuer aus, bei dem die Menschen in Raserei verfielen und unter Schmerzen starben, nachdem ihnen die Gliedmaßen verfault und schließlich abgefallen waren.

»Glaubst du, das weiß ich nicht?« Catharina war so gereizt, dass sie hätte schreien können. *»Secale cornutum«*, wiederholte sie dann und fixierte den Apotheker, der seine Nachtmütze abzog und sich an der Glatze kratzte.

»E multo pericoloso.« Er musterte sie von ihrer verschwitzten roten Tunika bis zu den Füßen, die in Melikas Seidenpantoffeln steckten, und runzelte die Stirn. Wahrscheinlich hielt er sie für eine Engelmacherin. Dennoch winkte er ihnen, ihm zu folgen. Sie durchquerten einen langen Hausflur und standen plötzlich in der Apotheke, in der es nach Staub und den getrockneten Kräutersträußen roch, die von der Decke hingen. Der Alte stieß die Tür zur Straße auf und ließ Licht in den Raum. Catharina schaute sich um und atmete tief durch. Auf den Regalen standen die vertrauten Arzneimittel, darunter lagerten Säcke mit roter Krappwurzel und Ocker. Augenscheinlich verkaufte dieser Messer Girolamo Farbstoffe wie sie selbst. Ob er ehrlich war? Hoffentlich versuchte er nicht, ihnen getrockneten Mäusekot anzudrehen, mit dem das Mutterkorn eine gewisse Ähnlichkeit aufwies. Ächzend stieg der alte Mann auf einen Schemel und angelte nach einem Gefäß auf dem obersten Regalbrett. Als er glücklich wieder unten war, zog er den Korken ab und zählte Catharina einige schwarze, längliche Körner in die Hand. Bevor sie gingen, lieh sie sich noch einen Mörser aus und erwarb Frauenmantel, Blutwurz und Hirtentäschel, die blutstillend und heilend im Wochenbett wirkten.

Adrian zahlte, und sie eilten zurück zum Haus Khalids. Im Geburtszimmer war alles unverändert. Aziza saß am Bettrand und weinte still vor sich hin. Melika lag schwach und blass auf dem Bett, ihre Atemzüge waren kaum zu spüren, und rund um den Mund hatten sich graue Schatten eingenistet. Catharina spürte die Körner in ihrer Hand wie Feuer brennen. Als Erstes riss sie das Fenster auf. Frische Morgenluft drang in den Raum und vertrieb den kupferigen Geruch nach Blut. Dann stellte sie den Mörser auf dem Tisch ab und ließ das Mutterkorn auf die Tischplatte gleiten. Die Hebamme trat hinter sie, keuchte auf, als sie erkannte, womit Catharina hantierte, und schlug entsetzt die Hände über dem Kopf zusammen.

Catharina zögerte; sie wusste nicht, wie viele Körner sie nehmen musste. Die Dosierung hatte ihr weder ihre Großmutter Margarete noch die heilige Hildegard verraten. Mutterkorn gehörte nicht zu den Arzneien, die sie in ihrer Apotheke offiziell verkaufen durfte. Dennoch befand es sich seit den Zeiten ihrer Vorfahrin Renata in ihrem Sortiment, so wie andere Gifte, bei denen es auf die Dosierung ankam. Jedes Kräuterweib wusste, dass man eine unerwünschte Leibesfrucht damit abtreiben konnte. Ihre Großmutter Margarete hatte es, ohne mit der Wimper zu zucken, verkauft, weil sie dazu beitragen wollte, dass möglichst wenig ledige Mütter ihr Leben oder das ihrer Neugeborenen im Neckar freiwillig beendeten und damit ihre ewige Seligkeit preisgaben. Richtig eingesetzt konnte das Gift bei der Geburt die Wehen anregen. Doch wenn man zu viel davon nahm, starben Mutter und Kind unter Qualen. Das hier war der allerletzte Ausweg. Catharina zögerte, als sie die Körner abzählte, und hörte dem wilden Klopfen ihres Herzens zu. Schließlich zerstieß sie einige davon zu feinem Pulver und löste es in einem Glas mit verdünntem Wein auf.

»Meli.« Beklommen näherte sie sich der Schwangeren, die sich leise stöhnend bewegte. »Melika! Du musst aufwachen.«

Das Mädchen murmelte unwillig vor sich hin, schlug schließlich die Augen auf und blinzelte sie an.

»Trink!« Catharina hielt das Gebräu an ihre Lippen, das den Tod oder das Leben bringen würde. Gehorsam schluckte Melika und legte sich dann erschöpft zurück. Es dauerte keine halbe Stunde, bis die Geburt voranging. Die Wehen setzten mit Macht wieder ein, kamen jetzt in schnelleren Abständen. Melika hatte keine Zeit mehr wegzudämmern und schrie vor Schmerzen. Doch als es ans Pressen ging, nahm sie ihre letzten Kräfte zusammen und gebar ihren Sohn in einem Strom von Blut. Das Neugeborene war winzig klein und bläulich angelaufen, das Gesicht unter dem überraschend dichten schwarzen Haarschopf völlig starr und reglos.

Es war alles umsonst gewesen. Wehmütig dachte Catharina an die kleine Ferse, die sie vor einigen Stunden getreten hatte, und begann, die Kräuter zusammenzusuchen, aus denen sie einen Umschlag gegen Melikas Nachblutungen machen wollte. Die Hebamme nahm das leblose Bündel auf den Arm und ging mit ihm zum offenen Fenster. Catharina sah, wie sie ihm sanfte Worte in die Ohren flüsterte, sich dann setzte, es in ihren Schoß legte und wiegte. Melika glitt in einen leichten Schlaf hinüber, und Catharina ging in die Küche, wo sie zunächst einen Sud vorbereitete. Dabei liefen ihr unaufhörlich die Tränen über das Gesicht, Tränen der Müdigkeit und der Enttäuschung, die sie entschlossen zur Seite wischte, denn zumindest Melika lebte ja noch. Es brauchte eine Weile, bis das Wasser über der Feuerstelle kochte, der Sud gezogen hatte und Catharina sich wieder beruhigt hatte. Sie füllte die würzig duftende Flüssigkeit in eine Schale, ging zurück und drückte die Klinke.

Überrascht hielt sie im Türrahmen inne. Ihr Fuß stockte, und ein Schwall des heißen Getränks schwappte ihr schmerzhaft über die Hände. Die Frauen hatten sich lachend und schwatzend rund um Melika versammelt, die jetzt wach war und strahlend ihr frisch gewickeltes Kind im Arm hielt. Der kleine Junge hatte seine dunkelblauen Augen geöffnet und suchte mit seinem knospenförmigen Mund nach Melikas Brustwarze. Er war zwar winzig, atmete aber selbständig und wurde von Moment zu Moment rosiger. »Ein Wunder. Gott sei Dank«, murmelte Catharina, stellte den Sud auf dem Tisch ab und wischte sich die rot verbrannte Hand an ihrem Kleid ab. Welch ein Glück! Welch eine Gnade! Stolz zeigte ihr die Hebamme den Strohhalm, mit dem sie die Atemwege des Kindes gereinigt hatte. Catharina ließ sich erleichtert und todmüde auf den Bettrand fallen und strich Melikas kleinem Sohn über den dichten Haarschopf.

»Du wirst Milchbildungstee brauchen, Meli«, sagte sie zufrieden.

Am Nachmittag desselben Tages gab der überglückliche Khalid seinem Enkel den Namen Davoud.

31

Enrico setzte den Meißel an und begann vorsichtig, den Zement aus den Fugen des zugemauerten Durchgangs zu klopfen. Staub rieselte auf den Lehmfußboden. Antonia hielt die Öllampe, die ihren flackernden Schein auf seine Hände warf und die Schatten an den Wänden tanzen ließ.

»Attenzione!«, sagte er. Vorsicht, hieß das, aber dafür hatte sie es viel zu eilig.

»Mach weiter!«, drängte sie, als seine Hand stockte. Hier, hinter dieser viel zu sauber geweißelten Wand, musste Christophs Geheimnis liegen. Mira stand hinter ihr, hatte die Arme unter ihrem ausladenden Busen verschränkt und schwieg.

Der erste Stein löste sich aus der Türrahmung, fiel in Enricos Hand und wurde auf den Boden gelegt. Dann ging alles ganz schnell.

Antonia sprang mit einem leisen Aufschrei zur Seite, als

ihnen ein Stein nach dem anderen entgegenkam. Das Mauerwerk inmitten des Durchgangs bröckelte unter Enricos Händen heraus, als sei es genau dafür gemacht worden.

»Und ich kann die Sauerei wegmachen, wenn Ihr hier das Haus zusammenfallen lasst«, brummte Mira gallig.

Die Staubwolke legte sich, und sie standen vor der Treppe zum alten Tiefkeller, aus dem ihnen ein Schwall muffige Luft, die entfernt nach vergorenem Wein roch, entgegenschwappte. Antonia raffte ihre Röcke und stieg eilig Stufe um Stufe hinab. Ihr Herz pochte in ihrer Brust, während sie darauf achtete, nicht den Halt zu verlieren. Hinter sich hörte sie Miras unwilliges Gezeter, das sie nicht weiter beachtete.

Unten gingen mehrere Kellerflure ab, zunächst der in den Weinkeller, den die Apothekerfamilie schon lange nicht mehr genutzt hatte. Antonia wusste, dass die Tiefkeller in der Webergasse miteinander verbunden waren. Nebenan lagerten die reichen Weinhändler und Patrizierfamilien ihre Weinvorräte. Entschlossen hielt sie die Öllampe hoch und leuchtete den finsteren feuchten Kellergang aus. Die Tür, die am Ende lag, war nicht zugemauert. Sie durchquerte den Gang, entfernte den Riegel eigenhändig, zog sie auf und trat ein.

Enrico entzündete die Kerzen, die reichlich in jeder Ecke standen und ein funkelnagelneues alchemistisches Labor beleuchteten. Sie schaute sich um, und das Licht der Öllampe fing sich in den glänzenden Rundungen eines sauberen Alembics aus Glas. Sie berührte ihn mit der Hand. Die Verbindungsröhrchen und bauchigen Auswuchtungen fühlten sich neu an und waren glatter als ein Katzenkopf. Das also hatte er ihr vorgezogen. Sie spürte einen Stich rabenschwarzer Eifersucht und schaute sich um. Mira stand mit verschränkten Armen in der Tür und weigerte sich einzutreten. Antonias Augen glitten über einen sauberen Tisch mit Mörser und Stößel, darauf standen die Töpfe aufgestapelt, die er Aludel genannt hatte. Aus Ton geformt, konnte in ihnen die Sublimation durch die Hitze des Feuers vonstatten gehen. Sie identifizierte die Kupelle, in der man durch die Verwendung von Blei unedle von edlen Stoffen trennen konnte, allerdings nicht Silber von Gold scheiden. In der Ecke gab es sogar einen alchemistischen Ofen und eine teure Serpentine. Diese Ausstattung musste ein Vermögen gekostet haben. *Kein Wunder, dass du pleite warst, Christoph, und dir das Angebot, mit dem Ultramarin so richtig viel Geld zu verdienen, so gelegen gekommen ist.* Entschlossen drängte sie die Entrüstung zurück, dass er ihr nichts von seinem Vorhaben erzählt hatte. Aber warum hatte er sein neues Labor im Tiefkeller versteckt und zugemauert? Seine Tätigkeit als Alchemist war stadtbekannt. Was hatte er gesucht? Sie ging mit dem unruhig flackernden Lämpchen in der Hand umher, beleuchtete die Geräte und blieb an den Tabellen und Reihen hängen, die er auf einigen Pergamentseiten aufgezeichnet hatte. Nichts davon leuchtete ihr auf Anhieb ein. Sie zweifelte nicht daran, dass Weckmanns gieriger Versuch, über die Tochter an das Haus zu kommen, mit dem Labor zusammenhing. Aber sie hatte zu geringe Kenntnisse, um das Rätsel zu lösen.

»Mira?«

Die Arme vor der Brust verschränkt, stand die Köchin noch immer in der geöffneten Eingangstür. »Ja, Herrin?«

»Hast du hiervon gewusst?«

Mira zögerte und schnaubte, als sie ausatmete.

»Also ja«, riet Antonia aufs Geratewohl.

Mira holte tief Luft. »Der Herr hat mir befohlen, den Raum nicht zu erwähnen.«

Antonia nickte.

»Weißt du, wozu das Labor gedient hat?«

Miras Augen weiteten sich. »Das Teufelszeug? Es ist schon schlimm genug, dass der Christoph Appenteker sich mit dieser Alche …«

»… mie«, vollendete Antonia.

»Ja gut … beschäftigt und sein Seelenheil verspielt hat. Aber wozu, das wusst ich nicht und hab auch nicht danach gefragt.«

»Und Catharina?«

Mira schnaubte erneut. »Er hat den Keller nach dem Tod seiner Mutter umgebaut, als das andere Labor explodiert war. Da war die Catharina gerade mit dem Jacob in Stuttgart, um bei seinem Partner auszuhelfen. Sie weiß von nichts, ich schwör's.« Mira bekreuzigte sich.

Nun gut, von dieser Seite würde Antonia nichts mehr erfahren. *»Andiamo!«*, sagte sie zu Enrico, ließ die beiden vorgehen, trat in den Kellerflur hinaus und drückte die Tür ins Schloss. Auf der Treppe kniff der Söldner die Magd genüsslich in den Po, woraufhin sie kicherte. Antonia verdrehte die Augen, ließ es den beiden Turteltauben aber durchgehen, denn sie brauchte ihr Wohlwollen.

Während sie mit Mira zum Anwesen am Rossmarkt zurückkehrte, verbrachte Enrico den ganzen Nachmittag damit, den Zugang zuzumauern und die Wand mit einer dünnen Rußschicht unkenntlich zu machen. Antonia ließ sich von Mira eine leichte Mahlzeit servieren, ging zum Fenster und biss in einen Apfel. Über dem Garten hing Herbstnebel wie ein weißes Tuch, aus dem der Eisenhut dunkelblau hervorleuchtete. Einige Fingerspitzen der getrockneten Pflanze in Weckmanns Bratensoße, und das Problem wäre gelöst. Aber das reichte ihr nicht mehr. Sie wollte wissen, was Christoph vor ihr verheimlicht hatte und warum Weckmann hinter dem

Geheimnis her war wie der Teufel hinter der armen Seele. Und dafür musste sie ihm auf die Schliche kommen. Sie wusste auch schon wie.

32

Verstohlen schlich sich Jacob aus dem Haus des Muselmanen. Sie hatten ihm bei Strafe verboten, allein in der Stadt herumzustreifen, aber wann hatte er sich je an solche Anweisungen gehalten? Und warum sollte er auch, wo er hier doch weniger beachtet wurde als eine Stubenfliege. Er betete Catharina an. Doch sie hatte ihn völlig vergessen, seit Melika ihr Kind bekommen hatte, um das sich seither alles drehte. Seine Lehrherrin wich kaum von ihrer Seite und war von dem kleinen Davoud völlig fasziniert. Und wenn sie nicht bei der jungen Mutter war, die sich überraschend schnell erholte, dann verbrachte sie Zeit mit Adrian und spazierte mit ihm im Garten herum. Sans Nom schaute wie immer zu tief ins Glas und verschwand stundenweise in den finsteren Gassen der Serenissima. Wem also war Jacob verpflichtet? Um sich aus dem schwer bewachten Haus zu stehlen, brauchte er nur ein bisschen Glück.

Von einem Arkadenbogen im Innenhof aus beobachtete er den Mohren, der das Tor bewachte. Auch ein tapferer Krieger mit Krummschwert hatte mal ein Bedürfnis und verließ dann kurz seinen Posten. Jacob hatte gelernt zu warten. Heute stand er sich beinahe die Beine in den Bauch, bis es soweit war. Der Mann verschwand im Haus, und Jacob schlich sich heran, öffnete das Tor einen Spalt weit, schob sich hindurch und stand schneller auf der kleinen Piazza, als der Wachmann *»Insch' Allah«* sagen konnte.

Und dann durchstreifte er die Straßen von Venedig auf der Suche nach Peer, dem Gehilfen Weckmanns. Es war verrückt, was er hier tat, und gefährlich dazu, aber dennoch war da ein innerer Zwang, dem er folgen musste. Auch heute ging er in Richtung Markusplatz, ließ sich in den Trubel der Stadt hineinziehen und hielt Ausschau nach einem brandroten Haarschopf. Dabei fuhr er von Zeit zu Zeit über die Schneide von Sans Noms Messer und fühlte sich stark dabei. Es wurde immer voller in den Gassen. Ein besoffener Haufen Gerbergesellen rempelte ihn an, die nach Wein und Beize stanken und ihn fast in den Kanal gestoßen hätten. Gutgekleidete Reisende auf dem Weg zu den Handelsniederlassungen der Stadt kreuzten seinen Weg, ebenso wie die Bettler, die ihm ihre eiternden Armstümpfe entgegenstreckten. Fast stolperte er über einen, der beinlos auf einem Karren fuhr, sich mit zwei Stöcken vorwärtsbewegte und ihm einen üblen Fluch hinterherschickte. Jacob hörte niederländische, französische, italienische und deutsche Laute, ein Kauderwelsch, in dem man vor lauter Fremdheit versinken konnte.

Als er auf den Markusplatz hinaustrat, überwältigte ihn wie immer dessen Weite. Nie hätte er gedacht, dass es so etwas Schönes geben könnte. Und dann diese Kirche! Er trat vor die Fassade des Doms, bewunderte deren Vielfalt und den Reichtum der Gestaltung und ging hinein. Im Innenraum fühlte er sich wie im Himmel. Die Kuppeln, für deren Anblick er den Kopf in den Nacken legen musste, waren voller Goldmosaike. So viel Licht konnte nur den Engeln gehören. Jacob lauschte den Messgesängen an den Altären und sog den Duft des Weihrauchs ein, von dem ihm immer ein bisschen übel wurde. Die Geräusche der vielen Besucher und die Stimmen der Geistlichen hallten unwirklich von den Wänden wider. Und dann sah er ihn, erkannte ihn an der Farbe seines Haares, die sich in seine Seele eingebrannt hatte. Zusammen mit einem Fremden stand Peer an der Wand unter der Kuppel mit dem Mosaik der Auferstehung. Niemals war der zum Beten da! Angst kroch Jacob den Rücken hinauf, und dennoch wusste er, dass er die Gelegenheit, Peer auszukundschaften, nicht verstreichen lassen durfte. Schritt für Schritt näherte er sich und hoffte, dass der Mann sich nicht umdrehen würde. Die ganze Kirche war von einem hellen Schein erleuchtet, der von den Gestellen ausging, auf denen unzählige Bittkerzen flackerten. Er stellte sich vor einen Seitenaltar. Peer und sein Helfershelfer waren jetzt ganz nahe. Zur Tarnung griff er nach einer Kerze, die glatt und hellgelb in seiner Hand lag und süß nach Bienenwachs duftete. Er zündete sie an einem brennenden Docht an und steckte sie in den Sand zwischen ihre Schwestern. Und dann ebbte plötzlich das Raunen ab, das die Kirche erfüllte, und er konnte verstehen, was Peer mit dem Fremden besprach.

»Wir kommen mit einer Botschaft des Vaters. Du tötest den Flamen, wenn der Franzose ihn mal aus den Augen lässt. Und ich greif mir seine Hure.« Peers schneidende Stimme war lauter, als sie sein durfte. Wahrscheinlich dachte er, dass sein Deutsch hier ohnehin nicht verstanden wurde. *Wie du dich irrst, Peer*, dachte Jacob.

In diesem Moment trat ein Mönch in einer schwarzen Kutte auf ihn zu und sprach ihn in schnellem Italienisch an, deutete auf die Kerze und dann auf ihn, um das ausstehende Geld einzutreiben. *Oh Mist*, dachte Jacob. »Ich hab nichts«, gab er zu und kehrte das Innere seines Beutels demonstrativ nach außen. Das hätte er nicht tun dürfen. Völlig unvermittelt griff der Mönch zu, packte ihn am Kragen und schüttelte ihn wie eine nasse Katze. *»Malandrino!«*, geiferte er.

In diesem Moment drehte sich Peer um und starrte Jacob geradewegs in die Augen. »Jacob?«, fragte er heiser. Für ihn war er noch immer tot, ertrunken im Ulmer Stadtfluss. Vielleicht hielt er ihn ja für einen Geist, der aus dem Reich der Toten zurückgekehrt war, um ihn zu plagen. *Wie gerne wäre ich das.* Für den Bruchteil eines Moments genoss Jacob den Triumph, Peer einen Schrecken eingejagt zu haben. Dann nahm er seine ganze Kraft zusammen, riss sich los aus der Gewalt des Mönchs, der Zeter und Mordio schrie, und rannte in langen Schritten davon, raus aus dem Dom und über den Platz hinweg, wo er eine Schar grauer Tauben aufschreckte, die sich flügelschlagend in die Lüfte erhob. Der Platz war voller Menschen. Er umrundete sie, schubste und drängte sie beiseite. Dann lag der große Kanal blaugrün vor ihm und blendete ihn durch das gleißende Licht, das auf seinen Wellen lag. Wohin sollte er sich wenden?

Einen Moment lang blieb er stehen, schaute sich um und erkannte Peer, der sich rücksichtslos hinter ihm seinen Weg bahnte. Nach einer Schrecksekunde hatte er sich auf den Weg gemacht und folgte ihm mit der Beharrlichkeit eines Mannes, der wusste, was für ihn auf dem Spiel stand. Jacob lief weiter, geradewegs am Kanal entlang, während Peer Schritt für Schritt aufholte und näherkam. Er schlug einen Haken und bog in die nächste Gasse ein, in der ihn schlagartig Stille und Dämmerung umfingen. Er lief weiter, Gasse um Gasse, bis ihm die Mauern und Fassaden bekannt vorkamen. Hier lag das Haus der Witwe Grimaldi, die ihnen während der ersten Woche in Venedig Unterschlupf gewährt hatte.

Hinter sich hörte er ein Keuchen und erschrak zu Tode. *Peer!* Er rannte, bis er zur einzigen Tür kam, die er kannte, sie aufstieß und hineinschlüpfte. Blitzschnell schob er sie hinter sich ins Schloss und legte den Riegel vor. Peer polterte zornig dagegen, während er dahinterstand und sich völlig außer Atem auf seinen Oberschenkeln abstützte. Dann wurde alles still. Sicher versuchte sein Verfolger, über einen anderen Eingang ins Haus zu gelangen. *»Vieni qui!«*, sagte eine leise Stimme. *»Rapido!«* Er fuhr herum und sah Chiara, die ältere Tochter der Witwe, in der Türöffnung zur Kammer ihrer Mutter stehen. Helles Licht stand wie ein Heiligenschein um ihr hellbraunes lockiges Haar. Jacob hatte keine Wahl, sondern folgte ihr ins Innere des Hauses und dann raus in den Garten mit dem Brunnen und dem Baum. Das Mädchen schaute ihn aus Augen an, die wie dunkler Honig leuchteten, und deutete auf die Mauer. *»Grazie«*, sagte er leise.

Er raffte seine letzten Kräfte zusammen, hievte sich auf die Mauerkrone und sprang dann in die Gasse hinab. »Hab ich dich!«, hörte er ganz nahe, spürte schon Peers Spinnenfinger an seinem Knöchel, als dieser plötzlich aufschrie. Das Mädchen hockte rittlings auf der Mauerkrone und leerte einen Eimer mit Fischabfällen über ihn, die sich schlabbrig und stinkend in die Gasse ergossen. Sie war also noch zu anderen Dingen fähig als dazu, sich die Haare zu bleichen.

Geistesgegenwärtig sprang Jacob beiseite und schaffte es so, dem Regen aus Fischschwänzen und -eingeweiden einigermaßen zu entgehen. Hinter sich hörte er Peer fluchen, während er sich aus dem stinkenden Brei befreite. Und dann rannte Jacob weiter von Gasse zu Gasse und spürte, wie seine Beine langsam schwer wie Blei wurden. Keuchend bog er in eine weitere finstere Straße ein, die seitlich von einem Kanal begrenzt wurde. Darüber wölbte sich ein zierlicher Brückenbogen. Ihm blieb nur ein Ausweg, vor dem ihm schon schauderte, wenn er nur daran dachte. Am vorderen Pfeiler ließ er sich hinab ins Wasser, das eisig kalt war und so stark nach Fäulnis roch, dass es ihm den Atem verschlug. Mit einem Schlag war er durchnässt und watete durch Algen und Schlamm, bis er über sich den schützenden Bogen sah. Und dann hörte er Peer leise atmen und seine Witterung aufnehmen.

Auch in Ulm hatte er im Fluss gelegen, hilflos und gebunden wie ein Masthähnchen. *Hier nicht*, sagte er sich grimmig und bekämpfte die aufsteigende Panik. Er war nicht mehr der Junge, der er zu Anfang des Sommers gewesen war. Jeden Morgen maß er sich mit Adrian oder Sans Nom im Schwertkampf, wuchs dabei, und seine Muskeln stählten sich. Aber jetzt musste er nichts als verschwinden. Und so tat er das Unvermeidliche. Er holte tief Luft, tauchte unter, ging in die Knie und sackte ein paar Meter tiefer, bis seine Füße auf den Grund trafen. Als er seine Augen öffnete, war das Wasser dunkelgrün und undurchsichtig. *Diesmal bestimmst nicht du die Regeln, Peer.* Er rührte sich nicht vom Fleck und gab so wenig Luft wie möglich frei. Blase für Blase. Langsam löste sich die trübe Brühe in Schatten und Schemen auf. Wenn er nach oben schaute, drang Licht in die obere Wasserschicht und brachte sie wie Grünglas zum Leuchten. Schlingpflanzen tanzten ihren langsamen Reigen rund um ihn. Er blieb unter Wasser, so lange er konnte, bis ihm der Kopf dröhnte und seine Sinne in Schwindel versanken. Dann musste er auftauchen. Ein Stoß mit den Füßen, und er trieb nach oben. So ein Kanal war verdammt nochmal nicht tief. Er durchbrach die Wasserfläche und schnappte gierig nach Luft, die seine Lungen füllte und unglaublich kostbar schmeckte. In seinen Rücken drückte hart und kalt der Ansatz des Brückenbogens. Als er sich mühsam an Land zog, schlotterte er vor Kälte. Die Gasse lag still und schattig im Dämmerlicht des Spätnachmittags.

33

»Ihr seid eine sehr schöne Frau, Antonia Truhlieb.« Weckmann goss ihr einen weiteren Zinnbecher voll bestem Esslinger Neckarwein ein. Für ihn war es der dritte, für Antonia der zweite. *Ich muss vorsichtig sein*, dachte sie. Ihre Absicht, den Apotheker auszuhorchen, konnte sie nur in die Tat umsetzen, wenn sie halbwegs nüchtern blieb. Und so nippte sie nur an dem süßen Weißburgunder, den Weckmann dem Ratsherren und Weinhändler Marchthaler abgekauft hatte. Sie saßen in seiner guten Stube am polierten Tisch aus Eichenholz. Alles machte einen gediegenen Eindruck, von der Holzvertäfelung der Wände bis zum Teppich aus dem Orient, in dem ihre Füße schier versanken. Die zahnlose Alte hatte Wein und Zimtschnecken aufgetragen und sie dann alleingelassen. Sein Gehilfe, dieser rothaarige, unsympathische Kerl, war zum Glück nicht da. Antonia nippte ein weiteres Mal und schaute ihn dann unter ihren langen Wimpern an. »Das meine ich ernst«, sagte er erneut und prostete ihr zu.

»Ich weiß.« Sie schenkte ihm ein verführerisches Katzenlächeln. Dieses Spiel verstand sie zu spielen.

Antonia trug die goldfarbene Robe, mit der sie im letzten Herbst versucht hatte, Christoph zu bezirzen. Das sündhafte teure Kleid, das unter der Brust gegürtet war, ließ viel von ihrem Dekolleté sehen. Als sie Weckmann eine Zimtschnecke auf den Teller legte, achtete sie darauf, sich weit vorzubeugen. Und tatsächlich, er ließ seine Augen einen Moment zu lang darauf ruhen, fast als überlege er, ihr das Kleid von den Schultern zu streifen.

»Ist er nicht ein sehr kluger Mann, Euer … Schwager?«

Sie hätte schwören können, dass ihm das Wort »Buhle« auf der Zunge gelegen hatte. Antonia schnappte nach Luft. »Natürlich ist Christoph sehr klug. Er hat an der Universität zu Köln ein Medizinstudium begonnen und sich dann doch entschlossen, das Handwerk seines Vaters zu erlernen.«

»Und diese Klugheit liegt in der Familie«, sagte Weckmann. »Nicht, dass meine junge Frau klug sein müsste. Ich brauche dringend Hilfe bei der Hauswirtschaft. Ihr habt die tattrige Alte ja gesehen. Catharina wird den Haushalt bestellen und ein wenig Konfekt herstellen, wenn sie sich endlich in meine – Obhut – begeben hat. Aber vielleicht darf sie hin und wieder ein bisschen klug sein, wenn ich es erlaube.«

Er lehnte sich zufrieden zurück und faltete seine Hände über dem ausladenden Bauch. *Eher friert die Hölle zu, als dass ich zulasse, dass sie dir in die Hände fällt*, dachte Antonia und schluckte ihren Zorn hinunter. Sie musste herausfinden, warum Weckmann das Haus und das Mädchen besitzen wollte. Der einzige Hinweis war das alchemistische Labor, das sie in Christophs Tiefkeller entdeckt hatte. Weckmann leerte den Becher bis zum Grund, rülpste leise und sprach weiter. »Appenteker hat mir verraten, dass er all seine Geheimnisse mit seiner Tochter teilt.«

»Tatsächlich«, sagte Antonia langsam und stellte ihren Becher auf dem Tisch ab. »Ich dachte, Ihr wolltet keine kluge Frau.«

»Ein Mädchen, das die Werke der heiligen Hildegard fast auswendig kennt. Vielleicht ist sie seine rechte Hand gewesen in seiner eigentlichen Wissenschaft.«

»Was meint Ihr damit?«

Seine blaugrauen Augen begannen zu glitzern. »Wenn Ihr auch nicht viel wisst, Gevatterin Truhlieb, so dürfte Euch doch nicht entgangen sein, dass Euer Schwager sich der Alchemie verschrieben hat.«

Sie zog entrüstet die Luft ein. Für wie dumm hielt der Kerl sie eigentlich? »Nicht mehr. Das Labor hat er selbst in die Luft gesprengt.«

Weckmann lachte schallend und klopfte sich auf die stämmigen Schenkel. »Habt Ihr wirklich geglaubt, dass der Mann seine Leidenschaft aufgegeben hat?«

Antonia schloss einen Moment lang die Augen. Sie hatte also recht gehabt. Seine Gier nach dem Haus hing mit der Alchemie zusammen. Was hatte Christoph nur gesucht? Und wofür riskierte Weckmann seine Existenz? Sie öffnete gerade den Mund, um ihn vorsichtig weiter auszufragen, als die alte Bedienstete eintrat.

»Der Henker isch da«, zischte sie zahnlos. »Mit seim Menschenschmalz und seinen Alraunen.«

Antonia keuchte erschrocken auf.

»Entschuldigt mich!« Weckmann stand auf, lächelte ihr zu und folgte der Alten in den Verkaufsraum der Apotheke. Es war nicht verboten, mit den Arzneien zu handeln, die der Henker nach den Hinrichtungen aus den Körperteilen der Gehenkten herstellte. Das Blut der Geköpften galt als Glücksbringer, und das Sperma der Gehenkten ließ zaubermächtige Alraunenwurzeln auf dem Galgenberg wachsen. Antonia schnaubte verächtlich. Wahrscheinlich hatte Hänschen nur eine Zaunrübe ausgegraben, denn echte Alraunen waren selten. Antonia selbst würde keine Alraunenwurzel in ein Puppenbettchen legen und darauf warten, dass sie ihr einen reichen Geldsegen bescherte. Stattdessen wusste sie, wie man die Pflanze zu einem wirksamen und sehr gefährlichen Rauschmittel verarbeitete. Trotzdem – mit dieser Drecksmedizin hatte

Christoph nie etwas zu tun gehabt, oder er hatte es gut vor ihr verborgen.

Plötzlich fiel ihr ein, was der Lehrjunge Jacob ihr erzählt hatte. Was wäre, wenn sie sich mit eigenen Augen davon überzeugte?

Entschlossen nahm sie die Kerze, stand auf und schob sich in den dunklen Gang hinein, wo ein Luftzug die Flamme flackern ließ. Was jetzt? Hinter der Tür zum Ladengeschäft hörte sie die Stimmen Weckmanns und des Henkers. Eine weitere Tür führte in die Küche. Blieb noch die ganz hinten in der Ecke. Sie zog sie auf und stand blinzelnd im dämmrigen Warenlager. Der Schein der Kerze glitt über ein Gewölbe, das von eichenen Fachwerkträgern gehalten wurde.

In den Regalen herrschte wildes Durcheinander. Eine Kakerlake flitzte davon, als das Licht auf sie fiel. Sie sah Mäusedreck an der Latwerge und rümpfte die Nase. Kräutertöpfe waren umgefallen und hatten ihren muffigen Inhalt auf den Brettern und dem Boden verteilt. Es stank, als hätte hier jemand neben den verdorbenen Arzneien ein Stück rohes Fleisch liegengelassen. Aber wo in diesem unglaublichen Durcheinander versteckten sich die Hinweise, dass es hier nicht mit rechten Dingen zuging? Ratlos lief sie an den Regalen entlang, die an der Wand aufgebaut waren.

Da, auf dem letzten, lag ein Stapel Bücher. Sie führte die Kerzenflamme nahe heran und las die Aufschrift des obersten. »*Tabula Smaragdina*«, die grundlegende Schrift der Alchemisten, die der alte König Hermes Trismegistos verfasst hatte. Antonia wusste nicht viel von der Alchemie, aber von diesem Grundlagenwerk hatte sie schon gehört. Als sie danach greifen wollte, fiel ihr die Kerze aus der Hand und verlöschte auf dem Steinboden. Stockfinster war es, und Antonia hörte das Blut in ihren Ohren rauschen. Nicht ins Bockshorn jagen lassen! Sie griff nach der Kerze, drehte sich, stieß an eines der Regale, und dann geschah es. Es löste sich aus seiner Verankerung, schwang herum und traf sie an der Seite, so dass sie auf dem Boden landete.

Sie unterdrückte einen Fluch und wunderte sich. Die Wand hatte sich geöffnet. *Ein Verlies*, dachte sie, und dass sie eigentlich keine Zeit und noch weniger Mut hatte, es sich anzuschauen. Aber dann konnte sie doch nicht widerstehen. Entschlossen stand sie auf, raffte den Rock ihrer Seidenrobe und betrat die geheime Kammer, in der es so stark nach Verwesung roch, dass sie sich den Zipfel ihres Schultertuchs vor den Mund halten musste. Auch hier standen Holzregale mit Gläsern an den Wänden, doch statt harmloser Heilkräuter schwamm Undenkbares darin herum. Der Junge hatte von einem menschlichen Ungeborenen gesprochen, auf das er im Warenlager gestoßen war. Antonia erkannte drei, eines hatte zwei Köpfe und schaute sie aus vier toten Augen an. Ihr Magen rebellierte, und sie schluckte bittere Magensäure, die entfernt nach dem süßen Weißburgunder schmeckte, den sie eben getrunken hatte. Sie bekreuzigte sich und sprach ein Gebet für das ungeborene Leben. In den Gläsern daneben waren Tierföten ausgestellt, die sie nicht identifizieren konnte.

Damit habe ich dich, Weckmann, dachte sie. Die Inquisition wird sich dafür interessieren. Die Dominikaner, die hier in Esslingen eines der zentralen Klöster der süddeutschen Ordensprovinz führten. Wie gut, dass ihr Prior Jeremias Trautwein ein Freund ihres Vaters gewesen war.

Und dann drehte sie sich um und erstarrte. An der rückwärtigen Wand stand eine Bahre, auf der eine abgedeckte Leiche lag. Endlich war klar, wo der Geruch herrührte. Weit fort wünschte sie sich, aber das ging nicht. Stattdessen kämpfte sie gegen den Brechreiz an, der sie zu überwältigen drohte, und trat heran. Über dem Totenbett lag das kleine Fenster zum Hinterhof, das den Raum mit seinem spärlichen Licht erfüllte. Der menschliche Körper war klein und schmal. Ein weißes Leinentuch bedeckte ihn vom Scheitel bis zu den Knöcheln. Darunter ragten ein paar schwielige Kinderfüße hervor, die nie in einem Paar Schuhe gesteckt hatten. Antonia wusste, dass es in der Stadt Esslingen Arme gab, deren Kinder viel zu früh starben. Und plötzlich spürte sie neben Ekel und Entsetzen ein tiefes Mitgefühl, das ihr das Herz schmerzen ließ. Wer war so bitterarm, dass er sein totes Kind an einen Apotheker verkaufen musste, der es für eine Leichenöffnung missbrauchte? Tränen stiegen in ihr auf. Sie konnte das Tuch nicht anheben.

Stattdessen drehte sie sich um und floh, ließ das grausige Verlies und das Warenlager hinter sich, hastete an einer Tür vorbei, hinter der sie noch immer die Stimmen von Weckmann und Hänschen Nothelf hörte, und öffnete die Haustür. Im nächsten Moment stand sie auf der belebten Straße am Kauf- und Steuerhaus, die zum Kornmarkt hinaufführte. Beherrschung, dachte sie, atmete tief durch und strich ihr Kleid glatt. Hocherhobenen Hauptes überquerte sie den Markt und ging an der Kirche entlang nach Hause. Es war ein schöner Herbstabend, der die Rebstöcke am Schenkenberg grüngolden aufleuchten ließ. Erst, als sie schwer atmend die Tür ihres Hauses am Rossmarkt hinter sich ins Schloss warf, wurde ihr bewusst, dass sie das Regal nicht wieder an seinen Platz zurückgeschoben hatte.

34

Adrian saß mit Sans Nom in einer verrauchten Venezianer Spelunke und hörte den Gästen beim Singen zu. Umso betrunkener die Fuhrleute und Fischer waren, desto schlimmer klang es, wenn sie mehrstimmig loslegten. Zu dritt standen sie an der Wand und schmetterten ihre Lieder voller Herzschmerz in die Welt. Die Fistelstimme des Jüngsten gellte in Adrians Ohren.

»Wovon singen die?« Sans Nom verstand nicht alles.

»Davon, wie sie die Toten auf der Friedhofsinsel vergraben«, erklärte Adrian und wehrte das Schankmädchen ab, das sich immer wieder auf seinen Schoß setzen wollte.

»Tatsächlich.« Sans Nom leerte seinen Becher bis zum Grund und schaute ihn aus blutunterlaufenen Augen an. »Du hast einen Schlag bei den Mädchen.«

»Und Ihr solltet nicht so viel trinken.«

»Da hältst du dich am besten raus.«

»Das werde ich nicht.«

Schließlich waren sie hier, um die Drahtzieher des Überfalls zu finden, dem Catharina und Adrian fast zum Opfer gefallen waren. Doch die Spur hin zu Peer und seinem flämischen Kumpanen war erkaltet, oder es hatte sie nie gegeben, weil diese so schlau gewesen waren, nicht damit hausieren zu gehen. »Lass das!«, sagte er zu der Schankdirne, die sich erneut auf seinen Schoß setzte und seine Hand in ihren üppig gefüllten Ausschnitt legte. Sie schmollte, als er sie auf ihre Füße stellte und von sich schob.

»Lass die Kleine doch.« Sans Nom sprach Französisch und haute der Kellnerin kräftig auf den Po. »Bis unsere kühle Rose dich erhört, fließt noch viel Wasser durch die Lagune. Du wartest schon viel zu lange.«

Er zog das schwarzhaarige Mädchen an sich und drückte ihm ungestüm einen Kuss auf den rotgeschminkten Mund.

»Sie ist eine Hure. Und Ihr solltet Euch den Mund abputzen.« Adrian steckte der Kleinen ein Geldstück in den Ausschnitt. »Schieb ab!«, flüsterte er ihr zu.

»Das mit der Hure hätte mir nichts ausgemacht«, sagte Sans Nom und rülpste.

Der Schankraum war vom Rauch der Feuerstelle erfüllt, über der der Wirt einen Spieß voller Hühner drehte. Daneben rührte die üppige Wirtin in einem Kessel mit Lammeintopf. Es war ein großer Gasthof am Canale Grande mit Gästen aus aller Herren Ländern. Reich und Arm saß an den Tischen und tat sich am Wein von den Südhängen der Alpen gütlich. Die Vermögenden tranken den guten Tropfen, die Ärmeren die zweite Pressung, die wenig besser als Essig schmeckte. Es ging hoch her. An einigen Tischen wurde gewürfelt, an anderen gesungen. Nur eine Gruppe Nürnberger Kaufleute saß am Tisch und feilschte finster über den Preis für die Begleitung eines Handelszugs. Derweil trugen die Schankmädchen Humpen mit Wein auf und boten ungeniert ihre Hurendienste an. Sans Nom trank einen großen Schluck aus seinem Becher, stellte ihn krachend auf die Tischplatte und gab ein zotiges französisches Lied zum Besten, das Adrian erröten ließ. Als einige Gäste sich erhoben, um mitzuklatschen und grölend in den Refrain einzufallen, stand er genervt auf und ging von Tisch zu Tisch.

Bei den Würfelspielern, die »Glückshaus« spielten, blieb er hängen und beobachtete, wem Fortuna hold war. Es waren raue Männer, Seeleute, die hier ihre Heuer verzockten. Einer von ihnen, ein Schwarzbärtiger mit einem Ohrring und einer Klappe über dem rechten Auge, lachte und bot ihm an, sich dazuzugesellen. »Kannst mitmachen, *ragazzo*«, schlug er vor, doch Adrian winkte lachend ab.

»Ich schaue nur zu«, sagte er, setzte sich neben den Seemann, der Schultern wie ein Bär hatte, und ließ seine Augen über den Tisch wandern. Darauf lag das Holzbrett mit den gemalten Feldern des Spiels. Ihm gegenüber saß ein bleicher Nordländer, der den welschen Seemann eiskalt abzockte. Er war noch jung, hatte picklige Wangen und strähnige schwarze Haare. Doch beim Würfeln zeigte er Geschick, ließ die Würfel flink über den Tisch rollen und beobachtete seinen Gegner aus tückisch glitzernden grünen Augen.

Der Nordmann schüttelte den Becher, knallte ihn auf den Tisch und hob ihn langsam an. Die Würfel zeigten zwei Einsen. Zufrieden klaubte er die angesammelten Münzen vom Brett und steckte sie in seinen Beutel. »Noch jemand?« Er rieb sich die Hände und schaute sich herausfordernd um.

»Wir sind noch lange nicht fertig.« Der Schwarzbärtige schlug mit seiner riesigen Faust auf den Tisch. »Du hast jetzt schon zum dritten Mal gewonnen. Deine Würfel sind gezinkt.« Der Nordmann wurde bis über beide Ohren rot und schrie zurück. »Meine Würfel sind vollkommen in Ordnung.«

Sein Gegner stand auf und stützte seine muskelbepackten Arme auf den Tisch. »Das musst du erst beweisen.«

»Ich könnte sie untersuchen«, schlug Adrian vor. »Ich bin unabhängig.«

»Also gut.« Während der Koloss sich auf seinen Hocker fallen ließ, schnipste der Nordmann die Würfel achselzuckend über den Tisch. Adrian hob einen auf und spürte verwundert das Gewicht und die Kühle, die von ihm ausging. Er drehte den Würfel und zählte die Punkte. Es gab keine zwei gleichen Seiten, und richtig austariert schien er auch zu sein. »In Ordnung«, sagte er dann, untersuchte den Zweiten und betrachtete dabei das Material genauer, aus dem er gemacht war. Verwundert stellte er fest, dass das Würfelpaar aus einem undurchsichtigen, blauen Stein bestand, in dem glänzende Einsprengsel aus Katzengold zu erkennen waren. Sein Herz begann zu klopfen. »Die sind kostbar. Wie kannst du dir Würfel aus blauem Lapis leisten?«

Der Junge schaute wachsam und kaute so lange an seiner Antwort herum, bis der Schwarzbart »Nun sag schon!« schrie.

»Ein Geschenk meines Dienstherrn. Der könnte die ganze Küste mit Lapislazuli überziehen.«

Wie betäubt stand Adrian auf und durchquerte den Raum. Blauer Lapis, Azurstein aus Outremer, den jemand über das Land regnen ließ. Er hatte nicht herausgebracht, wer für den Überfall am Kanal verantwortlich war, aber vielleicht gab es eine Spur hin zu der verschwundenen Schiffsladung und zu Catharinas Vater.

An ihrem Tisch grölte Sans Nom gerade ein weiteres Trinklied. Adrian legte ihm die Hand auf die Schulter. *»Les pierres bleus. Il y a une trace.«*

Sans Nom schaute ihn aus rotgeränderten Augen an. *»Vraiment?«* Er trank einen großen Schluck, stellte den Becher ab und folgte Adrian quer durch den Raum.

Rund um den Tisch mit den beiden Würfelspielern hatte sich inzwischen jede Menge Volk versammelt, das sehen wollte, wie der Schwarzbart weiter verlor. Für Adrian versank alles in einem blauen Wirbel. Er nahm nichts anderes mehr wahr als die polierten Würfel aus blauem Stein, in denen sich düster das Licht fing, wenn sie über den Tisch rollten. Vielleicht sollte er sie als Anzahlung auf sein Eigentum einstecken. Aber dafür wusste er noch zu wenig über den Mann, der mit den Steinen die Küste überzog.

Spät in der Nacht lösten sich die Runden auf, und die Zecher torkelten auf die Straße. Langsam lichtete sich auch die Gruppe rund um den Tisch der Würfelspieler. Der Schwarzbart, der seine gesamte Heuer verspielt hatte, stand auf und schwankte.

»Du hast deine Seele verpfändet«, brummte er.

»Nichts für ungut.« Der Nordmann raffte seinen Gewinn zusammen, holte sich seine Würfel zurück und warf seinem Spielpartner zum Ausgleich eine Münze zu. Dann torkelte er auf die Gasse hinaus. Adrian und Sans Nom folgten ihm unauffällig.

Wolken standen über der Stadt, ein frischer Wind wehte vom Meer her und blies Adrians Kopf frei. Während der Junge vor ihnen im Zickzack lief und fast in den Kanal fiel, war Sans Nom auf einen Schlag stocknüchtern geworden. *Wie ein Raubtier, das Witterung aufnimmt*, dachte Adrian schaudernd und folgte dem Riesen. Die Straße führte sie an den Fassaden der Palazzi am Canale Grande entlang. Der Junge taumelte von einer Seite zur anderen und stieß mal mit diesem, mal mit jenem Passanten zusammen. Der Anzahl der Nachtschwärmer nach zu urteilen kannte diese Gegend von Venedig keinen Schlaf. Eng umschlungen kam ihnen ein Liebespaar entgegen, eine in grüne Seide gekleidete Kurtisane und ein Kaufmann, der der Frau ungeniert auf den Leib rückte. Gruppen von Zechern strebten nach Hause, darunter sogar einige nicht ganz nüchterne Benediktinermönche, die einen Choral zum Besten gaben. Fast hätten sie den Nordmann in dem ganzen Durcheinander aus den Augen verloren, aber dann sahen sie, wie er in eine finstere Gasse bog. Adrian wollte schon losstürmen, doch Sans Noms Hand legte sich auf seinen Arm. »Warte!«

Der Junge torkelte durch die Gasse und bog in den Zwischenraum zwischen zwei Häusern ein, wo er sich bückte und gegen eine Mauer kotzte. »Jetzt«, sagte Sans Nom leise. Blitzschnell näherte er sich, zog den Jungen unsanft hoch und drückte ihn mit dem Rücken an die Hauswand. Dieser keuchte entsetzt auf und schaute sich gehetzt um wie ein in die Falle gegangenes Tier. »Was wollt Ihr?«, brachte er heraus. »Meinen Gewinn?«

Er stank so stark nach dem erbrochenen Wein, dass sich Adrians Magen umdrehte.

»Wer hat so viele blaue Steine, dass er sie über die Küste regnen lässt?«, fragte Sans Nom sanft und drückte ihn noch ein bisschen fester gegen die Mauer. »Blauer Regen? Der die rote Erde tränkt?«

Der Junge lachte erstickt. »Von wem ich die Würfel habe? Das wollt Ihr wohl gerne wissen? Aber nicht von mir. Ich bin nämlich nicht lebensmüde.« Er versuchte einen Tritt gegen Sans Noms Schienbein, dem der Söldner mit einem lockeren Schritt zur Seite auswich. Schneid hatte der Junge, das musste man ihm lassen. Aber dem Riesen war er nicht gewachsen. Ohne Anstrengung zog Sans Nom ihn ein Stück an der Wand hoch. »Mein Rücken bricht«, schrie er. »Lasst mich runter.«

Mit einem Ruck setzte der Söldner ihn auf die Erde, wo er blitzschnell auf die Füße kam und davonrennen wollte. Sans Nom lachte nur und stellte ihm ein Bein, über das er sich lang auf den Bauch in den Gassendreck legte.

»Der da zappelt wie ein Aal im Netz, Flame«, sagte Sans Nom triumphierend und zog den Jungen auf die Füße. »Rede, und ich verzichte darauf, dir die Knochen zu brechen.«

Dem Nordmann schwante, dass er es trotz seiner Schlauheit und Geschicklichkeit nicht schaffen würde, Sans Nom zu entkommen. Gehetzt schaute er sich nach einem Fluchtweg um, der nicht da war. Zum ersten Mal sah Adrian Angst in seinen Augen. »Ich kann Euch nichts sagen.«

»Tatsächlich.« Sans Nom zog sein Messer und ritzte den waidblauen Kittel und die Haut seines Gegenübers an, nur ein bisschen, bis sich auf seiner Brust ein Tropfen Blut zeigte. Der Junge wurde grau im Gesicht und würgte.

»Kotz mir bloß nicht auf mein Hemd!«, warnte Sans Nom.

»Er wird mich töten«, murmelte der Junge.

»Sicher wird er das, aber ich bin unter Umständen schneller. Wie heißt dein Capitano?« Sans Nom führte das Messer langsam über die Brust des Jungen in Richtung seiner Kehle. In diesem Moment löste sich die Maske in Luft auf, mit der er es geschafft hatte, den Schwarzbart abzuzocken. Unter seiner rotzigen Frechheit war er nichts als ein Junge mit strähnigem Haarschopf und pickligen Wangen, der sich zu weit vorgewagt hatte.

Sans Nom drückte die Spitze des Messers fester in seine Haut. »Ich kann dich ausbluten lassen wie ein Schwein.« Die Augen des Jungen senkten sich auf das Rinnsal von Blut, das sein Hemd durchtränkte. Dann hob er die Augen und schaute Sans Nom wild an. »Baron del Ponte«, stieß er hervor, schlüpfte aus Sans Noms Griff wie eine Schlange und stürzte davon. Doch er hatte die Rechnung ohne den Wirt gemacht. Mit einem Satz erreichte ihn der Söldner erneut, packte ihn, riss ihn an seine Brust und setzte das Messer waagerecht an seiner Kehle an. Blutstropfen quollen aus der hellen Haut, als hätte der Junge ein Granathalsband angelegt.

»Nein!«, schrie Adrian. Sans Nom schaute ihn an, als hätte

er den Verstand verloren, und ließ den Arm des Jungen los, der sich hastig davonmachte und um die nächste Ecke verschwand.

»Man lässt einen Informanten nicht abhauen.« Sans Nom wirbelte herum. Das rote Haar stand um seinen Kopf wie ein Flammenkranz, seine Augen glitzerten. »Dass du den Knackarsch laufen gelassen hast, wirst du noch bereuen.«

35

Und das ist wirklich von Avicenna?« Fasziniert betrachtete Catharina das kostbare Buch, das Khalid vor sie auf den Tisch gelegt hatte. Auf ihrem Arm schlief der kleine Davoud und schnarchte leise. »Das kann ich nicht annehmen.«

Khalid nickte. »Ich bestehe darauf. Das ist der Qanun at-Tibb vom größten Arzt, den die Welt je gesehen hat. Wir nennen ihn Ibn Sina. Sein Buch über die Heilkunst. Ein Teil davon befasst sich mit der Herstellung von Arzneien. Es ist eine lateinische Übersetzung.«

Sie streckte ihren Zeigefinger aus und berührte den Ledereinband, der eine Aufschrift in arabischer Sprache trug. »Es ist unglaublich kostbar«, sagte sie ehrfurchtsvoll.

»Auf dieser Seite des Meeres gibt es nicht mehr als zwanzig Stück davon«, erklärte Khalid. »Die meisten sind im Besitz der Universitäten.«

»Ich danke Euch.« Catharina legte den Kleinen an ihre Schulter, der sich in seinem Windelpaket zu regen begonnen hatte. Seit ein paar Tagen wachte er sowohl tagsüber als auch nachts einmal pro Stunde auf, um zu trinken. Wahrscheinlich, um nachzuholen, was er versäumt hatte, als er zu früh auf die

Welt gekommen war. Melika war übermüdet eingeschlafen, und so hatte Catharina ihn kurzerhand mitgenommen.

»Das Leben meiner Tochter und meines Enkels sind noch viel wertvoller«, sagte Khalid leise.

Catharina schluckte. Die Sache mit dem Mutterkorn hätte auch anders ausgehen können. »Dass sie leben, war sicher der Wille Gottes«, sagte sie. »Ich kann Lateinisch lesen und Adrian auch. Er wollte einmal Arzt werden.« Bei dem Buch hatte sie sofort an ihn gedacht, so wie sie eigentlich alles an ihn denken ließ.

»Dein Herz ist bei ihm.«

Sie nickte zögernd. Vor einer Woche war Adrian mit Sans Nom aufgebrochen, um diesen Baron del Ponte zur Rede zu stellen, dem man nachsagte, er würde die Küste Norditaliens mit Lapislazuli überschwemmen. Vielleicht wusste er ja, wo sich ihr Vater und Said aufhielten. Niemand hatte seinen Namen je gehört, nur Khalid hatte Bedenken geäußert und vermutet, dass es auch in der Serenissima Kräfte geben könnte, die einem muslimischen Händler seinen Reichtum missgönnten. Doch Adrian hatte sich nicht abhalten lassen. Catharina war in Venedig geblieben, weil Melika sie noch brauchte. Außerdem hatten sie ihr zu verstehen gegeben, wie gefährlich ihr Vorhaben sei und dass sie sie lieber in Sicherheit wüssten.

Khalid schaute sie nachdenklich an. »Christoforo war so wissbegierig wie du. Er hat nicht locker gelassen, bis er Griechisch und Arabisch lesen konnte.«

»Ich weiß.«

»Er ist ein Grenzgänger«, sagte Khalid nachdenklich. »Und zu klug, um Vorurteile gegen Andersgläubige zu haben.«

Sie legte den kleinen Davoud wieder in ihre Armbeuge und strich ihm über den Kopf. Eine Woche nach seiner Geburt hatte ihm sein Großvater, wie es bei den Muslimen Brauch war, den dunklen Haarschopf geschoren. Jetzt wuchsen die Haare wie die Flaumfedern eines Kükens wieder nach.

»Er hat alles gelesen, was ihm in die Finger gekommen ist. Religiöse Schriften. Am liebsten aber den alten Aristoteles und Platon. Er wollte immer wieder Neues wissen.«

Ihr Vater lernte noch schneller als sie. Er brauchte die Seite eines Buches nur einmal durchzulesen, und schon konnte er sie auswendig. Doch während sich Catharina mit der Lektüre ihrer medizinischen und arzneikundlichen Fachbücher zufriedengab, hatte er immer weiter gesucht. Was sich nur wenige zu denken trauten, stand ihm als klare Wahrheit vor Augen. Das Herz des Wissens über Alchemie, Philosophie und Medizin befand sich nicht diesseits des Meeres, sondern auf der anderen Seite, im Osten. Man fand es nur, wenn man bereit war, die Grenzen der Religion zu überschreiten. Christoph hatte den Orient nicht aus Abenteuerlust, sondern aus Wissensdurst bereist.

»Er folgt dem Horizont«, sagte Catharina leise.

»Und wenn er das Ende der Welt erreicht hat, geht er darüber hinaus«, fügte Khalid hinzu.

»Ich frage mich nur, was er dort sucht?«, fragte sie.

»Ein jeder Mensch sucht seinen Gral«, sagte der Muselmane. »Um vom christlichen Standpunkt aus zu sprechen. Und manche überschreiten dafür alle Grenzen. Unsereins reicht eine Fahrt nach Mekka.«

»Vielleicht ist er nichts anderes als ein Betrüger«, sagte Catharina kleinlaut. Wenn das so war, hatte er sie zuerst an Weckmann verschachert und sich dann mit Adrians Geld aus dem Staub gemacht, über die Seidenstraße bis nach China. Aber was war dann aus Said geworden?

»Christoforo spielt kein falsches Spiel«, widersprach ihr Khalid. »Du bedeutest ihm viel.«

Der kleine Davoud stieß auf und durchnässte mit einem großen Schwall Muttermilch ihr Kleid. Catharina rümpfte die Nase. Khalid streckte die Arme aus und lachte. »Der beste Geruch der Welt. Gib ihn mir ruhig, wenn du dich säubern willst. Ich bringe ihn später zu seiner Mutter.« Als er seinen Enkel entgegennahm, leuchteten seine dunklen Augen vor Freude, und die Sorgenfalten auf seiner Stirn glätteten sich. »Du weißt nicht, was du mir geschenkt hast. Meine Familie wird zahlreich sein wie die Sterne am Himmel.«

Einen Moment später stand Catharina auf dem Gang und hielt das kostbare Buch in den Händen. Zum ersten Mal seit Wochen hatte sie Zeit. Was sollte sie damit anfangen? Am besten lesen, bis sich das Licht im Garten verlor. Und genau das tat sie dann auch.

Als sich die blaue Dämmerung über die Fontäne und den Orangenbaum im Zentrum des Innenhofs senkte, verschwammen die klugen Sätze des alten Avicenna vor ihren Augen, und ihre Beine schmerzten vom langen Sitzen auf dem Kissen. Die Luft war lau und der Himmel klar. Der Herbst, der oft kalt und trübe über dem nördlichen Esslingen lag, zeigte sich in Venedig von seiner sanften Seite.

Auf leisen Sohlen kam Melika in den Hof, setzte sich zu Catharina und lächelte ihr zu. Der kleine Davoud lag in ihrer Armbeuge und blickte hellwach mit seinen dunkelblauen Augen in die Welt. »Du siehst gut aus«, sagte Catharina. Melika hatte sich schnell erholt und mit ihrer Lebensfreude auch ihre Heiterkeit zurückgewonnen.

»Ich fühle mich auch so.« Sie setzte sich auf ein Kissen und legte den Kleinen, dem langsam die Augen zufielen, in ihren

Schoß. Mit einem Klatschen ihrer Hände befahl sie der Dienerin, ihnen Getränke und Erfrischungen zu bringen. Als der gekühlte süße Pfefferminztee, der Schwarztee aus China und das klebrige Gebäck auf dem kleinen Tisch vor ihnen standen, übernahm es Catharina, ihrer Freundin einzugießen.

»Du musst viel trinken«, riet sie ihr. »Nur nicht von diesem anregenden Gebräu aus dem Osten. Sonst lässt dich Davoud noch weniger schlafen. Der kriegt nämlich alles ab.«

Melika lachte und schaute auf ihren kleinen Sohn, der leise schnarchte. Sie zwinkerte, grinste und fiel dann ins Italienische, das sie sehr viel besser beherrschte als Catharinas Muttersprache. Verwundert hatte diese festgestellt, dass sie, wenn Melika langsam redete, durch ihre Lateinkenntnisse einige Brocken Italienisch verstand. Jeden Tag lernte sie dazu und schaffte es mittlerweile schon, einfache Sätze zu formulieren. Es war, als hätte ihre Freundin einen Felsblock fortgeräumt, der zwischen ihr und der Sprache gestanden hatte. Melika nahm ihre Rolle als Lehrerin voller Stolz wahr und gab sich besonders viel Mühe, ihre Sache gut zu machen.

»Er trinkt mich vollständig leer und hält mich Tag und Nacht wach. Aber ich bin trotzdem glücklich«, sagte sie langsam auf Italienisch. »Das Glück hat mich für einen Moment gestreift«, sagte sie dann und legte Catharina die Hand auf den Arm. »Wie der Flügelschlag eines Vogels.« Catharina schüttelte ihre Sorgen ab und freute sich mit ihr. *Said.* Sie wusste, dass Melikas Herz trotz allen Mutterglücks noch traurig war. *Wir bringen ihn dir wieder*, dachte sie.

36

Die Straßen waren dunkel vom Regen, doch über dem kleinen Platz vor Khalids Haus stand ein kühler blauer Himmel, der wie reingewaschen wirkte. Catharina raffte ihren Rock, packte ihren Einkaufskorb fester und atmete tief durch. Es war gut, in Khalids Haus in Sicherheit zu sein, doch manchmal ließen ihr die Mauern nicht die Luft, die sie zum Atmen brauchte. Vor allem jetzt, wo Adrian weg war.

»Das solltest du nicht tun.«

Vor Schreck ließ sie den Korb in den Gassendreck fallen. »Jacob!« Sie hatte ihn kaum gesehen, weil er in den letzten Tagen seine eigenen Wege gegangen war. Er stand still und starr an der gegenüberliegenden Ecke und beobachtete den Eingang.

»Was ist denn, verflixt nochmal?« Verärgert hob sie den Korb auf und putzte ihn an ihrem Rock ab.

»Allein durch Venedig laufen natürlich.«

Er trat einen Schritt auf sie zu und half ihr ungeschickt mit dem Korb.

»Das musst du gerade sagen.«

Seit Sans Nom und Adrian weg waren und ihn nicht mehr zu ihren morgendlichen Waffenübungen einluden, hatte sie ihn kaum noch gesehen.

»Du kannst mich ja begleiten, wenn du möchtest und dabei vielleicht sogar noch etwas lernen. Ich gehe zu Messer Girolamo, dem Apotheker.«

Achselzuckend setzte er sich neben ihr in Marsch und sprach dann weiter. »Eigentlich solltest du wissen, dass Peer noch immer hinter dir her ist.«

Vom Meer her wehte ein kühler Wind. Sie raffte ihr Schultertuch fester. »Ich gehe heute das erste Mal seit drei Tagen vor die Tür und nur zwei Gassen weit. Du aber streifst den ganzen Tag herum wie ein räudiger Kater.« Früher hätte das ein Grinsen auf sein Gesicht gezaubert, jetzt aber ließ sich der Hauch von Bitterkeit, der rund um seinen Mund lag, nicht vertreiben.

»Was meinst du, was er mit dir macht, wenn er dich sieht?«, fragte sie. »Bist du ihm etwa wieder begegnet?« Sie spürte, wie er sich vor ihr verschloss.

»Ich halte Wache vor der Tür oder auf dem Markt. Wenn er kommt, will ich vorbereitet sein und ihn stellen.«

Sie gingen an einem Metzgerstand vorbei, an dem ausgeweidete Hammelhälften von Fleischerhaken baumelten. Das Fleisch roch durchdringend, und die ersten Schwärme blauschwarzer Fliegen ließen sich trotz der frühen Stunde darauf nieder. »Du passt immer noch auf mich auf? Aber dafür ist Mehmet zuständig.«

»Innerhalb des Hauses, ja.« Er schlenderte mit seinen langen Beinen neben ihr her. »Ich will Peer aber außerhalb erwischen.«

Er nahm sich einen Apfel von einem Stand, der einem zahnlosen alten Weib gehörte, und warf ihr eine Münze zu. Verstohlen musterte Catharina ihn von der Seite. Jacob hatte sich verändert. Er war gewachsen und breiter in den Schultern geworden. Wenn sie ihn richtig einschätzte, überragte er sie inzwischen. Und seine Stimme, die im letzten Jahr zwischen den Tonlagen hin und her gewechselt hatte, blieb jetzt meistens tief. Seine blonden Haare lagen lang auf seinen Schultern. »Du wirst erwachsen«, sagte sie verwundert.

»Dass du das auch mal merkst. Ich hatte irgendwann im September meinen vierzehnten Geburtstag.«

»Gratuliere!«

»Danke.« Jacob blieb seltsam einsilbig, als müsste er in die Worte und den Tonfall der Erwachsenen erst hineinwachsen. Catharina ertappte sich dabei, sich den übereifrigen Jungen zurückzuwünschen, der er noch vor kurzem gewesen war.

Schnell hatten sie das Haus des Apothekers erreicht. Seit sie das Mutterkorn bei ihm gekauft hatte, war sie noch zweimal hier gewesen, um milchbildende und stärkende Kräuter für Melika zu besorgen. Jetzt hatte der kleine Davoud zwei Nächte hintereinander geweint und die Beinchen angezogen. Melika war müde und brauchte eine Arznei, die seine Blähungen linderte.

Sie betraten die Apotheke durch die Eingangstür. Der Alte stand hinter dem Ladentisch und erinnerte sie mit seinen weit auseinanderstehenden Augen mehr denn je an eine schlaue Kröte. Wie immer trug er seinen maurischen Hausmantel aus Seide und Pantoffeln.

»Buon Giorno, Messer Girolamo.«

»Was wünscht Ihr, Herrin?«, fragte er voller Hochachtung in geschliffenem Latein. Schon längst sah er sie nicht mehr als Engelmacherin, sondern als Kollegin mit großer Fachkenntnis.

»Ich brauche einen Stilltee, der gegen« – was, zum Kuckuck, hieß Blähungen auf Lateinisch? – »Winde hilft.«

Der alte Mann zeigte sein zahnloses Lächeln und begann die Zutaten zusammenzusuchen. Anis, Fenchel, Bockshornklee und Kümmel. Die Samen schüttete er in einen Mörser und zerkleinerte sie vorsichtig. »Und wie geht es der jungen Mutter?«

»Sehr gut«, antwortete sie. »Nur lässt der Kleine sie nicht schlafen.«

»Die Jungen schlafen nicht, weil sie die Liebe wachhält. Die Mutterliebe oder die Liebe zwischen Mann und Frau. Bei unsereins ist es der Gedanke an den Tod. Ich könnte Melisse darunter mischen. Das macht den Sud schmackhafter und beruhigt.«

»Gerne.« Sie schaute sich im Laden um, in dem außer ihnen keine weitere Kundschaft wartete. »Was ist das?«, fragte sie und deutete auf einige bräunliche Brocken, die wie Baumharz aussahen. »Weihrauch«, sagte der Alte beiläufig. »Man nimmt ihn zum Räuchern. Aber nur die wenigsten wissen, dass man ihn auch gegen Entzündungen einsetzen kann. Er hilft sogar, wenn sich die Gelenke verkrümmen.«

Sie schaute sich um und betrachtete die Säcke mit Pfeffer, Kampfer und Rhabarber, die nach der Ferne dufteten. Der Apotheker hatte das feinste Gewürz- und Farbstoffsortiment, das sie kannte. Ja, er besaß sogar einen kleinen Topf mit hochgereinigtem Ultramarin, den er wie seinen Augapfel hütete. Jacob steckte seinen angefeuchteten Zeigefinger derweil in einen Sack mit Rohrzucker und probierte. »Wenn du denkst, ich hätte das nicht gesehen, irrst du dich«, sagte der Alte auf Italienisch und schaute ihn böse an.

Catharina spürte, wie sie an Jacobs Stelle rot wurde, und ärgerte sich prompt über sich selbst. »Oh, das ist mein Lehrling, *mio … Apprendista.*«

»Scusate.« Jacob sah aus wie mit zinnoberroter Tinte übergossen, und Catharina musste ein Grinsen unterdrücken. Ganz so erwachsen war er wohl doch noch nicht.

»Ladro«, knurrte der Alte. »Nun, auch ich habe mich mit Zuckerzeug vollgestopft, als ich so jung war wie du.«

»Ich habe gestern von Khalid ein Buch geschenkt bekommen«, sagte Catharina. »Den Qanun at-Tibb von Avicenna in lateinischer Übersetzung. Wenn Ihr wollt, bringe ich ihn Euch morgen vorbei.«

Girolamo ließ sich seine Überraschung nicht anmerken. »Khalid, der alte Fuchs, weiß, wie man Mäuse fängt.«

Er verpackte die Kräuter sorgfältig in ein Leinensäckchen, verstaute die Münze, die Catharina ihm gegeben hatte, in einem Kasten unter dem Ladentisch und schloss die Tür zur Gasse ab. »Kommt!«, sagte er dann. »Du meinetwegen auch«, fügte er an Jacob gewandt brummig hinzu. »Es schickt sich auch in meinem Alter nicht, wenn ich mit einer Frau alleine bin. Und noch dazu mit einer so jungen, hübschen.«

Dann ging er ihnen voran in seine Wohnung. Sie war genauso düster, schmutzig und eng wie sein Ladengeschäft. In der Küche roch es nach verdorbenem Bohneneintopf, der auf dem Tisch vor sich hingärte. Der Alte führte sie in ein weiteres Zimmer, in dem es außer einem riesigen Himmelbett mit dunkelgrünen, verstaubten Vorhängen fast nur Bücher gab. Sie stapelten sich auf dem großen Eichentisch, lagerten auf der Truhe und schichteten sich auf dem Boden zu wackligen Türmen auf. Sogar der Kamin quoll über von ledernen Prachtbänden. Der Boden vor dem Schrank war ebenfalls belegt. Der einzige Mantel, an den der Alte problemlos herankam, hing über dem Stuhl.

»Kreuzsakrament«, flüsterte Jacob. »Gut, dass ich das nicht alles lesen muss.«

»Schmeiß bloß nichts um!«, warnte ihn Catharina.

»Was sagt Ihr?«, fragte Girolamo.

Sie breitete die Arme aus, als wollte sie das ganze Zimmer umfassen. »*Incredibile.* Schade, dass ich das nicht alles lesen darf!« Ihr scharfer Blick galt Jacob.

»Hier lagert ein kleiner Teil des Wissens der ganzen Welt.« Girolamo begann, die Bücher umsichtig von der Truhe wegzuräumen. Dann klappte er den Deckel hoch und ließ sie herantreten. Das Möbel war randvoll mit uralten Prachtbänden und Schriftrollen, die nach Staub, Schimmel und Pergament rochen. Er zog das oberste Buch heraus und öffnete es. »Aristoteles. In arabischer Übersetzung. Das Buch stammt vielleicht aus der Bibliothek von Alexandria. Hier lagere ich meine Kostbarkeiten, die ich wie meine Augäpfel hüte.«

Ehrfürchtig berührte Catharina das brüchige Pergament. »Ich habe gedacht, der Qanun at-Tibb sei das kostbarste Buch gewesen, das ich je zu sehen kriege.«

»Für eine Heilerin ist er ein sehr kostbares Buch«, sagte Girolamo. »Und für mich ist er das auch. Ich habe mich schon lange gefragt, ob Khalid außer seiner arabischen Ausgabe nicht eine Übersetzung hat. Aber hier lagern meine wahren Schätze. Platon und Aristoteles, die den Lauf der Welt erklären.«

Catharina beugte die Knie, holte ein Buch nach dem anderen heraus und betrachtete jedes einzelne ehrfürchtig.

»Ich kannte nur einen Menschen, der sich so über Bücher freute wie Ihr«, sagte der Alte nachdenklich. »Ich habe ihn vor über zehn Jahren das letzte Mal gesehen. Er kam aus Eurem rauen Land nördlich der Alpen und teilte unsere Profession.« Sie legte das Buch, das sie hielt, beiseite, weil ihre Hände zitterten.

»Wie lautete sein Name?«

»Ich weiß es nicht mehr genau«, gab der Alte zu. »Manchmal lässt mich mein Gedächtnis im Stich. Er war dunkelhaarig. Ein hübscher Bursche. Ein Getriebener.«

»Hieß er vielleicht Christoph?«

Die Hand des Alten fuhr an seine Stirn. »Das kann sein«, sagte er dann zögernd. »Ihr seid ihm ähnlich. Auch wenn sein Haar dunkler war.«

Sie legte das Buch vorsichtig wieder in die Truhe. »Christoforo ist mein Vater.«

Der Alte nickte, als würde ihn das nicht überraschen. »Ich hätte es mir denken können. Er war ein Freund des Arabers, so wie Ihr.«

»Er ist verschwunden«, sagte sie leise.

Der alte Mann räumte die Bettkante frei und ließ sich schwer darauf fallen. Sein Gesicht war plötzlich grau vor Müdigkeit. Catharina dachte, dass sie ihm gerne einen schwachen Auszug vom Fingerhut verordnen würde, um sein Herz zu stärken.

»Ich glaube nicht, dass er verschwunden ist. Er ist auf der Suche, so wie er es immer war.«

Sie richtete sich auf. »Aber wonach sucht er denn bloß?«

Girolamo sprach sehr langsam und schaute sie dabei mit seinen schlauen Krötenaugen an. »Ich bin alt. Meine Zeit ist begrenzt. Sonst würde ich Euch diese Dinge nicht sagen.« Er zog den Hausmantel über seinem Bauch zusammen. »Er ging bei mir ein und aus, so wie ihr. Zuerst dachte ich, er wollte mir mein Geheimnis über die Herstellung von venezianischem Theriak abluchsen. Das konnte ich ihm nicht geben, wenn Ihr versteht. Die Serenissima hält es streng geheim.« Sie nickte ungeduldig. »Aber dann … Ihr wisst, dass Euer Vater ein Adept des roten Drachen ist, gerade so wie ich.«

»Ein Alchemist«, sagte sie ungeduldig. Jacob schaute auf und runzelte die Stirn.

»Er *war* es. Sein Labor ist – *bumm*!« Ihr fehlte das Wort für »explodiert«.

Der alte Mann lachte müde. »Unsereins gibt nicht auf, wenn er sich auf dem Wege wähnt. Und wenn die Suchenden unserer Profession, der Apothekerkunst, nachgehen, was meint Ihr, suchen sie wohl am ehesten?«

Sie zuckte mit den Schultern. Die Alchemie hatte ihr Vater

aus welchem Grund auch immer gründlich von ihr ferngehalten. »Den Stein der Weisen?«

»Na bitte«, sagte der Alte. »Ich weiß auch nicht, warum ich Euch das erzähle. Wahrscheinlich eine Art von Altersschwachsinn. Der Stein der Weisen hat für jeden ein anderes Gesicht. Für die Adligen, deren Schatzkammer immer leer ist, ist er der Stoff, der unedle Metalle in edle verwandelt. Für klügere Zeitgenossen ist er der Zustand der Vollkommenheit, den die Seele erreicht, wenn sie reingewaschen ist. Was meint Ihr, bedeutet der Stein der Weisen für einen Apotheker?«

In diesem Moment löste sich der Schleier des Geheimnisses von Catharinas Verstand, und sie sah ihren Vater klarer als je zuvor. »Ein Heilmittel«, sagte sie leise. Der alte Mann nickte. Aus den Löchern in seinen Hausschlappen schauten seine Zehen hervor, mit denen er ein bisschen wackelte. »Die Panakeia – eine universelle Arznei, die jede Krankheit heilt.«

»Das kann es nicht geben«, rief Jacob dazwischen.

»Was du nicht sagst.« Der Alte kicherte. »Aber was, wenn doch?«

37

Was tut Ihr da, Jan van Eyck?« Auf seinen Handstock gestützt, stand der Kanonikus van Impe hinter dem Maler im Atelier und schaute ihm über die Schulter. Sein saurer Mundgeruch nach Wein und schlecht verdautem Essen stieg ihm in die Nase.

»Ich gebe Christus ein Gesicht.«

Der Pantokrator blickte von der Staffelei auf Jan und seinen Besucher hinab. Sein Gesicht war ein vollkommenes Oval, bärtig, mit durchdringenden Augen voller Weisheit und Güte. Er würde ihn auf der Mittelachse im oberen Register platzieren. Darunter würde auf dem fertigen Altar das Bild mit der Anbetung des Lammes stehen. Auch die Sonne mit der Taube, die ein Zeichen des Heiligen Geistes war, das Lamm und der Lebensbrunnen waren genau auf der Mittelachse angebracht. Das Wasser des Lebens würde sich von dort aus über die Bildkante hinweg in die Welt ergießen.

»Gott helfe Euch, Jan van Eyck«, murmelte der alte Kleriker. »Ihr versucht, Gott zu übertreffen, und setzt damit Euer Seelenheil aufs Spiel.« Als der alte Mann aus dem Raum humpelte, klackte der Stock mit jedem Schritt auf dem Fußboden wie Wassertropfen, die aus einer fast leeren Flasche rannen.

Jan wusste, dass er ein guter Maler war, vielleicht der beste in Flandern, vielleicht der beste der Welt. Er konnte die Dinge so sicher wiedergeben, als würden sie sich auf der Leinwand spiegeln. Und so malte er Christus mit der ihm eigenen Kunstfertigkeit. Weil er nicht ahnte, wie es im Himmel aussah, umgab er ihn mit der denkbar größten Pracht. Auf dem glänzenden roten Stoff seines Gewandes brach sich das Licht; er thronte in einer Nische, die ein Kranz goldener Bögen umrahmte, und trug eine dreigeschossige Krone aus Gold. Ihrer Pracht stand die zweite Königskrone nicht nach, die fein ziselierte, filigrane, die auf dem Boden der Nische vor seinen Füßen lag. Im Gegenteil. Sie schien den Glanz der Sonne widerzuspiegeln. Jan trat einen Schritt zurück und betrachtete das goldene Gespinst voller kostbarer Edelsteine. Gold und Licht, das in Form von Farbe durch seine Finger geflossen war. Einen Moment lang spielte er mit dem Gedanken, das Gold etwas abzudunkeln, als sei es angelaufen und schmutzig. Mit der Pracht des Himmels konnten die Farben der Erde nicht mithalten.

Aber würde Gott wollen, dass er sich in diesem Bild mit weniger als der Vollkommenheit selbst zufriedengab?

Diese Aufgabe ließ ihn an sich und seinen Ansprüchen verzweifeln. Der Auftrag war Anfang der zwanziger Jahre an seinen Bruder Hubert gegangen, der ihn für den reichen Kaufherrn und Bankier Josse Vijd begonnen hatte. Doch der Tod hatte im September 1426 seine Krallenhände nach Hubert ausgestreckt, als er an der Staffelei malte, und ihn geholt. Jan selbst stand seit 1425 als Kammerherr und Hofmaler im Dienst des Herzogs, dem an der Vollendung des Altars gelegen war. Warum, das ahnte der Maler nicht. Doch er wusste, was er seinem Dienstherrn schuldig war. Schließlich füllte der herzögliche Kammerherr seine Schatulle jährlich mit hundert Pariser Pfund in flämischer Münze, die zu zwei Terminen ausgezahlt wurden. Zu seinen Aufgaben gehörte nicht nur die Ausstattung der Residenzen Philipps und die Gestaltung seiner Feste. Jan war für den Herzog mehrmals in geheimen Reisen unterwegs gewesen, hatte sogar die Delegation zur Brautwerbung für die Infantin Isabella von Portugal begleitet und das erste Portrait von ihr gezeichnet. Und jetzt hatte er den Auftrag geerbt, diesen unglaublichen Altar zu vollenden, der ihn in seiner Riesenhaftigkeit bedrückte. Und das Schlimmste daran war, dass ein Teil von ihm sich froh über diese Herausforderung ans Werk machte und meinte, ihr gewachsen zu sein. Er machte sich der Todsünde der Superbia, des Hochmuts, schuldig.

»Gott, hilf mir, dass ich nicht glaube, dich übertreffen zu können«, betete er und hoffte, dass sein jüngster Lehrling Barthelmy ihn nicht belauschte. Das Werk wurde nicht allein von ihm vollendet. Eine Reihe von Lehrlingen und Gehilfen, von denen sein Neffe Barthelmy der Jüngste war, arbeitete daran. Sie rieben Farben, grundierten die Tafeln, legten Umrisse an, versuchten sich an den Grisaillen der Vorderseite und malten die Pflanzen auf dem zentralen Bild der Anbetung des Lammes nach seinen Angaben. Doch an die Himmelsbewohner auf der Festtagsseite, deren Anlage noch von Hubert stammte, ließ er sie nicht. Er würde Christus als Weltenherrscher in seinem roten Gewand in der Mitte platzieren. Rechts von ihm würde in Grün gekleidet der heilige Johannes der Täufer sitzen. Links die Himmelskönigin in ihrem blauen Mantel. Obwohl er noch gar nicht existierte, vibrierte der Dreiklang der Farben auf der Innenseite seiner Augenlider. Er war so schön, so wunderbar, so endgültig. Wo steckte der Junge bloß, dieser nichtsnutzige Adrian Borluut, der ihm das Ultramarin für den Mantel der Jungfrau besorgen sollte?

Als hätte sie seine Gedanken gelesen, öffnete sich in diesem Moment die Tür. Herein traten Josse Vijd und sein Neffe Cornelis, der seinen Onkel hingebungsvoll stützte. Jan stöhnte. Seine Hand wanderte an seine Stirn. Wo hatte er zwischen all den Selbstzweifeln nur seine Aufmerksamkeit gelassen? Heute war der Tag, an dem der Bankier für ihn Portrait sitzen sollte.

»Ich hoffe, Ihr seid bereit?«, fragte der Alte bärbeißig, während ihm sein Neffe dienstfertig einen Stuhl heranschob. Jan nickte ertappt und griff fahrig nach seinem Papier und dem Silberstift, mit dem er die Vorzeichnung anfertigen wollte.

»Leg meinen Mantel auf die Fensterbank!«, befahl der Alte, und der hünenhafte Cornelis gehorchte willig. »Ihr wisst, was zu tun ist, Maler?« Die blutunterlaufenen Augen des alten Vijd musterten ihn kalt. Als Angehöriger der Genter Oberschicht stand er meilenweit über dem Pinselschwinger. Das glaubte er zumindest.

»Oh ja, Mijnherr Vijd«, sagte er und platzierte den Alten neben dem Fenster, um das Licht des Tages auszunutzen. *Du irrst dich, wenn du glaubst, dass du hier schöner rauskommst, als du bist*, dachte er grimmig.

Jan gehörte zu den Künstlern, deren Stift das Gesehene, ohne abzusetzen, sicher wiedergeben konnten. Das musste er auch, denn was er mit dem Silberstift gezeichnet hatte, ließ sich nicht mehr korrigieren. Er legte den Umriss des Gesichts an, den kahlen Kopf, die großen Ohren, die Hängebacken, die Warzen und Erhebungen auf der Haut und die Tränensäcke unter den Augen. Vijd war nicht mehr jung, und man sah ihm das gute Leben, das er geführt hatte, an. Kein Wunder, dass er so nahe an der Schwelle des Todes eine große Stiftung machen wollte, die ihm den Weg in die ewige Seligkeit ebnen und gleichzeitig seinen Namen unsterblich machen würde. Das alte Schlitzohr hatte schlau geplant. Und doch war da auch Würde in dem Gesicht und eine Gutmütigkeit, die das ruppige Verhalten des Alten Lügen strafte.

»Und jetzt kniet Euch hin!« Jan legte die Blätter beiseite, auf denen er in groben Zügen das Gesicht seines Modells wiedergegeben hatte. »Ich brauche Eure ganze Statur.«

Der Alte starrte ihn entgeistert an. Seine Augen glitzerten böse. »Und was als Nächstes? Wollt Ihr, dass ich mich auf den Kopf stelle und mit den Ohren wackle? Cornelis!« Der junge Mann half seinem Onkel aufzustehen und sich dann auf das Bänkchen zu knien, das ihm der Maler herangeschoben hatte. Seine Knie knackten, als er sie beugte. Er legte seine Hände in frommem Gestus zusammen. »Was tut man nicht alles für die …«

»Unsterblichkeit?«, fragte Jan spöttisch und begann zu zeichnen. Es fragte sich, wer von ihnen beiden diese jemals erringen würde. Der Alte kniete bereits eine Weile, als er begann, sich umzuschauen. »Und wo ist sie nun, die Nackige?«

Jan lachte in sich hinein. Hatte sich Vijd nicht beim letzten Besuch über seine Eva aufgeregt? Sie hatte wohl trotzdem einen bleibenden Eindruck bei ihm hinterlassen. »Nun, ich habe Platz gebraucht«, sagte er und führte den Stift sicher über das Papier. »Die Tafel steht im Gang bei den anderen fertigen Bildern.«

Cornelis trat heran und betrachtete die Zeichnung schweigend. Er stand zwischen dem Fenster und der Staffelei und warf einen großen Schatten auf das Papier.

»Ihr steht mir im Licht«, sagte Jan. Und plötzlich kam die Frage, auf die er gewartet hatte, aus Cornelis' Mund. »Und Eure Maria? Wo ist die?«

»Sie wartet auf Euren jüngeren Bruder und das Ultramarin, das er mitbringen wird.«

Vijds Mund presste sich zu einem schmalen Strich zusammen. »Azurit, habe ich gesagt. Kreuzsakrament.«

Jan schüttelte den Kopf. »Ohne Ultramarin keine Maria. Wo bleibt Euer Neffe eigentlich?«

Vijds Gesicht nahm die Farbe reifer Kirschen an, und Cornelis antwortete für ihn. »Mein Bruder hat sich als treulos erwiesen. Zuerst vertändelt er sein Erbe, indem er es einem windigen Apotheker zur Verfügung stellt, der es in Venedig verprasst hat …«

Der alte Mann vollendete seine Aussage. »… und jetzt lässt er uns und seine Tante ohne Nachricht. Seine Spur hat sich schon vor Ulm verloren.«

Jan hob die Augenbrauen. Trat da tatsächlich ein Stück Besorgnis um den Jungen in seine Augen? Oder fürchtete Vijd nur um sein Geld?

»Treulos«, warf Cornelis ein. »Das ist alles, was man über Adrian sagen kann.« *Also kein Ultramarin*, dachte Jan van Eyck. *Wie bedauerlich!*

38

Jacob stand unter der Leiter in der Apotheke des Venezianers und bemühte sich, Catharina nicht unter den Rock zu schauen. Als sie auf die Leiter gestiegen war, hatte sie ihn gerafft und dabei gedankenversunken bis über ihre Knie gezogen. Jacob schluckte, wenn er an die zarte hellbraune Haut ihrer schlanken Beine dachte. In letzter Zeit war seine ritterliche Liebe zu ihr in reines Begehren umgeschlagen. Er kannte sich manchmal selbst nicht mehr.

»Jacob!« Ungeduldig warf sie sich ihre braune Haarmähne über die Schultern.

»Ja?«

»Träum nicht! Ich hab was für dich.« Stirnrunzelnd schaute sie ihn aus ihren Augen an, die so blau wie der Himmel bei Ostwind waren, und reichte ihm ein Glas mit undefinierbarem Inhalt.

Verständnislos betrachtete er die eingetrockneten braunen Dinger, die sich auf dem dicken, grünlichen Boden krümmten.

»Was soll das denn sein?«

»Alte Blutegel«, meinte sie. »Die gefallen mir auch im brauchbaren Zustand nicht.«

Catharina hatte in den letzten Tagen den Haushalt des Apothekers Girolamo Malatesco gründlich auf den Kopf gestellt. Sie hatte das Bohnengemüse in den Schweineeimer geleert, wo es selbst die Rüsseltiere verschmähten, die Küche geschrubbt und die Bücherstapel abgestaubt. Seine verschmutzten Kleider hatte sie Aziza gegeben, die sie den Waschfrauen brachte. Die löchrigen Schuhe waren beim Schuster geflickt worden. Zweimal hatte sie den Alten abends an Khalids Tafel gebeten, wo sich herausstellte, dass die beiden ihre Bekanntschaft von früher nur auffrischen mussten und bestens zurechtkamen. Und heute war die Apotheke dran. Jacob wäre am liebsten geflohen, weil ihn diese Arbeit so sehr an Weckmanns Warenlager erinnerte. Mit angeekeltem Gesicht schüttete er den Inhalt des Glases in den dafür bestimmten Ledereimer und stellte es zum Spülen auf den Tresen. Der alte Apotheker saß derweil in seinem Schlafzimmer und kopierte mit spitzer Feder das Buch des Avicenna.

»Morgen, Jacob, morgen …«, sagte Catharina bedeutungsvoll.

»Ja, ich weiß«, brummte er widerwillig. Girolamo hatte keinen Erben und weihte Jacob und Catharina Stück für Stück in die Heilkunst des Morgenlands ein. Er hatte ihnen erklärt, wie man Weihrauchextrakt bei Gelenkentzündungen anwandte und gegen Schmerzen Hanfblätter rauchte. Er hatte sie über die Verwendung des Kampfers und des Rhabarbers aufgeklärt und ihnen alles über Ingwer erklärt. Und was das Kostbarste war: an einigen Abenden hatte er ihnen gezeigt, wie man aus dem unscheinbaren Lapislazuli den Farbstoff Ultramarin auswusch. Catharina hatte diese Kunst aufgesogen wie ein Schwamm. Selbst Jacob wusste, dass der Wissensvorsprung, den sie hier erwarben, mit Gold nicht aufzuwiegen war. Und morgen würde er ihnen, wenn Fortuna ihnen hold war, die Herstellung des venezianischen Theriaks beibringen, ein Monopol, das die Serenissima wie ihren Augapfel hütete. Wenn es klappte, hätten sie in Esslingen ausgesorgt, denn Theriak, und noch dazu echter venezianischer, war heiß begehrt. Bis Sonnenuntergang arbeiteten sie weiter. Dann setzte sich Catharina zu Girolamo ins Arbeitszimmer und blätterte strahlend einen uralten Kodex auf, der nicht besser roch als die vergammelten

Blutegel. Sie liebte Adrian, und gleich danach kamen ihre Bücher. Er, Jacob, würde ihr nie mehr als ein Bruder bedeuten, den man nach Herzenslust herumscheuchen konnte.

Er trat auf die Straße hinaus, in der vom Meer her ein eisiger Wind wehte, tauchte in der Menschenmenge unter und wanderte ziellos umher. Der Gedanke an Peer hatte ihn begleitet wie übles Zahnweh. Sollte er das tun, was ihn schon seit Tagen umtrieb? Oder würde er sich damit bis aufs Blut blamieren? Nicht in Richtung des Markusplatzes zog es ihn, sondern langsam, aber sicher zum Haus der Witwe Grimaldi, das er in immer kleineren Kreisen umrundete. Schließlich stand er vor der Fassade und hörte seinem ungleichmäßig pochenden Herzen zu. Zögernd griff er nach dem Türklopfer mit dem Löwenkopf und ließ ihn gegen die Tür poltern. Das Geräusch zerstörte die Stille in der Gasse wie ein Riss in einem Tuch. Jacob hatte das Mädchen seit seinem unfreiwilligen Bad im Kanal nicht mehr gesehen. Die Tür schwang auf, und eine zarte Stimme sprach ihn von unten an.

»Jacopo!« Die kleine Micaela war sichtlich überrascht, ihn zu sehen. *»Ciao.«* Er fragte sie nach ihrer Schwester Chiara, wobei sein Herz so laut klopfte, dass er seine Schläge zählen konnte. Die Kleine griff mit ihrer rauen Hand nach seiner und zog ihn in den Gang hinein. *»Attenda«*, sagte sie und rannte die Treppe in den ersten Stock hinauf. Jacob wartete, starrte auf seine Stiefel und wusste nicht, wohin mit seinen Händen. Er dachte schon, Micaela hätte ihn vergessen, als plötzlich die Treppe knarrte. Und da stand Chiara wie eine Prinzessin. Sie schritt die Treppe hinab und raffte mit der Hand ihr hellblaues Kleid, in dessen Ausschnitt sich bereits kleine Brüste wölbten. Jacob schluckte und richtete die Augen auf ihre Haare, die ihr locker auf die Schultern fielen. »Chiara«, sagte er leise.

Sie richtete ihre honigfarbenen Augen auf ihn.

»Ich wollte dir danken.«

Sie nickte und lächelte ihn verschmitzt an. »Die Fischköpfe haben dem Rothaarigen nicht gefallen. Er hat sicher noch tagelang danach gestunken.«

»Ich verdanke dir mein Leben.«

Chiara trat einen Schritt auf ihn zu, griff mit beiden Händen nach seinem Gesicht und drückte ihm einen sanften Kuss auf die Lippen. Nie hatte etwas süßer geschmeckt. Jacob war ganz wirr im Kopf, als sie ihn schließlich losließ. *»Piccolo angelo biondo«*, sagte sie. Als er auf die Gasse hinaustrat, war ihm schwindlig, und er taumelte zunächst einmal gegen die nächste Hauswand. Schritt für Schritt tanzte er zurück zum Haus des Muselmanen und merkte nicht, wie ein Schatten seine Spur aufnahm und ihm folgte.

39

Über dem Innenhof wölbte sich herbstlich blau der Himmel und streckte seine kühlen Finger bis ins offene Küchenfenster hinein. Davor stand die Köchin im Gegenlicht, schlug einem Huhn den Kopf ab und warf es mit Schwung in den Suppentopf, der nach Beifuß duftete und schwach vor sich hindampfte. Catharina mischte getrockneten Thymian, Huflattich und Spitzwegerich zusammen. Der bittere Geruch haftete an ihren Fingern, stieg ihr in die Nase und ließ sie niesen. Die Heilkräuter waren für die erkältete Aziza bestimmt, die sich zurzeit die Seele aus dem Leib hustete. Mit dem kochenden Wasser aus dem Topf über der Feuerstelle brühte Catharina einen Sud auf, wartete ein bisschen, goss ihn über einem

Sieb ab und süßte ihn mit Honig. »Wenn sie davon genug trinkt, löst sich der Schleim«, sagte sie zu Melika, die ihr über die Schulter schaute. »Schau mir nur zu. Gegen alles auf der Welt ist ein Kraut gewachsen.« In diesem Moment trat der Torwächter Mehmet in die Küche und sprach auf Melika ein, die sie kurz darauf aus großen Augen ansah. »Er sagt, draußen stehe ein Bote von Messer Girolamo. Es geht um Leben … und Tod.«

Sie zuckte zusammen. In den letzten Wochen hatte sie gelernt, wie man Ultramarin auswusch, und heute war der Tag, an dem der Apotheker sie in die Herstellung des Theriaks einweihen wollte, was streng verboten war, weil sie nicht zu den Bürgern Venedigs zählte. Sie freute sich darauf und hatte sich fest vorgenommen, sich das Rezept zu merken, ohne es aufzuschreiben. Waren ihm die Offiziellen etwa auf die Schliche gekommen? Das konnte Kerkerhaft für sie und ihn bedeuten. Einen Moment lang blieb ihr die Luft weg. Sie musste sofort nach dem Rechten schauen. Catharina griff schon nach ihrem Mantel, als sich Melikas Hand auf ihren Arm legte. »*No, amica. E troppo pericoloso* – wie sagt man?«

»Gefährlich! Aber nein. Es ist doch nur ein kurzer Weg, und er ist in Not.« Schließlich war Girolamo in den letzten Wochen so etwas wie ihr Freund geworden. Sanft streifte sie Melikas Hand ab, griff nach ihrem Mantel und trat auf den kleinen Platz vor den Häusern, wo sie sich suchend umblickte. Keine Spur von einem Boten. Sie begann zu rennen, bevor Khalids Familie sie daran hindern oder ihr den Torwächter hinterherschicken konnte. Zwischen dem Haus und Girolamos Apotheke lagen ja nur ein paar Gassen. Es mussten keine Büttel sein, die ihm auf die Pelle rückten. Vielleicht war dem Alten ja sein Alembic in die Luft geflogen, oder der

Küchenofen rauchte, weil ihm eine Krähe in den Kamin gefallen war.

Völlig außer Atem stand sie schließlich vor der Tür der Apotheke und stellte beunruhigt fest, dass sie nur angelehnt war. Sie schob sie vorsichtig auf, trat über die Schwelle in den leeren, dämmrigen Ladenraum und wunderte sich. Es herrschte Totenstille. Wenn der Alte nicht bediente, schob er sonst sorgfältig den Riegel vor. Das war gar nicht gut. Sie ließ die Tür ins Schloss fallen und schlich sich auf Zehenspitzen in den Flur.

»Messer Girolamo. Dove siete? Wo seid Ihr?« Mit klopfendem Herzen durchquerte sie den Gang, der so finster war, dass sie die Hand nicht vor Augen sehen konnte. Irgendwo schlug ein Fensterladen. Auch die Tür zum Schlafzimmer stand einen Spalt offen. Ein kühler Luftzug, der den fauligen Geruch der Kanäle in sich trug, ließ sie frösteln. Und da lag noch etwas anderes in der Luft, von dem sich die Haare auf ihren Armen aufstellten.

Sie trat über die Schwelle und schaute sich um. Es war so dunkel, dass sie nur Schemen und Umrisse wahrnahm.

»Meister Girolamo?«

Er saß an dem kleinen Tisch, die lateinische Ausgabe des Qanun at-Tibb aufgeschlagen vor sich. Der Kopf war ihm auf die Brust gesunken, und das Tintenfass hatte seinen Inhalt über die letzte beschriebene Seite ergossen. Da war Schwarz und noch etwas anderes. Scharlachrotes.

»Signore?« Vorsichtig griff sie nach seinem Kinn, hob es an und schrie entsetzt auf. Ihre Hand, die sie in der Dämmerung vor ihre Augen hob, war blutverschmiert. Wie von Sinnen putzte sie sie wieder und wieder an ihrem braunen Hauskleid ab. Auch die klebrige Pfütze, in der sie stand, war aus Blut. Obwohl ihre Füße sie so schnell wie möglich davontragen

wollten, zwang sie sich, genauer hinzuschauen. Der rote Lebenssaft hatte sein Leinenhemd und seinen Hausmantel durchtränkt und mischte sich mit der Tinte auf dem Buch. Überall war Blut. Fassungslos starrte Catharina auf den Schnitt, der in seiner Kehle klaffte. Jemand hatte ihm den Hals bis fast zur Wirbelsäule durchgeschnitten. Tränen stiegen in ihre Augen. *»Messer Girolamo«*, flüsterte sie heiser und schluckte an dem Felsbrocken in ihrem Hals. Sie war schuld an seinem Tod! Irgendjemand hatte ihn ermordet, weil er mit ihr befreundet war! Vielleicht Peer …

»Hilfe.« Sie trat einen Schritt zurück und hörte nicht, wie sich jemand von hinten näherte. Eine grobe, nach Knoblauch stinkende Hand presste sich auf ihren Mund. Sie zappelte, versuchte zu beißen und nach ihrem Angreifer zu treten, doch dann schlug ihr jemand gegen die Schläfe, und es wurde dunkel um sie herum.

Wieder hatte Jacob den Tag damit verbracht, durch die Stadt zu streifen. Er war um das Haus der Witwe herumgestrichen, hatte sich aber nicht getraut zu klopfen. In seinem Herzen herrschte Aufruhr. Dann hatte er eine Bande Jungen kennengelernt, die am Hafen herumlungerten. Sie hatten ihn mit in die Lagune genommen, um nach den Krabbenkörben ihrer Familie zu schauen. Als er vom Boot aus an Land sprang, waren seine Beinlinge vom Salzwasser durchnässt und seine Haut fast gefühllos vor Kälte gewesen. Trotzdem war er so zufrieden wie schon lange nicht mehr. Pfeifend schlenderte er nach Hause, als er einen Geruch wahrnahm, der ihm Gänsehaut bereitete. *Feuer.* In Esslingen hatte der rote Hahn mehrmals gewütet, seit er dorthin gezogen war. Weil die meisten Häuser aus Fachwerk bestanden, brannten sie wie Zunder, sobald sie ein Funke berührte. Feuer, das war eine Katastrophe, die immer wieder ganze Stadtviertel verzehrte. Der Geruch wurde stärker, desto näher er Khalids Haus kam. Er begann zu rennen. Rauchschwaden zogen durch die Straßen. Sie waren dicht und dunkelgrau und nahmen ihm die Luft, die er zum Atmen brauchte. Doch es war nicht das Haus des Muselmanen, das brannte. Die Leute rannten vorbei, weiter, dorthin, wo der Rauch zum Schneiden dick war und sich als zähe, klebrige Masse auf die Atemwege legte. Er bog in die Gasse ein, in der das Haus des Apothekers lag. Und dann packte ihn das Entsetzen, und er blieb wie gelähmt stehen. Messer Girolamos Apotheke brannte lichterloh! Rotleuchtend schlugen die Flammen aus den Fenstern und der Eingangstür, deren gläserne Scheiben schon geplatzt und wie leuchtender Sand auf die Straße gerieselt waren. Hustend kämpfte sich Jacob durch, bis er die Eimerkette erreichte, die sich vor dem Haus gebildet hatte. Die Menschen standen in einer Reihe; Jung und Alt reichten unermüdlich Eimer mit Kanalwasser von Hand zu Hand und kämpften einen Kampf, den sie nicht gewinnen konnten. Der vorderste, ein Fischer mit grauem Bart, schüttete das Wasser in die alles verzehrenden Flammen – umsonst, denn es verdampfte wie ein Tropfen auf dem heißen Stein. Jacob wurde ein Teil der Kette, nahm Eimer um Eimer an, reichte sie weiter und ignorierte den Rauch, der das Atmen fast unmöglich machte. Der Kampf wurde schweigend geführt, denn das Feuer brüllte und toste wie eine Furie und schluckte gierig jedes gesprochene Wort. Plötzlich sah er sie, die verschleierte Frau, die mitten im wogenden Rauch feuchte Tücher an die rundum stehenden Menschen verteilte. »Melika!«, sagte er überrascht. Sie schaute ihn aus entschlossenen, dick mit Kajal umrandeten Augen an und reichte ihm ein tropfend nasses

Tuch, das er sich vors Gesicht band. In diesem Moment löste sich aus dem Hintergrund ein Schatten. Ungläubig erkannte Jacob, dass es Peer war. Mit irrem Blick riss dieser ihm den Eimer aus der Hand und schüttete sich das eisige Kanalwasser über den Kopf. Dann rannte er mit langen Sätzen mitten ins Feuer.

»Vorsicht! Der Alte ist ein Alchemist!«, schrie Jacob seinem Feind hinterher, der ihn jedoch nicht mehr hörte. Es war nur eine Frage der Zeit, bis das Feuer das Labor erreichen und in die Luft jagen würde. Ohne nachzudenken, rannte er dem Rotschopf nach in das Haus, in dem die Flammen lauter prasselten als in der Hölle. Jacob schwindelte vom Rauch, der ihm das Gesichtsfeld vernebelte und sein Bewusstsein trübte. Trotzdem atmete er ein und schrie wieder: »Peer!« Vergeblich.

Er musste bereits die hinteren Räume erreicht haben.

Jacob sprang zur Seite, als sich ein Balken aus der Decke löste und schwelend vor ihm zu Boden ging. Die Regale waren umgekippt und hatten ihre Fracht in wildem Durcheinander auf den Holzdielen verteilt. Scherben, Arzneien, Pigmente und Gewürze, alles zusammen bildete eine stinkende, rauchende Masse. Flammen brachen aus dem Ladentisch hervor, loderten rotgelb auf. Es war unerträglich heiß.

Etwas in ihm sagte ihm, dass er das Haus, so schnell er konnte, verlassen sollte. Doch er tat das Gegenteil. Hustend bahnte er sich den Weg durch die Flammen, die ihm die Haut vom Schädel brennen wollten, und trat in den Flur. Hier war der Rauch so dicht, dass er die Hand nicht vor Augen sehen konnte. Zu viel Rauch und zu wenig Luft. Flüchtig dachte er an die Alchemie und das Labor, das ihn und Peer, wenn es in die Luft flog, in winzigste Einzelteile zersprengen würde. Purifikation durch das Feuer. Machte Alchemie nicht weiße Stoffe aus schwarzen und edle Stoffe aus unedlen? Was würde sie aus ihnen machen? Sternenstaub. »Peer«, flüsterte er und ging auf die Knie. Zwei dunkle Rabenflügel taumelten durch den Nebel auf ihn zu. *Der Engel des Todes*, dachte er.

40

Antonia Truhlieb stand vor dem Torhaus des Dominikanerklosters und betrachtete unschlüssig die kahlen Wände und den hölzernen Dachreiter auf dem First der Kirche, der wie ein Finger in den herbstlichen Himmel stach. Graue Wolken jagten von West nach Ost und wirbelten die Krähenschwärme durcheinander, die auf ihnen segelten. Die Lese war in der letzten Woche zu Ende gegangen und hatte einen Geruch nach vergorenem Traubensaft und Maische in der Stadt zurückgelassen. Fröstelnd zog Antonia ihren pelzgefütterten Mantel enger und steckte die kalten Hände in ihre Achselhöhlen. Sie war betont schlicht in Schwarz gekleidet und hatte ihr Haar mit einer züchtigen Haube bedeckt. Heute Morgen hatte ihr Pate, der Zunftmeister Anton Kirchberger, ihr nahegelegt, wieder zu heiraten. Unverzüglich. Die Stadtbürger machten keinen Hehl mehr aus der Missbilligung, die sie ihrem Lebenswandel entgegenbrachten. Sicher streute Weckmann Gerüchte, die sie betrafen. Es war Zeit, gegenzusteuern. *Was du kannst, kann ich auch*, dachte sie. Heute hatte sie sich endlich ein Herz gefasst und war aufgebrochen, um Weckmann anzuschwärzen. Dazu würde sie den Prior der Dominikaner, Jeremias Trautwein, aufsuchen. Der Predigerorden, das wusste sie, war der reinen Lehre des Christentums verpflichtet und betätigte sich oft genug als Zuträger der Inquisition. Sein Esslinger Kloster war eine der größten Niederlassungen im süddeutschen Raum und schon oft der Sitz von Ordensversammlungen gewesen.

Endlich fasste sie sich ein Herz und tat ein paar zögerliche Schritte auf das Torhaus zu. Sie hatte gerade die Hand gehoben, um zu klopfen, als die Tür aufsprang und der Prior mit Weckmann im Schlepptau auf den Platz hinaustrat.

»Mein Kind«, sagte der alte Mann mit dem weißen Bart und kam auf sie zu. Unwillkürlich sank sie in einen ehrfürchtigen Knicks.

»Hochwürden.« Sie griff nach der altersfleckigen Hand und drückte einen leichten Kuss darauf. Sie kannte Jeremias Trautwein und schätzte ihn sogar. Er war ein Freund ihres Vaters gewesen und hatte Maries und ihr Schicksal mit Anteilnahme verfolgt. Seit mehreren Jahren hatte sie das Kloster mit Spenden bedacht und war hin und wieder bei ihm zur Beichte gegangen. Als sie die Augen hob, begegnete ihr Weckmanns triumphierender Blick. Er trug einen dunkelblauen Überrock aus feinstem Wolltuch und eine samtene Mütze.

»Erhebe dich!«, gebot ihr der Prior. Als sie auf die Füße kam, stolperte sie über ihren Rocksaum. Und plötzlich war da Weckmanns fester Griff, der sich um ihren Ellbogen legte und ihr zu sicherem Stand verhalf. Fast wäre sie ihm ins Gesicht gesprungen.

»Was für eine seltsame Vorsehung«, sagte der Prior nachdenklich und strich sich über den schwarzen Mantel, den er über seinem schneeweißen Gewand trug. Sein Bart war so dünn, dass er wie ein fadenscheiniges Gewebe wirkte. »Gerade sprachen der Meister Apotheker und ich über dich.«

Sie nickte und biss fest die Lippen zusammen. Und jetzt kam, was kommen musste. »Es gibt Gerede«, sagte der alte Mann vorwurfsvoll.

»Und was sagt man?«, fragte sie.

Der alte Mann ließ seine wässrigen Augen auf ihr ruhen. Kurz vor seiner Abreise hatte Christoph ihm geraten, in Stuttgart einen Starstecher aufzusuchen. War er überhaupt gegangen? Oder erkannte er sie nur als Schemen? »Die Leute munkeln …« Er strich sich über den Bart, »… dass es dir an Demut mangelt. Doch die Worte, die dabei fallen, sind so, dass ich sie nicht wiederholen kann.«

Wider Willen wandte sie sich Weckmann zu, dessen Mund, sie hätte es schwören können, tonlos das Wort »Dirne« bildete. Antonia spürte, wie Hitze ihr Gesicht übergoss.

Der Prior schaute sie mit tiefem Ernst an. »Als Freund der Familie von Bellingen und als Hüter deines Seelenheils erwarte ich, dass du dir wieder einen Eheherrn suchst«, sagte der alte Mann sanft. »Das dürfte für eine schöne junge Witwe wie dich kein Problem sein.«

Antonia hatte versucht, sich ein freies Leben als unabhängige Frau aufzubauen, das Weckmann jetzt bedachtsam Stück für Stück zerstörte. Tränen stiegen in ihre Augen, doch Trautwein beachtete sie nicht länger. Er wandte sich Weckmann zu und klopfte ihm freundlich auf die Schulter. »Und Ihr, Meister Weckmann, macht weiter so! Vertraut auf den Herrn!«

Der Apotheker beugte ehrerbietig das Knie und senkte den Kopf. »Die Spende für Euer Kloster wird in den nächsten Tagen eingehen.«

Er schneidet tote Kinder auf, wollte sie rufen, brachte aber kein Wort heraus. Der Prior segnete sie beide und kehrte in sein Kloster zurück.

Plötzlich fand sich Antonia allein mit dem Apotheker auf dem Spitalsplatz wieder. Der Markt war zu Ende. Eine Gruppe staubiger Jakobspilger mit Wanderstöcken in der Hand und

Muscheln über dem Herzen begehrte lautstark Einlass im Spital. Weckmann hatte die Hände auf dem Rücken gefaltet und schaute sie spöttisch an.

Sie trat einen Schritt auf ihn zu. »Was verbreitet Ihr in der Stadt über mich?« Sie erstickte fast an ihrem Zorn. Er schüttelte lächelnd den Kopf und strotzte vor Selbstgerechtigkeit. »Nichts, was nicht der Wahrheit entspräche.«

»Was untersteht Ihr Euch?«

»Es ist ja nichts, was den Leuten neu wäre. Nur traute man sich nicht, offen über Euch zu reden, solange Appenteker noch seine Hand über Euch hielt.«

»Ihr macht meinen Ruf kaputt!«

»Das habt Ihr schon selbst erledigt.« Er lachte glucksend, drehte sich um und setzte sich in Bewegung. Sie sah seinen breiten Rücken, den weiten Mantel, der in schweren Falten bis zu den Knien hinabfiel und tatsächlich pelzgesäumt war. Händeringend stolperte sie hinter ihm her und bemerkte aus dem Augenwinkel, wie sich die Blicke der Umstehenden abschätzig an sie hefteten. Er ging geradeaus am Spital mit seinen mächtigen Fachwerkwänden und am Eingang des Kauf- und Steuerhauses vorbei. Sie schaffte es kaum, ihm zu folgen. Erst vor der Apotheke machte er halt und drehte sich um, so dass sie ihm beinahe in seine fassbreite Brust gerannt wäre. Sie konnte gerade noch einen Schritt zurückspringen und stemmte die Hände in die Hüften.

»Warum lasst Ihr uns nicht in Ruhe, Christoph, Catharina und mich?«

Die Zeit des vorsichtigen Taktierens war vorüber. Einladend deutete er auf die Eingangstür. »Wenn Ihr das wirklich wissen wollt, tretet ein!« Er wartete nicht auf sie. Antonia hörte einen Moment lang ihrem klopfenden Herzen zu und folgte ihm dann über die Schwelle. Er führte sie in die Stube mit den holzvertäfelten Wänden. Sie sah sich um und versuchte, nicht an das Verlies im Warenlager und das tote Kind zu denken. Es war sehr still. Sein Gehilfe und seine Haushälterin schienen nicht da zu sein.

»Wartet! Ich werde uns Wein holen«, sagte er und verschwand in den vorderen Räumen. Sie legte ihren Mantel ab, raffte ihr Kleid und setzte sich auf einen seiner geschnitzten Scherenstühle. Er kehrte nach kurzer Zeit zurück und goss ihr aus einem Krug heißen Würzwein ein, der köstlich duftete.

»Trinkt!«, sagte er und schob ihr den Becher zu. »Das wird Euch guttun. Ihr seid so aufgebracht.«

Ihre Hand schloss sich um den dampfenden Zinnbecher. Sie nippte zuerst vorsichtig und trank ihn dann durstig leer. Er hatte verschiedene Gewürze aus seiner Apotheke hineingemischt, Zimt, Muskatnuss und Kardamom, die, wie sie widerwillig zugeben musste, dem Gaumen schmeichelten. Weckmann lachte und füllte nach. »Ihr seid eine rechte Zecherin, Antonia Truhlieb.« Sie leerte ihren Becher zum zweiten Mal und setzte ihn dann klirrend auf dem Tisch ab.

»Und Ihr schneidet Menschen auf. Warum?«

»Ihr habt also mein kleines Geheimnis entdeckt.« Wenn ihn die Frage überraschte, ließ er es sich nicht anmerken. »Weil ich mich für die Wahrheit interessiere. Was macht den Zustand der Gesundheit und was den der Krankheit aus? Woran sterben Menschen? All das erkennt man sehr viel besser, wenn man sich den Körper des Menschen von innen anschaut. Ich will wissen, was die Welt zusammenhält.« Er lächelte ihr mit seinem Raubtierlächeln zu und hob das Glas.

»Tatsächlich«, entgegnete sie.

Plötzlich schwankten die Wände auf sie zu. *Ich hätte nicht so viel trinken sollen*, dachte sie. Eigentlich hatte sie ihm sagen wollen, dass die Kirche das Öffnen von Leichen verbot, sofern sie nicht an den Universitäten durchgeführt wurden. Aber sie schaffte es nicht. Irgendwie waren die Gedanken zwar da, die Worte entflogen ihr aber wie Schmetterlinge, die sich flatternd in die Luft erhoben.

Sie wehrte sich nicht, als Weckmann sie auf seine starken Arme hob, in sein Schlafzimmer trug und auf sein Bett legte.

»Nicht«, flehte sie halbherzig.

Doch er kniete schon über ihr und nestelte an seinen Beinlingen und seiner Bruoche herum. *Was macht er da?*, dachte sie träge und sah sich selbst einen Moment lang von außen. Sie lag in einem geschnitzten Himmelbett mit grünen Vorhängen, und ein Mann kniete zwischen ihren Beinen, der da verdammt nochmal nicht hingehörte. Diese Dinge hatte sie zum letzten Mal mit Christoph getan.

»Nein!«, keuchte sie, als er ihr Mieder aufriss und seine großen Hände um ihre Brüste legte.

»Wie lang habe ich auf diesen Moment gewartet«, sagte er und saugte an ihren Warzen, bis sie heiß und empfindlich waren. Und dann streifte er ihr Kleid hoch, umfasste ihre Pobacken, rieb die empfindliche Haut ihrer Oberschenkel, spreizte ihre Beine und strich über ihre Spalte. »Nicht!«, schrie sie und trat wütend nach ihm. Er machte ihren Bemühungen ein Ende, hielt sie fest und drang mit einem Ruck in sie ein. »Du bist schlüpfrig wie eine Wasserpflanze«, sagte er und bewegte sich in ihr. Und dann war da nur noch die reine Lust, die sie zuletzt mit Christoph geteilt hatte. Er hielt sie an den Hüften und stieß wieder und wieder in sie. Antonia kam, als er sich in ihr verströmte. Er glitt zurück und ließ sie allein. Das Schlafzimmer drehte sich immer schneller um sie, so dass sie die Augen schließen musste. Als sich die Tür hinter Weckmann schloss, schlief sie bereits tief und fest.

Spät in der Nacht erwachte sie. Auf dem Nachtkasten stand eine Kerze, deren Flamme in der Zugluft flackerte. Sie stand auf und spürte, wie sein Samen aus ihr herausrann. *Geschändet hat er mich*, dachte sie, und sie hatte es auch noch genossen! Tränen der Scham traten in ihre Augen.

Weckmann saß in der Küche und aß ein Schinkenbrot, das er mit seinem Messer in säuberliche Häppchen zerteilte. »Was habt Ihr mir in den Wein getan?«, zischte sie.

Er schaute sie prüfend an und lachte. »Du warst wunderbar. Die Leute haben recht mit dem, was sie über dich erzählen.«

»Was war es?« Sie griff nach dem Tischmesser und richtete es auf ihn. Vielleicht sollte sie es ihm in die Brust stoßen.

»Ein wenig Extrakt der Alraune. In geringer Dosierung macht er liebestoll. Der Rausch hält eine Weile an. Wählt man eine höhere Dosierung, wacht man allerdings nicht mehr auf.«

Wie vor den Kopf geschlagen taumelte sie zurück. Er hatte sie mit ihren eigenen Waffen geschlagen! Wie hatte sie nur so dumm sein können, ihn, den Apothekermeister, zu unterschätzen!

»Leg lieber das Messer weg!«, empfahl er und schob sich ein sauber geschnittenes Stück Brot in den Mund. Er kaute, schluckte gelassen und lächelte sie dabei an, während sie vor Zorn platzte. Und dann sagte er die Dinge, um derentwillen sie ihm in sein Haus gefolgt war.

»Du glaubst nicht, welchen Genuss es mir bereitet, mir all das anzueignen, was Appenteker gehörte. Sein Haus, seine Tochter, seine Hure und sein Wissen um die Panakeia, das Allheilmittel. Dafür hat er das ewige Blau gesucht, in dem er jetzt verschwunden ist. Und wenn ich all das errungen habe, werde ich wissen, wie man den Tod besiegt.«

Der blanke Hass, der in seiner Stimme lag, brannte sich in Antonias Herz und machte ihr Angst. Sie hatte genug gehört, riss ihren Mantel an sich, floh entsetzt auf die Straße, zog die Kapuze über ihren Kopf und schlich sich von Schatten zu Schatten nach Hause.

Noch nie in ihrem ganzen Leben hatte sie sich so gedemütigt gefühlt.

41

Catharina erwachte vom Hufgeklapper der Pferde. Das Gefährt, in dem sie saß, raste dahin und rumpelte so stark, dass ihr Kopf wieder und wieder an die Decke stieß. Graues Licht sickerte durch das winzige Fenster und sprach vom baldigen Sonnenaufgang. *Der Tag erwacht*, dachte sie und drückte ihre Fäuste gegen die schmerzenden Augen. Seitlich am Kopf, wo sie der Schlag getroffen hatte, pochte eine dicke Beule. Sie konnte von Glück sagen, dass sie noch lebte. Diese Pferdehufe! Sie hörten sich an, als würden sie geradewegs durch ihren Kopf galoppieren. Und sie hatte noch nicht einmal ihren Weidenrindenextrakt dabei.

Weckmann. Sie zweifelte nicht daran, dass er es gewesen war, der Peer beauftragt hatte, sie in seine Gewalt zu bringen. Sicher wollte er sie über die Alpen zurück nach Esslingen geleiten. Dann würde sie – unwillkürlich rechnete sie mit ihren Fingern nach – in zwei Wochen mit dem Apotheker vor der Tür der Stadtkirche St. Dionys stehen, um mit ihm in den Ehestand zu treten. *Oh verdammt!* Adrian war fort und konnte nicht verhindern, dass sie Weckmann zum Opfer fiel. Sie durfte diesen Gedanken nicht denken, sonst würde sie die Beherrschung verlieren! Und schon flossen ihr die Tränen über die Wangen. Es war ja doch alles egal, wozu sollte sie da noch die Fassung bewahren? Nach einer Weile wurde das Gespann langsamer und hielt schließlich an. Jemand öffnete die Tür. *»Vieni qui!«*

Sie schrie auf, als ein schwarzbehaarter Arm nach ihr griff und sie auf die Stufen der Kutsche herauszog. Mühsam rappelte sie sich auf, blinzelte in die aufgehende Sonne und erkannte drei Männer, die sie aufmerksam musterten. Da war der muskelstrotzende Riese, der sie gepackt hatte. Neben ihm standen ein hagerer Mann mit grauem Bart und ein pickliger, schwarzhaariger Geselle, der etwas jünger als Adrian sein musste.

»Wo ist Weckmann?«, fragte sie auf Deutsch. »Wo ist Peer?« Ihr Herz klopfte vor Zorn. *»Dov'è Weckmann?«*

Ihre Stimme überschlug sich. Die Männer nahmen keine Notiz von ihr, machten in aller Seelenruhe Feuer, wärmten Wein in einem mitgebrachten Topf und spießten Käse- und Schinkenstücke auf, die sie in der Hitze garten. Einer, es war der Graubart, schickte sie zum Pinkeln in die Büsche. Catharina wanderte ein Stück, zog die Röcke hoch und erleichterte sich, was unglaublich guttat. Irgendwo sang ein Vogel im immergrünen Laub. Was, wenn sie fliehen würde? Sie schaute sich um. Nichts als dorniges, mit Buschwald bedecktes Hügelland, in dem es sicher vor Wölfen und Bären nur so wimmelte. *Dazu bin ich zu feige*, dachte sie, ordnete ihre Röcke und ging zurück zum Lagerplatz, wo es köstlich duftete. Ihre Kopfschmerzen hatten nachgelassen, und ihr Magen knurrte. Der picklige Junge reichte ihr ein Stück Brot mit geschmolzenem Käse, das verführerisch duftete. Sie bedankte sich nicht, sondern rutschte so weit weg von ihm wie möglich. »Ich bin Jörgen«, sagte er auf Deutsch. Sie musterte ihn mit einem Anflug von Neugier und verzehrte ihr Mahl bis auf den letzten Krümel.

Nach kurzer Zeit verfrachteten die Männer sie wieder in die Kutsche und spannten die Pferde an, die an einem Bach getrunken und Hafer gefressen hatten. Während über den Hügeln ein sonniger Tag erwachte, raste der Wagen über die nasse Straße dahin.

Ich könnte einfach die Tür aufmachen und hinausspringen, dachte Catharina.

Bei der Geschwindigkeit würde sie auf dem Boden zerschellen wie ein Becher aus dünnem Glas. Verwundert stellte sie fest, dass sie nicht sterben wollte. Um der Verzweiflung keine Macht zu geben, durfte sie nicht nachdenken, vor allem nicht an Girolamo und seine aufgeschnittene Kehle, aber auch nicht an Adrian, den sie niemals wiedersehen würde. Und so konzentrierte sie sich also darauf, nicht allzu oft mit dem Kopf an die Decke zu knallen und die Seiten des Qanun at-Tibb, die sie bisher auf Lateinisch gelesen hatte, auswendig aufzusagen.

Das hatte sie genau dreimal getan, als ihr auffiel, dass etwas nicht stimmte. Sie waren die ganze Nacht unterwegs gewesen, doch von den Bergen mit ihren schneebedeckten Gipfeln gab es keine Spur. Stattdessen rasten sie durch eine Ebene voller gelbbrauner, abgeernteter Felder. Die Morgensonne stand links von ihr über dem blau glitzernden Meer, in das sich das Land sanft wie eine Welle verlief. Dort musste Osten sein. Catharina lehnte sich mit klopfendem Herzen zurück. Sie waren überhaupt nicht nach Norden in Richtung der Alpen unterwegs, sondern fuhren nach Süden.

Jacob erwachte, als jemand die feuchten Tücher auf seinem Gesicht erneuerte. Seine Augen schmerzten vom grauen Tageslicht.

»Verhalt dich still!«, brummte die Stimme. »Sonst stoße ich dich zurück ins Feuer.«

Er wollte sich aufrichten, doch der Mann, der geredet hatte, drückte ihn auf seinen durchgeschwitzten Strohsack, wo er wieder in einen unruhigen Schlaf fiel. Viel später wurde er endgültig wach, setzte sich auf und zuckte vor Schmerz zusammen. Seine Haut im Gesicht und an den Händen brannte wie eine einzige Wunde. Niemand anders als Peer saß zusammengesunken neben seinem Lager und schnarchte im Tiefschlaf. Jacob schnappte vor Schreck nach Luft und hustete sich fast die Seele aus dem Leib, so lange, bis der rothaarige Mann an seiner Seite erwachte. »Trink!«, befahl dieser dann und reichte ihm einen Becher mit verdünntem Wein. Fast hätte Jacob ihn seinem Peiniger ins Gesicht geschleudert, dann aber siegte sein Durst, und er trank ihn leer bis zum Grund.

»Leg dich wieder hin, du Bettwanze«, sagte Peer.

»Ich muss mal.«

Peer verdrehte seine blauen Augen zur Decke und deutete auf den Eimer, der in der Ecke stand. »Glaub ja nicht, dass ich dir den bringe.«

Jacob richtete sich auf, zog sich hoch und wankte gebeugt und schwindlig zum Eimer, der stank, weil er nicht der erste war, der sich da hinein erleichterte. Mit etwas Glück schaffte er es, nicht daneben zu treffen, und legte sich wieder hin.

Als er das nächste Mal erwachte, ging es ihm besser, und er schaute sich um. Das Zimmer war fast leer. Das Bett mit dem Strohsack war kaum mehr als ein grob gezimmerter Rahmen. Nur ein wackliger Tisch stand unter dem Fenster, davor ein einzelner Stuhl. Von unten klangen Stimmen hinauf, Gelächter und Musik.

Peer stand am Fenster und legte Käse neben ein Stück in Olivenöl getränktes Brot. Draußen rauschte der Regen. »Iss!«, sagte der Rotschopf mürrisch und reichte ihm das Brett. Jacob biss schweigend in das Brot.

»Warum tötest du mich nicht?«, fragte er dann.

»Das kann ich immer noch nachholen.«

Peer setzte sich und legte seine Hände auf den Tisch, die krebsrot und von Brandblasen übersät waren. Teilweise schaute das rohe Fleisch hindurch. Jacob holte tief Luft, als er sie sah. »Du solltest sie kühlen.«

»Das mache ich die ganze Zeit.« Peer zog den Wassereimer zu sich, der neben dem Tisch auf dem Boden stand, und steckte seine Hände hinein. »Ich bin nur noch nicht dazu gekommen, Eselskot einzusammeln. Es gibt nichts Besseres gegen Brandwunden.« Er machte eine Pause. »Ich frage mich, warum du mir nachgegangen bist?«

»Der Alte«, sagte Jacob heiser. »Er war ein Alchemist. Sein Labor …«

Peer nickte wieder und wieder. »Du bist mir nachgegangen, weil du mich warnen wolltest.« Jacob legte sich schwer atmend zurück und drückte seinen Hinterkopf in die Laken.

»Ich habe nicht nachgedacht.«

»Das hast du wohl nicht«, sagte Peer. »Weißt du, wie der Tod aussieht?«

Jacob fuhr hoch. »Was?«

»Der Tod«, sagte Peer. »Ich weiß es. Ich war noch klein, da habe ich ihn gesehen. Wir lebten in einem Dorf bei Heilbronn, das von einer Saubande von Söldnern überfallen wurde. Ich weiß bis heute nicht, was das für Leute waren, sonst würde ich sie suchen und töten.« Peer trank einen Schluck Wein und rülpste. »Während sie besoffen unsere elenden Hütten plünderten, rannten die Dörfler in die hölzerne Kirche und legten den Riegel vor. Und dann saßen sie wie die Ratten in der Falle. Meine Mutter schleifte mich an meinen Armen hinter sich her. Und drin waren wir. Die Raubritter, was taten die wohl mit uns?« Er putzte sich über den Mund und schaute Jacob erwartungsvoll an, der die Schultern zuckte. »Keine Ahnung.«

»Na, was wohl? Ein Feuerchen unter unserm Hintern anzünden, natürlich. Das brannte lustig lichterloh. Sie sind alle erstickt und zu Asche verbrannt. Nur ich nicht, weil ich ganz unten unter dem Leichenberg lag. Irgendwann habe ich mich rausgekämpft. Der einzige Überlebende. Und da habe ich ihm den Kampf angesagt. Dem Sensenmann.«

Jacob lief es eiskalt über den Rücken. Peer tunkte seine Arme in den Eimer. Dann sprach er weiter, und seine grünen Augen glitzerten. »Und seit damals frage ich mich, was wäre, wenn er keine Macht mehr über uns hätte. Schließlich bin ich ihm schon einmal von der Schippe gesprungen.«

»So ein Unsinn«, sagte Jacob und tippte sich an die schmerzende Stirn.

»Du glaubst mir nicht? Aber ich sag dir eins, Junge. Weckmann sucht ein Heilmittel gegen den Tod, und deine kleine Lehrherrin, die kennt es, weil ihr Vater es ihr verraten hat.«

»Das glaubst du?« Jacob stützte sich auf seinen Ellbogen und richtete sich auf. Dieser Messer Girolamo hatte etwas von einer Panakeia gefaselt, die Christoph Appenteker gesucht hatte.

»Sie war im Apothekenhaus.«

Jacobs schmerzender Kopf fuhr in die Höhe. »Wer?«

»Weckmanns Braut.«

Es dauerte einen Moment, bis er die Nachricht begriff. »Catharina?«, fragte er dann tonlos. Sein Kopf war hohl und leer wie eine Glocke.

»Sagte ich doch.«

Das Wasser plätscherte, als Peer seine Hände aus dem Eimer zog. »Ich hab sie reingehen, aber nicht rausgehen sehen. Und dann brannte der alte Kasten auch schon wie Zunder. Er brannte, und ich habe zu lange gezögert. Seit meiner Kindheit habe ich nämlich Angst vor Feuer. Und als ich endlich reinging, war es zu spät. Der Alte ist tot. Und von dem Mädchen keine Spur.«

Jacob spürte, wie die Tränen aus den Augenwinkeln seine Schläfen herunterrannen. Doch da war nichts, kein Begreifen, keine Trauer. Es konnte, es durfte nicht wahr sein. Er weigerte sich schlicht, es zu glauben. »Es gibt einen Hinterausgang zum Hof«, flüsterte er.

42

»Baron del Ponte lässt bitten.«

Adrian trat hinter dem Bewaffneten auf den überdachten Wehrgang hinaus, der die Türme der Festung Santa Agnesa verband. Sans Nom folgte ihm schweigend und mit undurchdringlichem Gesicht in die Dämmerung. Sofort griff der Wind nach ihnen, blähte ihre Mäntel und legte sich eisig auf ihre Gesichter. Zwischen den Zinnen leuchtete tiefblau der Abendhimmel.

Auf der Suche nach Del Ponte hatten sie das Land von Ost nach West durchquert, bis sie schließlich auf seine Festung am Küstenabschnitt nördlich von Livorno gestoßen waren. Uneinnehmbar wie ein Adlernest lag sie auf einer Klippe über dem Meer. In der Tiefe brachen sich die schäumenden Wellen an den Felsen und erfüllten die Luft mit stetem Rauschen.

»Du weißt nicht, was du da tust«, raunte Sans Nom in seinem Rücken.

Doch. Er wusste es schon lange. *Ich stecke dem Löwen meinen Kopf ins Maul*, dachte er. Bei vollem Bewusstsein. Es hätte ihm schon klar sein können, als sie sich beim Rat der Republik Venedig nach dem Kapitän erkundigt hatten und niemand ihn kennen wollte. Er hätte es begreifen müssen, als die Dorfbewohner an der Adria bei der Erwähnung des Namens angstvoll zur Seite geblickt hatten. Spätestens als die Informationen spärlich wie Brotkrumen auf ihren Weg gestreut wurden, hätte er es wissen müssen. Der Condottiere halte sich nicht mehr an der Ostküste auf, hatte man gemunkelt. Er sei auf seine westlichste Festung gezogen, die zwischen Genua und Livorno lag. Sie waren ihm über das Gebirge gefolgt, das den italienischen Stiefel wie ein Messergrat trennte. Mit jedem Schritt, den er Träumer über die windumtosten Felshänge geführt hatte, mit jeder nadelspitzen Eisflocke, die sein Gesicht getroffen hatte, war die Wahrheit mehr und mehr in ihn eingesickert.

»Der Mann ist ein Schurke«, sagte Sans Nom.

Natürlich war er das. Ein Freibeuter, der sich mit oder ohne Kaperbrief bei den Schiffen muslimischer und anderer Eigner bediente. Ein Pirat, der sich nahm, was er wollte, und nicht nach Recht und Unrecht fragte.

»Ich muss wissen, was mit meinem Vermögen passiert ist«, sagte Adrian eigensinnig. »Und wo Catharinas Vater steckt.«

»Stur wie ein Maulesel«, schnaubte Sans Nom.

Der Gefolgsmann führte sie in den südöstlichen Turm der

Festung. Ein Stockwerk tiefer zog er eine doppelflügelige Holztür auf, die sich zu einer Halle mit Netzgewölbe öffnete. Der Raum war voller Männer. Im riesigen Kamin drehte ein Koch eine Ochsenhälfte. Das Feuer prasselte und loderte von der Zugluft, die durch die spitzbogigen Fenster drang. Kaum waren sie durch die Tür getreten, richteten sich alle Blicke auf sie. Es wurde so still, dass Adrian hörte, wie Bratensaft ins Feuer tropfte und zischend verdampfte. Blitzschnell überschlug er die Anzahl der Gefolgsleute Del Pontes. Rund zwanzig bewaffnete Haudegen gegen zwei Irre, die sich in ihre Mitte gewagt hatten. Aus dem Augenwinkel erkannte er den jungen Nordmann aus der venezianischen Schenke. Adrian schaute stur geradeaus und folgte dem Mann Del Pontes bis zum anderen Ende der Halle.

Am Fenster neben dem Kamin stand ein hochgewachsener Ritter, der in ein Gespräch mit einem Mönch in graubraunem Mantel vertieft war. Eine ganze Weile schien dieser sie nicht zu bemerken. Dann wandte er sich um und ließ seine seltsam hellen Augen über sie hinweggleiten. Das Feuer zeichnete tiefe Schatten in sein kantiges Gesicht. Er trug einen kurzen Bart. Lange, von Grau durchzogene blonde Haare lagen auf seinen Schultern.

»Da seid Ihr also«, sagte Del Ponte und lächelte ein Lächeln, das Adrian unter anderen Umständen als gewinnend bezeichnet hätte.

»Darf ich vorstellen? Bruder Luca de Laterina vom Orden der Jesuaten aus Livorno.«

Adrian hatte den Namen dieser Laienbruderschaft schon einmal gehört. »Hochwürden«, sagte er ehrerbietig, und der Mönch neigte grüßend den Kopf.

»Trinkt mit mir!«, forderte Del Ponte sie auf. Mit einer sparsamen Bewegung griff er nach einer Karaffe, die auf einem Mauervorsprung stand, und füllte zwei Zinnbecher mit tiefrotem Wein. Adrian ahnte, dass er ihnen, wenn er es für nötig hielt, genauso schnell und elegant sein Schwert zwischen die Rippen stoßen würde. Trotzdem nahm er den Becher an.

»Rousel Sans Nom«, sagte Del Ponte.

Der Söldner neigte seinen Kopf und trank. Als er den Zinnbecher absetzte, wirkte sein Gesicht wie aus Stein gemeißelt. »Cipriano Cipriani! Ich wusste gar nicht, dass Ihr Euch heute Del Ponte nennt.«

Der Kapitän lachte schallend. »Namen sind untreue Geliebte. Man findet sie am Strand und unter Brückenbogen. Am besten, man legt sich rechtzeitig einen neuen zu. Das müsstest du doch am besten wissen, mein Freund ohne Namen.« Sein Blick bohrte sich in Adrians Augen. »Und Ihr? Wie lautet der Eure?«

»Adrian Borluut.« Er nannte seinen Namen in flämischem Zungenschlag und war überrascht, dass ihm der Kapitän fließend in seiner Heimatsprache antwortete.

»Ich glaube kaum, dass das Euer Name ist. Wie wäre es mit Adriano Tommasini? Aus einer der ältesten Florentiner Familien?«

Die hellen Augen hefteten sich an Adrians Gesicht und glitten, ihn Zoll für Zoll abtastend, von seinem Kopf bis zu seinen schlammverkrusteten Stiefeln.

»Warum schaut Ihr mich so an?«, fragte er empört. Del Pontes Blick wurde einen Moment lang abwesend. »Ich prüfte nur, ob es eine Familienähnlichkeit gibt.«

»Und, seid Ihr fündig geworden?« Die Hitze des Feuers rötete Adrians Gesicht, so dass er die Kälte des offenen Fensters in seinem Rücken nicht mehr spürte. »Oh ja«, sagte Del Ponte.

Verwirrt trank Adrian einen großen Schluck Wein, der betörend süß durch seine Kehle glitt, und schwor, sich nicht einlullen zu lassen. Del Pontes Gesicht blieb undurchdringlich.

»Wir sollten zu Tisch schreiten«, lud er sie ein. Die Männer versammelten sich an der schnell aufgestellten Tafel. Diener schnitten große Stücke gebratenes Ochsenfleisch ab, das auf Brotscheiben serviert wurde, und reichten Tabletts mit Obst und Wein herum.

Seine Augen glitten über die Runde der Piraten, die mit den Zähnen am Fleisch rissen wie Wölfe und sich einen Becher Wein nach dem anderen hinter die Binde kippten. Sein Blick blieb an dem pickligen Jungen hängen, dem er seine Lage zu verdanken hatte. Seine rechte Wange war dick, rot und geschwollen. Unwillkürlich fragte er sich, warum der Condottiere den Verräter nicht gleich einen Kopf kürzer gemacht hatte, anstatt ihm eine Maulschelle zu verpassen. Der Junge schaute zurück. Adrian hielt seinem Blick länger stand und wandte sich voller Genugtuung erst ab, als sein Magen knurrte. Heißhungrig machte er sich über sein Stück Fleisch aus der Keule her, das an den Rändern schwarz verbrannt war. Trotzdem aß er es bis zum letzten Bissen auf und schob die fettgetränkte Scheibe Brot hinterher. Vielleicht war das hier ja ihr Henkersmahl.

Nach der Mahlzeit reinigte sich Del Ponte mit höfischer Eleganz die Hände in einer Waschschüssel und trocknete sie mit einem Leintuch ab. »Nun, meine Herren. Was führt Euch in meine bescheidene Halle?«

»Ihr habt uns hergeleitet, Schritt für Schritt«, sagte Adrian heiser.

Del Ponte lächelte. »Auf der Suche nach mir habt Ihr eine Schneise durch das Land getreten. Als ich mich abgesichert hatte, legte ich die Spuren so, dass Ihr irgendwann über mich stolpern würdet. Ich bin immer interessiert an Leuten, die mich suchen.« Schlagartig wurde er ernst. »Wir setzen das Gespräch besser woanders fort.«

Er stand auf und bedeutete Adrian, Sans Nom und dem Pater, ihm zu folgen. Nach der rauchgeschwängerten Hitze in der Halle war es auf der Treppe kalt und zugig.

»Vorsicht«, raunte ihm Sans Nom zu, der hinter Adrian ging. »Cipriano Cipriani gehörte zu den Johannitern auf Rhodos, die die christlichen Schiffe während der Überfahrt nach Jerusalem geschützt haben. Irgendwann hat er die Seiten gewechselt. Er ... ist ein schlauer Hund und völlig skrupellos.«

Adrian nickte grimmig und drehte sich brüsk um. »Und welche Rolle habt Ihr dort gespielt?«

»Keine Fragen«, zischte der Söldner so kalt, dass er zurückwich.

Del Ponte führte sie in einen Raum, an dessen Wänden sich in den Regalen gebundene Folianten und Pergamentrollen stapelten. Adrian sah keinen Grund mehr, noch länger zu warten. »Wo ist mein Azurstein? Und wo stecken Christoph Appenteker und der junge Said?«

»*Il Farmacista* und der junge Händler genießen bedauerlicherweise meine Gastfreundschaft nicht mehr.« In aller Ruhe goss ihnen Del Ponte von dem roten Wein ein, der auch hier in einer Karaffe bereitstand. Die Pokale, die er ihnen in die Hand drückte, waren aus dunkelblauem Stein, in dem sich das Licht der flackernden Kerzen fing.

»Ihr bedient Euch an meinem Eigentum«, sagte Adrian entrüstet. Del Ponte schaute ihn nachdenklich an.

»Die Städte Venedig und Genua zahlen gut, wenn hin und wieder etwas Kapergut in ihre Häfen einläuft, und vergessen dabei sogar ihre Zwistigkeiten«, gab er zurück. »Vor allem, wenn es von muslimischen Eignern stammt. Und auf diesem Schiff war so viel blauer Stein, dass ich meinen Hausstand aufbessern und meine Männer damit bezahlen konnte. Und selbst danach war noch genügend übrig.«

»Wofür?«, fragte Adrian zornig.

Sans Nom legte ihm beruhigend die Hand auf die Schulter, doch er schüttelte sie ab, entschlossen, sich nicht mäßigen zu lassen.

Der Mönch Luca musterte ihn unter seinen schweren Augenlidern. »Der Stein aus Outremer ist in den Besitz unseres Ordens gewandert. Meine Mitbrüder in Florenz sind begabte Handwerker und werden ihn in hochreines Ultramarin verwandeln.«

Adrian schnappte nach Luft. Er hatte damit gerechnet, sich mit einem Freibeuter auseinandersetzen zu müssen. Dass die Kirche sich in den Konflikt drängte, schaffte neue Bedingungen, mit denen er nicht gerechnet hatte.

»Euer Orden kauft Diebesbeute auf!«, rief er.

»Keinesfalls.« Del Pontes schneidende Stimme duldete keinen Widerspruch. »Das Schiff wurde von mir aufgebracht und ist durch einen Kaperbrief der Republik Venedig in mein Eigentum übergegangen.«

Adrians Kopf war plötzlich schwer vom Wein. Die Wände schwankten auf ihn zu. »Aber der Eigner Khalid Abd al-Qadir lebt ebenfalls in Venedig.« Auf dem blauen Stein seines Pokals tanzten gelbe Funken aus Katzengold, die ihn zu verspotten schienen.

Mit plötzlicher Sanftheit nahm ihm Del Ponte das Gefäß aus der Hand und stellte es auf den Tisch. »Manchmal muss man mit Verlusten leben, mein junger Freund. Khalid Abd al-

Qadir ist in erster Linie ein Muselmane, und seine Schiffe stehen daher zur Verfügung, wenn sich die Serenissima bedienen will. Schließlich greifen seine Glaubensbrüder aus der Türkei die Christenheit an, die zu schützen ich einst geschworen hatte.«

»Aber das ist Unrecht«, sagte Adrian. »Ich werde für Khalids und mein Eigentum kämpfen. Und wenn ich bis vor den obersten Richter Venedigs gehen muss.«

Sans Nom schaute ihn an und schüttelte den Kopf. »Hast du nicht gehört, was er gesagt hat? Dass er einen Kaperbrief besitzt, der ihn dazu berechtigt, sich zu holen, was er will?«

Adrian schüttelte wieder und wieder den Kopf. »Ich werde um mein Recht kämpfen«, sagte er.

»Sie heißt Catharina und ist ein wirklich hübsches Mädchen«, sagte Del Ponte leise.

Adrian schaute ihn verwirrt an. Seine Augen brannten. Er spürte, wie Sans Nom hinter ihn trat und ihm seine schwere Hand auf die Schulter legte. »Wie könnt Ihr von ihr wissen?«

»Jörgen, der Nordmann. Er hatte etwas wiedergutzumachen. Er hat sie hergebracht. Sie ist so etwas wie mein kleines Unterpfand gegen Euren unrechtmäßigen Anspruch.«

43

Adrian wird kommen. Dieser Gedanke war der Rettungsanker, an den Catharina sich klammerte. Von ihrem Zimmer im Westturm der Festung schaute sie auf das Meer hinaus in die Unendlichkeit und hatte das Gefühl zu fallen. Heute war die See so bleigrau wie der Himmel, in den die Sonne einen messingfarbenen Spalt gebrannt hatte. Das Licht bahnte sich seinen Weg hindurch und fiel in Lachen auf die Wasseroberfläche. Ihr schwindelte, wenn sie die Wahrheit zuließ. Sie befand sich an der Westküste Italiens, weit weg von zu Hause und von Venedig. Irgendwo hinter dem Horizont lagen die spanischen Lande. *Er kommt*, dachte sie gegen ihre Verzweiflung an. *Er wird Del Ponte finden.* Doch was dann? Der Condottiere würde sie niemals gehen lassen.

Catharina stand auf und zog an der Tür, die wie immer verschlossen war. Del Ponte hatte sich rar gemacht. Als ihre Entführer sie vor zwei Wochen bei ihm abgeliefert hatten, war sie ihm mit Schweigen begegnet. Seitdem hatte er sie mit ihrer Zofe alleingelassen, die sich um ihr Wohlergehen kümmerte, aber keinerlei Informationen weitergab. Und jetzt spürte sie, wie ihre Kraft mehr und mehr zur Neige ging.

In diesem Moment bewegte sich der Riegel an der Tür, und die Zofe trat ein, die nichts anderes als eine Kerkermeisterin war. »Ihr sollt sofort kommen.« Wie immer wich die ältere Frau ihrem Blick aus.

»Aber wohin?«

»Kommt einfach! Nehmt am besten Euren Mantel mit, denn es ist kalt.«

Teilnahmslos ließ sie sich den schwarzen Umhang mit dem Pelzfutter um die Schultern legen. Es war nicht so, dass man ihr leibliches Wohl vernachlässigte. Der Condottiere hatte den Turmraum mit einem geschnitzten Himmelbett voller Felle und Decken, einem Tisch und einer Truhe ausstatten lassen, die bis oben hin mit Kleidern gefüllt war. Die Roben bestanden aus Wolle, gemusterter Seide und Goldbrokat und rochen nach dem Schweiß ihrer ursprünglichen Besitzerinnen. Sicher war das alles Diebesbeute. Catharina, deren Kleid von Girolamos Blut verdorben war, hatte die feinen Überkleider links liegen lassen und sich ein einfaches blaues Wollgewand, das dickste Untergewand und Beinlinge ausgesucht, denn es war in ihrem Zimmer empfindlich kühl. Drei Mahlzeiten brachte die Zofe täglich vorbei. Sie musste also weder verhungern noch erfrieren. Wenn es nur tagsüber etwas zu tun gäbe! Wenigstens ein paar Bücher, die sie lesen konnte. Aber so kam sie um vor Langeweile und starrte aufs Meer hinaus, bis ihr die Augen brannten.

Sie folgte der Frau eine Wendeltreppe hinunter in den Hof, wo die Piraten Del Pontes gerade mit ihren Waffenübungen beschäftigt waren. Schwerter klirrten aneinander, Schweißgeruch lag in der Luft, und sie hörte das Lachen, das den Kampflärm übertönte. Das alles erinnerte sie so stark an Adrian und Sans Nom, dass ihr die Tränen in den Hals stiegen.

»Nichts macht Männer glücklicher als der Krieg«, sagte eine Stimme hinter ihr auf Deutsch. »Frauen sind nichts weiter als ein Zeitvertreib für sie.«

Catharina blieb fast das Herz stehen. Sie fuhr herum und erkannte den grinsenden Condottiere in seinem braunen, ledernen Brustpanzer. Die Sonne brachte sein helles Haar zum Leuchten.

»Was wollt Ihr von mir?«, schrie sie. »Wo ist mein Vater?«

Er lachte. »Eins nach dem anderen. Folgt mir!«

Er schickte die Zofe in Richtung Küche und geleitete sie über den Burghof. Auf der anderen Seite öffnete er eine Tür zu einer stickigen Kammer, in der es wie in einem Viehstall roch. Als er die Fensterläden aufstieß, erkannte sie eine Reihe völlig verdreckte medizinische Instrumente, Scheren, Skalpelle, Messer. Catharina schluckte. »Was soll ich hier?«

Del Ponte rieb sich die Hände. »Das ist meine Krankenstube. Ihr seid eine – *farmacista* – oder täusche ich mich da? Mir ist mein Arzt abhandengekommen, was angesichts der Kriegswunden meiner Männer fatal ist.«

Der Medicus hatte sich wahrscheinlich aus Verzweiflung die Klippen hinabgestürzt. Catharina verdrängte ihren Zorn und bemühte sich um Ruhe. »Eine Apothekerin, ja. Aber keine Wundärztin.«

Im Zwielicht erkannte sie eine Reihe Arzneigläser und Gefäße auf einem Wandregal, in denen es fröhlich vor sich hinschimmelte. Sie stemmte die Hände in die Hüften. »Wenn Ihr glaubt, dass ich Eure Männer mit Fledermausdreck kurieren kann, täuscht Ihr Euch.«

»Darum geht es nicht«, sagte Del Ponte sanft. »Ihr sollt einem Mann einen Zahn ziehen.«

»Was?«

Del Ponte lachte. »Wenn Ihr zornig seid, lodern Eure Augen wie das blaue Herz des Feuers. Kein Wunder, dass sich die Männer nach Euch verzehren.«

Während er sich zur Tür wandte, blieb Catharina völlig sprachlos zurück.

»Ich schicke Euch Euren Patienten und eine – Unterstützung vorbei.« Er verbeugte sich knapp und verließ den Raum.

Entmutigt ließ sie sich auf den einzigen Stuhl fallen, der, wie sie entsetzt feststellte, mit einer klebrigen Schicht getrockneten Blutes überzogen war. Angeekelt sprang sie auf, putzte sich die Hände an ihrem Kleid ab und wartete neben der Tür.

Es dauerte nicht lange, bis diese sich öffnete. Herein trat der Graubärtige, der sie auf dem Weg hierher begleitet hatte. In seinem Windschatten erschien der Nordmann Jörgen und hielt sich seine blaurot geschwollene Wange. Sein rechtes Auge tränte, und er schaute sie schmerzerfüllt an. *Au weia,* dachte sie und biss sich auf die Lippe. Das sah gar nicht gut aus.

»*Madre mia*«, sagte der Graubart. »Wenn du dem Kleinen hier den Zahn gezogen hast, Mädchen, kannst du dich um meine Sackratten kümmern.«

»Halt's Maul!«, schrie Jörgen, dem sein Humor wohl über seinen Zahnschmerzen vergangen war.

»Ich bin keine Zahnreißerin«, sagte sie.

»Du musst das auch nicht alleine machen.« Graubart öffnete die Tür ein zweites Mal.

Da stand Adrian wie ein Gestalt gewordener Gedanke. Sie stolperte auf ihn zu und fing sich, kurz bevor sie gegen ihn taumelte, wieder auf.

»Catharina!«

Als er nach ihren Händen griff und seine Daumen auf die Innenseite ihrer Handgelenke legte, jagten ihr heiße Schauer über den Rücken. Seine blaugrünen Augen erforschten ihre, und dann lagen sie sich in den Armen.

»Endlich«, murmelte er.

Er duftete nach Seife und Leder. Seine Hände glitten über ihre Haare, ihr Gesicht, ihren Rücken. Und seine Lippen suchten hungrig die ihren, zuerst vorsichtig, dann immer fordernder. Der Kuss, der darauf folgte, raubte ihr den Atem und trug sie buchstäblich von den Füßen fort. Erst als sie von der Tür ein Räuspern hörten, fuhren sie auseinander. Del Ponte und Sans Nom standen dort und schauten in trauter Eintracht zu. Der Zorn, der in Adrians Augen aufblitzte, sprach Bände.

»Was habt Ihr mit uns vor?«, fragte er und hielt weiter Catharinas Hand.

»Erfüllt Eure Aufgabe!«, befahl Del Ponte mit harter Stimme. »Dann geschieht weder Euch noch Eurer Liebsten etwas.«

Sie blieben mit Jörgen zurück, der sich die schmerzende Wange hielt. Adrian schaute ihn hasserfüllt an.

»Was soll das?«, fragte er.

Die Tränen liefen dem Jungen über die Wangen. »Ich brauche Hilfe«, sagte er flehend.

Auch wenn Adrian einmal Medizin studiert hatte, hieß das noch lange nicht, dass er sich mit dem Zahnwurm auskannte, der die Zähne faulen ließ und Entzündungen im Mund verursachte, an denen so mancher schon gestorben war. Ein studierter Medicus deutete das Säfteverhältnis im Körper anhand seines Uringlases und glich ein Ungleichgewicht meist mit einem Aderlass aus. Wenn Jörgen jemand helfen konnte, dann ein geübter Bader oder ein Wundarzt mit Erfahrung auf dem Schlachtfeld.

»Also gut.« Catharina sah, wie viel Überwindung Adrian das Nicken kostete. »Ich frage mich nur, warum dich Del Ponte für deinen Verrat nicht einen Kopf kürzer gemacht hat?«

»Wenn er das mit seinem besten Kundschafter täte, wäre er schön dumm«, nuschelte Jörgen. Adrian trat trotz sichtlicher Überwindung an den Nordmann heran.

»Es gibt einen hippokratischen Eid, den ich zwar noch nicht abgelegt habe, aber trotzdem. Mach's Maul auf!«

Jörgen tat, was er verlangte. Adrian keuchte auf, als ihm sein schlechter Atem entgegenwehte, und warf einen Blick hinein. »Oh, mein Gott«, murmelte er.

»Lass sehen!« Catharina schob ihn sanft beiseite und inspizierte selbst Jörgens Mund. Die ganze rechte Seite des Unterkiefers war rot und entzündet. Unter dem Weisheitszahn, der sich schräg an den davorliegenden Zahn drückte, lag ein eitriger Abszess. Anders als der Stadtmedicus von Esslingen hatte ihr Vater Christoph den Eiter nicht als heilende Flüssigkeit betrachtet, sondern als Ausdruck von Krankheit. Der Zahn musste raus und der Entzündungsherd gleich mit.

»Das wird wehtun«, sagte Adrian nachdenklich und betrachtete mit undurchdringlichem Gesicht die schmutzigen chirurgischen Instrumente auf dem Tisch. Das Skalpell und die Zange waren mit einer bräunlichen Flüssigkeit verkrustet. »Nicht, dass mir das was ausmachen würde.«

»Dagegen habe ich was.« Jörgen versuchte ein schiefes Grinsen und holte eine Flasche Schnaps aus der Tasche. Adrian nickte knapp und kippte einen guten Schluck über beide Instrumente, die er danach mit einem Zipfel seines Mantels polierte, bis ihr schwärzliches Metall wieder hindurchschimmerte.

»Ich will mir doch nicht die Hände schmutzig machen«, sagte er. »Und jetzt du.«

Jörgen setzte an und trank den Schnaps wie Wasser, bis die Flasche fast leer war. Danach taumelte er, schaute sie aus glasigen Augen an und hockte sich haltsuchend auf den Rand des schmutzigen Stuhls. »Tut schon nicht mehr so weh«, lallte er. »Ich glaub, ich geh wieder.« Unsicher schwang er sich in die Höhe.

»Du bleibst.« Adrian drückte ihn auf den Stuhl zurück. »Halt ihn von hinten fest!«, forderte er Catharina auf. Sie nickte und presste Jörgen mit aller Kraft auf seinen Platz, während Adrian seinen Mund öffnete und die Zange auf den Zahn setzte.

Der Junge zuckte zusammen.

»Du glaubst gar nicht, wie viel Spaß mir das macht. Schließlich hast du diese saublöde Idee mit Catharina gehabt.« Adrian drückte mit beiden Armen zu und zog mit aller Kraft, bis sich die Muskeln in seinen Schultern spannten. Catharina schaute ihn verwundert an. So sicher, so sehr in seinem Element hatte sie ihn nur einmal gesehen, nämlich, als er das Leben zurück in den halb ertrunkenen Jacob gepumpt hatte. Jörgen wollte schreien, konnte nicht und trat Adrian in Panik mit aller Kraft gegen das Schienbein. Im nächsten Moment kippte er bewusstlos zur Seite.

»Schau.« Triumphierend hob Adrian die Zange, an der der Weisheitszahn hing. Der Schweiß lief ihm in Bächen übers Gesicht.

Catharina hob die Augen und wunderte sich über die langen Wurzeln, die daran hingen. »Fertig«, sagte Adrian zufrieden.

»Nein.« Sie trat an seine Seite, legte Jörgens Kopf in den Nacken und öffnete seinen Mund. »Du musst den Abszess noch ausräumen.«

Er blinzelte sie zweifelnd an. »Aber – ich habe gelernt, dass Eiter heilend wirkt.«

»Tu, was ich dir sage!«

Achselzuckend nahm Adrian das Skalpell und schnitt dem bewusstlosen Jungen vorsichtig den geschwollenen Unterkiefer auf. Der grünliche Eiter, den er aus der Wunde drückte, stank so, dass Catharina würgen musste.

»Alles muss raus«, sagte sie und tupfte die Flüssigkeit mit einem Leintuch auf.

Schließlich nähten sie die Wunde mit einem Stück Katzendarm, das Catharina in einem der Regale gefunden hatte, und spülten den Mund mit den letzten Tropfen Schnaps.

Adrian lehnte sich schwer atmend zurück. »Jetzt kommt es darauf an, was für eine Konstitution der Nordmann hat.«

Einen Moment später öffnete Jörgen die Augen und betrachtete ungläubig den Zahn, der vor ihm auf dem Tisch lag. »Da ist er, der Übeltäter«, nuschelte er glücklich, hielt sich die Backe und wankte zur Tür.

»Lass dir von Catharina zeigen, wie man sich die Zähne reinigt und den Mund mit Salbeiaufguss spült«, brummte Adrian schlecht gelaunt. »Und komm mir bloß nicht noch einmal unter die Augen, sonst ziehe ich dir auch noch deine anderen Zähne.«

Als Jörgen den Raum verlassen hatte, zog Adrian Catharina ohne Zögern an sich und küsste sie. Sie saßen in der Falle, und dennoch war sie noch nie zuvor so glücklich gewesen. Seine Lippen fuhren über ihre Haare, ihre Stirn und ihre Augenbrauen. »Nie wieder«, sagte er. »Ich lasse dich nie wieder allein.«

44

Jan van Eyck hatte die beiden Altarflügel mit den Stammeltern der Menschheit auf zwei Staffeleien gestellt und betrachtete sie voller Stolz. Adam und Eva sahen in ihrer Nacktheit so lebensecht aus, als würden sie gleich aus ihren Nischen treten. Adams Fuß schien tatsächlich einen Schritt über den Rahmen hinaus zu machen, eine Illusion, die einer gekonnt dargestellten Verkürzung seines Körpers geschuldet war.

Eva mit ihrem schlanken, leicht gewölbten Leib war schön wie die Gestalt gewordene Versuchung. Die Frische und Süße, die sie ausstrahlte, begeisterte ihn immer wieder neu. Anstelle eines Apfels hatte er ihr eine Zitrone als Symbol des Lebens in die Hand gegeben. Der Kanonikus, der das Programm des Altars für Josse Vijd entworfen hatte, hatte dies mit einem anerkennenden Nicken bemerkt. Der Zitronenbaum, hatte er gesagt, sei der einzige, der gleichzeitig blühe und Früchte trage, womit er Parallelen zur Geschichte der Kirche aufweise, die sich erst in der Zukunft verwirklichen würde.

Jan schmunzelte. Er hatte die Zitrone hauptsächlich gewählt, weil ihn die Sache mit den Frauen sauer vorkam. Da gab es die Dinge, die man im Bett miteinander tat und die zweifellos Freude brachten. Wenn die Frauen nur nicht immer gleich mit ihm in den Ehestand treten wollten. Jan entstammte der alteingesessenen Künstlerfamilie van Eyck aus Maaseyck und war als Hofmaler und Kammerherr Philipps des Guten eine begehrte Partie. Doch auch, wenn sein Bruder Lambert ihn zur Heirat drängte, war er auf seine Freiheit bedacht, hatte es, ohne sich zu binden, auf vierzig Lebensjahre gebracht und war darüber ein eigenwilliger Hagestolz geworden.

In diesem Moment hörte er eine leise Bewegung hinter sich. Er fuhr herum und sah, dass Cornelis Borluut eingetreten war und die Tür lautlos hinter sich ins Schloss drückte. Sicher brachte er die Rate, die als Zahlung für den Fortschritt am Altar noch ausstand. Der junge Mann trat heran und schaute ihm über die Schulter.

»Sie ist sehr schön, Eure Eva. Und Euer Adam scheint ebenfalls gelungen«, sagte der Neffe des alten Vijd mit widerwilliger Anerkennung. »Doch was hat die Mordszene über Eva zu suchen? Ist das da Kain, der Abel erschlägt?«

Van Eyck blinzelte und schaute dann auf die Grisaillen, die sich in den Zwickeln oberhalb der beiden Stammeltern befanden. Da sie von seinen Gehilfen zu seiner Zufriedenheit ausgeführt worden waren, hatte er noch nicht allzu viele Blicke an sie verschwendet. Die Bildszenen wirkten wie aus Stein gehauen.

»Die Ermordung Abels steht am Anfang der Heilsgeschichte und ist damit auf den äußeren Plätzen des oberen Registers des Altars richtig platziert«, stellte er theologisch korrekt klar.

Borluut nickte. »Evas Söhne metzeln einander nieder«, sagte

er nachdenklich. »Das Weib hat alles Übel in die Welt gebracht, indem es nach dem Apfel gegriffen und die Gnade Gottes verspielt hat. Und die Taten ihrer Söhne sind die Früchte ihrer Begierde.«

Jan kniff die Augen zusammen. Dieser Mann teilte seine Meinung mit den Vertretern der Kirche, die der Urmutter der Menschheit die Schuld am Sündenfall gaben. Plötzlich hatte er das Bedürfnis, seine Eva in Schutz zu nehmen.

»Wenn sie nicht nach der Frucht vom Baum der Erkenntnis gegriffen hätte, würde die Menschheit nicht nach Wissen und Vollkommenheit streben«, sagte er. »Jesus, der uns die Erlösung gebracht hat, wäre nie geboren worden. Und es würde Euch nicht geben, ebenso wenig wie mich und den Altar in der Vijds-Kapelle.«

Er wusste auch nicht, warum er die Gedanken, die er sich über den Sinn des Lebens machte, mit diesem einfach gestrickten Kaufmannssohn teilte. Wahrscheinlich vermisste er den jüngeren Bruder Adrian, der ihm mit seinen Zweifeln und Fragen die Stirn geboten hatte. Der ältere Borluut war ein vierschrötiger Flame mit Stiernacken und einem rötlich blonden Haarschopf. Er hatte so wenig Ähnlichkeit mit seinem jüngeren Bruder wie ein Bulle mit einer Raubkatze.

»Ihr irrt Euch.« Cornelis schüttelte vehement den Kopf. »Ohne Eva wäre das Unheil nicht in die Welt eingezogen. Und wir wären im Paradies geblieben, schuldlos und frei. Euer Geld.« Er knallte den Beutel mit der Rate auf den Tisch.

Jan zog seine Stirn in Falten, als er nachdachte. »Kain hätte Abel nicht erschlagen müssen. Er hätte sich anders entscheiden können«, erwiderte er dann.

»Hätte er das?« Trotz seiner Größe verließ der junge Mann so lautlos den Raum, wie er gekommen war.

45

»Wo ist mein Vater?«, fragte Catharina leise.

Der Condottiere geruhte, mit ihnen in seinen Gemächern zu speisen. Flackernde Kerzen in silbernen Leuchtern warfen ihren Schein auf die Vielfalt an Speisen, unter denen sich die Tafel bog. Es gab verschiedene Sorten Fleisch, Trauben, Äpfel, Pasteten, Oliven und feinstes weißes Brot. Adrian drückte warnend ihre Hand. Sans Nom verschluckte sich und trank gegen den Hustenreiz seinen Becher leer.

Del Ponte beugte sich vor. »Eure Liebste steckt voller Leidenschaft, Adriano, und nimmt kein Blatt vor den Mund.« Er prostete ihm zu. »Das muss nicht unbedingt von Nachteil sein.« Der Condottiere wirkte nicht wie ein Mann, der seinen Lebensunterhalt mit der Freibeuterei verdiente. Er trug einen knielangen Überrock aus braunem Samt, in dessen Halsausschnitt ein gefälteltes Leinenhemd zu sehen war.

Adrian nickte, als sei sie ein edles Pferd, das man noch zureiten musste. Entrüstet entzog sie ihm ihre Hand und spürte Del Pontes belustigten Blick auf sich ruhen, der mit ihnen zu spielen schien wie die Katze mit der Maus. Zornig zerriss sie ein Stück Brot in mundgerechte Stückchen, die sie voller Genugtuung auf den Boden warf, wo seine Hunde nach ihnen schnappten. Vor den spitzbogigen Fenstern jagten Sturmwolken über den Abendhimmel.

»Auf Euer Wohl, Catharina.« Del Ponte prostete ihr zu und trank einen tiefen Schluck.

»Wo ist er?« Sie setzte sich aufrecht und dachte gar nicht daran, die brüske Frage zurückzunehmen. Del Ponte stand auf und begann, das geröstete Wildschwein fein säuberlich zu zerteilen, das vor ihnen auf dem Tisch stand und sie auszulachen schien, was vorwiegend daran lag, dass ihm ein findiger Koch einen Apfel ins offene Maul geschoben hatte.

»Ihr gebt nicht so schnell auf.« Ein viel zu großes Stück Braten landete auf ihrem Teller, bei dessen Anblick ihr Magen rebellierte. »Euer Vater ist fortgegangen.«

»Ihr habt ihn ziehen lassen?«, fragte Adrian verwundert.

»Was hätte ich sonst tun sollen?« Del Ponte warf den Hunden unter dem Tisch einen Knochen zu, die sich gierig auf ihren Anteil an der Beute stürzten.

»Euer Vater und der junge Muselmane, wie hieß er doch gleich?«

»Said«, flüsterte Catharina heiser.

»Sie waren zu Gast auf meiner Burg an der Adria. Doch sie zogen es vor, ihrer Wege zu gehen.«

»Aber wohin denn?«, fragte sie kläglich.

»Das entzieht sich meiner Kenntnis«, sagte Del Ponte sanft. »Ihre Spur hat sich verloren, sobald sie meinem Einflussbereich entzogen waren.«

Catharina atmete tief ein. Schon wieder lösten sich alle Gewissheiten in Luft auf, und dabei war sie so nahe daran gewesen, ihren Vater zu finden. Adrian war sehr bleich geworden. Sie wusste, dass er seine Ladung Azurstein unwiederbringlich an den Jesuatenorden verloren hatte. Und wenn sich jetzt auch noch Christophs Spur verflüchtigte, gab es für ihn keinen Grund mehr, in Italien zu bleiben. Sans Noms Gesicht wirkte erstarrt. Was sollten sie nur tun?

»Gebt uns die Freiheit!«, bat Adrian müde. »Uns allen.« Ein Jahr lang war er einem Traum hinterhergejagt, der sich ihm umso mehr entzogen hatte, desto näher er ihm gekommen war. Jetzt konnte und wollte er nicht mehr.

»Euch gehen lassen?« Del Ponte lachte leise und schenkte ihnen Wein nach. »So leid es mir tut, Adriano Tommasini oder Borluut. Ihr habt mir gedroht, mich beim Rat der Stadt Venedig anzuschwärzen. Meine Geschäfte sind heikel, und Ihr seid ein Abkömmling eines mächtigen Geschlechts. Was Ihr vorhabt, würde einen handfesten Skandal nach sich ziehen. Ich will nicht, dass mein Name in den Dreck gezogen wird.«

»Dann könnt Ihr ihn ja wieder ändern.« Catharina beugte sich vor. »Es gibt noch hunderttausend Namen für solche wie Euch. Wie wäre es mit Hundsfott?«

Als Del Ponte sie mit undurchdringlichem Gesicht betrachtete, erkannte sie in seinen Augenwinkeln ein amüsiertes Funkeln, das sie zur Weißglut trieb.

»Ihr dürft also unter dem Deckel der Verschwiegenheit Schiffe ausrauben und Euch an ihrer Ladung bereichern, bloß weil ihr Eigner ein Muselmane ist? Ihr dürft Menschen ermorden und entführen? So lange es unter den Teppich gekehrt wird, ist alles in Ordnung?«

Sans Nom räusperte sich. »Schweig lieber, Rose!«

»Es wird Zeit, dass hier jemand die Wahrheit ausspricht«, gab sie zurück und funkelte Del Ponte an, der lachte und wieder sein Glas hob. »Wetzt nur Eure scharfe Zunge an mir. So sind nun einmal die Regeln. Und die Städte Venedig und Genua profitieren, so wenig sie einander grün sind, von diesem ungeschriebenen Gesetz. Wenn Adriano nicht länger meine Gastfreundschaft genießen will, sei es ihm erlaubt zu gehen. Doch seine feurige Geliebte bleibt hier als mein kleines Unterpfand, dass er nichts an die große Glocke hängen wird.«

Catharina war plötzlich todmüde und ihr Kopf wie leergefegt. Willenlos ließ sie sich von Adrian in die Höhe ziehen, der sich vor Del Ponte mit spöttischer Ehrerbietung verbeugte.

»Seid bedankt für Eure Gastfreundschaft. Aber jetzt ist es Zeit, dass wir uns zurückziehen.« Sie spürte, dass Adrians Höflichkeit aus eisigem Zorn geboren war. Gemeinsam wandten sie sich zur Tür.

»Nicht so schnell!«, donnerte Del Ponte. »Ihr kennt mein Angebot noch nicht.«

»Wie dürfte das noch lauten?«, fragte Adrian kalt.

»Ich schlage Euch vor, in meinen Dienst zu treten.«

»Wie bitte?« Catharina spürte ihren Zorn zurückkehren. Was erdreistete sich der Mann?

»Das meine ich ernst.« Der Condottiere stand ebenfalls auf und stützte sich auf der Tischkante ab. »Bleibt, und Ihr werdet es nicht bereuen!« Nur Sans Nom saß noch auf seinem Platz und starrte mit glasigem Blick in seinen Weinpokal.

Del Ponte sprach langsam weiter, als würde er seine Worte sorgsam abwägen. Seine hellen Augen ruhten dabei mit einem Ausdruck auf Adrian, den Catharina nicht deuten konnte. Sehnsucht, Hunger, Gier … »Ich würde Eure Gegenwart schätzen, da Euch Fortuna auf ihren unergründlichen Wegen hierhergeführt hat. Ihr, Adriano, als begabter junger Kaufmann, der sich um den Absatz meiner Waren kümmert, und dazu die heilkundige Catharina. Ihr könntet meine Gefolgschaft würdig ergänzen.«

»Eher friert die Hölle zu«, sagte Adrian. »Sans Nom?«

»Ich bleibe«, gab der Söldner zurück.

Del Ponte nickte. »Sans Nom wird sich wie auf Rhodos um die Ausbildung meiner Leute kümmern.«

Catharina starrte den Söldner verdattert an. »Wie könnt Ihr …?«

»Komm!« Ohne Abschied zog Adrian sie zur Tür und in den Flur hinaus. Er ging ihr mit so großen Schritten voran, dass sie ihm kaum folgen konnte. Die Festung Santa Agnesa war aus demselben rohen Stein gemauert, der den Klippen seine Gestalt gegeben hatte. Sie traten auf den Hof hinaus in den kalten Wind. Unter einem finsteren Himmel voller Sturmwolken überquerten sie ihn und betraten den westlichen Turm, in dem sich Catharinas Zimmer befand. Schwer atmend zog Adrian schließlich die doppelte Holztür auf und schob sie hindurch. »Dieser Verräter!«, rief er.

»Aber er ist ein Söldner. Das war zu erwar…« Ihr blieb fast das Herz stehen. Auf dem Bett lag der Nordmann Jörgen, hatte die Arme unter dem Kopf verschränkt und schaute sie mit einer heiteren Gelassenheit an, die sie angesichts der kompromittierenden Situation völlig abwegig fand. Außerdem hatte er seine Stiefel angelassen.

»Gott zum Gruße«, sagte er auf Deutsch.

Seine rechte Wange zeigte alle Schattierungen zwischen Violett, Blau und Braun, war aber, seit sie ihm gestern früh den Zahn gezogen hatten, nicht weiter angeschwollen.

»Stiefel aus!«, entgegnete sie kalt. Er lachte, schob sich mit katzenhafter Geschmeidigkeit auf die Bettkante, zog sich die Lederstiefel über die Knöchel und pfefferte sie in die Ecke neben der Tür.

»Was willst du?« Adrian setzte sich auf die Tischkante und schaute ihn prüfend an. Irgendwann am heutigen Tag hatte Jörgen eine folgenreiche Begegnung mit einem Badezuber gehabt. Seine Haare lagen dunkel und frisch gewaschen auf seinen Schultern, und seine Kleider waren sauber. Das Lederwams, das er trug, war sogar von ausgesprochen guter Qualität und saß perfekt.

»Ich dachte, wir sollten reden.« Er blieb auf der Bettkante sitzen und baumelte mit den Beinen. »Schließlich stehe ich in Eurer Schuld.«

»Gut, dass du das einsiehst«, sagte Adrian bitter.

»In deiner sogar zweimal«, sagte der Nordmann und schaute ihm in die Augen. »Das erste Mal, als du in Venedig verhindert hast, dass dieser französische Riese mir den Hals durchschneidet, das zweite Mal gestern.«

»Und was sagt Del Ponte dazu, dass du nachts in der Festung herumschleichst?«, fragte Catharina.

Jörgen hob lachend die Hände. »Keine Sorge, Bella. Er kriegt nicht alles mit. Und das ist sogar besser für ihn.« Er machte eine kleine Pause. »Und? Was hat er mit euch besprochen? Nichts, was euch besonders glücklich macht, so wie ihr ausseht.«

»Du kleine Ratte!«, fuhr Adrian auf.

»Nicht, Adrian!« Begütigend wandte sich Catharina dem Nordmann zu, der nichts dafür konnte, dass Del Ponte so übel mit ihnen umgesprungen war. »Er hat uns angeboten, in seinen Dienst zu treten.«

Jörgen nickte, als hätte er sich das schon gedacht. »Aber gehen lassen wollte er euch nicht?«

Adrian stieg Zornesröte ins Gesicht. »Ich kann gehen, wohin ich will.« Er zeigte auf Catharina. »Aber sie soll als sein Unterpfand hierbleiben.«

Jörgen schüttelte den Kopf und lachte. »Er weiß natürlich, dass du sie niemals alleinlassen würdest. Sie hält dich so sicher an diesem Ort, als würde man dich in Ketten legen.« Er warf sich in die Brust. »Ganz schön gute Idee, oder? Sie stammt ja schließlich auch von mir.« Mit einem Sprung warf sich Adrian auf ihn, drückte ihn aufs Bett und ging ihm an die Gurgel.

»Nicht!« Catharina zog ihn so kräftig an den Schultern, dass er nach hinten taumelte. »Lass ihn ausreden!«

Jörgen rappelte sich auf und setzte sich wieder auf die Bettkante. Adrians Angriff hatte ihn nicht beeindruckt. »Ich könnte euch hier raushelfen.« Catharinas Herz begann zu klopfen. Sie drückte Adrians Hand. »Wie und wann?«, fragte er kalt.

»Jetzt und hier. Wenn ihr sofort geht, schafft ihr es vielleicht, ihn zu überrumpeln.«

»Aber wie?«, fragte Catharina.

Jörgen stieß die Fensterläden auf, die bisher die finstere Nacht ausgesperrt hatten. Über dem Meer, das wie eine träge schwarze Masse an den Strand rollte, stand ein hoher Himmel voller Sturmwolken. Zwischen ihnen funkelte ein einzelner Stern, und darunter gähnte der Abgrund. »Im Hof stehen drei Wagen mit Kapergut, die sie morgen in Richtung Livorno befördern. Wenn ihr euch traut, könnt ihr euch dazulegen.«

46

»Sag mir eins!« Adrian wandte sich dem Jungen zu. »Warum hat Del Ponte an dir so einen Narren gefressen, dass er Himmel und Hölle in Bewegung setzt, damit dein Zahn gezogen wird?«

Der Junge zuckte die Schultern. »Er schätzt seine Bastarde eben. Hat was übrig für Familie und das Ganze.«

»Du bist sein Sohn?«, fragte Adrian völlig verblüfft.

Jörgen grinste. »Ich bin nicht gerade standesgemäß. Meine Mutter ist eine Hafendirne aus dem Lande Dänemark. Der Alte hat mich buchstäblich aus der Gosse gefischt. Aber da lernt man zu überleben.«

»Aber er ist ein Ordensritter und damit an ein Keuschheitsgelübde gebunden.«

»Mönchspfeffer«, sagte Catharina kalt.

»Was?« Adrian runzelte die Stirn.

»Mönchspfeffer hilft Geistlichen, ihre Gelüste im Zaum zu behalten.«

Jörgen legte den Kopf in den Nacken, lachte lauthals und warf ihnen ein Bündel zu. Als sie es öffneten, fielen ihnen zwei zusammengerollte Mäntel entgegen.

»Die sind für Eure Pilgerfahrt nach Rom auf dem Frankenweg«, erklärte der Junge. »Die Strecke, die die Wagen zurücklegen müssen, schneidet die Via Francigena in Carrara bei den Marmorbrüchen. Die Straße davor ist kurvig. Da solltet ihr euch verdrücken.« Er schaute sie erwartungsvoll an. »Und – macht ihr es?«

Catharina sah Zustimmung in Adrians Augen. »In Ordnung«, sagte sie leise. Der Rest war ein Kinderspiel. Als sie durch die Gänge huschten, verschmolzen sie in ihren grauen Wollmänteln mit der Farbe der Felsen. Im Hof war es so finster, dass sie im Schatten der Wände nahezu unsichtbar waren. Die drei Wagen standen vor dem Torhaus an der Ostseite der Festung, aus dem ein schummriger Lichtschimmer drang. »Sie bewachen das Umland«, sagte Jörgen. »Was hier drin vor sich geht, interessiert sie nicht. Außerdem haben sie ein Fässchen Selbstgebrannten geöffnet, das ich ihnen in die Wachstube gestellt habe.«

Die Wagen ähnelten den Karren einfacher Bauern. Einer war mit Weinfässern beladen, die beiden anderen fest zugeschnürt. »Schnell!«, flüsterte Jörgen und machte sich an der Plane zu schaffen, die die Ladefläche des dritten bedeckte. Er öffnete einen Knoten und zog das Öltuch beiseite.

»Rein mit Euch!«

Catharina schnüffelte. »Wonach riecht das?«

Jörgen lachte. »Speckseiten und Räucherwürste. Ihr werdet wohl nicht verhungern. Unten drunter ist ein bisschen Gold. Ich habe den Wagen heute Nachmittag beladen und einen Schlupfwinkel freigelassen.« Adrian half Catharina unter die Plane und wandte sich dann an Jörgen. »Danke«, sagte er leise.

»Ich habe nur meine Schuld beglichen«, sagte der Nordmann und drückte ihm eine Weinflasche und einen Beutel mit Kleingeld in die Hand. »Nicht alles auf einmal saufen und schön haushalten mit dem Zaster!«

Catharina kletterte über den Rand des Wagens und kroch unter die Plane. Es brauchte eine Weile, bis sie sich an die Dunkelheit gewöhnt hatte. Jörgen hatte nicht zu viel versprochen. Der Hohlraum, den er ihnen gelassen hatte, war so groß, dass sie geduckt an der Wagenwand sitzen konnten. Von dem Gold, das Del Pontes Männer aus der Festung schaffen sollten, gab es keine Spur. Sicher befand es sich unter einem doppelten Boden. Adrian folgte ihr wie ein Schatten und breitete seinen Mantel auf dem Plankenboden des Wagens aus. Gemeinsam krochen sie unter Catharinas Umhang und legten sich eng umschlungen auf die Seite. Es roch betäubend nach geräuchertem Fleisch und ranzigem Öltuch.

»Adrian?«, flüsterte sie.

»Ja?« Seine Lippen glitten über ihre Wangen, ihre Mundwinkel, die Augenbrauen.

»Du hast alles verloren. Das Geld aus deinem Erbe und deine Ladung aus Lapislazuli. Und jetzt stehen wir wieder am Anfang und haben nichts.«

Er strich ihr die Haare aus der Stirn und küsste sie sanft auf den Mund. »Das denkst du? Allein dafür, dass ich hier bei dir liegen darf, hat sich alles gelohnt. Für diesen einen Moment würde ich das letzte Jahr noch hundert Mal auf mich nehmen.«

Sie legte ihm den Finger auf den Mund. »Schhh, wenn sie uns hören!«

Catharina ließ es sich gefallen, dass er ihr die Träger ihres blauen Wollkleids von den Schultern streifte. Seine Fingerspitzen wanderten sehr sanft ihr Schlüsselbein hinab. »Weißt du, wie lange ich mir das herbeigesehnt habe? Dafür könnte ich beinahe Pirat werden.«

47

Es hatte sich in Windeseile in der Stadt herumgesprochen, dass Antonia Truhlieb dem Apotheker Eckhard Weckmann beigelegen hatte. Seinem Ruf hatte die eine Nacht nicht geschadet, ganz im Gegenteil, sie aber galt seither als Hure, die das Bett mit fremden Männern teilte. Die Marktfrauen im Kaufhaus übersahen sie, wenn sie Brot und Fleisch einkaufen wollte. Die Händler ihrer Zunft beteiligten sie nicht mehr an ihren Transaktionen. Sogar die Waschweiber an der Mühle am Rossneckar klatschten über sie, wie ihr Mira aufgebracht zugetragen hatte. Die Fäden ihres Lebens entglitten ihr mehr und mehr. Und genau das war es ja, was Weckmann bezweckte. Er wollte ihr Leben und das von Christoph und Catharina zerstören.

Sie stand am Fenster ihres Wohnraums mit dem Himmelbett und schaute in den Garten hinaus, der in winterlicher Starre lag. Sauber beschnitten erhoben sich die Kräuterbüsche über dem gefrorenen Erdboden. Ihre Triebe, Blätter, Wurzeln und Früchte hatte sie getrocknet und eingelagert. Auch den Eisenhut, der in ihren Mordphantastereien immer noch vorkam. Sie pustete auf den heißen Becher Salbeiaufguss mit Honig, den sie gegen den Anflug von Halsschmerzen trank, der sie seit gestern quälte. In der Stadt ging ein übles Lungenfieber um, an dem schon ein paar Kinder gestorben waren. Und noch immer gab es keine Nachricht von Catharina und Christoph. Sie zuckte zusammen, als es klopfte und Mira eintrat, die aussah, als hätte sie gerade ein Huhn fürs Abendessen gerupft.

»Der Prior Jeremias steht draußen«, verkündete die dralle Magd schlecht gelaunt und zupfte sich ein paar Federn von ihrer Schürze.

»Ich lasse bitten.« Antonia bekam nur noch selten Besuch. Der Preis für ihr freies Leben als reiche Witwe war gewesen, dass sie allein durchs Leben ging. Jetzt aber fühlte sie sich von den Bürgern Esslingens geächtet und ausgestoßen.

Eine Minute später trat der Dominikaner in die Stube und zog den schwarzen Mantel enger, den er über seinem weißen Habit trug. »Es ist kalt bei dir, mein Kind«, sagte er tadelnd und setzte sich mühsam auf einen ihrer Scherenstühle.

Tatsächlich! Sein Atem war ganz weiß. Antonia ertappte sich in letzter Zeit immer öfter dabei, dass sie wichtige Dinge übersah und einfach vergaß.

»Verzeiht mir, Hochwürden!« Sie rief noch einmal nach Mira und ließ diese den kleinen Kachelofen neu anheizen, der ausgegangen war. Fast schien es ihr, als sei Christophs Magd unwilliger und fauler als vor dem Vorfall mit Weckmann.

»Bring uns einen Krug heißen Würzwein und dazu süße Honigkrapfen!«, befahl Antonia ungehalten. Als es im Ofen prasselte und pollerte, knickste Mira und verschwand in der Küche. Währenddessen hatte der alte Mann sich erhoben, tat ein paar unsichere Schritte und legte seine fleckigen Hände auf die Kacheln. »Du musst entschuldigen, mein Kind, aber in meinem Alter sucht man die Wärme und vergisst das Wichtige darüber.«

»Natürlich, Hochwürden.«

Warum war er gekommen? Jetzt, wo ihr Ruf völlig zerstört war, würde sich sicher kein passender Ehekandidat mehr für sie finden. Und schon gar keiner von Stand. Nicht einmal der verwitwete Tischlermeister Marquard mit seiner Kinderschar konnte sich für eine Frau erwärmen, die in Schande gefallen war. Antonia saß einfach da und wartete, bis Mira das Tablett mit dem dampfenden Wein und dem Gebäck brachte. Dann goss sie dem alten Mann ein, der seine Finger dankbar um den Becher schloss.

»Im Kloster ist es noch kälter als bei dir«, erzählte er. »Nur die heißen Rohre des Caldariums in der Bibliothek spenden ein bisschen Wärme. Einer der jungen Studiosi ist gestern mit Frostbeulen zum Bruder Infirmarius gegangen. Daran sieht man, dass er nicht so häufig in der Bibliothek gewesen sein kann, wie er behauptet.« Er lachte leise und trank einen Schluck aus seinem dampfenden Becher. »Ich werde schwatzhaft und töricht. Das musst du mir altem Mann nachsehen … Und dabei bin ich deinetwegen gekommen.«

Antonia seufzte müde. Prior Jeremias war der einzige Freund, den sie in der Stadt noch hatte. Doch wenn er ihr nur Vorhaltungen machte, würde sie ihn bitten zu gehen.

»Du weißt, was die Leute reden?«

Sie nickte und schluckte an ihren Tränen, bis sie wieder frei atmen konnte. *Oh nein, Weckmann, so leicht wirst du nicht den Sieg über mich davontragen.*

»Du weißt, dass ich dich schätze.«

»Danke«, sagte sie müde.

»Aber dieses Mal bist du zu weit gegangen. Und deshalb gibt es nur eine Lösung.« Der alte Mann sah sie aus seinen wässrig blauen Augen an.

»Ihr kennt nicht die Wahrheit«, wagte sie die Flucht nach vorn, doch er schnitt ihr mit einer knappen Geste seiner Hand das Wort ab.

»Ich gebe dir einen Rat und hoffe, dass du ihn beherzigen wirst.« Er machte eine Pause, in der es so still wurde, dass sie die kleine Maus in der Ecke fiepen hörte, die Mira und der Zofe seit dem Herbst wieder und wieder entwischt war.

»Du musst Eckhard Weckmann heiraten.«

»Was?« Antonia schnappte nach Luft. »Nein.« Sie schüttelte den Kopf und war sprachlos.

»Oh, doch. Der ehrenwerte Apothekermeister und die Händlerin. Ihr beide seid im gleichen Alter, entstammt sogar derselben Zunft. Das ist die einzige Möglichkeit, deine verlorene Ehre zurückzugewinnen.«

Trotz der Wärme, die sich langsam im Raum ausbreitete, war ihr plötzlich eiskalt, und sie musste heftig husten. Prior Jeremias goss ihr von dem heißen Würzwein ein und schob ihr den Becher hinüber. »Trink!« Nach einem kräftigen Schluck ging es ihr besser.

»Ihr kennt ihn nicht«, sagte sie entsetzt. »Sonst würdet Ihr das nicht von mir verlangen.«

In diesem Moment klopfte es erneut an der Tür. Auf Antonias »Herein« trat Mira über die Schwelle. »Da draußen steht der Weckmann!«, brummte sie. Sie hätte genauso gut Beelzebub sagen können, so viel Hass klang in ihrer Stimme durch.

»Habt Ihr ihn mitgebracht?«, fragte Antonia entsetzt. Der Prior hob ratlos die Schultern. »Nein, nein. Er hat sich wohl unabhängig von mir dazu durchgerungen, Euch die Ehe anzutragen.«

»Das glaube ich kaum.« Sie musste diese Gelegenheit beim Schopfe fassen. Wenn sie jetzt nicht alles auf eine Karte setzte, würde der Prior ihr niemals glauben. Sie stand auf und spürte, wie die Wände auf sie zuschwankten. *Fieber*, dachte sie. *Ich habe Fieber. Aber ich muss durchhalten.*

»Steht bitte auf!«, bat sie den Alten, zog ihn sanft am Arm und schob ihn in Richtung der kleinen Geheimtür, die zu ihrem Badstüblein führte. Ihr verstorbener Gemahl hatte es aus Liebe zu ihr neben ihrem Schlafzimmer einbauen lassen, weil er wusste, wie gerne sie ein Bad nahm. Nach der Vergewaltigung hatte sie die halbe Nacht im Badezuber verbracht und versucht, Weckmanns Geruch von ihrer Haut zu schrubben.

»Was hast du vor?«, protestierte er.

»Ich möchte, dass Ihr unserem Gespräch lauscht, damit Ihr die Wahrheit über Eckhard Weckmann erfahrt.« Sie schaute ihn fest an. »Denn eins könnt Ihr mir glauben. Das, was sich zugetragen hat, habe nicht ich zu verantworten.«

»Du beschuldigst einen ehrenhaften Mann der Schändung einer Witwe?«

»Das tue ich.« Sie öffnete die Tür, schob den Prior in den kleinen, holzgetäfelten Raum und drückte ihm seinen Becher mit Würzwein in die Hand. »Es gibt ein Bänkchen da drinnen«, sagte sie tröstend. Schon wieder überkam sie ein Hustenreiz, den sie beruhigte, indem sie einen kräftigen Schluck aus ihrem Becher nahm.

»Du darfst Weckmann hereinbitten«, befahl sie Mira, die daraufhin verschwand, nicht ohne Antonia zu versprechen, ihr tatkräftig zur Seite zu stehen, falls der Kerl handgreiflich werde.

Sie hörte ihn die Treppe hinaufpoltern. Im nächsten

Moment stand er dick und breit in der Tür und warf seinen Schatten in den Raum. Antonia spürte, wie ihr schlecht wurde, wahrscheinlich lag das am Fieber. Als er sich munter und händereibend näherte, liefen ihr die Schweißperlen über die Stirn. Er lachte und warf einen Blick auf ihr Himmelbett voller Felle und Daunendecken, das in diesem Herbst öfter als je zuvor ihr Zufluchtsort gewesen war.

»Ich sehe, das Bett ist schon bereitet. Ich würde unser Schäferstündchen zu gerne wiederholen.«

»*Euer* Schäferstündchen!«, sagte sie kalt und versuchte, sich nicht anmerken zu lassen, wie beschmutzt sie sich fühlte. »Ihr habt mich willenlos gemacht, mich betäubt, ich war außer mir.« Sie sprach laut und deutlich. Es kam darauf an, dass der Prior jedes Wort verstehen konnte. Weckmann trat neben sie und legte ihr mit heuchlerischer Sanftmut die Hand auf den Rücken. Antonia konnte nicht verhindern, dass sie unter seiner Berührung erschauerte.

»Ich habe nur ein bisschen nachgeholfen mit meiner Alraune. Sie macht den Weibern Lust und dir wohl besonders.«

»Es war gegen meinen Willen.«

»Tatsächlich? Dann können wir es zu jeder Zeit wiederholen und schauen, ob es auch ohne Alraune geht.« Er hob ihren Zopf an und küsste sie auf den Nacken. Die Berührung war von so unglaublicher Intimität, dass ihr der Atem stockte und sie ihn beinahe geschlagen hätte.

Hinter der Tür zu ihrem Badstüblein hörte sie den Prior leise schnauben.

»Was ist das für ein Geräusch?«, fragte Weckmann misstrauisch.

Sie rang sich ein Lächeln ab. »Die Mägde. Sie putzen nebenan.«

Er runzelte die Stirn, fragte aber nicht weiter nach. *Nur reden*, dachte sie. *Und ihn zum Reden bringen.* »Ihr seht so zufrieden aus. Was ist Euch Gutes widerfahren?«

Er grinste breit. »Der Stein der Weisen, das Mittel, das ewiges Leben bringt, es steht zum Greifen nah vor meinen Augen. Graue Haare werden wieder blond, krumme Knochen wieder gerade. Es wird ein wahrer Jungbrunnen sein, ein Wasser des Lebens, das uns vom Tod befreit. Es braucht nur noch den letzten Schritt, und der rote Drache zeigt mir sein Gesicht.«

»Tatsächlich?« Sie goss ihm einen Becher Würzwein ein, den er in einem Zug herunterkippte. Er wischte sich über die Lippen, bevor er weitersprach. »Für diesen Schritt brauche ich Christoph Appenteker oder seine Tochter, die sein Wissen teilt. Doch zunächst will ich dir erzählen, wie ich meinen Feind kennengelernt habe.«

»Wen?«, fragte sie begriffsstutzig.

»Appenteker, natürlich.«

»Ach ja. Wie konnte ich das vergessen?« Ihr Herz pochte hart in ihrer Brust, was vom Fieber kommen mochte, oder aber vom Entsetzen und der Anspannung, die sie quälten. Und noch immer war da ein bisschen Liebe für Christoph, der solchen Hass nicht verdient hatte. Weckmann schob sich mit seinem ganzen Gewicht auf ihren Tisch. Sie hoffte inständig, dass das Möbelstück zusammenbrechen und ihn unter sich begraben würde. Nur nicht, bevor er die Wahrheit gesagt hatte. Als er weitersprach, roch sie den Wein in seinem Atem.

»Dafür muss ich ungefähr zwanzig Jahre zurückgehen. Ich bin gebürtig aus Köln, mein Vater betrieb da eine Apotheke, in der ich eine Lehre machte. Eines Tages traf ich im Wirtshaus Christoph Appenteker, der damals in meiner Stadt die Medizin studierte. Wir tranken zusammen mehr als uns guttat, und dann erzählte er mir, woran er arbeitete. Er suche die Panakeia, das alchemistische Heilmittel gegen alle Krankheiten. Und dann gestand ich ihm, dass ich davon träumte, den Tod zu besiegen. Er aber lachte mich aus. Der Tod gehöre zum Leben, sagte er. Er sei die dunkle Seite des Daseins, die den Blick auf das Licht im Jenseits eröffne.«

Im Badstüblein fiel etwas Hölzernes zu Boden. Wahrscheinlich war der Prior trotz seiner schmerzenden Beine aufgesprungen und hatte dabei das Bänkchen umgeworfen. Weckmann schaute stirnrunzelnd in Richtung der geheimen Tür in der Holzverschalung. »Was war das?«

»Der Besen ist umgefallen.« Antonia lachte gezwungen und legte ihm begütigend die Hand auf den Arm, so dass er beruhigt weitersprach. »Wir schlossen eine Wette ab. Wer von uns eher sein Ziel erreichte, sollte der Sieger sein. Ich ließ mich darauf ein. Doch als ich ihn am nächsten Tag vor der Universität abpasste, um unseren Vertrag zu schließen, wollte er nichts mehr davon wissen. Er hatte mich völlig vergessen.«

»Er verträgt keinen Wein«, murmelte sie, aber Weckmann war so in seine Erinnerungen versunken, dass er ihr nicht zuhörte. Christoph trank nur selten über den Durst, weil er diese Schwäche kannte, die ihn redselig und gefühlsduselig machte. Wahrscheinlich war er in seiner Jugend leichtsinniger gewesen und hatte getrunken, bis ihn sein Gedächtnis im Stich ließ. »Und so hat er sich Eure Feindschaft zugezogen …« Sie fuhr sich mit der Hand über ihre heiße Stirn. »Ihr seid aus einer Kränkung heraus nach Esslingen gekommen und verfolgt ihn seither mit Eurem Hass.«

Langsam klärte sich das Geheimnis auf. Jetzt, wo sie die Zusammenhänge in ihrer ganzen Erbärmlichkeit erkannte, fühlte sich Antonia nur noch leer. Weckmann strich ihr die Haare aus der Stirn und wollte sie küssen, doch sie drehte sich zur Seite. »Erzählt weiter!«

»Seine Zurückweisung hat mich nur angespornt. Und jetzt zeigt sich mir der rote Drache in seiner gar nicht mehr verschwommenen Gestalt. Es fehlt nur noch ein kleiner Schritt. Wenn das Mädchen wieder hier ist, werde ich wissen, wie der Tod besiegt werden kann.«

Im Badstüblein war es jetzt mucksmäuschenstill. Wahrscheinlich lauschte der Prior atemlos und mit einem Ohr an der Tür, wie sich der Apotheker selbst entlarvte und um Kopf und Kragen redete.

Nicht ahnend, dass seine Worte einem Geständnis der Ketzerei gleichkamen, sprach Weckmann weiter. »Ein universelles Heilmittel wird mich zu einem Wesen machen, das Gott gleich ist. Und nach mir alle Menschen, die mir folgen wollen. Wenn alle wie Gott sind, wird sich das Christentum erübrigen. Denn wenn der Tod seine Macht verloren hat, wer will sich dann noch auf einen Erlöser einlassen, der starb, um uns zu retten?«

Antonia schluckte trocken, was in ihrem entzündeten Hals furchtbar schmerzte. Ihre Gedanken waren fast zu langsam für Weckmanns Gefasel. Doch dann sickerte die Ungeheuerlichkeit dessen, was er gesagt hatte, in sie ein. Die Erlösung Jesu Christi überflüssig? Allein diese eine Aussage genügte, um ihn auf den Scheiterhaufen zu bringen. Und der Prior war der Richtige dazu, denn er stand als hochrangiger Dominikaner der Inquisition nahe, so wie sich sein gesamter Orden dem Kampf für die Reinheit der christlichen Lehre verschrieben hatte.

In diesem Moment sprang die Tür zum Badstüblein auf. Im Türrahmen stand Jeremias Trautwein und war fast so bleich wie sein weißes Habit. Seine blauen Augen loderten vor Zorn.

Der gütige Alte, der sein Kloster mit Nachsicht führte, war verschwunden. Stattdessen glich er dem Engel, der Adam und Eva mit flammendem Schwert den Zutritt zum Paradies verwehrte. »Eckhard Weckmann. Diese Worte werdet Ihr vor dem Kirchengericht wiederholen. Und dann wird Gott selbst über Euch richten.«

Weckmann schaute ungläubig von Antonia zum Prior. Nach und nach sickerte die Wahrheit in ihn ein. »Du hast mich hereingelegt! Betrüger, alle beide!«

Blitzschnell zog er sein Kurzschwert und holte aus. Antonia dachte nicht nach, dazu ging alles viel zu schnell. Als das Schwert niederfuhr, warf sie sich vor den alten Mann. Sein Streich durchtrennte ihr Wollkleid wie Butter und schnitt dann von der Halsbeuge bis zur Hüfte quer über ihren Leib. Rot leuchtender Schmerz flutete über sie, trübte ihr Gesichtsfeld und ließ ihre Knie einknicken. Ungläubig legte sie ihre Hand auf die Wunde, aus der ihr Blut hervorsickerte, und hielt sie sich vor die Augen. Sie war nass und schmierig und schrecklich rot.

»Antonia?« Weckmann schaute sie an, als ob es ihm leidtäte. »Das war nicht meine Absicht. Ich liebe dich doch.« Seltsamerweise glaubte sie ihm in diesem Moment.

Sie sank von den Knien auf die Seite und rollte sich auf dem Boden zusammen. Der Schmerz loderte wie Feuer.

»Was habt Ihr getan?« Der Prior kniete sich neben sie und strich ihr über die Stirn. »Hilfe!«

Sie hörte noch, wie der Apotheker das Schwert einsteckte und sich an Mira und der Zofe vorbeidrängte, die in der Tür zum Gang standen und hilflos die Hände rangen. Wahrscheinlich hatten sich die beiden die ganze Zeit über die Ohren an der Tür plattgedrückt. Antonia dachte noch, dass sie sie rügen musste, wenn es ihr wieder besserging, und dass sie ihnen sagen musste, dass sie die Maus endlich fangen sollten. Dann schwanden ihr die Sinne in einem weißen Licht, das allen Schmerz auslöschte.

48

Die Karren verließen die Festung Santa Agnesa im Morgengrauen und holperten auf die Zufahrt zur Küstenstraße in Richtung Livorno. Catharina erwachte mit einem Ruck und rutschte ein kleines Stück näher an Adrian heran, der noch immer Wärme abstrahlte wie ein gut bestückter Ofen. Graues Tageslicht sickerte zwischen den Schnüren des Öltuchs auf die Ladefläche. Ganz plötzlich fühlte sie sich so leicht und frei wie die Möwen, deren Kreischen sie unter dem eisblauen Himmel hörte. Sie wandte sich Adrian zu, schlang ihr Bein um seine Hüfte und küsste ihn. Er schob sie sanft beiseite.

»Schh. Wenn wir uns zu nahe kommen, kann ich mich vielleicht nicht beherrschen. Oder willst du, dass unser erstes Mal stattfindet, während wir hier auf diesem Karren liegen und die Piraten zuhören?« Catharina kicherte so laut, dass Adrian ihr den Zeigefinger auf den Mund legte. Währenddessen begann der Kutscher, lautstark ein zotiges Trinklied zu grölen.

»Es ist Jörgen«, sagte sie atemlos.

»Dein Glück«, flüsterte Adrian grimmig. »Er scheint uns wirklich in Sicherheit bringen zu wollen.«

Die Fahrt dauerte Stunden. Zuerst ließ es sich gut aushalten, was auch daran lag, dass sie sich zwischen den Kisten geduckt an die Rückwand setzen und Räucherwürste essen konnten.

Hungern mussten sie also nicht, doch mit der Zeit tat ihnen vom vielen Holpern der Rücken weh. Und dazu kam ein anderes, ebenfalls unangenehmes Problem. »Ich muss mal«, flüsterte Catharina. »Es ist dringend.«

»Du wirst dich wohl noch eine Weile gedulden müssen«, sagte Adrian. »Oder du lässt es hier drinnen laufen.«

»Nie im Leben.« Catharina biss fest die Zähne zusammen und versuchte, nicht allzu viel an ihre volle Blase zu denken. Einige Minuten später bemerkten sie, dass der Karren sich aus der Reihe löste und zurückfiel. Immer wieder bockte das Maultier und vollführte kleine Luftsprünge. *»Porca Miseria.«* Jörgen fluchte gotteslästerlich, zog ihm die Gerte über den Rücken und schaffte es dennoch nicht, sich den anderen anzuschließen, die schon begannen, Witze über ihn zu reißen. »Dieses Mistvieh kriegt Prügel«, brüllte er seinen Kumpanen zu. »Ich hole euch spätestens beim Wirtshaus ein.«

Während die anderen Fuhrwerke gemächlich weiterzockelten, ließ Jörgen dem Maultier die Zügel, das die Gelegenheit nutzte, um das trockene Wintergras von der Böschung zu zupfen. »Hoffentlich kommen sie ihm nicht auf die Schliche«, murmelte Adrian. In diesem Moment hielt der Wagen an. Jörgen sprang vom Kutschbock, löste einen Knoten und zog das Öltuch einen Spalt weit auf. »Kommt raus!«, sagte er. »Aber schnell.«

Sie rappelten sich auf, robbten an den Rand des Karrens und kletterten auf die Straße, wo sie das Maultier neugierig beäugte. Der eisige Wind von den schneebedeckten Gipfeln der apuanischen Alpen blähte ihre Mäntel und ließ sie schaudern. Nach Westen öffnete sich das Meer wie eine blaue Scheibe bis zum Horizont. Über die Klippen zog sich die Straße von Bucht zu Bucht. Die anderen Wagen waren schon längst hinter der nächsten Kurve verschwunden und hatten eine Stille zurückgelassen, die nur vom Rauschen des Meeres und dem Kreischen der Möwen durchbrochen wurde. Jörgen pfriemelte gerade den Dorn heraus, den er dem Maultier unter das Zaumzeug gesteckt hatte, und klopfte ihm den Hals.

»Danke«, sagte Adrian.

Die jungen Männer umarmten sich zögernd. Dann wandte sich Jörgen Catharina zu. »Ich hab was für dich.« Er legte ihr ein rechteckiges, in ein Leinentuch gewickeltes Bündel in die Hand.

»Der Qanun at-Tibb.« Sie errötete vor Freude. »Warum musste Girolamo sterben?«, fragte sie dann leise.

Jörgen senkte den Blick. »Der alte Mann wollte sich nicht fügen, sondern dich unbedingt warnen. Da hat Graubart kurzen Prozess mit ihm gemacht und das Haus gleich dazu abgebrannt.«

Catharina spürte die Trauer wie einen Stein in der Brust. *Ich will jetzt nicht weinen*, dachte sie, ließ das Gefühl einen Moment lang zu und schüttelte es dann ab wie eine Taube das Wasser von ihren Flügeln. »Danke«, sagte sie leise. »Für alles, was du für uns getan hast.« Jörgen nickte und hob die Hand.

Sie verschwanden wie Waldgeister im dichten Schilfgürtel links der Straße, wo sich Catharina endlich erleichtern konnte. Weit im Osten schoben sich die kalkweißen Gipfel der apuanischen Alpen vor den Himmel. Davor zog sich eine mit Buschwald bewachsene Hügelkette hin, an deren Flanke sie nach Süden wanderten.

»Wir behalten die Straße in Sichtweite.« Adrian griff nach ihrer Hand. »Mal schauen, ob man uns verfolgt.«

In ihren grauen Mänteln verschmolzen sie mit dem Untergrund. Obwohl der Bewuchs hier nicht hoch war, kamen sie nur langsam voran, umrundeten Korkeichen und blieben immer wieder in dornigem Gestrüpp hängen.

»Wohin gehen wir eigentlich?«, fragte Catharina, als sie gegen Mittag Rast machten. Es war so kalt, dass sie sich in die Hände blasen musste. Adrian kaute nachdenklich auf einem Ende Räucherwurst herum. »Nach Florenz«, sagte er. »Dort lebt meine Großmutter. Und dorthin ist mein Lapislazuli verkauft worden. Ich will zumindest noch einmal einen Blick darauf werfen. Vielleicht komme ich ja doch noch zu meinem Recht.«

Sie tranken eisiges Wasser aus einer Quelle und füllten die leere Weinflasche auf. Dann setzten sie ihre Wanderung fort und behielten dabei die Straße im Blick, die an diesem Tag im Frühwinter kaum genutzt wurde. Sie sahen nur eine Gruppe Franziskaner, die zu Fuß in ihr Kloster unterwegs waren, und einen Bauern, der auf seinem Eselskarren ein paar quiekende Ferkel transportierte. Doch als sich die Sonne im Westen über das Meer senkte und den Himmel mit Messing überzog, hörten sie plötzlich den Klang von Hufen auf der menschenleeren Straße. Alarmiert zog Adrian Catharina hinter einen flechtenbewachsenen Felsen. »Bleib unten!«, herrschte er sie an.

»Ich MUSS wissen, was los ist.«

Er zuckte die Schultern, als hätte er inzwischen begriffen, dass sie immer ihren Dickkopf durchsetzte. »Verhalt dich aber wenigstens ruhig!«

Sie zog sich die Kapuze über den Kopf und spähte über den Rand des Felsens. Zwei Reiter trabten gemächlich nebeneinander die Straße entlang. Das graublonde Haar des einen spiegelte den messingfarbenen Himmel.

»Del Ponte«, flüsterte sie.

Adrian legte den Finger auf die Lippen.

Der Zweite, der sein Gesicht unter seiner Kapuze versteckte, stoppte sein Pferd und hob den Kopf, als ob ihm ihr Geruch in die Nase steigen würde. Irgendetwas an seinem Anblick beunruhigte sie. Wo hatte sie diese Art, eine Fährte aufzunehmen, schon einmal gesehen? Wie ein Blitzschlag fiel es ihr ein. Es war der Tag vor Allerheiligen gewesen, an dem sie Adrian kennengelernt hatte. Ein Mann hatte sie in Esslingen auf der Reichsstraße verfolgt und ihr Angst eingejagt. Spät in der Nacht hatte er ihren Vater mit einem Messer angegriffen, ihn verfehlt und stattdessen Adrian schwer verletzt. In diesem Moment streifte der Fremde die Kapuze zurück und drehte seinen Kopf in ihre Richtung wie ein Jäger, der seine Beute wittert. Sein strähniges rotes Haar leuchtete in der Abendsonne.

Es war Sans Nom, und er ritt auf Träumer, den Adrian widerwillig zurückgelassen hatte.

»Oh, verdammt!« Sie ließ sich auf den kalten Boden fallen und drückte ihre Fäuste gegen ihre geschlossenen Augenlider.

Adrian kauerte sich neben sie. »Es ist schade um Träumer, aber es musste sein. Sans Nom tut ihm nichts. Was hast du?«

»Nichts«, log sie. »Mir ist nur schwindlig. Sind sie weg?«

Sie nahm die Hände von ihren Augen und sah einen Moment lang nur bunte, leuchtende Schlieren.

»Sans Nom hat eine Weile in unsere Richtung geschaut. Dann ist er mit Del Ponte weitergeritten, vor uns auf der Küstenstraße. Und was tun wir jetzt?«, fragte Catharina kläglich.

Adrian zuckte die Schultern, als wäre das nicht weiter tragisch. »Wir gehen ins Landesinnere und arbeiten uns von dort nach Florenz vor.«

»Wir verlieren Menschen«, sagte sie traurig. »Meinen Vater,

Jacob, Girolamo und jetzt Sans Nom. Ich dachte, er wäre unser Freund.«

»Um Jacob musst du dir keine Sorgen machen, der ist bei Khalid und Melika in Sicherheit. Und Sans Nom, für den existiert Freundschaft nicht. Der arbeitet für den, der am besten zahlt.«

Es war alles zu viel für sie gewesen, ihre Entführung, dann die Flucht, die Kälte, die ihr in die Glieder kroch, und die Ungewissheit. Und noch immer gab es keine Spur von ihrem Vater. Catharina begann zu zittern und fühlte sich, als würde sie in ihre Einzelteile zerfallen. Adrian zog sie in seine Arme, legte seinen Mantel um sie und nahm ihr Gesicht in seine Hände. »Das ist alles nicht wichtig, hörst du? So lange wir zusammen sind.«

49

Catharina ist nicht tot«, sagte Jacob eindringlich. »Sie ist jedenfalls nicht in Girolamos Haus verbrannt.« Er saß mit Khalid und Melika im Kontor und trank einen Becher süßen Pfefferminztee. Der kleine Davoud, den Melika auf ihrem Schoß hielt, schaute ihn mit seinen Brombeeraugen an und spielte mit dem Schleier seiner Mutter. Es war das erste Mal, dass Jacob seit dem Brand das Gasthaus verlassen hatte. Seltsamerweise hatte ihn Peer nicht aufgehalten, und das Gefühl von Freiheit, das ihn unter dem weiten Himmel Venedigs erfasst hatte, war überwältigend gewesen.

»Was ist geschehen?«, fragte Khalid. Er lauschte aufmerksam, als Jacob berichtete, wie er während des Brandes in Girolamos Haus eingedrungen war und dort Peer angetroffen hatte.

»Woher weißt du, dass dieser Mann Catharina nicht getötet hat?«, fragte der Muselmane.

»Warum hätte er das tun sollen?«, fragte er. »Er wurde ausgesandt, um sie nach Esslingen zurückzubringen. Er hatte gesehen, wie sie in das Haus gegangen und nicht wieder rausgekommen ist.«

Khalid hörte zu und übersetzte dann für seine Tochter, die die deutsche Sprache nicht so gut beherrschte. Ihre Augen begannen zu leuchten, als ihr aufging, dass ihre Freundin vielleicht noch lebte. Khalid schaute ihn weiter nachdenklich an. »Dann ist es also wahr«, sagte er.

»Was?« Jacob blies auf den Tee, der so heiß war, dass er sich am Rand des Bechers die Lippen verbrannte.

»Dass Adriano mit Del Ponte einem äußerst gefährlichen Mann zu nahe gekommen ist«, sagte Khalid. »Er hat etwas herausgefunden, das besser geheim geblieben wäre. Nicht jeder in Venedig ist muslimischen Händlern wie mir wohlgesinnt. So mancher meint, dass unser Glaube ihm das Recht gibt, sich an unserem Eigentum zu vergreifen. Del Ponte hat Catharina entführen lassen.«

Er sprach Arabisch mit seiner Tochter. »Wir werden in unser Haus in Aleppo gehen«, übersetzte er für Jacob.

»Ich würde gerne noch eine Weile auf Said warten, bevor wir das Land verlassen«, sagte Melika auf Italienisch und schaute ihren Vater bittend an. »Aber es ist sehr gut, dass Catharina lebt. Sehr beruhigend.«

»Was soll daran beruhigend sein? Sie ist eine Geisel in der Hand eines Piraten.« Ihr Vater stand auf und begann, im Kontor auf und ab zu gehen, wobei sein schwarzer Mantel über den Boden schleifte. »Und das wird Adriano gefügig machen, gerade so, wie es Del Ponte wünscht.« Er hielt einen Moment inne, als würde ihm erst jetzt bewusst, dass Jacob vor ihm stand. »Und was willst du tun, Jacopo Berthier?«

Jacob straffte sich, als ihm der Muselmane die Hand auf die Schulter legte und sich dafür nicht einmal mehr besonders bücken musste. »In meinem Haus wird sich immer ein Platz für dich finden.« Khalid drückte ihm einen kleinen Beutel mit Gold in die Hand. Dann beendete er das Gespräch mit einer Handbewegung und bereitete sich darauf vor, dem Rat der Stadt Venedig einen Besuch abzustatten.

Jacob verabschiedete sich von Melika und strich dem Kind über seinen schwarzen Haarschopf. Einen Moment später stand er auf der kleinen Piazza, von der aus er so oft Khalids Haus bewacht hatte.

Was sollte er tun? Die Zukunft lag so offen vor ihm wie ein Buch, in das noch niemand ein Wort geschrieben hatte. Nach Esslingen zog es ihn nicht zurück. Mit etwas Glück und einigen Münzen aus seinem Beutel konnte er in Venedig einen neuen Lehrherrn finden, der ihn weiter als Apotheker ausbilden würde. Er konnte auch als Schiffsjunge auf einem der Handelsschiffe anheuern und durch die Wüste bis ins Land hinter der großen Mauer reisen. Oder er konnte doch noch versuchen, ein Ritter zu werden wie Sans Nom. Vielleicht sollte er zuerst Chiara und ihre kleine Schwester besuchen?

Er ging ziellos durch die Stadt mit ihren Kanälen und stellte nach einer Weile verwundert fest, dass ihn seine Füße zurück ins Gasthaus trugen, wo Peer noch immer seine Brandwunden auskurierte. Die Treppe knarrte, als er hinaufstieg. Im Gang vor den Zimmern roch es tranig nach kaltem Hammeleintopf. Jacob stieß die Tür auf und trat ein. Sein Feind lag in seinem grob gezimmerten Bett und schnarchte. Auch Peer hatte sich schon zusammengereimt, dass Catharina sich in Del Pontes

Hand befinden musste. Und er würde dieser Spur wie ein Jagdhund folgen, auch wenn sie ihn bis zu den Grenzen der Erde führte, über die er unweigerlich hinauskippen würde.

Ich muss Catharina beschützen, dachte Jacob und betrachtete den Mann, der mit dem Rücken zu ihm auf dem Strohsack lag. Die verbrannte rechte Hand war geschwollen und entzündet, was wahrscheinlich daran lag, dass er sie vorgestern dick mit Eselskot eingerieben hatte. Jacob setzte sich leise auf den Hocker am Fenster und zog Sans Noms Messer aus dem Schaft seines Stiefels. Peer hatte es bisher nicht bemerkt, wahrscheinlich, weil die Möglichkeit, Jacob könne eine Waffe besitzen, in seinen Gedanken nicht vorkam. Die Schneide war schwarz angelaufen, doch so scharf, dass er sich den Daumen anritzte, als er ihn darüber gleiten ließ. Er steckte ihn in den Mund und saugte das Blut auf, das nach Kupfer schmeckte.

Dann stand er auf und näherte sich dem Schlafenden. Peers Hals, über den sich ein Dreckstreifen zog, lag blass und entblößt vor ihm. An einer Stelle pulsierte das Blut unter der Haut. Seine magere Brust hob und senkte sich im Rhythmus seines Atems. Er spürte die Hitze, die von ihm ausging. *Fieber*, dachte er. Ganz leicht konnte er ihm sein Messer zwischen die Rippen ins Herz stoßen, oder ihm die Kehle durchschneiden. Dann wäre sein Problem ein für alle Mal gelöst. Es lag schwer und kühl in seiner Hand wie eine Gestalt gewordene Versuchung. *Noch nicht*, dachte er und schob es wieder in die Falte in seinem Stiefelschaft, in dem es gewöhnlich steckte. *Noch töte ich dich nicht, Peer.*

50

In Cecilia Tommasinis Loggia blühte ein Zitronenbaum und verströmte seinen Duft wie eine süße Verheißung des Frühlings. Der Anbau zog sich auf der Südseite ihres Hauses hin, das auf der Anhöhe des Klosters San Miniato al Monte stand, und öffnete sich mit seinen Arkadenbögen zum Garten. Die milde Luft der letzten Tage reichte, dass sich der Baum wie in der falschen Jahreszeit fühlte. So ein Irrtum würde Cecilia nicht unterlaufen. Ihre Knochen erinnerten sie daran, dass Weihnachten noch nicht einmal vorüber war und Kälte und Feuchtigkeit sich, wenn sie es zuließ, in ihrem Körper und ihren Gedanken einnisten würden. Das Alter bestand vorwiegend aus Schmerzen und Einsamkeit. *Unsinn, ich habe keinen Grund zu klagen*, dachte sie rebellisch, lebte sie doch mit ihren Dienstboten gut versorgt in ihrem Haus direkt über der Arnostadt. Sie zog sich ihr Tuch über die Schultern und umrundete zwischen graugrünen Lavendelbüschen und sauber beschnittenen Rosenbeeten das Haus.

Weil es am Hang lag, war der Garten in Terrassen angelegt, von denen jede einzelne durch eine Mauer aus Balustern begrenzt wurde. Sie legte die Hände auf die Steine, die von der Sonne trügerisch warm waren. Von hier aus öffnete sich weit der Blick auf die Stadt, auf den träge dahinfließenden Arno, über den sich der Ponte Vecchio mit seinen Läden spannte, und auf das Häusermeer mit seinen rotbraunen Ziegeldächern. In seiner Mitte erhob sich der Turm der Signoria. Dahinter lag die halbfertige Kuppel des Doms Santa Maria del Fiore, das ehrgeizige Werk des Architekten Filippo Brunelleschi, das er Stein auf Stein freitragend gen Himmel baute, nicht ganz frei von Größenwahn, wie so vieles, was man in Florenz erschuf.

Cecilias Familie stammte von Nobili ab, die vor fast zweihundert Jahren eingebürgert worden waren, nachdem man ihr Kastell im Chianti dem Erdboden gleichgemacht hatte. Schnell hatten sie die Vorteile erkannt, die sich ihnen als Bürger der aufstrebenden Stadt boten, und waren Wollhändler geworden. Die kluge und gebildete Cecilia hatte einen Mann aus ihren Reihen geheiratet, der als Zunftmitglied der Arte della Lana im Stadtrat saß. Ihr Gemahl war vor fast drei Jahren gestorben, im gleichen Jahr wie Giovanni de' Bicci de' Medici aus einer der mächtigsten Familien der Stadt, den er wie alle Angehörigen seiner Zunft immer unterstützt hatte. Sie seufzte, während sie das Häusergewimmel mit seinen über 40 000 Einwohnern betrachtete. Mit ihrem Misstrauen gegenüber den Medici hatte sie konträr zu ihrem immer treuen und aufrechten Gemahl gestanden. Die Familie war ehrgeizig und somit gefährlich. Giovanni de' Biccis Sohn Cosimo war dabei, die größte Bank in Florenz aufzubauen und alle anderen Familien zu entmachten. Mit seinem Geld zog er an den Fäden, die den Stuhl des Papstes sicherten. Irgendwann, das wusste sie, würden die Medici die Macht in Florenz an sich reißen und die republikanische Stadtregierung den Arno hinabspülen.

Sie zog sich ihr Schultertuch fester um, steckte eine lockige graue Haarsträhne unter ihre Haube und vertrieb entschlossen die düsteren Gedanken. Als Frau hatte sie sich nicht mit Politik abzugeben, sondern damit, wie man die besten Mandelkekse in Florenz machte. Davon würde sie heute noch mindestens zehn Bleche backen, die sie den Kindern im Findelhaus zu Weihnachten schenken wollte. Und vielleicht würde morgen ihr Neffe aus Massa Marittima kommen, um sich ihren verstopften Brunnen anzusehen und mit ihr darüber zu fachsimpeln, warum der Herd nicht gut zog. Es gab viele kleine Dinge, auf die sie sich freuen konnte, wenn sie sie nur gut einteilte.

Seufzend begab sie sich zurück zum Haus, um die *Pasta Frolla* für die Kekse anzusetzen, die eine Weile ruhen musste, bis man sie backen konnte. Als sie die Tür beinahe erreicht hatte, schreckte ein Geräusch sie auf, und sie drehte sich ein wenig beunruhigt um. Es war früher Nachmittag, die Zeit, in der in Florenz wie in so vielen Städten Italiens die Geschäfte ruhten. An ihrem Gartentor weit unten machten sich zwei Wanderer in grauen Mänteln zu schaffen. Sie sahen abgerissen und zwielichtig aus. Räuber? Gäste, die sie nicht erwartet hatte? Allzu bedrohlich konnten sie nicht sein, sonst würden sie ihr nicht zuwinken. Sie drehte sich um und begann, die Treppe zwischen den Terrassen herabzusteigen, was mühsam war, weil ihre Knie nicht mehr so mitmachten, wie sie es sich wünschte. Vielleicht waren die beiden ja Bettelmönche, die um ein Almosen baten, das sie ihnen nicht verweigern würde.

Schließlich fehlten bis zum Gartentor nur noch wenige Schritte, und einer der Fremden streifte mit einer Geste der Ungeduld die Kapuze seines Mantels zurück. Es war ein junger Mann mit hellbraunen, schulterlangen Locken und einem erwartungsvollen Lächeln. Sie wusste sofort, wer er war, denn schließlich hatte sie neunzehn Jahre lang auf diesen einen Moment gewartet. Ihr Herz klopfte ihr wie ein Hammer bis in den Hals hinein und brannte von einem fast vergessenen Gefühl.

»*Scusate.*« Sein Italienisch war ohne jeden Akzent. »Ich suche Madonna Cecilia Tommasini.« In diesem Moment schob auch seine Begleiterin ihre Kapuze zurück. Sie war ein sehr schönes braunhaariges Mädchen mit leuchtend blauen Augen.

Cecilia trat noch einen Schritt näher heran. Ihre Hände zitterten, und ihre Brust schmerzte vom ungleichmäßigen Klopfen ihres Herzens.

»Adriano«, sagte sie zögernd, und ihre Stimme brach ihr, denn der Junge hatte den gleichen hellen Wolfsblick wie der Mann, der das Leben ihrer Tochter zerstört hatte.

Kurze Zeit später saßen sie in der Küche und ließen sich von Cecilia bewirten. Sie sahen abgerissen aus und machten sich halb verhungert über die Mandelkekse von gestern her. Auf Adrianos Wangen lag ein Bartschatten, der die Dreckschicht darunter nur unvollkommen verbarg. Das Mädchen strich sich anmutig seine Haarpracht hinter die Ohren, in der sich Kletten, Stroh und Aststückchen verfangen hatten. Sie waren von Livorno her zu Fuß gegangen oder mit Bauernwagen gefahren, hatten in überfüllten Herbergen übernachtet und sahen dementsprechend aus.

Die Köchin erhitzte Wein über dem Feuer und stellte ein Tablett mit Räucherwurst, Fleisch und Brot bereit, über das sie mit dem Hunger der Jugend herfielen. Cecilia sprach erst, als das Tablett so gut wie leer war.

»Ich bin deine Großmutter.« Sie spürte den Worten nach, die sie noch nie ausgesprochen hatte, und legte dem Jungen die Hand auf die Schulter.

»Ich bin sehr froh, Euch endlich kennenzulernen«, sagte er mit großer Aufrichtigkeit und neigte seinen Kopf. »Das ist Catharina.«

Wie selbstverständlich zupfte er einen Strohhalm aus ihren langen Haaren. Wenn sie bisher noch gezweifelt hatte, was die beiden verband, zeigte es ihr diese Geste besser als ein Heiratsvertrag. Einen Moment lang bedauerte sie, dass sie sein ganzes bisheriges Leben verpasst hatte, seine ersten Schritte, seine Bubenstreiche, seine aufgeschlagenen Knie. Jetzt war er erwachsen und hatte sich sogar schon gebunden, ohne dass sie ihm eine gute Partie ausgesucht hatte. *Unsinn, er hat eine ausgezeichnete Wahl getroffen*, dachte sie dann und weigerte sich, diese Anwandlung von Selbstmitleid zu akzeptieren. Das Mädchen sah aufgeweckt und eigenwillig aus, aber das war nicht von Nachteil für eine Ehe. Von Gehorsam hatte Cecilia noch nie viel gehalten.

»Benvenuto«, sagte sie, und das zarte Gesicht ihres Gegenübers erhellte sich in einem schüchternen Lächeln, das die blauen Augen aufleuchten ließ. Cecilia setzte sich an den Tisch und ließ sich ebenfalls mit Brot und Schinken bewirten. »Was führt euch her?«

»Das ist eine lange Geschichte.« Adriano biss ab, kaute und schluckte genussvoll, als hätte er nie etwas Besseres gegessen. Sie spürte, wie er zu ihr, der Unbekannten, Vertrauen fasste. Und dann erzählte er, wobei ihn das Mädchen mit den blauen Augen wieder und wieder unterbrach und Einzelheiten ergänzte. Der Bericht umfasste mehr als ein Jahr. Sie hatten vieles verloren, eine Schiffsladung Lapilazuli und das Mädchen sogar ihren Taugenichts von Vater, aber sie hatten einander gefunden.

»Zum Schluss hat man uns in der Bastion Agnesa festgehalten«, schloss Adriano. »Beim Condottiere Del Ponte, diesem Piraten, der meinen Lapislazuli an die Jesuaten verkauft hat.«

»Die Jesuaten von Florenz«, fügte Catharina hinzu. »Denen wir einen Besuch abstatten wollen, um zu schauen, ob sie sich mit der Diebesbeute wohl fühlen.«

»Del Ponte?«, fragte Cecilia und suchte nach einem Anhaltspunkt. An irgendetwas erinnerte sie der Name.

Adriano antwortete. »Das ist ein Name, den er sich selbst zugelegt hat. In Wirklichkeit heißt er Cipriano Cipriani. Er schien Eure Familie bestens zu kennen.«

Der Name, den sie aus ihrem Gedächtnis gestrichen hatte, traf sie wie ein Blitzschlag. Cecilia setzte sich zurück und schnappte nach Luft.

»Madonna?« Das Mädchen war aufgesprungen und ging neben ihr in die Knie. »Was ist mit Euch? Habt Ihr Herzbeschwerden?« Eine zarte Hand legte sich auf ihre.

»Nein, nein. Es geht schon.« Sie versuchte, das aufgeregt auf und ab polternde Ding in ihrer Brust durch ihren regelmäßigen Atem zu beruhigen. *Ganz ruhig, Cecilia.* Der Junge war zunächst einmal Fleisch von ihrem Fleisch und Blut von ihrem Blut. Als ahnte er etwas, musterte er sie mit seinem nachdenklichen Wolfsblick. Sie dachte, dass sich Fortuna verschlungene Wege suchte, um sie alle miteinander zu narren, und begann zu lachen, zuerst zögernd und leise, denn ihre Stimme war ein bisschen eingerostet, dann aber laut und aus vollem Herzen, bis sich ihre Bitterkeit in Nichts auflöste. Die jungen Leute dachten sicher, sie sei übergeschnappt. Als sie sich wieder beruhigt hatte, fasste sie einen Entschluss. Sie würde den beiden helfen, und sie wusste auch schon, wie.

»Einfach ins Kloster zu spazieren und nach dem Azurstein zu fragen scheint mir nicht sehr klug zu sein. Du sagst, du bist eine *Farmacista*, Catharina?«

Das Mädchen nickte.

»Dann hilf doch in der Apotheke im Spital aus. Sie beliefert sehr oft die Klöster der Stadt, und ihr Apotheker ist steinalt. Früher oder später laufen dir die Jesuaten dabei über den Weg.«

51

Zwei Tage später begaben sich die beiden Frauen ins Zentrum von Florenz zum Ospedale Santa Maria Nuova. Sie hatten den Abstieg vom Hang beim Kloster San Miniato al Monte mit der Sänfte zurückgelegt, den Ponte Vecchio mit seinen Läden überschritten und auf der anderen Seite des Arno die Träger bezahlt und verabschiedet. Neugierig schaute sich Catharina in den belebten Straßen der reichen Stadt Florenz um, in denen schon früh morgens wimmelnde Geschäftigkeit herrschte. Während Venedig sein Gesicht in dieser Jahreszeit oft unter einem dichten Nebelschleier verbarg, spannte sich über dem tonfarbenen Häusermeer von Florenz ein blauer Winterhimmel, der alle Formen messerscharf hervortreten ließ.

Arm in Arm durchschritten Catharina und Cecilia die Straßen, bis sie zum mächtigen Dom Santa Maria del Fiore kamen, an dessen halbfertiger Kuppel die Steinmetze und Maurer auch im Winter arbeiteten. Die Luft schmeckte nach Frost und formte den Atem vor ihren Gesichtern zu weißen Säulen. Vom Domplatz aus wandten sie sich nach rechts und erreichten die Piazza, an der sich das größte Spital von Florenz erhob, das nach Cecilias Aussagen mehr als sechstausend Patienten im Jahr behandelte.

»Du kriegst ja den Mund nicht mehr zu.« Cecilia lachte und drückte Catharinas Arm, die über die schiere Größe der kreuzförmigen Anlage staunte.

»Und Ihr sagt, es ist wirklich nur eins von über dreißig Spitälern in der Stadt?«

»Santa Maria Nuova, San Paolo, San Matteo, Messer Bonifatio.« Die alte Frau zählte die Anzahl an ihren Fingern ab.

»Das sind die wichtigsten. Und es gibt noch jede Menge weniger bedeutende. Die reichen Kaufmannsfamilien in der Stadt geben jede Menge Geld für Kunst aus. Und wenn ihr Beutel fast leer ist, haben sie ein schlechtes Gewissen und investieren in Spitäler, um sich die ewige Seligkeit zu sichern.« Sie lachte leise. »Christus ist ein guter Armenarzt, das wirst du gleich sehen. Gehen wir, mein Kind.«

Gemeinsam durchschritten sie das Tor zum Spital Santa Maria Nuova und schauten sich in den weiß gekalkten Gängen um, in denen sich, von Saal zu Saal eilend, Pfleger und Ärzte drängten. Eine Tür öffnete sich zu einer weiten Halle, in der sich beidseitig Bett an Bett reihte. Catharina durchmaß ihre beeindruckende Größe mit den Augen. Der Raum schien so lang und so hoch wie das Mittelschiff einer Kirche zu sein und öffnete sich an der gegenüberliegenden Wand für eine Kapelle.

»Was ist das?«, fragte sie.

»Die Männerstation«, flüsterte Cecilia. »Die Räume für die Frauen liegen an der Südseite des Platzes. Insgesamt gibt es zweihundertdreißig Betten, in denen immer nur zwei Patienten gleichzeitig liegen.«

Catharina war beeindruckt. »Und es gibt keine Pfründner?«

»Ach, woher denn«, sagte Cecilia. »Das hier ist nur für die Kranken, nicht für die Alten.«

»Lasst uns durch!«, hörten sie von hinten und machten Platz für eine Bahre, auf der ein Verletzter lag und lautstark stöhnte. Catharina starrte mit großen Augen auf sein Bein, aus dem ein weißer Knochenstumpf ragte. Zu der kleinen Prozession gehörten auch seine Angehörigen, die Ehefrau, die weinend die Hände rang, ihre zwei verwirrt blickenden Kinder und ein älterer Mann in einer Metzgerschürze, der Cecilia freundlich begrüßte, bevor er dem Zug folgte.

»Das ist der Sohn von Gianbattista, dem Metzger vom Markt, von dem ich mein Fleisch beziehe«, sagte Cecilia und legte Catharina die Hand auf den Arm. »In einer anderen Stadt mag ein gebrochenes Bein ein Todesurteil sein. Hier gibt es neben den studierten Medici auch Wundärzte, die sich darauf verstehen, seine Knochen wieder einzurichten oder ihm das Bein fachgerecht zu amputieren.«

Catharina schluckte und nickte sprachlos. Als die Bahre fort war, löste sich das Gedränge auf dem Gang plötzlich auf. Nur ein kleines, dickliches Mädchen blieb zurück, das sie aus seinen geschlitzten Augen schweigend anstarrte. Wer mochte das nun wieder sein? Catharina runzelte die Stirn und kreuzte unwillkürlich ihre Finger gegen den bösen Blick.

»Keine Angst.« Cecilia ging mühsam in die Hocke und sprach die Kleine an, der ein Spuckefaden aus dem Mundwinkel über das Kinn rann.

»Anna Maria! Schön, dass du da bist. Möchtest du ein bisschen bei uns bleiben?«

Die Kleine nickte, trat auf die beiden Frauen zu und legte ihre klebrige Hand vertrauensvoll in Catharinas, die nicht wusste, was sie davon halten sollte. Am liebsten hätte sie ihre Hand an ihrem Kleid abgewischt, aber das kleine Mädchen hielt sie fest im Griff.

Cecilia strich der Kleinen über die strähnigen Haare. »Mir scheint, du hast eine Freundin gefunden, Catharina. Kennst du solche Geschöpfe nicht aus deiner Heimatstadt?«

»Nein, man sieht sie dort kaum.« Sie schüttelte den Kopf und schämte sich plötzlich. Cecilia erzählte weiter. »Ihre Eltern haben sie ausgesetzt, als sie gesehen haben, dass sie ein Wechselbalg ist. Und dann kam sie ins Ospedale degli Innocenti, wo ich, wie du weißt, die Findelkinder versorge. Aber seit ein paar Jahren treibt sie sich immer wieder hier herum. Solche Kinder sind die Lieblinge Christi.«

Catharina nickte, drückte die kleine Hand und lächelte dem Kind zu, das ihr Lächeln strahlend erwiderte und sich ihnen wie selbstverständlich anschloss. Sie gingen weiter und erreichten eine Wegkreuzung, an der zwei Gänge abzweigten. Ein Mann mittleren Alters im Talar eines Gelehrten kam ihnen mit eiligen Schritten entgegen.

»Warte!«, sagte Cecilia. »Das ist der Rektor, Messer Michele di Frusino aus Panzano. *Buongiorno*, verehrter Messer Michele.«

Er wandte sich um und grüßte die alte Frau ehrerbietig. Gestern hatte sie Catharina und Adrian erzählt, dass sie seit über zwanzig Jahren sowohl ihre Arbeitskraft als auch ihr Kapital in die Sorge für die Armen und Kranken steckte. Dementsprechend hoch musste ihr Ansehen in der Stadt sein.

»Madonna Cecilia. Was verschafft mir die Ehre Eures Besuchs?«

Cecilia zog Catharina entschlossen vor sich, die spürte, wie sie unter dem prüfenden Blick des Rektors errötete. Die kleine Anna Maria stolperte hinterher und kicherte leise.

»Zwei hübsche junge Damen«, stellte Messer Michele fest und nickte dem Kind zu. »Da ist unsere Anna Maria. Und wer ist ihre schöne Begleiterin?«

»Darf ich Euch die Braut meines Enkels Adriano vorstellen«, sagte Cecilia. »Catharina ist eine *Farmacista*, die im *Ospedale* um der Liebe Christi aushelfen möchte.«

Der Rektor richtete sich auf und schenkte ihr ein vorsichtiges Lächeln. »Willkommen, Madonna Catharina. Wir können Hilfe jederzeit gebrauchen, vor allem fachkundige. Unser Apotheker, Messer Carlo Nazaré, ist schon über achtzig Jahre alt und leidet am Gliederreißen. Er konnte schon seit zwei Wochen nicht mehr zur Arbeit erscheinen.«

Catharina konnte ihm nicht in die Augen schauen. Hoffentlich sah er ihr nicht an, dass sie ihre eigenen handfesten Interessen verfolgte. Andererseits – die Apotheke schien verwaist zu sein. Plötzlich flammte die Leidenschaft für ihren Beruf in ihr auf, und sie nahm sich vor, ihre Sache so gut wie möglich zu machen. Der Rektor begleitete sie bis zu den Räumen der *Farmacia* und verließ sie gemeinsam mit Cecilia, die ihn über seine Behandlungspläne für den verletzten Metzgersohn befragte.

Plötzlich fand sich Catharina allein mit Anna Maria auf dem Gang wieder. »Komm, Kleine!«, sagte sie auf Deutsch und drückte die Klinke der Tür zur Apotheke.

Was für ein Wunder! Staunend schaute sie sich in dem großen Raum mit dem Tonnengewölbe um, der von der Morgensonne erhellt wurde. An der Wand standen Regale voller reich bestückter Gefäße. Sauber gebundene Kräutersträuße hingen von der Decke. Trotz seiner Krankheit hatte Messer Nazaré keine Unordnung hinterlassen, sondern sein Haus gut bestellt.

»Und was machen wir jetzt?«, fragte sie.

Anna Maria stellte sich mitten in den Raum, wo die Sonne einen weißen Fleck auf den Boden zeichnete, und begann sich wie ein kleiner Kreisel zu drehen. Plötzlich erfasste Catharina eine vollkommen unbegründete Heiterkeit. Sie nahm das Kind an den Oberarmen, schwenkte es dreimal im Kreis herum durch die Luft, bis es kreischte und jubelte, und setzte es atemlos wieder auf dem Boden ab. Da waren sie also, die überaus kluge Tochter des überaus unzuverlässigen Apothekers Christoph Appenteker mit der überaus fröhlichen Anna Maria, die sie mit offenem Mund anlachte. Als Erstes stieß sie das Fenster zum Garten auf und ließ frische Luft in den muffigen Raum.

Dann fuhr sie mit dem Finger über die Platte des Arbeitstischs. Etwas Staub blieb an ihm haften, was nach zwei Wochen kein Wunder war.

»Sauber machen«, sagte sie, und Anna Maria nickte.

52

Sie schwärmten wie eine Schar bunter Vögel durch sein Atelier, streckten ihre zarten Hände nach seinen Bildern aus und vertrieben mit ihrem Schnattern und Zwitschern und dem Rascheln ihrer Seidengewänder jeden vernünftigen Gedanken aus seinem Kopf. Herzogin Isabella und ihre Damen waren in Jan van Eycks Werkstatt eingefallen, um den Fortgang des Altars zu begutachten. Und das gerade zu dem Zeitpunkt, an dem er sich entschlossen hatte, nun doch an der Madonna weiterzuarbeiten.

«Sie ist wunderschön!« Isabella von Portugal, Herzogin von Burgund und Gemahlin Philipps des Guten, trat hinter ihn und schaute ihm über die Schulter. »Ein Meisterwerk.« Auf der Staffelei stand das Bild der Himmelskönigin, die einmal ein Teil der Deesis im oberen Register des Altars werden sollte. Gerade hatte er begonnen, zähneknirschend blaues Azurit für ihren Mantel anzureiben.

Er drehte sich um und neigte ehrerbietig den Kopf. Natürlich hatte sie recht. »Ich danke Euch, Hoheit.« *Varlet de Chambre*, Kammerherr, zu sein bedeutete nicht nur, dass man, wenn Herzog Philipp es verlangte, einen Schwarm Tauben aus einer bemalten Torte auffliegen lassen musste. Es hieß auch, dass ihn die Edlen, seien sie nun männlich oder weiblich, stören durften, wann immer es ihnen in die ondulierten Köpfe kam. Womit sich sein Dasein nicht wesentlich von dem eines Hofnarren unterschied. Nicht, dass er Isabella von Portugal nicht geschätzt hätte. Schließlich war er es gewesen, der während der Reise der burgundischen Gesandtschaft nach Portugal das erste Portrait von Philipps Auserkorener gemalt hatte, weil der Herzog nicht die Katze im Sack kaufen wollte. Sie war eine kluge und noch immer schöne Frau, der die Aufgabe zukam, trotz ihres fortgeschrittenen Alters für Nachwuchs am burgundischen Hof zu sorgen. Er dachte mit Bedauern an ihren Erstgeborenen, der im Säuglingsalter gestorben war.

Die Herzogin lächelte ihn an. »Wo ist mein Portrait?« Auch ihr Antlitz würde einstmals auf dem Altar zu sehen sein.

»Es steht im Gang. Ich werde es Euch zeigen.« Er stellte den Mörser beiseite und wies ihr den Weg. Die Hofdamen folgten ihnen schnatternd mitsamt dem Haushofmeister, der zu Isabellas eigenem Hofstaat gehörte. Im Gang wickelte Jan eine kleine Bildtafel aus einem Seidentuch und stellte sie aufrecht auf einen Tisch. Sie würde in den oberen Teil der Außenseite des Altars integriert werden. Das Bildnis der cumäischen Sybille, einer Seherin, die vor langer Zeit in Cumae bei Neapel ihre Prophezeiungen ausgesprochen hatte, war seinem ersten Portrait von Isabella nachgebildet worden. Die Hofdamen stellten sich im Kreis auf und klatschten vor Entzücken in die Hände. Erleichtert, dass sich die Aufmerksamkeit der Damenwelt etwas anderem zuwandte, wollte er sich schon davonmachen.

»Aber Ihr tragt ja Euren Bienenkorb«, hörte er und fuhr herum. Plötzlich herrschte im Gang Totenstille. Alle Augen, auch die Jans, wandten sich der jungen Hofdame zu, die sich getraut hatte, die respektlose Bemerkung zu machen. Prompt lief die junge Frau bis zu ihrem blonden Scheitel knallrot an und biss sich auf die Unterlippe.

Jan konnte sich ein Grinsen nicht verkneifen. Zu den Portraitsitzungen hatte Isabella einen voluminösen Kopfputz getragen, der tatsächlich wie ein mit Edelsteinen besetzter Bienenkorb aussah. Mit einem Schlag wurde es so still, dass man die jüngeren Gehilfen im Vorraum reden hören konnte. Im nächsten Moment lachte Isabella laut auf und legte der jungen Frau, die die leichtsinnige Bemerkung gemacht hatte, die Hand auf den Arm. »Tatsächlich, Marguerite. Es sieht ein bisschen seltsam aus. Aber zu einer Seherin passt ein besonderer Kopfputz ja.«

Während alle erleichtert lachten und durcheinandersprachen, ging Jan zurück zu seiner Madonna und zu seinem Mörser.

Strenggenommen stammte der Entwurf für die drei himmlischen Personen, die einmal das obere Register des Altars bestimmen würden, von seinem verstorbenen Bruder. Er selbst führte die Bildtafeln nun aus und drückte ihnen den Stempel seines Stils auf. Dass er noch nicht mit der Madonna begonnen hatte, war eine glatte Lüge gewesen, die Josse Vijd dazu bringen sollte, ihm endlich das verlangte Pigment zu besorgen. Schon längst hatte Jan die Grundierung aufgebracht und die Unterzeichnung auf der Tafel angelegt. Er hatte sogar schon damit begonnen, seine Farben in lasierenden Schichten aufzutragen und dadurch ihr Wesen ins Licht zu rufen. Maria, die höchste aller Frauen, sie würde auf ihrer rotgoldenen Haarflut eine prächtige Krone aus Blumen und Edelsteinen tragen und mit einem leichten Lächeln in das Buch auf ihrem Schoß blicken. Ihr Mantel sollte so blau wie der Nachthimmel sein. Ultramarin war das Pigment seiner Wahl gewesen. Doch gerade daran wollte Vijd, der Geizkragen, sparen. Nachdem sein Neffe Adrian nicht zurückgekehrt war, hatte der alte Fuchs ihm den Farbstoff Azurit für den Mantel der Maria zur Verfügung gestellt. Azurit, das bei Innsbruck abgebaut wurde, war etwas heller und trüber als das echte Ultramarin und ein ganzes Stück billiger.

Den Mörser in der Hand schaute sich Jan um. Wo trieb sich sein Neffe Barthelmy herum, dem diese Arbeit zustand? Grimmig füllte er selbst das Gefäß mit einigen Klumpen des Pigments, die er zu zerreiben begann. Unter seinen geübten Händen zerfielen sie fast zu leicht in ein Pulver, das einen lichtblauen Farbton zeigte. Zu hell und außerdem in Gefahr zu vergrünen, sollte es mit seinem geheimen Bindemittel auf der Basis von Nussöl in Berührung kommen.

»Darf ich Euch helfen?«

Wie vom Blitz getroffen fuhr Jan van Eyck herum und schaute der jungen Hofdame, die eben fast bei Herzogin Isabella in Ungnade gefallen wäre, in die Augen. Schon wieder lief sie rot an.

»*Mon dieu.* Ich wollte Euch nicht erschrecken. *Excusez moi.*«

»Nein, nein, schon gut.« Beim Gedanken an ihre vorwitzige Bemerkung über den Bienenkorb musste er grinsen. »Ich glaube nicht, dass Ihr Pigmente anreiben könnt.«

Sie hob ihren Kopf und schaute ihm stolz in die Augen. »Mein Vater gehörte zur Malerzunft von Brügge. Pigmente anzureiben habe ich eher gelernt, als Marmelade zu kochen.« Ihre blauen Augen blitzten.

»Also gut.« Er reichte den Mörser an sie weiter und legte ihr den Stößel in die Hand. Als er sie berührte, lief ein Gefühl zwischen ihnen hin und her, für das er keinen Namen hatte.

»Wofür ist das Azurit?«, fragte sie.

Er betrachtete sie und erkannte, dass sie nicht mehr ganz so jung war, wie er vorhin gedacht hatte. Mitte zwanzig vielleicht, schmal gebaut, blond und fast so groß wie er selbst. In diesem Moment wusste er, dass seine Marien in Zukunft so aussehen würden wie sie.

»Meister van Eyck?«

»Was? Ach das. Für den Mantel der Madonna.«

Sie runzelte ihre hübsche Stirn. »Gibt es da nicht dieses eine Blau, das der Kostbarkeit des Altars angemessener wäre? Ein Pigment, das man in Form eines unscheinbaren blauen Steins von der anderen Seite des Meeres holt? Bei uns ist es noch nicht sehr verbreitet. Wie heißt es gleich?«

»Ultramarin«, sagte er leise.

53

Adrian saß auf der Umrandung eines der Kräuterbeete im Garten des Ospedale Santa Maria Nuova und ließ seine Finger gedankenvoll über einen graugrünen Salbeitrieb gleiten, der hartnäckig dem Winter trotzte. Der Kräutergarten war kreuzförmig angelegt und sauber beschnitten. In seiner Mitte stand rein zur Freude der Benutzer ein Springbrunnen mit drei Schalen, der über die Wintermonate stillgelegt war. Zwei Wochen lebten sie jetzt in Florenz, und die Stadt fühlte sich fast schon wie Heimat an, mehr als Venedig jedenfalls und mehr sogar als Gent, wo er aufgewachsen war. Er hatte sich angewöhnt, tagsüber im Wollhandel seiner Großmutter zu arbeiten, der, wenn er ihr glauben sollte, einmal ihm gehören würde. Heute hatte er gründlich die Bücher durchgesehen und festgestellt, dass die Geschäfte Gewinn abwarfen. Immer öfter stellte er sich die Frage, was geschähe, wenn sie den geraubten Lapis Lapis sein lassen und einfach hierbleiben würden.

»Ihr könntet uns behilflich sein.«

Adrian fuhr herum. Der Rektor Michele di Frusino stand in der Tür zum Eingang und schaute ihn mit gelinder Ungeduld an.

»Wobei?« Er erhob sich. Es war das erste Mal, dass ihn einer der Ärzte der Einrichtung ansprach.

»Das werdet Ihr schon sehen. Kommt! Wir haben es eilig.« Der Rektor ging ihm durch die weitläufigen Gänge des Spitals voraus, bis sie eine doppelflügelige Tür erreichten.

»Was wollt Ihr von mir?«, fragte Adrian.

»Eure Großmutter, Monna Cecilia, hat mir erzählt, dass Ihr ein Studium der Medizin begonnen habt.«

»In Köln«, sagte er widerwillig. »Aber das ist vorbei.« An diese Episode seines Lebens, die abrupt und unfreiwillig geendet hatte, wurde er nur ungern erinnert. Der Rektor winkte ab. »Keine Angst. Ihr müsst hier nicht als Medicus wirken. Wir brauchen nur einen starken Gehilfen, der bei einer Amputation unseren Patienten festhält.«

Er stieß die Tür auf, schob ihn über die Schwelle und ging seiner Wege. *Ein Operationssaal*, dachte Adrian, und seine Nackenhaare stellten sich auf.

Der Raum war groß, eiskalt und wie eine Kirche von einem Gewölbe überspannt. Sein gekachelter Fußboden neigte sich zu einem Abfluss in der Mitte hin. *Um größere Mengen Blut ablaufen zu lassen*, dachte Adrian. Daneben stand ein länglicher Tisch, auf dem ein Mann lag, der lautstark stöhnte. In einer Ecke glühte ein Kautereisen auf einer rauchenden Kohlenpfanne vor sich hin und verbreitete Wellen von Hitze in der kalten Luft. Adrian trat näher und erkannte, dass der Patient noch jung und von kräftiger Statur war. Man hatte ihn bis zum Kinn mit einem Leintuch zugedeckt. Sein Haar war nassgeschwitzt, und sein bleiches Gesicht verzog sich unter einer Schmerzwelle.

»Helft mir!«, flüsterte er.

Unwillkürlich griff Adrian nach seiner Hand und drückte sie.

»*Madre Mia!* Ich will, dass es aufhört.« Seine blutunterlaufenen Augen richteten sich auf ihn. »Oder lasst mich einfach sofort sterben.«

»Du wirst gleich noch lauter stöhnen.« Ein Mann, groß und muskulös wie ein Ringer, näherte sich von der Tür her und putzte seine Hände an seiner Lederschürze ab. »Aber ruckzuck ist es vorbei«, fügte er tröstend hinzu und fuhr sich über den vollständig kahlen Schädel. Der Riese in der Metzgerkleidung wandte sich Adrian zu. »Und Ihr seid also dieser studierte Fratz, der hier einmal die süße Luft des Wundbrands schnuppern soll. Statt seiner Uringläser.«

Er lachte schallend und legte seine Knochensäge auf dem Tisch neben dem Patienten ab, dessen Augen sich vor Schmerz und Entsetzen verdrehten. »Ihr wollt mir doch nicht das Bein abschneiden?«, brachte er heraus.

»Das müssen wir wohl«, sagte der Arzt gelassen und haute ihm kräftig auf die Schulter, woraufhin er endgültig in Ohnmacht fiel. Adrian hatte von der Verachtung gehört, die die Wundärzte und Chirurgen den studierten Medizinern entgegenbrachten. Um dieser zumindest seinen Stolz entgegenzusetzen, nahm er sich vor, durchzuhalten, egal, was auf ihn zukam.

»Dann wollen wir mal.« Als der Wundarzt den Unterkörper des jungen Mannes aufdeckte, zog Adrian erschrocken die Luft ein. Das rechte Bein war doppelt so dick wie normal und hatte sich bis knapp unters Knie schwarz verfärbt. Aus langen Wundschlitzen tropfte grünlicher Eiter, der einen ekelerregenden Geruch verbreitete.

»Vor zwei Wochen war das ein offener Beinbruch, den ich sauber eingerichtet habe«, sagte der Arzt nachdenklich. »Aber manchmal ist einfach schon zu viel Fäulnis in der Wunde. Und dann müssen wir noch einmal ran.«

In diesem Moment klopfte es an der Tür des Operationsraums.

»Verflucht! Wer wagt es, mich bei einer Amputation zu stören?« Grollend drehte sich der Arzt um und wandte sich zur Tür, die sich einen Spalt weit öffnete. Im Flur stand Catharina und duckte sich unter seinen harten Worten. Hinter ihr lugte der kleine Waldgeist hervor, der sich Anna Maria nannte und ihr nicht von der Seite wich. Adrian merkte, wie er grinsen musste, als sich die beiden in den Operationssaal schoben, das zarte Mädchen mit dem Tablett in den Händen und ihr rundlicher Schatten, der sich an ihrem Rock festklammerte.

»Adrian. Hallo.« Einen Moment lang verblasste alles neben ihrer Liebe, und sie strahlten einander in vollkommener Harmonie an.

»Was wollt Ihr?«, fragte der Wundarzt schroff. »Turteln könnt Ihr später. Und haltet das blödsinnige Kind davon ab, die Knochensäge anzufassen oder ins Kohlenbecken zu fallen.« Anna Maria drehte sich mit einem verstörten Ausdruck um und rannte zur Tür.

Adrian sah, wie Catharina schluckte und sich erst fassen musste, bevor sie weitersprach. Mit so einem Grobian hatte sie wohl nicht gerechnet. »Ich habe für die Amputation einen Schlafschwamm hergestellt.«

»Ach, tatsächlich.« Der Riese stemmte seine schinkengroßen Hände in die Hüften. »Und seid Ihr Euch auch sicher, dass der Patient nach Anwendung des Schwamms wieder aufwacht? Oder haltet Ihr das nicht für entscheidend?«

»Ich bin mir sicher«, sagte sie laut und trat einen Schritt näher.

Der Wundarzt drehte sich wieder um. »Der da hält es auch ohne Betäubung aus, ist schließlich Metzger von Beruf.«

»Nein«, tönte es schwach von der Bahre. »Gebt mir den Schlafschwamm!«

Der Arzt ließ seine zornigen Augen von einem zum anderen gleiten und fixierte schließlich Adrian. »Was denkt Ihr, kann man *la Tedesca* vertrauen?«

»Ich würde jederzeit mein Leben in Catharinas Hände legen«, sagte er feierlich.

»Also gut, her mit dem Teufelszeug. Ich hoffe, Ihr wisst, wie oft die Kranken mit dem Schlafschwamm in Thanatos' Arme hinübergedämmert sind. Tut Eure Arbeit, Kleine!«

Catharina biss sich auf die Lippen und trat neben den Patienten. »Keine Angst, Ihr spürt gleich nichts mehr.« Vorsichtig hob sie den Kopf des Metzgergesellen an und band ihm den Schwamm unter die Nase, den sie mit der betäubenden Tinktur getränkt hatte. Adrian wusste nicht genau, was sie enthielt. Schierling, nahm er an, und eine reichliche Portion Opium, mit dem ihr Vater nicht gerade sparsam zu hantieren pflegte. Der ohnehin geschwächte Patient schlief innerhalb weniger Atemzüge tief ein und entspannte seine verkrümmten Glieder.

Catharina nickte Adrian zu und verließ, ohne den Wundarzt eines weiteren Blickes zu würdigen, mit der kleinen Anna Maria den Raum.

»An die Arbeit!« Der Arzt drehte den Patienten zur Seite und zog so lange, bis sein rechtes Bein von der Bahre aus in den Raum hineinragte. »Am besten, Ihr legt Euch auf seinen Unterkörper.«

»Aber wird er sich denn noch regen?«

»Wartet's ab! Wo würdet Ihr das Bein abnehmen?«

Adrian überlegte einen Moment. »Unter dem Knie«, sagte er dann vorsichtig. »Dann kann er das Gelenk weiter benutzen und seiner Arbeit nachgehen.«

»Richtig.« Der Arzt übergoss seine Hände und sein Werkzeug mit Schnaps und putze alles an der Lederschürze ab. »Das wäre gut für ihn. Nur, wenn man nicht hoch genug schneidet, kann es sein, dass sein Fleisch weiter fault. Und dann können selbst wir ihm nicht mehr helfen.«

»Und was meint Ihr?«

Er zuckte die gewaltigen Schultern. »Wir versuchen es nach Eurer Methode.« Als der Arzt in den Muskel der Wade knapp unterhalb des Gelenks zu schneiden begann, legte sich Adrian quer auf den Bauch des Metzgers, der tief im Schlaf stöhnte und sich bewegte. Blut spritzte in sein Gesicht, das er mit einer Hand wegwischte. Der Arzt schnitt das Fleisch ringförmig auf, bis er den Knochen erreichte. Dann setzte er die Säge an, die in Waden- und Schienbein fuhr und beide blitzschnell sauber abtrennte. Der Unterschenkel landete mit einem dumpfen Geräusch auf dem Boden, was der Patient mit einem Zucken seiner Augenlider registrierte. Schwer atmend richtete der Wundarzt sich auf und stützte seine blutigen Arme auf dem Tisch ab. Der Schweiß lief ihm in Strömen über das Gesicht.

»Bringt mir das Kautereisen! Aber nehmt um Gottes willen ein Tuch dafür, sonst seid Ihr der Nächste auf diesem Tisch.«

Adrian tat, was er verlangte, kehrte mit dem glühenden

Eisen zurück und schaute verbissen auf den Stumpf, aus dem pulsierend das Blut schoss. Ungeduldig griff der Arzt nach dem Werkzeug und drückte das abgeflachte Rechteck an der Spitze auf den Rest des Beins, wo es die geöffneten Blutbahnen mit einem lauten Zischen verschloss. Sofort stieg Rauch auf. Geistesgegenwärtig warf Adrian sich auf den Patienten, der laut aufschrie, sich aufbäumte und daraufhin in eine tiefe Ohnmacht fiel. Der ekelerregende Geruch nach verbranntem Fleisch verbreitete sich im Raum und ließ ihn würgen. Schweigend versorgte der Arzt das Bein und den Patienten und wandte sich erst dann seinem Helfer zu, der mit unbewegtem Gesicht neben der Bahre stand.

»Der Rest liegt in Gottes Hand.« Er reichte ihm seine große, blutige Hand. »Mein Name ist Messer Giacomo da Pitigliano. Ihr habt Euch ganz wacker geschlagen. Die meisten kotzen mir beim ersten Mal auf den Operationstisch.«

»Ich war kurz davor.« Adrian musste grinsen. »Aber nein. Dazu wollte ich zu gern sehen, was Ihr da tut.« Er zögerte. »Man müsste …« Vielleicht würde er sich lächerlich machen, wenn er das hier sagte. Messer Giacomo ging zu einem Wassereimer, spülte seine Arme und hinterließ eine rosa Brühe, die an einen Schlachttag erinnerte. »Nur zu, mein Junge.« Adrian holte tief Luft und sprach den Gedanken aus, der ihm gekommen war.

»Um den Patienten diese unselige Prozedur des Kauterisierens zu ersparen und den Blutfluss trotzdem zu unterbinden, müsste man die Adern abbinden.«

Er schaute den Arzt an, der ihn sicher gleich in Grund und Boden reden und wahrscheinlich sogar auslachen würde. Messer Giacomo näherte sich ihm nachdenklich und warf ihm sein verschmutztes Leintuch zu. »Ihr seid voller Blut und solltet Euch säubern, sonst fällt Eure Verlobte noch in Ohnmacht, wenn sie Euch sieht.« Er geleitete Adrian zur Tür und öffnete sie. »Ihr würdet keinen schlechten Chirurgen abgeben, Tommasini. Das mit dem Abbinden der Blutgefäße habe ich auch schon oft gedacht.«

Auf dem Gang stand Catharina und nahm ihn, trotz seines blutigen Mantels, schweigend in die Arme.

»Die beiden Turteltauben«, brummte der Arzt, verdrehte die Augen zur Decke und ging seiner Wege.

Catharina schaute ihm kopfschüttelnd nach. »Was für ein schrecklicher Mensch!«

»So schlimm ist er gar nicht«, nahm ihn Adrian in Schutz. »Als Operateur weiß er jedenfalls, was er tut.«

Sie gingen aus dem Weg, als ein paar Pfleger die Bahre mit dem frisch Operierten zurück zur Männerstation trugen. Catharina nahm Adrians Hand und zog ihn durch die Tür bis auf den kleinen Platz vor dem Spital, wo sie sich auf die Umrandung des Brunnens setzten.

»War das schlimm für dich?«, fragte sie leise und tauchte ihre Hand in das eisig kalte Wasser. Adrian schüttelte den Kopf. »Nein, ich bin eher neugierig auf das nächste Mal.« *Es ist der richtige Platz für mich*, dachte er verwundert und war sich dessen ebenso sicher wie seiner Liebe zu Catharina, die er plötzlich heftig begehrte. Sie lachte leise und verschränkte ihre Finger mit seinen. »Der große Zahnreißer.« Dann wurde sie ernst. »Ich muss dir etwas sagen.«

Er merkte auf. »Was?«

Um sicher zu gehen, dass niemand sie belauschte, schaute sie sich um. »Ich gehe morgen zu den Jesuaten. Sie wollen mich zur Pigmentherstellung befragen.«

54

Tagelang trieb Antonias Geist im Nebel und fand nicht zurück. Erst war da der Schmerz, der einen Keil zwischen sie und die Wirklichkeit trieb, und dann das Fieber, das sie in seinen Klauen hielt. In der Schattenwelt hatte sie ein blaues Licht gesehen. Doch als sie ihm entgegengehen wollte, zog es sich wie ein Trugbild zurück und ließ sie allein auf der Seite des Lebens zurück. Dann kamen die Träume, in denen sie Christoph begegnete. Er stand am Ufer eines rauschenden Flusses und streckte seine Hände nach ihr aus. Sie erschrak, denn sein Gesicht war eingefallen und faltig, und sein Haar, das ihm noch vor seiner Reise dunkel und glatt wie Rabenfedern auf die Schultern gefallen war, zeigte jetzt mehr Grau als Schwarz. »Warum hast du mich nie geliebt?«, hatte sie gefragt, und er hatte sie voller Bedauern angesehen. »Aber das habe ich doch«, hatte er gesagt. »So gut, wie es einer kann, der sich selbst nicht kennt.« Zum Abschied hatte sie ihm die Hand auf die Wange gelegt und gespürt, dass er weinte.

Kurz darauf öffnete sie widerwillig ihre Augen, weil jemand einen Becher an ihre Lippen setzte und ein paar Tropfen verdünnter Wein an ihrem Kinn entlang auf das Laken rannen. »Noch einmal!«, sagte eine hartnäckige Stimme, und sie schaffte es, ein bisschen zu trinken. Widerwillig blinzelte sie in das Licht der einzelnen Kerze vor dem Fenster, das die Nacht aussperrte. Warum hatte das Leben sie zurückgerufen? Es lohnte sich nicht, o nein. Ihr ganzer Körper brannte, als hätte man sie frisch aus Daniels Feuerofen gezogen. Ihre Schulter und ihr rechter Arm waren bandagiert, und auf dem Schnitt quer über ihrem Oberkörper lag ein frisches, mit einem Kräutersud getränktes Leintuch. Sie stöhnte, drehte ihre Augen zur Seite und erschrak fürchterlich. An ihrem Bett saß eine ältere Frau in der Tracht der Schwestern des dritten Ordens des heiligen Franziskus und lächelte ihr freundlich zu.

»Werde ich sterben?«, fragte sie, denn sie wusste, dass diese Laienschwestern wie einst die Esslinger Beginen die Menschen über die Schwelle des Todes begleiteten.

»Oh, nein.« Die Tertiarin lachte leise. »Das dachte der Prior auch und hat mich als Seelschwester zu Euch bestellt. Aber als ich sah, dass Ihr im Schlaf weintet, wusste ich, dass Ihr genesen würdet.« Ihre raue, gichtverkrümmte Hand strich ihr sanft über die Wange und verrieb ihre Tränen. »Seht Ihr, schon wieder. Und jetzt versucht, noch ein bisschen zu trinken! Ich habe Laudanum hineingemischt, das nimmt Euch die Schmerzen.« Für dieses eine Mal gehorchte Antonia ohne Widerspruch.

Sie erwachte, als der Morgen graute und Mira den Ofen mit Holzscheiten füllte.

»Ihr seid wach?« Die Köchin strahlte sie an. »Schwester Adelheid hat es mir schon gestern gesagt. Ich habe Euer Frühstück gleich mitgebracht, denn Ihr müsst ja wieder zu Kräften kommen.«

Auf dem Tisch stand ein Tablett mit Schinken, Eiern, Speck und Käse, bei dessen Anblick sich Antonia der Magen umdrehte. »Vielleicht später«, flüsterte sie matt. Die alte Tertiarin saß jetzt auf ihrem Scherenstuhl. Ihr Kopf war ihr auf die Brust gesunken, und sie schnarchte leise. Mira rüttelte sie an der Schulter. »Aufwachen, Schwester Adelheid! Es gibt Frühstück.«

»Ja, ja, schon gut.« Die Schwester richtete sich auf und schaute Antonia prüfend an. »Ihr seid wach, wie schön! Vielleicht könntet Ihr ein bisschen Milchsuppe mit Brot zu Euch nehmen.« Antonia nickte und ließ sich von Mira im Bett aufrichten. Dabei spürte sie deutlich die Wunde, die sich wie ein Streifen aus Feuer über ihren Körper zog.

»Daran hättet Ihr sterben können und an dem Fieber gleichfalls, das Ihr schon im Körper hattet, als Euch der Schwertstreich traf«, sagte die Tertiarin. »Aber Ihr habt Euch ans Leben geklammert.«

Während Antonia versuchte, ein paar Löffel Milchsuppe mit eingeweichten Brotstückchen bei sich zu behalten, berichteten die beiden Frauen, was sich seit Weckmanns Angriff auf sie zugetragen hatte. Das Schwert hatte ihr zuerst das Schlüsselbein zertrümmert und war dann einmal quer über ihren Oberkörper gefahren, woraufhin sie vor Schmerz und vor Schreck ohnmächtig geworden war. Prior Jeremias hatte ihr die letzte Ölung gespendet und die Seelschwestern gerufen, die ihr in ihren letzten Stunden beistehen sollten. »Aber Ihr seid nicht gestorben«, sagte die Tertiarin. »Meistens war ich hier und habe Euch hin und wieder etwas Wein eingeflößt. Mein Name ist übrigens Adelheid von Kirchheim.«

Antonia verschluckte sich fast an ihrer Milchsuppe. »Ihr seid – von Adel?«

»Jawohl.« Adelheid lachte glucksend. »Und ich bin ganz freiwillig dem Konvent beigetreten. Ich versichere Euch, der Herr Jesus fragt bei denen, die ihm nachfolgen, nicht, ob sie Bettler oder Edelleute sind.«

Antonia hatte gedacht, dass der Adel seine überzähligen Töchter bei den Dominikanerinnen in Weiler abgab. Dass einige der reichen und stolzen Frauen sich freiwillig entschieden, bei den armen Schwestern einzutreten, die selbst als Weberinnen für ihren Lebensunterhalt sorgten, überstieg ihre Vorstellungskraft.

»Aha«, machte sie und schluckte ihre Milchsuppe.

»Ich wusste, dass Ihr zurückkehren würdet.«

»Aber wozu?«, fragte Antonia bitter.

Die alte Frau legte ihre Hand auf Antonias gesunden Arm. »Das wird Euch Gott schon zeigen. Lasst ihm und Euch nur etwas Zeit.«

Mira kam herein, legte ein dickes Stück Wurst auf ein Brot und biss hinein. »Der Schweinehund Weckmann hat sich davongemacht«, sagte sie mit vollem Mund. »Aus Eurem Haus und aus der Stadt, und seither hat ihn niemand mehr gesehen.« Antonia spürte einen Anflug von Zorn, der sich sofort in Luft auflöste. Sie hatte ihren Hass auf ihn weit hinter sich gelassen.

»Aber eins müsst Ihr mir glauben.« Die Tertiarin schaute sie nachdenklich an. »Wenn dieser Weckmann es gewollt hätte, hätte er Euch kinderleicht töten können. Und wenn nicht mit dem ersten Streich, dann mit einem zweiten. Er hat Euch mit Absicht verschont und auch dem Prior nichts getan.«

55

Das Säckchen mit dem Blaupigment stand geöffnet unter dem Fenster und leuchtete in der Wintersonne.

»Unglaublich.« Magisch angezogen trat Catharina näher und hätte fast ihre Hand in das blaue Pulver gesteckt, das die Farbe des Himmels spiegelte. Zum letzten Mal hatte sie hochgereinigtes Ultramarin am Allerheiligentag vor einem Jahr in Esslingen gesehen, als ihr Vater sein orientalisches Schatzkästchen aus dem Keller geholt und es im Schein des Kerzenleuchters geöffnet hatte. Sie schluckte unter der Last der Erinnerung. »Dieses Blau trägt das Licht Gottes in sich«, sagte Bruder

Bernardo, der bei den Jesuaten von Santissima Trinità in der Via Guelfa für die Herstellung von Pigmenten zuständig war. »Es wurde in Persien gereinigt.«

Prior Egano de' Bianchi nickte nachdenklich. »Es ist würdig, den Mantel der Himmelskönigin zu gestalten.« Der Klostervorsteher und sein junger, enthusiastischer Mitbruder hatten Catharina freundlich begrüßt und ihr dann voller Stolz die Werkstätten gezeigt, in denen sich die Jesuaten verschiedenen kunsthandwerklichen Tätigkeiten widmeten.

»Ist es nicht ungewöhnlich, dass sich Mönche mit der Herstellung von Pigmenten beschäftigen?«, fragte sie provozierend.

»Sicher«, entgegnete der Prior würdevoll. »Aber wie Ihr sicher wisst, werden innerhalb von Klostermauern oft Handschriften illuminiert. Auch wir haben eine Bibliothek und fertigen selbst Abschriften an.«

Catharina nickte. »Und dafür habt Ihr Eure eigenen Farben angerührt und daraus ein Geschäft gemacht.«

Der Prior schenkte ihr ein freundliches Lächeln. »Um ehrlich zu sein sind wir erst dabei, uns dieses aufzubauen. Ihr müsst wissen, dass wir zur größeren Ehre Gottes einen Klosterneubau planen. Und dafür brauchen wir – nun ja.« Er runzelte leicht die Stirn. »Einen kleinen Anteil eigenes Vermögen.«

Also mussten sie in relativ kurzer Zeit richtig viel Geld verdienen.

»Die Pigmentherstellung in großem Stil betreiben wir erst seit kurzem«, beeilte sich Bruder Bernardo zu sagen. »Eigentlich bin ich Glasmaler und kenne mich ein bisschen mit den Farbstoffen aus, die die Florentiner *Bottegas* immer benötigen, um ihre Bilder und Skulpturen zu kolorieren. Da führte eins zum anderen.«

»Ihr werdet sehen«, sagte der Prior. »Aus dieser Stadt wird noch ein himmlisches Jerusalem im Geiste des Humanismus.«

Catharina hörte ihm nicht zu, sondern staunte über die Meisterschaft, mit der die Mönche ihrer neuen Profession nachgingen. In dem durch Tageslicht erhellten Anbau an das Klosterhauptgebäude standen Säcke mit rotem Zinnober aus dem Osten und verschlossene Gläser mit giftigem Auripigmentum, das in einem gespenstischen Grüngelb leuchtete. Säcke mit braungrüner Veroneser Erde wurden neben Töpfen mit Brocken smaragdgrünen Malachits und Beuteln mit den unscheinbaren grauen Kermesläusen aufbewahrt, aus denen, wie sie wusste, ein leuchtendes Scharlachrot hergestellt wurde.

»Und hier handelt es sich tatsächlich um das, was ich glaube?«, fragte sie und deutete auf ein kugelförmiges Gebilde in sonnengelber Farbe.

»Indischgelb«, sagte Bruder Bernardo stolz. »Meine neueste Erwerbung aus Venedig.« Catharina wusste, dass das äußerst seltene Pigment aus dem getrockneten Urin von Kühen bestand, die man mit den Früchten dieses fernen Landes weit im Osten gefüttert hatte. In Esslingen würde es solche exotischen Farbstoffe niemals geben.

Mit einer ausgreifenden Geste seines Arms fasste Bruder Bernardo den ganzen Raum zusammen. »Alle diese Pigmente kann ich selbst herstellen. Nur die Reinigung des kostbarsten Blaus der Welt entzieht sich meiner Kenntnis. Allein die Perser wissen, wie man den Farbstoff aus dem Stein herauswäscht. Und …« Er blinzelte sie mit seinen braunen Augen erwartungsvoll an und holte tief Luft. »Einige wenige Apotheker in Padua, Venedig, Bologna … und Florenz.«

Catharina schaute verwundert von einem bärtigen Bruder

in graubrauner Kutte zum anderen. Da also lag der Hase im Pfeffer begraben. Sie brauchten ihre Hilfe und vertrauten ihr grenzenlos, weil sie noch jung war und von weither kam. Nützlich schien ihnen vielleicht auch, dass sie nicht zur Gilde der Ärzte und Apotheker von Florenz zählte, die die Umtriebe der Jesuaten sicher mit Misstrauen beäugte. Es fiel ihr schwer, die beiden Mönche, die so freundlich zu ihr waren, zu belügen. Und dennoch musste es sein.

»Ich habe gehört …« Sie suchte nach den richtigen Worten. »Ich meine, es hat sich herumgesprochen, dass Ihr … eine größere Lieferung des blauen Steins erhalten habt.«

Sofort verschloss sich das erwartungsvolle Gesicht von Bruder Bernardo, und er schaute hilfesuchend zu seinem Prior. *Aha*, dachte sie. *Ihr wisst also sehr wohl, dass es dabei nicht mit rechten Dingen zugegangen ist.* Der Prior räusperte sich. »Da liegt Ihr richtig, verehrte Madonna Catharina. Wir konnten eine größere Menge Grundstoff günstig von unseren Mitbrüdern in Livorno kaufen und würden uns freuen, wenn es Euch gelänge, ihn für uns in Ultramarin zu verwandeln.«

»Und woher hatten die ihn so – preiswert?«

»Sie haben Kaperware von einem heidnischen Schiff aufgekauft«, sagte der Prior gelassen und drehte sich um.

»Was?« Catharina rang die Hände und schnappte entrüstet nach Luft. Sie hatten es nicht einmal nötig, sie zu belügen.

Die Mönche gingen ihr voraus in den Kreuzgang, in dem sich Säcke und Kisten bis zur Decke stapelten. Für die betenden Brüder blieb kaum noch Platz. Wenn sie hier in stiller Einkehr meditieren wollten, mussten sie sich an den Behältern vorbeidrängen und kamen in Gefahr, dabei etwas umzuwerfen.

»Das ist …?« Sie schnappte nach Luft. Die Wände schwankten auf sie zu.

»Unser Lapislazuli«, sagte Bruder Bernardo stolz. »Und wenn wir es schaffen, ihn zu reinigen und zu verkaufen, wird er uns die Kosten für unseren Klosterbau dreimal wieder hereinbringen.«

Da lagerte er, der Halbedelstein, in den Adrian das Geld aus der Mitgift seiner Mutter investiert hatte. Das Handelsgut, dem ihr Vater bis auf die andere Seite des Meeres nachgejagt war und für das er vielleicht sein Leben verkauft hatte. Ein ganzer Schiffsbauch voll. Unwillkürlich trat sie auf einen der Säcke zu, öffnete ihn, griff hinein und holte einige Brocken heraus. Sie hatte in der Festung Del Pontes mehrere geschliffene Stücke aus der Schiffsladung gesehen, Kelche, Teller und Schmuck, hier aber handelte es sich um unbehandelten Rohlapis, kantig und rau. Die Farbe war ein tiefes, mit Katzengold gesprenkeltes Dunkelblau, in dem sich das Versprechen seines zukünftigen Wesens nur ahnen ließ.

»Und, helft Ihr uns?« Bruder Bernardo schüttelte den Kopf angesichts der Masse des blauen Steins. »Ich liebe Jesus und meine Arbeit über alles. Aber ich weiß noch nicht einmal, wie man die kleinen Stückchen Katzengold aus dem Stein herauslösen kann.«

Catharina hatte von Messer Girolamo aus Venedig alles über den Herstellungsprozess von hochreinem Ultramarin erfahren, ihr Wissen aber nie selbst ausprobiert. Sie holte tief Luft und versuchte, ihre Gedanken zu sammeln. Wichtig war zunächst einmal, dass sie hier drinnen war, bei all den Säcken unrechtmäßig erworbenen Lapislazuli, die eigentlich ihnen gehörten. Und außerdem wäre es interessant zu erfahren, ob das Auswaschen des Ultramarins, so wie es ihr Messer Girolamo geschildert hatte, auch wirklich funktionierte. Sie schluckte, und dann waren da plötzlich die Worte, von denen sie bis vor einer Minute nicht gewusst hatte, ob sie sie aussprechen sollte.

»Ihr müsst den Stein zerkleinern und in Essig einlegen. Mehrere Tage lang.«

Die beiden Mönche schauten sie an, als hätte sie den Verstand verloren. »Aber wird der Farbstoff dann nicht von der Säure aufgelöst?«, traute sich Bruder Bernardo schließlich zu fragen.

»Im Gegenteil.« Ein zögerndes Lächeln stahl sich auf ihr Gesicht.

Als Catharina zum Spital zurückkam, stand Adrian zusammen mit diesem Grobian von Wundarzt auf der kleinen Piazza. Er war so in sein Gespräch vertieft, dass er sie zuerst gar nicht bemerkte. Der Platz war voller Menschen, die mit Eifer ihren Geschäften nachgingen oder in Gruppen parlierend zusammenstanden. Eine Dame der Gesellschaft grüßte sie freundlich und setzte dann ihren Weg fort. Ihr kleiner dunkelhäutiger Page stolperte ihr mit ihrer Schleppe in der Hand hinterher. Hieß sie Pazzi oder Tornaquinci? Adrians Großmutter hatte ihr in den letzten beiden Wochen so viele Angehörige der Führungsschicht vorgestellt, dass sie sich unmöglich alle Namen merken konnte. Egal. Sie trat in den Kreis der Männer.

»Und – welchen Eindruck hat der Metzgergeselle heute auf Euch gemacht?« Der Arzt ließ seine Pranke auf Adrians Schulter niedersausen.

»Man kann noch nichts sagen«, sagte Adrian und richtete sich wieder auf. Unbemerkt stellte sie sich neben ihn und schob ihre Hand in seine. »Catharina!« Er drehte sich zu ihr um, und sein Gesicht begann zu leuchten.

»Und Eure vorwitzige Verlobte ist auch da. *La piccola farma-*

cista.« Der Glatzkopf rang sich tatsächlich eine höfliche Verbeugung in ihre Richtung und ein Augenzwinkern ab. »Zumindest ist der Patient nach der Anwendung des Schlafschwamms wieder aufgewacht.«

»Habt Ihr daran gezweifelt?«, fragte sie spitz, was einen Anfall von Heiterkeit bei dem Arzt hervorrief, der sich lachend auf die Schenkel klopfte.

»Spaß beiseite«, rief er dann. »Wie wäre es, wenn ihr beide im Spital bleiben würdet? Als *farmacista* und als Adept eines Wundarztes?«

Adrian schien einen Moment lang nicht zu wissen, was er antworten sollte. Dann verbeugte er sich mit ausgesuchter Höflichkeit. »Ich danke Euch und werde mir das Angebot durch den Kopf gehen lassen«, sagte er maßvoll. Catharina sah, dass er sich über die Anerkennung freute.

»Dottore Giacomo.« Ein schmächtiger Mann mittleren Alters, dessen rechter Arm in einer Schlinge lag, trat eiligen Schrittes auf sie.

»Ah, Messer Filippo.« Der Glatzkopf wandte sich um. »Wie geht es Eurer gebrochenen Hand?«

»Es wird täglich besser.« Der Mann strich sich mit seiner gesunden Linken über den Haarkranz. »Aber wenn Ihr meine Finger nicht eingerichtet hättet, würde ich meine Zeichenwerkzeuge und Winkel nie wieder führen konnte.«

»Was musstet Ihr auch vom Gerüst fallen!« Giacomo zog den Fremden am Ärmel zu sich heran und stellte ihn vor. »Das ist Messer Filippo Brunnelleschi. Der Baumeister der Domkuppel, der die dreiste Idee hatte, sie in zwei übereinander liegenden Schalen auszuführen. Und hier der vielversprechende Enkel unserer Monna Cecilia, Adriano, und seine Verlobte, die bezaubernde Catharina.«

Sie neigten höflich den Kopf und überließen die beiden Männer ihren Gesprächen.

»Was hast du erreicht?«, fragte Adrian auf Deutsch, als sie endlich unbeaufsichtigt reden konnten.

»Das hättest du sehen müssen! Der ganze Kreuzgang in der Via Guelfa steht voll mit Kisten und Säcken voller Lapislazuli. Und sie geben ungeniert zu, dass sie den Stein aus Kaperware von einem muslimischen Schiff bezogen haben.«

Adrian nickte bitter. »Gut, dass ich nicht dabei gewesen bin. Ich wäre den Mönchen an den Kragen gegangen. Und was genau wollten sie von dir?«

Sie schaute ihm in die Augen und versuchte nicht zu blinzeln. Der Moment der Wahrheit war gekommen. »Sie wollen, dass ich ihnen helfe, das Ultramarin auszuwaschen.« Adrians Stimme wurde sehr leise, was immer ein Zeichen dafür war, dass er vor Zorn beinahe platzte. »Ich hoffe, du hast ihnen auf ihre in Sandalen steckenden Schweißfüße gespuckt.«

Sie schaute ihn fest an. »Das habe ich nicht.«

Er packte ihr Handgelenk und drehte sie unsanft um. »Sag bloß nicht, du hilfst ihnen dabei, unser Ultramarin herzustellen!«

Catharina kam nicht dazu, ihm zu antworten, denn in diesem Moment überschlugen sich die Ereignisse. Zwei Reiter hatten sich mit ihren Pferden Schritt für Schritt durch die Menschenmenge bis zum Tor des Spitals vorgearbeitet. Es handelte sich um zwei junge Männer in verdreckter Reisekleidung, denen man ansah, dass sie lange unterwegs gewesen waren. Eines ihrer Pferde kam Catharina vage bekannt vor. Es hatte große Ähnlichkeit mit dem aufsässigen Grauschimmel, dem Klepper, dem Adrian auf der Schwäbischen Alb widerwillig Manieren beigebracht hatte. Sie grübelte noch, ob es unter Pferden Doppelgänger geben konnte, als der linke der beiden Männer unvermittelt vom Pferderücken rutschte und unsanft auf dem Boden direkt vor der Pforte des Spitals aufschlug. Während sich blitzschnell eine Traube von Schaulustigen bildete, die sich das Spektakel des Nachmittags nicht entgehen lassen wollten, ging Adrian neben ihm in die Knie.

»Weg da!«, donnerte Dottore Giacomo und schob die Leute zur Seite. In seinem Windschatten folgte ihm Catharina und schlug die Hand vor den Mund. Im Straßendreck lag Peer, der Jäger, den Weckmann auf sie angesetzt hatte, und krümmte sich vor Schmerzen.

»Was ist mit dir los?« Adrian bückte sich und legte ihm die Hand auf die Stirn. Das hier war der gleiche Mann, der in Venedig versucht hatte, ihn zu töten. Und dennoch schien sein Hass auf ihn vergessen, sobald er seine Hilfe benötigte.

Neben ihm ging Giacomo ächzend in die Hocke und verfluchte seine steifen Knochen. Dann hob er die schwarz verfärbte Hand, die Peer von sich gestreckt hatte, als sei sie ein Fremdkörper, der nicht zu ihm gehörte. Der Arzt schlug Peers Mantel aus grauer Wolle zur Seite, schnitt den Ärmel seines Hemdes von unten nach oben auf und schüttelte den Kopf. Rote Streifen zogen sich an der Innenseite des Arms entlang der Adern nach oben. Catharina wusste, dass das kein gutes Zeichen war. Sie sah, dass er große Schmerzen litt, und war plötzlich von Mitleid erfüllt. Dann aber blieb Peers fiebriger Blick an ihr hängen.

»Da ist sie«, flüsterte er auf Deutsch. »Meine Heilung. Mein Lebensbrunnen. Sie weiß, wie es geht. Das ewige Leben.«

Unter seinem irren Lachen taumelte sie entsetzt einige Schritte zurück und landete in den Armen seines jungen

Begleiters, der sie sanft bei den Schultern fasste. »Sei gegrüßt«, sagte er auf Deutsch.

»Jacob«, sagte sie, und eine Welle aus Freude und Erleichterung flutete über sie hinweg.

56

Sie führte ihn in die Apotheke des Spitals und ließ aus der Küche ein Tablett mit Brot, Fleisch und Wein holen, über das er gierig herfiel. Während er das Essen in sich hineinstopfte, betrachtete sie ihn. »Du bist gewachsen.« Jacob überragte sie jetzt und war dabei dünn und biegsam wie ein junger Baum.

Sie trat näher und fuhr ihm mit der Hand durch die Haare. »Was hast du mit denen gemacht? Bist du unter eine Egge gekommen?«

Früher hatte er seine blonden Haare schulterlang getragen. Jetzt sah er mit seinem unregelmäßig geschnittenen Schopf wie ein Vogeljunges aus, das zu früh aus dem Nest gefallen war. Er schluckte den viel zu großen Brocken Hammelbraten hinunter, den er sich in den Mund gestopft hatte, spülte mit Wein nach und schaute sie aus seinen blauen Augen an. »Die sind mir verbrannt. Peer hat sie mir abgeschnitten.« Und dann erzählte er von dem schrecklichen Feuer in Messer Girolamos Haus, von Peer, der sie in den Flammen gesucht hatte, und davon, wie er ihm in das verrauchte Haus gefolgt war, um ihn zu warnen. Catharina dachte an den alten Mann, der für sie sein Leben geopfert hatte, und das Herz tat ihr weh. Er war für immer fort, genauso wie sein Bücherschatz ein Raub der Flammen geworden war.

Jacob sprach weiter. »Vom Rauch bin ich ohnmächtig geworden, und Peer hat mich rausgetragen.«

Sie nickte. »Und daraufhin bist du sein Freund geworden.« Wie seltsam das Leben doch manchmal spielte.

»Nie«, protestierte er. »Ich war so etwas wie seine Geisel. Ich wette, er hat darauf gehofft, dass du dich freiwillig gegen mich austauschen lassen würdest. Aber in Wahrheit bin ich mit ihm auf die Suche gegangen, weil ich auf dich aufpassen wollte. Denn ich wusste, er würde dich finden, wie ein Jagdhund, den man auf den Fuchs ansetzt.« Er schüttelte den Kopf. »Aber da war er schon krank. Und irgendwann haben sich die Rollen vertauscht. Ich habe die Führung übernommen und dafür gesorgt, dass er nicht vom Pferd fällt und jeden Abend in einer Scheune unterkriechen konnte. Er wollte nach Florenz, weil er wusste, dass Adrians Großmutter dort lebt. Und er dachte, dass ihr, wenn ihr es schafft, diesem Del Ponte zu entkommen, sicher hier aufkreuzen würdet.«

Catharina biss sich auf die Lippen. So leicht waren sie also zu durchschauen.

Jacob riss sich ein Stück von dem guten weißen Brot ab, das die Kranken bekamen, und verputzte es bis auf den letzten Krümel. »Seine Hand. Er hatte sie mit Eselskot eingerieben. Und dann haben sich die Brandwunden entzündet.«

Catharina goss sich Wein ein und nahm einen Schluck. Plötzlich hatte sie Angst. »Aber was hat er gemeint mit diesem Gefasel von dem Brunnen des Lebens …?«

Jacob packte so plötzlich ihr Handgelenk, dass sie aufschrie. »Hör mir gut zu. Es ist wichtig, falls du es jemals wieder mit Weckmann zu tun kriegst.«

Sie befreite ihre Hand aus dem festen Griff. »Deine Manieren musst du dir aber nicht bei Peer abschauen.«

»Tschuldigung«, sagte er kleinlaut. »Du erinnerst dich doch daran, was Messer Girolamo gesagt hat.«

Sie nickte zögernd. So viel war seither passiert. Jacob sprach weiter. »Er sagte, der Meister Appenteker habe die Panakeia gesucht, das Mittel, das gegen alle Krankheiten wirkt. Aber Weckmann jagt etwas anderem hinterher. Er will ein Mittel gegen den Tod finden und deinen Vater damit übertreffen. Und dafür braucht er dich, denn er glaubt, dass du sein ganzes Wissen teilst.«

»Aber das ist Wahnsinn«, sagte Catharina und rieb sich über die schmerzende Stirn. »Niemand kann das. Der Tod gehört zum Leben.«

»Wem sagst du das«, gab Jacob zurück und biss in das nächste Stück Fleisch. »Es macht aber keinen Unterschied, denn die beiden glauben fest daran.«

Catharina schwieg ratlos und begann, die Kräuter, die sie zu einem Aufguss gegen Husten verarbeiten wollte, zusammenzusuchen. Thymian, Spitzwegerich, Huflattich. Es war immer am besten, wenn man sich von seinen Ängsten und dunklen Gefühlen ablenkte. Sie schreckte auf, als es an der Tür klopfte. Auf dem Gang stand Adrian, der blass und mitgenommen aussah. Er trat ein, holte tief Luft und putzte sich die blutigen Hände an seinem Wams ab.

»Wie steht es?«, fragte sie.

Traurig schüttelte er den Kopf. »Zu spät. Wir haben den Arm abgenommen, aber es gibt kaum noch Hoffnung. Der Wundbrand ist schon zu weit fortgeschritten.«

Catharina nickte. Sie hatte die Streifen an Peers Armen gesehen.

»Ich wollte dich nach einem Mittel gegen die Schmerzen fragen«, sagte Adrian dann. »Er schreit uns noch den ganzen Schlafsaal zusammen.«

Wie im Traum maß Catharina die Tinkturen ab, die sie für

ein starkes Schmerzmittel brauchte: Schierling, Alraune, Bilsenkraut und reichlich Opium. Wie seltsam, dass sie das alles für Peer tat. Jetzt war ihr Verfolger nur noch ein leidender Mensch, dessen Qualen sie lindern musste. Sie füllte die Mischung in ein Fläschchen und stellte es auf ein Tablett.

»Lass nur«, sagte sie, als Adrian es ihr abnehmen wollte, und legte noch einen aus Horn geschnitzten Löffel dazu. »Ich komme mit.«

Jacob schloss sich ihnen an. Sie folgten Adrian über den belebten Gang des Spitals in den Krankensaal der Männer, der Frauen sonst verschlossen blieb. Rechts und links reihte sich Bett an Bett, das sich je zwei Patienten teilten. Catharina hielt ihre Augen starr geradeaus gerichtet, als sie zwischen den Reihen entlanggingen. Trotzdem wurden sie von Pfiffen und Gejohle begleitet. »Kraul mir den Rücken, *bella!* Und weiter unten«, geiferte ein buckliger Alter ohne Zähne.

»Ruhe!«, donnerte Adrian und griff nach ihrem Arm.

Ganz am Ende des riesigen Raums lag der Eingang zur Kapelle. Das jedenfalls war ihr Eindruck gewesen, als sie am ersten Tag zusammen mit Cecilia einen Blick hineingeworfen hatte.

»Liegen hier denn noch weitere Kranke?«, fragte sie irritiert, als Adrian die Tür aufstieß. Die Seitenwände wurden durch Vorhänge in Kabinette unterteilt, hinter denen sie leise betende Stimmen hörte. Anscheinend hatten die Patienten Besuch von ihren Familien.

Er nickte ernst. »Hier sind die Schwerkranken und die Sterbenden untergebracht. Nahe bei Gott.«

Sie biss sich auf die Lippen, schaute nicht nach links und rechts und trug das Tablett vor sich her wie einen Schatz. Der Raum war tatsächlich eine Kapelle, an deren Stirnwand sich ein steinerner Altar erhob. Darüber hing ein gemaltes Kruzifix mit einem Christus vor goldenem Grund, dessen dunkle Augen ihr zu folgen schienen.

Peer lag ganz am Ende des Kapellenraums auf einer Pritsche. Neben ihm stand der Wundarzt Giacomo und erneuerte den Verband, der – sie schluckte, als sie es sah – knapp oberhalb des Ellenbogens endete.

Als Weckmanns Gehilfe sie kommen sah, zog er sich mit letzter Kraft an Giacomos muskulösem Arm hoch, bis er zum Sitzen kam. Catharina erkannte auf den ersten Blick, wie es um ihn stand. Rund um seinen Mund und seine Nase hatten sich graue Schatten eingenistet, und seine Augenringe waren so dunkel wie Blutergüsse. Obwohl sie wusste, dass Adrian und Jacob hinter ihr standen und dieses Riesenmannsbild von *Dottore* Giacomo sie von der Seite beobachtete, fühlte sie sich plötzlich mutterseelenallein mit Peer. Um sie Weckmann auszuliefern, hatte er sie durch halb Italien gejagt. Er hatte sie das Fürchten gelehrt und Adrian beinahe umgebracht. Und doch floss ihr Herz jetzt über vor Mitleid, und sie bedauerte, dass sie ihm nicht helfen konnte.

»Da ist sie«, sagte er mit blutig gebissenen Lippen. »Meine Rettung. Mein Engel.« Seine Augen schauten sie so voller Sehnsucht an, dass sie schlucken musste und fast hinausgerannt wäre.

»Du bist in Gottes Hand. Ich bringe dir Linderung«, sagte sie auf Deutsch. Oder den Tod, wenn sie zu viel abmaß. Und sie wusste nicht einmal, was besser für ihn war. Sie hob das Fläschchen, drehte es und träufelte einige Tropfen in den Löffel. Giacomo schaute stirnrunzelnd in ihre Richtung. »Nicht zu knapp, *ragazza.*«

Sie gab noch etwas hinzu und reichte ihn Peer, der den

Inhalt bereitwillig schluckte und sich zurücklehnte. »Es wird gleich besser«, sagte sie tonlos. »Mein Leben«, sagte er, schloss die Augen und schlief auf der Stelle ein. Giacomos Pranke legte sich über ihre zitternde Hand.

Ein eiskalter Schauder lief über ihren Rücken. »Das war an der Grenze. Ich weiß nicht, ob es nicht schon zu viel war.«

»Ist nicht schlimm, wenn er hinüberdämmert«, raunte der Arzt ihr zu. »Das tut er sowieso. Es kommt nur darauf an, wie.«

Catharina merkte, dass ihr die Tränen über die Wangen liefen, und putzte sie entschlossen mit ihrem Ärmel ab.

Als sie sich zu Adrian und Jacob umwandte, nahm sie zum ersten Mal die Kapelle mit den abgeschlossenen Kabinetten richtig wahr. Die schräg stehende Wintersonne bahnte sich ihren Weg durch ein Fenster hinter dem Altar, ließ das Kreuz im Gegenlicht aufleuchten und malte Muster auf den hellen Steinboden. Weihrauch hing wie eine Ahnung in der Luft und mischte sich mit dem Geruch nach Krankheit, der von den Bettstellen ausging. Adrian trat auf sie zu und nahm sie in die Arme. Sie barg ihr Gesicht an seiner Schulter und schloss die Augen. Und plötzlich war da in dem Raunen aus Gebeten und Stöhnen, das den Raum erfüllte, ein Wort. *Catharina.* Jemand sagte ihren Namen. Sie fuhr herum und spürte, wie das Blut ihr in die Knie sackte. Die Wände begannen sich um sie zu drehen, und ihr Mund war so trocken wie Reisig.

»Wer ist das?«, schrie sie.

Die Männer schauten sie an, als hätte sie den Verstand verloren. Das Wort musste aus einem der am nächsten stehenden Kabinette gekommen sein. Sie rannte zum ersten, zog den Vorhang beiseite, fuhr zurück und taumelte gegen Adrian, der sie auffing. In dem Bett lag ihr Vater.

57

Die Männer ächzten und stöhnten unter der Last des glühenden Kohlebeckens, das die Kapelle nicht nur mit Wärme, sondern vor allem mit Qualm erfüllte. Egal. Hauptsache, es bewahrte Catharina und die Kranken davor, in der Kälte der Nacht zu erfrieren. »Ihr könnt es hier abstellen«, befahl Adrian, und die Spitalshelfer platzierten das Becken erleichtert direkt vor dem Altar, wo sein Rauch das Kruzifix verhüllte. Kerzenschein leuchtete hinter den Vorhängen des abgetrennten Kabinetts hervor, das Catharina seit Stunden nicht mehr verlassen hatte. Die Wendung war so unerwartet gekommen, dass Adrians Verstand sie nur nach und nach erfasste. Sie hatten Christoph Appenteker tatsächlich gefunden, doch es stand schlecht um ihn. Er war so tief in seiner Krankheit versunken, dass er ihre Gegenwart nicht einmal bemerkt hatte. Seine Tochter wich nicht von seiner Seite. Und Jacob pendelte mit gehetztem Gesichtsausdruck vom Bett Peers hin zu dem seines Lehrmeisters, die beide in tiefer Bewusstlosigkeit lagen. Adrian hatte für Würzwein und Brot gesorgt, doch niemand, er selbst eingeschlossen, rührte das Tablett an.

Dottore Giacomo betrat die Kapelle und blickte sich suchend um. Das Öllicht in seiner Hand flackerte. Adrian stand auf, streckte seine steifen Glieder und putzte sich die Hände an seinem Wams ab. Sie rochen nach Kupfer, und unter seinen Fingernägeln klebte noch das Blut von der Amputation.

»Hier bin ich«, sagte er leise.

Der Wundarzt musterte ihn und nickte. »Ich komme gleich zu dir.«

Er trat auf Peers Bett zu, schloss behutsam seine Lider und

zog ihm das Laken über den Kopf. »Sein Weg ist zu Ende«, sagte er. »Die Kleine hat ihm den Übergang über den Fluss Styx erleichtert. Und jetzt zu dem fremden *tedesco.*«

Sie schoben den Vorhang zur Seite und betraten den Raum, dessen Eingang Jacob mit finsterer Miene bewachte. Christoph Appenteker lag in tiefem Schlaf. Der Mann, an dessen Bett Catharina saß, hatte kaum noch Ähnlichkeit mit dem gutaussehenden Enddreißiger, der vor einem Jahr verwegen und voller Hoffnung nach Venedig aufgebrochen war. Seine schwarzen Haare waren fast ganz ergraut, und sein Gesicht zeigte die tief eingegrabenen Falten, die ein langes Leiden mit sich brachte. Wie hatte er es nur geschafft, ihren Namen zu rufen? Oder hatte sie ihn nur mit ihrem Herzen gehört?

»Was hat er?«, fragte Catharina tonlos. Adrian hörte, wie müde sie war.

»Wie ihr wisst, bin ich hier der Knochenbrecher«, sagte der Wundarzt, griff nach Christophs Hand und zählte seinen Puls. »Die Krankheitslehre ist eigentlich nicht mein Metier. Aber sei's drum. Er hat das Wechselfieber, das von der Mal' Aria verursacht wird, der schlechten Luft in den Sümpfen.«

Catharina machte ein kleines verzweifeltes Geräusch, bei dem sich Adrians Herz zusammenzog. Er legte ihr die Arme um die Schultern, und sie drückte ihr Gesicht an seine Brust. Wie kühl und glatt sich ihre Haare anfühlten.

Auch Jacob trat heran. »Das ist gefährlich, oder?«, fragte er und schaute sich misstrauisch um.

Der Doktor nickte. »Und weit verbreitet in unserem Land. Es gibt Menschen, die erleben von Zeit zu Zeit einen Fieberanfall und kommen damit einigermaßen zurecht. Andere haben eine schwerwiegendere Form und sterben daran. Und bei ihm hier, dessen Namen wir nicht kennen, weil er ihn zu Anfang nicht sagen wollte und es später nicht mehr konnte …«

Catharina schaute ihn erwartungsvoll an und griff nach Christophs ausgemergelter Hand. »Ja, was nun?«, drängte Jacob. Der Doktor schaute von einem zum andern und schüttelte dann bedauernd den Kopf.

»Es tut mir leid. Er hat das Spital seit ein paar Monaten nicht mehr verlassen. Fieberanfall folgte auf Fieberanfall. Hitze wechselte sich mit Schüttelfrost ab.«

»Aber jetzt nicht mehr?«, fragte Catharina hoffnungsvoll.

Der riesige Wundarzt schüttelte den Kopf. »Im Moment nicht, aber du kannst dir sicher sein, dass das Fieber zurückkommen wird.«

Die Bewegung, mit der er die Decke über Christophs Brust zurechtzog, war so endgültig wie ein Todesurteil. »Was ich tun kann, werde ich tun«, sagte Catharina fest.

Die Nacht verging in quälender Langsamkeit. Sie wechselte Christophs verschwitztes Bettzeug von Zeit zu Zeit, gab ihm zu trinken und hielt ansonsten seine Hand. Jacob, der sich am Eingang auf einen Hocker gesetzt hatte, schlief mit offenem Mund. Adrian wartete auf den Anbruch des Tages. Als der Morgen sein graues Licht in die Kapelle warf, streckte er sich und rüttelte Catharina sanft an der Schulter, deren Kopf im Schlaf auf den Bettrand gesunken war.

»Ja?« Sie schreckte mit einem Ruck hoch.

»Du musst irgendetwas frühstücken. Danach machen wir einen Plan, welche Medikamente dein Vater bekommen soll.«

Sie taumelte vor Müdigkeit, als sie aufstand, griff nach einem Weinpokal und leerte ihn auf einen Schlag. »Weidenrinde. Ich muss mal schauen, was Carlo Nazaré in seinen Vorräten hat.«

»Artemisia.«

Sie fuhren herum. Das Wort war leiser gesprochen worden als ein Windhauch, der sich in herbstlichen Blättern fing.

»Vater!« Mit einem Schritt war Catharina bei Christoph, kniete sich auf den Boden und legte ihren Kopf auf seine Brust. »Du darfst nicht sterben, hörst du!« Seine dunklen Augen waren offen, und er schob seine Hand in ihre Haare.

»Artemisia ist gut«, sagte er dann. »Das einjährige Kraut, das nur in Asien vorkommt. Die Menschen hinter der großen Mauer benutzen es gegen das Wechselfieber.« Christophs ausgemergeltes Gesicht verzog sich zu einem Grinsen wie bei einem Totenschädel. »Dieser Messer Carlo hat mir nicht geglaubt. Aber du, tu bitte, was ich dir sage! Und du musst dem Jungen helfen, Said, er steckt in Schwierigkeiten.«

Sie nickte, presste ihre Lippen fest zusammen und verließ mit Adrian den Raum. Im Gang vor dem Schlafsaal der Männer zog er sie an sich und küsste sie lange. Ihr Mund schmeckte nach Schlaf und Wein, und unter ihren Augen lagen tiefe Schatten. Sie löste sich und lachte laut auf, als sie Anna Maria neben der Tür stehen sah, die ungeniert in der Nase bohrte und ihnen zusah. *»Ciao, piccolina!«*, sagte sie dann trunken von der durchwachten Nacht und dem zu schnell getrunkenen Wein und nahm die Kleine bei der Hand.

»Kannst du mir sagen, was ich machen soll?« Sie drehte sich zu Adrian um. »Ich habe meinen Vater gefunden, und jetzt will er, dass ich ein Kraut besorge, dass es nur in China gibt, und nebenbei einen arabischen Jungen finde, der in Schwierigkeiten steckt.«

58

Der Himmel über Florenz war grau, doch die aufgehende Sonne ließ die Wolkendecke von unten rot aufleuchten wie das Gefieder eines Vogels. Adrian trat auf den Platz vor dem Spital hinaus und atmete gierig die regenfeuchte Luft ein, die seine Lungen weitete und seine Erschöpfung vertrieb. Fast wäre er in den Mann im grauen Mantel hineingerannt, der wie ein Felsblock am Fuß der Treppe stand und sich umdrehte, als er ihn kommen hörte. Adrian schaute in ein pockennarbiges Gesicht und roch Weindunst.

»Sans Nom«, sagte er tonlos und ballte die Fäuste. Wie hatte er nur glauben können, dass sie hier sicher waren? Er dachte an Catharina, die drinnen um das Leben ihres Vaters kämpfte und sich auf ihn verließ. Der Söldner erwiderte seinen Blick ausdruckslos. An seiner Seite baumelte ein Kurzschwert, das er sicher ziehen würde, wenn sich Adrian widersetzte. Er selbst trug nur den Dolch bei sich, den ihm seine Großmutter geschenkt hatte, und war ihm damit hoffnungslos unterlegen.

»Ich habe die Nacht über auf dich gewartet«, sagte der Riese auf Französisch. »Es war ganz schön kalt.«

»*Je vous prie de m'excusez.*« Adrian hob bedauernd die Hände. »Ich habe leider keine Zeit für Euch.«

Sans Nom schüttelte langsam den Kopf. »Ich weiß, dass ihr den Vater von *La Rose* gefunden habt. Ob das gut für sie ist, wird sich erst zeigen. Aber du musst jetzt mit mir kommen!«

»Ich bin Euch zu nichts verpflichtet«, zischte er. »Und wenn sich Del Ponte einbildet, er hätte Macht über mich, dann irrt er sich gewaltig.«

Der Söldner schwieg einen Moment. »Diese Stadt macht

dich trunken, Junge. Mit ihrem verschwenderischen Reichtum und den Möglichkeiten, die sich dir bieten.«

Adrian runzelte die Stirn. Hatte Sans Nom den Verstand verloren? Von wem sprach er überhaupt?

»Aber sie kann dich auch fallen lassen wie eine untreue Geliebte und für immer aus ihren Mauern verbannen.« Sans Nom hob die leeren Hände. »Ich könnte dich mit vorgehaltenem Schwert über diesen Platz zwingen, Junge. Oder ich könnte dich einfach über den Rücken meines Pferdes werfen und dorthin bringen, wo du hingehörst. Aber das tue ich nicht.« Er schwieg einen Moment. »Stattdessen bitte ich dich, mitzukommen.«

Vor Überraschung blieb Adrian der Mund offen stehen, was ein schiefes Grinsen in Sans Noms Gesicht lockte.

»Wo ist er?«

»Im Haus der Signora Tommasini. Du sollst nur mit ihm reden. Ich habe dein Pferd mitgebracht.«

»Träumer«, hörte er sich rufen, und dann führte Sans Nom die Pferde heran, deren Hufe auf dem Pflaster klangen. Sein eigenes graues Schlachtross, das seelenruhig abäpfelte. Und neben ihm Träumer, den Adrian zwangsweise in der Festung Del Pontes zurückgelassen hatte. Er klopfte seine Flanke mit dem rotbraunen Fell und spürte seine weiche Nase im Gesicht, über das, ob er nun wollte oder nicht, Tränen liefen. Damit Sans Nom nicht sah, dass er weinte, saß er auf, drückte dem Pferd nur ganz leicht die Absätze in die Seite und trabte in Richtung des Arno und der Brücke, ohne sich umzusehen. Erst, als er weit über der Stadt beim Haus seiner Großmutter angekommen war, sah er, dass Sans Nom ihm gefolgt war. Er ging auf ihn zu und sprach ihn an. »Ich möchte Euch um etwas bitten«, sagte er. »Said ist auch in Florenz. Ich würde mich freuen, wenn Ihr ihn für mich suchen würdet.« Sans Nom nickte und sattelte die Pferde ab. Adrian ging mit pochendem Herzen zum Haus.

In der Loggia saß Jörgen und biss von Zeit zu Zeit in einen Apfel. »Hey, Mann«, sagte er. Ein alter Bluterguss ließ sein linkes Auge in allen Violetttönen schillern.

Als Adrian ins Haus stürmte, dachte er, dass Jörgen für die Schandtat, sie befreit zu haben, mal wieder billig davongekommen war. Sie hätte ihn auch seine Zähne kosten können, die er ihm zusammen mit Catharina so mühsam repariert hatte, oder gleich sein ganzes erbärmliches Leben.

Del Ponte stand am Fenster des großen Wohnraums und schaute über die Stadt hinaus, auf deren anderer Seite sich der Höhenzug von Fiesole in den Himmel schob. Adrians Großmutter saß am Tisch und schaute ihm so gefasst entgegen, als würde sie eine Todesnachricht für ihn bereithalten. Ihre grauen Locken hatten sich aus ihrem Haarknoten gelöst und rieselten ihr wild über die Schultern. All das verwunderte ihn. Wahrscheinlich würde Del Ponte ihn oder Catharina als Geiseln wieder in seine Festung bringen wollen, aber darüber war das letzte Wort noch nicht gesprochen.

Bevor er fragen konnte, drehte sich Del Ponte um und musterte ihn mit seinen hellen Wolfsaugen. »Dieses Panorama habe ich sehr lange nicht gesehen.« Er trug einen blauen Wollmantel und ein Lederwams. Als würde das Haus und seine Insassen ihm gehören, ging er zum Tisch und goss Wein in drei Becher. »Trinkt!«

Plötzlich spürte Adrian, wie durstig er war, und schüttete den roten Hauswein, den sein Vetter in der Maremma anbaute, in einem Zug herunter. Zum Glück tat er seinen Zweck und löste seine Zunge. »Florenz ist Eure Heimatstadt?«

Del Ponte nickte. »*La Bella Fiorentina.* Seit zwanzig Jahren habe ich sie nicht mehr betreten.«

Cecilia Tommasinis Lachen war so bitter, dass Adrian sie irritiert anschaute. »Das habt Ihr Euch selbst zuzuschreiben. Nachdem Ihr unser aller Leben zerstört hattet, wart Ihr nicht mehr erwünscht in Florenz.« Del Ponte trank einen großen Schluck Wein. »Das sehe ich anders, verehrte Madonna Tommasini.«

»Es war, wie ich sage«, beharrte sie eigensinnig. »Diese Verbindung. Sie wäre unmöglich gewesen.«

Welche Verbindung? Adrian schaute von einem zum anderen, während sich der Pirat setzte und seine langen Beine unter dem Tisch ausstreckte.

»Adriano?«, begann Del Ponte. »Meinst du nicht, dass es Zeit für die Wahrheit ist?«

»Eure Version der Wahrheit wollen wir gar nicht hören«, mischte sich Cecilia kämpferisch ein. »Ist es nicht so, Adriano?«

Er sah die Furcht in ihren Augen und wunderte sich. »Welche Wahrheit?«, fragte er.

»Besser nicht«, hörte er seine Großmutter sagen. Sie, die sonst immer Maß in allem hielt, trank ihren Becher bis zur Neige leer und schaute mit funkelnden Augen in die Runde. »Ich versuche nur, dich zu schützen.«

Del Ponte wandte sich ihr zu. »Niemand von uns wird dieser Wahrheit entgehen. Auch Ihr nicht, verehrte Madonna Tommasini. Wenn du weiter zuhören willst, Adriano, solltest du wissen, dass ich ein Sohn der Familie Bardi bin.«

Adrian runzelte die Stirn. Die Familie gehörte zu den alteingesessenen Adelsgeschlechtern in Florenz. Seine Großmutter hatte ihm erzählt, dass eine Contessina de' Bardi diesen Aufsteiger Cosimo de' Medici geheiratet hatte, der dabei war, die mächtigste unter allen Florentiner Banken aufzubauen. »Ein illegitimer Abkömmling«, fügte Cecilia hinzu. »Den sein Erzeuger nicht anerkannt hat. Mit einer Wäscherin.«

»Ich schäme mich meiner Mutter nicht«, sagte Del Ponte schlicht.

»Das müsst Ihr auch nicht«, gab Cecilia leise zurück. »Wenn Ihr an Eurem Platz geblieben wärt.«

Del Ponte lachte. »Ich wollte schon immer hoch hinaus. Und so habe ich das Geburtsrecht eingefordert, das mir zusteht.«

»Pah«, machte Cecilia verächtlich. »Die Bardi sind alter Adel. Sie müssen keinen Emporkömmling und Glücksritter anerkennen, der nicht einmal ihren Namen trägt.«

Del Ponte lachte noch einmal. »Verarmter Adel! Ihr vergesst, dass meine Vorfahren ihr Vermögen bereits vor fast hundert Jahren verloren haben.«

»Nicht aber ihren Stolz.«

»Im Haus meiner Schwester Contessina …«

»Halbschwester«, warf Cecilia ein. »Die diesen neureichen Cosimo de' Medici geheiratet hat.«

»… habe ich sie kennengelernt«, fügte Del Ponte hinzu.

Cecilia stand auf und stützte ihre Hände auf den Tisch. Ihre Augen funkelten. »Untersteht Euch, ihren Namen in den Dreck zu ziehen!«

»Welchen Namen?«, fragte Adrian leise. Langsam rückten die Dinge an ihren Platz. Er ahnte, dass danach nichts mehr so sein würde wie zuvor. Der Schluck Wein, den er trank, um sich zu wappnen, konnte den pelzigen Geschmack in seinem Mund nicht vertreiben.

»Den deiner Mutter«, sagte Del Ponte schlicht. »Sie war meine große Liebe. Die schöne Claudia Tommasini mit dem jahrhundertealten Stammbaum und der Sohn einer Wäscherin.«

»Diese Verbindung war unmöglich, Adriano«, sagte Cecilia eindringlich. »Unsere Tochter war unser wertvollster Schatz, dazu bestimmt, in eine der einflussreichsten Familien der Stadt einzuheiraten, und ich habe darin versagt, sie zu behüten.« Sie schüttelte traurig den Kopf. »Wir konnten sie Cipriani nicht geben. Auch nicht … als sie schwanger war.«

Adrians Herz klopfte ihm bis in die Kehle, während Del Ponte weitersprach.

»Ich habe die Stadt verlassen und mich den Johannitern auf Rhodos angeschlossen.«

Adrian nickte. »Und dort seid Ihr geworden, was Ihr seid. Ein Pirat.« Die Schlinge zog sich immer mehr zu. Wenn er es schaffte, sich nur auf den nächsten Gedanken zu konzentrieren, würde es ihm vielleicht gelingen, nicht zusammenzubrechen. Er wandte sich an seine Großmutter. »Und meine schwangere Mutter habt Ihr an den ersten flämischen Händler verschachert, der nach Florenz kam und von nichts eine Ahnung hatte. Klaas Borluut.« Meinen Vater konnte er ja nun nicht mehr sagen.

»Nicht verschachert. Ihre Mitgift hat 1400 Goldflorin betragen, auf die die Familie Borluut nicht angewiesen war. Geld, das wir gut für dich angelegt haben und von dem du jetzt profitierst.«

Flüchtig dachte er daran, dass Del Ponte, indem er seine Ladung Azurstein geraubt hatte, nun doch noch in den Genuss der Mitgift gekommen war. Er sagte jedoch etwas anderes.

»Ich bin ein Kuckuckskind.« Das Wort wurde wahr, indem er es aussprach, und ließ sich nicht mehr zurücknehmen.

»Niemand muss je davon erfahren.« Seine Großmutter legte ihre Hand auf seine, und er schüttelte sie unwillig ab. Sein Vater – oh Gott, es drehte sich ihm ein Messer im Herzen, wenn er das Wort auch nur dachte – schaute ihn an und blinzelte nicht einmal. Adrian stand auf und verbeugte sich knapp. Auch diesmal trug seine gute Erziehung den Sieg über seine Fassungslosigkeit davon.

»Entschuldigt mich!«

Als er hinausging, fühlte er sich völlig taub. Seine Mutter und Klaas Borluut konnte er nicht mehr fragen, was sie bei dieser Scharade empfunden hatten, denn sie waren beide tot. Strenggenommen erinnerte er sich kaum an sie. Sanfte Hände, ein leises Lachen und eine Flut italienischer Wörter, das war alles, was ihm von seiner Mutter im Gedächtnis geblieben war. Und von Klaas Borluut? Nichts. Im Grunde hatte er in Gent niemals eine Heimat gehabt. Aber die würde ihm dieser Pirat auch nicht bieten, der sich anmaßte, sein Erzeuger zu sein.

Er trat vor die Tür in den Morgen hinaus. Jörgen saß noch immer in der Loggia und biss in seinen Apfel. Er setzte sich neben ihn. »Hast du davon gewusst?«

Jörgen schüttelte den Kopf. »Erst hinterher. Der Alte hat mich so windelweich geprügelt, dass ich eine Woche nicht sitzen konnte.«

Adrian brütete vor sich hin und schaute in den Himmel, dessen Wolkenkleid immer durchsichtiger wurde, fast als hätte jemand dahinter ein Feuer entzündet. Wenn er den Geburtsnamen Borluut nicht mehr tragen durfte, hatte das sicher Auswirkungen auf sein Erbe von Seiten seines Onkels und seiner Tante. Alles würde jetzt Cornelis zufallen, der strenggenommen nicht mehr sein Bruder war. Seinen Platz hatte ein junger

Pirat und Taschenspieler eingenommen, der abwesend an einem Pickel auf seiner Wange herumdrückte. »Lass das bleiben!« Er stieß ihm seinen Ellenbogen in die Seite. »Es macht dich auch nicht schöner.«

»Wenn du glaubst, du hättest mir etwas zu befehlen, hast du dich geschnitten.« Gleichmütig kratzte Jörgen weiter in seinem Gesicht herum.

Plötzlich musste Adrian lachen.

»Was gibt es denn?«, fragte der andere unwillig, und Adrian hatte urplötzlich Lust, sich mitzuteilen. »Catharina und ich. Wir haben so vieles gesucht. Den Lapislazuli und ihren Vater, und auf einmal finden wir beides. Doch das ist nicht alles. Plötzlich stolpern wir über lauter Dinge, die wir gar nicht finden wollten.«

Jörgen schwieg und schleuderte seinen Apfelbutzen in den Garten.

59

Christoph schlief mit offenem Mund und wirkte dabei so ausgezehrt wie ein alter Mann. Seine Hand war schweißnass und kühl, und sein Atem roch nach Krankheit. Catharina zog die Decke über ihm zurecht und stopfte sie an den Seiten unter seinen abgemagerten Körper. Die Kapelle war ein Ort des Sterbens, an dem sie ihren Vater nicht lassen wollte. Und so hatte sie ihn in die Apotheke verlegen lassen, wo sie sich den ganzen Tag um ihn kümmern konnte. Ein Kohlebecken sorgte für Wärme. Wenn er wach war, fütterte sie ihn mit Hühnerbrühe, die er widerwillig schluckte, als würde er kaum dulden, dass sie um sein Leben kämpfte.

»Wie kann ich ihm nur helfen?«, fragte sie Jacob, der gleichmütig am Tisch stand und die Hustenkräuter von gestern abwog, als hätte er seine Lehre in Esslingen nie unterbrochen.

»Weidenrinde«, sagte er, zuckte die Schultern und schaute sie ausdruckslos an.

Sie wussten beide, dass der Auszug zu schwach war, um gegen den Anfall des Wechselfiebers viel auszurichten, der so sicher kommen würde, wie der Frühling den Winter ablöste. Neben Jacob mörserte Anna Maria hingegeben Kümmel- und Fenchelsamen zu einer Arznei gegen Leibdrücken. Ihr Mondgesicht mit den Schlitzaugen wurde von einem herzlichen Lächeln erhellt. Catharina erwiderte es ohne Heiterkeit und fuhr sich ratlos durch die Haare. Anna Maria war so leicht zufriedenzustellen. Sie quälten keine Sorgen.

Artemisia Annua, der einjährige Beifuß, der nur in China vorkam. Sie kannte die Wirkungen des deutschen Beifußes, der wie Unkraut an Böschungen und auf Halden wucherte. Er war ein bewährtes Frauenheilmittel und wurde von der heiligen Hildegard auch zur Stärkung der Verdauung eingesetzt. Sie stellte nicht in Zweifel, dass ihr Vater von dieser anderen Art wusste, die nur in Asien wuchs und gegen Wechselfieber half. Nur, wo sollte sie mitten in Italien dieses Kraut herbekommen? In Venedig hätte zumindest die Chance bestanden, einen Gewürzhändler oder Apotheker zu finden, der Kontakte weit nach Osten hatte. Messer Girolamo hätte ihr sicher weiterhelfen können.

In diesem Moment öffnete sich die Tür für Adrian und – sie traute ihren Augen kaum – Jörgen, den Piraten, der sie aus der Festung Del Pontes befreit hatte.

»Du?« Ihre Augen waren nach der durchwachten Nacht beinahe zu müde zum Blinzeln. Der Junge nickte nur und blickte sich interessiert um. »Hast du auch was gegen blaue Flecke an Stellen, die man nicht sehen kann?«

»Was hat das zu …?«

Adrian nahm sie in die Arme und erstickte ihre Frage mit einem langen Kuss, der so stürmisch und gewaltsam ausfiel, dass sie sich aus seinen Armen löste und nach Luft schnappte.

»Was ist?« Sie schaute ihm ins Gesicht. Er war so bleich und grau wie der Himmel vor dem Fenster. Nicht nur sie hatte die vergangene Nacht an ihre Grenzen gebracht. Oder was war es sonst? »Del Ponte hat uns gefunden?«

»Und Sans Nom ist auch hier«, vollendete Adrian. Seine hellen Augen flackerten. »Aber das ist nicht alles.«

»Wir sind blutsverwandt.« Jörgen lachte so laut, dass Anna Maria und Jacob erstaunt ihre Köpfe hoben. »Bruderherz.« Er haute Adrian mit voller Kraft auf die Schulter, der nicht einmal zusammenzuckte, sondern wie eine Statue stehenblieb. »Der da stammt genauso von dem Piraten ab wie ich.«

»Das ist nicht dein Ernst!« Sie schaute von einem zum anderen.

»Doch«, sagte Adrian verbissen. »Meine Mutter war schwanger, als sie Klaas Borluut heiratete. Von ihm.«

Seine Augen ähnelten dem Meer an einem stürmischen Tag. *Helle Augen*, dachte sie dann, und die Wahrheit fühlte sich an wie ein Schlag in den Magen. »Oh, Adrian.« Irgendwann, das wusste sie, würde er unter dieser Last zusammenbrechen, aber noch war es nicht so weit.

»Ich komme schon klar«, sagte er und wechselte plötzlich das Thema. »Wie geht es deinem Vater?«

»Unverändert«, sagte sie und wollte gerade beginnen, ihre Überlegungen zum einjährigen Beifuß zu schildern, als die Tür erneut aufsprang und zur Seite schwang. Sans Nom, der sich als Erstes den Kopf am Türrahmen stieß, trat ein und näherte sich so vorsichtig, als könne er mit seiner riesigen Gestalt etwas umwerfen oder zerbrechen. Er trug einen dunklen Wollmantel. Sein Kurzschwert baumelte an seiner Hüfte.

»Rose«, sagte er und nickte ihr zu.

Sie grüßte ihn beiläufig zurück und schlug den Blick nieder. Seine Augen in dem vernarbten Gesicht waren ausdruckslos. Söldner hin oder her. Nach ihrem Erlebnis in der Macchia war sie nicht länger bereit, ihm ohne einen Beweis seiner Redlichkeit zu trauen. Adrian schwieg genauso beharrlich. Nur Jacob sprang auf, rannte mit zwei Sätzen rund um den Tisch und stürzte an seine breite Brust. »Jacques Berthier«, sagte Sans Nom gerührt und klopfte ihm ungeschickt den Rücken. Als Jacob sich von ihm löste, standen Tränen in seinen Augen. Anna Maria staunte den Riesen mit offenem Mund an.

»Könntet ihr das lassen!«, bat Jörgen angewidert. »Zu viel Familiengetue geht mir auf die Nerven.« Zwischen Adrians Augenbrauen stand eine steile, senkrechte Falte.

Sans Nom stellte Jacob auf die Füße und trat an das Bett heran, in dem Christoph Appenteker lag und noch immer mit offenem Mund schlief. »Das ist er also, der Mann, den ihr so lange gesucht habt? Jetzt habt ihr ihn gefunden, die arme Jammergestalt. Und er ist krank.«

Er spürte eine Handbreit über Christophs Gesicht nach, ob Hitze in der Luft lag. »Noch ruht er aus, bis das Fieber zurückkehrt.«

Catharina konnte nicht länger an sich halten. Dazu litt sie zu stark unter ihrer Unwissenheit. »Kennt Ihr die Krankheit genauer?«

Sans Nom zuckte die Achseln. »Es gibt Gegenden, da sterben die Menschen wie die Fliegen daran. In der Maremma, weit im Süden der Toskana. Aber auch im Norden in Holland, da, wo es viele Sümpfe gibt. Das müsstest du eigentlich wissen, Adrian.«

Adrian nickte grimmig und sagte nichts.

»Und, wie wirst du deinen Vater behandeln, Rose?«

Catharina spürte, wie machtlos sie war. Tränen stiegen in ihre Augen. »Weidenrinde. Die heilige Hildegard von Bingen empfiehlt gegen Fieber Majoran, Kampfer, Tormentillwurzel, Schafgarbe und Huflattich. Aber nichts davon ist stark genug. Vater …« Sie räusperte sich. »Er hat gestern, als er wach war, gesagt, dass Beifuß aus China helfen würde.«

Der Einfall war so plötzlich da, dass ihr einen Moment lang schwarz vor Augen wurde. »Beifuß«, sagte sie. »Wenn wir den aus China nicht haben können, nehmen wir eben den von hier.«

Sie stieg auf den dreibeinigen Schemel neben dem Tisch und holte ein großes Glasgefäß voller getrockneter Blätter, Blüten und Stängel vom Regal, den Beifuß, den Messer Nazaré vor allem für Frauen vorrätig hielt, deren Blutung sich verzögerte. »Beifuß ist Beifuß. Schaden kann er nicht«, rief sie. »Komm, Jacob! Wir brauen einen starken Sud davon und geben ihm davon schon jetzt.« Sie stieg wieder auf den Schemel. »Wenn er aufwacht, muss er trinken.«

Sans Nom wandte sich Adrian zu. »Du hattest mich nach diesem Said forschen lassen, dem Schwiegersohn des Muselmanen.«

»Und?«, rief Catharina, während der Schemel, auf dem sie stand, den Halt verlor und umkippte. Sie ruderte mit den Armen und segelte schreiend in die Tiefe. Adrian war mit einem Schritt bei ihr, fing sie auf und legte seinen Arm um sie.

»Er sitzt im Kerker«, sagte Sans Nom schlicht, als sie beide wieder auf sicherem Boden standen. »Hat beim Kartenspielen betrogen und sich erwischen lassen.«

»Dieser Stümper.« Jörgen schüttelte tadelnd den Kopf und fing sich eine Kopfnuss von Adrian ein.

»Wenigstens einen Vorteil hat der ganze Mist«, sagte dieser grimmig. »Endlich kann ich mal der ältere Bruder sein.«

Jörgen rieb sich den Kopf. »Glaub ja nicht, dass du mich erziehen kannst.«

»Nee, da sind Hopfen und Malz verloren. Und was jetzt?« Adrian starrte Sans Nom misstrauisch an.

»Wir holen den Jungen heraus. Was sonst?«

Die beiden jungen Männer folgten seinem breiten Rücken durch die Stadt zum zentralen Gefängnis *Le Stinche.* Catharina war bei ihrem Vater geblieben und braute verbissen einen besonders starken Sud aus einheimischem Beifuß. Doch für Adrian war klar gewesen, dass er Sans Nom begleiten würde. Er musste sich ablenken und durfte vor allem den Namen Del Ponte nicht denken, weil er sonst das Gefühl hatte, ins Bodenlose zu stürzen. Der Mann hatte ihm mit einem Schlag seine Familie, seine Identität und alle Gewissheiten geraubt.

Deshalb richtete er seinen Blick nach außen und schaute sich um. Menschen über Menschen, die meisten in feinstes Wolltuch und farbige Seide gekleidet, belebten die Straßen rund um Domplatz und *Signoria.* Steil bohrte sich der Turm des *Palazzo Vecchio* in den grauen Himmel und sprach vom Stolz der Bürger, die es geschafft hatten, ihren Reichtum und ihre Macht zu mehren. Florenz war nicht die Handelsmacht Venedig. Und doch war der Reichtum der Stadt an jeder Ecke zu sehen. Die Banken saßen hier, die sogar den Papst und den Kaiser selbst beliehen.

Kaum konnte man sich vorstellen, dass eine so reiche Stadt einen Kerker brauchte. Und doch musste es hier genügend Galgenvögel und Abschaum geben. Das Gefängnis war ein riesiger quaderförmiger Bau in der Nähe der Franziskanerkirche *Santa Croce*. Jörgen pfiff durch die Zähne. »Denkt man gar nicht, dass sie das Riesending hier vollkriegen.«

»Das könnte auch jederzeit dein Domizil werden«, sagte Sans Nom freundlich in seine Richtung.

Jörgen zog die Schultern ein und verkniff sich eine Antwort. Sans Nom gegenüber hielt er sich, anders als sonst, mit frechen Bemerkungen zurück.

Sie folgten Sans Nom zum Toreingang, wo dieser mit einer Selbstverständlichkeit nach Einlass verlangte, die Adrian verwunderte. Ein schwarzbärtiger Stadtwächter öffnete ihnen mürrisch und stapfte ihnen voraus ins Innere des Gebäudes. In der Wachstube pollerte ein Ofen gemütlich gegen die Kälte an. Vier Wachleute vertrieben sich die Zeit mit ihren Würfeln und einem Krug heißem Wein.

»Was kann ich für Euch tun?«, fragte der kahlköpfige Capitano der Wache ohne große Begeisterung und musterte sein riesenhaftes Gegenüber wachsam. Sicher hatte er auf den ersten Blick erkannt, dass mit Sans Nom nicht zu spaßen war. Adrian wusste, dass Gefängniswärter für ihre Dienstleistungen geschmiert wurden. Das war in Gent so, in Köln und sicher auch in Florenz. Sans Nom holte eine Münze aus seiner Geldkatze, die die Augen des Anführers gierig aufblitzen ließ.

»Wir wollen zu einem Gefangenen«, sagte Sans Nom leise. »Sein Name ist Said al Mansura.«

Adrian hob überrascht die Augenbrauen. Woher kannte er den Zunamen Saids? Catharinas Vater konnte ihn ihm nicht verraten haben. Als Informationsquelle kam nur Del Ponte in Frage. Sans Nom warf beiläufig die Münze.

»Der Heide.« Der Mann fing sie aus der Luft, biss mit seinen spitzen Eckzähnen darauf, um ihre Echtheit zu prüfen, und nickte zufrieden. »Kommt! Aber erwartet nicht zu viel.«

Sie folgten ihm einen finsteren, verrußten Gang entlang zu den Gemeinschaftszellen. Adrian hatte sich in Gent einmal aus dem Grafensteen auslösen lassen müssen, weil er beim Kartenspiel seine ganze Barschaft versetzt und darüber hinaus Schulden gemacht hatte. Cornelis hatte ihn widerwillig ausgelöst und ihm danach mit Vergnügen das Fell gegerbt. Doch als Mitglied des Patrizierstandes war es Adrian im Gefängnis nicht schlecht ergangen. Wer bezahlen konnte, bekam besseres Essen und eine Vorzugsbehandlung. *Le Stinche* war massiv gebaut und besaß keine finsteren Kellergewölbe, in denen Gefangene jahrzehntelang versauern konnten. Wenn es sie dennoch gab, bekam man sie jedenfalls auf den ersten Blick nicht zu sehen. Trotzdem sträubten sich ihm bei jedem Schritt die Nackenhaare.

Umso näher sie den Zellen kamen, desto mehr begann es zu stinken. Da lag ein Hauch von Schimmel und Feuchtigkeit in der eiskalten Luft, aus der sein Atem weiße Säulen formte. Doch das war es nicht, was ihn störte. Es roch nach menschlichen Ausdünstungen, ungewaschenen Kleidern und den Exkrementen, in denen die Gefangenen lagen. Und nach Verzweiflung.

Adrian ballte die Fäuste, als er daran dachte, dass der Mann, der sich sein Vater nannte, Saids Gefängnisaufenthalt zumindest mitverursacht hatte. Jawohl. Del Ponte war schuld an der Misere von Christoph und Said, denn er hatte den Lapis an die Jesuaten verschachert und damit die Ereignisse in Gang gesetzt, die sie nach Florenz geführt hatten.

Sie blieben vor einer massiven Tür stehen. Der Capitano

schob drei Riegel zur Seite, steckte den Schlüssel ins Schlüsselloch und drehte ihn, woraufhin das Türblatt quietschend aufschwang. Der Gestank verschärfte sich, so dass Adrian würgen musste.

»Das riecht ja widerlich!« Jörgen zog sich einen Zipfel seines Umhangs vors Gesicht.

»Lass dir das eine Lehre sein und lande niemals hier!«, raunte ihm Sans Nom zu und trat unbeirrt über die Schwelle. Sie folgten ihm zögernd. Der Raum war stockfinster und quoll über von Männern. Sie lagen auf dem nackten Steinboden, der von einer dünnen Schicht halb verfaulten Strohs bedeckt war, und lehnten an den Mauern. Der Capitano entzündete eine Fackel, die rußend zu flackern begann und ein paar graue Ratten in ihr Versteck in der Wand huschen ließ. Die Wände waren mannshoch mit schmierigen Algen bewachsen. Kaum hatte sich die Dunkelheit gelichtet, erhob sich von allen Seiten Gemurmel und Geraune. Männer mit blutunterlaufenen Augen wandten sich ihnen in trügerischer Hoffnung zu, magere Hände streckten sich ihnen entgegen

»Aiuta me!«, bat mehr als eine Stimme. »Wann ist mein Prozess?«

Adrian stolperte über den entzündeten Beinstumpf eines Bettlers, der aufschrie und laut fluchte. Er schluckte vor so viel Hoffnungslosigkeit und entschuldigte sich.

»Said«, rief der Capitano in das Durcheinander hinein. »Wo steckt der Junge?«

Es wurde mit einem Mal still.

»Ach der«, sagte einer. »Der macht's nicht mehr lange.«

Adrian packte die Angst, zu spät gekommen zu sein. Was, wenn er nicht mehr lebte? Wie konnte er dann Catharina, Melika und Khalid jemals wieder unter die Augen treten?

»Hier liegt er«, sagte die Stimme, und die drei Eindringlinge bahnten sich im Schein der brennenden Fackel ihren Weg durch die auf dem Boden liegenden Leiber, wobei sie mehrmals in undefinierbare Lachen traten.

»Lass mich los!«, rief Jörgen entsetzt, als sich eine Faust um seinen Knöchel schloss, die ihn beinahe von den Füßen riss. Im Nu hatte der Capitano seine Peitsche herausgezogen und zog dem Übeltäter einen Streich über den Rücken, der ihn aufheulen ließ.

»Gebt endlich Ruhe!« Er schob zwei weitere Gefangene zur Seite. Adrian erkannte, dass sie die Außenwand des Kerkers erreicht hatten. Die Beine von sich gestreckt, lehnte ein junger Mann an der Mauer und blinzelte sie aus vereiterten Augen an. Said. Sein Haar stand als dunkle, verfilzte Matte um seinen Kopf, und sein Gesicht war dreckverkrustet. Sofort ließ sich Adrian auf seine Knie fallen und ergriff seine Hand.

»Wie geht es dir?«, fragte er.

Said hustete trocken. »Wer seid Ihr?« Seine Stimme war heiser.

»Wir kommen von Christoforo.«

»Wie – steht es um ihn?«

Adrian spürte die Hitze, die von seinem Körper ausging. Hatte der Junge gleichfalls das Wechselfieber? »Er lebt«, sagte er.

»Steh auf!«, sagte Sans Nom ungerührt.

Said bemühte sich, doch seine Beine knickten unter ihm weg. Da bückte sich Sans Nom, zog ihn auf die Füße und lehnte ihn an die Wand. Er war so klapprig und dürr wie eine Pappel im Winter. Sein Hemd war auf der Höhe des Brustkorbs starr von altem Blut. Wahrscheinlich hatte ihm jemand mit ein paar gezielten Tritten ein paar Rippen gebrochen.

Wenn sie ihn hier nicht herausholten, würde das Gefängnis *Le Stinche* zur tödlichen Falle für ihn werden.

»Und jetzt?«, fragte der *Capitano*.

»Jetzt nehmen wir ihn mit«, entgegnete Sans Nom gleichmütig.

»Oh nein. Das geht nicht.« Der Hauptmann der Wache schüttelte eilfertig den Kopf. »Ich kann ihn nicht gehen lassen. Sein Prozess wartet auf ihn. Er hat die Söhne der Pazzi um Geld betrogen.«

»Na, die werden den Zaster sicher nicht vermissen«, sagte Adrian spöttisch. Die Familie Pazzi gehörte zu den reichsten Familien in Florenz und besaß eine eigene Bank.

»Außerdem kann es sich nur um eine Kleinigkeit gehandelt haben«, mischte sich Jörgen ein, der beim Kartenbetrug sicher in anderen Dimensionen dachte.

Der Wachmann schüttelte noch immer den Kopf und musterte derweil unbehaglich Sans Noms Statur und das Schwert unter seinem Mantel. »Es geht ums Prinzip. Wenn alle hier herausspazieren wollten …«

»… gäbe es endlich genug Platz«, vollendete ein Gefangener, und seine Kumpane johlten vor Lachen.

Sans Nom fackelte nicht lange. Er nahm den *Capitano* beim Kragen und hob ihn vom Boden auf, bis seine Beine in der Luft zappelten. »Du hast deine Münze bekommen«, sagte er freundlich. »Die reicht sicher dafür, dass wir den Jungen mitnehmen, der …«, er machte eine wirkungsvolle Pause, in der es im Kerker totenstill wurde und sich ihm alle Gesichter zuwandten, »… ein Gefolgsmann Condottiere Del Pontes ist. Er wird seine restlichen Schulden begleichen.«

Mit einem Ruck landete der Mann wieder auf seinen Füßen und verbeugte sich dienstfertig vor ihnen. »Aber ja«, sagte er.

»Aber sicher doch. Das konnte ich ja nicht wissen.« Adrian runzelte verwundert die Stirn. Die Menschen hatten vor Del Ponte so viel Angst, dass allein die Erwähnung seines Namens Türen öffnen konnte.

Innerhalb der nächsten Viertelstunde holten sie Said aus dem Kerker und brachten ihn zu Catharina ins Spital.

60

Als Antonia Truhlieb an diesem Morgen erwachte, war die Welt von einer flaumweichen Schneeschicht bedeckt. Sogar die zurückgeschnittenen Büsche in ihrem Kräutergarten sahen aus wie bucklige Zwerge mit einer weißen Mütze. Zum ersten Mal fühlte sie sich so wohl, dass sie daran dachte, auszugehen. Irgendwie machte der Schnee ihr Mut, der alles, was schmutzig und vergangen war, fest zudeckte. Es waren noch zwei Wochen bis Weihnachten.

Sie setzte ihre Füße auf den Boden, angelte nach ihren warmen Fellpantoffeln und spürte dem Schwindel nach, der von Tag zu Tag schwächer wurde. Es gab etwas zu tun, das sie nicht länger aufschieben wollte. Die lange Narbe, die quer über ihren Oberkörper lief, juckte und brannte, obwohl sie sie täglich mit Ringelblumensalbe pflegte. Ihre Schulter war noch immer bandagiert und schmerzte bei jeder Bewegung. Und dennoch … Sie klingelte nach ihrer Zofe und ließ sich von ihr sehr vorsichtig in ein sauberes Unterkleid und ein Wintergewand aus grüner Wolle helfen. Es war unter der Brust gegürtet und perfekt geschnitten, und doch hatte es nichts mit den Kleidern gemein, die sie vor Weckmanns Angriff getragen hatte. Das Bedürfnis, ihren Reichtum mit Seide, Schmuck und allerlei Kinkerlitzchen zur Schau zu stellen, hatte sich erledigt. Danach bürstete die Zofe ihre Locken und schlang sie im Nacken zu einem festen Knoten zusammen. Noch etwas wacklig auf den Beinen, stieg Antonia die Treppe hinunter und öffnete die Küchentür. Wärme schlug ihr entgegen.

Der gestreifte Kater miaute, sprang von der Küchenbank und begann, ihr um die Beine zu streichen. Sie bückte sich und strich ihm über den Rücken, um Mira die Zeit zu geben, ihre Gewänder zu ordnen. Die saß nämlich auf Enricos Schoß, der ihr ungeniert die Hand in den wohlgefüllten Ausschnitt geschoben hatte. Mit einem Aufschrei fuhren die beiden auseinander, und die Köchin eilte zu ihrem Kessel, in dem der Morgenbrei vor sich hin dampfte und blubberte. *»Scusate«*, murmelte Enrico.

»Ihr solltet heiraten«, sagte Antonia spöttisch. »Dann könnt ihr diese – Dinge – mit Erlaubnis der Kirche tun, nur vielleicht nicht, während der Brei anbrennt.«

Miras Gesicht überzog sich mit Röte, die sicher nicht vom Dampf kam, der aus dem Kessel aufstieg.

»Wir haben kein Geld«, sagte sie mürrisch.

Antonia zog die Augenbrauen hoch. »Wenn es daran liegt, kann ich aushelfen.«

»Das würdet Ihr tun?« Mira wandte sich ihr mit weit aufgerissenen Augen zu, die ganz langsam zu strahlen begannen. Mit ihren aufgelösten braunen Flechten, den üppigen Formen und den geröteten Wangen sah sie plötzlich wunderschön aus. Was die Liebe so alles mit den Menschen anstellte! Antonia nickte und fühlte sich huldvoll wie eine Königin. Mira übersetzte die Neuigkeit ihrem Liebsten in einer Mischung aus radebrechendem Italienisch und langsam gesprochenem Deutsch, woraufhin Antonia gerade noch verhindern konnte, dass er vor ihr auf die Knie fiel und ihr die Hand küsste.

»*No, no*«, wehrte sie ab.

»Danke, danke. *Mille, mille grazie.*«

Mira füllte eine Schale randvoll mit dem fertigen Brei und rührte eine doppelte Portion Honig hinein. »Esst! Ihr müsst wieder zu Kräften kommen.«

Der Brei war pappsüß. Trotzdem aß ihn Antonia bis zum letzten Löffel auf und fühlte sich danach so wohl wie schon lange nicht mehr. »Nach dem Frühstück möchte ich, dass ihr mich zu den frommen Schwestern im Heppächer begleitet, die mir geholfen haben, als ich krank war.«

Mira und Enrico nickten.

»Ich will ihnen ein Dankeschön aus unserer Küche und einige Decken aus meinem Wolllager vorbeibringen.«

Nach einer halben Stunde stand der Handkarren bereit. Er war mit bestem Wein, Honig, Wildschweinschinken, Pasteten, Räucherwürsten und Brot aus Miras Herstellung gefüllt. Einige geräucherte Aale und ein süßer Pudding kamen dazu. Die Leckereien standen gut verpackt auf einer Schicht dicker gewalkter Decken, die sie aus flämischer Wolle in Esslingen hatte weben lassen. Enrico zog die schwere Last durch die unberührte Schneedecke, gefolgt von Mira, die ihm Schneebälle an den Kopf warf. Als sie vor ihm herging, rächte er sich, indem er ihr klammheimlich einen Schneeklumpen in den Kragen steckte. Mira kreischte laut auf, und Antonia hörte sich selbst zum ersten Mal seit fast einem Jahr unbeschwert lachen. Sie folgte ihren beiden Dienstboten und zog den Umhang fest zusammen. Es war sehr kalt. Der Schnee bildete unter ihren Stiefeln eine knirschende Schicht, die so frisch war, dass sie sich vom Rauch der Herdfeuer noch nicht grau verfärbt hatte.

Mit vereinten Kräften zogen sie den Handkarren das Schleifbuckele am Neckarnebenarm hinauf und am Kirchhof vorbei, dessen Grabsteine weiße Hauben trugen. Einige Kinder bewarfen sich zwischen den Gräbern jauchzend mit Schnee. Der Südturm der Stadtkirche St. Dionys ragte wie immer bedrohlich schief in den Himmel. Sie hoffte, dass er erst umfallen würde, wenn Weckmann direkt darunterstand.

Von dort aus führte sie ihr Weg über den Hauptmarkt vor dem Kauf- und Steuerhaus. Hier standen die Marktbeschicker an ihren Tischen und bliesen sich aufstampfend in ihre kalten Finger. Wie würden sie reagieren, wenn sie sie sahen? Der Metzger Häberle, der gerade eine Schweinehälfte ins Kaufhaus trug, nickte ihr zu, der Kaufmann Marquard Haller, den sie von den Zunfttreffen kannte, verbeugte sich sogar ehrerbietig. Und als die Bäckerin sich wegdrehen wollte, verpasste ihr Mann ihr eine Kopfnuss, so dass sie widerwillig in Antonias Richtung grüßte. Wahrscheinlich hatte Prior Jeremias von der Kanzel der Dominikanerkirche ein Machtwort gesprochen.

Vom Kornmarkt aus gingen sie zum Krautmarkt, der bei der Kälte wie ausgestorben dalag, erreichten die Kirche der Franziskaner und bogen dann in die Straße »Im Heppächer« ein, wo das Haus der Franziskaner-Tertiarinnen lag. Antonia riss die Augen auf. Es war ein kleiner windschiefer Bau, der aussah, als würde ihn die Schneelast, die auf seinem Dach lag, endgültig in den Erdboden drücken. Sie hatte nicht gewusst, dass das Haus so baufällig war. Von drinnen hörte sie das rhythmische Klappern der Webstühle. Schwester Adelheid war gerade dabei, den Schnee in der Gasse vor ihrem Haus zu grauen Haufen zusammenzukehren.

»Ihr seid das.« Als sie sie erkannte, begannen ihre Augen in der Kälte zu strahlen. »Gevatterin Truhlieb, welche Freude, dass Ihr uns besuchen kommt.«

Sie stellte den Reisigbesen an die Hauswand, kam auf sie zu und nahm ihre beiden Hände in ihre eigenen, eiskalten. Ihr graues Nonnenkleid war fadenscheinig und viel zu leicht für den eisigen Tag. Ungefragt holte sich Enrico den Besen und begann energisch, den restlichen Schnee zusammenzukehren.

»Ich danke Euch, mein Sohn«, sagte die Tertiarin erleichtert und führte Antonia ins Haus. Mira leerte eilig den Handkarren und schleppte die Essenspakete hinter den beiden her. Das Haus war von innen so bescheiden, wie es von außen ausgesehen hatte. Durch die geschlossenen Fensterläden drang die Kälte ungehindert in die engen Räume. Schwester Adelheid führte sie in die Küche und füllte vier Becher mit einem dampfenden Kräuteraufguss, der nach Pfefferminze, Lindenblüte und Salbei roch.

»Aufpassen!«, sagte sie, als Antonia sich beinahe den Kopf an den windschiefen Deckenbalken stieß. Im Kessel brodelte eine dünne Kohlsuppe vor sich hin. Von der Macht der Gewohnheit getrieben, rührte Mira einmal kräftig um und rümpfte die Nase. »Sie können sich nicht einmal eine Speckseite leisten«, raunte sie Antonia leise zu, die die Pakete auszupacken begonnen hatte.

»Das ist für Euch«, sagte sie.

Schwester Adelheid schlug die Hände über dem Kopf zusammen. »So viel – das kann ich gar nicht annehmen«, rief sie.

»Oh, doch. Das müsst Ihr sogar«, erwiderte Antonia fest und setzte sich auf die Küchenbank. »Ihr habt mir schließlich das Leben gerettet.«

»Der Herr hat das für Euch entschieden«, sagte die Tertiarin. »Und also gut – er sorgt auch gut für uns.« Kurze Zeit später füllte sich die Küche mit fünf ehrfürchtig schweigenden Schwestern, von denen eine magerer als die andere war. Die Jüngste, ein blasser Blondschopf, wärmte dankbar ihre Hände am Herd und hustete sich fast die Seele aus dem Leib.

»Schwester Mechthild, unsere Weberin«, stellte Adelheid sie vor, und ihre Stirn umwölkte sich vor Sorge.

Mira hatte die Essensgaben zu einem Festmahl angerichtet und ein Stück der Räucherwurst in die Kohlsuppe geschnitten. Es gab Pasteten, frisches Brot mit Butter und Aal dazu und zum Nachtisch den süßen Pudding mit Rosinen, den die Schwestern in genussvollem Schweigen ganz langsam aufaßen, wie Menschen, bei denen selten etwas Gutes auf den Tisch kam.

Als sie fertig waren, gingen sie an ihre Arbeit zurück. Schwester Mechthild lächelte Antonia dankbar zu, die ihren Husten noch quer durchs Haus gellen hörte, als sie schon längst nicht mehr im Raum war. Unwillkürlich fragte sie sich, wie die junge Schwester im kalten Webkeller den Winter überstehen würde. *Wahrscheinlich gar nicht*, dachte sie traurig. Mira leistete ihrem Verlobten im Hof Gesellschaft, der sich zwischen den frommen Frauen fehl am Platze fühlte. Und so fand sie sich schließlich mit Adelheid allein in der Küche wieder.

»Warum habt Ihr mir nicht gesagt, dass Euer Konvent so bettelarm ist?«, fragte sie streng.

Adelheid schüttelte den Kopf, doch in ihren Augen stand Verzweiflung.

»Wir leiden keinen Hunger«, sagte sie störrisch. »Was wirkliche Armut bedeutet, erfahrt Ihr, wenn Ihr vor die Stadtmauern geht. Auf der anderen Neckarseite oder in der Vorstadt Mühlbronnen. Da sterben die Kinder wie die Fliegen, und die Frauen husten sich ihr Leben mit Blut aus dem Leib.«

»Was Eurer Mechthild auch passieren könnte«, warf Antonia bitter ein.

»Auch das wäre der Wille Gottes, der für uns sorgt.«

Antonia wollte auffahren, doch Adelheid brachte sie mit einer Bewegung ihres Arms zum Schweigen. »Er hat Euch zu uns geschickt.« Adelheid deutete auf den Tisch, auf dem nur noch kümmerliche Reste standen. »Das ist wie ein verfrühtes Weihnachtsfest.«

»Und Eure Familie?«, fragte Antonia leise. Adelheid war adlig von Geburt und konnte dadurch auf Unterstützung hoffen.

Resigniert seufzte die Schwester. »Mit meinen Verwandten habe ich gebrochen, als ich in den Konvent eintrat. Er war ihnen nicht standesgemäß genug. Sie hätten mich lieber bei den Dominikanerinnen gesehen.«

Antonia nickte verständnisvoll.

»Aber was das Schlimmste ist.« Adelheids Lachen war bitter. »Die Stadt will uns dieses Haus wegnehmen. Es gehört dem Webmeister Kleeberger, der es wieder für sich beansprucht. Dann geht es uns wirklich wie dem Heiland, der keinen Platz hatte, an den er sein Haupt betten konnte.«

Als die Sonne hinter den Dächern verschwunden war, machte Antonia sich mit Enrico und Mira auf den Weg nach Hause. Die Kälte hatte angezogen, und der Schnee knirschte unter ihren Füßen. Noch bevor sie ging, hatte sie einige Entschlüsse gefasst. Bis zum Frühling würde keine der Schwestern mehr Hunger leiden müssen. Und das Haus? Man würde sehen, was sich da machen ließ. Schließlich war sie noch immer reich genug, um sie zu unterstützen. Ganz plötzlich war da eine Idee. »Meinst du, dass in euren Regalen in der Webergasse noch Hustensirup steht?«, fragte sie Mira. »Es wäre doch schade, wenn er eines Tages unbrauchbar ist.«

»Kann sein.« Die Köchin zuckte die Achseln. »Man müsste mal nachsehen.«

Noch am selben Abend öffnete Antonia in Begleitung von Mira und Enrico die Tür zur Apotheke in der Webergasse. Gründlich inspizierten sie die Arzneien, sortierten aus, was ihnen verdorben erschien, und packten zusammen, was noch verwendbar war. Einige Gläser mit Süßigkeiten nahm Antonia für die Kinder der Armen mit und stellte sich vor, wie der Honig und die Latwerge ein Lächeln auf ihre blassen Gesichter zaubern würde. Gleich morgen würde Antonia die Schwestern bitten, alles, was noch brauchbar war, unter den Armen zu verteilen. Mira schrubbte derweil verbissen die verstaubte Küche und lud sie danach zu Brot, Schinken und heißem Wein an den blitzsauber gescheuerten Küchentisch ein. Im Ofen loderte ein gemütliches Feuer. Mit einer Spur schlechten Gewissens trank Antonia einen Schluck Würzwein, der sie innerlich aufwärmte, und legte die Hände um den heißen Becher. Den ganzen Tag hatte sie nicht an Christoph und Catharina gedacht. Mira legte eine dicke Scheibe Schinken auf den Teller ihres Verlobten, der ihr fröhlich zuzwinkerte.

»Ich habe etwas für Euch«, sagte sie dann verschwörerisch und verschwand in der Vorratskammer. Als sie zurückkam, hielt sie ein fein ziseliertes Kästchen in der Hand, stellte es auf den Tisch und hob den Deckel. »Das ist Christoph Appentekers größer Schatz gewesen. Bevor ich ging, habe ich es in einem leeren Weinfass versteckt. Ich hoff nur, niemand muss niesen.«

»Madre mia«, sagte Enrico.

Antonia hielt den Atem an. Das Licht der Öllampe fing sich im flammenden Blau des staubfeinen Pulvers in seinem Inneren. »Weißt du, was das ist?«

Mira zog ihre Brauen zusammen und griff nach Enricos Hand. »Ich habe nicht umsonst zehn Jahre lang in einem Apothekerhaus in Dienst gestanden«, sagte sie dann. »Natürlich weiß ich, was Ultramarinblau ist. Und da Ihr so etwas wie seine Ehefrau wart, dacht ich …« Sie seufzte laut, »… dass es Euch zukommen müsste.«

Das Pulver war so kostbar wie Gold. Antonia hatte immer gedacht, dass Christoph sein Leben von der Hand in den Mund fristete und gerade so mit seiner Apotheke über die Runden kam. Sie fasste einen Entschluss. »Enrico?«, fragte sie. »Hast du Zeit, nach Gent zu reisen? Wir haben eine Schuld zu begleichen.«

61

Catharina lehnte an der Wand des Schlafsaals der Männer zwischen zwei der ordentlich aufgereihten Bettstellen und trug wieder einmal ein Tablett mit schmerzstillenden Arzneien in den Händen. Unter den wachsamen Augen Dottore Giacomos legte Adrian dem jungen Muselmanen vorsichtig eine Bandage an, die den Brustkorb stützen sollte. Darunter hatte er die Beinwellsalbe aufgetragen, die sie nach dem Rezept ihres Vaters zubereitet hatte. Der Gefängnisaufenthalt hatte Said sichtlich zugesetzt. Er war so mager, dass seine Schultern über dem weißen Verband spitz hervorstanden. Vor der Behandlung hatten sie seinen Kopf kahl geschoren und seinen wild wuchernden Bart abrasiert, denn in den *»Stinche«* grassierten die Läuse. Der zahnlose Alte, der neben ihm im Bett lag, schaute Adrian gespannt bei der Arbeit zu. »Mich juckt's immer noch«, versicherte er von Zeit zu Zeit, kratzte sich an den unmöglichsten Stellen und warf misstrauische Blicke auf seinen Bettnachbarn.

»Fertig«, sagte Adrian.

»Gut.« Der Wundarzt nickte knapp und schritt zum nächsten Patienten weiter.

»Wie geht es dir?« fragte Adrian Said, der etwas blass um die Nase war.

»Ich weiß nicht.« Er lächelte entschuldigend, und Catharina konnte plötzlich verstehen, was Melika an ihm gefunden hatte. Sein schmales Gesicht mit der gekrümmten Nase leuchtete von innen heraus auf, als hätte jemand eine Kerze angezündet. »Es fühlt sich seltsam an, am Leben zu sein.«

»Und das wirst du auch bleiben.« Sie trat einen Schritt näher. »So schwer sind deine Verletzungen nämlich nicht. Ich habe dir ein paar Medikamente gegen die Schmerzen mitgebracht.«

Said schüttelte den Kopf. »Kein Opiumschlaf für mich«, sagte er leise.

»Wie du willst.«

Er runzelte die Stirn. »Und wer seid Ihr, wenn ich fragen darf?«

»Das ist Catharina. Die beste Apothekerin zwischen Stoccarda und Palermo«, warf Adrian ein und legte ihr die Hand auf die Schulter. Sie schüttelte den Kopf. Diese Erklärung reichte nicht aus.

»Ich komme von Melika«, sagte sie schlicht und schaffte es damit, Said so zu verblüffen, dass er sie mit offenem Mund anstarrte. Fast hätte sie gelacht, aber dazu war die Situation zu feierlich.

»Melika«, wiederholte er leise und wurde über seinem Verband puterrot. »Ich habe alles verloren. Khalids Geld, die

Ladung, Christoforos Leben und meine Ehre … Sie wird mich nicht mehr wollen.«

Catharina platzte der Kragen. Immer wieder brachten die Männer mit ihrem Gefasel von Ehre das Leben von Frauen durcheinander oder zerstörten es sogar. »Christoforo lebt noch«, zischte sie. »Und du hast einen Sohn, den Melika unter Einsatz ihres Lebens auf die Welt gebracht hat.«

Das hatte sie ihm eigentlich rücksichtsvoller beibringen wollen, aber was gesagt war, ließ sich nicht mehr zurücknehmen.

»Wirklich?«, stammelte er und versuchte sich aus dem Bett hochzustemmen.

»Er heißt Davoud.«

Mit einem gequälten Stöhnen ließ er sich zurückfallen und hielt sich die Rippen, während sie erzählte. »Ob sie mich noch will?«, fragte er dann voller Zweifel.

»Das fragst du noch?«, schnaubte sie entrüstet.

»Bleib liegen und komm wieder zu Kräften«, riet ihm Adrian. »Und dann reist du heim nach Venedig und klärst diese Frage.«

Said nickte verbissen. »Und Christoforo?«

»Wir kümmern uns um ihn«, sagte Adrian leise.

Said winkte sie zu sich heran und begann zu flüstern. »Er hat mich auf die Suche geschickt nach diesem Kraut. Artemisia Annua. Es gibt einen Händler aus China, der Arzneikräuter von Venedig nach Florenz bringt. Das habe ich herausgefunden, kurz bevor man mich … ins Gefängnis geworfen hat.«

»Wo finden wir ihn?« Catharina griff nach jedem Strohhalm, der ein bisschen Hoffnung für ihren Vater bedeuten konnte.

Said flüsterte es ihr ins Ohr. In diesem Moment ließ der Alte neben ihm einen Furz und stöhnte erleichtert. Es roch vernichtend nach faulen Eiern. Said verdrehte seine Augen zur Decke, doch Catharina lachte unbeschwert. Zum ersten Mal seit Tagen, stellte sie verwundert fest. »Vielleicht willst du dich doch in den Opiumschlaf flüchten?« Er schüttelte entrüstet den Kopf.

Als sie zur Apotheke zurückkamen, fanden sie zu ihrer Überraschung Adrians Großmutter vor, die gerade einen missmutigen Jacob herumscheuchte, um Kräuter und heißes Wasser zu holen. Sie schlug ihnen vor, die Nacht über auf Catharinas Vater aufzupassen, so dass sie sich ein paar Stunden lang hinlegen konnten. Gerne nahmen sie ihr Angebot an, denn wenn Cecilia blieb, konnten sie versuchen, das asiatische Kraut bei dem Händler zu besorgen, von dem Said gesprochen hatte. Befand sich die Adresse nicht auf der anderen Seite des Arno bei der Kirche Santa Croce?

»Danke«, sagte sie leise und nahm Cecilia in den Arm, die einen Moment lang ihren Kopf an ihre Schulter legte.

»Schon gut.«

Adrian schwieg und schaute Cecilia nicht in die Augen. Wahrscheinlich biss er sich noch immer an der Geschichte mit Del Ponte die Zähne aus.

Froh, den Gerüchen der Krankenstube entronnen zu sein, stand Catharina einen Moment später an seiner Seite auf dem kleinen Platz vor dem Spital und atmete gierig die feuchte Luft ein, die ihr frisch und kostbar erschien. Der Himmel hatte sich im Laufe des Tages mehr und mehr zugezogen. Als sie Hand in Hand über den Ponte Vecchio in Richtung des Viertels Santa Croce liefen, erfasste sie die erste eiskalte Regenböe. Adrian breitete seinen Mantel über ihren Köpfen aus, und sie rannten lachend weiter. Vielleicht lag es am Schlafmangel, aber Catharina fühlte sich so leicht und der Welt enthoben wie die Wolken, die über den weiten Himmel jagten.

Das Viertel auf der anderen Seite des Arno gehörte den kleinen Leuten. Die Häuser standen so eng zusammengedrängt, dass die Hausfrauen Wäscheleinen quer über die Gasse spannen konnten und jetzt emsig ihre Leintücher ins Haus holten. Aus einer Schänke drang Gesang, Lautenspiel und der durchdringende Geruch nach Zwiebelfleisch, der sie daran erinnerte, wie hungrig sie war. »Wo müssen wir hin?«, fragte sie. In den letzten Wochen hatte sie die Stadt kaum kennengelernt.

»Wir sind gleich da.« Seine Hand war warm und fest.

Sie bogen in die schmale Gasse hinter Santa Croce ein und standen plötzlich vor einer Holztür, die zu einem Eckhaus gehörte und von zwei Sphinxen aus rotem Lack flankiert wurde. Adrian betätigte den Löwenkopf, der als Türklopfer diente. Es blieb so lange still, dass sie schon dachten, es sei niemand zu Hause. Dann öffnete sich die Tür einen Spaltweit.

»Desidera?« Die Frau, die sie misstrauisch anstarrte, musste dem Schnitt ihrer Augen nach asiatischer Herkunft sein. Adrian erklärte ihr wortreich, wonach sie suchten. Ein weiterer Moment der Stille verging. Dann hörten sie, wie innen mehrere Riegel zur Seite geschoben wurden. Die Tür schwang auf.

Zögernd traten sie über die Schwelle und standen in einem finsteren Raum, der vom flackernden Licht einer einzelnen Kerze erhellt wurde. Duftender Rauch lag in der Luft. Catharina erschnupperte Zistrose, Jasmin, Sandelholz und weitere Ingredienzen, die sie nicht benennen konnte. Die Frau begrüßte sie mit zusammengelegten Händen und einem höflichen Nicken ihres Kopfes. Sie trug eine kurze, rote Jacke aus Seide und dazu einen schwarzen Rock, der über und über mit

Drachen bestickt war. Das Licht der Kerze fing sich in ihrem lackschwarzen Haar.

»Ich bin Signora Hua«, sagte sie. »Folgt mir bitte.«

Sie drehte sich um und ging ihnen mit winzigen Trippelschritten voran. Was für eine seltsame Art zu gehen! Als sie in dem Raum auf der anderen Seite angekommen waren, entzündete Signora Hua einen Leuchter, und Catharina lenkte den Blick unwillkürlich auf ihre Füße, die in bestickten Pantoffeln steckten. Sie waren so winzig wie Kinderfüße, und der Spann wölbte sich unnatürlich weit nach oben. Die Händlerin begegnete ihrem Blick mit einem spöttischen Lächeln.

»Die Geistermenschen kennen keinen Anstand«, sagte sie würdevoll. »Ihr starrt auf meine Lotusfüße, die in China jedes Mädchen aus gutem Hause schmücken. Dort würden Eure Riesenfüße nicht einmal einer Bäuerin Ehre machen.«

Catharina wurde knallrot und ließ ihre Schuhspitzen unter dem Saum ihres blauen Kleides verschwinden. Tatsächlich hatte sie ihre Füße schon immer ein bisschen zu groß gefunden. Adrian verbarg ein Grinsen.

Die Frau sprach jetzt weiter. »Ihr beehrt mich also mit dem Wunsch nach dem bitteren Kraut *Qing Gao*, das der Leber, der Galle und den Nieren zuträglich ist und das Wechselfieber heilt. Jedenfalls manchmal.« Sie lächelte leicht. »Das ehrt mich, denn meistens gilt das Begehren der Menschen in dieser Stadt nur einem einzigen Gut.«

»Opium«, sagte Adrian, und die Frau nickte huldvoll. »Mein Mann, der gerade in Venedig weilt, und ich importieren außerdem Jade, Teeziegel, Kampfer und vieles andere.«

»Mein Vater ist krank«, sagte Catharina traurig. »Vielleicht wird ihn das Wechselfieber sein Leben kosten.«

Die Frau legte den Kopf schief. »Und wer hat Euch empfohlen, ein Kraut aus China zu verwenden?«, fragte sie misstrauisch. »Die Leute hier kreuzen, wenn sie von meiner Medizin hören, die Finger gegen den bösen Blick.«

»Er selbst«, gab Catharina ernst zurück. »Er ist Apotheker. Sein Name ist Christoforo Appenteker.«

Die Frau nickte verwundert. »Ich habe diesen Namen schon einmal gehört. Mein Mann vertritt unser Geschäftshaus in Venedig. Messer Girolamo hat uns von ihm erzählt.« Die Frau schaute sie nachdenklich an. »Wie geht es dem alten Mann?«

»Er ist tot«, sagte Catharina schlicht.

Die Chinesin neigte den Kopf. »Er ist Teil des Rads der Wiedergeburt. Dieser Messer Christoforo ist ein Reisender und hat keine Scheu vor dem Fremden. Ich werde Euch meine Hilfe nicht verweigern.«

Leise wie ein Schatten verließ sie den Raum. Catharina schaute sich um. Sie standen im Kontor, in dem sich die Regale unter Säcken und Kästchen voller fremdartiger Schriftzeichen bogen. Plötzlich wurde ihr bewusst, dass die Waren noch weiter gereist sein mussten als der Lapislazuli, der bei den Jesuaten lagerte. Sie erzählten von Menschen, die ihr so fremd waren wie die Frau, deren ganzer Stolz ihre verwachsenen Füße waren. Auf einer Kommode stand die Steinstatue eines fetten, sitzenden Mannes, der ihnen freundlich zuzulächeln schien. Oder galt das Lächeln seiner eigenen Seele?

»Wer soll das denn sein?«, fragte sie Adrian, der die Schultern zuckte. »Keine Ahnung. Aber wenn du es wissen willst, finden wir es gemeinsam heraus.«

»Wirklich?« Unternehmungslustig schaute sie ihn an. »Eines Tages möchte ich mit dir auf der Seidenstraße reisen, wie mein Vater, dessen Neugier ihn immer wieder forttreibt.«

»Jetzt nicht mehr«, sagte Adrian düster, und Catharina biss sich auf die Lippen.

Als Signora Hua zurückkam, trug sie einen prall gefüllten Leinensack, in dem das getrocknete Kraut raschelte. Der asiatische Beifuß unterschied sich nach Aussehen und Geruch nicht wesentlich von dem, der weiter im Westen wuchs.

»Ihr nehmt einen Fingerhut des Krauts und kocht ihm davon einen Sud, von dem er dreimal täglich trinken sollte«, erklärte Signora Hua. »Wenn es ihm bestimmt ist, wird sich seine Krankheit bessern. Ihr wisst, was Ihr zu tun habt?« Catharina nickte, und die Signora fuhr fort. »Auch das einheimische Kraut entfaltet eine gewisse Wirkung. Sie ist jedoch schwächer als die des Beifußes, der in China wächst.«

Sie legte ein weiteres Säckchen auf den Tisch. »Das hier ist ebenfalls für Euch. Es sind Samen von *Qing Gao*. Die schenke ich Euch als kleine Anerkennung für Euer Vertrauen.«

Während Adrian bezahlte, nahm Catharina mit einem herzlichen Dank die Kostbarkeiten an sich. Erfüllt von dem seltsamen Gefühl, Gast in einer fremden Welt gewesen zu sein, standen sie einen Moment später vor dem Haus. Nachdem Catharina die Beutel mit dem kostbaren Kraut unter ihren Umhang geschoben hatte, machten sie sich im nachlassenden Regen auf zum Haus von Adrians Großmutter.

62

Umgeben von seinem großen Garten schmiegte es sich bei San Miniato al Monte an den wenig bebauten Hang. Rundherum wuchsen Olivenbäume und Tamarisken. Die Stadt lag so weit unter ihnen, dass die Erinnerung an alle

Schrecken und alles Leid verblasste. »Warte!«, sagte Adrian, als sie vor der Tür standen. »Ich muss nachsehen, ob Del Ponte und seine Leute wirklich fort sind. Wenn die Piratenbrut sich hier weiter herumdrückt, bleibe ich nicht.«

Er verschwand im Haus und ließ Catharina unter den abziehenden Regenwolken zurück, die der Sturm wie eine Herde Schafe über den Himmel trieb. Sie zog ihren Mantel um den kostbaren Beutel mit dem chinesischen Heilkraut zusammen und trat auf der Stelle, um wärmer zu werden. Adrian kam schnell zurück.

»Sie sind weg«, sagte er. »Wir sind ganz allein.«

Ihr Herz begann wild zu klopfen, als ihr klarwurde, was das bedeutete. Adrian verlor keine Zeit. Er öffnete die Tür, zog sie ins Haus, legte seine Hände um ihr Gesicht und küsste sie hungrig auf den Mund. Der Beutel rutschte unter dem Umhang hervor und landete auf dem Boden, doch das kümmerte sie in diesem Moment nicht. Adrian schubste ihn mit seiner Fußspitze beiläufig unter eine Kommode und machte weiter wie ein Ertrinkender. Während sich ihre Lippen unter seinem Mund öffneten, glitten seine Hände über ihren Körper und schoben ihre Röcke hoch. Seine Zunge wanderte in ihren Mund und drang tiefer ein als je zuvor. Sie stöhnte, als er die zarte Haut auf ihren Schenkeln berührte und seine Hände höher lenkte. Etwas Dunkles, Wildes in ihr wollte ihm entgegenkommen wie ein Strom aus Feuer. Beide keuchten auf, als seine Hände tiefer drangen.

Zu ihrem ersten Mal war es noch nicht gekommen, obwohl sie beide danach hungerten. Auf ihrer Fahrt von Livorno nach Florenz hatten sie in Gasthäusern zwischen Scharen von Rompilgern übernachtet, heilfroh, wenn sie sich in den Gemeinschaftsbetten umdrehen konnten. Und seit sie in Florenz waren, achtete Großmutter Tommasini, die ohne den Segen der Kirche keine gemeinsamen Nächte duldete, wie ein Zerberus auf Sitte und Anstand. Sie hatte Catharina im Erdgeschoss in einer Kammer neben ihrem eigenen Schlafzimmer einquartiert und Adrian unters Dach verbannt. Doch diese eine Nacht gehörte ihnen ganz allein.

»Komm!«, sagte sie und nahm seine Hand.

Atemlos rannten sie die Treppe hinauf. Das Haus hatte nur zwei Stockwerke und war breit und behäbig wie ein Gutshof an den Hang gebaut worden. Unter dem Dach befand sich das Arbeitszimmer von Adrians Großvater, das dieser mit schweren Möbeln aus dunklem Holz komfortabel ausgestattet hatte. Catharina wusste, dass sich Adrian in diesem Raum sehr wohl fühlte.

»Ich weiß nicht, ob ich noch länger warten kann«, sagte er heiser.

Die Tür fiel hinter ihnen ins Schloss, und er drängte sie mit seinem Körper zu seiner Liege, die eigentlich zu schmal für zwei war. Sie ließ sich einfach nach hinten auf die Felle und Daunendecken fallen, während er die Bänder löste, die den Hosenlatz an seiner Strumpfhose hielten. Sie schlug die Hand vor den Mund. Sein Glied war riesig, viel größer als auf den Abbildungen in den Büchern ihres Vaters, die Menschen in eindeutigen Positionen zeigten. O ja, solche Bücher gab es im Apothekerhaus in Esslingen. Es ziemte sich nicht für eine sittsame Jungfrau, aber trotzdem hatte sie sich, wenn Christoph fort war, in sein Zimmer geschlichen und genau diese Bücher aufgeschlagen, die er aus einem fern Land namens Indien mitgebracht hatte.

»Hàb keine Angst«, sagte er, löste ihre Brüste aus ihrem Mieder und küsste ihre Brustwarzen. Er schlug ihre Röcke hoch und legte sich auf sie, so dass sie ihn mit ihrem ganzen

Körper spüren konnte. Unwillkürlich schlang sie ihre Beine um seine Hüften. Und dann drang er in sie ein. Sie keuchte auf, weil es sich so fest anfühlte, so ausgefüllt und einen Moment lang wehtat. Er schob sich noch tiefer in sie, durchstieß das Häutchen und bewegte sich rhythmisch in ihr. Und dann war es auch schon vorbei, und Adrian legte sich mit einem satten Seufzer auf sie.

»Bin ich jetzt eine richtige Frau?«, fragte sie ein bisschen spöttisch, als er sich aus ihr zurückzog.

»Nicht ganz«, sagte er und lächelte leise. »Ich war ein bisschen zu schnell. Aber ich konnte nicht anders. Schließlich warte ich schon über ein Jahr.«

Er band sich die Strumpfhose wieder zu, zog sein Wams glatt und verließ den Raum. Catharina fuhr die blutige Spur auf Adrians Leintuch nach und deckte sie dann sorgfältig zu. Das Hausmädchen würde morgen früh sicher bemerken, dass sie ihre Hochzeitsnacht vorgezogen hatten. Aber damit würde sie sich später beschäftigen.

Als Adrian zurückkam, trug er ein Tablett mit lauter Leckereien aus der Küche und stieß die Tür mit dem Fuß hinter sich ins Schloss.

»So«, sagte er. »Ich komme um vor Hunger. Und du sicher auch.«

Catharinas Magen knurrte so laut, dass sie beide lachen mussten. Auf dem Tablett befand sich ein ganzer Laib frisches Bauernbrot, Oliven, Pecorino und Räucherwurst aus Massa Marittima, wo Cecilia Verwandte hatte, jede Menge süße Mandelkekse und eine Flasche Wein, die Adrian geschickt entkorkte. Er goss ihnen beiden ein Glas ein. *»Salute«*, sagte er. Sie tranken einen tiefen Schluck.

»Ab heute möchte ich jede Nacht in deinen blauen Augen

versinken«, sagte er. »Wie ich es bisher nur im Traum getan habe.«

»Du hast das schon – einmal gemacht?« Sie spürte, wie sie bei dieser Frage errötete.

»Hin und wieder.« Er setzte sich auf den Rand der Liege und fütterte sie mit einer Olive, deren salziger Geschmack sich köstlich in ihren Mund legte. »Oder vielleicht auch ein bisschen öfter.« Er grinste. »Die Mädchen in Gent finden mich unwiderstehlich.«

»Das bist du auch«, murmelte sie, zerriss ein Stück Brot in kleine Fetzen und steckte ihm Brocken für Brocken in den Mund.

»Aber die Letzte, bei der ich meinen Charme spielen ließ, hat mit ihren Reizen auch bei anderen nicht gegeizt. Das war in Köln, bevor ich dich kennenlernte. Sie war keine Jungfrau mehr, und ihre Familie gehörte zur Oberschicht. Da hätte sich der Name Borluut gut gemacht.«

Sie lachte leise. »Und dann?«

Adrian zuckte die Schultern. »Ihr Vater wollte mich zuerst umbringen und dann mit ihr verheiraten. Onkel Josse hat mich rausgepaukt und mich Knall auf Fall aus der Universität geholt. Und mein Bruder Cornelis hat mich noch in Köln verprügelt, wie es große Brüder nun einmal tun.« Er trank sein Glas bis zur Neige leer. Der Wein darin war so dickflüssig, dass er im Glas einen violetten Streifen hinterließ. »Seit heute darf ich mein Piratenblut auskosten«, sagte er. »Und Cornelis hat keine Macht mehr über mich.«

Er stellte sein Glas ab, begann sein Wams aufzuschnüren und zog es über den Kopf, ebenso wie das Hemd, das er darunter trug. Seine Brust war bräunlich und muskulös. Die Locken standen ihm wie ein Heiligenschein um seinen Kopf.

»Willst du nicht schlafen?«, fragte sie und ließ ihre Finger über seine nackte Brust gleiten.

»Hast du gedacht, wir seien schon fertig? Ich versichere dir, ich habe mich nie wacher gefühlt.« Er zog sie in den nächsten Minuten ganz aus, erst das Mieder, dann ihr Kleid aus blauer Wolle und schließlich ihr feinleinenes Untergewand. Und dann begann er, ihre langen, schlanken Füße zu liebkosen und zu massieren.

»Findest du sie wirklich nicht zu groß?« Sie rollte ihre Zehen zusammen.

»O nein«, versicherte er. »Jan van Eyck hat eine Eva gemalt, die dir ähnelt. Splitterfasernackt. Sie kommt mit Adam an den Altar meines Onkels, obwohl sie eigentlich in einer Kirche nichts verloren hat. Aber du bist noch viel schöner. Wie die Venus.«

Er drapierte ihr langes, braunes Haar über ihre Schultern und ließ seine Fingerspitzen über ihre Brustwarzen nach unten gleiten, wo sie zwischen ihren Beinen verschwanden.

Sehr viel später lagen sie einander gegenüber auf der viel zu schmalen Liege und hatten die Beine umeinander geschlungen. O ja, es gab Dinge, mit denen sie nicht gerechnet hatte.

»Ich weiß schon fast nicht mehr, wo ich aufhöre und du anfängst«, murmelte sie und gähnte.

Er lachte leise. »Da geht es dir wie mir.«

»Hast du es getan, um zu vergessen, was Del Ponte dir heute morgen gesagt hat?«

Er zuckte die Schultern. »Vielleicht ist es ganz gut, dass er mir nicht nur meinen Namen, sondern auch alle Gewissheiten über mich geraubt hat. Da konnte ich mir holen, was ich schon so lange haben wollte.«

Sie spürte, wie sie errötete. »Aber das stimmt nicht«, sagte sie dann.

»Was?« Er räkelte sich träge.

»Dass du dich vollkommen verloren hast. Ich glaube vielmehr …« Sie küsste ihn auf den Mund und behielt dabei seine Oberlippe zwischen ihrer.

»Du lernst schnell«, sagte er.

Sie sprach weiter, obwohl sie nach den richtigen Worten suchen musste. »Ich glaube, dass dein Leben dich gerade findet.«

»Wieso das?«, fragte er, richtete sich auf seinen Ellbogen auf und rutschte dabei fast von der Liege.

»Du könntest der beste Wundarzt zwischen Salerno und Gent werden«, neckte sie ihn leise. »Was du nicht suchst, das findet dich. Dottore Giacomo hat dich gefunden. Und Del Ponte. Man mag über ihn sagen, was man will. Aber ich glaube nicht, dass er dir Böses will.«

Er begann sehr sanft, sie zu küssen. »Du hättest einen Borluut haben können«, sagte er dann. »Ich glaube, du weißt gar nicht, was dir entgeht. Herzog Philipp ist zwar der offizielle Herrscher über Flandern und Burgund, aber in Wahrheit sind die Kaufleute und Bürger der Städte fast genauso mächtig. Ich hätte Ratsherr werden können und Berater des Herzogs.«

»Und märchenhaft reich«, sagte sie.

Er nickte. »Damit hat es jetzt ein Ende. Denn ich werde die Wahrheit nicht verbergen.«

»Das macht nichts«, sagte sie.

»Wirklich nicht?«

63

Die Dorfkirche brannte lichterloh. An ihren Wänden leckten Flammen empor und fraßen sich gierig und geräuschvoll durch Mauern, Altar und das spärliche Mobiliar. Teile des hölzernen Dachstuhls flammten auf, lösten sich aus ihrer Verankerung und krachten lodernd zu Boden. Es war so heiß, dass jeder Versuch zu atmen die Kehle verbrannte. Jacob lag unter einem Berg von Leichen begraben und hustete vom Rauch. Mühsam schob er die Toten zur Seite und kletterte unter ihnen hervor. Er schnappte gierig nach Luft und erschrak zu Tode. Auf dem Berg verdrehter Gliedmaßen lagen sein Vater, seine Mutter und seine Schwester Adelina und starrten blicklos in den Himmel, der über dem Skelett des Dachstuhls sein unendliches, sternenbesetztes Rund geöffnet hatte. Entsetzen. Mit einem Ruck wurde er zurück in seinen eigenen Körper geschleudert. Sein Herz raste, sein Atem ging viel zu schnell, und sein Strohsack war durchgeschwitzt. *Nur ein Traum*, dachte er, *ein Albtraum der übelsten Sorte.* Seit Peer tot war, träumte er dessen Träume. Doch jetzt war es vorbei, und draußen graute der Morgen über Florenz.

Ich lebe noch, dachte er. Der Tod hatte schließlich doch noch den Sieg über Weckmanns Gehilfen davongetragen, der immer sein Feind gewesen war. Nur zuletzt nicht mehr. Da hatte er dafür gesorgt, dass Peer seine verletzten Hände kühlen und sich in Scheunen und Ställen ausruhen konnte. Jacob hatte die Quellen und Brunnen gesucht, an denen Peer seinen brennenden Durst löschen konnte, und doch hatte der Wundbrand ihn schließlich umgebracht. Niemand vermochte den Sensenmann zu besiegen, der mit seinen Knochenhänden nach ihnen griff, wann immer es ihm in den Sinn kam. Auch Weckmann mit seinen schwarzen Künsten nicht, genauso wenig wie Christoph Appenteker, der auf dem Bett neben Jacob um sein Leben kämpfte.

An Schlaf war nicht mehr zu denken. Jacob rollte sich von seiner Pritsche und erleichterte sich in den Nachttopf, der unter dem Tisch stand. Adrians Großmutter schlief mit offenem Mund auf der dritten Liege in der Apotheke und hatte ihre Arme um Anna Maria gelegt, die im Schlaf wie ein Engel lächelte und eine von Cecilias grauen Locken um ihr Handgelenk gewickelt hatte. Als sich Jacob umdrehte, begegneten ihm Christoph Appentekers forschende dunkle Augen.

»Kann ich etwas für Euch tun, Meister Appenteker?« Jacobs Herz schmerzte, als er sah, wie hager und ausgemergelt sein Gesicht war.

»Du bist gewachsen.« Der Meister legte seine feuchte Hand auf Jacobs. »Ich hätte nicht gedacht, dass ich dich und Catharina noch einmal wiedersehe.«

»Wollt Ihr etwas trinken?«

Der Meister nickte, und Jacob reichte ihm den Becher mit verdünntem Wein, den Cecilia noch gestern Abend gefüllt hatte.

»Ich bin sehr froh«, sagte er und trank. »Jetzt kann ich gehen, wenn meine Zeit gekommen ist.«

Jacob schüttelte hartnäckig den Kopf. »Ihr werdet schön am Leben bleiben, sonst würde es Catharina das Herz brechen.«

Der Meister lachte leise. »Das habe nicht ich zu bestimmen.«

Jacob konnte sich nicht mehr beherrschen. »Aber habt Ihr nicht nach der Panakeia gesucht, dem Mittel, das die Herrschaft des Todes bricht?«

Christoph schaute ihn verwundert an. »Das hast du gedacht?«

»Das haben Weckmann und Peer gedacht«, sagte Jacob bitter. »Und uns deshalb verfolgt wie Jagdwild. Weckmann wollte Catharina heiraten, weil er dachte, sie wüsste um Euer Geheimnis und würde es ihm anvertrauen, wenn er ihr Ehemann wäre.«

Erst schaute ihn Christoph ungläubig an, dann begann er zu lachen und ähnelte dabei mehr denn je einem Totenkopf mit breitem Grinsen. Jacob gruselte sich plötzlich vor ihm.

»Was für ein Irrsinn.« Christoph wischte sich eine Träne aus dem Augenwinkel. »Ich habe mich schon immer gewundert, warum der Kerl in unsere Familie einheiraten wollte und dabei tat, als könne er eine kluge Frau nicht ausstehen. Ich dachte, er wollte mir meine Position als Stadtapotheker streitig machen. Aber das?«

»Aber Ihr hattet doch nach der Panakeia gesucht«, flüsterte Jacob hektisch. »Ist das nicht das Gleiche?«

Der Kranke fasste mit überraschender Kraft nach seinem Handgelenk und zog ihn zu sich heran. »Pass gut auf, Jacques. Das hier ist eins der letzten Dinge, die ich dir als dein Meister anvertraue. Wir, die Alchemisten, suchen den Stein der Weisen, der die Verwandlung unedler Metalle in edle bewirkt und noch viel mehr. Er ist – vielleicht – ein Elixier, das sofortige Heilung bei Krankheiten verspricht und damit ein sehr langes Leben. Aber niemand, kein ernsthafter Alchemist, denkt, dass er die Welt vom Fluch der Sterblichkeit befreien könnte, den wir seit unserer Vertreibung aus dem Paradies mit uns herumschleppen.« Das Reden strengte ihn sichtlich an. Er machte eine Pause, holte Luft und sprach dann mit heiserer Stimme weiter. »Denn, Jacques Berthier, hör mir gut zu! Nur wer den

Winter kennt, weiß den Frühling zu schätzen. Nur weil wir den Tod kennen, wissen wir, was es heißt, zu leben. Erst im Tod schwingt sich die Seele zu Gott empor, so wie es meine bald tun wird. Das ist die Wahrheit. Ich wollte mit meiner Suche Stärke, Gesundheit, Verjüngung, Kraft für die Menschen erreichen. Aber den Tod besiegen? Daran habe ich nicht im Traum gedacht.« Seine Stimme wurde leiser. »Was habe ich Catharina nur angetan?«

Während er in missmutigem Schweigen versank, regten sich im Bett nebenan die alte Frau und das Mädchen. »Wer in drei Teufels Namen ist das?«, fragte Christoph Appenteker ungehalten. Während Cecilia ihre Beine über die Bettkante schwang und dabei über ihr Gliederreißen stöhnte, kuschelte sich die kleine Anna Maria noch ein bisschen in ihre Decke und schloss wieder die Augen. »Ich bin Adriano Borluuts Großmutter«, sagte Cecilia würdevoll auf Italienisch und trat heran. »Ich habe Catharina abgelöst, damit sie ein bisschen schlafen kann. Wie geht es Euch?«

»Ich werde heute sterben«, antwortete Christoph Appenteker gleichmütig. »Das Fieber kehrt alle drei Tage zurück. Und noch eine Attacke überstehe ich nicht.«

Jacob öffnete schon den Mund, um zu protestieren, doch die alte Frau nickte, glättete ihr Kleid und steckte ihr Haar zu einem lockeren Knoten auf. »Mal' Aria tertiana«, sagte sie dann nachdenklich. »Vielleicht stimmt das sogar, doch wir werden um Euch kämpfen.«

Sie drehte sich um und füllte den Becher erneut mit verdünntem Wein. »Trinkt, so viel Ihr könnt! Und untersteht Euch zu sterben, bevor Eure Tochter eingetroffen ist.«

Als die Sonne über den roten Dächern von Florenz aufging, war es soweit. Christophs Körper bäumte sich unter dem

Schüttelfrost auf, der die Fieberattacke einleitete. Seine Glieder waren eiskalt, und seine Kiefer klapperten aufeinander, ohne dass sie irgendetwas dagegen tun konnten, außer den Kranken warm einzupacken. Kurz darauf trafen Catharina und Adrian ein, die sich bei den Händen hielten, als ob sie einander nie wieder loslassen wollten. Jacob spürte, wie sein Herz sich verkrampfte, als er die Blicke bemerkte, die sie einander zuwarfen. Es tat so weh, dass er nach Luft schnappen musste.

Als Catharina ihren Vater sah, wurde sie so weiß wie die gekalkte Wand. »Ich habe das Kraut«, sagte sie leise und zog einen prall gefüllten Beutel hervor, in dem es trocken raschelte. Sie schüttete eine kleine Menge des asiatischen Beifußes auf ihrer Arbeitsplatte aus. Jacob trat heran und ließ seine Hände über die silbrigen Büschel gleiten. Die Blattform des getrockneten Krauts unterschied sich nicht wesentlich von der des einheimischen, das sie gestern verarbeitet hatten.

»Ich helfe dir«, sagte er, und sie nickte ihm dankbar zu. Ihre Hände zitterten, als sie den bitteren Sud in einen Becher goss.

»Vater«, sagte sie leise und musste den Blick abwenden, weil sein Körper sich unter dem Schüttelfrost aufbäumte. »Hörst du, ich habe das Kraut Artemisia Annua. Said ist hier und hat uns verraten, wo wir es besorgen können.«

»Catharina.« Christoph versuchte ein Lächeln und trank Schluck für Schluck, wobei das meiste auf der Bettdecke landete. »Schmeckt fürchterlich«, sagte er danach.

Der Schüttelfrost hielt nur für eine Stunde. Als die Sonne über den Häusern stand, stieg das Fieber mit aller Macht und hielt ihn in seiner Umklammerung, so dass sein Geist zu wandern begann. Jacob hatte nicht gewusst, dass ein Mensch Hitze abstrahlen konnte wie ein loderndes Feuer. Schließlich verlor Christoph das Bewusstsein. Dottore Giacomo und Messer

Michele, der ein studierter Medicus war, kamen vorbei und ließen ihn zur Ader, was das Fieber nicht senkte.

»Zu viel der schwarzen Galle, wie es beim melancholischen Temperament oft vorkommt«, urteilte der Rektor des Spitals und schüttelte den Kopf über den Zustand des Patienten. Doch Catharina biss die Zähne zusammen und flößte ihrem Vater Weidenrindentee abwechselnd mit dem Beifußaufguss ein. »Halt ihn mal eben!«, sagte sie, und Adrian hob Christoph vorsichtig an und stützte ihm Schultern und Kopf. *Überraschend sanft*, dachte Jacob voller Neid.

Er übernahm derweil den ganz normalen Apothekenbetrieb und teilte Arzneien an die Pfleger und Ärzte aus, die das Bett mit dem Fieberkranken misstrauisch beäugten. Er war stolz darauf, dass er diese Aufgabe fehlerfrei meisterte, ohne bei Catharina nachfragen zu müssen. Während ein Pfleger aus dem Schlafsaal der Männer ungeduldig mit den Fingern auf die Platte klopfte, eilte Jacob hin und her und stellte Tiegel mit Salben gegen Gliederreißen und Hautekzeme auf ein Tablett.

»Geht das auch ein bisschen schneller?«, fragte der Mann.

Entrüstet klappte Jacob den Mund auf und suchte nach einer frechen Antwort, als sein Blick an Christoph Appenteker hängenblieb, der stocksteif und mit verdrehten Gliedmaßen auf dem Bett lag. Das Tablett segelte zu Boden, und die Tiegel zerbarsten auf den Fliesen.

»Dein Vater«, flüsterte er und schaute zu Catharina, die ihren Kopf auf den Tisch gelegt hatte und schlief. Ihn schauderte, und er dachte unwillkürlich an seinen Traum. Christoph Appenteker sah genau so aus wie die Leichen darin.

»Er ist tot«, sagte er dann. Schluss aus.

»Was?« Mit einem großen Schritt war Adrian neben ihm. »Meister Appenteker?« Er hielt seine Hand ein Stück weit über

Christophs Gesicht und spürte seinem Atem nach. »Noch nicht. Er ist nur so unglaublich heiß, dass sein Körper sich verkrampft.« Hilfesuchend schaute er sich um.

»Wir müssen das Fieber jetzt wirksam senken«, sagte seine Großmutter ungerührt und tränkte gemeinsam mit der kleinen Anna Maria Leintücher in eiskaltem Brunnenwasser, die sie dem Kranken um den Leib wickelten, bis er sich endlich entspannte. In den nächsten Stunden schwitzte Christoph die Krankheit mit Macht aus seinem Leib und durchnässte mehrmals Bett und Strohsack. Doch als sich der Abend über die Stadt senkte, lebte er noch immer, und Catharina, die Adrian irgendwann von ihrem Schemel auf die dritte Liege gehoben hatte, schlief den Schlaf der Gerechten.

Zum Nachtmahl hatte Adrian einen Topf Brotsuppe aus der Küche kommen lassen, und sie versammelten sich um den Tisch. Jacob zog gerade den Stuhl vor, um sich zu setzen, als die Tür aufging. Er fuhr hoch, als er Jörgen und Sans Nom erkannte, die sich schweigend in den Raum schoben. Beide waren mit Schwertern bewaffnet und trugen polierte Harnische. Dicht gefolgt wurden sie von einem hochgewachsenen Mann mit graublonden, schulterlangen Haaren, an dessen Gürtel ein Schwert baumelte. Die kleine Anna Maria verkroch sich vor Schreck unter dem Tisch. Während sich Sans Nom mit finsterem Blick an der Wand aufstellte, klaute sich Jörgen eine Scheibe Brot, tunkte sie in den dampfenden Suppentopf und biss hinein. »Lecker«, sagte er mit vollem Mund. Der blonde Mann beachtete ihn nicht und trat auf den Tisch zu.

»Das hier ist kein Piratennest, sondern eine Krankenstube«, sagte Cecilia Tommasini und musterte die Besucher mit eisigem Blick.

Jacob wunderte sich. Er hatte sie bisher immer nur als äußerst hilfsbereit und freundlich gegenüber ihren Nächsten erlebt. Dann sah er dem Fremden in die flirrend hellen Augen, die denen von Adrian glichen, und verstand. Er schämte sich für die Schadenfreude, mit der er seinem Rivalen gönnte, dass sein Leben ihm unter den Händen zerbröselte wie morsches Holz. Adrian hatte Catharina. Was machte es da schon, wenn ihm seine Herkunft abhandenkam?

»Ich will mit dir reden.« Del Ponte wandte sich Adrian zu.

Adrian schaute ihn feindselig an. »Aber ich nicht mit Euch.«

Del Ponte hob die Hände. Jacob sah, wie der Pirat mit sich rang und sich für die nächsten Worte fast ein Stück seiner Zunge abbiss. Jörgen feixte und steckte sich das nächste eingeweichte Brotstück in den Mund. »Ich bitte dich«, kam es schließlich zwischen Del Pontes geschlossenen Zähnen hervor.

Schweigend folgte ihm Adrian auf den Gang hinaus und ballte die Fäuste. Er kam erst am nächsten Morgen zurück. Christoph Appenteker überstand die Nacht und war am anderen Morgen bei Bewusstsein.

64

Der Spiegel gehörte zu Jan van Eycks wertvollsten Besitztümern. Prüfend schaute er hinein und begegnete seinem eigenen frostigen Blick. Den Silberstift und das Papier für die kleine Studie, die ihm als Vorlage für ein Selbstportrait dienen sollte, legte er vor sich auf die Tischkante. Er hatte diese kleinen Bildnisse in Öl schon für Bekannte und fremde Auftraggeber angefertigt. Sie bekräftigten einen Heiratsantrag und waren ein kostbares Geschenk an eine potentielle Braut. Meist trugen die Abgebildeten einen Ring in der Hand, den sie stolz als Zeichen ihrer Absichten präsentierten. Er selbst würde darauf ebenso wie auf alle Symbole seines Berufsstandes verzichten und sich mit dem begnügen, was er sah.

Wenig genug, dachte er bitter. Eine Warnung. Zur Abschreckung. Wie sollte er der jungen Frau gefallen, deren Gesicht sich in seiner Vorstellung über das Antlitz von Eva und Maria legte? Er sah einen Mann, der in die Jahre gekommen war. Ein schmallippiger Mund, das Kinn voller Bartstoppeln, misstrauische Augen, unter die die Zeit einen Faltenkranz geritzt hatte. All das gehörte zu dem Hagestolz von vierzig Jahren, der sich hinter aller Buckelei und allem Hofschranzengehabe immer seine Eigenständigkeit bewahrt hatte. Dem Mann, der im Dienst des Herzogs die Welt bereist hatte, bis er Palmen und Zitronenbäume aus dem Gedächtnis malen konnte. So lange, bis er in seiner selbstgewählten Einsamkeit versank.

Er legte das Blatt auf den Tisch und begann, mit sicherer Hand den Umriss seines eigenen Gesichts nachzuziehen. Eine erste Studie für das kleine Gemälde, das ihn mit seinem roten Chaperon auf dem Kopf zeigen würde. Das Bild war für sie bestimmt, und vielleicht, oder nein, ganz gewiss, würde er sich mit diesem Geschenk zum Narren machen. Aber was hatte er schon zu verlieren? Er zeichnete seine große Nase mit den gewölbten Nasenlöchern nach. Marguerite war jung und schön und eine Freude für die Augen. Aber das war es nicht allein. Sie brachte sein Herz zum Klingen und ließ ihn von der Zukunft träumen. Aber wie sollte sie ihn alten Mann wollen?

Er fuhr herum, als sich leise die Tür zum Atelier öffnete. Elisabeth Borluut, die Ehefrau seines Auftraggebers Josse Vijd, trat ein und näherte sich mit langsamen Schritten, wobei sie sich auf ihren Handstock stützte, weil sie immer wieder unter heftigen Gichtanfällen litt. Er hatte die Patrizierin aus bester Genter Familie vor einigen Wochen für das Stifterbildnis auf dem Altar porträtiert und wunderte sich seither nicht mehr, wie dieser streitlustige Josse Vijd mit der Taube an seiner Seite zurechtkam, die in Wirklichkeit ein Falke war und ihre Familie mit eiserner Hand zusammenhielt.

»Ah, Meister van Eyck«, sagte sie und linste ihm über die Schulter. »Ihr seid mit Selbststudien beschäftigt.«

»Mijnfrouw Borluut.« Er verbeugte sich ehrerbietig und schob die Studie blitzschnell unter den Stapel angefangener Papiere, die als unordentlicher Haufen auf dem Tisch herumlagen.

»Ihr geht auf Freiersfüßen?«

Ärgerlich spürte Jan van Eyck, wie er errötete.

»Das wird auch höchste Zeit«, sagte sie. Ihr Blick wanderte in den Spiegel. »Auch mit mir sind die Jahre nicht immer gnädig umgegangen. Aber darüber solltet Ihr bei Euch hinwegsehen. Ihr habt andere Qualitäten.«

Sie machte eine Pause. »Was macht Eure Himmelskönigin?«

Jan fühlte sich ertappt. »Sie ist fast fertig.«

»Ihr wisst, dass wir bald mit dem Aufbau des Altars beginnen wollen. Er soll zur Taufe des herzöglichen Kindes geweiht werden. Anfang Mai. Mein Mann wird Pate stehen.«

Noch lag der Spätwinter kalt und feucht über der Stadt. Auch wenn sich der Leib der Herzogin Isabella jetzt sichtlich wölbte, wurde die Geburt nicht vor Ende April erwartet.

»Wir haben Zeit genug«, wehrte er sich. »Ich habe den Mantel der Madonna mit Azurit angelegt, wie Euer Gatte es wünschte.« Er verriet ihr nicht, dass bis zum Firnis noch mehrere Schichten Farbe fehlten.

»Ich weiß, worum es Euch geht«, sagte die Dame spitz. »Ihr

wartet noch immer auf meinen Neffen Adrian und sein Ultramarin.«

Jan zuckte zusammen. Der Gedanke an den Jungen, der für das Ultramarin vielleicht sein Leben gelassen hatte, tat weh.

»Es ehrt Euch, dass Ihr an ihn denkt«, sagte sie.

Er legte sich gerade eine Antwort zurecht, als Elisabeth Borluut ein Kästchen hervorholte, dessen Machart auf seine orientalische Herkunft hindeutete. »Das ist für Euch«, sagte sie und klappte den Deckel hoch. Der blaue Farbstoff in seinem Innern leuchtete. Unwillkürlich streckte er seine Hände danach aus und schämte sich sofort für diese Geste der Gier. Die Patrizierin lachte und legte das Kästchen in seine Hände.

»Es ist ein Geschenk von der Tante seiner Verlobten«, sagte sie. »Unglaublich großzügig, möchte ich meinen, und das ist nicht alles. Adrian lebt und wird zurückkommen. Es gibt Nachricht aus Florenz, wo seine Großmutter Tommasini lebt.«

Als sie zur Tür ging, hörte er das rhythmische Klacken ihres Handstocks auf dem Fliesenboden. Bevor sie in den Flur hinaustrat, drehte sie sich noch einmal um. »Aber, um des lieben Friedens willen, sagt in Gottes Namen meinem Mann und meinem Neffen Cornelis nichts davon.«

Die Taube, die gar nicht so flügellahm war, wie sie aussah, verschwand so schnell, wie sie gekommen war. Noch lange danach starrte Jan van Eyck wie betäubt auf die geschlossene Tür und wusste nicht, was sich besser anfühlte – das Kästchen mit der blauen Verheißung oder die Nachricht, dass Adrian noch lebte.

65

Acht Wochen später.

»Es ging um Gold«, sagte Christoph Appenteker und schaute über die Stadt hinweg bis zur Hügelkette, die im Dunst der Ferne verschwamm. Es war so warm, dass sie sich in Cecilia Tommasinis Loggia gesetzt hatten, in der die Zitronenbäume blühten und nach Verheißung dufteten. »Auch wenn du es mir nicht glaubst. Ich bin tatsächlich des Goldes wegen aufgebrochen.«

»Warum sollte ich dir nicht glauben?« Catharina drückte Christophs Hand, suchte in seinen dunklen Augen nach Anzeichen seiner früheren Abenteuerlust und lehnte sich dann beruhigt zurück. Nichts außer einer sanften Melancholie. Dass er noch lebte, grenzte an ein Wunder. Bis Mitte Januar waren seine Fieberanfälle regelmäßig alle drei Tage gekommen, doch dann hatten sie sich rar gemacht und traten jetzt nur noch selten auf. Noch immer trank er den bitteren Sud aus der asiatischen Pflanze und ließ sich regelmäßig von Signora Hua behandeln, die in Cecilias Haus ein- und ausging, auch, um mit Christoph Appenteker wahrhaft kryptische Alchemistengespräche zu führen.

»Nun, vielleicht denkst du, ich würde mein Gold selbst herstellen?« Er zwinkerte ihr zu. »Als Alchemist. Ein Esel, der Gold scheißt. Mit der Betonung auf dem Wort Esel.«

Entrüstet schüttelte sie den Kopf. »Ich weiß, dass das Opus Magnum bisher noch niemandem geglückt ist. Außerdem stünde, wenn du es geschafft hättest, unsere Apotheke besser da«, fügte sie spitz hinzu.

Christoph lachte. »Wer hätte gedacht, dass ich die Reinigung durch das Feuer am eigenen Leibe erfahren würde. Von der Sol niger, der schwarzen Sonne, durch Purificatio zur Albedo, der Weißung, bis hin zur Rubedo, der Schau der Unendlichkeit.« Er zwinkerte ihr zu. »Hat nicht so ganz geklappt. Vielleicht bin ich durch meine Krankheit ein bisschen weißer oder vielleicht auch grauhaariger geworden. Aber mehr auch nicht.« Er grinste schief. »Signora Hua versucht, diesen Prozess der Reinigung mit Zinnober zu beschleunigen, was auf Dauer der Gesundheit nicht sehr zuträglich ist.«

Catharina verstand nicht genau, was er meinte.

»Du hast das Recht, die Wahrheit zu erfahren«, sagte er und suchte nach dem richtigen Anfang. »Messer Girolamo hat dir erzählt, dass ich auf der Suche nach einem Heilmittel war?«

Sie nickte. »Einem universellen.«

»Du weiß, dass ich gerne ausgetretene Pfade verlasse. Was wäre, dachte ich mir, wenn ich den Prozess der Herstellung des Goldes einfach überspränge. Durch den Verkauf des Ultramarins wollte ich so viel Geld wie möglich verdienen, um Gold kaufen zu können, aus dem sich das Heilmittel herstellen ließ. *Aurum potabile*, die trinkbare Essenz des edelsten aller Metalle, die dem Menschen die Kraft der Sonne verleiht, seinen Körper stärkt und sein Gemüt aufhellt. Doch stattdessen hat es Gott gefallen, mich selbst durchs Feuer zu schicken und dann erfahren zu lassen, dass sich mein Zustand durch ein Unkraut bessert, das in China am Wegesrand wächst.«

Er schüttelte den Kopf und lachte leise.

»Und darum hast du mich an Eckhard Weckmann verkauft?«, fragte sie bitter.

»Du weißt, dass ich das nicht getan habe«, sagte er ernst. »Er muss sich mein Siegel erschlichen haben.« Er machte eine kurze Pause. »Ich werde die Dinge in Ordnung bringen«, versprach er dann. »Die Sache mit Weckmann, so unerfreulich sie auch sein mag. Und meine Beziehung zu deiner Tante. Das bin ich ihr schuldig.« Sie sah Entschlossenheit in seinem Gesicht. »Solange werde ich leben.«

»Noch viel länger.« Sie küsste ihn auf seine Wange und stand auf.

Sie hatten Said, der vor einigen Wochen nach Venedig zurückgekehrt war, Briefe mitgegeben, Lebenszeichen für Melika und ihren Vater, und Botschaften, die mit Fernhändlern über die Alpen bis nach Esslingen und Gent weitergeleitet werden sollten. Sie hoffte, dass jede ihren Bestimmungsort erreichen würde. *Vielleicht wissen sie schon, dass wir wohlauf sind*, dachte sie.

Von Westen her wehte ein leichter Wind und blähte ihr Kleid wie Tulpenblätter. In Cecilias steil abfallendem Garten blühten die Mandelbäume und nahmen den Frühling vorweg. *So fühlt sich also das Glück an*, dachte sie und spürte nur die Sehnsucht nach Adrian, der seinen Vater in der Festung Agnesa besuchte, wie ein leichtes, dauerhaftes Ziehen im Herzen. Wann würde er endlich zurückkommen?

Vom Haus her klang Anna Marias Lachen. Cecilia und das kleine Mädchen waren damit beschäftigt, aus Wäschekörben voller Löwenzahnblüten, die sie gestern gemeinsam gesammelt hatten, Sirup einzukochen. Als Messer Carlo Nazaré, uralt, aber zäh wie Schuhleder, seine Apotheke zumindest für kurze Zeit wieder führen konnte, hatte Adrians Großmutter das kleine Mädchen einfach mit nach Hause genommen. Catharina und Jacob gingen dem alten Apotheker noch immer zur Hand, der sie nicht missen mochte. Heute hatte sie allerdings etwas anderes vor. Unternehmungslustig wischte sie sich die Hände an ihrem Kleid ab.

»Jacob.«

Missgelaunt drückte sich der Junge durch die Tür ins Freie. »Ja?« Sein langsames Schlurfen machte sie ganz verrückt. Es gab Tage, an denen er sich so verständig wie ein Erwachsener benahm und sie ihm in der Apotheke die schwierigsten Aufgaben anvertrauen konnte. Und es gab diese.

Catharina stemmte die Hände in die Hüften. »Hast du es vergessen? Wir müssen zu den Jesuaten. Heute wollen wir das Ultramarin auspressen.«

Jacob verdrehte seine Augen zum Himmel. »Ach, echt?«

Wenn er nur etwas mehr Begeisterung zeigen würde. Heute war der Tag, an dem sie das mit Wachs zu einer zähen Masse verknetete Lapispulver auswaschen und pressen wollten, um das Pigment in Wasser aufzufangen. »Wir werden heute fertig. Das ist doch wunderbar.«

»Ja, ja«, sagte er mürrisch.

Sie griff nach ihrem Mantel und ging ihm den abschüssigen Weg voran zum Gartentor. »Nie begreifst du, wenn du etwas wirklich Interessantes lernen kannst«, rief sie ihm über die Schulter zu. »Und damit lässt sich sogar noch Geld verdienen.«

Jacob trottete muffelig hinter ihr her. »Ich komme ja.« Sie wanderten in der blassen Frühlingssonne den Berg hinab in die Via Guelfa.

Es hatte Wochen gedauert, bis Catharina die Zeit gefunden hatte, die Laienbruderschaft zu unterstützen. Die Reinigung des Pigments war ein langwieriger und komplizierter Prozess, der seinen immensen Preis rechtfertigte. Drei Wochen arbeitete sie jetzt schon intensiv mit dem Azurstein und wunderte sich im Geheimen noch immer, dass Adrian sie von ihrem

Vorhaben nicht abgehalten hatte. Sie hatten mit einer kleinen Menge begonnen. Zuerst wurde der Stein gemahlen und mit Essig versetzt, um die kalkhaltigen Verunreinigungen und die Einsprengsel aus Katzengold herauszulösen. Das entstehende Pulver hatte Catharina mit einem speziellen Wachs verknetet, das den restlichen Kalk an sich band. Zwei Wochen hatten sie gewartet, bis die Masse für den nächsten Schritt bereit war, der heute folgen sollte.

Eine halbe Stunde später standen sie im Kreuzgang der Jesuaten an einem steinernen Waschtrog. Catharina begoss den in ein fein gewebtes Tuch gewickelten Klumpen aus Steinpulver und Wachs mit Wasser, während Jacob presste, was das Zeug hielt. Die dabei austretende knallblaue Flüssigkeit fingen sie in einem Eimer auf, in dem sich das Pulver nach und nach absetzte. Viel war von dem ursprünglichen Stein nicht übriggeblieben. Doch dieser Bodensatz bestand aus dem hochgereinigten Pigment, das den Jesuaten ein Vermögen einbringen würde. Für eine Unze des Pulvers konnten sie vier Florin verlangen. Und das getrocknete Wachs mit den Resten des Lapispulvers ließ sich als Ultramarinasche immer noch gewinnbringend verkaufen.

Lautlos näherte sich Bruder Bernardo und schaute Jacob über die Schultern. »Und, wie fühlt sich das an?«, fragte er.

»Feucht«, sagte Jacob, während ihm das blaue Wasser über die Finger lief. »Und außerordentlich blau.«

»Aber wunderbar.« Catharina strahlte Bruder Bernardo an.

»Ihr seht so glücklich aus, Monna Catharina«, sagte er ein bisschen neidisch.

»Das bin ich wirklich.« Sie stellte ihr Wassergefäß zur Seite und zählte ihre Gründe auf. »Mein Vater lebt noch. Ich kann die Dinge tun, die ich liebe, und – ich werde bald heiraten.«

Jacob verdrehte die Augen zum Himmel. Doch sie fühlte sich plötzlich so leicht wie ein Vogel, der sich bis zu den Wolken aufschwingt, und stupste ihn in die Seite. Wieder und wieder spülten sie die Lapismasse, bis das Wasser klar blieb. Dann kam der zweite Klumpen an die Reihe. Jetzt war es an Catharina, ihn auszupressen, indem sie das Tuch drehte und strammzog. Nach einer Weile wischte sie sich den Schweiß von der Stirn und betrachtete die blauen Ränder unter ihren Fingernägeln, die kostbarer als ihre Goldkette waren. Die Arbeit strengte sie an, doch das Ergebnis lohnte sich. Das feuchte Pigment hatte eine staubfeine Konsistenz und spiegelte das unglaubliche Blau des Abendhimmels wider.

Bruder Bernardo nickte zufrieden. »Das ist des Mantels der Madonna würdig. Ihr solltet jetzt rasten. Ich hole Euch etwas Brot, Käse und Wein aus der Küche.« Jacob folgte Bernardo.

Es war so still im Kreuzgang, dass Catharina von weither hörte, wie einige Mönche in entnervender Wiederholung immer wieder die gleiche Stelle eines gregorianischen Gesangs probierten. Sie presste den Klumpen in ihrem Tuch noch ein wenig stärker, bis ihre Schultermuskeln sich anspannten und ihr der Schweiß über den Rücken rann. Blaues Wasser lief kühl über ihre Hände. Von der Tür her näherten sich leise Schritte, die hinter ihr innehielten. Zwei Männer sprachen flüsternd miteinander.

»So sieht also ein Blau aus, das seinen Namen verdient«, sagte jemand auf Deutsch.

Catharina fuhr herum. Fast hätte sie den Pigmentklumpen in den Eimer mit dem kostbaren Bodensatz fallen lassen. Neben dem Prior Egano de' Bianchi stand Eckhard Weckmann und verbeugte sich mit ausgesuchter Höflichkeit. »Ich grüße Euch, Jungfer Catharina, meine versprochene Braut.«

Sie blinzelte ungläubig. Eisiges Entsetzen kroch ihr den Rücken hinauf. Ihn leibhaftig zu sehen, groß, breit, in brauner Houppelande, mit blondem Bart und Haupthaar, war, als hätte ihr finsterster Albtraum Gestalt angenommen. Das Schlimmste aber war sein gewinnendes Lächeln.

»M-meister Weckmann«, stammelte sie und presste den Pigmentklumpen an ihre Brust, bis das Wasser wie bläuliches Blut erst ihre Schürze und dann ihr Kleid durchnässte.

»Eure barbarische Sprache ist mir nicht geläufig«, sagte der Prior auf Italienisch. »Messer Weckmann hier ist ein *farmacista* aus Eurer Heimat, der sich für unsere Pigmentherstellung interessiert, *carissima* Monna Catharina. Ich habe ihm erzählt, dass ich das Auswaschen des Ultramarins in Eure zarten Hände gelegt habe.« Er wandte sich seinem Gast zu. »Hat sich Euer Besuch gelohnt, *Signor*?«

»Das denke ich schon«, sagte Weckmann nachdenklich und nahm ihr mit überraschender Sanftheit den feuchten Pigmentklumpen aus den Händen »Wir wollen doch nicht, dass das Eigentum der Jesuaten Schaden nimmt.«

Catharina stand stocksteif wie eine Statue aus Stein. Nicht einmal, als sich Weckmanns Hand wie eine Schraubzwinge um ihr Handgelenk legte, vermochte sie, sich zu rühren. »In Zukunft werdet Ihr nur noch für mich tätig sein«, sagte er sanft.

»Ich wusste gar nicht, dass Ihr Euch kennt.« Der Prior betrachtete sie verwundert.

»Es ist nicht wie Ihr …«, begann sie, doch Weckmann fiel ihr ins Wort und erklärte umständlich, dass er mit ihr seine lang vermisste Braut wiedergefunden habe, die er nun nach Hause geleiten und endlich zu seiner angetrauten Gemahlin machen werde.

Plötzlich hörte sie Stimmen. Von der Tür des Kreuzgangs

näherten sich Schritt für Schritt Bruder Bernardo und Jacob, der mühsam ein riesiges, randvoll gestelltes Tablett vor sich herschleppte. Als Jacob Weckmann erkannte, wurden seine Augen tellergroß, und das Tablett geriet in Schieflage. Wurst, Käse, Brot, Oliven, alles rollte und rutschte in den Staub. Die Karaffe mit Wein und die Gläser aus venezianischem Glas zerschellten krachend auf dem Fliesenboden.

»Der schon wieder«, sagte Weckmann zufrieden, als hätte er nichts anderes erwartet, und ließ Catharina los, um spöttisch Beifall zu klatschen.

»Der schöne Parmaschinken!« Beide Mönche schlugen entsetzt die Hände über dem Kopf zusammen, bückten sich und begannen, die Lebensmittel aufzuheben und auf einem mit Rohlapis gefüllten Sack abzulegen, nicht ohne sie vorher gründlich von Staub und Scherben zu befreien.

»Lauf!«, flüsterte Jacob.

Endlich erwachte Catharina aus ihrer Erstarrung und versuchte, ihren Fuß zu heben.

»Lauf doch!«

Es fühlte sich an, als hätte jemand ihre Füße mit Knochenleim auf den Boden geklebt. Unter Aufbietung ihrer ganzen Willenskraft gelang es ihr, sie einen nach dem anderen zu heben und einen Schritt zu tun. Da schaute Weckmann auf und bemerkte, was vor seiner Nase geschah.

»Nicht mit mir!« Er machte einen überraschend anmutigen Ausfallschritt und streckte seine Arme nach ihr aus.

»Das Ultramarin«, schrie Jacob verzweifelt.

Es gab keine andere Möglichkeit. Sie warf dem Apotheker den Eimer mit dem kostbaren Pigment vor die Füße, der überschwappte und sie alle mit blau leuchtender Soße bespritzte. Das meiste landete in Weckmanns Gesicht.

»Madonna Catharina!«, rief der Prior vorwurfsvoll, und Bruder Bernardo schlug entsetzt die Hand vor den Mund.

Ohne einen Blick zurückzuwerfen, rannte sie aus dem Kreuzgang zur Pforte und von dort auf die Via Guelfa hinaus. Die Panik verlieh ihr Kraft, als sie ihr Kleid raffte und mit weiten Sätzen weiterlief. Jacob würde ihr sicher so schnell wie möglich folgen. Im Laufschritt ließ sie die Kernstadt hinter sich und überquerte die Arnobrücke. Der bräunliche Fluss, die Buden und Stände, die Leute, die ihr verblüfft nachstarrten, all das verschwamm vor ihren Augen zu bunten Schlieren.

Erst auf der Mitte des Hangs blieb sie stehen, schnappte keuchend nach Luft, hielt sich die unerträglich schmerzende Seite und schaute zurück auf die Stadt. So sehr sie auch Ausschau hielt und die Straße unterhalb beobachtete, niemand schien ihr zu folgen. Weder Weckmann, der ihr schnaufend und mit rotem Gesicht hinterherhetzte, noch Jacob. Alles lag da wie ausgestorben. In der Kirche Santa Croce läutete eine einzelne Glocke die Stunde und klang dabei wie ein Totenglöckchen. Ein eiskalter Schauder rann über ihren Rücken, und ihr Herz stolperte. Wo blieb Jacob nur?

Langsamer als zuvor machte sie sich an den Aufstieg und kam beim Haus der Tommasinis an, bevor die Sonne blutrot unterging. Drei Pferde waren vor der Tür angepflockt. Sie streckte dem Fuchs ihre Hand hin, der sie neugierig mit den Nüstern streifte. »Träumer«, schluchzte sie und ließ den Tränen freie Bahn, die schon die ganze Zeit hinter ihren Augendeckeln gelauert hatten.

»Adrian.« Sie öffnete die Haustür, durchquerte den Gang und stürzte in seine Arme wie eine Ertrinkende. »Was ist denn?« Seine Hände glitten behutsam über ihr Haar und hielten sie an der Schulter fest. »Du bist voller blauer Flecken.«

»W-W-Weckmann ist in der Stadt.« Sie zitterte so, dass ihre Zähne aufeinanderschlugen. Von der Küchentür aus beobachteten sie Cecilia Tommasini und ihr Vater, der nickte, als hätte er Weckmanns Erscheinen kommen sehen.

»Und er hat Jacob in seiner Gewalt.«

66

Ohne Catharina herrschte im Kreuzgang der Jesuaten eisige Stille. »Ich liebe dich«, hatte Jacob ihr noch zurufen wollen, aber dazu war er nicht mehr gekommen. Kaum hatte sich die Tür hinter ihr geschlossen, setzte sich Weckmanns massige Gestalt in Bewegung. Wie ein wild gewordener Stier stürmte er in Jacobs Richtung. Sein heißer Atem streifte schon Jacobs Gesicht, als ihm endlich die rettende Idee kam. Blitzschnell warf er ihm das Tablett aus der Küche der Jesuaten in den Weg und streckte sein Bein aus. Der Apotheker stolperte darüber und landete mit dem Bauch direkt auf dem Tablett, das mit ihm noch ein gutes Stück über den Boden schlitterte, bevor es zum Stehen kam. Jacob konnte sich ein Grinsen nicht verkneifen und weidete sich an Weckmanns Anblick, der sich mühsam aufrappelte und sich ihm dann glühend vor Zorn zuwandte. So ein Mist! Er nahm die Beine in die Hand, stieß den Apotheker beiseite und rannte zur Tür.

»Halt!«, schrie der Prior. »Haltet den Missetäter!«

Zu spät erkannte Weckmann, dass der Eingang zum Kreuzgang von einer Gruppe Mönche versperrt wurde, in die er hineinlief wie in eine Mauer. Hände griffen nach ihm, hielten ihn fest, rissen ihn zu Boden und drehten ihm den rechten Arm auf den Rücken. Er keuchte vor Schmerz und sah einen

Moment lang bunte Sterne. Warum hatte ihm niemand verraten, dass einige der Jesuaten früher Ringer gewesen waren? Sie zogen ihn auf die Füße und schleppten ihn zum Prior, wo sie ihn erneut zu Boden stießen.

»Was geht hier vor?« Er zog ihn unsanft auf die Füße.

Jacob deutete mit dem Zeigefinger auf Weckmann. Jetzt kam es darauf an, dass er die anderen überzeugte. Wenn er nur etwas anderes wäre als ein halbwüchsiger Lehrling! »Der da ist ein Schurke und Scharlatan. Er hat sich die Verlobung mit Catharina erschlichen und uns alle betrogen und zu ermorden versucht.« Ungläubig wandte sich der Prior Weckmann zu.

»Aber nein!« Der Apotheker schüttelte den Kopf und lachte. »Wem wollt Ihr glauben, Hochwürden? Mir oder dem Taugenichts, der diese Schweinerei mitzuverantworten hat?« Er deutete auf den blau bespritzten Fußboden und die gesprenkelten Kutten der Mönche. »Das Mädchen hat sich als Bigamistin aus ihrer Verlobung geschlichen. Und dieser Junge da war ursprünglich mein eigener Lehrling.«

»Das ist gelogen«, schrie Jacob und schaute wild von einem zum anderen, doch in den Augen der Mönche lag nur Unverständnis. Wie sollten sie ihm glauben? »Ihr kennt uns doch. Und wenn nicht mich, dann jedenfalls Catharina.«

»Ich weiß nicht, wer hier die Wahrheit spricht.« Der Prior hob begütigend die Hände. »Aber ich sehe, was Monna Catharina angerichtet hat, und ich verlange beim heiligen Giovanni Colombini, unserem Ordensgründer, dass der Verlust ersetzt wird.«

Jacob spürte, wie sein Zorn mit ihm durchging. »Jetzt erkenne ich, was ihr für Mönche seid«, schrie er. »Zuerst bereichert ihr euch an gestohlenem Lapislazuli und dann wollt ihr seinen Gegenwert auch noch ersetzt haben.«

Er nahm den zweiten nassen Wachsklumpen und warf ihn mit aller Kraft in den verbleibenden Eimer mit dem Pigment, das wie blauer Regen über sie alle hinwegspritzte. Es war ein unglaublich befreiendes Gefühl. Danach wurde es im Kreuzgang endlich still, totenstill, und alle Blicke hingen an ihm. Bruder Bernardo schüttelte immer wieder den Kopf, als hätte er den Glauben an das Gute im Menschen verloren. Inmitten dieser unwirklichen Stille beobachtete Jacob eine Spinne, die sich trotz des Tumults ausgerechnet in diesem Moment vom Gewölbe abseilte. Genau vor seinem Gesicht. Am liebsten hätte er mit ihr getauscht.

»Hochwürden«, sagte Weckmann begütigend. »An diesem Verhalten sieht man, dass junge Leute und Frauen immer eines Vormunds bedürfen.«

Die Jesuaten nickten zustimmend und schlossen den Kreis enger.

»Ich werde den Jungen mitnehmen und züchtigen. Und morgen kehre ich mit Monna Catharina zurück. Dann besprechen wir die Wiedergutmachung.«

Er zog Jacob auf die Füße und ohrfeigte ihn links und rechts, dass sein Kopf von einer Seite zur anderen flog. »*Stronzo*. Wenn du dich umschaust, bist du tot«, raunte er ihm zu.

Er zerrte ihn zur Tür, durchquerte ein paar Gänge und schubste ihn dann auf die Via Guelfa hinaus. Dort beendeten die Einwohner des Viertels gerade ihr Tagwerk, freuten sich auf einen friedlichen Feierabend und begriffen nicht, welches Unrecht sich vor ihren Augen abspielte.

»Ich hätte dich in Ulm nicht diesem Stümper überlassen sollen.«

Sein Name lautete Peer, dachte Jacob, und gegen seinen Meister war er beinahe ein Engel gewesen. Weckmann stieß ihn zu

Boden, wo er mitten in einem undefinierbaren Haufen aus Kohlblättern und Schweinemist landete.

»Catharina ist Euch entkommen«, keuchte er und rappelte sich auf. Er zupfte ein paar Blätter von seinem Kittel, doch der Schweinekot klebte als schmierige Schicht auf seiner Hose und stank erbärmlich. »Glaubt Ihr wirklich, dass sie Euch anhören wird? Genauso wenig wie ihr Vater. Sie lassen die Stadtwache holen und Euch ins Gefängnis werfen.«

Weckmann fuhr herum, griff nach ihm und schüttelte ihn wie einen nassen Hund. »Ihr Vater lebt? Du lügst mich doch nicht an, Bengel?«

»Ja, doch. Und es geht ihm wieder besser. Aber ich werde Euch sicher nicht verraten, wo er ist.«

Er hörte Weckmann heiser lachen. »Das brauchst du auch nicht.«

Er trieb Jacob weiter durch die Straßen bis zu einem Mietstall, wo seine beiden Pferde unterstanden. »Appenteker kommt sicher zu mir, wenn ich ihm zutragen lasse, dass du dich in meiner Hand befindest.«

Noch am gleichen Abend brachte Weckmann ihn unter einem weiß leuchtenden Vollmond aus der Stadt. Er wäre gern beigedreht und davongaloppiert, aber Weckmann hatte ihm, sobald sie den Dunstkreis von Florenz verlassen hatten, die Hände auf den Rücken gebunden und führte sein Pferd am Zügel. Also ergab sich Jacob in sein Schicksal und hoffte, dass Christoph Appenteker ihn auch tatsächlich auslösen würde. Stundenlang grübelte er darüber nach, ob er Catharina vielleicht in letzter Zeit so gegen sich aufgebracht hatte, dass sie ihn nicht mehr mochte.

Im Dunkeln konnte er die Himmelsrichtung nicht erkennen, aber die Landschaft, die sie durchquerten, war grün bewachsen, bergig und von rauschenden Bächen durchzogen. Sie ritten die ganze bitterkalte Nacht hindurch und erreichten früh am anderen Morgen ein einsam gelegenes Kloster, das auf der felsigen Flanke eines Hügels lag. Weckmann trieb die Pferde den Hang hinauf, doch für das letzte Stück mussten sie absteigen und die Tiere mühsam über eine Geröllhalde führen. Oben pfiff der Wind. Es gab keinen Baum und keinen Strauch, nur noch die zerfallene Mauer des Klosters. Unter dem tristen Klang einer einzelnen Glocke klopfte Weckmann an die Pforte und begehrte Einlass. Ein bärtiges Gesicht zeigte sich in dem kleinen Klappfenster. *»Pronto?«*

Weckmann zog Jacob vor seine Brust. *»Benvenuto, fratello.* Ich habe Euch einen neuen Klausner mitgebracht.«

Der Bruder Pförtner zog die Riegel beiseite, und die quietschende Tür schwang auf. Innen versammelte sich eine Handvoll abgerissen aussehende Gestalten in zerlumpten Kutten. Ihre Gesichter leuchteten auf, als sie Jacob bemerkten, und ihre Hände legten sich in einer frommen Geste vor der Brust zusammen. *»L' eremita e qui.«*

»Der Herr segne Euch«, sagte der Prior und küsste Weckmann dankbar die Hand. »Dank Euch wird die Klause San Donato unter den Augen Gottes aufblühen.«

Jetzt oder nie. Jacob wirbelte herum, bückte sich und fasste in seinen Stiefelschaft, in dem noch immer Sans Noms Messer steckte. Schon spürte er den abgewetzten Griff beruhigend in seiner Hand, als sich Weckmann beiläufig umdrehte und ihm die Beine wegtrat, so dass er hart auf den Bauch knallte. »Meine Rache für gestern«, raunte er ihm zu und wand ihm das Messer aus der Hand, das er wie eine Ehrengabe den Brüdern überreichte. Zögernd griff der Prior danach und wog es in seiner Hand. »Der Besitz des Klausners ist Euer«, sagte Weckmann.

Klausner, Klause? Jacob, der noch immer schwer atmend am Boden lag, begriff den Zusammenhang erst, als es zu spät war.

»Komm, Junge!« Einer der Mönche half ihm auf, nahm ihn bei der Hand und führte ihn über den Hof zu einer einsamen, in die Außenmauer gehauenen Kammer. Der Mann roch erbärmlich nach Schweiß, Käsefüßen und seiner ungewaschenen Kutte.

»Gott segne dich. Der Herr sieht auf jedes Leben, das sich ihm hingibt, mit Wohlgefallen«, sagte er würdevoll und stieß Jacob durch die Tür, der stolperte und auf seinen Knien landete. Die Tür fiel zu, und der Riegel landete im Schloss. Er beherrschte die Landessprache inzwischen gut, doch etwas in ihm weigerte sich, den Ausspruch des Mönchs in seiner ganzen Tragweite zu begreifen. Stattdessen rappelte er sich auf und betrachtete seine neue Umgebung. Das also war die Zelle, in der er als Faustpfand ausharren sollte, bis Appenteker ihn auslöste.

Der Raum war aus dem rohen Fels gehauen und wurde nur von einem winzigen, vergitterten Fenster erhellt. Er rümpfte die Nase. Der mickrige Eimer in der Ecke diente wohl der Notdurft. An der rechten Wand stand eine Pritsche mit einem schimmeligen Strohsack, der nach Exkrementen und Erbrochenem stank. Sehr vorsichtig setzte er sich auf die Kante der erbärmlichen Bettstatt, auf der eine mottenzerfressene Wolldecke lag. Kurze Zeit später öffnete sich das Fenster für ein Tablett mit einem Kanten Brot und einem Krug voll brackigem Brunnenwasser. Hungrig fiel er darüber her und aß und trank in der Gewissheit, dass Weckmann seine Geisel nicht verhungern lassen würde, alles auf einmal auf.

Misstrauisch wurde er erst, als die Mönche am Nachmittag desselben Tages begannen, die Tür von außen zuzumauern.

Unter Gebeten und Gesängen setzten sie Stein auf Stein übereinander, bis der Türsturz erreicht war. Er konnte den feuchten Zement bis in seine Zelle riechen, und die Haare in seinem Nacken stellten sich auf. Obwohl sich eigentlich nichts geändert hatte, wurde ihm der Raum zu eng und die Luft zu knapp. *Durchhalten!* dachte er. Mauern konnte man auch wieder wegbrechen. Gleich morgen würde er darum bitten. Und sicher würde ihn Appenteker schon sehr bald gegen das auslösen, was Weckmann sich erhoffte. Nur Catharina würde er ihm nicht gönnen. Für sie würde er noch immer sein Leben riskieren.

Als es Nacht geworden war, legte er sich trotz seines Widerwillens auf die Pritsche und starrte an die stockfleckige Decke. Er konnte nicht schlafen. Sein Mund war so trocken, dass es wehtat zu schlucken, denn die magere Nahrungsration vom Vormittag war seine einzige geblieben. Der Vollmond zeichnete eine weiße Bahn aus Licht auf den Fußboden.

Irgendwann, das Mondlicht war ein Stück weiter gekrochen, ließ ihn eine Stimme von draußen zusammenschrecken. Weckmann. »Ich hoffe, du weißt, was ein Klausner ist.«

Jacob sagte nichts, doch in seinem Kopf begann es zu arbeiten. »Nein«, gab er dann zu.

Weckmann erklärte es ihm im gönnerhaften Ton eines Schulmeisters, der seinem dümmsten Schüler die Welt nahebringt. »Ein Klausner, das ist ein Mann, der sein Leben Gott weiht und den Rest seiner Tage in seiner Klause ausharrt. Meistens als Buße für irgendeine Missetat. Gott freut sich darüber und die Mönche auch, denn er bringt ihnen Spenden ein, wenn die Pilger reihenweise an ihre Tür klopfen und an seine Wundertätigkeit glauben. Manch einer kommt in den Ruf der Heiligkeit, und sie rutschen auf Knien den Hang hoch, um ihn zu ehren.«

Jacob wurde eiskalt. Das war nicht er, von dem Weckmann sprach. »Ihr habt doch wohl nicht vor, mich hierzulassen?«

»Oh, doch. So lange, bis du verschimmelst. Freu dich, denn die ewige Seligkeit ist dir sicher.«

67

Ich verlange Entschädigung für unser verlorenes Ultramarin«, sagte Prior Egano kalt.

Sie standen im Kreuzgang des Klosters in der Via Guelfa, wo sich noch immer Adrians Kisten und Säcke mit Azurstein stapelten. Sans Nom hatte sich wie ein finsterer Schatten hinter ihnen aufgebaut, ängstlich beäugt von Bruder Bernardo, der sich in eine Ecke drückte und die Hände rang. Der Prior war sichtlich aufgebracht und hatte allen Grund dazu, denn ein Teil des steinernen Bodenbelags im Kreuzgang leuchtete in einem hellen Himmelblau, als hätte man versucht, ihn mit Wasser und einer Wurzelbürste zu schrubben und dabei das Ultramarin tiefer in den Stein gerieben. Adrian vermied es, in Richtung der verfärbten Kacheln zu schauen, genau wie Catharina, die stattdessen ihre Schuhspitzen musterte.

Er drückte ihre Hand und trat die Flucht nach vorn an. »Warum seid Ihr auf die Anschuldigungen und Verleumdungen eines Mannes eingegangen, dessen Name Euch nicht bekannt war?«

»Er hat für sich gebürgt«, sagte der Prior ruhig. »Messer Weckmann hatte eine Spende dabei. Eine äußerst großzügige. Für unseren Klosterneubau.«

Adrian nickte grimmig. Für Geld war der Prior bereit gewesen, Weckmanns öligen Sermon zu glauben.

»Dieser Mann ist ein Betrüger und Mörder. Wenn Catharina ihm zum Opfer gefallen wäre, hättet Ihr die Schuld an Ihrem Unglück getragen.«

»Ich wasche meine Hände in Unschuld«, sagte der Prior.

»Wie Pontius Pilatus.« Adrian zwang ihn mit seinem Blick, hochzuschauen. »Ihr wusstet, dass Catharina meine Braut ist.«

»Das ist nicht wahr.« Prior Egano schüttelte den Kopf. »Messer Weckmann hat mir glaubhaft versichert, dass sie aus ihrem Verlöbnis geflohen sei. Einer von euch musste lügen.«

Während Catharina neben ihm seufzte und sich auf die Lippen biss, machte sich Sans Nom im Hintergrund auffällig an seinem Langschwert zu schaffen. Adrian stellte sich plötzlich vor, er würde es ziehen und den Kopf des Priors über den blau bespritzten Boden rollen lassen.

Und dann ging der Prior zum Angriff über. »Und wer seid Ihr schon, Ser Adriano ohne Namen?«

Er zuckte zusammen. Seine uneheliche Herkunft hatte sich wie ein Lauffeuer in Florenz herumgesprochen, schneller, als er bereit gewesen war, sie für sich selbst zu akzeptieren. Noch vor drei Monaten war er Adrian Borluut gewesen, der aus bester Genter Familie stammte und in der Gunst des Herzogs von Burgund stand. Sein Lebensweg war vorgezeichnet gewesen. Jetzt war er nur noch der Bastard des Bastards der Familie Bardi, der die Tochter der Tommasinis geschwängert hatte und sich heute als Söldnerführer und Freibeuter hervortat.

Adrian war ein Niemand. Und das machte ihn auf seltsame Art frei. Fast konnte er Sans Nom verstehen, der darauf bestand, keinen Namen zu haben.

»Mein Vater.« Noch vor drei Wochen hätte er sich bei diesem Wort fast die Zunge abgebissen. Catharina betrachtete ihn verwundert durch den Vorhang ihrer Haare. »Er wird Euch den Verlust ersetzen, wenn Ihr mir einen Prozentsatz des Ultramarins zum Vorzugspreis verkauft. Und das solltet Ihr tun. Wenn in Florenz die Runde macht, dass Euer Orden Geschäfte am Rande der Gesetze macht, ist Euer Ruf dahin.«

Jetzt war es heraus. Er hatte in den drei Wochen auf der Festung Agnesa mit Del Ponte nicht nur um seinen Frieden gekämpft, sondern auch um diesen kleinen Rest seines Besitzes, den er mit nach Gent nehmen wollte. Denn noch immer wartete Jan van Eyck auf sein Ultramarin. Jörgen verlangte, dass der Alte ihm ein Handelsschiff ausstattete, und Adrian begehrte, dass er ihm sein Ultramarin zurückkaufte. »Ein teures Vergnügen« hatte Del Ponte es genannt und schallend gelacht. Aber dann hatte er zugesichert, ihnen zu helfen, weil man sich Söhne und ihre Vergnügungen eben leistete. Adrian wandte sich Catharina zu, die ihn mit weit aufgerissenen blauen Augen anstarrte. »Ich will in Gent heiraten«, sagte er auf Deutsch. »Und meine Schuld begleichen.«

Prior Egano rang sich zu einer Antwort durch. »Also gut«, sagte er und sah aus, als hätte er einen in Essig getränkten Schwamm verschluckt. Er verließ den Raum, ohne zurückzuschauen.

Sie folgten ihm und standen schon an der Tür, als Bruder Bernardo Adrian am Arm zurückhielt. »Psst«, flüsterte er und schaute sich um. »Hier haben die Wände Ohren und mein Prior seine Zuträger.«

Er führte sie in den Lagerraum für Pigmente, wo er zwischen Säcken voller goldgelbem Ocker und rotem Zinnober Abbitte leistend die Hände faltete. »Liebe Catharina. Es tut mir wirklich leid.«

»Schon gut.« Sie war noch immer sehr blass.

»Ich danke Euch, dass Ihr mir die Kunst der Reinigung des Azursteins gezeigt habt.«

Sie nickte müde. »Wo ist Jacob?«

Der Jesuat schüttelte bedauernd den Kopf. »Der Deutsche hat ihn mitgenommen, nachdem er ihn kräftig geohrfeigt hatte. Dieser Jacob hat ihn nämlich auf dem Bauch durch den Kreuzgang rutschen lassen.«

»Oh, nein.« Tränen standen in Catharinas Augen, und Adrian erstickte fast an seinem hilflosen Zorn.

Trotz allem verabschiedeten sie sich höflich von Bruder Bernardo, der sich nichts zu Schulden hatte kommen lassen.

Kurz darauf standen sie in der Via Guelfa und stolperten fast in Jörgen hinein, der einen zerlumpten Gassenjungen vor sich her zerrte. »Der da hat sein kleines dreckiges Maul aufgerissen und behauptet, dass er weiß, wo Weckmann steckt.«

»Ich bin ein Bote«, rief das Kind empört. »Und ich habe genau Euch gesucht.« Durch sein dreckverschmiertes Gesicht zogen sich helle Tränenspuren. Seine Haare waren eine verfilzte Matte, in der noch von der letzten Nacht im Freien Kletten und Strohhalme klebten. *Bastard*, dachte Adrian und fühlte bei diesem Wort nur Leere. Catharina löste sich von ihm und beugte sich zu dem Kind hinab, nicht ohne Jörgen einen vorwurfsvollen Blick zuzuwerfen, der es noch immer an den Schultern festhielt.

»Wie heißt du denn?«, fragte sie freundlich.

»Benedetto.«

»Ich würde dem Gauner nicht über den Weg trauen«, sagte Jörgen. »Das ist ein kleiner Taschendieb.«

»Ich sage die Wahrheit«, piepste Benedetto und streckte ihnen blitzschnell seine schmutzige Pfote entgegen.

»Dreist genug ist er.« Sans Nom lachte, und Adrian kramte

widerwillig in seiner Börse nach einem Picciolo, den er hineinfallen ließ. Der Junge biss fachmännisch mit seinem Eckzahn darauf, um seine Echtheit zu überprüfen.

»Dieser *farmacista.*« Er baute sich breitbeinig vor ihnen auf und musterte sie einen nach dem anderen. »Als er seine Pferde aus dem Mietstall geführt hat, trug er mir auf, Euch zu suchen und Euch zu sagen, dass Ihr ihm nach San Donato folgen sollt.«

»San Donato«, sagte Adrian nachdenklich. »Weiß jemand, wo das ist?«

Jörgen stieß den Jungen von sich. »Wenn es das ist, was ich meine, heißt es San Donato d'Arno und liegt einen Tagesritt nördlich von hier.«

68

»Heute Abend wird es ein Festmahl geben.« Jörgen klopfte dem toten Wildschwein freundlich den Hals, das vor ihm über der Kruppe seines Pferdes hing und sich nicht mehr beschweren konnte.

»Bitte sehr.« Adrian drehte sich um. »Entzünde doch ein Feuer und röste das Vieh, wenn du eine ganze Räuberbande oder Weckmann selbst anlocken willst.«

»Genau das könnte ich tun.« Jörgen setzte sich aufrecht, zügelte sein Pferd und wartete, bis sie sich alle nach ihm umgedreht hatten. »Er riecht das gebratene Schwein, kommt schlafwandelnd, ich hebe meine Armbrust und … erschieße das nächste Schwein.«

Catharina prustete vor Lachen, obwohl ihr eigentlich gar nicht der Sinn danach stand.

Sie waren im Morgengrauen aufgebrochen und nach Norden in eine schroffe, bewaldete Landschaft geritten, die vor Wild nur so wimmelte. Bis auf einige Köhler waren die Wälder menschenleer. Jetzt führte sie ihr Pfad am Rande einer Schlucht entlang, auf deren Talsohle ein See wie ein Auge den blauen Himmel spiegelte. Auf dem schmalen Weg setzten die Pferde vorsichtig Huf vor Huf, um nicht in die Tiefe zu rutschen. Catharina ließ Träumer die Zügel locker. Wie immer trug er sie sicher voran. Vor sich sah sie Adrian, der den Klepper von Zeit zu Zeit anhalten ließ, um die Brombeerranken wegzuschneiden, die ihnen wie ein Netz aus Dornen den Weg versperrten. Hinter ihr folgte Jörgen auf seinem Schwarzen.

Und dahinter … Sie musste sich unbedingt überzeugen, dass er sich nicht in Luft aufgelöst hatte. Beklommen drehte sie sich um und schaute ihrem Vater in die Augen, der ihr ernst zunickte. Christoph Appenteker war viel zu ausgezehrt für eine Reise in die Wildnis. Und doch hatte er, genau wie sie selbst, der Konfrontation mit Weckmann nicht länger aus dem Weg gehen wollen. Es gab eine Schuld zu begleichen, die allein die Familie Appenteker aus Esslingen anging. Sans Nom hatte mit dem Instinkt eines Jägers ungefragt die Führung der Gruppe übernommen.

»Ich hoffe, du kannst deine Armbrust schnell genug wieder spannen, wenn wir in die Nähe des Dorfes kommen«, sagte er leise zu Jörgen.

»Schon passiert«, gab dieser zurück.

Als sie die Schlucht hinter sich gelassen hatten, ritt ihnen Sans Nom voraus nach Osten und führte sie einen felsigen Hang hinauf. Von dort oben hatte man einen weiten Blick über das bewaldete Tal.

»Wir schlagen hier unser Lager auf«, bestimmte er. »Die Versorgung der Pferde übernehmen die Reiter selbst. Und kein

Feuer.« Er warf Jörgen einen Blick zu, der bedauernd die Schultern zuckte. »Jammerschade. Das Wildschwein fängt noch an zu stinken, aber wie Ihr meint.«

»Du kannst es ja roh essen«, schlug Sans Nom bärbeißig vor, woraufhin Jörgen seine Beute einer Gruppe zerlumpter Köhler mit mageren Kindern schenkte, die ihn für seinen Großmut ungläubig anstarrten.

Sie rasteten im Schutz des Felsens, der sich an der Flanke des Hügels wie eine Kehle öffnete, und aßen und tranken das, was ihnen Cecilia Tommasini aus ihrer Vorratskammer mitgegeben hatte. Es war reichlich Brot und Wurst für alle da. Wenn es nur nicht so erbärmlich kalt gewesen wäre. Der sonnige Tag war in eine neblig kühle Nacht übergegangen, in der sie ein Feuer schmerzlich vermissten. Catharina kauerte sich neben Adrian, zog ihren Pilgermantel um sie beide zusammen und bibberte trotzdem vor Kälte. Als er den Arm um sie legte und sie an sich zog, wurde ihr endlich wärmer.

»Trinkt!«, sagte Sans Nom und reichte ihnen den Weinschlauch. Der Wein war süß und stark und vertrieb die Kälte ein bisschen.

Seine grauen Augen richteten sich auf Christoph Appenteker. »Wie geht es Euch?«

Ihr Vater neigte leicht den Kopf. »Danke der Nachfrage. Ich werde auf dieser Fahrt nicht krepieren. Jedenfalls noch nicht.«

»Ihr könntet wieder einen Fieberanfall erleiden«, brummte Sans Nom.

»Wenn das der Fall sein sollte, begrabt Ihr mich mit Blick auf das Arnotal.« Christoph lachte bitter und genehmigte sich einen Schluck aus der Feldflasche, in der sich, wie Catharina wusste, der Sud der Artemisia Annua befand.

Sans Nom machte eine Geste, mit der er sie alle zusammenfasste. Jörgen, der pfeifend zum Pinkeln im Gebüsch verschwunden war, Adrian, Catharina und ihren invaliden Vater. »Als hätte die Aufgabe, diesen Wahnsinnigen zu finden, nicht genügt, muss ich Euch alle im Blick behalten. Einen Fieberkranken. Ein Liebespaar.« Er verdrehte die Augen zum Himmel. »Und einen leichtsinnigen Taugenichts, der sich für unbesiegbar hält.«

»Meint Ihr etwa mich damit?« Jörgen manifestierte sich wie ein Geist aus der Dunkelheit und knöpfte sich den Hosenlatz zu. »Da draußen sind übrigens Stachelschweine. Eins hätte mir fast mein Ding abgebissen.«

»Und der außerdem zu viel redet.« Sans Nom runzelte die Stirn und sprach weiter nur mit Christoph Appenteker. »Ich allein hätte den Apotheker jagen und zur Strecke bringen sollen. Auf solche Dinge verstehe ich mich.«

»Dieser Zwist geht nur Weckmann und mich an«, sagte Christoph kalt.

Sans Nom nickte widerwillig. »Es ist unglaublich«, sagte er dann. »Ich habe auf fast allen bekannten Schlachtfeldern gekämpft, war der Leibwächter von Königen. Und doch hüte ich seit fast einem Jahr eine Schar Kinder.« Seine grauen Augen wandten sich Catharina zu, die ihn entrüstet anblinzelte, und er verbeugte sich unmerklich. »Eure schöne und tugendhafte Tochter, diesen Lehrjungen und die missratenen Söhne meines jetzigen Dienstherrn.«

Adrian neben ihr lachte. »Von denen der eine ein Taugenichts und der andere wider Erwarten doch kein reicher Pfeffersack aus Flandern ist.«

Sans Noms Gesicht verzog sich zu einem schiefen Grinsen. »Schau nicht so, Rose. Ich beschwere mich nicht. Ich übernehme die erste Wache, und Jörgen löst mich ab.«

Der Riese schob sich in die Höhe, ging ein paar Schritte, setzte sich an den Hang über dem Tal und verschmolz mit dem Nebel, der von den Wäldern tief unter ihnen aufstieg und sie alle in Feuchtigkeit hüllte.

Catharina löste sich aus Adrians Umarmung und brachte Sans Nom den Weinschlauch. Von hinten war er in seinem dunklen Mantel kaum von einem Felsen zu unterscheiden.

»Wer seid Ihr, Sans Nom?«, fragte sie und wusste selbst nicht, warum sie in diesem Moment den Mut dazu fand. Er zögerte, und sie drehte ihm in der Gewissheit, ihm zu nahe getreten zu sein, den Rücken zu. Sans Nom nahm einen tiefen Schluck. »Ein Mörder«, sagte er leise. »Doch du warst nie in Gefahr, und Adrian auch nicht, der dich in diesem Schafstall verteidigt hat, obwohl er nicht den Hauch einer Chance hatte.« Er legte den Weinschlauch zu Boden. »Und jetzt bin ich sehr müde.«

69

Das Dorf San Donato klebte hoch auf dem Felsen wie ein Adlernest. In seiner Mitte schob sich der Campanile einer Kirche in den Morgenhimmel wie ein mahnender Finger, der sich dem Nichts entgegenstreckte. Catharina legte den Kopf in den Nacken und betrachtete die Häuser, die beängstigend schief aus dem Stein zu wachsen schienen. Darunter öffnete sich ein Abgrund in die Tiefe.

Ihr Vater ritt heran und zügelte sein Pferd. »Ab hier gehe ich allein.«

»Kommt nicht in Frage!«, rief sie. Träumer drehte irritiert den Kopf und tänzelte ein paar Schritte zur Seite. »Wir gehen alle oder keiner.«

»Ich werde deinen Vater begleiten«, sagte Sans Nom. »Wir haben es im Morgengrauen so besprochen.«

»Aber …« Sie blickte sich wild um. Jörgen schaute pfeifend ins Gras, und Adrians Gesicht verriet nicht, was er dachte.

»Catharina«, sagte Christoph Appenteker eindringlich. »Was ich mit Weckmann auszutragen habe, geht nur ihn und mich etwas an. Du bist in seiner Nähe in zu großer Gefahr.«

Tränen traten in ihre Augen. »Aber Sans Nom ist doch bei uns.«

»Er kann uns nicht alle gleichzeitig beschützen.«

»Adrian«, bat sie flehend, aber auch der schüttelte unbeugsam den Kopf. »Dein Vater hat recht. Wir bleiben im Tal.«

»Es gibt in der Nähe eine Kapelle«, sagte Sans Nom. »Wir treffen uns dort zur Non. Hoffentlich mit dem Jungen. Sollten wir nicht erscheinen, reitet ohne Pause nach Florenz zurück.«

Ohne sich umzuschauen, wendeten die Männer die Pferde und machten sich an den Aufstieg. Das Letzte, was Catharina von ihrem Vater sah, war sein dunkelbrauner Mantel, der sich im Wind blähte.

Adrian schloss zu ihr auf und nahm Träumers Zügel, denn ihre Tränen machten sie blind. Als die Sonne das enge Tal erhellte, hatten sie die Pferde hinter der Kapelle angepflockt und saßen auf einer Steinbank neben der Tür. Die Vögel begrüßten den Tag mit jubelndem Gezwitscher, doch Catharinas Gedanken waren so weit fort, dass sie Adrians Arm um ihre Schultern kaum spürte.

»Er wird meinen Vater töten«, schluchzte sie.

»Nicht, so lange Sans Nom dabei ist«, sagte Jörgen gelassen. »Glaub mir, da rollen andere Köpfe.«

Adrian nahm ihr Gesicht zwischen seine Hände und verwischte mit seinem Daumen eine Träne auf ihrer Wange. »Deine

Gegenwart macht Christoph erpressbar. Du wärst eine Waffe in Weckmanns Hand.« Sie nickte widerwillig und lehnte sich an seine Schulter.

Noch vor einigen Tagen hatte sie fest geglaubt, dass sich in ihrem Leben endlich alles zum Guten wenden würde. Nichts davon galt mehr. Weckmann hatte irgendeine alte Rechnung mit ihrem Vater offen, bei der es sicher um mehr ging als um die Panakeia. Das Geheimnis musste mit einer dunklen Geschichte aus seiner Vergangenheit als Alchemist zu tun haben, an der sie keinen Anteil hatte. Doch an Jacobs Entführung trug sie die alleinige Schuld. *Ich habe ihn im Stich gelassen*, dachte sie, und das Herz tat ihr weh. Um Jacob zu retten, würde Christoph in Weckmanns Dunstkreis treten und sich in Lebensgefahr begeben. Nie würde sie sich verzeihen, wenn einem von ihnen etwas zustieße.

»Quäl dich nicht!«, sagte Adrian, als könne er ihre Gedanken lesen, und nahm ihre Hand. »Du hattest keine Wahl.« Jörgen kaute auf einem Grashalm herum und spuckte ihn beiläufig ins Gras. »Wer sagt, dass wir nichts tun können? Bis zur Non ist noch sehr viel Zeit.« Er wandte sich Catharina zu. »In der Nähe befindet sich ein Kloster. Wir könnten hinreiten und die Mönche fragen, ob ihnen irgendetwas aufgefallen ist.«

»Unbedingt.« Catharina stand auf, strich ihr Kleid glatt und nickte entschlossen. Alles war besser, als untätig hier herumzusitzen, bis Sans Nom und Christoph zurückkehrten. Wenn sie es überhaupt taten.

Adrian schüttelte den Kopf. »Es ist nicht richtig, unseren Treffpunkt zu verlassen. Wir haben eine Vereinbarung getroffen.« Gegenüber dem leichtsinnigen Jörgen wirkte er plötzlich besonnen und überlegt, fast zu sehr für Catharinas Unruhe, die sie zu hastiger Aktivität verleitete.

»Bitte!« Sie flehte so lange, bis er schließlich doch nachgab.

Die drei bestiegen die Pferde und hielten auf das Kloster zu, das sich auf einem felsigen Hügel zu ihrer Rechten erhob. Desto höher sie kamen, umso lichter wurde der Wald, der sich kurz vor der Kuppe in einer Geröllhalde verlor. Die Klostermauer und die Gebäude dahinter wirkten trostlos und verlassen. Als sie abstiegen und die Pferde am Zügel führten, erfasste sie der eisige Wind.

»Was für ein erbärmlicher Ort.« Adrian hob seinen Blick zu dem Tor, neben dem die Mauer ein Stück weit heruntergebrochen war. »Sieht nicht so aus, als ob das Kloster gut geführt wird.« Es dauerte eine Weile, bis jemand auf ihr Klopfen reagierte und sich das Fenster öffnete, durch das die Mönche mit ihren Gästen kommunizierten. »Was wollt Ihr?«, fragte ein sauertöpfisch dreinschauender Frater und musterte sie mit einem Anflug von Verachtung.

»Wir würden gerne den Prior sprechen«, sagte Adrian geradeheraus. »Gegen eine Spende, versteht sich.«

Eine Weile tat sich nichts. Catharina vertrieb sich die Zeit, indem sie die Krähen beobachtete, die im Aufwind krächzend um den Kirchturm flogen. Dann jedoch schwang die Tür quietschend auf. Sie nahmen die Pferde am Halfter, schritten durch die Finsternis des Torhauses und standen blinzelnd im Innenhof im strahlenden Glanz der Sonne. Das Erste, was Catharina ins Auge fiel, waren zwei Fratelli in zerrissenen Kutten, die einen Wassereimer und ein Tablett mit Brot und Käse in Richtung der Außenmauer nahe der Felsen schleppten. *Seltsam*, dachte sie. Aus der Kirche klangen Fetzen von Gesang und mischten sich mit dem Krächzen der Krähen.

Der Mönch, der sie eingelassen hatte, hieß sie mürrisch, ihm zu folgen. Er führte sie über den Hof zu den Gebäuden der Klausur und öffnete die Tür neben dem Refektorium. Sie schoben sich hindurch und standen in einem kleinen Raum, der mit einem Tisch, einem Stuhl und einer Truhe ausgestattet war.

»Ein beunruhigender Ort«, sagte Jörgen und ging zum Fenster. »Ich rieche, wenn etwas nicht stimmt. Hier sind es nicht nur die Käsefüße der Mönche.«

Auf der Truhe lag ein Stapel ledergebundener Folianten, der Catharina magisch anzog. Sie öffnete den obersten Band und betrachtete die vergoldeten Illuminationen. Ein Psalter, nett gemalt, nicht der Rede wert. Als sie ihn wieder zuklappte, entdeckte sie das Messer, das hinter den dicken Buchrücken versteckt war. »Schaut mal!« Sie nahm es auf und wog es in der Hand. »Was tun die Mönche denn damit? Die Seiten aufschneiden oder das Gold wieder abkratzen?«

»Was ist das?« Adrian trat mit einem Schritt heran, nahm es an sich und strich nachdenklich über die Schneide. In diesem Moment machte sich jemand an der Tür zu schaffen. Er bückte sich und ließ das Messer blitzschnell in seinem Stiefelschaft verschwinden. Gerade noch rechtzeitig fuhren sie herum und stellten sich mit dem Rücken vor die Truhe. Ein glatzköpfiger Mönch mittleren Alters trat ein und betrachtete sie mit einem öligen Lächeln. Über dem Gürtel seiner Kutte hing eine dicke Wampe. Hoffentlich hatte er nicht gesehen, wie neugierig sie gewesen waren. Catharina verbarg ihre knallrote Gesichtsfarbe hinter der ehrerbietigen Neigung ihres Kopfes. »Hochwürden.«

»Seid gesegnet, meine Kinder.« Der Prior zeichnete nachlässig ein Kreuz in die Luft. »Jede Spende bringt Euch dem Himmelreich näher.«

Sicher hielt er sie für junge Leute aus der Florentiner Oberschicht, denen ein Geldgeschenk an die Kirche ihrer Verfehlungen wegen bitter nottat. Zwei junge Männer und ein Mädchen. Catharinas Gesichtsfarbe vertiefte sich, als sie sich ausmalte, was er sich unter ihrer Sünde vorstellen mochte.

Prior Giuliano verlor keine Zeit, holte eine Schatulle aus einer Schublade und rieb mit einer vielsagenden Gebärde Daumen und Zeigefinger aneinander. »Ich hoffe, Ihr wisst, was es bedeutet, einen Klausner in den Mauern zu beherbergen. Es kostet, auch wenn Gott unser Tun mit Wohlgefallen ansieht. Darum baue ich auf Eure Großzügigkeit.«

»Klausner?« Adrian zog seine Börse hervor und zählte beiläufig drei Goldflorin in die Hand des Priors.

»Ja, seit neustem. Sehr vielversprechend, dass man in Florenz so schnell von dieser Aufwertung unseres Klosters erfahren hat.«

»In der Tat«, sagte Adrian nachdenklich.

»Ich lasse Euch eine Stärkung aus der Klosterküche bringen.«

Als der Prior den Raum verlassen hatte, wandte sich Jörgen an Adrian.

»Verflixt nochmal. Bist du vollkommen übergeschnappt? Wie kannst du dem ein Messer klauen?« Er schnappte nach Luft. »Das hätte nicht einmal ich mich getraut.«

»Und du hast ihn gar nicht nach Jacob gefragt«, fügte Catharina hinzu.

»Das musste ich auch nicht«, sagte Adrian kalt. Er zog die Waffe hervor und wog sie in der Hand. »Das Wurfmesser kenne ich gut. Schließlich hat es mal in meiner Schulter gesteckt. Sans Nom hat es mir abgenommen und irgendwann Jacob geschenkt.«

»Der Klausner«, flüsterte Jörgen.

Catharina biss sich auf die Lippe, bis sie den kupfrigen Geschmack von Blut im Mund hatte. »Ich weiß, wo er ist.«

Schon sprang sie auf und wollte losstürmen, aber Adrian hielt sie am Arm zurück. »Kein Aufsehen«, sagte er.

Also schlenderten sie in scheinbarer Ruhe über den Hof, holten die Pferde und suchten die Außenmauer nach einer Kammer ab. Catharinas Nacken kribbelte, als sie sich vorstellte, wer ihnen dabei zuschauen mochte, und sie schaute sich angstvoll um. Die leeren Fenster in den Wänden schienen ihnen wie vorwurfsvolle Augen zu folgen.

»Kein Grund zur Besorgnis.« Adrian nahm ihre Hand. »Noch sind sie beschäftigt.« Das Klostergelände lag wie ausgestorben da, doch aus der Kirche, wo sich die Mönche zum Stundengebet versammelt hatten, klang Gesang. In der verlassenen Schmiede ließ Adrian beiläufig einen Vorschlaghammer mitgehen. Ein paar Schritte weiter fanden sie, was sie suchten.

»Hier.« Jörgen deutete auf einen frisch zugemauerten Durchgang. Adrian klopfte einen Ziegel aus der obersten Reihe. Sie sprangen zur Seite, als ihnen der Rest polternd entgegenfiel. »Die haben das Ganze nur mit Zement verputzt und den nicht einmal richtig trocknen lassen. Billige Arbeit nenne ich das.«

»Leise«, sagte Jörgen.

Gemeinsam klopften sie das Mauerwerk herunter und standen schließlich vor einer schweren Holztür, deren Riegel sie nur zurückschieben mussten. Sie schwang auf. Die Luft, die ihnen aus dem halbdunklen Raum entgegenschwappte, roch nach Exkrementen und ließ Catharina würgen.

»Jacob.«

Er saß auf einer dreckverschmierten Pritsche, hatte die Arme um seine Knie geschlungen und schaute sie an, als seien sie

Geister. Mit einem Schritt war Catharina bei ihm und nahm ihn in die Arme. Die Leere in seinem Gesicht schnitt ihr ins Herz.

»Ich hab kaum noch dran geglaubt, dass ihr kommt«, sagte er heiser. Sein Gesicht war tränenverschmiert, seine Fingerknöchel blutverkrustet. In der Ecke lag der zerbrochene Eimer für die Notdurft, den er gegen die Tür geschleudert hatte. Sein Inhalt war herausgespritzt und hatte sich in stinkenden Lachen auf dem Boden verteilt, über denen ein paar blauschwarze Fliegen kreisten.

»Schnell! Raus hier!« Adrian zog ihn an den Schultern hoch und bugsierte ihn durch die offene Tür in den Hof hinaus. »Was meint ihr, werden die sagen, wenn wir ihnen neben dem Messer auch noch ihren Klausner klauen?«

Jörgen holte die Pferde und stieg auf seinen Schwarzen, der unruhig zur Seite tänzelte. Keinen Augenblick zu früh. Die Mönche strömten aus der Kirche auf den Hof hinaus, hielten inne und erkannten sofort, was sich vor ihren Augen abspielte.

»Halt!«, rief Prior Guiliano und lief ihnen mit ausgebreiteten Armen unbeholfen entgegen. Sein dicker Bauch wabbelte unter der Kutte.

Jörgen lachte übermütig, trieb seinem Pferd die Fersen in die Seite und sprengte in die falsche Richtung.

»Nicht!«, rief Adrian, doch da war es bereits zu spät.

Der Schwarze rollte mit den Augen und fuhr in die Schar Mönche, wie der Fuchs in einen Hühnerhof.

»Hoho«, rief Jörgen triumphierend und ließ ihn auf die Hinterhand steigen. Sein hinabfahrender Huf traf den Prior am Oberkörper, der mit einem Schmerzensschrei im Staub landete und sofort von seinen Mönchen umringt wurde. Nur die beiden Schmiede näherten sich ihnen drohend und schwenkten dabei ihre Hämmer in ihren schinkengroßen Händen. Catharina saß auf und starrte ihnen mit bangem Herzen entgegen.

»Jörgen, du Mistkerl! Was hast du getan?« Adrian zog Jacob vor sich in den Sattel, der sich an der Mähne des Kleppers festklammerte, und lenkte das Pferd auf die geschlossene Pforte zu. »Auf zur heruntergebrochenen Mauer!«

Er galoppierte an und setzte elegant über das Hindernis neben dem Eingang hinweg. Mit einem weiten Sprung folgte ihm Jörgen.

»Ich kann das nicht.« Catharina saß wie gelähmt auf dem nervös hin und her tänzelnden Träumer. Sie war die unsicherste Reiterin von ihnen und hatte noch nie ein Pferd über ein Hindernis gelenkt. *Hilfe*, dachte sie völlig in Panik. Denn jetzt hatten die beiden Schmiede sie beinahe erreicht, hoben ihre Hämmer und holten aus.

Im letzten Moment hieb sie Träumer die Fersen in die Seite. Er spürte die Bedrohung, tat einen Sprung und galoppierte auf die klaffende Lücke in der Mauer zu.

Catharina beugte sich über seinen Hals und stellte sich in die Steigbügel. Träumer spannte seinen Körper wie einen Bogen und flog im nächsten Moment durch die Luft. Ihr Magen machte einen Ruck, als das Pferd unsanft auf der anderen Seite aufsetzte und sie zurück in den Sattel fiel. Weiter ging es, den anderen nach, die schon den Hang hinabgestürmt waren, im Galopp mitten durch die Geröllhalde, deren Steine unter Träumers Hufen zur Seite flogen. Sie klammerte sich an seine Mähne und schaffte es mit letzter Kraft, auf seinem Rücken zu bleiben. Äste peitschten ihr ins Gesicht, und Ranken zerrten an ihrem langen Rock. Von Träumers Flanken flogen Schaumflocken durch die Luft.

Doch irgendwann war sie unten, ließ sich völlig außer Atem vom Pferderücken gleiten und landete in Adrians Armen. »Ich wusste, dass ihr das schaffen könnt«, sagte er zufrieden und strich ihr die Haare hinter die Ohren. »Träumer macht das schon.«

Sie versuchte ein Lächeln, das ein bisschen schief ausfiel. Es war verdammt knapp gewesen, aber das musste er ja nicht wissen. Jacob und Jörgen saßen auf Felsblöcken am Bach und füllten ihre Feldflaschen. Träumer, dieses Prachtpferd, gesellte sich seelenruhig zu seinen Artgenossen, die am Bach tranken und an den frischen Grasbüscheln zupften. »Was ist?«, fragte sie.

»Uns ist etwas klargeworden«, rief Jörgen.

»Weckmann hat niemals vorgehabt, Jacob auszutauschen«, sagte Adrian. »Er wollte ihn im Kloster lassen und hat noch Geld für ihn kassiert.«

»Was bedeutet das?« Sie schaute mit wirrem Blick von einem zum anderen.

»Verstehst du nicht?«, fragte Jörgen. »Er will nicht mit euch verhandeln oder so etwas. Er will deinen Vater töten.« Er stand auf und pfiff nach seinem Schwarzen, der neugierig seinen Kopf hob. »Auf nach San Donato.«

70

Sie erreichten das Dorf auf dem Felsen, als die Sonne im Zenit stand und ihr gleißendes Licht auf den Platz in seinem Zentrum ausgoss. Die Straßen waren menschenleer, die Fensterläden der umliegenden Häuser geschlossen. Nur eine gefleckte Katze putzte sich auf einem Mauervorsprung die Pfote und betrachtete die Eindringlinge misstrauisch. Catharina glitt aus Träumers Sattel und strauchelte, als ihre Füße den Erdboden berührten. Adrian fing sie auf und strich ihr behutsam eine Haarsträhne aus der Stirn. »Wir schaffen das schon«, sagte er.

Einen Moment lang legte sie ihren Kopf an seine Schulter und genoss den Strom aus Wärme und Liebe, der von ihm ausging und ihr Sicherheit gab. Hand in Hand überquerten sie den Platz, Adrian unbeirrbar und ruhig an ihrer Seite. Sie wollten Christoph und Sans Nom zu zweit warnen, während die beiden anderen unterhalb des Dorfes in einer Scheune warteten.

Catharina schluckte trocken an ihrer Angst und schaute sich nervös zwischen den Häusern um, die aus dem Fels zu wachsen schienen. Ein Fensterladen klapperte im Wind. »Wo könnten sie sein?«

»Wie wäre es damit?« Adrian deutete auf das einzige Gasthaus im Dorf. Sie betraten den geräumigen Hinterhof, den nur eine niedrige Mauer vom Abgrund trennte. Dahinter reihte sich bis zum Horizont Hügel an Hügel, nur von einer Bergkette begrenzt, die in weiter Ferne ein Zackenmuster in den Horizont schnitt.

»Vater!«

Weckmann, Christoph und Sans Nom saßen in scheinbarer Eintracht am Tisch, einen Krug und drei Becher vor sich – wie Freunde, die sich im weinbekränzten Laubengang zum Zechen trafen. Das Bild war so trügerisch, dass ihr schwindlig wurde, denn im Hintergrund stand eine Meute Söldner aufgereiht neben der Tür, die ins Innere des Hauses führte. Weckmanns gedungene Mörder. Fast wäre sie umgedreht und fortgerannt, aber dann blieb sie stocksteif neben Adrian stehen. Wie auf Kommando verließen zwei der Männer ihre Plätze und sicherten den Ausgang über den Hinterhof. Sie saßen in der Falle.

Christoph hob den Kopf. »Wir hatten eine Abmachung.«

Catharina biss sich auf die Lippen. Wenn er es selbst übernahm, sie zu maßregeln, war die Sache ernst, so wie damals, als sie sich zum ersten Mal und ohne sein Wissen am Alembic zu schaffen gemacht hatte. »Wir mussten kommen«, rechtfertigte sie sich leise und musterte Weckmanns finstere Spießgesellen, die in Harnisch und Helm bis an die Zähne gerüstet waren.

»Rose.« Ein sichtlich betrunkener Sans Nom schüttelte den Kopf über so viel Leichtsinn. Anders Weckmann, der sie so wachsam musterte, dass sie sich am liebsten im nächsten Mauseloch verkrochen hätte. »Jungfer Catharina. Ich sehe, dass Ihr gekommen seid, um Euren rechtmäßigen Platz an meiner Seite einzunehmen.«

»Da irrt Ihr Euch, Messer Weckmann«, sagte Adrian ruhig. »Wir sind gekommen, um mit Euch abzurechnen.«

Weckmann erhob sich halb. »Piratenbrut«, zischte er. »Der Bastardjunge, der bestens zu dem Krieger ohne Namen an seiner Seite passt. Was kannst du schon wollen?«

Sans Nom trank einen Schluck, rülpste laut, krachte seinen Becher auf den Tisch, zog sein Langschwert und stellte sich vor sie, um sie mit seinem Körper zu schützen.

»Meister Weckmann«, sagte Christoph Appenteker kühl. »Ihr wisst, dass ich Euch meine Tochter nicht geben werde. Lasst uns lieber unseren Handel besprechen. Ihr wollt mein Geheimnis und ich will im Gegenzug meinen Lehrjungen zurück.«

»Gleich.« Weckmanns Blick bekam etwas Lauerndes. »Zuerst sollten wir, … ein bisschen plaudern, wie es Menschen zukommt, die sich schon sehr lange kennen.«

Etwas lief hier grundlegend schief. »Vater, nein, er hat …«, begann Catharina, doch Adrian bedeutete ihr zu schweigen. »Lass ihn reden«, sagte er leise. »Sonst bleibt das Geheimnis für immer verborgen.«

»Nun gut, Meister Weckmann.« Christoph lehnte sich mit dem Rücken an die Mauer und verschränkte die Arme. »Dann sagt, was Ihr zu sagen habt.«

»Ihr solltet mich aus Köln kennen.«

In Christophs Augen trat Erkenntnis. Er nickte langsam. »Der Junge, der den Tod besiegen wollte. Ihr habt Euch verändert. Damals wart Ihr schmaler.«

»Ich hatte eine Wette mit Euch abgeschlossen, einen Pakt um Leben und Tod mit dem brillantesten Kopf der Universität, der von sich sagte, er würde die Panakeia finden. Und am nächsten Tag hatte er alles vergessen.«

Christoph wurde so grau wie die Mauer in seinem Rücken.

»Mein Vater …«, mischte sich Catharina ein. »Er verträgt keinen Alkohol.«

Weckmann stutzte, runzelte die Stirn und trank einen Schluck aus seinem Becher. Dann lachte er, lachte kollernd, bis der Wein ihm als blutroter Schaum vor dem Mund stand und er nach Luft schnappen musste. »Tatsächlich. Ihr seid Eurer eigenen Schwäche zum Opfer gefallen.« Ein Schankmädchen tauchte aus dem Innern des Hauses auf, schaute sich erschrocken um, stellte ein Tablett auf den Tisch und verschwand, so schnell es konnte, wieder im Innern des Hauses.

»Deshalb habt Ihr mich mit Eurem Hass verfolgt?«, fragte Christoph ungläubig.

Adrian griff nach dem frischen Krug und reichte ihn Catharina, die einen großen Schluck nahm. Der Wein floss heiß durch ihre Adern, beschleunigte ihren Herzschlag und ließ die

Kratzer in ihrem Gesicht, die sie sich bei Träumers wildem Ritt hügelabwärts zugezogen hatte, noch stärker brennen.

Weckmann wischte sich mit dem Handrücken über den Mund. »Man sollte niemals den Fehler machen, mich zu übergehen. Seitdem beobachte ich Euer erbärmliches Leben. Ihr seid auf die Suche gegangen und habt alles weggeworfen. Eure Begabung, Eure sichere Berufung, Eure Frau, die Kleine von Bellingen.«

»Lasst Marie aus dem Spiel«, rief Christoph in tiefster Seelenqual.

»… die bei der Geburt des Kindes starb, als Ihr weit fort wart«, fuhr Weckmann unbarmherzig fort. Catharina starrte ihren Vater sprachlos an. Das hatte sie nicht gewusst.

»Und als Ihr dann wieder auf Reisen gingt, um dem ewigen Blau nachzujagen, sprach nichts dagegen, in Eure Haut zu schlüpfen, mir Euer Leben überzustreifen und mir zu nehmen, was Euch gehört. Sogar Eure Bettgefährtin. Mit einem Alraunetrank gefügig gemacht, war Eure Schwägerin ganz wunderbar.«

Catharina schluckte. Weckmann hatte Tante Antonia vergewaltigt! Trotz der wärmenden Sonne begann sie unkontrolliert zu zittern.

Christoph sprang auf und krallte sich mit den Fingern an der Tischplatte fest, bis seine Knöchel weiß hervorstanden. »Das werdet Ihr mir büßen!«

Sans Nom hob sein Schwert. *»Conard!«*, rief er. »Ihr holt auf der Stelle den Jungen.«

»Der Junge, ja …« Weckmann lächelte siegesgewiss. »Der ist an einem sicheren Ort, wo ihm nichts und niemand etwas anhaben kann. Aber ich werde ihn herbringen lassen, natürlich. Abmachung ist Abmachung.«

»Wohl kaum.« Adrian berührte Catharina an der Schulter. Sie schaute auf und erstarrte. Die zwölf Bewaffneten zogen wie abgesprochen im selben Moment ihre Waffen.

»Merde.« Sans Nom tat einen Schritt nach vorn, woraufhin alle zwölf ein Stück zurückwichen.

»Noch nicht!« Christoph sprang auf. Es wurde still.

Während sich die Männer gegenseitig taxierten und ihre Chancen ausrechneten, holte Weckmann in aller Seelenruhe eine Phiole aus seinem Ärmel, entkorkte sie und ließ den Inhalt in Christophs Becher tropfen. Niemand bemerkte es, nur Catharina, die in der Hitze der Situation unbeobachtet blieb. Nachdenklich starrte sie auf den Tonbecher, dessen Inhalt leise zu schäumen begann.

»Was ist nun mit Eurem Geheimnis?« Weckmann stand auf, sein Gesicht rötete sich vor Gier. »Was mischt Ihr in die Panakeia? Doch wohl kein hochgereinigtes Ultramarin aus Badakshan? Nun sagt schon. Welche Metalle verhindern, dass der Tod nach den Menschen greift?«

»Sag nichts, Vater«, unterbrach ihn Catharina und stellte sich neben ihn. »Er will Jacob nicht freilassen. Er hat …« Doch Christoph hatte nur Augen für seinen Rivalen.

»So wie alle Weisheit ist mein Geheimnis kein Geheimnis«, sagte er leise. »Wer Augen hat zu sehen, der kann es sehen.«

»Nun redet schon!« Weckmann griff nach Catharina, die vor Angst aufschrie und zur Seite sprang.

»Lass die Finger von ihr!« Adrian zog sein Schwert und hieb mit mörderischer Wut auf den Apotheker ein, der ebenfalls nach seiner Waffe griff. Funken sprangen aus den aneinanderklirrenden Schwertern. Das war das Zeichen, das den Kampf mit aller Macht losbrechen ließ. Wie von der Leine gelassen, wirbelte Sans Nom sein Schwert durch die Luft und nahm es gleich mit drei Gegnern auf. Zwei Bewaffnete sprangen auf Christoph zu, zwangen ihn, sein Kurzschwert zu ziehen, und drängten ihn mit ihren Hieben immer weiter in Richtung der Mauer.

»Vater!«, rief Catharina verzweifelt.

Sie täuschte sich, wenn sie dachte, dass er gegen die beiden Berserker keine Chance hatte. Was sie Christoph an Kraft voraushatten, machte er durch seine Schnelligkeit wett. Sie schlug die Hand vor den Mund, als er auf die Mauer sprang, einen der beiden in einem Hagel aus Hieben entwaffnete und schwer verletzte und sich dann lachend dem Zweiten zuwandte. In diesem Moment schlenderten zwei weitere Söldner in aller Seelenruhe auf sie zu. Verunsichert hob sie den Blick. Beide hielten ihre Schwerter gesenkt, doch die Blicke, die sie ihr zuwarfen, ließen sie ganz von allein zurückweichen, bis sich die Mauerkante in ihre Schenkel bohrte. »Hilfe!«, rief sie.

Sans Nom sprang vor und hieb mit dem Schwert auf beide ein, bis sie tot am Boden lagen, ihre Gliedmaßen nichts weiter als ein blutiges Durcheinander. Sie stand wie eingefroren und hörte jemanden schreien.

»Sei still!« Sans Nom griff nach ihrer Schulter und schüttelte sie, bis sie begriff, dass sie ihr eigenes hysterisches Kreischen gehört hatte. Der Riese machte einen Satz, stellte sich neben ihren Vater und hieb mit gewaltigen Schwertstreichen auf dessen Gegner ein, bis er zusammenbrach. Und dennoch. Sie hatten es mit zu vielen entschlossenen und rücksichtslos kämpfenden Feinden zu tun. *Adrian*, dachte sie und sah, dass er müde wurde und den Schwerthieben Weckmanns kaum noch etwas entgegenzusetzen hatte.

Dann ging alles ganz schnell. Weitere Krieger strömten aus dem Inneren des Hauses, einer, zwei, dann fünf, schließlich zehn zogen ihre Schwerter und griffen in den Kampf ein. War das ihr Ende? Doch dann durchströmte sie Erleichterung. Da waren Jacob und Jörgen, die sich mit dem Wagemut des Zorns ins Gemetzel stürzten. Die anderen Kämpfer gehörten zu Del Pontes Piratentruppe, der, das Schwert hoch erhoben, als Letzter aus dem Wirtshaus stürmte, keinen Moment zu früh, und auf Weckmann einhieb, dessen Schwert mit einem lauten Klong auf dem Boden landete. Del Ponte warf ihn nieder und zog Adrian an der Schulter in den offenen Raum des Hofes. »Geht es dir gut?«, fragte er, und Adrian nickte.

Im Nu hatten die Kämpfer Weckmanns restliche Gefolgsleute entwaffnet. Dem einen, der röchelnd am Boden lag, zog Graubart seine Klinge über die Kehle, was Catharina so stark an den Mord an Messer Girolamo erinnerte, dass ihr schwindlig wurde. Dann war es vorbei. Weckmann, der seine Hand auf eine blutende Wunde an seiner Seite presste, und seine drei restlichen Finstermänner standen unter dem klaren Abendhimmel an der Mauer, während Jörgen grinsend ihre Schwerter einsammelte.

Nach dem Lärm des Kampfes breitete sich eine so tiefe Stille aus, dass sie das Schankmädchen im Gastraum laut beten hörten. Ave Maria Gratia Plena. Adrian war bis auf einige kleinere Schrammen unverletzt. Er nickte ihr zu, und seine Augen glitzerten, als hätte ihm der Kampf auch noch Spaß gemacht.

»Was soll ich mit ihnen tun?«, fragte Del Ponte in Christophs Richtung und wischte sein Schwert beiläufig an einem Grasbüschel ab. Der Apotheker zuckte die Schultern, griff nach seinem Becher und setzte ihn an den Mund. »Nein«, schrie Catharina und schlug ihn ihm aus der Hand. Der Becher schmetterte gegen die Hauswand und zersprang in tausend Stücke.

»Nun.« Ein spöttisches Lächeln erschien in seinem Gesicht. »Ich weiß selbst, dass ich keinen Wein ver…«

»Das ist ein Schierlingsbecher«, rief sie. »Er hat ihn vergiftet.«

Nur einen Atemzug lang hatten sie sich von Weckmann abgewandt. Als sie sich umdrehten, sprang Jacob mit dem Messer in der Hand auf ihn zu, hob es und wollte es ihm in die Brust stoßen.

»Nein!«, schrie sie. Weckmann fing seine Hand in der Luft, entwand ihm die Waffe, drehte den zappelnden Jungen unsanft um und legte die Schneide an seine Kehle. Catharina schlug die Hand vor den Mund.

»Dein Geheimnis, Appenteker. Heraus damit!« Weckmann stieg auf die niedrige Mauer über dem Abgrund und zog Jacob vor seine Brust. »Der kleine Tunichtgut ist schneller zu entwaffnen als ein junges Entlein. Er hätte besser in seiner Klause bleiben sollen.«

Catharina sah das Entsetzen in Jacobs aschfahlem Gesicht und das Halsband aus Blutstropfen, das das Messer auf seine Kehle malte. Die Mauer selbst war wie eine Messerschneide, hinter der es in bodenlose Tiefe ging.

Christoph trat ihnen entgegen und sprach sehr leise. »Warum habt Ihr so viel Angst vor dem Tod, Weckmann? Wisst Ihr nicht, dass das Leben ohne ihn kein Leben ist?«

»Es geht um Macht«, schrie Weckmann, und seine Augen funkelten irre.

»Welche Macht?«, fragte Christoph. »Mein Geheimnis ist kein Geheimnis, sondern liegt offen vor Euch. Es ist das Gold, dessen Bedeutung jeder Alchemist kennt. Ich wollte es nur nutzbar machen, indem ich seine Essenz verwandle. Doch das eigentliche Wunder ist ein Unkraut, das in China am Wegrand wächst.«

»Dann fahr zur Hölle!«, schrie Weckmann und riss Jacob zur Seite, um ihn in den Abgrund zu stoßen.

»Jacques Berthier.« Sans Nom große Gestalt flog an Catharina vorbei und legte sich vor Weckmanns Silhouette wie ein riesiger Schatten. Er stieß Jacob in den Innenhof und packte Weckmann mit beiden Armen an den Schultern. Einen Moment lang standen sie schwankend auf der Mauerkante. Dann zog Sans Nom seinen Gegner mit sich in die Tiefe.

»Sans Nom«, schrie Catharina, und der Name zerriss die Stille.

Blind vor Tränen schob sie die umstehenden Kämpfer zur Seite und schaute nach unten. Der Steilhang fiel nicht völlig senkrecht ab, sondern war von Dornbüschen und Olivenbäumen bewachsen, die sich in Felsspalten klammerten. Weckmann lag mit ausgebreiteten Armen bewegungslos auf einem felsigen Vorsprung tief unten. Sans Nom hing auf halber Höhe in einem Gebüsch wie eine zerbrochene Lumpenpuppe. Ohne zu zögern, raffte Catharina ihr Kleid, kletterte auf die Mauer, sprang in einen Brombeerbusch, der seitlich stand, verlor fast das Gleichgewicht und schlitterte und stolperte den steinigen Hang hinunter, bis sie ihn erreicht hatte.

Es war zu spät. Seine Arme und Beine lagen unnatürlich verkrümmt neben seinem Körper, und aus seinem Mundwinkel rann Blut. Ihr Herz quoll über vor Mitleid. Da waren so viele Dinge, die sie ihm sagen wollte. Er war ihr Beschützer gewesen, widerwillig und so manches Mal ungeduldig, doch so lange er da gewesen war, hatte sie sich sicher gefühlt. Und das galt sogar, wenn er der Mann gewesen war, der sie in Esslingen verfolgt hatte. Sie fiel neben ihm auf die Knie und zog seinen Kopf auf ihren Schoß. In seinem Gesicht hatten sich die grauen Schatten des Todes eingenistet und trübten seine Augen.

»Rose.«

»Sans Nom.« Sie strich ihm seine blutigen Haare aus dem Gesicht. Adrian, Jacob und Jörgen kamen hinterher, kugelten fast den Hang hinunter und scharten sich um ihn. Als er sie sah, glitt ein Lächeln über sein Gesicht. Jacob weinte herzzerreißend. Adrian fiel neben ihm auf die Knie, betrachtete seine Verletzungen und schüttelte leise den Kopf.

»Doch nicht das … Henkersbeil für mich.« Er hob seine zerschrammte Hand und winkte Adrian zu sich heran. »Pfeffersack«, sagte er. »Ich habe dich geschützt. Pass auf dich auf …« Seine Augen brachen, während im blauen Himmel über ihm ein Falke gelassen seine Kreise zog und die Zikaden im Gebüsch sangen. Seine Freunde würden niemals seinen wirklichen Namen erfahren.

Als es Abend wurde, zogen sie in langer Reihe aus dem Dorf San Donato in die Ebene. Sie hatten Sans Noms Leiche mitgenommen und Weckmann und seine Gefolgsleute an diesem trostlosen Ort bestattet. Die Versuchung war groß gewesen, ihn, wie Jörgen vorgeschlagen hatte, den wilden Tieren und den Geiern zu überlassen. Doch ausgerechnet Christoph Appenteker hatte sich für ihn eingesetzt, als sei er ein würdiger Gegner gewesen, dem er die letzte Ehre erweisen wollte.

»Wohin reiten wir?«, fragte Adrian.

Del Ponte drehte sich um. »Zum Kastell von Cafaggiolo, in das Landhaus meines Schwagers Cosimo de' Medici.« Catharina runzelte die Stirn.

»Ich habe schon lange wieder Kontakt zu meiner Verwandtschaft, Schwiegertochter«, sagte Del Ponte mit einem schiefen Grinsen. »Eine beiderseits lohnende Verbindung, vor allem finanziell.«

»Und was machen wir danach?«, fragte sie.

»Wir gehen nach Esslingen«, sagte Adrian.

Ihr Vater nickte. »Ich habe dort etwas zu klären.«

»Und dann geht es nach Gent«, schloss Adrian.

Der Handelszug mit dem Azurstein stand vor dem Tor des Hauses unterhalb von San Minato al Monte und verstopfte die schmale Gasse. Adriano sicherte die letzten Pakete und begann, mit seinem Halbbruder und dem Lehrjungen Jacopo die Pferde anzuschirren. Cecilia Tommasini schaute ihnen eine Weile dabei zu. Nur nicht an die Stille denken, die ihr Haus bald wieder erfüllen würde. Sie ging in die Küche, wo Catharina und ihr Vater dabei waren, die Vorräte durchzusehen und die Weinschläuche zu füllen. Christoph Appenteker nickte ihr blass, aber entschlossen zu. Er war zwar fieberfrei, doch der Zustand, in dem er sich befand, hatte nichts mit einer stabilen Gesundheit zu tun, nicht einmal mit einer vorläufigen Genesung. Cecilia wusste das, weil ihre Verwandtschaft in der Maremma mit der gleichen Krankheit zu kämpfen hatte. Es war noch nicht einmal klar, ob er die Reise über die schneebedeckten Alpen überstehen würde.

»Und ihr wollt wirklich heute noch aufbrechen?« Ihre Knochen verrieten ihr, dass sich das Wetter ändern würde. Spätestens heute Nachmittag würde ihr Garten mit den blühenden Bäumen ebenso wie die Stadt Florenz in Nebel und Regenschwaden verschwinden.

»Wir müssen, Cecilia«, sagte Catharina und nahm sie in die Arme. »Adrians Familie wartet auf ihn. Und meine Tante sehnt sich nach meinem Vater.«

Wie sehr ihr dieses eigenwillige und starke Mädchen ans Herz gewachsen war. Nur nicht zeigen, wie sehr sie jetzt schon um die kleine Catharina trauerte, die niemals aufgab, und um den Jungen, der ihr Herz im Sturm erobert hatte. Auch der Trubel, der die Grabesruhe in ihrem Haus beendet hatte, würde ihr fehlen, ebenso dieser Christoforo, mit dem sich die interessantesten Gespräche führen ließen, auch wenn sie dafür die Asiatin, diese Heidin, ins Haus lassen musste. Gut, dass wenigstens Adrians Piratenvater es vorgezogen hatte, direkt auf seine Festung zu reiten. Der kleine Gauner, der sich Adrians Halbbruder nannte und die Vorratskammer leerfraß, war schwer genug auszuhalten. Und dennoch hatte es ihr gutgetan, sich auch Del Ponte und den offenen Fragen ihrer Vergangenheit zu stellen. Sogar, wenn er ein Schweinehund war.

Zwei Stunden später war es so weit. Sie stieg im tröpfelnden Regen vorsichtig den rutschigen Gartenweg hinab und zog ihr Schultertuch fester um ihren Kopf. Hier hatte sie Adriano und Catharina vor einigen Monaten wie zwei abgerissene Bettler in Empfang genommen. Die Pferde scharrten erwartungsvoll mit den Hufen, und die beiden Jungen, Jacob und Jörgen, hatten auf dem Kutschbock der vordersten Fuhrwerke Platz genommen. Cecilia umarmte ihren Enkel ein letztes Mal, spürte seinen knochigen Rücken und die muskulösen Oberarme. Ein bisschen unwillig löste er sich von ihr. Verdammt ja, er musste reisen und zu seiner Familie in Gent heimkehren, die kaum wusste, ob er noch lebte. Sie wischte sich ein paar Regentropfen aus dem Gesicht, keine Tränen, die würde sie ihnen nicht zeigen.

»Ich habe euch Mandelkekse gebacken, aus *Pasta frolla*, die lange halten. Anna Maria hat sie wasserfest eingepackt.«

Die Kleine stand neben ihr und schluchzte. Gestern Abend hatte Catharina ein langes Gespräch mit ihr geführt und ihr erklärt, dass sie sehr weit fort reiten würden. Und dann hatte sie von der Liebe erzählt, die auch große Entfernungen überwinden konnte, so leicht und frei wie eine Schar Zugvögel. Wer wusste schon, wie viel sich Anna Maria davon merken würde. Ihre Hand, die klebrig von zu vielen genaschten Mandelkeksen war, stahl sich in Cecilias.

Während Adrian sich auf den Kutschbock des dritten Karrens setzte, stieg Christoph auf den Grauschimmel und Catharina auf Träumer. Zum Abschied ließ Jörgen die Peitsche mit Gejohle über seinem Kopf kreisen. »Auf geht's.«

Nach einem letzten Winken setzte sich der Zug träge in Bewegung. »Auf Wiedersehen, gute Reise. *Buon viaggio.*«

Catharina drehte sich im Sattel um und winkte ihnen noch einmal zu. Dann verschwand der Zug im Grau des herunterprasselnden Regens.

»Ritornare?«, fragte Anna Maria.

Cecilia schaute sie völlig perplex an, denn normalerweise sprach die Kleine kaum je ein Wort. Nichts hatte vermuten lassen, dass sie dieses überhaupt kannte. »Aber sicher«, antwortete sie und ließ sich von ihr zurück zum Haus ziehen.

71

Sie kommen!« Mira stolperte über die Schwelle der ärmlichen Kate jenseits des Neckars und stieß sich im nächsten Moment den Kopf am niedrigen Türsturz. Sie fluchte leise und blinzelte in die Dunkelheit.

»Hier bin ich.« Antonia stand am Tisch und füllte Suppe in die Holznäpfe der Kinder, die sich zeternd um sie drängten und sich dabei gegenseitig von den besten Plätzen schubsten. »Was sagst du da? So bald schon?«

Mira rieb sich die schmerzende Stirn. »Ruhe, Rasselbande!«,

donnerte sie, und die Meute verstummte. »Der Hartung hat es uns ausrichten lassen. Sie sind beim Gutshof des Dominikanerinnenklosters in Sirnau gesichtet worden.«

Antonia legte die Suppenkelle zur Seite und putzte sich die Hände an ihrer Schürze ab.

In der Kate lebte die Familie eines Tagelöhners, der im Herbst bei der Weinlese aushalf und seinen Lohn versoff, wenn seine Frau nicht auf ihn aufpasste. Das hinderte ihn nicht daran, ihr jedes Jahr ein Kind zu machen, von denen es mittlerweile acht gab. Acht hungrige Mäuler, von denen niemand wusste, wie sie morgen satt werden würden. Wenn der Vater sich nicht sowieso verdrückt hätte, hätte Antonia ihn aus der Hütte geworfen.

In der Nacht hatten sie dem Jüngsten auf die Welt geholfen, der völlig zerknautscht seinen ersten Tag auf dieser Welt in den Armen seiner Mutter verschlief. Diese hatte die Geburt überraschend gut überstanden und schnarchte trotz des Durcheinanders mit offenem Mund. Während Schwester Adelheid die Niederkunft begleitet hatte, war Antonia für die älteren Kinder da gewesen, die verängstigt auf der Ofenbank gehockt und den Schreien der Gebärenden gelauscht hatten. Sie brauchten Trost, während die Schwangere unter dem Ansturm der Wehen keuchte, Adelheid Kommandos bellte und schließlich ihren Bruder ans Licht der Welt zog. Jetzt schien der Morgen hell ins Zimmer. Es gab Frühstück, und noch immer hingen die beiden Kleinsten wie Kletten an Antonias Rockzipfel.

»Paul und Mette, ihr müsst mich jetzt loslassen«, sagte sie sanft, pflückte die Kinder von ihrer Seite und setzte sie auf die Bank, wo die kleine Mette sich beleidigt den Daumen in den Mund schob und ihr Bruder lautstark seine Rotznase hochzog. Mira schob sich in die Kate, schaute sich naserümpfend um und brauchte wegen ihrer Schwangerschaft noch mehr Platz als sonst. Enrico behauptete, dass sie Zwillinge bekäme, platzte fast vor Stolz und lag damit vielleicht gar nicht mal so falsch.

»Könntest du für mich weitermachen?«

»Wenn es sein muss.« Mira verdrehte die Augen zum Himmel, der tatsächlich durch die Löcher im Strohdach blitzte, und übernahm todesmutig den Schöpflöffel. Zweifelnd schaute sie in die leere Vorratsecke, in der nur ein Krautfass vor sich hingärte.

»Gott wird es schon richten«, sagte Adelheid, die leise hinter sie getreten war.

»Mit Hilfe von Antonia Truhlieb«, fügte Mira bissig hinzu.

Antonia trat vor die Tür und atmete nach den muffigen Ausdünstungen der Hütte mit Genuss die frische kalte Luft ein. Dann raffte sie ihre Röcke und rannte zwischen den Behausungen der Armen am Neckarufer auf die große Brücke zu, die sich majestätisch über den Fluss spannte. Sie flog fast, ihre Füße berührten kaum den Boden. Zwei zahnlose alte Weiber blickten ihr missbilligend nach und schüttelten den Kopf über so wenig weibliche Sittsamkeit. *Wenn ihr wüsstet*, dachte Antonia und lachte leise.

Das Bild des toten Kindes, das ohne Schuhe auf Weckmanns Bahre gelegen hatte, steckte wie ein Widerhaken in ihrem Bewusstsein. Und so hatte sie in den letzten Wochen die Sicherheit ihres Anwesens verlassen und war mit Schwester Adelheid zu den Ärmsten der Armen gegangen. Es gab zwar ein Armenhaus in der Stadt, das dem Katharinenspital angegliedert war, aber die Tertiarin zog es vor, sie daheim zu besuchen. Sie half bei Geburten und wenn es ans Sterben ging. Sie fütterte Alte und Kranke, putzte rotznasigen Kindern die Nase und brachte Arzneien zu denen, die zu arm waren, um sie selbst zu kaufen. Antonia hatte nicht erwartet, dass diese Arbeit sie glücklich machen würde, und doch war genau das geschehen. Erst hatte sie dem Konvent über den Winter geholfen und der hustenden Schwester Mechthild wahrscheinlich das Leben gerettet, und dann hatte sie mit Freude eine Arbeit getan, vor der es ihr noch vor einem Jahr nichts weniger als gegraust hätte. Und jetzt wurde ihr größter Wunsch wahr. Christoph und Catharina kehrten zurück. Auf der Brücke hielt sie inne und schnappte nach Luft.

Es war ein schöner Frühlingstag, an dem die Vögel ihre Freude über die warme Jahreszeit mit lautem Gezwitscher kundtaten. Die Hänge des Eisbergs standen voller weißblühender Schlehen und goldgelber Forsythien. Unterhalb wälzte sich der Neckar grünbraun und voller Schmelzwasser durch das Tal. Sie holte tief Luft, eilte weiter und drängte sich vor dem Brückentor durch die Menge, die auf Einlass wartete. »Entschuldigt bitte, ich habe es eilig.« Kaum war sie raus aus dem Tor, flog sie die Handelsstraße entlang durch die Pliensauvorstadt, durchquerte ebenso rücksichtslos das Finstere Tor und rannte atemlos und mit klopfendem Herzen die Küferstraße entlang, bis sie schließlich im dunklen Schatten des Wolfstors zum Stehen kam und die Hände auf die Knie legte, um wieder durchatmen zu können.

»Trinkt!«, sagte Johannes Hartung und reichte ihr einen Krug voll verdünntem Wein, den sie in einem Zug lehrte. Dann lehnte sie sich an die steinerne Außenwand des Tors und schaute zu den beiden Löwen hinauf, die noch an die alten Staufer erinnerten, die es erbaut hatten. *Zeichen des Sieges*, dachte sie. Auch sie war einen Weg gegangen, hatte Christoph ziehen lassen müssen und ihre Nichte zurückgewonnen. Und dann hatte sie versucht, Weckmann die Stirn zu bieten, und war damit kläglich gescheitert. Irgendwie war ihr mit Schwester Adelheid und ihrer Armenhilfe trotzdem ein Stück vom Glück zugefallen, das sie sich so nie erträumt hätte. Ganz ohne Christoph.

Langsam beruhigte sich ihr Atem, und die Feuerräder hinter ihren Augenlidern kamen zum Stehen. Sie behielt die Handelsstraße im Blick, die sich über die Obertorstraße stadtauswärts zog. Hierlang mussten sie kommen. Antonia wartete mit feuchten Händen und klopfendem Herzen.

Und dann waren sie da. Ganz am Anfang des Wagenzugs konnte sie Catharina sehen, die einen prächtigen Fuchs ritt und ihr begeistert zuwinkte. Adrian lenkte den ersten Wagen mit Azurstein, von denen sie in ihrem Brief berichtet hatten. Ein schwarzhaariger Junge fuhr den zweiten und ließ die Zügel mutwillig auf das Hinterteil des Zugpferds niedersausen, das wieherte und nervös zur Seite tänzelte. Der Lehrling Jacob, den sie fast nicht wiedererkannt hätte, weil er so gewachsen war, kutschierte den dritten Wagen. Und dann kam Christoph auf einem knochigen Grauschimmel. Sie konnte nicht anders, sie musste die Augen abwenden.

Wie lange hatte sie diesen Mann geliebt und auf ihn gewartet, wenn er die Welt durchreiste und nach Dingen suchte, die sie nicht einmal dem Namen nach kannte? Doch statt sich zu freuen, spürte sie, wie eine Woge heißen hellen Zorns über sie hinwegflutete, in der sie zu ertrinken drohte. Sie schnappte nach Luft und schluchzte laut auf.

»Geht es Euch gut?«, fragte der Hauptmann besorgt.

Sie nickte zerstreut und erinnerte sich an all die Jahre, in denen Christoph sie wieder und wieder hingehalten hatte. Er hatte sie benutzt und dann im Stich gelassen. Und plötzlich weinte sie um die vergangene Zeit, weinte Sturzbäche von

Tränen um all der ungestillten Sehnsucht und der verlorenen Träume willen.

Catharina brachte den Fuchs zum Traben und kam so dicht vor ihr zum Stehen, dass sie den Pferdegeruch wahrnehmen konnte. »Nicht weinen, Tante Antonia.« Sie glitt aus dem Sattel und fiel ihr in die Arme.

»Mein Mädchen.« Antonia schluckte die Tränen herunter und hielt sie ein Stück weit von sich. Catharina war undamenhaft gebräunt und hatte ein paar Sommersprossen auf der Nase. Anders als vor einem knappen Jahr wirkte ihre Nichte eher drahtig als feingliedrig, und in ihren blauen Augen stand eine Zuversicht, die vorher nicht da gewesen war.

»Gut siehst du aus«, stellte Antonia fest.

Auch Adrian hielt an, stieg vom Kutschbock und legte Catharina seinen Arm um die Schultern. *Aha*, dachte Antonia erleichtert. »Herzlich willkommen, Mijnherr Borluut.« Es hatte sich gefügt, was sich fügen musste.

Der Abschied der beiden war abzusehen, denn Adrian würde zu seiner Familie nach Gent zurückkehren müssen. Antonia nickte ihm zu und ließ sich Jörgen vorstellen, dem man ansah, dass er im Ernstfall ein Schlitzohr war. Jacob trat hinzu und wusste vor Verlegenheit nicht wohin mit seinen Händen, bis er mit ihnen unsicher durch seine schulterlange Mähne fuhr. Antonia betrachtete ihn zufrieden. Aus dem hübschen Jungen war ein sehr ansehnlicher junger Mann geworden, dem seine Wirkung auf Mädchen hoffentlich nicht zu schnell bewusst werden würde. »Du bist einfach gegangen«, stellte sie vorwurfsvoll fest. Der Junge errötete unter seiner Bräune.

»Bitte entschuldigt«, bat er. »Aber ich musste das tun. Und jetzt sollte ich schauen, was meine Mutter und meine Schwester machen.« Er verschwand im Laufschritt in Richtung des Katharinenspitals.

»Schon gut.« Sie wollte nicht von den vielen Nächten reden, in denen sie wachgelegen und sich um sie alle gesorgt hatte. Christoph war freiwillig gegangen, doch für die drei jungen Menschen, die seinen Spuren gefolgt waren, trug sie ein Stück weit die Verantwortung. Und dann stand er plötzlich vor ihr, sein grauweißes Ross am Zügel, seine dunklen Augen musterten sie nachdenklich. Sie erinnerte sich, dass sie sich zuerst in diesen Blick verliebt hatte, der die Dinge durchdringen, sezieren und verstehen wollte. Seine Ruhelosigkeit war ein Merkmal seiner Person. Ohne sie war er einfach nicht Christoph. Der Gedanke tat so weh, dass sie jeder Atemzug schmerzte.

»Antonia«, sagte er leise, trat jedoch nicht näher, als würde er ihr Misstrauen spüren.

Er war krank gewesen, war es noch. Seine Haare hatten vor zwei Jahren die Farbe von Rabenfedern gehabt. Jetzt lagen sie eisengrau und glatt auf seinen Schultern; die Wangen waren eingefallen, die Augen lagen tief in den Höhlen. *Wechselfieber*, dachte sie. Die Reise hatte ihn nicht auf die Seidenstraße geführt, sondern in die Hölle seiner eigenen Krankheit. »Wie geht es dir?«, fragte sie.

Er zuckte die Schultern. »Ich bin krank, aber stabil. Mein letzter Fieberschub war nach Weckmanns Tod.«

Sie nickte knapp. »Ihr solltet mitkommen in mein Haus. Es ist alles gerichtet.«

Antonia ging ihnen durch das Wolfstor voran. Die Wagen rumpelten hinterher. Christoph und Catharina saßen auf und ritten in die Küferstraße, wo die Hufe der Pferde auf dem Kopfsteinpflaster klapperten. »Das ist alles so klein hier«, hörte sie Catharina verwundert rufen. »DU bist gewachsen«, sagte sie so leise, dass sie nicht wusste, ob das Mädchen sie verstanden hatte.

Plötzlich spürte Antonia, wie sie jemand von hinten um die Taille fasste und vor sich auf sein Pferd hob. Christoph. Sie saß vor ihm auf der Kruppe des unruhig tänzelnden Grauschimmels, der solche Abwechslung nicht zu schätzen wusste, und Christophs Atem blies ihr in den Nacken. Seine Hand lag noch immer um ihre Mitte wie ein trügerisches Versprechen von Sicherheit. Und dennoch erfüllte sie plötzlich ein wilder Stolz, denn die Blicke der Passanten, von denen sie die meisten mit Namen kannte, blieben verwundert an ihnen hängen. Baff erstaunt hielten zwei Ratsmitglieder der Kaufmannszunft inne und lüfteten dann ihre Hüte. Christoph deutete eine spöttische Verbeugung an, woraufhin einige gutgekleidete Weinhändlersgattinnen missbilligend ihre Köpfe abwandten. Antonia lachte leise. Das hier war Christophs Art, sich in aller Öffentlichkeit zu ihr zu bekennen und dabei wieder einmal die Menschen vor den Kopf zu stoßen.

»Warum bist du nach Hause gekommen?«, fragte sie leise und griff in die weißgraue Mähne des Pferdes.

Er lachte leise. »Ich habe hier eine Apotheke und eine Frau«, sagte er. »Wenn sie mich noch will.«

Sehr viel später zog sich Christoph in ihrem Schlafzimmer die Stiefel von den Füßen, während nebenan die Mägde für ihn den Badezuber füllten. Antonia stand untätig am Fenster und spürte, wie er sich wieder in ihrem Herzen und in ihren Gedanken einnistete. Er hatte sich nicht nur ungefragt auf der Kante ihres Himmelbetts niedergelassen und seinen Mantel auf ihrem Kissen ausgebreitet, sondern beanspruchte auch in ihrer Seele so viel Raum, dass ihr das Atmen schwerfiel.

»Ich will das nicht mehr«, sagte sie unwillkürlich.

»Was?«

Sie trat auf ihn zu und begegnete dem forschenden Blick seiner fast schwarzen Augen. Es war Zeit, ihm endlich die Wahrheit so deutlich zu sagen, dass er sie auch verstand. »Ich will niemals wieder ein Spielzeug sein, das man fortwirft, wenn man genug davon hat.«

»Hast du dich so gefühlt?« Er kam auf sie zu und legte den Arm um sie. Er roch nach Pferd, Schweiß und darunter nach seinem ureigenen Geruch, den sie überall erkennen würde. Wie trockenes Moos. Unwillkürlich legte sie den Kopf an seine Schulter.

»Ich bin hier, um Abbitte zu leisten«, sagte er.

»Wofür?«

»Für alles, was ich dir angetan habe. Dafür, dass ich immer wieder vor dir geflohen bin und mich niemals zu dir bekannt habe.«

»Und dafür …«, flüsterte sie aufgebracht. »Dass ich in Esslingen als Hure dastand, die einem Mann zu willen war, der sie nicht heiraten wollte.«

Er flüsterte in ihre Locken hinein, die sich schon lange aus dem Knoten gelöst hatten. »Als ich krank war, hatte ich viel Zeit, um nachzudenken. Ich dachte, ich würde sterben. Und das werde ich vielleicht auch in absehbarer Zeit, denn ich wandere auch jetzt noch am Rande des Todes entlang. Meine Genesung ist nur ein Aufschub, den mir die Kinder mit diesem Kraut aus Asien verschafft haben. Ein Geschenk. Doch irgendwann wird mich das Fieber in die Knie zwingen wie ein Gegner, der aus seiner Deckung kommt. Ich will die Zeit nutzen. WIR sollten sie nutzen.«

72

Gent

Der Engel der Verkündigung hatte zwei dünne Beine bekommen, wankte ungeschickt den Flur entlang und kippte dann bedrohlich nach vorne. Jan van Eyck blinzelte und schaute ungläubig auf den lockenden Zeigefinger von Gabriel, der auf ihn zuschwankte und kippte, als hätte er zu viel Zeit im Wirtshaus verbracht.

»Halt!«, donnerte er und griff mit beiden Händen nach der Bildtafel, die seinem jüngsten Lehrling Barthelmy beinahe aus den Händen geglitten wäre. »Du ungeschickter Bengel.«

Der Junge duckte sich, denn Jan war in letzter Zeit bemerkenswert schlecht gelaunt gewesen. Er dachte jedoch gar nicht daran, seine Gereiztheit an seinem Neffen abzureagieren. Stattdessen setzte er die dünne Holztafel, die sich in seinen Händen beängstigend bog, vorsichtig an der Wand ab. »Gerade noch mal gutgegangen. Du sollst doch die großen Tafeln den Älteren überlassen. Und eingepackt hattest du sie auch noch nicht.«

Barthelmy verzog sich mit hummerrotem Kopf dorthin, wo seine Kumpane die anderen Bilder auf den Wagen luden, der den ganzen Plunder zur Johanneskirche bringen würde.

Nur Ruhe, dachte Jan. Mit dem Altar hatte er das Lebenswerk seines Bruders zu Ende geführt, seine Entwürfe fortgesetzt und Schicht für Schicht mit seinen eigenen Ideen erfüllt. Das war er Hubert schuldig gewesen, obwohl ihn die Arbeit am Altar in jeder Hinsicht an seine Grenzen geführt hatte, weiter noch als die *Finis Terrae*, die er im Auftrag des Herzogs erkundet hatte. Jetzt würden seine Figuren, die Kinder seines

Geistes, ihrer Wege gehen. Doch erst, nachdem er den Aufbau des Altars in der Familienkapelle der Vijd-Borluut in die Wege geleitet hatte. Er seufzte angesichts des Ungemachs, sich wieder mit seinem Auftraggeber auseinandersetzen zu müssen, dessen Ansprüche an seinen Kräften zehrten. Vorausgesetzt, alles käme heil in der Kirche an.

Plötzlich hörte er in seinem Rücken ein Geräusch und fuhr herum.

»Meister van Eyck.« Im Gang stand Adrian Borluut, der seinen Arm um ein Mädchen gelegt hatte.

»Es ist mir eine Freude, Euch zu sehen«, sagte Jan würdevoll.

»Das hier ist meine Verlobte Catharina Appenteker aus Schwaben.«

Adrian Borluut war zurück. Jans Herz floss über vor Erleichterung, und die galante Verbeugung, mit der er die junge Braut bedachte, war ausnahmsweise völlig frei von Spott. Sie waren ein schönes Paar. Der junge Kaufmann schien reifer und nachdenklicher als vor einem Jahr. Sein Blick hatte alles Unstete, Getriebene verloren. Das Mädchen an seiner Seite hatte lange nussbraune Haare und war zartgliedriger als die Frauen, denen man in den burgundischen Niederlanden sonst begegnete. Sie betrachtete ihn blitzgescheit aus Augen so blau wie der Himmel bei Ostwind. Auf ihrer Nase saßen ein paar vorwitzige Sommersprossen.

»Ich hatte schon fast nicht mehr an Eure Rückkehr geglaubt.« Jan fiel in die Sprache des Mädchens, das des Flämischen noch nicht mächtig zu sein schien.

»Wir haben Azurstein mitgebracht«, sagte Adrian ebenfalls auf Deutsch. »Nur leider sind wir für den Mantel der Madonna zu spät gekommen.«

Das Lächeln auf Jans Gesicht vertiefte sich. »Folgt mir! Aber vorsichtig«, gebot er ihnen, und sie schlängelten sich an den Paketen im Gang vorbei, ließen zwei Gehilfen durch, die einen verschnürten Altarflügel trugen, und standen schließlich in seinem leergeräumten Atelier.

Hier zog es unangenehm, denn ein Fenster zum Fluss stand offen. Jan verschloss es sorgfältig und schaute sich um. »Ich hoffe, sie ist noch da.« Er griff nach einer in weißes Leinen gehüllten Tafel, die neben der Tür stand, entfernte Lage um Lage und stellte sie schließlich auf seine Staffelei. Da war sie, die Himmelskönigin, sein ganzer Stolz. Sie trug eine Krone aus Edelsteinen und den ihr geweihten Blumen, dem Maiglöckchen, der Lilie und der Rose. Auf ihrem leuchtend blauen Mantel fing sich das Licht des Nachmittags. Doch nichts kam dem Ausdruck von Andacht und Liebe gleich, der ihr Gesicht belebte. Adrian und das Mädchen an seiner Seite hielten die Luft an und schwiegen.

»Sie steht an der Grenze zwischen Himmel und Erde.« Catharina lächelte. »Und sie liest ein Buch – obwohl sie eine Frau ist.«

»Oder weil sie eine ist und sich Zeit für diese Dinge nimmt«, sagte Jan.

Adrian drückte Catharinas Hand. »Du kannst so viele Bücher lesen, wie du willst.« Dann wandte er sich Jan van Eyck zu. »Sie ist schön. Welches Pigment hat Euch das Ultramarin ersetzt?«

»Ich hatte Ultramarin zur Verfügung«, sagte Jan schlicht. »Nicht für alle Malschichten. Aber für die Oberste reichlich.«

Er öffnete seinen Schrank, zog das fein ziselierte Kästchen hervor und wandte sich an Catharina. »Eure Tante Antonia Truhlieb ließ mir das hier über Elisabeth Borluut zukommen. Ein wahrhaft königliches Geschenk.«

Catharina klappte den Deckel hoch und betrachtete den Rest, der immerhin noch zwei Fingerbreit über dem Boden lag. Ultramarin war äußerst sparsam in der Anwendung. »Es gehörte meinem Vater«, sagte sie. Dann lachte sie und nahm Adrian beim Arm. »Wir sind so weit gewandert, haben so viel erlebt und riskiert.«

»Wir haben unsere Freunde an den Tod verloren«, fügte er bitter hinzu. »Und uns selbst an das Leben. Und dann erfahren wir, dass das Ultramarin ganz von selbst zu Euch gekommen ist.«

»Wie selbstverständlich, als würde es hierhergehören«, ergänzte das Mädchen mit seiner glockenhellen Stimme.

»Eure Fahrt war nicht umsonst«, sagte Jan würdevoll. »Die Maler in Flandern werden Ultramarin brauchen. Auch ich, denn ich werde mich in Brügge mit einer eigenen Werkstatt niederlassen.«

»Catharina bringt eine Fähigkeit mit«, sagte Adrian. »Sie kann das Pigment aus dem Stein herauswaschen.«

»Tatsächlich?«, fragte der Maler und musterte sie mit einer Spur Bewunderung. »Das vermag niemand sonst in Flandern.«

Das Mädchen nickte unwillig, als sei ihr Können nicht der Erwähnung wert. »Ich bin Apothekerin«, sagte sie, als würde das alles erklären.

Er neigte seinen Kopf ein weiteres Mal. »Dann ist das Pigment wirklich goldwert für Euch und Eure Zukunft.«

73

Catharina stand am offenen Fenster des Stadthauses der Familie Borluut am Korenmarkt und zog den mit feinster Seide abgesetzten Kragen ihres Gewandes zurecht. Gutgekleidete Bürger flanierten über den weitläufigen Platz. Ein Herr im pelzgesäumten Mantel, der eine Dame am Arm führte, lüftete grüßend den Hut. Obwohl sie das Paar nicht kannte, nickte sie ihm so würdevoll wie möglich zu. Danach trat sie einen Schritt zur Seite und atmete tief durch. Die Langeweile machte ihr zu schaffen. Sie hatte Kenntnisse, darunter die seltene und lukrative, Ultramarin aus Azurstein auszuwaschen, und dennoch war sie seit ihrer Ankunft vor gut einer Woche zur Untätigkeit verdammt. Adrians Tante Elisabeth fand, dass eine Dame, die in die mächtige und einflussreiche Familie Vijd-Borluut einheiraten wollte, sich nicht die Hände schmutzig machen durfte. Sein Onkel Josse war Grundherr von Pamele, Ratsmitglied und Bankier, die Familie seiner Frau im Tuchhandel aktiv, und Geld hatten sie wie Heu, so dass sie auf die Erlöse aus dem Verkauf des Pigments nicht angewiesen waren. Sie seufzte und schaute auf ihre Hände, die sich so weich und glatt wie noch nie anfühlten. Entsetzt hatte Tante Elisabeth ihre rauen Finger bemerkt und ihr ihre ältliche Zofe Greetje vorbeigeschickt, die sie täglich massierte und mit duftenden Ölen behandelte.

Am anderen Ende des Platzes erhob sich der gewaltige Bau der Johanneskirche, in der Meister van Eyck und seine Gehilfen gerade den Altar mit der Anbetung des Lammes aufbauten. Catharinas und Adrians Hochzeit würde am Sonntag nach seiner Einweihung und der Taufe des herzöglichen Kindes stattfinden. Beklommen dachte sie an Adrians Mutter, die schwanger und mit einer Lüge auf den Lippen vor den Priester getreten war. Zum Glück hatte Adrian beschlossen, über seine wahre Herkunft zu schweigen. Zunächst jedenfalls. Sie hob den Kopf und schaute den Wolken nach, die flaumweich über den Himmel zogen und eine unerwartete Lücke ließen, durch die ein Streifen Blau hindurchschimmerte. Grau und Blau – das schienen die Farben dieser Stadt zu sein. Das reiche Gent mit seiner Vielzahl an Kirchen und steinernen Bürgerhäusern wurde von den Flüssen Leie und Schelde und ihren Kanälen durchschnitten. Ganz in der Nähe des Korenmarkts befand sich der Bootsanleger, ein Stück dahinter ragte der mächtige Grafensteen auf, die ehemalige Burg, in der heute der Kerker untergebracht war. Wie im Gefängnis. Genauso fühlte sie sich. Oh, wie war sie undankbar!

Sie dachte an den Abschied von ihrem Vater und ihrer Tante und an die Reise, die sie an der Stadt Speyer vorbei durch den endlosen Pfälzer Wald geführt hatte, der sich schließlich zum lieblichen Moseltal hin öffnete. Sie dachte an die Wolkenschatten, die die Wälder der Ardennen blau färbten, und an das letzte Stück ihrer Fahrt durch die immer flacher werdende Landschaft Flanderns. Sie dachte an Sans Nom.

Jacob und Jörgen hatten sie begleitet, aber sie sah sie ganz selten, ebenso wie Adrian, der seine Freundschaften in der Stadt erneuerte und abends nicht vor Mitternacht aus dem Wirtshaus kam. Tagsüber tätigte er Geschäfte in den Tuchhallen und ging seinem Bruder zur Hand. Noch rigoroser als Großmutter Tommasini hatte Tante Elisabeth für getrennte Schlafzimmer gesorgt. Catharina war sehr viel allein, was sie zum Grübeln verleitete.

Und dennoch. Es fehlte ihr an nichts. Das Zimmer war mit

Holz vertäfelt und mit einem fein gedeckten Himmelbett, einem Tisch und einer Truhe ausgestattet. Ein Kachelofen vertrieb die Kälte, die vom Meer her kam. In ihrer Kleidertruhe befand sich ihre neue Garderobe aus Seide und feinster Wolle, darunter ein blauer Samtmantel aus Venedig und ein Halsband aus echten Perlen, das ihre Augen zum Leuchten brachte.

Auf dem Tisch stand eine Schale mit Konfekt. Sie schob sich ein Stück in den Mund und ließ es ganz langsam auf der Zunge zergehen, um den Geschmack nach Mandeln und Honig auszukosten. Ihr Stickrahmen war mal wieder zu Boden gefallen. Sie bückte sich, hob ihn auf, klopfte den Staub ab und schaute resigniert auf das Durcheinander aus bunten Fäden, das sich ihr darbot. Von den blauen Blumen auf weißem Leinengrund, die sie mit so viel Mühe im Knötchenstich gestickt hatte, würde sie sicher die Hälfte wieder aufmachen müssen. Sie versuchte es ja, aber solche weiblichen Fertigkeiten hatte ihre Großmutter ihr einfach nicht beigebracht. Sie versteckte den Stickrahmen unter dem aufgeschlagenen Qanun at-Tibb, in dem sie immer wieder ziellos blätterte, ohne sich wirklich konzentrieren zu können. Catharina fühlte sich wie ein Vogel, dessen Schwingen man gestutzt und gebunden hatte.

Ich will fliegen, dachte sie und schaute der Möwe nach, die sich elegant auf einem der Seitentürme der Johanneskirche niederließ. Sie straffte ihre Schultern und fasste einen Entschluss. *Ich mache eine Apotheke auf*, dachte sie. *Aber zuerst werde ich unser Ultramarin auswaschen, damit alle sehen, was ich kann.*

74

Ultramarin auswaschen? Ihr seid wohl von allen guten Geistern verlassen.« Adrians Tante Elisabeth hatte sich Catharina gegenüber sonst immer mehr als unterkühlt gezeigt. Jetzt aber spiegelte sich ihre Entrüstung in dem starken flämischen Akzent, den ihr Deutsch angenommen hatte. »Das ist vollkommen unmöglich.«

Es fiel Catharina nicht allzu schwer, sich in die Familie einzufügen. Adrians Onkel Josse war wohlwollend und neigte zu Späßen, sein Halbbruder Cornelis zeigte sich distanziert, aber freundlich. Nur der gestrenge Blick Elisabeth Borluuts, dem nichts zu entgehen schien, verunsicherte sie. Gleich am ersten Abend war ihr im Wohnraum der Familie eine kostbare Schale aus den Händen geglitten und zerborsten, und die Tante schien auf eine neue Ungeschicklichkeit nur so zu lauern.

Wie zwei Bittsteller standen sie im Kontor vor dem Sessel, in dem Frau Elisabeth saß, den gichtkranken Fuß auf einen Hocker gelegt. Adrian drückte Catharinas Hand. An einem Stehpult nahe der rückwärtigen Wand trug Cornelis mit seiner sauberen Handschrift unbeeindruckt Zahlenkolonnen in eine Tabelle ein und spitzte wahrscheinlich die Ohren.

»Es ist notwendig.« Adrian schien entschlossen, ihre Interessen durchzusetzen. »Catharina ist die Einzige, die das Pigment aus dem Azurstein herausholen kann.«

Tante Elisabeth holte tief Luft, was Catharina Gelegenheit gab, sich einzumischen. »Das stimmt. Und es gehört zum ganz normalen Tagesgeschäft einer Apotheke mit Pigmenthandel, die ich zusammen mit meinem Lehrling Jacob eröffnen werde.«

»Du willst was?« Elisabeth Borluuts Gesicht lief knallrot an.

»Ihr habt meine Worte sehr wohl verstanden«, sagte Catharina kalt. Von ihrer Forderung würde sie keinen Zoll abweichen.

Ohne Ankündigung wechselte die Tante vom Deutschen ins Flämische, von dem Catharina inzwischen mehr als die Hälfte verstand. Nicht einmal Adrian ahnte, wie schnell sie nach der Erfahrung mit dem Italienischen eine Sprache lernte, die ihrer Muttersprache so ähnlich war. Sie saugte jedes Wort auf wie ein Schwamm.

»*Hemeltje lief!* Adrian, du hättest in die besten Genter Kreise einheiraten können, vielleicht sogar eine Tochter aus burgundischem Adel, um die Verbindungen der Familie zu verbessern. Aber du hast deine Pflichten vernachlässigt. Dieses hergelaufene Meisje ist nicht gut genug für dich.«

Catharina sah, wie der Zorn an Adrians Hals eine Ader zum Pochen brachte, und konnte nicht an sich halten. Besser sie selbst nahm den Fehdehandschuh auf, bevor er sich vergaß.

»Ich bin mütterlicherseits eine von Bellingen.« Voller Kampfgeist funkelte sie ihre zukünftige Tante an.

»Sieh an, du verstehst schon ein bisschen Flämisch«, zischte diese. »Dumm bist du also nicht, was durchaus von Vorteil sein kann, aber auch Nachteile hat, weil dir das Wort Gehorsam sicher nicht geläufig ist.«

Adrians Halbbruder schaute stirnrunzelnd auf. Er war ein grobschlächtiger, rotblonder Mann mit einem freundlichen Gesicht, das keinerlei Ähnlichkeit mit Adrians aufwies. Wie sollte es auch?

Adrian legte den Arm um ihre Schultern. »Was bedeutet von Bellingen?«, fragte er irritiert.

Sie straffte sich und hob den Kopf. Nie hätte sie gedacht, dass sie einmal mit ihrer Ahnenreihe auftrumpfen würde. Ihr Vater hatte auf solche Dinge keinen Wert gelegt, obwohl er mütterlicherseits von dem berühmten franziskanischen Arzt Thomas von Mühlberg abstammte. Aber diese Bastardlinie würde sie besser nicht erwähnen und ihren Vater auch nicht, der als Alchemist in allzu zwielichtigen Kreisen verkehrte und seine Verbindung zu seiner Schwägerin erst legitimieren musste.

»Mein Großvater war ein Vetter des Herzogs von Bayern-Landshut, einer Seitenlinie der Wittelsbacher. Er nannte sich Freiherr, und seine Töchter tragen den Titel einer Baronesse.«

Als Adrian sich ihr zuwandte, stand sein Mund einen Spalt weit offen. Die Augenbrauen der Tante zogen sich wie zwei spitze Dreiecke bis unter ihren Haaransatz.

»Hochadel?«, fragte sie zweifelnd.

»Ich glaube, so nennt man das.« Catharina fühlte plötzlich eine tiefe, durch nichts begründete Befriedigung, denn für ihre Herkunft konnte sie ja nichts.

Ein Lächeln erhellte das Gesicht von Tante Elisabeth. »Von Bellingen. Dann sieht die Sache schon ganz anders aus. Diesen Umstand werde ich so schnell wie möglich in der Stadt verbreiten lassen. Und dein Plan, kleine Catharina, ist damit hinfällig. Für eine bürgerliche Dame guter Herkunft ist ein Handwerk nicht schicklich, für ein adeliges Fräulein aber gänzlich unmöglich und nicht standesgemäß.«

Wieder war Catharina mit beiden Füßen voran in die Falle getappt. Mühsam schnappte sie nach Luft. »Aber was soll ich dann den ganzen Tag tun?«

»Nun.« Die Tante war wieder die Ruhe selbst. »Du weißt gar nicht, was dich erwartet, Kleine.« Sie musterte Catharina abfällig vom Scheitel bis zur Schuhspitze. »Du wirst mit der Führung eines Haushalts voller Dienstboten genug zu tun haben. Sie brauchen Beaufsichtigung. Du bist zuständig für die Einkäufe, den Essensplan, die Vorratshaltung, den Umzug der Familie aufs Land in die Sommerfrische, die Organisation von Festen. Und natürlich die Geburt und Aufzucht vieler kleiner Borluuts. Dafür musst du deinem Mann in allem gehorsam sein. Daneben bleibt genug Zeit für fromme Werke der Barmherzigkeit, das Lesen des Psalters und den Gottesdienstbesuch, wenn deine Demut und Frömmigkeit dafür ausreichen.«

Nach dieser langen Erklärung auf Deutsch fiel sie ins Flämische und sprach Adrian direkt an. »Du lieber Gott, niemand hat diese Göre je erzogen. Das werde ich alles nachholen müssen.«

Catharina sah aus dem Augenwinkel, wie Cornelis ihr freundlich zuzwinkerte. Eigentlich war damit alles gesagt. *Ich könnte ihr ins Gesicht springen und ihr die Augen auskratzen*, dachte sie, tat es aber nicht. Stattdessen schluckte sie mühsam an ihrem Zorn und sank in einen tiefen Knicks vor der Tante. »Wie Ihr wünscht, verehrte Dame.«

Seite an Seite verließen sie den Raum. Draußen fiel Catharina ihrem Bräutigam um den Hals und barg ihr Gesicht an seiner Schulter. Tränen stürzten aus ihren Augen, die sein Wams durchnässten. Er roch so gut, nach Leder, Seife und Adrian und war damit das einzig Vertraute in diesem Raum, ach was, im ganzen Land.

»Das halte ich nicht aus«, flüsterte sie erstickt und spürte plötzlich voller Entrüstung, dass er vor Lachen bebte. Sie löste sich, trat einen Schritt zurück und stemmte beide Hände in die Hüften. Tatsächlich. Adrian biss sich auf die Knöchel, um nicht laut loszuprusten und damit seine Tante endgültig vor den Kopf zu stoßen. Immer musste er alles leichtnehmen und sämtliche Probleme und Sorgen, egal, wie wichtig sie waren, einfach weglachen. Schon ganz rot angelaufen vor Luftmangel zog er sie in den Vorraum und küsste sie ungestüm auf den Mund. Sie schob ihn von sich und funkelte ihn wütend an.

»Was gibt es da zu lachen?«

Jetzt konnte er sich nicht länger beherrschen und platzte laut heraus. »Dem Mann in allem gehorsam sein, wenn die wüsste.« Er drehte sich um und nahm ihr Gesicht in seine Hände. Sie ertrank in der Meeresfarbe seiner Augen. »Nimm nicht alles so schwer.« Er löste eine Hand und strich die Linie ihrer Nase und ihrer Oberlippe nach, was ihr einen wohligen Schauder über den Rücken trieb. »Von Bellingen. Ich wusste gar nicht, dass ich ein adeliges Fräulein heirate. Lass dich nicht unterkriegen, kleine Ritterin!«

Catharina vergaß ihren Zorn und lachte mit ihm. »Gehorsam sein werde ich ganz sicher nicht.«

Koste es, was es wolle, dieses Versprechen würde sie um jeden Preis halten.

»Deine Tante wird mir nicht erlauben, als Apothekerin zu arbeiten«, sagte sie dann düster. »Es wirft ein zu schlechtes Licht auf deine Familie.«

»Wenn wir in dieser Sache etwas erreichen wollen, müssen wir meine Tante ganz umgehen«, gab Adrian nachdenklich zurück. »In Esslingen hättest du auch nicht so einfach mir nichts dir nichts eine Apotheke aufmachen dürfen.«

Sie zuckte mit den Schultern. Ihrem anmaßenden Wunsch nach Selbständigkeit hätte die Zunft sofort einen Riegel vorgeschoben. Und weiter unter ihrem Vater zu arbeiten, während der auf der Suche nach der Panakeia seinen Alchemistenkeller in die Luft sprengte, würde ihr auch nicht gefallen. Die lange Reise hatte sie verändert. Sie hatte begonnen, die Dinge, die sie sich wünschte, voller Selbstvertrauen und ohne Rücksicht auf die Regeln einzufordern.

Adrian fuhr fort. »Also muss ein Apothekermeister her, der sich mit seinem guten Namen vor uns stellt.«

»Aber wie willst du den finden?«, fragte sie kläglich.

Er schaute sie nachdenklich an. »Wenn der hört, dass es dabei um Ultramarin geht, ist er schnell dabei. Mit Geld und Beziehungen laufen nicht nur in Gent alle Dinge wie geschmiert.«

75

Die Stadt bestand aus Schattierungen von Grau. Über hellgraue Häuser und Kirchen spannte sich ein schieferfarbener Himmel voller Wolkenmassen. Braungrüne Flüsse gruben sich durch das Häusermeer. Jacob folgte Jörgen in die finstersten Ecken, weil er dann nicht so viel an Sans Nom denken musste, der für ihn, Jacques Berthier, gestorben war. Wenn er nicht so verdammt dumm gewesen wäre und Weckmann mit seinem Wurfmesser angegriffen hätte, würde der Riese noch leben. Also trug er die Schuld an seinem Tod. Das Gefühl, das ihn beim Gedanken an Sans Nom erfasste, war keine nagende Trauer oder Verzweiflung, sondern eine betäubende Leere, ein blinder Fleck in seiner Seele, der ihn zu verschlingen drohte. Um dem zu entgehen, besuchte er mit Jörgen die miesesten Spelunken und versuchte dabei ohne viel Erfolg, sich seine Tricks abzuschauen.

Eigentlich lief es immer nach dem gleichen Muster ab. So wie jetzt. Sie standen vor einem Gasthaus am Stadtrand, dessen

Schild – es zeigte eine verblichene weiße Gans – im aufflauenden Wind klapperte. Dahinter floss ein Kanal, auf dem einige Boote vor sich hin dümpelten. Auf der Wiese nebenan drehte sich quietschend eine Windmühle unter einem Himmel, den der Abendwind wolkenleer gefegt hatte. Jörgen zwinkerte ihm zu und trat ein. Jacob folgte ihm auf dem Fuße und schob sich verunsichert auf eine Bank in der Ecke. Drinnen roch es so verlockend nach Eintopf mit Speck und Pfannkuchen, dass sein Magen zu knurren begann. Ein blondes Schankmädchen stellte polternd zwei Krüge mit schäumendem Bier auf dem Tisch ab und lächelte ihm zu, was ihn bis über beide Ohren erröten ließ.

»Die Flamen verstehen sich aufs Brauen.« Jörgen zog einen Krug zu sich heran, trank einen tiefen Schluck, wischte sich den Schaum von den Lippen und schaute herausfordernd in die Runde.

»Wer hat Lust auf eine Partie?« Er holte die aus Azurstein gemeißelten Würfel aus seinem Wams und spuckte darauf. Die Schiffer, Bauern und Handwerksburschen an den Tischen standen langsam auf und traten, gesegnet mit gesundem Misstrauen und einer Bedachtsamkeit, die sie genau hinschauen ließ, an den Tisch heran. Diesmal fiel ein strohblonder Fuhrknecht mit schwarz verfärbten Schneidezähnen auf die Masche herein. Wie immer verlor Jörgen beim Glückshaus die ersten beiden Runden, fluchte gotteslästerlich in zahlreichen Sprachen und zahlte zähneknirschend seine Schulden aus seiner immer gut gefüllten Börse. Die folgenden Spiele gewann er aber und holte sich mit Zinsen zurück, was er eingesetzt und verloren hatte.

»Das geht mit dem Teufel zu«, sagte der Fuhrknecht nach

dem dritten verlorenen Spiel, und Jacob fragte sich nicht zum ersten Mal, ob er nicht recht hatte. Jörgen klaubte seine blauen Würfel zusammen und ließ sie mit einem tückischen Grinsen erneut über die Platte rollen. Zwei Sechsen. Er hatte das Königsfeld gewonnen und durfte die Münzen vom gesamten Spielbrett abräumen.

In diesem Moment setzte sich das Schankmädchen neben Jacob, der verwirrt ihren Geruch nach Butter und Sahne einatmete, legte ihm die Hand aufs Knie und ließ diese, während sie den Spielern zuschaute und ihr Glück kommentierte, unter dem Tisch an seinem Schenkel immer höher gleiten. Erst wollte er sie zur Seite schieben, doch dann schaute er dem Mädchen in den mit zwei dicken Bällen gefüllten Ausschnitt, den ein Unterhemd mit Häkelspitze umrahmte, und sein Körper reagierte mit ungeahnter Heftigkeit auf den Anblick und die Berührung.

»Nicht!«, sagte er ohne besonders viel Nachdruck.

Während die Schankmagd sich scheinbar auf das Würfelspiel konzentrierte, bahnte sich ihre Hand ihren Weg und drückte und knetete ein Körperteil von Jacob, das sich in diesem Moment nicht mehr dagegen zur Wehr setzen wollte.

Als der Fuhrknecht zum fünften Mal verloren hatte, wütend aufsprang und dabei fast den Tisch umwarf, zog sie Jacob hoch und verließ mit ihm den Raum in Richtung eines kleinen Hinterhofs, in dem Wäsche flatterte. Draußen wehte ein heftiger Wind über den Kanal, der nach Fisch und Abfällen roch. Möwen segelten selbstvergessen auf den Böen. Mit flinken Händen öffnete sie die Bänder seiner engen Strumpfhose, strich ihm schnurrend über sein Gemächt und hob ihren Rock. Der Anblick ihres mit blondem Pelz bewachsenen Dreiecks zog Jacob magisch an. Er schluckte. Sie trat näher und schob ihn in die Weichheit und Wärme zwischen ihren Beinen. Und dann war es plötzlich so eng und unglaublich, dass er sich nur noch in ihr bewegen und verströmen wollte. Das Mädchen keuchte auf und schob ihn tiefer in sich hinein. »Gut«, sagte sie, als er begann, in sie zu stoßen. »Sehr gut.«

Eine schwere Hand legte sich auf seine Schulter.

»Wir sollten gehen«, sagte Jörgen. »Aber schnell, die kommen nämlich.«

Noch während sich Jacob bedauernd seine Strumpfhose zuband, gab es einen Tumult an der Tür. Mehrere zornige Männer stürmten auf die Straße und schauten sich nach allen Seiten um. Noch hatten die sie nicht bemerkt.

»Hier lang! Ich lenke sie ab«, sagte das Mädchen, öffnete eine Brettertür zum Kanal und ließ sie hinter ihnen ins Schloss fallen.

Geistesgegenwärtig rannte Jörgen über die Wiese mit der Windmühle auf das Ufer zu und patschte mit seinen Stiefeln ins seichte Wasser. Jacob, den bei diesem Anblick tausend unangenehme Erinnerungen packten, sprang hinterher. Sofort durchnässte sich seine Strumpfhose. Dann sein Hemd und sein Wams, was ihn endgültig abkühlen ließ. Zur Mitte hin wurde der Kanal so tief, dass sich Jörgen schließlich auf den Bauch fallen ließ und zu schwimmen begann.

»Ich kann das nicht«, keuchte Jacob, verlor in der Strömung den Boden unter den Füßen und ging unter. *Mal wieder*, dachte er resigniert, bevor die Wellen gurgelnd über ihm zusammenschlugen. Einen Lidschlag später griff Jörgens starker Arm nach ihm und zog ihn über die Wasseroberfläche, wo er keuchend nach Luft schnappte, mit den Armen ruderte und um sich trat.

»Ich wusste nicht, dass du nicht schwimmen kannst, Mann.

Das lernt bei uns jedes Gassenkind«, schrie Jörgen. »Zappel doch nicht so. Sonst ersäufst du noch.«

Während er sich mit kräftigen Beinstößen zum Ufer kämpfte, schleppte und schleifte er Jacob mit, der es irgendwie schaffte, seine Panik zu zügeln und sich ruhig zu verhalten. Schließlich lagen sie atemlos, verschlammt und nass im Ufergras und bibberten im kalten Frühlingswind.

»Es wurde ungemütlich in der Weißen Gans«, erzählte Jörgen, nachdem er wieder zu Atem gekommen war. »Die wollten mir einfach nicht glauben, dass ich entweder Schwein oder König habe. Da bin ich Pinkeln gegangen ins heimliche Gemach im Garten, um dann in Ruhe abzuhauen. Und da sehe ich, wie du es im Garten mit der kleinen Hure treibst.«

Er richtete sich auf, zog sein durchnässtes Wams zurecht und warf Jacob einen anerkennenden Blick zu. »Ich wusst gar nicht, dass du in deinem zarten Alter schon solche Sachen machst, Kleiner.«

Jacob zuckte die Schultern. Die Sache mit seinem ersten Mal war ziemlich plötzlich abgebrochen worden.

»Was ist das?« Jörgen duckte sich und drückte Jacobs Kopf ins Gras, der im Nu den Mund voll feuchter Erde hatte und hustend ausspuckte.

»Halt bloß das Maul!«, sagte Jörgen leise und robbte ein Stück über den Boden.

Jacob hob vorsichtig den Kopf und linste zu den Scheunen und Lagerhäusern hinüber, die den Uferstreifen begrenzten. Hier war um diese Zeit längst Ruhe eingekehrt. Nur zwei Männer in dunklen Umhängen trieben sich wenige Schritte von den beiden entfernt an der Ecke eines hölzernen Schuppens herum. Beide waren groß und breitschultrig, der eine kam Jacob vage bekannt vor. Als er seine Kapuze zurückstreifte, erkannte er ihn. Es war Adrians rotblonder Halbbruder, Cornelis Borluut, der dem anderen, dessen Gesicht verhüllt blieb, einen Beutel in die Hand drückte. Dann verschwanden die beiden Männer in entgegengesetzte Richtungen in der Dämmerung.

»Was die da wohl gemacht haben?«, flüsterte er.

Schwer atmend richtete sich Jörgen auf und zog ihn auf die Füße.

»Nichts Gutes«, sagte er. »Wenn du mich fragst, ist diesem Cornelis nicht weiter zu trauen, als ich pissen kann. Dafür habe ich einen Riecher. Und jetzt lass uns verschwinden.«

76

Mehrstimmiger Gesang durchwehte das Kirchenschiff von St. Johannes, wanderte von Joch zu Joch und fing sich in den Seitenkapellen, die ein sanftes Echo zurückgaben. Die erste Kapelle rechts des Chorumgangs war mit einer Holztür verschlossen, weil hier der Altar, die Seelstiftung der Vijds, aufgebaut wurde. Catharina hob ihre Augen zu den Kreuzgewölben des Mittelschiffs, die in schweren Bündelpfeilern ausliefen. Der Raum war in maßvoller Höhe erbaut worden und lebte von den schwarzweißen Mustern des Fußbodens, auf dem sich zum sonntäglichen Gottesdienst Hunderte von Menschen drängten.

Adrian legte ihre Hand in seine Armbeuge und zog den blauen Samtmantel über ihren Schultern zurecht. Nicht ganz ohne Besitzerstolz, stellte sie mit einem leisen Anflug von Spott fest. Der Gesang verebbte wie eine Welle. Zurück blieb ein leises Raunen, das den Kirchenraum wie der Flügelschlag eines Taubenschwarms erfüllte. Vom Lettner aus las ein Priester den Gottesdienst in lateinischer Sprache. Catharina versuchte, sich auf den Wortlaut zu konzentrieren, doch es gelang ihr nur bedingt, weil wegen des Lärmpegels nur Wortfetzen bei ihr ankamen. *Domine Fili unigenite, Jesu Christe. Domine Deus, Agnus Dei, Filius patris. Qui tollis peccata mundi, miserere nobis*, vervollständigte sie den Inhalt des Gloria. Den anderen Gottesdienstbesuchern schien die Entfernung zum Priester weniger auszumachen. Wie in Esslingens Stadtkirche St. Dionys kam es beim Hören der Messe mehr auf Anwesenheit als auf Andacht an. Fast bedauerte sie, dass sie sich so wenig um ihr Seelenheil kümmern konnte.

Onkel Josse und Tante Elisabeth standen zu ihrer Linken. Die gichtkranke Elisabeth hielt tapfer und mit blassem Gesicht durch und bewegte in stummem Gebet die Lippen, während Josse Vijd ungeniert seinen Glatzkopf mit einem anderen Patrizier zusammensteckte und Ratsgeschäfte besprach. Alles ganz normal, wenn nur Adrian in unbeaufsichtigten Momenten nicht an ihrem Ohrläppchen knabbern würde. Sie unterdrückte ein Kichern, dachte an Tante Elisabeths scharfe Augen und schob ihn ein Stück zur Seite. In diesem Moment drängte sich eine junge Dame durch die Menge und neigte höflich vor den Anwesenden den Kopf.

»Entschuldigt bitte die Unterbrechung«, sagte die blonde Frau in unbeholfenem Deutsch und lächelte Catharina spitzbübisch zu. »Ich grüße Euch, verehrte Familie Vijd-Borluut. Mein Name ist Marguerite, ich bin eine Hofdame der Herzogin Isabella und möchte Jungfer Catharina von Bellingen einladen, meine Herrin heute am frühen Nachmittag zu besuchen.«

Sie war sehr hübsch mit ihrer grazilen Gestalt, dem schmalen Gesicht und dem blonden, glatt gescheitelten Haar, auf dem eine aufwändige Schmetterlingshaube befestigt war. Das vergoldete Billett, das sie Catharina zusteckte, trug einen feinen Schriftzug auf Latein und ein Wappen, das sie nicht kannte. Tante Elisabeth stellte sich auf die Zehenspitzen, um nichts zu verpassen.

»Aber natürlich, gerne.« Catharina konnte gerade noch verhindern, dass ihre Hände den Zettel vor lauter Aufregung zerknitterten.

»Sehr schön.« Die Hofdame nickte zufrieden. »Ich hole Euch am frühen Nachmittag ab und begleite Euch zu meiner Herrin.«

Herzogin Isabella hatte vor nicht einmal einer Woche einem gesunden Knaben das Leben geschenkt und befand sich noch im Wochenbett. Sie besuchen zu dürfen bedeutete eine große Ehre für Catharina. Während die Hofdame sich nach einer vollendet höflichen Verbeugung entfernte, zog Tante Elisabeth sie einen Schritt zu Seite. »Da haben meine Bemühungen ja schnell Früchte getragen, mein Kind«, flüsterte sie zufrieden. »Ich kenne das Mädchen flüchtig. Ihre Mutter war von niedrigem Adel, der Vater gehörte allerdings nur zur Malerzunft von Brügge. Ich frage mich, was du anziehen sollst.«

Den Rest des Vormittags verbrachte Adrians Tante damit, eine passende Ausstattung für Catharina zusammenzusuchen und sie auszustaffieren wie eine Puppe. »Kein Rot, nein. Das ist den Damen vorbehalten, die richtig im Hochadel verwurzelt sind. Wir wollen unseren Anspruch ja nicht übertreiben.« Prüfend hielt sie Stoffe und Tücher aus ihrer eigenen Truhe an Catharinas Gesicht, schüttelte zweifelnd den Kopf und entschied sich schließlich für ein hellblaues Samtkleid und das Perlencollier. »Es bringt deine Augen zum Leuchten.« Um ja nicht wieder anzuecken, ließ sie sich die Behandlung gefallen und hielt sogar still, als Elisabeth ihre Zofe anwies, ihr Haar zu einer komplizierten Flechtfrisur aufzustecken, was höllisch ziepte.

Nach dem Essen bezog sie ihren Beobachtungsposten am Fenster, löste verstohlen die festesten Zöpfe aus ihrem Knoten und schaute über den weitläufigen Platz, auf dem sich die Flaneure zum sonntäglichen Ausgang trafen. Schon bald hielt eine Sänfte, die von Lakaien in der Livree der Herzogin getragen wurde, vor dem Haus der Borluuts. Mit klopfendem Herzen raffte sie ihre Röcke, lief die Treppe hinab und durchschritt die Tür.

Marguerite half ihr zuvorkommend, in der Sänfte Platz zu nehmen, wo sie einander auf gepolsterten Bänken gegenübersaßen. Die Träger hoben das Behältnis an und setzten sich mit einem leisen Schaukeln in Bewegung, das Catharinas Magen in Aufruhr brachte. Es war so eng in dem Kasten, dass ihre Knie in der Mitte zusammenstießen, wenn er ins Schwanken geriet.

Marguerites Augen begannen übermütig zu funkeln. »Ihr habt Euch Adrian Borluut geangelt, einen der begehrtesten Junggesellen in ganz Gent.« Zweifellos hatte sie die Gabe, die Dinge ohne Umschweife auf den Punkt zu bringen. »Passt auf, dass Euch die Mädchen nicht die Augen auskratzen.«

»Ich weiß mich zu wehren«, sagte Catharina, die diese Offenheit nach so viel damenhaftem Getuschel erfrischend fand.

»Man hört zwar viel von seinen Eskapaden«, fuhr Marguerite fort. »Aber das Familienvermögen macht da einiges wett. Und hübsch ist er ja auch. Ihr habt den Genter Familien eine gute Partie weggeschnappt und seid noch dazu von Adel. Aber Adrian hat Euch nicht wegen Eurer Herkunft geheiratet, hört man.« Sie lächelte spitzbübisch.

»Wir lieben uns«, sagte Catharina leise.

»Und genau das hat Herzogin Isabella neugierig gemacht. Ebenso wie Eure lange Reise. Auch ich werde übrigens bald heiraten.«

»Wen denn?«, fragte Catharina.

Marguerites Lächeln vertiefte sich, bis sich ein Grübchen in ihrer Wange zeigte. »Er weiß noch nichts von seinem Glück, wenn er mich überhaupt will.«

Nach kurzer Fahrt erreichten sie den ummauerten Prinzenhof, auf dessen Vorplatz die Träger die Sänfte etwas unsanft auf den Boden stellten. »Der Herzog hält sich hier sogar Löwen«, flüsterte Marguerite. Mit ihrer Hilfe kletterte Catharina hinaus, richtete sich schwankend auf und holte tief Luft. Sie stand inmitten eines geräumigen Geländes voller Rabatten und Gartenbeete, vor sich die Genter Residenz der Herzöge von Burgund, und hätte sich vor Staunen am liebsten die Hand vor den Mund geschlagen. Majestätisch erhoben sich die Gebäude vor einem Himmel, der wie leergefegt wirkte. Der starke Wind brachte die Flaggen auf den Zinnen zum Flattern, doch am Horizont wartete schon die nächste graue Wolkenwand, die den Himmel mit Sturm überziehen würde.

Befangen ließ sie sich von der munteren Marguerite zum Portal geleiten, wo sie der Hofmarschall in blasiertem Portugiesisch in Empfang nahm. Sie wusste, dass Isabella, die eine Infantin von Portugal war, einen eigenen Hofstaat mit Bediensteten und einem speziellen Hofzeremoniell unterhielt, und war sich plötzlich sicher, in ihrer Gegenwart kein Wort herauszubringen. In welcher Sprache überhaupt? Allein beim Gedanken, sich vielleicht auf Lateinisch unterhalten zu müssen, verknotete sich ihre Zunge. Mit Messer Girolamo Fachfragen zu besprechen war etwas anderes, als mit einer hochgestellten Dame Konversation zu treiben.

»Ihr müsst Euch keine Sorgen machen.« Marguerite legte beruhigend ihre Hand auf Catharinas. »Die Herzogin ist die gütigste und geistvollste Person im ganzen Erdkreis. Wartet!« Sie schaute sie prüfend an, zog ein Kämmchen aus ihren eigenen Haaren und steckte die Strähnen fest, die sich aus Catharinas Frisur gelöst hatten und ihr lang ins Gesicht fielen.

Dann führte sie sie über die Schwelle des Gemachs der Herzogin, die in einem Morgenmantel aus Goldbrokat aufrecht im Bett saß und ihre Korrespondenz bearbeitete. Der Raum war mit einem Kamin ausgestattet, in dem ein Feuer vor sich hin prasselte. Prachtvolle Tapisserien voller Jagdszenen und Einhörner hielten die Kälte der nackten Steinwände ab. Auch der Boden war mit dicken Teppichen ausgelegt, und über die gesamte Decke spannte sich ein grünes Banner, das das Wappen der Herzogin zeigte. In der Fensternische saßen einige Hofdamen und spielten Schach auf einem Marmorbrett.

»Da seid Ihr ja, meine Liebe«, sagte die Herzogin herzlich auf Italienisch, ließ sich von einer Zofe auf die Füße helfen und trat auf Catharina zu, die in einen wackligen Hofknicks fiel. »Eure Majestät.«

Isabella hatte ein längliches Gesicht mit einer ausgeprägten Stirnpartie. Ihre Augen strahlten vor Intelligenz. Und sie war deutlich über die Zeit hinaus, in der eine Frau ihre ersten Kinder gebar.

»Ich freue mich, dass meine ganz spontane Einladung sofort auf Eure Bereitschaft gestoßen ist, mich zu besuchen und mir damit die Langeweile des Wochenbetts erträglich zu machen. Wie praktisch, dass ich dabei mein Italienisch aufpolieren kann.«

»Volentieri.« Catharinas Schüchternheit verschwand mit der Sprache, die sie wieder benutzen durfte.

Die Herzogin verwies alle Anwesenden bis auf Marguerite

des Raumes, die ihnen Wein, Brot und Käse servierte. Bevor sie sich in die Fensternische setzten, machte ihr Herzogin Isabella ein Handzeichen.

»Der Graf von Charolais schläft«, sagte sie leise.

In Erwartung, irgendwo einen dicklichen älteren Herrn zu sehen, der in einem der Sessel eingenickt war und schnarchte, schaute sich Catharina um.

Die Herzogin lachte. »Ihr müsst schon in Richtung der Wiege schauen. Außer ihm sind in meiner Wochenstube keine Männer erlaubt.«

Natürlich – Graf von Charolais –, so lautete der Titel des neugeborenen Erben von Burgund. Catharina wurde knallrot.

»Wollt Ihr ihn sehen?« Die Herzogin übersah ihre Verlegenheit großzügig und führte sie zu der prachtvoll ausgestatteten Wiege, über der eine mit grüner Seide gesäumte Hermelindecke lag. Das Kind war ein kleiner Blondschopf, dessen runde Wange sich neben seine Hände schmiegte. Catharina dachte an Davoud, der jetzt sicher schon sitzen und nach seinen Spielzeugen greifen konnte. Von Melika hatte sie schon so lange nichts gehört. Gleich heute Abend würde sie ihr schreiben.

»Er ist wunderschön«, murmelte sie.

»Nachdem Gott meinen kleinen Antonio zu sich genommen hatte, schenkte Er mir in seinem unergründlichen Ratschluss José.« Die Königin schaute sie mit unverhohlener Traurigkeit an. »Auf diesem Winzling ruhen jetzt die Hoffnungen der Dynastie von Burgund.«

Kinder wurden geboren und starben manchmal so schnell, dass ihr kleines Leben das ihrer Eltern nur wie ein Flügelschlag streifte. So war es mit dem Erstgeborenen des Herzogspaars geschehen.

»Ich wünsche Euch und dem kleinen Prinzen Gottes Segen

und das allergrößte Glück auf dieser Erde«, sagte Catharina feierlich.

»Kommt!« Die Herzogin zog sie in die Fensternische, in der Marguerite den Imbiss aufgetischt hatte. Sie setzten sich und griffen zu.

»Ich muss Euch enttäuschen, was meine Motive angeht, Euch kennenlernen zu wollen.« Isabella trank einen Schluck Wein. »Oder vielmehr die Herrschaften Vijd-Borluut, die denken, mich würde Eure Herkunft interessieren. Mit dem Adel verkehre ich den ganzen Tag. Nur bei den Abkömmlingen der Wittelsbacher kriege ich Ausschlag, wobei Ihr natürlich eine Ausnahme seid.«

Catharina kicherte hinter vorgehaltener Hand. »Ich bin von väterlicher Seite her bürgerlich und mit den Wittelsbachern nur ganz entfernt verwandt.«

»Mich interessiert vor allem Eure Reise.«

Catharina berichtete in den folgenden Stunden von ihren Erlebnissen in Venedig und Florenz, wobei sie manches ausließ, anderes, wie die Pflege im Spital Santa Maria Nuova, aber sehr genau wiedergab. Isabella hörte ihr mit leuchtenden Augen zu, während Marguerite, die kein Italienisch verstand, seelenruhig mit dem Stickrahmen daneben saß und die Nadel geschickter auf und nieder fahren ließ, als es Catharina je könnte.

»Marguerite macht das Beste aus ihrer Lage. Sie ist mütterlicherseits von Adel wie Ihr, doch als ihr Vater starb, stand sie völlig mittellos da, so dass ich sie in den Kreis meiner Damen aufgenommen habe. Sie ist die Einzige unter ihnen, die Marmelade kochen *und* Farben anreiben kann.« Die Hofdame schaute auf, als ihr Name fiel, und stickte dann seelenruhig weiter.

»Ihr durftet reisen und die Welt sehen«, sagte die Herzogin

schließlich. »Welche junge Frau kann das von sich behaupten? Außer mir natürlich.« Sie zwinkerte. »Ich war auf der Überfahrt von Portugal zwei Monate lang seekrank.«

Catharina biss sich auf die Lippen. Was würde die Herzogin, die ihre Hofdamen so gut im Griff hatte, sagen, wenn sie ihr von ihrem vermessenen Wunsch erzählte. Und dann traute sie sich doch. »Ich würde gern als Apothekerin arbeiten. Da ist immer noch unser Ultramarin, das man auswaschen muss. Aber Tante Elisabeth will mir das nicht erlauben.«

Die Herzogin lachte herzlich. »Euer Vater hat Euch ein freigeistiges Gedankengut eingepflanzt, das alle Tante Elisabeths dieser Welt vergrätzen muss. Mal sehen, was man da …«

In diesem Moment regte sich das Neugeborene, und sein leises Quengeln steigerte sich zu ohrenbetäubendem Protestgeschrei. Isabella stand auf, hob den kleinen Prinzen auf, wiegte ihn auf ihren Armen und sprach beruhigend auf Portugiesisch auf ihn ein.

»Das Kind weint so viel«, sagte Marguerite sorgenvoll, führte Catharina hinaus und weckte im Vorzimmer die Amme, die seelenruhig auf einem Sessel schnarchte. Die Audienz war beendet.

77

Am frühen Abend traf man sich im Hause Borluut zum Nachtessen. Die ganze Familie hatte sich um den Tisch versammelt, der sich unter den aufgetragenen Speisen bog. Armdicke Wachskerzen erleuchteten den gediegen mit Holz vertäfelten Raum und spiegelten sich in den Pokalen voller süßem Rheinwein. Es gab eine feine Spargelsuppe, Sülze vom

Kalbskopf, Eierspeisen, einen geräucherten Schinken, gesottene Fische aus den Flüssen der Gegend und zum Nachtisch eingekochte Pflaumen vom letzten Jahr mit Schlagrahm.

So wird also mein Leben aussehen, dachte Catharina voller Bitterkeit. *Ich werde im schönsten Haus der reichen Stadt Gent leben, nie wieder einen Mörser in die Hand nehmen und mich dick und rund futtern. In dieser Stadt tragen die Kaufleute ihre Nase fast so hoch wie die Fürsten.*

Am liebsten wäre sie aufgesprungen und davongerannt, raus aus diesem Haus voller Standesdünkel und Ansprüche, denen sie sich nicht gewachsen fühlte. Im nächsten Moment schämte sie sich für diese rebellischen Gedanken und suchte unter der Tischplatte nach Adrians Hand, die vom Reiten ein bisschen schwielig war und ihr Sicherheit gab. Er nickte ihr zu, seine blaugrünen Augen im Kerzenlicht dunkler als sonst. Meeresaugen. Nach der Suppe ließen sie sich von den Lakaien, die schweigend im Hintergrund warteten, ein zweites Mal den Teller füllen. Catharina wählte nur ein kleines Stück vom Omelette aus. Ihr war der Appetit vergangen.

»Iss nur, Kleine«, sagte Onkel Josse fürsorglich. »Sonst fällst du uns noch vom Fleisch. Du solltest dir ein Beispiel an mir nehmen.« Er packte sich den Teller randvoll mit Sülze, trank einen Schluck Wein und rülpste genüsslich. »Warte, Onkel!« Cornelis öffnete das Fläschchen mit den Herztropfen und zählte eine Anzahl auf einen Löffel ab, die der Onkel achselzuckend schluckte.

»Und, wollt Ihr noch immer eine Apotheke aufmachen, Schwägerin?«, fragte Cornelis spöttisch. Warum nur hatte sie ständig das Gefühl, dass er sie heimlich beobachtete? Und jetzt diese Provokation.

»Halt den Mund, Cornelis!«, warnte ihn Adrian über den

Tisch hinweg, aber Catharina war bereit, den Kampf aufzunehmen.

»Und ob ich das will.« Plötzlich richteten sich alle Augen auf sie.

»Tatsächlich?«, fragte Onkel Josse, den man wohl über ihren Streit im Unklaren gelassen hatte, und tunkte den Rest Sülze mit Brot auf. »Du verstehst etwas von der Heilkunst? Dann kannst ja du mir in Zukunft meine Tropfen verabreichen. Von zarter Hand schmecken sie gleich viel besser.« Er zwinkerte ihr freundlich zu.

»Das würde mir auch gefallen. Dann wäre ich endlich entlastet.« Cornelis setzte sich zurück, faltete die Hände über seinem Bauchansatz und drehte seine Daumen umeinander. Nie zuvor war ihr aufgefallen, wie groß und breitschultrig er war. Von seiner Statur her ähnelte er Weckmann.

»Ihr habt mich missverstanden«, sagte sie, während sich die Tante den Mund abputzte, um einzuschreiten. Adrian drückte warnend ihre Hand. Aber Catharina holte tief Luft und sprach Onkel Josse direkt an. »Ich zähle keine Tropfen ab, Mijnherr Vijd, sondern ich stelle Medikamente her. Ich kann Euch eines verabreichen, das vielleicht besser wirkt als Euer gewohntes. Denn mit diesem Mittel hier …« – sie deutete auf die grüne Glasphiole mit der durchsichtigen Flüssigkeit, deren Inhaltsstoffe niemand im Raum kannte, sie eingeschlossen – »… schnauft Ihr genauso schwer wie ohne, und manchmal werden Eure Lippen beim Treppensteigen blau. Vielleicht ist ja nur verdünnter Weingeist darin.«

»Donnerwetter«, sagte Onkel Josse leise.

Die Tante war so blass wie das Tischtuch geworden. »Ich sehe, die Audienz bei der Herzogin hat deinen Widerspruchsgeist nur angestachelt«, sagte sie leise, doch Catharina war noch nicht fertig. »Und Ihr, Tante Elisabeth, solltet wegen Eurer Gicht sehr maßvoll essen und trinken. Euch würden Weinrautenwickel und Wermutsalbe nach den Rezepten der heiligen Hildegard guttun, die ich für Euch herstellen könnte. Wenn Ihr sie konsequent anwendet, würden Eure Beschwerden sich bessern.«

»Ich halte Maß in allem.« Die Tante biss mit demonstrativer Gelassenheit in ihr Schinkenbrot, kaute und schluckte. »Du glaubst doch wohl nicht, dass du in Gent eine Apotheke aufmachen kannst, in der du mit roten Händen Seife siedest, Kerzen ziehst, Arzneien destillierst und dann mit der Metzgerin von nebenan um den Preis feilschst? Mit einer solch niedrigen Arbeit ist unsere Stellung nicht zu vereinbaren.«

»Und überhaupt«, sagte Cornelis. »Das sind doch alles Giftmischerinnen. Ich würde lieber krank bleiben, als mir von einer Frau ein Medikament verordnen zu lassen.«

»Ich nicht«, sagte Adrian gefährlich ruhig. »Catharina hat schon so manchem das Leben gerettet, unter anderem ihrem Vater, der das Wechselfieber hat.«

»Das war wohl eher Gottes Ratschluss.« Die Tante fasste ihren Mann in den Blick. »Für Cornelis müssen wir eine Verbindung mit einem gehorsameren Mädchen vereinbaren, Josse.«

Dann wandte sie sich an Adrian, als sei Catharina nichts weiter als ein Anhängsel, das man getrost übersehen konnte. »Du hast deinen Verpflichtungen nicht gehorcht, Adrian, als du diese kleine Unruhestifterin ins Haus geholt hast. Nun sieh zu, wie du sie im Zaum hältst. Besinne dich bitte auf deine Verantwortung gegenüber unserem Namen und züchtige sie beizeiten.«

Catharinas Herz pochte bis in ihre Kehle hinein. War sie zu weit gegangen? *Vielleicht*, dachte sie, und schaute sich beklommen im Kreis ihrer neuen Familie um. Dann aber fiel ihr Blick auf Adrian, und sie erschrak. Sein Gesicht ähnelte einer Maske. Nur die Ader an seinem Hals pochte wild. Als er zu sprechen begann, war seine Stimme sehr leise.

»Der Azurstein, den wir mitgebracht haben, ist die Grundlage unseres Vermögens. Egal, was ihr sagt. Catharina wird ihn mit ihrem Lehrjungen Jacob auswaschen, denn sie ist die Einzige in ganz Flandern, die dazu in der Lage ist.«

Unter dem Tisch fassten seine eiskalten Finger nach den ihren und drückten sie. Als er tief Luft holte, bekam sie es mit der Angst zu tun. »Adrian, nein«, flüsterte sie. Doch das, was kommen musste, rollte wie eine Woge auf sie alle zu und zerbrach mehr als das kostbare Geschirr auf dem Tisch.

»Ich bin es leid, mit einer Lüge zu leben«, sagte Adrian ruhig. »Ich gehöre nicht zur Familie Borluut.«

»Was sagst du da?« Cornelis starrrte ihn fassungslos an.

»Nicht«, flehte Catharina. Aber das, was kommen sollte, brach über sie herein, wie der Sturm, der sich von der Nordsee näherte.

Adrian holte tief Luft. »Meine Mutter war schwanger, als sie Klaas Borluut heiratete. Mein leiblicher Vater ist ein Pirat und Söldnerführer mit Namen Cipriano Cipriani. Seine Mutter ist eine Wäscherin, sein Vater hieß Bardi und gehörte zum verarmten Adel von Florenz. Ich habe ihn in Italien kennengelernt.«

»Das also ist die Erklärung dafür, was du bist.« Cornelis stand auf und ging zur Tür. »Entschuldigt mich, ich muss mich zum Wachdienst im Belfried melden. Dort bin ich bis Mitternacht eingeteilt.« Die Tür glitt überraschend leise ins Schloss.

Während Adrian aufstand und Catharina mit sich zog, sah das Ehepaar Vijd-Borluut betreten zu Boden und schwieg.

Gemeinsam verließen sie den Raum und standen im Gang, in dem es fast finster war. Adrian zog sie an sich, bedeckte ihr Gesicht mit Küssen, machte sich dann über ihren Mund her und strich ihr voll Verlangen über den Rücken.

»Bist du verrückt?«, keuchte sie. »Nicht hier.«

»Das würde ich auch sagen«, Tante Elisabeth stand vor der verschlossenen Tür des Esszimmers und stützte sich fest auf ihren Handstock. In diesem Moment wirkte ihre kleine Gestalt so straff wie eine Feder aus Eisen. Sie fuhren auseinander, und Catharina spürte, wie sie knallrot anlief. »Es tut mir leid«, rief sie.

»Spar dir deine Entschuldigungen!«, sagte die Tante. »Ihr solltet wieder reinkommen und mit eurem Onkel über die Lage sprechen.«

»Später.« Adrian ließ sie los und verschwand lautlos durch die Tür.

Plötzlich fand sich Catharina allein mit der Tante im Gang wieder und rang sprachlos die Hände.

»Wusstest du das schon lange?« Als Elisabeth auf sie zu humpelte, wich Catharina einen Schritt zurück und stieß sich den Rücken an der Kommode.

»Ja, nein …« Tränen traten in ihre Augen. Warum hatte Adrian seine Neuigkeit gerade jetzt verkünden müssen, wo sie sich um die Apotheke stritten?

Statt zu tadeln und zu schimpfen tat die Tante etwas Seltsames. Sie trat einen weiteren Schritt näher, bis Catharina ihren sauren Altfrauengeruch riechen konnte, und legte ihr mit überraschender Sanftheit ihre schmale Hand auf die Wange. »Schon gut, Catharina. Du kannst nichts dafür. Doch auch du musst lernen, deine Klugheit vor der Welt zu verbergen, so wie ich es tat. Ich hoffe nur, du wirst darüber nicht so bitter wie ich.

Geh jetzt in dein Zimmer und ruhe dich aus. Morgen sehen wir weiter.«

Catharina raffte ihr Kleid, floh die Treppe hinauf und schlug schwer atmend ihre Zimmertür hinter sich zu. Die Zofe hatte ihr weißes Nachtgewand über die Daunendecke gelegt und einen Kerzenleuchter auf den Tisch gestellt. *Ich ersticke hier,* dachte sie dann. *Ich kann hier nicht bleiben.* Und sie fragte sich, ob es Adrian genauso erging.

78

Er stand unter einem Himmel voller Sturmwolken vor dem Belfried und wartete darauf, dass der Wind sein Blut abkühlte. Der stolze Stadtturm erhob sich zwischen den grauen Türmen der Johannes- und der Nikolauskirche, doch anders als diese beiden diente er nicht der Verherrlichung Gottes. Hoch oben in seiner Spitze wurden die Glocken geläutet, die den Tag gliederten und vor Angriffen und Feuer warnten. Weiter unten lagen in einer geheimen Kammer die Urkunden, die die Würde der Stadt Gent belegten. Der Belfried war der ganze Stolz der Genter Zünfte, jedes Mitglied tat hier Dienst in der Stadtwache. Auch Adrian würde sich, wenn die Reihe an ihn käme, dieser Pflicht nicht entziehen können. Falls die Genter ihn dann noch wollten. Hoch oben, auf der Spitze des Belfrieds, brachte der Wind den Drachen, das Wahrzeichen der Stadt, zum Taumeln.

Er hatte das Band zu seiner Familie wie mit dem Schwert gekappt, unerbittlich und für immer. Adrian runzelte die Stirn. Statt in die Nacht hinauszulaufen, hätte er auf seinem Recht bestehen und Catharina zeigen sollen, dass er sie liebte. Zwei

Wochen noch bis zur Hochzeit. Er schluckte an seiner Sehnsucht und dem Gefühl der Schuld, das ihn erfasste, wenn er daran dachte, dass er sie nach Gent gebracht hatte. Adrian ging auf das Tor zu. Wenigstens die Sache mit seinem Bruder wollte er klären, denn der war außer sich gewesen.

Als er die schwere Tür aufstieß, fragte er sich nicht zum ersten Mal, ob die Tommasinis ihn den Borluuts auch untergeschoben hätten, wenn ihnen die Konsequenzen für ihn klar gewesen wären. Dieser Verlust an Gewissheit, wer er wirklich war. Dieses Gefühl, nichts zu sein, frei zu sein. Im Inneren des Turms war es stockdunkel.

»Cornelis?«

Keine Antwort. Leichtfüßig lief er die Treppe zur Wachstube im zweiten Stockwerk hinauf und stieß die Tür auf. »Habt ihr meinen Bruder gesehen?«

Die Stadtwächter saßen um den Tisch, spielten Karten und prosteten sich trunken zu. Wenn in diesem Moment ein Brand ausbrach, war Gent verloren.

»Adrian, sei gegrüßt.« Frans Hedewijk, einer der Zunftmeister der Händlerzunft, stand auf, schaute ihn aus glasigen Augen an und schlug ihm mit seiner schweren Pranke auf die Schulter. »Cornelis ist oben bei der Glocke. Mit der stimmt etwas nicht. Er schaut sich die Aufhängung der Seitenglocken an.«

»Und danach …« Einer der anderen Wächter drehte den leeren Krug auf den Kopf und schaute bedauernd den letzten Tropfen hinterher. »… sorgt er für Nachschub.«

Die Turmwächter lachten schallend und hauten sich auf die Schenkel. Adrian schlug die Einladung aus, in der Wachstube auf seinen Bruder zu warten, und machte sich an den Aufstieg. Die Wendeltreppe schraubte sich von Stockwerk zu Stockwerk höher hinauf. Durch schmale Luken öffnete sich der Durchblick auf die Stadt, die unter ihm klein wie ein Spielzeug wurde. Sturmwolken jagten über den grauen Himmel. Einmal meinte er, hinter sich verstohlene Schritte zu hören, und schaute sich um. Niemand. Sicher narrte ihn nur das Tosen des Windes. Er betrat die Kammer, in der die mächtige Sturmglocke Roeland hing, die ihr Signal auf drei kleinere Glocken übertrug und damit sowohl den Tag gliederte, als auch vor Angriffen und Feuer warnte.

»Cornelis?«

Keine Antwort. Der Raum war leer. Er legte seine Hand auf den schweren Bronzekörper der Glocke, dessen Kühle sich auf seine erhitzte Haut übertrug. Sicher hatte Cornelis seine Arbeit hier beendet und war schon auf dem Weg ins Gasthaus, um seine Kumpane mit Bier zu versorgen. Adrian trat auf den offenen Umgang hinaus, wo der Wind an seinem Mantel zerrte und ihm einen Schwall Regentropfen ins Gesicht blies.

Der Angriff kam aus dem Hinterhalt und so plötzlich, dass er beinahe zu spät reagiert hätte. Ein Mann, breit und schwer wie eine Tonne, stand plötzlich hinter ihm und blies ihm seinen heißen Atem in den Nacken.

»Was?«, fragte er, doch da hatte ihn der andere schon um die Mitte gepackt und stand im Begriff, ihn über die Brüstung zu hieven und nach unten zu werfen. Als der Halbmond hinter dem Wolkenschleier hervorblitzte, übergoss er ihn mit Licht. Der Fremde trug ein Tuch um den Kopf, wie es Meuchelmörder tun, war ansonsten nicht gerüstet und schien sich voll und ganz auf seine bärengleiche Stärke zu verlassen. Schon hatten sich Adrians Füße vom Boden gelöst, hingen in der Luft, und das Geländer drückte sich in seinen Bauch. Würde er so enden? In schwindelerregender Tiefe. Zerschellt wie eine zerbrochene Puppe auf dem Pflaster vor dem Turm. Er wusste, was seine Zunftgenossen, seine Pflegeeltern und sein Bruder denken würden. Für sie wäre er ein Selbstmörder, der den Verlust seiner Identität nicht verkraftet hatte und den man auf dem Schindanger beerdigen musste. Arme Catharina. *Nicht so*, dachte er und begann zu kämpfen. Er wehrte sich und zappelte in der Umklammerung, doch die Oberarme des Fremden, dick wie Baumstämme, drückten ihm die Luft ab und hoben ihn höher und höher, bis er die Brüstung an den Oberschenkeln spürte und die Welt sich um ihn zu drehen begann. Aber dann dachte er an Sans Nom. Wenn er überleben wollte, musste er bereit sein, seinen Gegner zu töten, wenn es sein musste mit bloßen Händen und unredlichen Mitteln. Er sandte ein Stoßgebet für Sans Noms unsterbliche Seele gen Himmel und ließ sich mit vollem Gewicht nach unten sacken. Der andere keuchte überrascht auf, doch Adrian hatte wieder Boden unter den Füßen gewonnen, trat ihm mit geballter Kraft gegen das Schienbein und schaffte es, seinen Griff zu lockern, bis er sich drehen und ihm mit seinen Fingern in die Augen stechen konnte. Zu allem bereit wirbelte er herum, doch da war nichts mehr. Während der Körper des Meuchelmörders vor ihm zusammensackte und ihn mit einer Blutfontäne bespritzte, schaute er völlig verdutzt seinem Kopf hinterher, der wie ein Stein über die Brüstung in die Tiefe fiel.

»Was ist nur an dir, dass du die Verbrecher anziehst wie die Fliegen?« Gelassen strich sich Jörgen seine fettigen schwarzen Haarsträhnen hinter die Ohren und putzte sein Schwert an seinem Umhang ab. Angewidert traten sie einen Schritt zur Seite, denn rund um den Körper des Meuchelmörders bildete sich rasend schnell eine Blutlache.

Adrian zuckte die Schultern. Weckmann, sein einziger Feind, war auf einem Hang in der Toskana zu Tode gestürzt. Da war eine Ahnung in ihm, eine Erinnerung an den ersten feigen Mordanschlag in Venedig, doch die Gedankenspur riss, als er ihr folgen wollte, ab wie ein Spinnfaden.

»Danke«, sagte er und schlug seinem Bruder auf die Schulter.

»Keine Ursache«, sagte dieser bescheiden. »Es gleicht sich aus.«

Langsam machten sie sich an den Abstieg. Adrian war übel von Aufregung und der Drehung der Wendeltreppe. »Was treibt dich hierher?«

»Ich habe gesehen, wie du in den Turm gegangen bist. Der Mann folgte dir verstohlen.«

»Ich habe wegen des Windes nichts gehört.«

»Was machst du hier überhaupt mitten in der Nacht?« Jörgen trat ihm aus Versehen in die Fersen. »Tschuldigung.«

«Ich habe …« Er schluckte, als er sich der Konsequenzen dessen, was er getan hatte, bewusst wurde, »… meiner Familie die Wahrheit gesagt. Und jetzt wollte ich mit meinem Bruder reden.«

»Welchem Bruder?«

Als sie auf den Korenplatz hinaustraten, hatte sich rund um den abgeschlagenen Kopf, der zerplatzt war wie eine reife Melone, eine Menschentraube gebildet. Einige Handwerker, Patrizier und die eine oder andere Wirtshaushure standen um die Blutlache herum und tuschelten leise.

»Das Ding ist an uns vorbeigerauscht wie ein Geschöpf aus der Hölle«, sagte einer der Stadtwächter beeindruckt. »Kam geflogen und starrte mit leeren Augen in die Turmstube. Alle, jawohl, alle, haben sich bekreuzigt.«

Die Leute hörten ihm mit einer Mischung aus Ekel und Faszination zu und versuchten, nicht in das Blut und das Gehirn zu treten, das sich auf dem Pflaster verteilt hatte. Ein plötzlich nüchtern gewordener Frans Hedewijk kniete neben dem Kopf und lüftete angewidert das Tuch, hinter dem der Mordbube sein Gesicht verbarg.

»Johann Terwegen, ein stadtbekannter Galgenvogel.« Als er genug gesehen hatte, putzte er seine Hände an seinem Wams ab. »Und was habt ihr beiden mit dem da zu tun?«

Er verschränkte die Arme vor der Brust und schaute sie abwartend an. Jörgen drehte sich gelassen zu den Gaffern um. »Der da wollte Adrian Borluut schnöde über die Brüstung werfen und es wie einen Selbstmord aussehen lassen. Da musste ich ihn einen Kopf kürzer machen.«

Die Leute nickten verständnisvoll, als würde solches täglich vorkommen.

»Ich frage mich nur, wer ihn beauftragt hat, mich zu töten.« Adrian musterte die Gesichter rundherum, als würde einer von ihnen die Antwort gleich über den Platz posaunen. Seine Augen blieben an seinem Bruder Cornelis hängen, der zwischen ihnen stand und vor sich ein kleines Fass Bier balancierte.

»Ich habe dich gesucht«, sagte Adrian leise. Cornelis löste sich aus der Reihe, nahm das Fass mühelos auf seine Schultern, stellte es vor seinen Zunftgenossen ab und trat auf ihn zu.

»Ich wollte auch mit dir reden, Bruder«, sagte er und legte ihm den Arm um die Schultern. Sein Griff zerquetschte ihm beinahe den Oberarm. »Es tut mir leid wegen unseres Gesprächs. Du kannst nichts dafür, dass dieser Fremde seinen Schwanz in deine Mutter gesteckt hat und du nicht zu unserer Familie gehörst.«

Adrian spürte nichts als bleierne Müdigkeit. Er hatte nicht einmal mehr Lust, Cornelis zu widersprechen und ihn zu fragen, ob es sich wirklich lohne, ein Teil dieser Familie zu sein.

»Und wer ist das da?«, fragte Cornelis und deutete auf Jörgen, der ihn aufmerksam musterte.

Adrian raffte seine Kräfte zusammen. »Jörgen ist mein Halbbruder. Mein leiblicher Halbbruder, meine ich.« Plötzlich nahm er Ähnlichkeiten wahr, die ihm vorher nicht aufgefallen waren. Jörgen hatte schwarze Haare und grüne Augen, aber von seiner Statur her glich er Adrian. Beide waren ungefähr einen halben Kopf kleiner als der bullige Flame und eher wendig als breit. In ihrem Körperbau ähnelten sie Del Ponte, der stark und gleichzeitig schnell war. Er wusste nicht, ob ihn das freuen sollte.

Der andere trat mit wachsamen Augen auf Cornelis zu. »Jörgen Cipriani«, sagte er und schüttelte ihm die Hand. »Ich habe Adrian das Leben gerettet, so wie er das schon zweimal für mich getan hat.«

»Die wunderbare Brüdervermehrung.« Cornelis lachte schallend. »Dann lasst uns unsere Bekanntschaft begießen.«

Er legte seine Arme um sie beide und zog sie über die Brücke in ein nobles Gasthaus, in dem hauptsächlich Patrizier und reiche Händler verkehrten. Hier bestellte er reichlich Brot, Schweinefleisch und weißen Burgunderwein. Sie aßen und tranken, redeten und lachten, bis Adrian die Schrecken und Sorgen des vergangenen Tages unter einer flaumigen Decke aus Trunkenheit begraben konnte. Im Morgengrauen erleichterten sie sich Seite an Seite in den Fluss und torkelten dann zum Borluut'schen Anwesen, wo es Cornelis einfach nicht schaffte, den Schlüssel in die Tür zu stecken. Adrian lachte, bis sich der Wein in seinem Magen den Weg nach draußen bahnte.

Schließlich sprang Jörgen ein, zielte richtig, drehte den Schlüssel um, drückte die Türklinke und schob sie auf. »Taschenspielertrick«, nuschelte Adrian. Nach einer letzten Umarmung trennten sich seine beiden Brüder, der alte und der neue, um jeder für sich in ihre Zimmer zu wanken. Er stand allein in der stillen, dämmrigen Diele und fuhr sich mit den Fingern durch seinen wirren Haarschopf. Was sollte er tun? Richtig, er hatte ein Mädchen hier im Haus, in dessen weichen Armen er seinen Rausch ausschlafen konnte. Und was für ein Mädchen. Wenn sich die Welt beim Treppensteigen nur nicht so drehen würde. Irgendwann war er trotzdem oben und zählte, bis er zur richtigen Tür kam.

»Catharina?« Er drückte die Klinke. Nichts tat sich. Hatte sie sich eingeschlossen? Oder ließ Tante Elisabeth mal wieder die Zofe bei ihr schlafen? »Lass mich ein! Du hältst dich doch sonst auch nicht an Verbote.«

Er rüttelte noch einmal an der Tür und hörte im Innern ein leises Räuspern. »Du kannst wiederkommen, wenn du nüchtern bist«, sagte sie stur und blieb hart, egal, wie sehr er bat und drängte. Schließlich taumelte er die Treppe hinunter in die Küche, bekämpfte seinen brennenden Durst, indem er sich Schöpflöffel für Schöpflöffel Wasser in den Mund goss, und fand mit einiger Mühe sein Zimmer, wo er sich aufs Bett fallen ließ und sofort einschlief.

79

He, Junge, du kannst mir helfen.« Cornelis Borluut, der Jacob über den Korenplatz entgegenkam, verschwand fast unter den bunten Stoffballen auf seinen Schultern.

Jacob stand vor der Kirche St. Johannes und biss in den süßen Rosinenwecken, den er sich eben bei einem Bäckerstand zum Frühstück gekauft hatte. »Ja?«, fragte er mit vollem Mund.

»Das hier muss in die Tuchhalle zum Verkauf.« Cornelis dünstete jede Menge Wein aus und kniff beim Blick in den hellgrauen Himmel die Augen zusammen. Sicher hatte er die letzte Nacht durchgesoffen. Er legte Jacob einen Ballen über die Schulter, unter dem dieser fast in die Knie ging. Verdammt schwer. Der Ballen fühlte sich geschmeidig an und verströmte den muffigen Geruch von frisch verwebter Rohseide. Flink steckte er sich den ganzen Rest des Weckens in den Mund, kaute mit dicken Backen und folgte dem Kaufmann in die Tuchhalle, wo sie ihre Waren am Borluutschen Stand abgaben.

»So, und jetzt muss ich in die Chorkapelle zu Jan van Eyck«, sagte Cornelis, und Jacob, der liebend gern selbst einen Blick auf den halbfertigen Altar werfen wollte, heftete sich an seine Fersen. Borluut war sehr gut gekleidet. Er trug einen braunen, knielangen Umhang mit Pelzkragen, auf dem eine schwergliedrige goldene Kette lag. Seine kräftigen Beine steckten in zweifarbigen Strumpfhosen in gedämpften Rot- und Blautönen, die Füße in mäßig großen Schnabelschuhen. Cornelis war kein Stutzer, das gewiss nicht, aber er stellte zur Schau, was er besaß. Seine Statur erinnerte Jacob an Weckmann, doch sein offenes Gesicht mit den blauen Augen ließ einen leutseligen Charakter vermuten. An der Tür zur Johanneskirche drehte er sich um und musterte Jacob, der ihm noch immer folgte, aufmerksam.

»Du willst also mitkommen und einen Blick auf das Geheimnis werfen, das eigentlich erst am Sonntag gelüftet wird?«, fragte er. »Also gut. In deinem Alter war ich auch neugierig. Aber verhalt dich ruhig. Die Gesellen arbeiten noch daran.«

Sie betraten den leeren Kirchenraum, in dem jeder Schritt und jedes Wort widerhallte.

»Beeindruckend, nicht?«

Jacob zuckte die Schultern und schaute zu den Gewölben hoch. Ihn konnte so schnell nichts mehr erstaunen, hatte er doch den Markusdom und den Dom Santa Maria del Fiore von Florenz von innen gesehen. Wahrscheinlich war er jetzt schon weiter gereist, als dieser flämische Kaufmann je kommen würde. »Schon«, sagte er zögernd. Gent war nicht der Nabel der Welt, auch wenn seine Einwohner das zu glauben schienen.

Cornelis nickte stolz. »Und weißt du auch, dass die Kirche auf den Gebeinen vieler Genter Bürger ruht?«

»Nee.« Jacob schüttelte den Kopf. Blödes Geschwafel über Begräbnisriten interessierte ihn nicht.

»Sie ist die älteste Kirche hier und hat ein Untergeschoss mit einer riesigen Krypta. Viele Bischöfe wurden unter uns in Sarkophagen beigesetzt. Du weißt sicher, was das Wort heißt?«

»Nee.« Jacob verdrehte die Augen zum Gewölbe.

»Fleischfresser. In einem anständigen Steinsarg verwest eine Leiche in vierzig Tagen.« Cornelis lachte leise und fasste sich dann an seinen schmerzenden Kopf.

»Weidenrinde«, sagte Jacob leise. »Catharina kann Euch einen Tee verordnen, der Euch im Nu von Euren Kopfschmerzen befreit.«

»Nie im Leben lasse ich mich von einem Weibsbild behandeln. Das sind alles Hexen und …«

Jacob hörte ihm nicht weiter zu, denn sie waren am Chorumgang angekommen. Die Holztür zur ersten Seitenkapelle stand weit offen, um die Gesellen und Gehilfen Jan van Eycks nicht an der Arbeit zu hindern. Er drängte sich in das Gewimmel aus Malern und Aufbauhelfern und staunte mit offenem Mund.

Jan van Eyck hatte in seinem Bild den Himmel geöffnet, dessen Pracht auf die Erde strahlte. Gott selbst thronte, seitlich begrenzt von der Muttergottes und dem heiligen Johannes dem Täufer, in seiner ganzen Herrlichkeit in der Mitte. Auf dem Bild darunter floss das Blut des Lammes in den Kelch und ergoss sich als Wasser des Lebens bis über den unteren Rand. Fast wunderte er sich, dass er nicht nass wurde. Genauso lebensecht streckte Adam seine Zehen in den Raum hinaus. Jacob fühlte sich genarrt und rieb sich die Augen.

Es war Donnerstag. Nur noch drei Tage, dann wurde der neugeborene Prinz getauft und die Seelstiftung von Catharinas künftiger Familie mit Pracht und Pomp eingeweiht. Er hob die Augen, streifte die singenden Engel, ließ sie ein bisschen zu lange auf Evas nackten Brüsten ruhen, bis er schließlich an Marias prächtigem Mantel hängenblieb. Ultramarin. Sie hatten es in einem blauen Wirbel im Kreuzgang der Jesuaten verspritzt. Noch in der Klause von San Donato hatten seine Spuren wie blaues Blut an seinen Fingern gehaftet. Vermalt sah es erheblich besser aus. Irgendwie passend zum Himmelsmantel der Jungfrau.

Während er wie festgefroren dastand und blinzelte, herrschte rund um ihn reges Treiben. Die Gehilfen des Meisters und dessen Bruder Lambert legten letzte Hand an das fertig aufgebaute Retabel, standen auf Leitern und Hockern herum, wischten Staub von den Profilen der Rahmen und ölten die Scharniere der Tafeln. Auf dem Hocker direkt vor Jacob putzte der strohblonde Barthelmy, van Eycks jüngster Lehrling, gerade mit Schwung über den unteren Bildrand. Der Hocker unter ihm hatte nur drei Beine und wackelte beängstigend.

»Pass auf, du fällst gleich um«, raunte Jacob ihm zu. Und schon war es soweit. Der Hocker kippte. Barthelmy schrie auf und landete in Jacobs Armen, der ihn nachsichtig auf dem Boden absetzte. Vor nicht allzu langer Zeit war auch er ein Lehrling ohne Rechte gewesen, den Weckmann nach Belieben schikanieren konnte.

»Verdammter Bengel.« Einer der Gesellen hob schon die Hand für die fällige Ohrfeige, doch Barthelmy strampelte sich aus Jacobs Griff frei, nahm die Beine in die Hand und verschwand in dem riesigen Chorumgang. Hinter sich hörte er das leise Lachen eines Mannes. Er fuhr herum und schaute dem großen Meister in die Augen, der dieses Wunderding geschaffen hatte. »Mein Neffe ist noch jung«, sagte Jan van Eyck. »Aber irgendwann wird ein richtiger Maler aus ihm. Und, wie gefällt dir der Altar?«

»Ich, nun. Er ist …« Er schluckte an seiner eigenen Spucke und suchte nach den richtigen Worten. Und dann platzte doch dummes Zeug aus ihm heraus. »Woher wisst Ihr, wie es im Himmel aussieht?«

Jan lachte. »Wie soll ich das wissen, Junge? Ich stelle nur Mutmaßungen an. Die Ideen kommen von den Theologen, wie Hochwürden van Impe einer ist.« Der alte Kanonikus stand im Kirchenschiff, ließ seine Augen prüfend über den Altar wandern und nickte ihnen zu. »Allerdings.« Jan steckte ein Ende seines roten Chaperons fest, der drohte, sich in seine vielen Stofflagen aufzulösen. »Ich weiß zwar nicht, wie der Himmel aussieht, aber ich weiß, wie man ihn malen muss.«

»Wie denn?«, fragte Jacob verwirrt.

»Du bist ein Pillendreher und Pigmenthersteller, habe ich gehört?«

Er nickte. »Das war ich jedenfalls mal.«

»Dann weißt du auch, dass jeder Maler ein Bindemittel braucht, um die Pigmente anzureiben, bis eine Farbe in der gewünschten Konsistenz entsteht?«

»Zum Beispiel Eitempera«, sagte Jacob.

»Genau. Aber meine Brüder und ich haben unsere Malschichten schon immer mit einem ölhaltigen Firnis bedeckt.«

»Was schon Theophylus Presbyter empfiehlt«, fügte Jacob hinzu, der froh war, Catharina wenigstens das eine Mal zugehört zu haben, als sie ihm von diesem uralten Traktat über die Malerei erzählt hatte. Als Jan anerkennend die Augenbrauen hob, platzte er fast vor Stolz. »Dann weißt du sicher auch, dass es relativ lange dauert, bis die Farbe trocken ist. Eines Tages wollte ich den Prozess beschleunigen, indem ich eine Tafel in der Sonne aushärten ließ. Dabei rissen die Brettfugen auf, und die Tafel war zerstört. Und dann habe ich zu experimentieren begonnen.«

Wider Willen war Jacob fasziniert. »Und wie?«

»Nun.« Jan fuhr sich über die Stirn, wobei sich das Ende des Chaperons wieder löste, das er nachlässig feststeckte. »Ich mischte Nuss- und Leinöl in meinen Firnis und entdeckte dabei, dass ich diese auch zum Anreiben der Farbschichten gebrauchen kann. Und noch ein paar andere Dinge, die ich geheim halte.«

»Öl – das ist ungewöhnlich.«

Jan nickte. »Ich trage geduldig Schicht für Schicht auf, bis die Malerei Tiefe bekommt. Und so sieht der Himmel aus wie das richtige Leben.«

»Nur schöner«, fügte Jacob hinzu, drehte sich um und prallte gegen die breite Brust von Cornelis Borluut. »Pass doch auf, Junge.« Unwirsch packte er ihn und schob ihn zur Seite wie ein Möbelstück. Dann kramte er in der Tasche seines Überwurfs und holte einen Beutel hervor, in dem es leise klimperte. »Meister van Eyck. Ich bringe Euch die Gratifikation.«

Er schob den Münzbeutel in Jan van Eycks erwartungsvoll geöffnete Hand und entfernte sich durch das hohe, hallende Kirchenschiff. Auch Jacob war schon fast zur Tür hinaus, als der Maler ihn leise zurückrief. »Junge«, sagte dieser. »Ihr solltet nicht länger warten.«

»Womit?« Er wusste nicht, worauf der Maler hinauswollte.

»Du und deine Lehrmeisterin, ihr solltet den Azurstein auswaschen, wenn es sein muss, auch gegen den Willen der Familie Vijd-Borluut. Rogier de la Pasture und ich, wir würden euch das Ultramarin sofort abkaufen.«

Jacob tippte sich an die Mütze und machte sich pfeifend davon.

80

Wie wunderschön dieser Tag war! Catharina atmete versonnen ein und genoss den Geruch nach Frühling, der die Dünste der Stadt überdeckte. Der Himmel, weit und blau und voller weißer Schäfchenwolken, nahm die Verheißung des Sommers vorweg. Sie stand am Rand der eng bebauten Innenstadt von Gent, hinter sich die Rückseiten der grauen Steinhäuser der Handwerker. Darunter senkte sich der Uferhang voller gelber und blauer Frühlingsblumen bis zur Leie hinab. Die violettblauen Veilchen würde sie mit Honig kandieren, und die goldgelben Himmelsschlüsselchen als Heilpflanze verwenden. Die heilige Hildegard schlug vor, dass man die Primula Veris den Melancholikern aufs Herz legen sollte, damit sich die Wärme der Sonne auf sie übertrage, eine Kur, die

Tante Elisabeth sicher nicht schaden würde. Während unter ihr der Fluss träge dahinströmte, kletterte sie vorsichtig den Hang hinunter, rutschte ein kleines Stück über die Grasnarbe und landete schließlich zwischen zwei Narzissenbüscheln. Während sie sich mit der einen Hand abstützte, pflückte sie mit der anderen eine Handvoll Himmelsschlüsselchen. Dazu kamen als violettblaue Farbtupfer die süß duftenden Veilchen. Niemals das ganze Kraut nehmen, hatte ihre Großmutter ihr eingeschärft. Sie hielt sich daran und ließ immer so viel zurück, dass die Pflanze sich gut regenerieren konnte. Daheim hatten ihre bestellten Sammelweiber diese Arbeit übernommen, aber hier ging sie selbst in die Natur und genoss die heimlichen Ausflüge, für die sie jedes Mal die Zofe abschütteln musste, inzwischen sehr.

Sie kletterte noch ein kleines Stück tiefer und stach mit ihrem kleinen Messer die ersten Löwenzahnblätter aus, die man gut roh im Salat essen konnte, worüber die meisten Leute die Nase rümpften. Sicher auch Tante Elisabeth, die nicht einmal wusste, wo sie sich herumtrieb.

»Goeden Avond, Juffrouw Catharina.«

Vor Schreck klammerte sie sich an ihrem Korb fest, rutschte weiter den Hang hinab und landete mit einem Fuß im seichten Uferwasser. Brr, wie kalt das war! Adrian saß in einem schmalen Kahn und hatte die Ruder einzogen. Das Sonnenlicht fing sich in seinen lockigen Haaren, und in seinen Augen glitzerte der Schalk. »Für ein Bad ist es noch ein bisschen zu kühl.«

Sie zog ihren Fuß mit dem durchnässten Lederschuh aus dem Uferschlamm und schob sich mit tropfendem Saum ein Stück den Hang hinauf, bis sie sicher auf dem Po saß. »Musst du mir einen solchen Schrecken einjagen?«

»Komm!« Er ruderte den Kahn geschickt ans Ufer, streckte

den Arm aus und zog sie über die Kante ins Boot, wo sie gänzlich undamenhaft auf dem Bauch landete. Lachend half er ihr, sich aufzurichten und auf der Bank ihm gegenüber Platz zu nehmen. Schon sein Arm um ihre Mitte trieb ihr ein paar Schauer über den Rücken.

»Reiche Ausbeute?« Er zwinkerte und erinnerte sie plötzlich an den schneidigen jungen Kaufmann, in den sie sich vor mehr als einem Jahr verliebt hatte. Catharina nickte trotzig und zog ihren Korb an sich. Einige zerdrückte Pflänzchen lagen noch immer darin, während die anderen wie ein Blumengeschenk aus Pandoras Füllhorn auf dem Fluss davontrieben. Sie war Adrian seit dem Morgen, als er betrunken vor ihrer Zimmertür gestanden hatte, aus dem Weg gegangen.

»Ich habe dich gesucht.« Er tauchte die Ruder ins Wasser und ließ das Boot auf die Mitte des ruhigen, grünbraunen Flusses hinausgleiten, wo es von der Strömung am Korenlei und an seinen mit prächtigen Bürgerhäusern und Kontoren bebauten Ufern vorbeigetragen wurde. »Wir haben uns schon eine Weile nicht gesehen.«

Catharina schwieg und steckte ihre Hand in das weiche Wasser des Flusses. »Wir müssen reden«, sagte sie dann leise. »Schließlich wollen wir in einer Woche heiraten.«

»Das dachte ich auch.« Er zwinkerte ihr zu. »Aber hoffentlich nicht nur reden.«

Trotz allem, was ihnen zugestoßen war, konnte er so leichtlebig sein. Er machte die Nächte mit seinen Kumpanen durch, betrank sich, bis er nicht mehr gerade gehen konnte, ließ sich von Jörgen zum Kartenspiel verführen und schaute vielleicht wirklich den hübschen Bürgertöchtern hinterher, die ihm gerade so wie vor seiner Reise schöne Augen machten.

Adrian ließ das Boot mit der Strömung treiben, bis die

bebauten Ufer sich lichteten und Wiesen voller schaumweißem Kerbel Platz machten, und bog dann in einen schilfbewachsenen Seitenarm ein. Während das Boot wie von selbst weiterglitt, legte er die Ruder auf den Boden und küsste sie auf den Mund. Möwen segelten rund um die Flügel der Windmühlen.

»Aber wenn wir abtreiben und das Boot kentert?«, flüsterte sie entsetzt.

»Das passiert nicht. Ich rudere schon seit meiner Kindheit auf der Leie. Nichts könnte sanfter sein.«

Er steuerte das Boot tiefer ins Schilf, rutschte neben sie, küsste sie fordernder und streifte ihr das unter der Brust gegürtete Kleid von den Schultern. »Du riechst nach Frühling, nach der Erde an deinen Händen und den Pflanzen.« Seine Hände bahnten sich hungrig ihren Weg, und sie lachte leise und ein bisschen verlegen. »Kannst du nicht abwarten? In einer Woche sind wir verheiratet.«

»Dann hören wir gar nicht mehr auf, uns zu lieben. Am besten bleiben wir den ganzen Tag im Bett.« Er nestelte an seinem Wams und seiner Strumpfhose herum. »Aber schon jetzt ist jeder Tag ohne dich ein verlorener Tag. Und wenn unsere Hochzeit sowieso in einer Woche stattfindet, dann können wir auch darangehen, ein Verlobungskind zu zeugen. Schließlich sollst du mir, wenn es nach Tante Elisabeth geht, jede Menge kleine Borluuts schenken.« Er lachte leise.

»Und wenn jemand kommt?« Sie zuckte zusammen, als sich neben ihnen eine Reihe Enten in den Fluss fallen ließ und elegant davonschwamm.

»Hier ist niemand außer ein paar Uferenten.« Er streifte ihr Kleid hoch, kniete sich vor sie und begann, sie mit einer Zielstrebigkeit zu lieben, die sie wehrlos machte. Danach saßen sie eng umschlugen auf der Bank. »Du bist ein Herzensbrecher«, sagte sie träge und kuschelte sich an seine Schulter. Die Frage, woher er diesen Ort so gut kannte, stellte sie ihm lieber nicht.

»Aber du bist auch nicht unbegabt.« Er ließ kleine Küsse auf ihre Schultern und ihren Hals regnen und wollte gerade von neuem beginnen, als sie ihn sanft von sich schob. »Wir müssen reden.«

»Wir klären das mit der Apotheke schon.«

Catharina schüttelte den Kopf und rutschte ein Stück zur Seite, bis sie sich nicht mehr berührten. »Es geht nicht um mich, sondern um dich.«

»Ärgert es dich jetzt doch, dass ich das Band zu meiner Familie gekappt habe und kein reicher Erbe mehr bin?« Zwischen seinen Augenbrauen bildete sich eine kleine senkrechte Falte. »Aber dafür musst du dich bei Del Ponte beschweren.«

»Nein. Darum geht es überhaupt nicht. Ich glaube nur, dass du im Begriff stehst, dich selbst zu verlieren. Du trinkst, du spielst Karten, du benimmst dich wie ein reicher, verwöhnter Junge.«

»Hör mir zu, Catharina«, sagte er eindringlich. »Auch wenn ich kein Borluut mehr bin, bleibe ich ein Kaufmann. Ich habe Verpflichtungen, zu denen nun einmal auch gehört, dass ich mich im Wirtshaus sehen lasse, wo ich meine Geschäftskontakte pflege.«

»Mit einem großen Krug Burgunderwein?«

»Wenn es sein muss, schon. Schließlich ist da noch der Azurstein, auf den wir unseren eigenen Reichtum aufbauen wollen, und den muss ich so gewinnbringend wie möglich an den Mann bringen.«

»Bisher darf ich ihn nicht einmal auswaschen«, stellte sie bitter klar. »Aber darum geht es nicht. Es geht um dich. Du bist mir oft so fremd. Der Adrian, der mit mir über die Schwäbische Alb nach Venedig, Ligurien und Florenz gereist ist, der Kranke behandelt und gegen Weckmann gekämpft hat … Er ist hinter einem leichtfertigen Taugenichts verschwunden, der so tut, als hätte es das alles gar nicht gegeben.«

Entsetzt biss sie sich auf die Lippe. Sie liebte ihn doch mehr als sich selbst und hatte ihm das nicht in dieser Schärfe sagen wollen. Oder etwa doch? Adrian schaute sie an und runzelte die Stirn, als sei ihm die Seite der keifenden, eifersüchtigen Verlobten neu, die sie ihm gerade gezeigt hatte. Schweigend ruderte er sie in die Stadt zurück und nahm ihren Arm, um sie am Bootsanleger aussteigen zu lassen. »Verzeih mir!«, sagte sie kleinlaut. »Aber wenn sich die Dinge nicht ändern, kann ich nicht in Gent bleiben.«

»Was sagst du da?« Während er sie anschaute, als hätte sie den Verstand verloren, erfasste die Strömung das kleine Boot und zog es auf den Fluss hinaus. Adrian musste gegensteuern und wandte den Blick von ihr. »Wir reden später. Vergiss nicht, welcher Tag morgen ist.«

Wie sollte sie? Beim Gottesdienst morgen würde die Taufe des kleinen Prinzen ebenso stattfinden wie die Weihe des Altars von Jan van Eyck. Das Boot trieb davon und nahm Adrian mit sich fort. Catharina stieg die Treppe hinauf bis zum Kai und schaute ihm hinterher, als sei das ein Abschied für immer. Waren es die Lichtreflexe auf dem Wasser oder ihre Gedanken, die ihr plötzlich die Tränen in die Augen trieben?

Entschlossen blinzelte sie, drehte sich um und fand sich mitten im Trubel der Stadt Gent wieder. Händler priesen ihre Waren an, Ledergürtel, bestickte Stoffbahnen und bunte Bänder. Dicke Matronen verkauften Heringe von der Küste, selbstgemachte Butter und lockere süße Hefekuchen, deren

Duft ihren Magen zum Knurren brachte. Sie schlängelte sich zwischen in Seide gekleideten Damen hindurch, die mit ihren Zofen ihre Einkäufe erledigten, und an Kaufleuten vorbei, die die Köpfe zusammensteckten und Geschäfte besprachen.

»Ich grüße Euch, kleine Schwägerin.«

Sie fuhr herum. Unter dem überhängenden Dach einer Marktbude stand Adrians Halbbruder Cornelis Borluut, lächelte freundlich und lüftete grüßend seine Mütze. »Ihr seht müde aus. Soll ich Euch Euren Korb abnehmen?« Er biss hungrig in sein Heringsbrötchen. »Wollt Ihr auch eins?«

»Nein, nein.« Sie schüttelte den Kopf und schaute hinein. »Es ist fast alles rausgefallen. Ich habe eine kleine Bootspartie mit Adrian unternommen.«

»Wie er das immer mit seinen Herzensdamen macht.« Er lächelte unergründlich, und Catharina ärgerte sich über Adrian, dessen erste Liebe sie wahrlich nicht gewesen war. Eine Hitzewelle überspülte ihr Gesicht.

»Trotzdem ist es sicher besser, Ihr bleibt in meiner Nähe«, empfahl Cornelis. »Wenn meine Tante Euch allein auf der Straße sieht, wird sie Euch nur wieder schelten.«

Auf dem Weg zum Korenmarkt wich er ihr nicht von der Seite, passte sich ihren kleineren Schritten an und erklärte ihr, wer in welchem Haus wohnte und in welcher Beziehung die Familie zu den Borluuts stand. Zuvorkommend nahm er schließlich ihren Arm, bis sie vor der imposanten Fassade des Hauses standen. »Wie wäre es, wenn Ihr einen kleinen Schlummertrunk mit mir einnehmen würdet, Schwägerin? Ich habe Euch etwas über Adrian mitzuteilen.«

81

Der Morgen des 6. Mai begann wie viele andere zuvor. Adrian hatte ausnahmsweise im Haus der Vijds übernachtet und legte früh morgens sein bestes Gewand an, um Catharina zum festlichen Gottesdienst abzuholen. Ihm lag ihr gestriges Gespräch schwer im Magen, und er nahm sich fest vor, nach dem Gottesdienst noch einmal mit ihr darüber zu reden. *Mit mir ist alles in Ordnung*, dachte er trotzig und fuhr sich mit dem Rasiermesser über die stoppeligen Wangen. *Aber sie schafft es einfach nicht, sich anzupassen.* Und dabei würde er schon einen Apothekermeister finden, mit dem sich ihre Wünsche mehr oder weniger heimlich verwirklichen ließen. Schließlich, Adrian begann zu pfeifen und spritzte sich mit einer Handvoll Wasser den Schaum aus dem Gesicht, war er nicht mehr auf das Wohlwollen von Onkel und Tante angewiesen, sondern konnte tun und lassen, was er wollte. Die Freiheit schmeckte ihm hervorragend, aber er war nicht bereit, sie ohne Catharina zu genießen. Keinen einzigen Tag, denn seine Liebe zu ihr gehörte inzwischen zu ihm wie seine meergrünen Augen, die ihm aus dem verzogenen Spiegel über der Wasserschale entgegenblinzelten. Es zog, als er sich mit dem grobzahnigen Kamm durch die Locken fuhr, die diese Behandlung dringend nötig hatten. Warum sollte er sich ändern? Er hatte sein Leben als Kaufmann in der reichen, stolzen Stadt Gent wieder aufgenommen. Das Leben, das ihm zustand. Er war eben kein Wundarzt, der in blutigen Operationsräumen den Menschen die Gliedmaßen vom Leibe schnitt. Oder etwa doch? Sein Blick fiel auf seine Hände, in denen das Schabemesser lag, als sei es genau dafür gemacht.

»Bist du bald fertig?« Jörgen stand in der Tür, das schwarze Haar mit Wasser an den Kopf geklatscht. Jacob linste ihm über die Schulter. »Es wird Zeit.«

Adrian nahm seinen pelzgesäumten, schwarzen Mantel und trat gemeinsam mit den beiden in den Gang hinaus, wo ihnen, ebenfalls im Sonntagsstaat, das Ehepaar Vijd-Borluut entgegenkam.

»Wir müssen mit dir reden, Adrian«, sagte sein Onkel ernst. »Jetzt.«

Plötzlich war er auf der Hut. Wenn sie beide etwas von ihm wollten, musste etwas Gravierendes vorgefallen sein. Er wusste, dass die Tante einen Großteil der Familienangelegenheiten regelte. Doch trotz seiner jovialen Art würde Adrian niemals den Fehler machen, seinen Onkel zu unterschätzen, der fürs Geschäftliche zuständig war und dabei List und Geschick bewies. Er gehörte nicht nur zum Genter Stadtrat und war Kirchenvorsteher der Johanneskirche, sondern würde sich wahrscheinlich trotz seines fortgeschrittenen Alters im nächsten Jahr wieder für das Amt des Bürgermeisters zur Wahl stellen. Außerdem war er einer der Paten des kleinen Prinzen, der sogar seinen Namen trug, auch wenn das wahrscheinlich andere Gründe hatte.

»Wir treffen uns in der Kirche«, ließ er die beiden Jungen wissen und folgte Onkel und Tante ins Kontor.

»Setz dich!« Onkel Josse bückte sich, um in einer Truhe am Fenster zu kramen, zog einige gesiegelte Urkunden heraus und legte sie auf den Tisch.

Die Tante platzierte ihr krankes Bein auf einen Hocker, von denen es in jedem Raum einen gab. »Wir wissen seit deiner Kindheit, dass du nicht von meiner Familie abstammst.« Ihr Mann nickte nachdenklich.

Adrian blieb der Mund offen stehen. »Das kann nicht sein«, flüsterte er.

»Oh, doch.« Sie musterte ihn. »Du weißt, wie stolz ich auf meine Herkunft bin?«

Adrian verdrehte die Augen. »Urgroßvater Gerelmus hat das Augustinerkloster gegründet und damit die Ehre des Geschlechts vergrößert.« Diese Dinge hatte er sich seine ganze Kindheit hindurch anhören müssen, wobei Gerelmus kein Anrecht mehr darauf hatte, seine Zeit zu beanspruchen. Denn mit Hilfe des wahrhaftig nicht ehrwürdigen Cipriano Cipriani hatte er das Recht verwirkt, sich sein Urgroßvater zu nennen.

Die Tante nickte. »Es gibt eine gewisse Familienähnlichkeit unter uns Borluuts. Du unterscheidest dich äußerlich nicht sehr stark von uns, ein bisschen zwar, was man deiner italienischen Mutter anlasten könnte. Doch da war etwas an dir ... Du hast dich anders verhalten, irgendwie fremd.«

Was jetzt kommen würde, kannte Adrian nur zu gut. Als die Tante weitersprach, schaute er störrisch auf seine Hände.

»Kaum zu bändigen warst du, so wild. Als Kind hast du einen Streich nach dem anderen ausgeheckt, und als du dann halbstark warst, wurde es ganz schlimm. Immer wieder hast du über die Stränge geschlagen. Unstet, klug und feurig, so gebärden sich die schwerfälligen Männer unserer Familie einfach nicht. Schau Cornelis an!«

»Piratenblut«, sagte Adrian bitter, doch die Tante sprach ungerührt weiter.

»Nach dem Tod deiner Mutter ließen wir Nachforschungen anstellen. Bei unseren Handelspartnern in Florenz und bei deiner Großmutter Tommasini, die nicht mit der Sprache herausrücken wollte und es bis heute nicht getan hat. Aber schließlich sickerte doch etwas durch.«

»Und seither wisst ihr es? Und ihr habt die ganzen Jahre nichts gesagt und mich nicht – fortgeschickt?«

Sie schüttelten in trauter Eintracht den Kopf. »Das konnten wir nicht«, sagte die Tante. »Es war absehbar, dass dein Onkel und ich keine leiblichen Kinder haben würden. Cornelis und du, ihr seid uns zu kostbar, um einen von euch aufzugeben.«

Der Onkel griff nach den Urkunden und legte sie mit seinen von dicken Adern durchzogenen Händen vor Adrian ab.

»Was ist das?«, fragte er und spürte dem Aufruhr in seinem Innern nach. Da war gleichzeitig Rührung über so viel bedingungslose Liebe und das Gefühl, als ob sich ein eiserner Ring um seine Brust legen würde.

»Mach damit, was du willst, Adrian Borluut, oder Tommasini oder Cipriani«, murmelte der Onkel. »Das sind die Schriftstücke, die deine Adoption belegen.«

82

Er war noch immer ganz aufgewühlt, als er vor Catharinas Zimmertür im Haus der Familie Borluut stand und klopfte. »Catharina?«

Keine Antwort. Er drückte die Klinke und stand in dem ordentlich aufgeräumten Raum, den die frühmorgendliche Sonne erhellte. Sie war nicht da. Die Decke auf ihrem Bett war an drei Seiten eingesteckt, als hätte sie gar nicht darin geschlafen. Der Qanun at-Tibb lag aufgeschlagen auf dem Tisch, darunter ihr vernachlässigter Stickrahmen. Beunruhigt näherte er sich der Truhe und klappte den Deckel hoch. Ihr gutes hellblaues Kleid und der blaue Samtmantel fehlten, was darauf hindeutete, dass sie aus unerfindlichen Gründen vorgegangen war. Auf dem Gang stellte er Tante Elisabeths ältliche Zofe zur Rede, die sich ängstlich ihre dünnen Haarsträhnen aus der Stirn strich.

»Greetje. Wann ist die Herrin Catharina heute morgen aufgebrochen?«

Greetje zog ihre grauen Augenbrauen zusammen und dachte nach. »Ganz früh klopfte diese Hofdame der Herzogin bei uns an, junger Herr.«

»Marguerite.«

»Sie lief flink die Treppe hinauf und schaute nach Mademoiselle. Aber da musste ich in die Küche und der Köchin helfen, der die Milch übergekocht war. Und als ich zurückkam, waren beide verschwunden.« Sie runzelte die Stirn. »Wenn ich es recht bedenke, habe ich Mademoiselle gestern Abend das letzte Mal gesehen, als sie Wein mit Meister Cornelis trank.«

Adrian beruhigte mühsam seinen Atem. Isabella konnte Catharina zu sich gerufen haben, wenn sie, oder, was Gott verhüten möge, der kleine Prinz unpässlich waren. Die Herzogin, deren Aussegnung noch bevorstand, würde bei der Taufzeremonie selbst nicht anwesend sein. Aber Catharina würde sicher im Kreis der Hofdamen zur Kirche gehen und sich dort mit ihm treffen.

Er überquerte den Korenmarkt, betrat das Gotteshaus, in dessen Seitenschiffen sich die festlich gekleideten Genter Bürger versammelten, und gesellte sich zu seiner Familie. Außer seinem Halbbruder Cornelis, seiner Tante und weiteren Mitgliedern der Familie Borluut waren von der Seite der Vijds sein Onkel Christoffel mit einigen Vettern und Basen erschienen.

Zuerst sollte die feierliche Taufzeremonie des herzöglichen Kindes stattfinden, später die Einweihung der geheimnisvollen

Seitenkapelle, die noch immer verriegelt war. Die Weihe ihrer Seelstiftung stellte einen großen Tag im Leben der Familie Vijd-Borluut dar. Kein Wunder, dass Tante Elisabeth nervös ihre Hände knetete, als sie ihn aufforderte, sich ihr zuzuneigen.

»Wo ist denn deine Verlobte?«, fragte sie, und Adrian zuckte die Schultern. Er konnte nicht antworten, weil sich in diesem Moment die feierliche Prozession näherte, die den Täufling vom Prinzenhof zur Kirche geführt hatte.

Orgelmusik setzte ein, brandete auf und erfüllte die Joche bis zum Gewölbe mit ihren festlichen Klängen. Der Einzug des Hofes begann mit den livrierten Dienern und Pagen, die alle in silberbestickte, rote Umhänge gekleidet und nach Größe aufgereiht waren. Herzog Philipp wusste um die Wirkung der Ausstattung seines Gefolges und hatte auch seine Leibwache, fünfundfünfzig schwer gerüstete Ritter, mit neuen Umhängen aus grauem und schwarzem Tuch bedacht. Groß, aufrecht und mit einem Lächeln auf den Lippen folgte ihnen der Souverän selbst. Auf seiner roten Robe lag die goldene Kette mit dem Abzeichen der Ritter vom Goldenen Vlies, die Adrian vor fast zwei Jahren zum ersten Mal aufgefallen war. »L'Asseuré«, der Selbstsichere, wie man ihn oft nannte, wurde von Gefolgsleuten aus diesem von ihm persönlich gestifteten Orden begleitet. Danach kam ein Knabe, der auf einem Tablett das Taufwasser in einem Kännchen sowie Salz und ein Handtuch für die Zeremonie trug. Beeindruckend in seinem scharlachroten Ornat durchschritt hinter ihm Henry Beaufort das Kirchenschiff, der Kardinal von Winchester, der die Taufe vornehmen würde. Wie die Herzogin entstammte er der Blutlinie des John of Gaunt und war dadurch mit dem englischen Herrscherhaus Lancaster verwandt. Nach ihm betraten die vom Herzog ausgewählten Paten des kleinen Josse die Kirche, unter ihnen Josse Vijd, der das winzige, in ein golddurchwirktes Tuch gehüllte Kind auf seinem Steckkissen wie einen Schatz vor sich hertrug.

Adrian reckte den Kopf und runzelte die Stirn, als ihm auffiel, dass sein Onkel, der hier die Sternstunde seiner Laufbahn erlebte, eine bläulich rote Gesichtsfarbe hatte und vor Aufregung keuchte. Catharina würde wissen, was zu tun war, doch noch immer fehlte jede Spur von ihr.

So sehr er auch suchte, er konnte sie weder im Schwarm der Hofdamen, die prächtig wie eine Schar Pfauen hinter den Paten in die Kirche strömten, entdecken noch im Kreis der zahlreichen Bastardkinder des Herzogs, die ihnen mit ihren Ammen und Lehrern folgten. Wo steckte sie? Beunruhigt ließ er die Augen über die Vielfalt aus farbigen Seidenstoffen, wippenden Hennins und leuchtenden Juwelen schweifen, die auf üppigen Ausschnitten prangten. Nirgendwo ein hellblaues Kleid und ein dunkler Mantel, kein scharfer Blick aus blauen Augen, der den seinen suchte.

In diesem Moment setzte sich die Menge in Richtung Chor in Bewegung und verschwamm dabei zu einem Meer aus leuchtenden Farbschlieren. Onkel Josse erklomm mit den anderen Paten, dem Herzog und einigen Mitgliedern des burgundischen Hochadels die Stufen zum Taufstein und hielt den winzigen Thronerben über das Becken. Adrian folgte ihm in die erste Reihe der Taufgäste und reckte den Kopf. Als der Kardinal dem Kind Weihwasser über die Stirn sprengte und es mit Gottes Worten in die Kirche aufnahm, standen dem alten Mann Schweißtropfen auf der Stirn. Bewegt murmelte er die uralte Formel der Antwort, widersagte im Namen des winzigen Kindes dem Bösen und übergab es dann mit sichtlicher Erleichterung seiner Amme.

Der offizielle Teil des Festakts war vorüber. Adrian erhob sich und drängte sich durch die Reihen der Umstehenden hindurch bis zum Kreis der Hofdamen, die gerade dabei waren, zum Ausgang zurückzustreben.

»Marguerite!«

Er packte sie grob am Arm, was sie ängstlich herumfahren ließ. »Meister Adrian.« Sie bedeutete ihm, ihr zu einem Seitenpfeiler zu folgen. »Was ist mit Euch? Ihr habt ja Angst.«

»Catharina.« Er schluckte schwer an diesem Namen. »Habt Ihr sie gesehen? Sie war bei der Taufe nicht dabei. Die Zofe meiner Tante sagte, Ihr hättet sie heute Morgen aufgesucht.«

Die Hofdame schaute ihn besorgt an. »Das stimmt. Ich war im Auftrag der Herzogin bei ihr, die sie einladen wollte, sich uns anzuschließen. Aber Catharina war schon gegangen. Ihre guten Gewänder waren weg.«

»Was sagt Ihr da?« Er wollte schon herumfahren, aus der Kirche rennen und die Stadt Gent nach Catharina durchkämmen, die Keller durchsuchen, als sich eine schwere Hand auf seine Schulter legte. Jörgen.

»Deine Familie wartet auf dich. Der Altar.« Den hätte Adrian vor Aufregung fast vergessen. »Catharina ist verschwunden.«

Jörgen starrte ihn überrascht an. »Wirklich? Wir gehen sie sofort suchen, wenn die Sache hier vorüber ist.«

Gemeinsam mit Marguerite und Jörgen drängte sich Adrian in die überfüllte Seitenkapelle, deren Holztür man endlich entfernt hatte. Die Gäste – Höflinge, Familie und die höchsten Würdenträger des Genter Stadtadels – starrten ergriffen und fasziniert zugleich auf das riesige Altarwerk, das ihnen in seiner Natürlichkeit wie ein Abbild des Himmels erscheinen musste. Adrian schob sich durch die Menge, bis er die schmale

Gebetsbank seiner Familie erreichte, und sank neben Cornelis auf die Knie.

»Stimmt was nicht mit dir?«, fragte dieser besorgt.

»Nein, nein, schon gut.« Er faltete die Hände zum Gebet, konnte sich aber während der ganzen Zeremonie nicht konzentrieren. Die Familie hatte für die Weihe des Altars den Kardinal Henry Beaufort gewonnen, der sie gemeinsam mit den Kaplänen der Kirche und dem Kanonikus van Impe vornahm. Adrian rutschte unruhig auf der Kniebank hin und her und erstickte fast am Weihrauchdunst, der in der Luft lag. Wäre es doch schon vorbei!

Als sich der graue Rauch gelegt hatte, fiel sein Blick zum ersten Mal bewusst auf die Bilder des Altars, die er so gut zu kennen glaubte. *Maria*, dachte er, *mit ihrem prächtigen blauen Mantel aus Ultramarin.* Sie hatte ihn auf Reisen geschickt, wo er seinen Namen verloren und Catharina gefunden hatte. Als er seine unsteten Augen über das untere Register gleiten ließ, blieben sie nicht an den Streitern Christi oder an einer der anderen Heiligengruppen hängen, die es bevölkerten. Was er sah, war das Opfer des Lammes, dessen Blut in den Abendmahlskelch tropfte, der ihrer aller Erlösung verkörperte. Mit einem Schlag wurde ihm klar, dass Catharina ihn verlassen hatte, um nach Hause zurückzukehren. Er hatte sich als nicht würdig erwiesen, sie zu halten und an sich zu binden. Leere, er fühlte nichts als Leere in sich, die ihn zu verschlingen drohte.

»Siehst du es endlich?«, flüsterte Cornelis zu seiner Rechten.

»Was?« Das Wort löste sich wie ein Widerhaken aus seinem Innern.

»So viele suchen ihn, und hier steht er. Der Gral steht für das Opfer des Lebens.« Cornelis stand auf und ging davon.

83

Von der Sol niger, der schwarzen Sonne, durch Purificatio zur Albedo, der Weißung, bis hin zur Rubedo, der Schau der Unendlichkeit.« Seltsamerweise dachte Catharina an die Worte ihres Vaters, während das Blut von ihrem Kopf in den Sarkophag rann. *Ich werde sterben und Adrian nie wiedersehen.* Es tat nicht mehr weh, die Platzwunde gar nicht, und die Schnitte in ihren Handgelenken vielleicht ein bisschen, aber der Blutverlust bewirkte kaum mehr, als dass sie sich immer leichter fühlte. Auch die Kälte, die ihr in den ersten Stunden zu schaffen gemacht hatte, quälte sie nicht mehr. Denn schließlich hatte er ihr Totenbett mit Gänsedaunen ausgelegt, die ihre Körperwärme aufnahmen. Oder waren es Schwanenfedern?

Sie betastete die kalten Wände ihres Gefängnisses. Zu jeder Seite ihres Körpers waren etwa zwei Handbreit Platz. Ein Steinsarkophag mit einem Loch in der Deckplatte, das ihr Ersticken verhinderte. Ein Steinsarkophag, dessen Deckel sie nicht anheben konnte, so sehr sie sich auch bemühte. Zu Beginn ihrer Gefangenschaft hatte sie um Hilfe geschrien, geweint und getobt, bis ihre Arme und Beine blau und gefühllos und ihre Fingernägel abgebrochen waren. Alles umsonst. Er hatte sie lebendig begraben. Wenn es nur nicht so dunkel wäre. Auch ihr Kopf war leer, was schade war, denn eigentlich interessierte sie das, was geschah, wenn Menschen verbluteten, rein medizinisch. Aber leider kam ihr dabei auch das Denken abhanden.

Wenn sie sich anstrengte, konnte sie sich mühsam an den Ablauf des gestrigen Abends erinnern, was wichtig war, weil es erklärte, wie sie hierher gekommen war. Sie war Cornelis in sein Zimmer gefolgt, auf dessen Tisch eine tote Taube gelegen hatte, den Kopf mit dem blutigen Schnabel seltsam verdreht. Eine von denen, die den Korenplatz zu Hunderten bevölkerten und die Marktleute zum Wahnsinn trieben.

»Sie ist mir heute ans Fenster geflogen«, hatte er bedauernd gesagt. »Als Zeichen für das, was ich tun muss. Glaubst du an Zeichen, kleine Schwägerin?«

Sie hatte nicht verstanden, was er ihr sagen wollte, und sich verwirrt an den Tisch gesetzt, wo er ihr aus einem großen Krug Wein eingoss. Sie, die sonst immer Maß in allem hielt, trank durstig, bis der Becher leer war, worauf er ihr sofort nachfüllte. Der Wein war stark, als hätte er ihn mit Schnaps verdünnt, und schon bald fühlte sie sich so leicht, als würde sie schweben.

»Ihr wolltet mir etwas über Adrian erzählen«, erinnerte sie ihn.

»Ach tatsächlich, das wollte ich.« Er hatte sie über das graue Gefieder der Taube hinweg bedauernd angeschaut. Wenn sie in diesem Moment gegangen wäre, hätte der Abend einen anderen Verlauf genommen. Dann würde sie weiterleben und am nächsten Sonntag Adrian heiraten. Doch das war jetzt nur noch ein Trugschluss, eine Illusion, an der sie nicht festhalten durfte.

Die ganze Zeit war es rund um sie so totenstill und finster gewesen, als hätte er sie weit unter der Erde begraben. Doch jetzt hörte sie aus der Ferne Orgelmusik. Leise, wie Tropfen, wie Fetzen, die sich in ihre Grabkammer verirrten, als sei sie in der Nähe der Kirche, in der heute die Taufe und Weihe des Altars stattfinden würden. »Hier«, wollte sie rufen, wollte sich aufrichten und gegen die Mauern ihres Gefängnisses klopfen, aber das Wort war kaum mehr als ein heiseres Flüstern, das sich nur mühsam von ihren Lippen löste.

Stattdessen erinnerte sie sich an den Fortgang des gestrigen Gesprächs.

»Adrian wird Euch nicht beschützen können«, hatte er gesagt. »Es ist nicht seine Art. Er läuft immer neuen Ideen hinterher, schwebt von Blume zu Blume wie ein Schmetterling.« Dann hatte er sich vorgebeugt, bis sie seinen weingesättigten Atem riechen konnte. »Und er wird Euch niemals treu sein, wenn sich ihm so viele Blüten zum Naschen anbieten.«

Tränen waren in ihre Augen gestiegen, und sie hatte den Kopf geschüttelt. »Das ist nicht mein Adrian.« Es war falsch, was er sagte, weil er die Liebe nicht berücksichtigte, die sie beide verband. Liebe, die dem anderen voller Langmut immer wieder eine Chance gab.

Gönnerhaft hatte er sich zurückgelehnt. »Warum weigert Ihr Euch, die Wahrheit zu sehen? Ich habe meinen Bruder sehr gern, auch wenn er nicht mit mir verwandt ist.«

»Hat Euch das sehr schockiert?«

Er nickte zerstreut. »Dass er nicht von uns abstammt, aber ja. Und stellt Euch vor, sie haben ihn nicht einmal enterbt. Empörend, nicht? Nichtsdestotrotz ist er mein Bruder. Er braucht eine Lektion, dann wird er sich schon besinnen und sich dieser Familie würdig erweisen.«

Dann hatte er über den Tisch nach ihrer Hand gegriffen und mit seinem großen Daumen sehr sanft über ihr Handgelenk gestrichen. Doch da war ihr Kopf schon unendlich schwer auf die Tischplatte gesunken, gerade neben den der Taube, die sie blicklos anstarrte, und die Augen waren ihr zugefallen.

»Das siehst du doch auch so, oder? Der Altar wird den Namen unserer Familie unsterblich machen. Er verlangt ein unschuldiges Opfer.«

Was dann geschehen war, wusste sie nicht. Nur, dass sie

irgendwann in völliger Dunkelheit und mit einer Platzwunde am Kopf aufgewacht war, aus der ihr Blut leise hervorquoll, bis sie im Nassen lag. Was war in dem Wein gewesen? Beschämend für eine Apothekerin, dass sie, egal, wie sie sich den Kopf zermarterte, nicht darauf kam. Aber das war jetzt nicht mehr von Bedeutung. Sie würde Adrian nie wiedersehen, und die Sonne auch nicht. *Sol niger.* Tränen tropften an ihren Schläfen hinab und mischten sich mit dem Blut auf ihrem Totenbett. Wie vermessen es doch war zu denken, es könne ein Heilmittel gegen den Tod geben. Das Leben war so schnell ausgelöscht wie ein Schmetterling, der in einer Kerzenflamme verglühte. *Denn die Liebe ist nicht stärker als der Tod*, dachte sie traurig und fiel in tiefe Bewusstlosigkeit.

84

Was sollte dieses Gefasel vom Gral? Wie betäubt stand Adrian in der Menschenmenge und starrte seinem Bruder hinterher, der durch das Hauptschiff der Kirche zum Ausgang strebte. Er bemerkte kaum, wie der Herzog erst Onkel Josse auf die Schulter klopfte und dann Jan van Eyck zu diesem wunderbaren Werk gratulierte. Dieser Tag hätte ein Festtag für seine Familie sein sollen, stattdessen lag Adrians Leben in Scherben.

Mit einem herzlichen Lachen trat Herzog Philipp auf ihn zu. »Adrian. Ich habe gehört, dass sich Flandern ab jetzt an einer großen Menge Azurstein für noch prächtigere Bilder …«

Den Herzog stehenzulassen kam einem furchtbaren Fauxpas gleich. Dennoch tat er es und schob sich rücksichtslos durch die Menge im Hauptschiff aufs Portal zu. »Totenblass, der Junge«, sagte der Souverän zu seiner Tante und blickte ihm kopfschüttelnd hinterher. Adrian ging stur voran, ohne sich umzusehen. Cornelis. Hatte Greetje nicht gesagt, dass sie Catharina am gestrigen Abend zuletzt in seiner Gegenwart gesehen hätte?

Die Sonne tauchte den Korenplatz in gleißende Helligkeit. Geblendet nach dem Zwielicht im Kircheninnern, schloss Adrian die Augen und öffnete sie wieder, um den Platz nach seinem Bruder abzusuchen. Überall flanierende und parlierende Menschen, die gleich zu Bier und Sonntagsbraten in die heimische Stube zurückkehren würden. Zwei Jungen trieben mit einem Stöckchen ein Rad vor sich her und schrien sich dabei Kommandos zu. Adrian stand mit hängenden Armen da und schaute. Nichts. Doch da. Auf der anderen Seite des Platzes schob sich ein Mann in den Eingang des Belfrieds, der Cornelis von der Statur her ähnelte. Adrian überquerte im Laufschritt den Platz und zog die schwere Eichenholztür zum Stadtturm auf, die krachend hinter ihm ins Schloss fiel.

»Cornelis?«

Totenstille. Auf der Treppe immer zwei Stufen auf einmal nehmend, kam er völlig außer Atem oben an und fand seinen Bruder in der Glockenstube auf einer Leiter vor. Die gewaltige Glocke Roeland hing freischwebend in ihrem Glockenstuhl, neben ihr die kleinen Seitenglocken, die die Stunde läuteten.

»Hast du Catharina gesehen?« Er schnappte nach Luft, von der es auf dieser Welt ohne sie nie mehr genug geben würde. Über ihm schlug Cornelis behutsam eine der kleinen Glocken an, die einen hellen Klang abgab und spürte diesem nach, bis er sich verloren hatte.

»Man kann dich nicht töten«, sagte er dann nachdenklich. »Du hast nicht sieben Leben wie eine Katze, sondern zehn oder zwanzig. Das muss mit dem Teufel zugehen.«

Während Adrians Verstand sich weigerte, zu glauben, was er da hörte, stieg Cornelis von der Leiter auf die hölzerne Umrandung der Glockenaufhängung und balancierte halsbrecherisch auf dem Geländer entlang, bis er die Eisenbänder erreicht hatte, die die Glocke Roleand an ihrem Joch hielten. Er streckte sich und begann, an einem von ihnen herumzuschrauben. »Hilf mir mal! Ich muss die verrosteten Schrauben erneuern. Verdammt. Die sitzen wirklich fest.«

Adrian stieg auf die Umrandung und hielt sich an den hölzernen Stangen der Aufhängung fest. Er blickte stur geradeaus, um nicht nach unten schauen zu müssen, wo sich der Glockenstuhl in seiner ganzen gähnenden Tiefe öffnete. Als er neben Cornelis angekommen war, drückte ihm dieser eine rostige Schraube in die Hand und holte eine frisch geschmiedete aus seiner Tasche.

»Irgendwann habe ich verstanden, dass dieser Altar, von dem alle reden, uns beide zeigt. Kain und Abel.«

Adrian runzelte die Stirn. »Was haben die mit uns zu tun?« In den Zwickeln über Adam und Eva war der Brudermord in zwei unscheinbaren Grisaillen dargestellt, der er keine zwei Blicke gewidmet hatte. Adrian war gläubig, weil man eben gläubig war. Die Zeit genommen, tiefer über diese Dinge nachzudenken, hatte er sich aber nie.

»Das ist eine Frage der Gerechtigkeit«, erklärte Cornelis sachlich. »Onkel und Tante haben dich mir immer vorgezogen und das, obwohl du nicht einmal von ihrem Blut bist. Es geht nicht an, dass du alles hast und ich nichts.«

Bleierne Stille senkte sich zwischen sie.

»Es geht mir so wie Kain, der seinen Bruder erschlagen musste, weil Gott ihn zu sehr liebte.«

»Du bist verrückt.« Die Wahrheit sickerte nur langsam in

Adrian ein, und selbst dann fühlte er sich zu betäubt, um ihr ganzes Ausmaß zu verstehen.

Cornelis sprach nachdenklich weiter und schraubte dabei unbeeindruckt an der Aufhängung der Glocke herum. »Wie oft habe ich es probiert, wobei ich mir natürlich nie selbst die Finger schmutzig gemacht habe. Zum ersten Mal mit diesem Mann ohne Namen, dessen Beruf das Töten war.« Er drückte Adrian einen Metallstift in die Hand.

»Sans Nom«, sagte er wie vor den Kopf geschlagen.

Sein Bruder nickte. »Ich traf ihn in Köln, wo unser Onkel dich aus den Fängen dieser unsäglichen Ratsherrentochter befreit hat. Er war in das Mordkomplott unseres Regenten Johann Ohnefurcht gegen den Herzog von Orléans verwickelt und soll eigenhändig den Knappen gemeuchelt haben, der den Herzog mit seinem Körper geschützt hat. Einen unschuldigen Jungen. Hat dabei sein bisschen Verstand verloren und sich danach als Mörder verdingt. Doch dann schlug er sich, wie du weißt, auf deine Seite und hat dich schon in Esslingen verschont.«

Sans Nom, sein unwilliger Beschützer, der sein Leben für sie alle geopfert hatte, war von seinem eigenen Bruder als Meuchelmörder auf ihn gehetzt worden. Und der Anschlag auf Christoph Appenteker hatte in Wirklichkeit ihm gegolten. Das verdammte Wurfmesser, das Sans Nom als sein Eigentum wieder an sich genommen hatte. Langsam rückten die Dinge an ihren Platz. »Er hat mir das Leben gerettet, in Venedig«, flüsterte er.

»Mein zweiter Versuch.« Cornelis zuckte die Schultern und lachte leise. »Nicht sehr fachmännisch ausgeführt von dieser Bande maskierter Verbrecher. Und dann dachte ich, dieser Weckmann würde euch schon erledigen.«

Adrian schwankte auf der schmalen Umrandung des Glockenstuhls, hielt sich im letzten Moment fest und weigerte sich noch immer, in den Abgrund zu schauen.

»Das hat er aber nicht. Und auch nicht der gedungene Mörder, der dich vom Belfried stürzen sollte. Und da habe ich begriffen …« Cornelis sprach undeutlich, weil er sich eine Reihe Schrauben in den Mund gesteckt hatte, »… dass der Gral ein Blutopfer verlangt. Wenn du verlierst, was du wirklich liebst, muss ich dich vielleicht nicht töten.« Er spuckte eine der Schrauben in seine Hand.

»Catharina«, flüsterte Adrian heiser. »Wo ist sie?«

In diesem Moment sah er, was geschehen würde, und zuckte zurück. Nicht nur die Schrauben waren rostig. Auch die Eisenschienen, die die Glocke an ihrem Joch hielten, begannen, sich zu lösen.

»Die Glocke«, schrie er.

Als die linke Aufhängung zersplitterte und abbrach, drehte sich die Welt mit der riesigen Glocke, die sich aus ihrer Verankerung zu lösen begann wie ein urzeitliches Tier.

»Du wirst sie niemals finden.« Cornelis trat einen Schritt zur Seite und schraubte seelenruhig einen Stift aus der zweiten Verankerung der Glocke. »Wie verkantet das alles ist. Verstehst du nicht, dass sie ein Grundstein werden muss für die Seelstiftung der Familie, um uns Gottes Segen für immer zu sichern? Dafür braucht es ein Blutopfer.«

In diesem Moment stürmte eine Menschenmenge lärmend in die Glockenstube, allen voran Jörgen mit dem Schwert in der Hand, danach völlig aufgelöst die Hofdame Marguerite, der Lehrling Jacob mit versteinertem Gesicht und der Maler Jan van Eyck. Bevor Adrian sich wundern konnte, warum ausgerechnet der ihm gefolgt war, krachte die Glocke mit einem tiefen Missklang an die seitliche Umrahmung, die sich aus ihrer Verankerung löste und zusammenbrach. Der Holzbalken, auf dem er stand, zersplitterte in der Mitte wie ein Spielzeug, das ein Riese in seiner Wut auf den Boden geworfen hatte. In seiner Verzweiflung sprang er in die Luft und schaffte es im letzten Moment, einen Querbalken weit über ihm zu fassen, an dem er sich festhielt.

»Wo ist sie?«, schrie er, während sich die Kante des Balkens in seine Handfläche bohrte.

»Das werde ich dir niemals sagen.«

»Oh doch, das wirst du, Hundsfott!«, schrie Jörgen und stürmte auf ihn zu. Cornelis verlor das Gleichgewicht, ruderte mit den Armen in der Luft und lachte dabei, als wollte er sie verspotten. Dann lösten sich seine Füße von dem Balken, und er fiel mit einem Aufschrei in die Tiefe des Glockenstuhls. Die Frage, ob er nicht doch freiwillig gesprungen war, würde Adrian für den Rest seines Lebens in seinen Albträumen verfolgen.

»Komm wieder rauf, du Mistkerl!«, schrie Jörgen. Einen Fall in den Schacht konnte man mit ein bisschen Glück überleben.

In diesem Moment ging die zweite Eisenschiene unter der Belastung zu Bruch. Adrian hörte Marguerite wie in weiter Ferne kreischen. Die Glocke Roeland löste sich in ihrer Tonnenschwere langsam aus ihrer letzten Verankerung, fiel und begrub Cornelis in der Tiefe unter sich. Bevor der hölzerne Glockenstuhl mit Getöse zusammenbrach und sie alle in eine Staubwolke hüllte, gelang es Adrian, abzuspringen und sich auf den Steinboden zu retten. Der Staub legte sich nur langsam. Er hockte auf dem Boden zwischen den Trümmern, ließ seine Augen von einem zum anderen wandern und wunderte sich nicht einmal, dass der Maler seinen Arm um Marguerite gelegt hatte und sie an sich drückte. »Wo kann sie sein?«, fragte er.

85

Er hat sie lebendig begraben«, schrie er verzweifelt in die Runde. Sie erhoben sich hustend und kamen zwischen den Trümmern des Glockenstuhls wie weiß gepuderte Gespenster auf ihn zu. Am liebsten hätte er ihnen das Mitgefühl aus dem Gesicht geschlagen.

»Junge«, sagte Jörgen ratlos.

Tränen stürzten aus Marguerites Augen, und trotzdem schluchzte sie nicht, sondern war völlig verstummt. Der Maler hatte noch immer tröstend seinen Arm um ihre Schultern gelegt.

»Ich …« Jacobs Stimme zitterte vom Schock.

Bevor er weitersprechen konnte, stürmten die ersten Stadtwächter und Zunftmitglieder in die Glockenstube und füllten sie bis zur Tür. Frans Hedeweijk stieg über die Trümmer des Holzgerüsts hinweg und half Adrian auf. »Was ist hier geschehen?«, fragte er streng.

»Cornelis.« Adrian schluckte an der bitteren Galle, die ihm in den Mund gestiegen war. »Er wollte die Schrauben erneuern.«

Er deutete auf den Schacht mit der Glocke. Hedewijk schaute in die Tiefe und wurde blass.

»Mein Gott!«, sagte er.

Während die Wächter beratschlagten, wie sie die Glocke nach oben ziehen und den erschlagenen Cornelis Borluut bergen konnten, stieg Adrian, gefolgt von den anderen, die Treppe hinab und stand irgendwann auf dem sonnenbeschienenen Korenplatz. Es war noch immer Mittag, und noch immer lag Bratendunst in der Luft, der von einer Welt kündete, die er für immer verloren hatte.

»Ich«, sagte der Lehrling wieder und hob die Hände. Tränenspuren zogen sich wie Flüsse über sein staubig weißes Gesicht. »Es könnte …«

»Was denn, verflucht nochmal.«

»Lasst ihn reden!«, sagte Jan van Eyck, und Adrian beruhigte seinen Atem, so gut er konnte. Was auch immer geschehen war, Jacob trug keine Schuld daran. »Also gut.«

»Es kann sein, dass ich weiß, wo sie ist«, sagte der Junge schnell. »Er, Cornelis, sprach von der Krypta als dem Grundstein der Kirche. Und von den Gräbern.«

Adrian hörte schon nicht mehr zu. So schnell er konnte, rannte er über den Platz auf den Eingang der Kirche zu und stieß im Portal mit seinem Onkel zusammen, der diese gerade verlassen wollte. »Nicht so stürmisch.« Seine Tante folgte ihm gestützt auf ihren Handstock.

»Was ist los?«, fragte sie und legte ihre Hand auf seine. »Was ist mit dir?«

»Nichts.«

Später, dachte er. Später würde auch für sie nichts mehr so sein, wie es gewesen war. Sie hatten sich die Sache mit der Seelstiftung so gut zurechtgelegt. Jan van Eycks unglaublicher Altar und die täglich gelesene Messe brachten ihnen nicht nur Gottes Wohlwollen ein, sondern gleichfalls Unsterblichkeit in der Menschenwelt, die bis in ferne Zukunft über dieses Wunderwerk staunen würde. Ihre Ewigkeit war gesichert, doch die Geschehnisse dieses Vormittags würden ihr Leben im Diesseits zerstören, dessen Ablauf niemand planen und kontrollieren konnte.

Der Eingang der Krypta, deren Grundriss mit dem romanischen Vorgängerbau der Johanneskirche übereinstimmte, lag hinter dem Chorabschluss vor der Rückwand der Kirche. Als er die Kirchgänger, die noch immer in luftigen Gruppen beieinander standen, grob zur Seite stieß, hörte er nicht ihre entrüsteten Proteste, sondern nur das Blut, das in seinen Ohren rauschte. Mit ganzer Kraft warf er sich gegen die verschlossene Tür der Krypta, brach das Schloss aus seiner Verankerung und stürmte die Treppe hinab ins Zwielicht.

»Catharina«, schrie er, und die Mauern verschluckten seine Stimme.

Seine Augen begannen, sich an die Dämmerung zwischen den Säulen zu gewöhnen, die die niedrigen Gewölbe trugen. Der Raum war leer. Er drehte sich einmal um sich selbst und bemerkte dann, dass er auf Gräbern stand. Die glattgetretenen Fußbodenplatten trugen Inschriften, die auf diejenigen hinwiesen, die unter ihnen begraben lagen. Bischöfe, Geistliche, Heilige, die vor Hunderten von Jahren an der Kirche gewirkt hatten. Er fiel auf die Knie und berührte die Buchstaben, als könnten sie ihm verraten, wo sein Bruder Catharina begraben hatte. *Lieber Gott*, dachte er. Tränen liefen ihm übers Gesicht, und so bemerkte er nicht, wie sich der Raum langsam füllte. Einer, es war Jan van Eyck, trug eine Fackel und beleuchtete mit ihrem Schein nach und nach ihre Gesichter. Da waren Jacob, Jörgen, Marguerite, sein Onkel, aber auch eine Reihe Kirchgänger, die sich leise tuschelnd unterhielten. Plötzlich hörte er hinter sich das Tock Tock des Handstocks seiner Tante, die ihnen in ihrem eigenen Tempo gefolgt war.

»Was ist hier los?«

Adrian spürte, dass er sie nicht belügen konnte, obwohl er ihr mit der Wahrheit das Herz brechen würde.

»Cornelis.« Die Umstehenden hielten den Atem an. »Er hat meine Braut lebendig begraben.«

Die Tante schnappte nach Luft, und das Raunen verstummte mit einem Schlag. Stille, die dem Tod entsprach, dessen Hoheitsgebiet sie betreten hatten. Adrian vermied es, seiner Tante in die Augen zu schauen.

»Hier nicht.« Der alte Kanonikus van Impe löste sich aus der Schar der Neugierigen. »Dafür hätte er die Fußbodenplatten anheben müssen. Folgt mir!«

Verwundert spürte er, wie Jörgen ihn am Arm packte, hochzog, auf die Füße stellte und hinter dem alten Kirchenmann herschleifte, der ihnen so selbstverständlich voranging, als würde er Tag für Tag in der Krypta nach verschwundenen Jungfern suchen. Sie durchquerten den großen Hauptraum, bis sie an eine Wand kamen, in der sich eine Tür befand. Der Kanonikus holte einen Schlüssel aus dem Bund an seinem Gürtel und wollte ihn gerade ins Schloss stecken, als er bemerkte, dass sie einen Spaltweit offen stand.

»Aufgebrochen«, stellte er fest und führte sie in einen Raum, der wie eine Höhle in den Fels geschlagen war. Der muffig feuchte Geruch, der ihnen entgegenschlug, ließ Adrian würgen. An der Wand standen die Sarkophage in einer langen Reihe auf ihren Sockeln. Wartestände für die Ewigkeit. Unter dem Schlussstein des rechten Jochs, einem lächelnden Christuskopf, lag ein säuberlich aufgestapelter Haufen Knochen zwischen zwei Särgen, den ein gebleichter Totenschädel krönte. Tante Elisabeth schlug ihre Hand vor den Mund und sah aus, als würde sie gleich in Ohnmacht fallen. Marguerite griff nach ihrem Arm und stützte sie.

»Jemand hat einen von den Dingern ausgeräumt«, schrie Jörgen und stürmte auf die beiden Sarkophage zu.

»Hier.« Adrian folgte ihm, deutete auf den Sarkophag zu seiner Rechten und wusste nicht, warum ihm klar war, dass es dieser sein musste. Doch es war so oder so zu spät. Als er darüber nachdachte, dass sie die ganze Nacht allein in der Finsternis ausgeharrt hatte, bis der Tod kam, wuchs die Leere in ihm zu einer Eiswüste an.

»Wir müssen den Sargdeckel öffnen«, sagte sein Onkel, der plötzlich hinter ihm stand, und schaute in die Runde. »Es hilft nichts. Wir brauchen Werkzeug.«

Einer der Gäste lief die Treppe hinauf und kehrte nach einer gefühlten Ewigkeit mit einem Stemmeisen zurück. Zu dritt schafften es der Maler, Jörgen und Jacob, die Platte anzuheben, die ihnen, kaum dass sie sie aus ihrer Verankerung gelöst hatten, aus den Händen glitt und krachend auf dem Boden zerbarst.

Adrian wappnete sich und trat einen Schritt auf den Sarkophag zu, der jetzt offenstand. Da war sie. Sie lag bleich und wunderschön auf einem Bett aus Daunen, das sich ebenso wie ihr hellblaues Gewand mit ihrem Blut vollgesogen hatte. Es schien aus einer Platzwunde an ihrem Kopf sowie aus Schnitten an ihren Handgelenken zu stammen.

»Catharina.« Adrian beugte sich über ihr eiskaltes Gesicht und ließ seine Fingerkuppen zum Abschied über die feine Nase gleiten, die weichen Lippen und die wie im Zorn zusammengezogenen, schwarzen Augenbrauen. In ihren Augenwinkeln lagen Tränen, und über ihre Wangen zogen sich lange salzige Spuren. Adrian holte tief Luft. *Wenn du nicht schon tot wärst, Cornelis, viel zu schnell erschlagen von dieser Glocke, dann würde ich dich jetzt töten.* Und dann war da etwas, als er ihre

Halsbeuge berührte, kein Puls, nur eine Ahnung, die er tief im Herzen spürte, ein Anflug von Hoffnung wider alle Vernunft.

»Sie lebt. Sie muss sofort da raus.«

Auf sein Geheiß falteten sie drei Umhänge übereinander, seinen, Jörgens und den hermelingefütterten seines Onkels, den sie zuoberst legten. Adrian beugte sich über sie, griff ihr unter Schultern und Kniekehlen und hob sie aus dem Sarg. Wie federleicht sie war. Sehr vorsichtig bettete er sie auf das provisorische Lager und betrachtete ihr starres Gesicht, von dem kein Lebenszeichen ausging, nicht einmal ein winziger Atemhauch. *Und wenn ich mich irre?* Er weigerte sich, den Zweifel zuzulassen, sondern wappnete sich mit Mut, den er sich mit jedem trotzigen Atemzug erkämpfen musste. Die Umstehenden standen still, gebannt von dem, was geschah. Adrian hörte nur den Lehrling Jacob schluchzen, der Catharina fast so sehr geliebt hatte wie er selbst. Jetzt jedoch ließ ihn eine Bewegung aus dem erstarrten Kreis der Zuschauer aufschrecken. Ein Mann in roter Robe löste sich, trat einen Schritt vor und hockte sich neben ihn auf den Boden. Adrian wunderte sich nicht, als er den Herzog erkannte, der ihm aufmunternd zunickte.

»Tut, was immer Ihr für richtig haltet!«, sagte Philipp.

In diesem Moment geschah etwas mit ihm. Er war nicht mehr der Junge, der sein Mädchen verloren hatte, sondern jemand, der wusste, wie sie zu retten war. Sie atmete nicht, also musste man ihr dabei helfen. Er kniete sich neben sie auf den kalten Boden, strich ihr die blutverkrusteten Haare aus dem Gesicht, überdehnte ihren Hals und blies die Luft aus seiner Lunge in ihren Mund, wie er es bei Jacob getan hatte. Ihre Brust weitete sich davon wie ein Blasebalg und fiel genau so mechanisch wieder zusammen, was ihm fast das Herz zerriss. Dennoch drückte er ungeschickt und sicher viel zu hart auf ihrem Brustkorb herum, so dass er schon befürchtete, ihr ein paar Rippen zu brechen. Vielleicht tat er das sogar, doch in diesem Moment wusste er, dass er mit dem, was er da machte, richtig lag. Und als sie schließlich rasselnd Luft holte, auf das Hermelinfutter schaumigen, mit Magensäure versetzten Wein erbrach und dann langsam ihre blauen Augen öffnete, hatte er nicht nur sie wiedergefunden, sondern auch sich selbst.

86

Catharina erwachte von den langen Bahnen aus Licht, die die Sonne auf den Holzfußboden und die Bettdecke zeichnete. Ein feiner Strahl traf ihre Nase, ließ sie niesen und ins Helle blinzeln. Erleichtert stellte sie fest, dass ihr Schlaf in dieser Nacht traumlos gewesen war. Anders als sonst hatten sich die Wände des Sarkophags im Schlaf nicht wieder um sie geschlossen. Sie hatte nicht schreiend um sich geschlagen, und Adrian war nicht gezwungen gewesen, ihr mitten in der Nacht zu beweisen, dass sie lebte und ihr Martyrium ein Ende hatte.

War er in den letzten zwei Wochen überhaupt eine Sekunde lang von ihrer Seite gewichen? Auch jetzt saß er auf einem Schemel neben der Bettkante, hatte seinen Kopf auf ihre Knie gelegt und schnarchte leise. Catharina kostete diesen Moment aus, der ihr vorgaukelte, dass ihre Erlebnisse nicht viel mehr als ein kleiner Riss in der Wirklichkeit gewesen waren. Alles konnte heilen, auch ihre Seele, die sich in der Krypta schon beinahe befreit hatte. Seine Liebe war so groß gewesen, dass sie in ihren schmerzenden Körper zurückgekehrt war. Dass sie es einfach tun musste.

Sie hielt ihre durchscheinenden Hände ins Licht, lange Finger, von denen sich die Knöchel deutlich abhoben. Stück für Stück eroberte sie sich ihren Körper zurück, die Hände, ihre Augen, ihre Beine und alles andere. Sie vergrub diese Hände, die sie wieder benutzen konnte, in Adrians dichten Locken, strich ihm sanft über die Schultern und kitzelte ihn an der Nase, woraufhin er sich zu regen und leise vor sich hin zu murmeln begann.

»Ich liebe dich.« Er schlug die Augen auf und schenkte ihr ein Lächeln, das sie auffing wie einen weiteren unerwarteten Schatz. In diesem Moment klopfte es an der Tür.

»Hoher Besuch!« Die Zofe Greetje schlüpfte ins Zimmer und rang die Hände. »Ihre Hoheit, die Herzogin, steht mitsamt ihren Damen unten an der Tür und begehrt, eingelassen zu werden. Und Mademoiselle ist noch gar nicht empfangsbereit. Und Ihr, Meister Adrian … Euer Wams ist ganz verrutscht, und in Euren Haaren klebt eine Daune.«

Sie zupfte an Catharinas Leinenhemd herum, drapierte ihren Zopf über ihrer rechten Schulter und zog die Decke um ihren mageren Körper zurecht. »Gefrühstückt habt Ihr auch noch nicht! Und das, wo Ihr es so gut gebrauchen könntet.«

»Das holen wir später nach.« Catharina suchte Adrians Hand.

»Auf in den Kampf, Ritterin.« Er grinste schief und zog sein Wams zurecht. Tante Elisabeth würde wegen dieses wenig standesgemäßen Empfangs die Hände über dem Kopf zusammenschlagen, aber sie lag mit einem heftigen, durch den Schicksalsschlag bedingten Gichtanfall im Bett und konnte sich nicht beschweren.

Kurz darauf war es soweit. Das Zimmer füllte sich in Sekundenschnelle mit Herzogin Isabellas schnatternden Hofdamen in ihren seidenen Gewändern, allen voran Marguerite, die ihr verschwörerisch zulächelte. *Oh, Himmel,* dachte Catharina und warf einen Blick auf wippende Hennins und bodenlange Schleier. Hoffentlich roch man nicht, wie lange sie schon nicht mehr gebadet hatte. Sie hörte einen kurzen Wortwechsel, bei dem die Herzogin ihren Haushofmeister auf seinen Platz auf dem Gang verwies. Das wäre ja noch schöner, wenn hier ein Mann um Einlass begehrte. Dann betrat Isabella selbst den Raum, schaute sich hoheitsvoll um und nickte Adrian zu, der von der Bettkante in eine windschiefe Verbeugung gesunken war.

»Mijnherr Borluut. Wie wäre es, wenn Ihr das Fenster öffnen würdet? Draußen bricht ein wunderschöner Frühlingstag an und hier drin – nun, ist es ein wenig stickig.« Zum Glück vermied die Herzogin, die Nase zu rümpfen.

»Wie Eure Hoheit wünschen.« Adrian stolperte über seine Füße und riss das Fenster zum Korenplatz auf. Herein wehte ein süßer Duft nach Flieder und den ersten Rosenblüten, der wahrscheinlich von dem einzelnen Marktkarren stammte, den eine Bäuerin hin und wieder mühsam über den Korenplatz zog. Catharina sog genießerisch die Luft ein und hatte plötzlich Appetit auf flämische Waffeln mit dickem Schlagrahm. Die Herzogin ließ sich auf Adrians Schemel nieder und ordnete ihre Röcke. »Wie geht es Euch, meine Liebe?«

»Wieder besser, Hoheit.« Sie versuchte ein Lächeln. Das stimmte nur bedingt. Von den nächtlichen Ängsten abgesehen, war sie immer noch sehr schwach. Sobald sie ihre Füße auf den Boden setzte, begann sich das Zimmer um sie herum zu drehen, so dass sie sich wieder hinlegen musste.

»Ich habe etwas für Euch.« Herzogin Isabella winkte Marguerite heran, die ihr einen Deckelkorb reichte. Die Herzogin öffnete ihn und zog ein Buch heraus, nach dem Catharina beinahe gierig die Hände ausgestreckt hätte. Sie konnte sich gerade noch beherrschen. *»Le livre de la cité des dames«*, sagte die Herzogin und legte es in ihren Schoß. »Geschrieben von der von mir sehr geschätzten Christine de Pisan. Sie ist leider vor einigen Jahren gestorben, so dass Ihr sie nicht mehr kennenlernen könnt.«

»Die Stadt der Frauen.« Adrian lachte hellauf. »Das passt zu Catharina, als hätte es die Dame eigens für sie geschrieben.«

»Es ist auf Französisch.« Catharina schüttelte tadelnd den Kopf »Wie du weißt, beherrsche ich die Sprache gar nicht.«

»Noch nicht. Ich werde es dir vorlesen, und du wirst sie dabei so schnell lernen, wie du alles lernst.«

Die Herzogin blieb noch eine Weile, ließ sich von der Köchin der Borluuts mit den besten Speisen bewirten, die ihre Speisekammer hergab, und machte sich kurz vor Mittag bereit zum Aufbruch. »Bevor ich gehe, möchte ich Euch noch eine Frage stellen.«

Sie stand auf, strich ihr Kleid glatt und schaute erwartungsvoll von Adrian zu Catharina. »Wie werdet Ihr Euch entscheiden? Werdet Ihr in Flandern bleiben, ober hat Euch Euer leidvolles Erlebnis den Aufenthalt hier vergällt?«

Sie wechselten einen verunsicherten Blick. »Das wissen wir noch nicht«, sagte Adrian leise. In den letzten beiden Wochen hatten sie alle Fragen rund um ihre Zukunft beiseitegeschoben.

»Ich habe Euch einen Vorschlag zu machen.« Die Herzogin ging zum offenen Fenster, stützte ihre Arme auf den Rahmen und schaute auf den großen Platz hinaus. *»Libertà«*, sagte sie dann genießerisch auf Italienisch und lächelte ihnen verschwörerisch zu. Niemand außer ihnen hatte diesen kleinen Ausfall verstanden. Nach einer kleinen wirkungsvollen Pause sprach sie weiter. »Nichts gegen die Herren Ärzte. Doch sollten Frauen hin und wieder die Möglichkeit erhalten, sich von ihresgleichen beraten zu lassen.«

Sie schaute Catharina an. »Verehrte Catharina. Ich mache Euch hiermit das Angebot, als Apothekerin für meinen Hofstaat zu wirken.«

Catharina blieb der Mund offen stehen, bis Adrian sie leise anstieß. »Danke«, sagte sie dann. »Das ist unglaublich großzügig von Euch.«

Die Herzogin nickte und wandte sich endgültig zum Gehen. »Wie auch immer Ihr Euch entscheiden werdet, Ihr sollt wissen, dass Ihr in Seiner Hoheit, Herzog Philipp, und mir Freunde gewonnen habt, die Euch zur Seite stehen. Er lässt Euch beiden, und dabei vor allem Meister Adrian, seine Hochachtung übermitteln.«

Welche Ehre ihnen zuteil geworden war, begriff die sprachlose Catharina erst jetzt. Mit einem Lächeln nickte ihnen die Herzogin zu, wandte sich zur Tür und bedeutete ihren Hofdamen, ihr zu folgen, wobei eine von ihnen ihre Schleppe ergriff.

Marguerite blieb zurück und beugte sich flüsternd über Catharina. »In ein paar Monaten werde ich nicht mehr Teil des Hofstaats sein.« Sie errötete so heftig, dass ihr Gesicht unter dem blonden Scheitel eine hellviolette Farbe annahm. »Ich gehe nämlich nach Brügge, um zu heiraten.«

»Wie schön.« Unwillkürlich griff Catharina nach ihrer Hand. »Aber jetzt müsst Ihr mir verraten, wer der Glückliche ist.«

Marguerites Gesichtsfarbe vertiefte sich, und sie suchte nach Worten.

»Glaubt Ihr wirklich, Ihr konntet das verbergen?« Adrian lachte. »Ihr werdet natürlich den Maler und ehrenwerten Kammerherrn Jan van Eyck heiraten.«

»Woher wisst Ihr das?«, stammelte Marguerite.

»Wer Augen hat zu sehen«, sagte Adrian rätselhaft, und Catharina lachte zum ersten Mal seit zwei Wochen herzhaft, woraufhin Marguerite zuerst zögerlich und dann laut mit einstimmte. Jacob war Catharinas Engel, der Junge, der geahnt hatte, wo Adrians Halbbruder sie versteckt hatte. Aber ohne Jörgen, den Maler Jan und Marguerite würde sie ebenfalls nicht mehr leben. Das schweißte sie auf ewig zusammen.

Marguerite sprach mit einem schelmischen Lächeln im Gesicht weiter. »Er konnte erst gar nicht glauben, dass ich ihn will. Aber schließlich ließ er sich doch überzeugen.«

Am Nachmittag desselben Tages verließ Catharina zum ersten Mal das Haus. Auf Adrians Arm gestützt, überquerte sie den Korenplatz und betrat die Johanneskirche. Im Innenraum schob sie den Gedanken an die Krypta weit von sich, der sich wie ein Ring aus Eisenbändern um ihre Seele legen wollte. *Ich bin jung*, dachte sie und fühlte sich plötzlich leicht wie eine Feder. *Wovor soll ich mich fürchten, wenn der Tod mich nicht mehr schreckt?* Sie schaute nach links, wo sich Adrians Profil gegen die Steinwände der Kirche abzeichnete. *Nur davor, dass ich ihn verlieren könnte.*

»Ich habe den Altar noch gar nicht gesehen«, sagte sie, und fasste ihn fester am Arm.

»Dann sollten wir das jetzt nachholen.« Er führte sie in die Seitenkapelle und stützte sie, als sie sich auf die Gebetsbank der

Familie kniete. Der Altar war geschlossen, so dass man die Alltagsseite mit der Verkündigung sehen konnte, den Engel, der Maria die Botschaft brachte, und die Jungfrau, über der die Taube des Heiligen Geistes schwebte. Die Flügel des Engels schimmerten innen rötlich und außen grasgrün wie aufgeschnittene Wassermelonen. Im unteren Register knieten tief ins Gebet versunken naturgetreue Abbilder von Tante Elisabeth und Onkel Josse. Catharina holte tief Luft. Auch über ihre widersprüchlichen Gefühle gegenüber Adrians Tante war sie hinweg.

»Sie haben so viel verloren«, flüsterte sie. »So viel, auf das sie ihre Hoffnung gesetzt hatten. Ihren Nachfolger Cornelis und vielleicht auch dich.«

Adrian schüttelte den Kopf. »Cornelis ja, aber der war schon lange in seiner eigenen Welt versunken. Mich aber nicht, und das werden sie auch nicht, so lange sie nicht versuchen, mich festzuhalten.«

Plötzlich kam ihr eine völlig verrückte und vermessene Idee. »Was ist mit der Sonntagsseite? Ich würde sie so gerne sehen.«

Er schaute sie kopfschüttelnd an und zog die Augenbrauen hoch. »So mutwillig. Es ist Donnerstag.«

»Bitte!«

»Also gut.«

Mit einem Sprung schwang er sich auf die Gebetsbank, beugte sich halsbrecherisch vor, löste die Haken, die die Altarflügel zusammenhielten und klappte sie zur Seite. Catharina musterte den fast leeren Kirchenraum, in dem nur ein paar Messdiener mit dem Entzünden der Kerzen an einem Seitenaltar beschäftigt waren. Hoffentlich hatten sie Adrian nicht bei dieser Schandtat beobachtet, aber der hatte ja sowieso den Ruf eines Tausendsassas weg. Erst als sie sich wieder umwandte, fiel ihr ein, dass sie jetzt gleich den Opferkelch sehen würde, für den Cornelis ihr Blut bestimmt hatte. *Ich lebe noch*, dachte sie und versuchte, ihn einfach auszublenden und ihre Angst nicht zuzulassen. Stattdessen verstummten ihre Gedanken vor der Pracht der Bilder, die sie bisher nur einzeln gesehen hatte. Während unten das himmlische Jerusalem mit den dazu gehörigen Heiligengruppen abgebildet war, gehörte die obere Reihe dem Himmel selbst. Sie sah die reine Freude der singenden Engel in ihren golddurchwirkten Brokatmänteln. Umrahmt wurden sie von den Stammeltern der Menschheit, Adam und Eva. In der Mitte thronte Christus in seiner Herrlichkeit, ihm zur Seite Johannes der Täufer und Maria, die versunken in ihr Buch schaute. Ihr Herz begann zu klopfen.

»Ohne sie hätte mein Vater mich wahrscheinlich mit Weckmann verheiratet«, keuchte sie.

»Ohne wen?«, fragte Adrian.

»Ohne die Himmelskönigin in ihrem blauen Mantel. Stell dir vor. Wenn Jan van Eyck kein Ultramarin gebraucht hätte, wärst du nie nach Esslingen gekommen, mein Vater hätte nie die Stadt verlassen, und wir wären ihm nie gefolgt. Nichts von dem, was geschehen ist, hätte sich je ereignet. Melika und Said hätten sich nie getrennt und nie wieder gefunden.«

»Melika«, warf Adrian ein, »wäre ohne das Mutterkorn bei der Geburt gestorben.«

»Also gut. Aber Sans Nom … wäre ein Verbrecher geblieben.«

Er nahm ihre Hand. »Das stimmt alles«, sagte er. »Doch wenn du nicht nach Gent gekommen wärst, hätte Cornelis dir niemals etwas antun können.«

»Das war es mir wert.« Sie schluckte, als sie den Kelch sah, so klein und doch ein so zentrales Symbol des Opfers, das sich unaufhörlich mit dem Blut des Lammes füllte. Christus, der für sie sein Leben gegeben hatte. »Jeder sieht das, was er sehen muss.«

»Nein«, korrigierte er sie. »Jeder sieht das, was er sehen will.«

»Und was siehst du?«, fragte sie.

Er zuckte die Schultern, schaute sie an und lachte. »Vollkommenheit.«

Kurz darauf verließen sie Hand in Hand die Kirche und standen draußen im warmen Sonnenschein. Adrian zog sie in eine Ecke an der Seite der Fassade und legte seine Arme um sie.

»Dieses Angebot der Herzogin.«

Er senkte den Kopf, streifte ihre Haare zur Seite und küsste sie auf ihren Hals. »Ich bin drauf und dran, es abzuschlagen und zurück nach Florenz zu gehen. Jedenfalls für die nächsten Jahre. Doktor Giacomo. Er hat mir vorgeschlagen, mich als Wundarzt auszubilden. Ich glaube, ich muss es versuchen.«

»Ich weiß«, sagte sie nachdenklich, und ihr Herz begann zu klopfen. Florenz, das waren Großmutter Tommasini und Anna Maria, die sicher beide auf sie warteten. Das war ihre Arbeit im Spital, wo niemand danach fragte, ob sie eine Frau war. Florenz. Das klang nach Freiheit.

87

Wir sehen uns wieder.« Catharina kreuzte ihre Hände in Jacobs Nacken und zog ihn an sich, so nah, dass er ihre Wärme spürte. Sie stand Stirn an Stirn mit ihm und weinte schweigend und unaufhörlich.

»Nicht«, sagte Jacob und wischte mit seinem Zeigefinger ungeschickt über ihr Gesicht. »Das ist kein Abschied für immer. So bald ich kann, komme ich nach.«

Sie trug Reisekleidung und feste Stiefel. Draußen standen die gepackten Wagen des Handelszugs der Familie Vijd-Borluut, der Adrian, Catharina und Jörgen nach Venedig und von dort aus nach Florenz bringen würde. Während die Fuhrknechte die Zugtiere ins Geschirr stellten, verschnürten die Brüder einträchtig die letzten Wollballen auf den Wagen. Adrian schaute auf. Sein heller Blick suchte Catharina, die ihm den Rücken zugekehrt hatte. *Dieser eine Augenblick mit ihr gehört mir,* dachte Jacob grimmig. Noch immer konnte er seine Gefühle für sie nicht in Worte fassen. Diese hilflose Liebe, den Verlust und die Leere, die auf ihn warteten, wenn sie fort war. Er vergrub seine Hände in ihren glatten Haaren und schluckte jetzt schon vor Sehnsucht, nach ihr und nach der Ferne, die verlockend und unerreichbar vor ihm stand.

»Du lebst noch«, sagte er. Dass er geholfen hatte, sie zu finden, ließ ihn Sans Noms Tod leichter ertragen, für den er sich noch immer die Schuld gab. Es war wie ein kleines Entgelt auf einen hohen Preis.

Nach Catharinas Rettung hatte sich Adrian sehr großzügig gezeigt. Als Dank für Jacobs entscheidenden Hinweis hatte er ihm die Hälfte des Azursteins geschenkt, den er aus Florenz mitgebracht hatte. Jacob konnte noch immer nicht glauben, wie unglaublich reich er plötzlich war. Kurz darauf hatte Adrians Onkel ihm geholfen, einen Lehrplatz bei der besten Apotheke der Stadt zu ergattern, und das Lehrgeld für die nächsten Jahre bezahlt. Neben dem zusätzlichen Lehrjungen schätzte Meister Frederick, der Apotheker, sicher auch das Ultramarin, das ihm half, seine Apotheke weiter aufzuwerten.

Zum Glück war der Apotheker kein Alchemist mit irgendwelchen Leichen im Keller, sondern ein höchst pragmatisch veranlagter Fachmann, der sein Handwerk verstand, Kerzen zog und die besten Heiltränke in Gent braute.

»Und du gibst meiner Mutter und Adelina das Geld?«, fragte er.

»Natürlich, wenn wir nach Esslingen kommen.« Catharina nickte und ließ den Beutel mit den Goldmünzen klimpern, den er ihr zugesteckt hatte. Nach all den Streitereien hatte Adrians Tante schließlich doch erlaubt, dass Catharina einen Teil des Azursteins mit ihm auswaschen durfte. Der Erlös aus dem Verkauf des ersten hochreinen Ultramarins in Gent würde nun an seine Mutter und Schwester gehen, die sich davon ein besseres Leben aufbauen konnten, weit weg von den elenden Bedingungen des Spitals.

»Und grüße Melika von mir.«

»Aber sicher.« Sie würden in Venedig haltmachen und Khalid und seine Tochter besuchen. Melika. Plötzlich drängte sich das Bild eines anderen Mädchens in Jacobs Gedanken, das hellbraune Locken und dunkle Augen hatte. Chiara.

»Catharina.« Adrians Stimme zerriss das beredte Schweigen zwischen ihnen. Mit einer entschlossenen Gebärde löste sie ihre Hände, streifte ihr Haar zurück, drehte sich um und ging. Jacob spürte, wie der Faden zerriss, der sie so lange verbunden hatte, und war nicht imstande, ihr einen Blick nachzuwerfen. Er hörte noch, wie die Fuhrleute mit der Peitsche knallten und sich der Handelszug holpernd in Bewegung setzte. Dann war alles still.

Was sollte er jetzt tun? Unschlüssig schaute er auf den Mörser mit den Kümmel- und Fenchelsamen, aus denen man auch in Gent einen Sud gegen Leibdrücken herstellte. Diese Arbeit würde er später erledigen. Stattdessen betrat er den Lagerraum mit den Pigmenten. Da standen sie, die Säcke mit den grünen Malachitbrocken, den rotbraunen und gelben Erdfarben, mit Krapp und Kermesläusen, aus denen sich ein kräftiges Scharlachrot herstellen ließ. Aus alter Gewohnheit kontrollierte er den Deckel des Glases mit dem giftig-gelben Auripigmentum, dessen Dämpfe man nicht einatmen durfte, wenn einem sein Leben lieb war. Er durchschritt die Regalreihen, bis er zu dem Tisch kam, auf dem das weiße Leinensäckchen mit dem Rest des hochreinen Ultramarins stand, das er zusammen mit Catharina ausgewaschen hatte. Wie magisch angezogen trug er den Sack mit der kostbaren Ausbeute ihrer Arbeit zu dem einzigen Fenster und schaute hinein. Die Farbe war so durchdringend, dass sie ihm den Atem verschlug und er die Augen einen Moment lang schließen musste. Dann vergrub er seine Hände in dem feingemahlenen Pulver, hob sie an und hielt sie ins Licht des Nachmittags. Dieses unglaubliche, flammende Blau.

Glossar

Alchemie: Alchemisten beschäftigen sich mit der Transmutation, die unedle in edle Stoffe verwandelt, was auch die Verwandlung der Seele in ihr höheres Selbst beinhaltet. Ziel ist das »Opus Magnum«, das große Werk. Manchmal wird es mit der Verwandlung eines Stoffes in Gold, manchmal auch mit der Suche nach dem universellen Heilmittel aller Krankheiten, der »Panakeia«, gleichgesetzt.

Aurum potabile: Trinkbares Gold. Schon Paracelsus schwor auf die Essenz des Edelmetalls als Heil- und Stärkungsmittel.

Alembic: Destillierkolben. Gefäß zur Trennung von Stoffen durch Erhitzen und anschließendes Abkühlen.

Aquae vitae compositae: Guldinwasser, Vorläufer des heutigen Kräuterschnapses.

Armagnac: Im Mittelalter bezeichnete der Begriff die Anhänger des französischen Königs, die im Dauerstreit mit den Verfechtern Burgunds, den Bourgignons, lagen.

Auripigmentum: Arsen-Schwefel-Mineral. Gelbpigment, auch unter den Namen Arsenblende, Rauschgelb oder Opperment bekannt. Hochgiftig beim Einatmen und Verschlucken durch den Arsenanteil.

Balneum mariae: Doppelwandiges Gefäß, in dem der Dampf im äußeren Gefäß den Inhalt des inneren schonend erhitzt.

Barchent: Mischgewebe aus Leinen und Baumwolle, in Deutschland seit dem 14. Jahrhundert gebräuchlich.

Electuarien: Arzneimischung in Form eines steifen Breis zur oralen Einnahme.

Grisaillen: Malerei, die ausschließlich in Grau, Weiß und Schwarz ausgeführt wird. Wirkt oft plastisch.

Hildegard von Bingen (1098–1179): Die Äbtissin des Klosters auf dem Disiboden- und dem Rupertsberg war Visionärin, Naturheilkundlerin und stets im kritischen Dialog mit den Würdenträgern ihrer Zeit. Ob sie wirklich ihre medizinischen und naturkundlichen Werke »Causae et Curae« zur Pathologie und Physiologie des Menschen und »Physica« über die Heilkräfte der Natur selbst verfasst hat, ist heute unklar. Alle Abschriften sind neueren Datums.

Jesuaten: Nicht zu verwechseln mit den Jesuiten. Die Jesuaten des heiligen Hieronymus waren eine um 1360 von Giovanni Colombini in Siena gegründete Laienordensgemeinschaft für Männer. Die Florentiner Jesuaten waren versierte Kunsthandwerker, die Pigmente herstellten und verkauften und sich auch aufs Auswaschen von hochreinem Ultramarin verstanden.

Latwerge: Mit Honig gekochtes Obstmus, das durchs Einkochen schnittfest wird. Ähnlich Quittenbrot.

Lohoc: Art medizinisches Lutschbonbon.

Outremer: Der Begriff wurde im Altfranzösischen nicht nur für die vier Kreuzfahrerstaaten verwendet, sondern für alle Länder, die jenseits des Meeres, also »outre mer«, lagen.

Pair: Politisch privilegierter Adeliger in Frankreich.

Panakeia: Griechisch. Alchemistisches Universalheilmittel, Essenz des Steins der Weisen.

Pantokrator: Christus als Weltenherrscher.

Qanun at-Tibb: »Kanon der Medizin« des arabischen Arztes Avicenna (Ibn Sina, 980–1037), Standardwerk der Medizin bis ins 19. Jahrhundert hinein. Im 12. Jahrhundert ins Lateinische übersetzt.

Register: Horizontale Gliederung eines Kunstwerks in selbstständige Zonen oder Schichten.

Sandolo: Venezianisches Ruderboot, das zum Fischen und zum Transport von Waren und Personen benutzt wurde.

Serenissima: Beiname der Republik Venedig. Die Ehrenwerte, nach »La Serenissima Repubblica di San Marco«.

Theriak: Heilmittel aus bis zu dreihundert Zutaten, das auch gegen Gifte wirken sollte. Enthält z. B. Vipernfleisch, Opium, Angelikawurzel, Eisenvitriol.

Unze: Maßeinheit, ungefähr 28,35 g.

Nachwort

Ebenso wie Adrian und Catharina wurde ich beim Verfassen dieses Romans auf eine Reise geschickt, deren Ziel ich zu Anfang noch nicht kannte. Zunächst führte sie mich zu einem der komplexesten Kunstwerke aller Zeiten, dem Genter Altar, um dessen Inhalte und Entstehung seit über hundert Jahren erbittert gestritten wird. Seine Urheberschaft stellte mich vor ein ernstes Problem. Die ältere Kunstgeschichte hat den Genter Altar den Brüdern Hubert und Jan van Eyck gemeinsam zugeschrieben. Während die Mitarbeit Jans unumstritten belegt ist, wird die Existenz Huberts als Bruder Jans und Mitschöpfer des Altars heute in Zweifel gezogen. Warum ich mich beim Schreiben dennoch an der älteren Kunstgeschichte orientiert und »meinem« Jan diesen Bruder an die Seite gestellt habe, ist der Frage geschuldet, wie sonst Jan dieses gewaltige Werk allein gemeistert haben kann.

Historisch belegt ist Jan van Eycks 1406 geborene Frau Margarete, die er 1433 im Alter von gut vierzig Jahren heiratete. Wer Margarete sehen will, findet im Werk Jans zahlreiche Beispiele, nicht nur in den Portraits, sondern auch in den Darstellungen der Madonna.

Der ergiebigste Herkunftsort des Steins »Lapis lazuli« (blauer Stein) liegt auch heute noch in Badakshan im Nordosten Afghanistans in den Ausläufern des Hindukusch. Der Aufwand seines Transports über die Seidenstraße und seiner Reinigung rechtfertigt den hohen Preis des Pigments.

Ebenfalls schwierig war für mich die Suche nach einem wirksamen und in der Renaissance gebräuchlichen Mittel gegen das Wechselfieber, die »Mal'aria.« Eine solche Arznei fand ich in Artemisia Annua, dem einjährigen Beifuß aus Asien, der in der chinesischen Medizin schon seit Jahrhunderten gegen die Krankheit eingesetzt wird. Der in der Pflanze konzentriert enthaltene Wirkstoff Artemisin steht heute auf der Empfehlungsliste der WHO gegen die Malaria.

Wie immer wurde ich beim Schreiben von meinen Probelesern Ulrike Schneider, Elke Bader und Ulrike Marbach unterstützt. Ein Dank geht an meine Lektorin Susanne Kiesow und meine Agentinnen Julia Abrahams von Schmidt & Abrahams und Franka Zastrow von der Agentur Thomas Schlück. Und nicht zuletzt natürlich an meinen Mann Burkhard Obrock für die wunderschöne Zeit in Gent.

Pia Rosenberger im Mai 2015